HEYNE
BÜCHER

Von Stanley Ellin ist als
Heyne-Taschenbuch erschienen

Der Geldadel · Band 01/6901

STANLEY ELLIN

DIE ZEITBOMBE

Roman

WILHELM HEYNE VERLAG
MÜNCHEN

HEYNE ALLGEMEINE REIHE
Nr. 01/7688

Für Jeanne und Sue und George und Stacey

Titel der amerikanischen Originalausgabe
THE DARK FANTASTIC
Deutsche Übersetzung von Hans Hermann

Printed in Germany 1988
Umschlagfoto: Steve Krongard/Image Bank
Umschlaggestaltung: Atelier Ingrid Schütz, München
Gesamtherstellung: Presse-Druck Augsburg

ISBN 3-453-02546-6

Charles Witter Kirwan

Abwarten und Tee trinken, die richtigen Worte kommen einem dann schon von selbst.
Ein Akademikerscherz. Ein Professorenspruch. Harmlos. Bringt einen nicht mal zum grinsen.
Tatsache ist, daß ich mit diesem Mikrofon-und-Tonband-Ding nicht besonders gut zurechtkomme. So wie's aussieht, bin ich darauf angewiesen, aber es bedrängt mich irgendwie. Wenn ich den Kugelschreiber in die Hand nehme, kann ich meine Gedanken sofort in Reih und Glied aufstellen und in geschlossener Ordnung losmarschieren lassen. Nehm ich aber ein Mikro, oder wie das heißt, erscheinen mir diese Gedanken so ungeordnet wie ein Haufen fackelschwingender Dorfbewohner in einem Frankensteinfilm: völlig durcheinander, gereizt und kaum zu identifizieren. Es ist schwer, den richtigen aus dem Haufen herauszuholen und auf den Weg zu schicken. Mein kleiner Akademikerscherz sollte deshalb bezwecken, daß der Schleim sich löst und daß die Worte fließen.
Und jetzt fließen sie auch schon.
Also.
Wer ihr auch sein mögt, Sammler von Kuriositäten und Sensationen oder Wahrheitssuchende – und das sind seltene Vögel, nicht wahr? –, was ihr jetzt hört.
Ich korrigiere.
Was ihr jetzt lest.
Denn das Hören wird sich auf die Polizei beschränken, die natürlich in einer internen Sitzung diese Bänder abhören wird, bevor sie in gedruckter Form erscheinen.
Natürlich.
Und wenn ihnen von all dem Gehörten die Ohren klingen, werden sie es an unseren Oberbürgermeister in Gracie Man-

sion weitergeben, damit er vor den versammelten Fernsehkameras auftreten kann, um das unerhörte Ereignis zu erklären und leidenschaftlich zu verdammen – was für eine entsetzliche und aberwitzige Geschichte! –, während er sich im Innersten seines heftig klopfenden, überängstlichen weißen Spießerherzens daran ergötzt.

Ihr zweifelt daran? Daß er sich heimlich ergötzt, meine ich? Aber hat nicht unser Bürgermeister Augen? Hat er nicht Hände, Organe, Körpermaße, Sinne, Gefühle, Leidenschaften? Und wenn man ihm diese Attribute zugesteht, die er mit euch und mir teilt, kann es dann sein, daß er sich in seinem gequälten Geist nicht ein einziges Mal voller Glück ein ebensolches unerhörtes Ereignis vorgestellt hat?

Ich versichere euch: er hat es sich vorgestellt.

Wahrscheinlich hat er sich nur gefragt, wer wohl aus dem Nichts auftauchen würde, um den Stein endlich ins Rollen zu bringen.

Nun, das wird er sich nicht mehr lange fragen müssen.

Und ihr auch nicht.

Weil auf Grund meiner genauen Anweisungen – unterschrieben und im Besitz meines Antwalts – jedes einzelne dieser Bänder unzensiert und in voller Länge abgeschrieben werden wird, der Öffentlichkeit zum Nutzen.

Der zahlenden Öffentlichkeit.

Euch.

Ich brauche euch nicht mal im Funkerjargon aufzufordern: «Hallo, bitte kommen.» Ihr seid ja offensichtlich da.

Gut.

Nun zu einem unangenehmen Aspekt dieser Darstellung. Das unerhörte Ereignis, dem ich mich zuwende, hat noch nicht stattgefunden – etwa drei Wochen wird es noch dauern, bis der ganze Unterbau steht –, und das heißt, daß ich diese Worte eine ganze Weile vor dem Ereignis in dieses Gerät hier spreche, und ihr lest sie weiß Gott wie lange danach. Denkt beim Lesen daran, daß ihr in Wirklichkeit über den Ausgang mehr wißt als ich – und auch mehr, als ich je wissen werde – und daß dieses Vorauswissen, trotz seiner guten Presse, eine merkwürdige Verzerrung bei dem Bild bewirkt, das man sich von irgendeinem großen Ereignis

macht. Warum? Weil es dem sonst gut ausgewogenen Verstand leicht ein Gefühl der Allwissenheit vermittelt und einen dadurch von menschlichem Verständnis abbringt und zum gottähnlichen Richter macht.
Spielt in meinem Fall nicht Gott, Freunde. Versucht einfach, so gut ihr könnt, Charles Witter Kirwan zu spielen.
Also.
Eine Darstellung. Damit bekommt ihr es zu tun.
Nicht mit einer Beichte. Ganz und gar nicht. Ein übler *mea-culpa*-Geruch hängt an diesem Wort «Beichte», und glaubt mir: von *mea culpa* ist hier nichts zu finden. Nicht in mir, nicht in dem prächtigen Paket, das ich für euch schnüre. Ein Frohlocken vielleicht, ja. Simson kannte dieses Frohlocken, als plötzlich die Säulen des Tempels seiner wiedergewonnenen Kraft nachgaben. Als er in dem kurzen Augenblick, bevor der Tempel auf ihn und seine zum Tode verurteilten Peiniger herabstürzte, auf ihren Gesichtern die Ungläubigkeit und das Entsetzen sah. Wie wär's mit ein bißchen Applaus für Simson?
Wenn es euch aber um Schuld geht, Freunde, wenn ihr erwartet, daß sich hier einer an die eigene Brust klopft, dann müßt ihr euch anderweitig umsehen. Denn ihr werdet hier nicht mehr und nicht weniger finden als eine Zusammenstellung präziser Tatsachen. Jawohl. Und daraus ergibt sich ein Text, der, glaube ich, reich ist an Geschichte und Anthropologie, an Stammeskunde, Soziologie und Psychologie.
Ach ja, auch an Sex. Ein richtig buntes, perverses Sexabenteuer – bereits in die Wege geleitet – wird in allen Einzelheiten zu erzählen sein.
Und wird eine Beschreibung dieses Abenteuers soziale Werte vermitteln und sich dadurch rechtfertigen? Ist sie im Rahmen dieser Darstellung wirklich nötig?
Ja. Da ich entschlossen bin, die ungeschminkte Wahrheit zu präsentieren, sind beide Fragen zu bejahen.
Es geht, nebenbei bemerkt, um ein heterosexuelles Abenteuer. Tut mir leid, wenn ich die ständig wachsende Schar unserer Homos enttäuschen muß, aber in diesem Punkt habe ich mich bereits schon früh entschieden. Denjenigen, die nach Zeugnissen fragen, will ich anvertrauen, daß ich in mei-

ner Soldatenzeit im Zweiten Weltkrieg, während des Angriffs auf Anzio, eine Nacht lang mit einem zudringlichen Hauptmann der Artillerie – immer diese Symbole – unter der Decke liegen und erleben mußte, daß er mir zwar postwendend Erleichterung verschaffte, daß er mich andererseits aber in die größte Verlegenheit brachte, die mir tage- und wochenlang schwer im Magen lag, und von da an war ich mir über meine sexuellen Präferenzen stets im klaren.

Aber ich schweife ab, und das darf ich nicht. Dafür ist die Zeit zu kostbar. Und die verbleibende Kraft. Ich schwimme auf den Wogen der Euphorie und warte mit gespitzten Ohren auf das Geräusch von Luft, die aus ihren Reifen zu entweichen beginnt.

Ich komme jetzt besser auf meine Herkunft und mein Thema zu sprechen.

Also dann.

Ich heiße Charles Witter Kirwan, bin achtundsechzig Jahre alt, weiß, männlichen Geschlechts, im Ruhestand lebender Geschichtsprofessor, Witwer.

Ich wohne in der Witter Street 407 im Osten des Flatbush-Viertels in Brooklyn. Ich bin in diesem Haus geboren, habe mein ganzes Leben dort verbracht und werde auch die kommenden drei Wochen dort verbringen. Danach kommt – meinen Weisungen entsprechend – meine Asche zu der meines Großvaters, die sich bereits in jener mit seinem Namen versehenen bronzenen Urne in diesem Haus befindet; ich werde also sozusagen ortsansässig bleiben.

Hier beeile ich mich, einer möglichen Verwirrung zuvorzukommen. Meinen Beinamen bekam ich nicht, wie man annehmen könnte, nach der Straße, in der ich geboren wurde. Ganz im Gegenteil. Als mein Vorfahr Jan Uitter – der Anfangsbuchstabe dieses Namens ist ein geziemendes holländisches *U* – vor etwa 350 Jahren der Flatbush-Wildnis, die damals noch «'t Vlackbos» hieß, Ackerland und bebaubaren Boden abrang, wurde der durch seinen Besitz laufende Weg natürlich Uittersveg genannt, und daraus wurde dann mit der Zeit die Witter Street. Und weil der Name Kirwan ein Adoptivname ist und weil mein leiblicher Vater Henry

Witter ein direkter Nachkomme von Jan gewesen ist, bin ich tatsächlich der letzte lebende Witter aus der Witter Street.

Was dieses Stadtviertel hier angeht, so ist die Flatbush-Avenue natürlich seine Hauptverkehrsstraße, und an nennenswerten Gebäuden hat es die alte Dutch Reformed Church und die Erasmus Hall High School zu bieten. Der zur Kirche gehörende Friedhof gegenüber der Schule ist im allgemeinen tagsüber für Besucher offen, und unter den ältesten Grabsteinen dort findet man drei, auf denen der Name Uitter mit den entsprechenden Angaben in holländischer Sprache steht. Die Church Avenue hat ihren Namen übrigens von dieser Kirche.

Es ist aber, wie gesagt, die Witter Street, die den Rahmen für diese Darstellung abgibt, und zwar der Abschnitt mit den 400er-Hausnummern, einst Ackerland der Uitters. Ich bin der Eigentümer und einzige Bewohner des Hauses Nr. 407. Mir gehört auch Nr. 409 nebenan, ein vierstöckiges Haus ohne Fahrstuhl und mit vierundzwanzig Mietwohnungen. Für die Steuer hat das Gebäude einen Wert von einhunderttausend Dollar; sein Effektivwert liegt etwas unter Null.

Sicher irritieren euch diese langweiligen Tatsachen und Zahlen, aber sie sind ganz entscheidend, wenn ihr das unerhörte Ereignis verstehen wollt. Es mag eine Möglichkeit geben, solche Einzelheiten auszuschmücken, aber alte Gewohnheiten wird man, wie ich gerade erst entdeckt habe, nicht so leicht los. Ich habe fast dreißig Jahre lang über Geschichte doziert, und während ich hier sitze und in dieses Gerät spreche, fühle ich mich manchmal wieder wie der Dozent – *Herr Professor* Kirwan – und nicht als der Charles Witter Kirwan, der ich wirklich bin.

Ich stehe in diesem Augenblick auch unter einer erheblichen körperlichen Belastung. Die vertrauten, immer wiederkehrenden Schmerzen. Erheblich.

Ich werde aber diese Sitzung noch ein bißchen verlängern. Das hat nichts mit Märtyrertum zu tun. Dieses Sich-öffnen – dieses Enthüllen der Seele – ist auf seine Art so therapeutisch wie irgendwelche Medikamente.

Nun denn.

Um nichts zu beschönigen: ich habe Lungenkrebs im Endstadium, einen Krebs, der bereits massenhaft Metastasen gebildet hat. Aus triftigen Gründen habe ich eine Operation oder irgendeine andere aussichtslose Behandlung abgelehnt, die mein Leben auch nur um einen einzigen qualvollen Tag über die wenigen Monate hinaus verlängern könnte, die mir von den Medizinern noch gegeben werden.

Selbst diese paar Monate werde ich auf einige wenige Wochen reduzieren. Auf drei Wochen etwa.

Ohne Frage. Ohne jeden Zweifel.

Wie ich nämlich festgestellt habe, kann man – ganz gleich, wie die erste Reaktion ausfallen mag – zu der Erkenntnis gelangen, daß einen die Nachricht vom nahen Ende zu einem völlig freien Menschen macht.

Ein wunderbarer Zustand. Und ich bin ein lebender Zeuge dieses Wunders. Erst der Schock und die Angst, dann die tiefe Verbitterung, und dann, auf wundersame Weise, das Bewußtsein der Freiheit. Das Auskosten dieses Bewußtseins. Deshalb.

Jawohl, drücken wir es so aus.

Deshalb werde ich, Charles Witter Kirwan, im Vollbesitz meiner geistigen Kräfte, dieses Gebäude – dieses Mietshaus in der Witter Street 409 – genau heute in drei Wochen in die Luft jagen.

Dorthin, wo der Pfeffer wächst, wie es so schön heißt.

Zur Information der Polizei sei gesagt, wie sich die Zutaten zusammensetzen, die das unerhörte Ereignis auslösen werden: Es sind dies zweiundsiebzig Stangen Dynamit, das laut Beschreibung dreißig Prozent Nitroglyzerin und fünfzig Prozent Natronsalpeter enthält, zusätzlich zu reinen kohlenstoffhaltigen Brennstoffen und Absorptionsmitteln. Die Sprengkapseln enthalten das handelsübliche Knallquecksilber. Die Zündung erfolgt von Hand, durch einen elektrischen Funken.

Nach meinen sorgfältigen Berechnungen werden die Mauern des Gebäudes nach innen fallen. Die einzige Unbekannte sind Explosionen, die durch das augenblickliche Platzen der Hauptgasleitungen ausgelöst werden könnten. Dafür spricht die Flüchtigkeit von Erdgas ebenso wie das Feuer, das sich in den Trümmern rasch ausbreiten wird.

Aber wie gesagt, das ist Sache der Polizei. Mein eigenes Interesse daran erlöscht natürlich in dem Augenblick, wo ich auf den Zündschalter drücke.
Schwere Verluste an Menschenleben sind erwünscht – und sie sind auch zu erwarten. Mindestens sechzig Menschen wohnen in dem Gebäude; ich wähle den Zeitpunkt für die Explosion so, daß die meisten da sein werden, um sie mit mir zu erleben. Die Zerstörung des Gebäudes wäre für sich allein bloße Unterhaltung. Wenn aber in großem Umfang Leben zerstört wird, dann ist das eine Lektion, die sich tief ins öffentliche Bewußtsein brennen wird. Ein unmittelbarer, wütender, feuriger Anschauungsunterricht zur Sozialgeschichte dieser Zeit und dieses Ortes.
O ja.
O ja, in der Tat.

John Milano

«Doch dann, meine Freunde, wird euch diese mächtige Hand – diese allumfassende und ewige und allmächtige Hand! – vom Himmel entgegengestreckt, und sie wird vor euch auf der Erde ruhen. Und ihr, die ihr an euren Heiland glaubt, werdet alsbald auf diese Hand steigen –»
Ohne die Augen aufzumachen, tastete Milano nach dem Knopf am Radiowecker, fand ihn und drückte drauf. Es herrschte wieder Stille. Neben ihm rührte sich Betty. «Was war denn das?»
«Sonntagmorgen-komm-zu-Jesus.»
«Haben wir schon Morgen?»
«So gut wie.»
Er hievte sich aus dem Bett und schob an der Jalousie eine der Lamellen hoch, um blinzelnd nach draußen zu blicken. Über dem East River zeigte der Himmel eine rosa Tönung; über dem Hudson war er dunkel und ließ noch ein paar blasse Sterne erkennen. Weit unten im Central Park bildeten die Lichtpunkte von Straßenlaternen ein spinnwebartiges Netzwerk. Eine Gruppe von Joggern – es mußten mehr als zwanzig sein – ergoß sich in die Leere am Columbus Circle und weiter in das Spinnennetz.
Milano ging ins Bad, duschte, blieb zum Rasieren unter dem fast kochendheißen Wasserstrom und trocknete sich dann gedankenverloren ab. Er wischte den Beschlag vom Spiegel über dem Waschbecken und musterte das Gesicht, das ihn anschaute. Wie schon ein paarmal in letzter Zeit kam ihm das Gesicht nicht in jeder Hinsicht vertraut vor. Mit etwas Konzentration – ein paar Sekunden kontrollierter Schizophrenie – konnte er es als das Gesicht eines vollkommen Fremden ansehen. Diesmal ließ er die Gelegenheit unbenutzt. Statt dessen hielt er den Rasierspiegel hoch, um mit

Hilfe des Wandspiegels ein wackliges Bild seines Hinterkopfes zu bekommen. Beim letztenmal, ein paar Wochen vorher, hatte er dort eine fast kahle Stelle von der Größe eines halben Dollars entdeckt. Von «fast» konnte jetzt keine Rede mehr sein.

«Scheiße», sagte Milano müde.

Betty kam herein, nackt, zerzaust, verschlafen. Ihr Mund öffnete sich zu einem breiten Gähnen und schnappte wieder zu. «Was soll denn das alles heißen?»

«Geschäfte.»

«Am Sonntagmorgen, so früh? Was denn für Geschäfte?»

«Die eines Privatdetektivs. Da kommt einer von der Westküste angeflogen, er müßte in diesen Minuten landen. Ich treffe mich mit ihm in einer halben Stunde im Büro.»

«Aus Hollywood?»

«Nein.»

«Keine Sorge, ich will dir keine Geschäftsgeheimnisse abluchsen. He, fast hätt ich's vergessen: alles Gute zum Geburtstag.»

Er grunzte.

«Komm, komm», sagte Betty. «Davon geht ja nicht gleich die Welt unter, oder? Du bist gerade ein Jahr über neununddreißig, das ist alles.»

«Und das macht genau vierzig. Vier-null. Mann, ich weiß nicht mal mehr, wie ich die Dreißig packte. Ehrlich, ich hab manchmal das Gefühl, ich bin so um die Zwanzig hängengeblieben, und der ganze Rest ist Schwindel, verstehst du?»

Er wußte, noch während er sie halb im Ernst fragte, daß sie nicht verstand. Phantasie war nicht ihre starke Seite. Hübsch zu sein, war ihre starke Seite. Und liebenswürdig. Und fähig in ihrer Arbeit. Sie arbeitete beim Intercontinental Credit Bureau, und nach zwei, drei Verabredungen hatte sie sich endlich bezahlt gemacht, indem sie auf Anforderung regelmäßig aus Intercontinentals Datenbank vertrauliche Informationen von der Sorte lieferte, die sonst nur unter Strafandrohung zu erhalten sind – wenn überhaupt. Sie war Ende Zwanzig und lebte mit ihrer Familie auf Staten Island; in den letzten paar Monaten war sie zu einer festen Größe in seinem Leben geworden: attraktiv, liebenswürdig, phantasielos

und ein klein wenig verzweifelt. Die Verzweiflung war noch gewachsen, als sie mit seinem Wohnhotel in der Central Park South in Berührung gekommen war; sie hatte nicht geahnt, daß er auf dieser Stufe lebte. Und sie äußerte sich in Anwandlungen von Häuslichkeit, in den kleinen Veränderungen in der Wohnung, die sie mit dem Verrücken der Möbel erreichte, in den kleinen Dingen, mit denen sie die Ausstattung der Küche aufwertete. Auch im Bett war sie ganz gut, hielt sich aber immer an ihre Staten-Island-Normen, so daß nie von einer angemessenen Zügellosigkeit oder Liederlichkeit die Rede sein konnte.
Wenn ihre Zeit einmal abgelaufen war, Mann, dann war das bestimmt, wie wenn man einen jungen Spaniel ins Tierheim abschiebt.
Einstweilen aber war sie unendlich liebenswürdig, und sie hatte den Schlüssel zu diesen Computerinformationen bei Intercontinental.
Als sie sich nun dieser Frage gegenübersah, die – mochte sie auch noch so hypothetisch sein – die Grenzen ihrer Phantasie überschritt, blieb sie wie üblich die Antwort schuldig. Sie sagte: «Wie lange bleibst du mit diesem Typ von der Westküste zusammen? Den ganzen Tag?»
«Nein, zwei Stunden, wenn's hoch kommt. Dann muß ich allerdings nach Brooklyn rüber. Bath Beach. Eine Art Familienfete zu meinem Geburtstag.»
Betty sah niedergeschlagen aus. «Ach. Ich dachte, bei dem schönen Wetter –»
«Du kannst ja mitkommen, wenn du willst.» Er bereute es, kaum daß er es gesagt hatte. Es war wirklich eine idiotische Art, die Bande zu lockern, die einen fesseln. Aber zu einer Kursänderung blieb ihm keine Zeit. Betty sagte glücklich: «Das ist ja noch besser, als ich dachte. Ein Zusammentreffen mit der Familie und alles.»
«Vergiß nicht, du kennst kaum jemand aus meiner Familie.»
«Ich hab deine Mutter und deine Schwester kennengelernt. Und du hast gesehen, wie wir uns verstehen.»
Sie hatten sich tatsächlich fast zu gut verstanden. Aus der Sicht seiner Mutter, deren fünfundvierzigjährige ledige Tochter Angie, die große Anwältin, nie Enkelkinder produ-

zieren würde, hing alles von ihrem Jungen ab. Und der war nun also mit dieser Betty zusammen, einem netten katholischen Mädchen, wie dafür geschaffen, kleine Milanos in die Welt zu setzen. Und aus Schwester Angies Sicht war es nicht nur Zeit, daß sie ein paar Nichten und Neffen bekam, die sie umsorgen konnte, sondern es war auch eindeutig Zeit, daß ihr kleiner Bruder, inzwischen vierzig und mit einer kahlen Stelle am Hinterkopf und den ersten Ansätzen eines Bauches, endlich vom Karussell absprang und mit einer liebenden Gefährtin einen Hausstand gründete. Angie, die sich sonst fanatisch für die Rechte, die Würde und die Unabhängigkeit der Frau einsetzte, blieb in der Beurteilung Bettys bei der alten Doppelmoral. Von Bettys Verstand hielt sie nicht viel, schätzte sie aber in der Rolle der liebenden Gefährtin um so höher ein. «Dazu ist sie geschaffen», ließ Angie ihren alternden kleinen Bruder wissen, «und genau das ist es, was du brauchst.»
Familien.
Er ging ins Schlafzimmer, Betty im Schlepptau. Beim Anziehen sagte er zu ihr: «Noch was. Ich weiß nicht, wie das Klima dort sein wird. Angie hat bereits Sturmwarnung gegeben.»
«Was hat sie denn?»
«Das Übliche. Außerhalb ihrer Arbeitszeit sitzt sie mit Mama im Haus fest – ihre freie Entscheidung –, aber sie meint, ich müßte ihre Trübsal teilen. Viel öfter Besuche machen und Händchen halten.»
«Wenn es nur darauf hinausläuft –»
«Es läuft darauf hinaus, daß ich meine Schulden in barem Geld bezahle. Im übrigen ist Mama eine erbärmliche, streitsüchtige alte Hexe. Wenn sie sich bessert, bessere ich mich auch. Aber das wird Angie nicht besänftigen, wenn ich hinkomme. Vielleicht willst du dir das lieber ersparen –»
«Nein, wieso denn, so was stört mich doch nicht, ich werde mich einfach heraushalten. Soll ich dir was zum Frühstück richten?»
Er gab es auf. «Ich trink meinen Kaffee im Büro. Sieh du mal zu, daß du startklar bist, wenn ich zurückkomme. Inzwischen kannst du ja ein bißchen Schlaf nachholen.»

«Ich dachte, inzwischen könnte ich hier mal aufräumen.»
«Da gibt's nichts aufzuräumen. Und morgen kommt der Putzdienst.»
«Es gibt eine Menge aufzuräumen.»
Als sie sich anschickte, ihn an der Wohnungstür mit einem Kuß zu verabschieden, ging ihm durch den Kopf, daß das für sie beide eine nicht uninteressante Premiere sein würde: ihr nackter Körper an seinem bekleideten Körper. *Déjeuner sur l'herbe.* Es überraschte ihn allerdings nicht, daß sie beim Küssen mit ihrem Körper so auswich, daß es keine Berührung gab. Typisch Staten Island.
Zum Büro der Watrous Associates an der Ecke Madison Avenue und 60. Straße war es ein Fußweg von ein paar Minuten. Auch jetzt, am frühen Morgen, war die Gegend nicht völlig menschenleer. Am Eingang zum Central Park, gegenüber dem Plaza Hotel, warteten schon ein paar Kutschen; Pferdemäuler steckten tief in Hafersäcken. Einer der Kutscher war in Wirklichkeit eine Kutscherin, drall, sommersprossig, mit roten Haaren; ihre stolz geschwellte Brust spannte das I-Love-New-York-T-Shirt bis zum Zerreißen. Und am Bordstein vor dem Springbrunnen direkt vor dem Hotel lagen zwei jugendliche Veteranen einer vergangenen Ära, breitbeinig, barfuß, in zerlumpten Jeans, die Stirnbänder wie Schlafmasken über die Augen gezogen. Ein junger Mann, eine junge Frau, und beide, wie's aussah, vollkommen stoned, in einer anderen Welt.
Wildwuchs der Großstadt.
In der Eingangshalle seines Hochhauses forderte ihn der Wachmann für dieses Wochenende auf, sich ins Kontrollbuch einzutragen, was vor ihm schon W. Watrous, S. Glass, H. Greenwald und D. Hale getan hatten – ein Hinweis darauf, daß der Kunde eingetroffen war und angemessen betreut wurde. Im dreißigsten Stockwerk, beim Blick auf den teppichbelegten langen Flur, mußte Milano denken, daß die Firma ihre eigene Art des städtischen Wildwuchses durchmachte, denn Jahr für Jahr verschlang sie ein weiteres Stück des dreißigsten Stockwerkes. Mit zwei Räumen hatte sie vor zwölf Jahren angefangen; nun nahm sie langsam die Dimensionen eines gewichtigen Unternehmens an, hatte sie doch

Abteilungen, die sich mit dem stürmisch wachsenden Gebiet des Computerbetrugs, der elektronischen Glücksspiele und des persönlichen Schutzes für nervöse Industriekapitäne beschäftigten, ganz zu schweigen von der guten altmodischen Wirtschaftsspionage, der Suche nach Vermißten, kriminalistischen Untersuchungen und dem gelegentlichen Volltreffer, John A. Milanos Spezialität: der Wiederbeschaffung hochwertiger verschollener Waren für Versicherungsgesellschaften, die – mochten sie dabei noch so rot werden – bereit waren, sich ein klein wenig außerhalb der Gesetze zu bewegen, um ihre Verluste abschreiben zu können. Juwelen und Kunstwerke vor allem, deren kühl professioneller Diebstahl alle Chancen hatte, sich zu Amerikas bedeutendster Industrie zu mausern.

Watrous Associates bewegte sich also auf jener düsengetriebenen Spirale, wo es heißt: je mehr die Firma in diesem Jahr erwirtschaftet, desto mehr muß sie pflichtgemäß im nächsten Jahr herausholen. Und wohin führte diese Spirale? Würden sie eines Tages auch die einunddreißigste Etage dazumieten, dann die zweiunddreißigste, dann zu einer Aktiengesellschaft werden?

Warum?

Lästige Frage.

Andererseits: warum nicht?

Ausweichende Antwort. Bequem, aber nicht tröstlich.

Shirley Glass, Bürovorsteherin und Hausmutter des Betriebs seit seiner Gründung, wartete im Empfangszimmer. Ein geschmackvoller Handkoffer von Mark Cross, der zweifellos dem Mandanten gehörte, fiel dort ins Auge. «Sie sind spät dran», sagte Shirley. «Die sitzen alle in Willies Büro herum und reden belangloses Zeug.»

«Bringen Sie sie in mein Büro. Und ich will Kaffee. Sahne und Zucker können Sie sich schenken.»

«Nur weil Sie heute morgen mit dem linken Fuß aufgestanden sind –»

«Kaffee, mein Herzchen. Und bringen Sie Block und Bleistift mit.»

Willies Büro war einfach ein Büro. Milanos Büro – Walnuß, Leder, Kristallglas und limitierte Rouault-Drucke mit niedriger Nummer gaben den Ton an – warnte den Mandanten rechtzeitig, daß er eine saftige Rechnung zu erwarten hatte, und schwächte damit seinen anfänglichen Widerstand. Der Mandant war in diesem Fall die «Pacifica Inland», eine Versicherungsgesellschaft aus San Francisco, ihr Beauftragter ein gewisser Douglas Hale. Auch um die Vierzig, mit dem gefälligen, nichtssagenden Äußeren eines Kaliforniers, aber auch, wie Milano feststellte, mit schweren Sorgenfalten in der sonnengebräunten Stirn.

Hy Greenwald, Kunststudent ohne Abschluß und nun in der Ausbildung zum Läufer, gruppierte ein paar Stühle um Milanos Schreibtisch, während Willie brummend die Vorstellung übernahm und dabei Zigarrenasche auf den Teppich streute, denn Willie, der ehemalige Polizeiinspektor, der mit seinen billigen Anzügen von der Stange, seinen schäbigen Krawatten und Fünfcent-Zigarren immer noch etwas vom Stallgeruch des Revierpolizisten an sich hatte, schien stolz darauf, der Firmenrüpel zu sein. Keine Frage. Und es war auch nicht zu bestreiten, daß Willie trotz all der Kohlehydrate, die er in sich hineinstopfte, und trotz der Unmengen Bier, mit dem er sie hinunterspülte, auch jetzt noch – im Friedhofsalter von über siebzig – so schlank war wie ein Leichtgewichtsboxer der Weltklasse. Ein Glückslos in der genetischen Lotterie, sagte sich Milano mißmutig. Als Shirley ringsum Kaffee einschenkte, schaufelte Willie mehrere Löffel Zucker in seine Tasse.

Hales Aktenkoffer war aus Eidechsenleder und hatte goldene Beschläge. Er zog eine Mappe aus dem Koffer und legte sie auf den Schreibtisch. «Alles, was sie haben wollten», sagte er zu Milano. «Kopien der Bestandsliste, zusammen mit Zuschreibungen und Provenienzen für beide Werke. Fotografien. Und die Polizeiberichte.»

«Und die Geschichte selbst?»

«Nun, um es ganz kurz zu machen: Henry Grassie von der Baufirma Grassie war der Policeninhaber, Pacifica Inland der Versicherer. Am Mittwochmorgen – vier Tage vorher also – war festgestellt worden, daß aus der Sammlung Grassie zwei bedeutende Kunstwerke verschwunden waren. Bis zu einem gewissen Grad auch Grassies Schuld. Die zwanzig

Bilder umfassende Sammlung war in Grassies Villa im ehemaligen Wintergarten untergebracht worden. Dieser Raum, der zum Garten hin lag, war besonders leicht zugänglich, seine Alarmanlage von einer notorischen Launenhaftigkeit. Wie dem auch sei, jedenfalls wurde sofort die Polizei benachrichtigt, Pacifica Inland unmittelbar danach. Der erste Spezialist der Polizeibehörde in San Francisco kümmerte sich persönlich um den Fall –»

«Al Rauscher?» mischte sich Milano plötzlich ein. «Inspektor Rauscher?»

Hale nickte. «Genau der. Ja. Und für ihn steht inzwischen fest, daß das Ding von außen gedreht wurde, allerdings von einem Spezialisten, sehr gekonnt.»

«Selektiv?»

Wieder nickte Hale. «Das ist das Wort, das er gebraucht hat. Er glaubt, irgend jemand bestellte die Bilder und ließ sie sich dann von einem gewieften Profi holen, und jetzt sind sie höchstwahrscheinlich auf dem Weg zu einem Mittelsmann, der von New York aus operiert.»

«Rauscher hat Ihnen Watrous Associates empfohlen?» sagte Willie ungläubig.

«Nein. Das war Grassie, nachdem er sich bei verschiedenen Museumsleuten, die er kennt, erkundigt hatte. Ihm geht es in erster Linie darum, diese Bilder wiederzubekommen. Als ihm von Ihrer Firma berichtet wurde, ließ er mich wissen, wenn es Pacifica gelänge – natürlich würde er für alle Kosten geradestehen –, Sie für den Fall zu gewinnen, würde er seinen Versicherungsanspruch vorläufig noch nicht geltend machen. Höchst irregulär natürlich, aber wenn man bedenkt, um welche Summen es geht –»

«Was macht es denn so irregulär?» fragte Willie, als wüßte er von nichts. Er genoß es immer, diese Versicherungsmenschen – wenn er sie erst mal am Haken hatte – in die Schranken zu weisen, diese Klugscheißer mit ihrer gestärkten Unterwäsche.

Hale zog die Augenbrauen hoch. «Nun ja, wenn ich jemanden für Ware bezahlen soll, die er gestohlen hat – und wenn es dann auch noch um meine eigene Ware geht –»

«Soll das heißen», sagte Milano, «daß Sie mit so was noch

nie zu tun gehabt haben? Daß von den bei Ihnen versicherten Kunstwerken noch nie welche geklaut worden sind?»
«Das stimmt wirklich, noch nie. Pacifica versichert keine Kunstwerke. Die Sammlung Grassie ist eine Ausnahme.»
«Nur so, aus Gefälligkeit?»
«Wir notieren über zehn Millionen Dollar im Jahr für Grassies Baufirma. Als er uns dann mit der Sammlung kam, waren wir anstandshalber verpflichtet, auch sie zu versichern. Die Frage ist jetzt nur noch, ob Sie den Fall übernehmen oder nicht.»
Milano schlug die Mappe auf. Die zwei Farbfotos lagen ganz oben; die wesentlichen Angaben standen auf der Rückseite. *Der Strand von Trouville. Eugène Louis Boudin. 1879. Holzplatte, 36 × 18 cm.* Und *Der Strand. Eugène Louis Boudin. 1880. Holzplatte, 36 × 18 cm.* Zwei Strandszenen, und sie gehörten zweifellos zu den besten unter Boudins inspirierten Bildern. Ein breiter Sandstreifen, ein paar Wanderer und dazu – obwohl kaum angedeutet – ein sehr gegenwärtiger, horizontal weit ausgedehnter Himmel voller Wind und Wolken. Und das Ganze nur 36 auf 18 Zentimeter groß. Zwei Szenen, nicht in der Zeit erstarrt, sondern durch die Zeit lebendig geblieben. Milano spürte das vertraute Reißen in den Eingeweiden, als er sie eingehend betrachtete; so ähnlich mußte es Moses ergangen sein, als er sich dem brennenden Dornbusch gegenübersah.
Hy Greenwald, der mit seinem Vollbart und seiner Omabrille aussah wie ein mit Vollbart und Omabrille maskierter Student, nahm die Fotos und sah sie sich an. «Gut», räumte er ein. Aber es war offenkundig, daß Hy, als ehemaliger Kunststudent ganz auf abstrakten Expressionismus und Pop und Op und Minimal Art eingeschworen, von brennenden Dornbüschen nicht bis in die Eingeweide zu erschüttern war.
Milano überflog rasch, was sonst noch in der Mappe war.
«Für je dreihunderttausend sind die Bilder versichert?» sagte er zu Hale. «Bei Christies letzter Versteigerung brachte ein Boudin vierhundertachtzig ein.»
«Ich weiß. Aber diese Policen wurden vor ein paar Jahren ausgefertigt.»

«Und nie nachgebessert. Sie machen also, selbst wenn die volle Versicherungssumme fällig wird, ein gutes Geschäft.»
«Ganz schön schmerzhaft, dieses Geschäft», sagte Hale.
«Allerdings», bestätigte Milano. «Gut, wir übernehmen den Fall.» Mit einer Kopfbewegung deutete er auf Willie. «Mr. Watrous bedient die Registrierkasse.»
Willie beugte sich vor, um seine Zigarre auszudrücken; energisch zerquetschte er den schmierigen Stummel im Steuben-Aschenbecher und wischte sich den nassen Daumen am Oberschenkel ab. «Wie ich Ihnen schon am Telefon erklärt habe», sagte er zu Hale. «Fünfzehntausend im voraus. Keine Rückvergütung. Damit ist ein Monat bezahlt, einschließlich Spesen. Danach sind es fünfhundert pro Tag. Und Sie können jederzeit aussteigen, das nimmt Ihnen keiner krumm.»
«Abgemacht. Aber Sie haben von einer Provision gesprochen, für den Fall, daß Sie die Bilder wiederbeschaffen. Wie hoch ist diese Provision?»
«Von einer Provision war nicht die Rede, sondern von einem prozentualen Anteil. Darin eingeschlossen ist das Geld zum Rückkauf der Bilder, wenn wir sie aufstöbern. Das Lösegeld gewissermaßen. Was dann noch übrig bleibt, das ist unser Gewinn.»
«Na schön, aber wieviel Prozent?»
«Vierzig», sagte Willie. «Vierzig Prozent von der gesamten Versicherungssumme.»
Hale blinzelte heftig. «Zweihundertvierzigtausend Dollar?»
«Wenn wir die Bilder auftreiben. Dann spart Ihre Gesellschaft immer noch ihre dreihundertfünfzig Riesen.»
Hale dachte darüber nach und wandte sich dann an Milano. «Wenn ich nun zustimme, würde mich doch interessieren – und ich verlange nicht, daß Sie irgendwelche Berufsgeheimnisse preisgeben –, wie Sie überhaupt wissen wollen, wo Sie am besten ansetzen?»
«Durch Verbindungen. Wir lassen durch gewisse Verbindungen verbreiten, daß Watrous Associates diese Bilder kaufen will. Damit schaffen wir eine Wettbewerbssituation, die – selbst wenn sie sonst nichts bewirkt – die Aktivitäten erst mal lahmlegt und den Leuten Zeit zum Nachdenken gibt. Und

genau das brauchen wir zum Einstieg: daß die Aktivitäten im derzeitigen Stadium lahmgelegt werden.»
«Und dann?»
«Alles weitere», sagte Milano, «ist Berufsgeheimnis.»

Charles Witter Kirwan

Ein Tag ist vertan.
Ich hatte eigentlich vor, jeden Tag bestimmte Gedanken aufzuschreiben, die nach dem unerhörten Ereignis alles erklären würden. Gestern – Sonntag – wurde mir klar, daß ich das künftig flexibel handhaben muß.
Denn gestern morgen um acht wurde ich durch das hartnäkkige Läuten der Türglocke aus dem Schlaf geholt. Ich hatte eine schlechte Nacht hinter mir. Um vier Uhr in der Frühe war ich, vollgepumpt mit Percodan, endlich eingeschlafen. Ich bemühte mich zwar, die Türglocke aus meinem Bewußtsein zu verdrängen, aber das Läuten hörte einfach nicht auf. Ich schleppte mich die Treppen hinunter, und da war es Vern Bailey, der an der Haustür stand. Vern, achtzehn Jahre alt, sein älterer Bruder Odell, seine jüngere Schwester Lorena und ihre Mutter, die amtlich beglaubigte Mrs. Bailey, bewohnen die Wohnung 2-C in meinem Haus nebenan. Mit Bedauern füge ich hinzu, daß eine ältere Schwester namens Christine, die dort ebenfalls gewohnt hatte, vor ein paar Monaten nach Manhattan gezogen ist. Das Bedauern ist aufrichtig. Ich bekam Christine oft flüchtig – oder auch weniger flüchtig – durchs Fenster in ihrem Schlafzimmer zu sehen, und jetzt, wo sie dort nur noch gelegentlich zu Besuch ist, ist mir dieser Genuß genommen. Um es mal drastisch auszudrücken: sie ist ein prachtvolles Weib – der Stoff, aus dem die feuchten Träume sind, wenn man im richtigen Alter dafür ist. Oder, wie mir mal ein Kriegskamerad in Italien seine große Liebe in der fernen Heimat beschrieb: glaub mir, Kumpel, die könnte sogar eine Statue geil machen.
Jawohl.
Damit soll aber nichts gegen die Reize der jüngeren Schwester Lorena gesagt sein, die mit ihren fünfzehn Jahren eine

neue Christine Bailey zu werden verspricht. Und ich kann mir da ein Urteil erlauben, denn ich bin schon auf dem besten Weg, Lorena zu verführen, so kurios dieses Wort auch klingen mag. Bevor ich auf wundersame Weise in diesen Charles Witter Kirwan verwandelt wurde, hielt auch ich dieses Wort für kurios. Altmodisch. Mitten aus einem Groschenroman. Aber jetzt nicht mehr. Jedenfalls nicht, seit sich Lorena – nach meinem Stundenplan und von mir bezahlt – splitternackt durch dieses Zimmer hier bewegt. Dreimal in der Woche, jedesmal eine Stunde oder so, geht sie, ausgezogen bis auf die glänzende Haut, hier herum, bückt sich, streckt die Hand aus, hebt irgendwas auf und bietet mir mehr, als ich mit jenen Röntgenaugen sehen könnte, die sich jeder Chef wünscht, wenn seine Sekretärin sich über die Aktenschränke beugt.
Unberührt, ja. Ohne Anfassen, bisher. Aber der Schritt steht unmittelbar bevor. Und weitere Schritte werden rasch folgen, in aufsteigender Reihenfolge. Oder, wenn euch das lieber ist, in absteigender Folge. Lorena weiß noch nichts davon, aber sie und ich werden den kurzen Rest unseres Lebens mit diesem Spiel verbringen.
Nun gut.
Wie dem auch sei, die Baileys wohnen jedenfalls seit langem in 2-C. Wie die überwältigende Mehrheit in dieser Straße sind auch sie von der dunkelhäutigen – hamitischen – Sorte, und während Mrs. Bailey und Lorena ein verständliches Englisch zustande bringen, sind Vern und Odell offenbar zu der Ursprache ihres dunklen Stammes zurückgekehrt.
«Babbel babbel babbel», sagte Vern zu mir, kaum daß ich die Tür aufgemacht hatte. «Babbel babbel ha wa, eh?»
Ich spreche ihre Stammessprache nicht, aber in den Schulklassen, die ich früher zu unterrichten hatte, und in Auseinandersetzungen mit meinen Mietern habe ich mich auf diese Töne eingestellt. Daher verstand ich auch, daß in der Wohnung 2-C kein heißes Wasser floß, und das hieß, daß in der Witter Street 409 im ganzen Haus kein heißes Wasser floß, weil der Boiler wieder mal beschlossen hatte, kaputtzugehen. Im Augenblick bin ich nicht nur der Besitzer des Hauses 409, ich bin auch sein selbst ernannter Hausmeister. Als mein

Plan für das unerhörte Ereignis vor einem Monat Gestalt annahm, sah ich ein Hindernis darin, daß ständig ein Hausmeister da war, der eine mietfreie Wohnung im Erdgeschoß bewohnte und sehr viel Zeit im Kellergeschoß zubrachte. Dieses Kellergeschoß mußte jedoch ausschließlich mir vorbehalten bleiben und durfte von keinem anderen mehr betreten werden; als nun dieser Hausmeister – nach der ungewöhnlich langen Zeit von mehreren Monaten – urplötzlich verschwand, verzichtete ich einfach darauf, ihn zu ersetzen. Ich würde, mochte es auch noch so viel Mühe kosten, selber als Hausmeister und Mechaniker einspringen und mir gelegentlich von Mr. Al Bunting helfen lassen, der gegenüber in Nr. 416 Hausverwalter – Hausmeister – war und bei Bedarf die schweren Mülltonnen umherwuchten und die Flure fegen und naß wischen konnte. Es sei hier vermerkt, daß Mr. Al Bunting gegen ein übertrieben hohes und steuerfreies wöchentliches Trinkgeld bisher seinen Pflichten getreulich nachgekommen ist.

Das bedeutet jedoch, daß der Boiler nun meine Angelegenheit ist, und so war ich gestern den ganzen Vormittag damit beschäftigt, ihn zu zerlegen und den Einschaltmechanismus auszuprobieren, bis er wieder funktionierte.

Doch dann kam ein böser Augenblick, als ich entdeckte, daß sich eine Wasserpfütze vom Boiler bis unter die Tür des mit einem Vorhängeschloß gesicherten Geräteraumes erstreckte. Die drei Kartons mit dem Dynamit, jeweils zwei Dutzend Stangen, lagerten auf dem Boden des Geräteraums, und wenn sie feucht geworden waren, bekam ich Probleme. Eine Stunde lang hatte ich im Geräteraum damit zu tun, den Inhalt der Kartons Stück um Stück durchzugehen.

Gott sei Dank, es war noch nichts passiert.

Aber als ich schließlich nach Hause kam, war ich erschöpft und hatte große Schmerzen, so schlimm wie noch nie, Schmerzen, die sich vom Zwerchfell bis zum rechten Hüftbein erstreckten. Das Atmen fiel mir schwer, der Husten war unkontrollierbar. Ich nahm zweihundert Gramm Percodan und verbrachte schließlich den größten Teil des Tages im Bett, von einer Art zuckendem Nebel eingehüllt. Als mein Kopf ein wenig klarer wurde, wollte ich mit meinen Bändern

weitermachen, mußte aber erkennen, daß mich allein schon der Versuch, in dieses Mikrofon zu sprechen, zu sehr anstrengte.
Statt dessen gab ich mich damit zufrieden, das erste Band noch einmal abzuspielen. Ich fand es ganz gut, aber es betrübte mich, daß der Text so oft durch mein Husten unterbrochen war. Es genügt offenbar nicht, beim Husten den Kopf wegzudrehen; das Geräusch dringt trotzdem durch. Ich werde das Problem ab sofort dadurch lösen, daß ich während der Hustenanfälle das Gerät einfach abschalte.
Ja.
Doch obwohl ich unter diesen Umständen kaum einen klaren Gedanken fassen konnte, schälten sich zwei Sorgen heraus. Zum einen könnte ich meinen Zuhörern – meinen Lesern – nicht ausreichend klargemacht haben, daß das unerhörte Ereignis kein Racheakt ist. Das ist es nämlich nicht. In der festen Form der Vendetta bei romanischen Völkern, die außer ihrem Stolz nichts haben, auf das sie stolz sein können, ist es der Tiefpunkt der Geistlosigkeit.
Das unerhörte Ereignis ist also kein Akt der Rache. Was ist es dann? Es ist etwas Unvermeidliches, Zwingendes. Ein zukunftsträchtiges historisches Ereignis. Ein prophetischer Aufschrei. Ihr Psychohistoriker, jüngste Brut akademischer Scharlatanerie, euch gilt meine besondere Warnung. Sucht hier um Himmels willen nicht nach versteckten Bedeutungen. Laßt mich einfach für mich selber sprechen.
Also dann.
Wo war ich?
Eine zweite Sorge. Richtig. Und eine unangenehme dazu.
Gegenstand dieser Plaudereien – mag ich auch noch so sehr abschweifen – sind die dunkelhäutigen Leute der Witter Street. Die Abkömmlinge irgendwelcher afrikanischer Stammesangehöriger, die, nachdem sie auf Sklavenschiffen zur nordamerikanischen Küste gebracht worden waren und nach dem blutigsten und unnötigsten Bruderkrieg der Geschichte nordwärts nach Utopia zogen. Nach New York. Nach Brooklyn. In die Witter Street. Wo das Geld auf den Bäumen wächst und wo man Essensmarken von wild wachsenden Hecken pflücken kann.

Mit Sicherheit machen sie heute über neunzig Prozent der Menschen in diesem Straßenblock aus. Wenn ich beispielsweise Nr. 409 nebenan zum Maßstab nehme, so sitzen sie in dreiundzwanzig von den vierundzwanzig Wohnungen, auch in der ehemaligen Hausmeisterswohnung, die ich letzte Woche neu vermietet habe. Ein einziges weißes Ehepaar, die Friedmans, wehren sich in ihrer Wohnung im obersten Stock hinter dreifach verriegelten Türen verzweifelt dagegen, daß sie von der schwarzen Flut überspült werden. Die Friedmans wohnen seit dreißig Jahren in dieser Wohnung, aber es sind nicht sentimentale Gründe – Liebe zur vertrauten alten Umgebung etwa –, die diese zwei bösartigen, weinerlichen alten Juden in der Wohnung halten. Wohl kaum. Dafür sorgt vielmehr die Mietpreisbindung, ein mir von der Stadt New York auferlegtes *noblesse oblige*, das diese alten Hebräer praktisch auf meine Kosten leben läßt.
Die Dunkelhäutigen beherrschen also die Szene, sie sind das Thema dieser Bänder, das A und das O, und mich quält nun die Frage: Wie soll ich sie bezeichnen? Wie nenne ich sie?
Neger? Solide und richtig, aber durch Stammeserlaß aus unserer Sprache gestrichen. Ich will mich dem Wunsch des Stammes wohlwollend fügen.
Schwarze? Eigentlich keine Rassenbezeichnung, sondern eine Drohung.
Afro-Amerikaner? Anmaßend. So wie auch jener altberühmte Stammesheld, Marcus Garvey, anmaßend war.
Nun gut, und was ist mit dem guten altmodischen Slangwort, das von «Neger» abgeleitet ist? Dem ungehörigen Lieblingswort des weißen Taxifahrers? Oder auch meines Großvaters? Dieser feine Gentleman und Gelehrte und Kaufmann hat, soweit ich mich erinnern kann, niemals ein anderes Wort benützt, wenn er von einem Angehörigen des Stammes sprach.
Ich kann das nicht. In meinen Gedanken, ja. Aber nicht in einer für die Öffentlichkeit bestimmten Darstellung. Und warum nicht? Weil ich – und das hat fast etwas Komisches – bei allem Abscheu, den ich gegen den Stumpfsinn und die selbstzerstörerische Kraft des Liberalismus im sozialen und politischen Bereich hege, von eben diesem Liberalismus

amputiert worden bin. Konditioniert wie ein Pawlowscher Hund, so daß mich der Klang eines rassischen Beinamens sofort zurückschrecken läßt.

Und es braucht nicht mal ein Beiname zu sein. Ich weiß noch, wie erstaunt ich war, als mich ein Historikerkollege – er wird sich im folgenden sofort wiedererkennen – darüber aufklärte, daß es beleidigend ist, jemanden einen Juden zu nennen, selbst dann, wenn er einer ist. Korrekt sei es, von einem jüdischen Mitbürger zu reden.

So subtil funktioniert diese liberale Konditionierung, daß es mich heute einige Mühe kostet, das Wort Jude laut auszusprechen. Ich nehme an, unsere jüdischen Mitbürger tun sich da leichter.

Nun gut.

Jedenfalls blieb mir – ein wachsendes Ärgernis – jede logische Bezeichnung für den Stamm verwehrt; schließlich fand ich dann doch eine Lösung, die mir förmlich aufgedrängt wurde.

Die Lösung.

Aus einem Roman, den ich alle paar Jahre mit Vergnügen wiederlese. *South Wind* von Norman Douglas. Alle Schilderungen lassen auf einen unangenehmen Burschen schließen, aber wie sehr sind diese Schilderungen wohl von der Tatsache beeinflußt, daß er, sobald er zu Feder und Papier griff, unbarmherzig die Wahrheit sagte?

Undeutliche Erinnerungen an einen Abschnitt aus diesem Buch gingen mir immer wieder durch den Kopf. Worte, die von der Hauptfigur des Romans, dem anglikanischen Bischof aus Bampopo in Afrika, zu einem Bekannten gesagt werden. Etwas über die nur in der Vorstellung existierenden Afrikaner, denen der Bischof einmal gedient hatte. Ich habe das Buch jetzt vor mir liegen; ich will die Passage wörtlich zitieren:

> «Und Ihre Freunde, die Bulanga! Wenn ich daran denke, daß ich einmal dreihundert von ihnen an einem einzigen Tag getauft habe! Und schon in der darauffolgenden Woche aßen sie die alte Mrs. Richardson auf, unsere beste Predigerin. Die Ärmste! Ich erinnere

mich noch, daß wir ihre Reitstiefel begruben. Sonst gab es nichts mehr zu begraben . . .»

Ungeheuer.
Wenn ich in diesem Arbeitszimmer aus irgendeinem Fenster blicke, sehe ich sie überall, die Straße rauf und die Straße runter, die Bulanga der Witter Street.
Und sie existieren nicht nur in der Vorstellung. Sie sind echt.
Und das ist die obszöne Wahrheit an der Geschichte.

John Milano

Milano kam am Montagmittag genau zu dem Zeitpunkt ins Büro, als sich die ganze Belegschaft der dreißigsten Etage mit donnerndem Getöse zu den Aufzügen und zum Mittagessen drängte. Willie hatte sein Essen vor sich auf dem Schreibtisch, eine stattliche Pizza mit all den richtigen Zutaten, dazu einen Liter Bier.

«Wo warst du den ganzen Morgen?» fragte er. «Hinter diesen Bildern her?»

«M-hm. Hab mich ’n bißchen umgehört.»

«Und wie stehen die Aktien?»

«Gar nicht so schlecht. Kann sein, daß wir Rauscher einen Gefallen schuldig sind.»

«Ach ja? Dann laß es ihn bloß nie wissen. Mehr noch als Versicherungsgesellschaften, die Lösegelder unter dem Tisch zahlen, haßt dieses Arschloch Agenturen, die ihnen dabei zur Hand gehen. Dabei fällt mir ein, die Geldfrage ist geregelt. Pacifica kann den Betrag jederzeit innerhalb achtundvierzig Stunden beschaffen. Du brauchst jetzt nur noch dafür zu sorgen, Johnny-Boy, daß das Geld auch angefordert wird. Und daß wir uns eine dicke Scheibe davon abschneiden können.»

«Kommt drauf an. Immerhin kannst du dich schon mal über die fünfzehntausend Vorschuß freuen.»

«Die verpulverst du doch in einer Woche für Spesen!» Willie meinte das nur halb im Spaß. «Moment noch», sagte er, als Milano der Tür zustrebte, denn fünf Minuten allein mit Willie waren wie eine Stunde unter dem Bohrer des Zahnarzts. «Was ist, wenn Rauscher blufft? Wenn er diesen Hale an der Nase rumführt, nur um zu erreichen, daß wir – oder irgendeine andere Agentur – in der Scheiße sitzen?»

Überraschend kam das nicht. Schließlich hieß es von diesem

Willie Watrous, er sei so gewieft, daß er nicht einmal in den Beichtstuhl gehen würde, ohne seinen Rechtsanwalt mitzunehmen.
Milano traf Hy Greenwald in seinem winzigen Raum, ganz in die Arbeit vertieft, die ihm aufgetragen worden war. Überall am Fußboden lagen Ordner mit Agenturberichten, Stapel von Karteikarten und schuhschachtelgroße Plastikbehälter voller Zeitungsausschnitte.
«Lassen sich die Stückchen irgendwie zusammenfügen?» fragte Milano.
«Möglicherweise. Aber ich hab ein paar Fragen.»
Dies war die erste wirkliche Herausforderung für Hy, der gerade ein paar Wochen bei der Agentur war und bis dahin in einer Art bezahlten Ausbildung Milanos Lehrjunge gewesen war. Bart hin, Omabrille her, er war ein helles Bürschchen, hielt Augen und Ohren offen und saugte Informationen auf wie ein Schwamm. Wenn er so weitermachte, war er in ein, zwei Jahren so weit, daß er sich absetzen und bei einer anderen Agentur für das Doppelte dessen anheuern konnte, was Willie zu zahlen bereit war. Er wäre nicht der erste. Einstweilen hatte er jedoch einige Fragen.
«Nur los», sagte Milano.
«Also dann. Dieser Bulle in San Francisco, Rauscher, wirft einen Blick in die Runde und spricht von einem selektiven Diebstahl. Woher nimmt er diese Sicherheit?»
«Haben Sie sich die Bestandsliste der Sammlung Grassie vorgenommen?»
«Ja.»
«Dann nehmen wir einmal an, Sie schleichen sich irgendwann nachts, wenn keiner hinsieht, mit einer Einkaufstasche in diese Sammlung, bereit, einen großen Fischzug zu machen. Sie sehen sich um, und neben einigen mittelmäßigen Dingen sehen Sie zwei Bilder von Monet aus seiner mittleren Periode und zwei von Cezanne, beide hochkarätig. Und natürlich diese zwei Bilder von Boudin. Was packen Sie nun in Ihre Einkaufstasche?»
Er wägte ab. «Sie meinen, der Dieb hat sich nicht für die Superstars entschieden. Aber die beiden Boudin-Bilder sind

nur 36 × 18. Klein und handlich. Vielleicht machte sie das so attraktiv.»
«Sie sind beide auf Holz gemalt, nicht auf Leinwand, und wenn man mit gestohlenen Bildern im Wert von einer Million Dollar auf der Straße rumläuft, sind Holzplatten eine harte Prüfung. Überaus gefährlich. Und falls Sie glauben, es sei leichter, eine Holzplatte von der Wand zu nehmen, als eine Leinwand aus einem Rahmen zu schneiden, dann muß ich Ihnen sagen, es ist nicht viel leichter. Glauben Sie mir.»
«Gut, ich glaube Ihnen. Und Sie halten es mit Rauscher, Sie glauben, diese Gemälde sind bereits hierher unterwegs.»
«Spricht vieles dafür. Nun, was haben Sie bisher herausgebracht? Nur die Dinge bitte, die ich haben wollte.»
Er beugte sich über seine Aufzeichnungen. «In den letzten zwei Jahren achtzehn Fälle, wo bedeutende Werke aus der Zeit Boudins – nennen wir sie prä-impressionistisch – gestohlen wurden und wo sie die Händler schnappten. Die Diebstähle trafen Sammler hier und in Europa. Unter anderem erstklassige Bilder von Courbet, Jongkind und dem jungen Manet. Zwei Händler ließen sich erwischen, ein Gerard Ost und ein Nassos Fountas.»
«Händler auf Bestellung», sagte Milano.
«Hehler», sagte Hy.
«Ich wollte es höflich und vornehm ausdrücken.» Milano setzte sich an den Tisch und machte zum Überlegen die Augen zu; dann beschwor er die Erscheinungsform einer Reihe von Gemälden herauf, als gehe er vor seinem inneren Auge einen Stapel Karteikarten durch. Eine notwendige und – als kleiner Bonus – höchst angenehme Übung.
«Nun?» sagte Hy.
«Gerard Ost», sagte Milano.
«Genau. Er und Fountas sitzen zur Zeit im Gefängnis. In der Schweiz.»
«Paßt ins Bild. Also, die Sache läuft folgendermaßen ab: Irgendein Milliardär, der sich nur an die eigenen Spielregeln hält – im wesentlichen ist das heute Südamerika und der Mittlere Osten –, braucht zur Abrundung seiner höchst privaten Sammlung verschiedene Bilder, die alle unverkäuflich sind. Also helfen ihm Leute wie Ost und Fountas, dieses

kleine Problem zu lösen. Im Moment sieht es so aus, als stelle sich irgendein Fettsack da draußen eine recht hübsche prä-impressionistische Sammlung zusammen, und da darf doch Boudin nicht fehlen, oder?» Milano deutete auf das Durcheinander auf dem Tisch. «Ist in dem ganzen Zeug hier irgendwo der Name Rammaert aufgetaucht? Wim Rammaert?»

«Nein. Wer ist das?»

«Galerie Rammaert drüben an der Siebenundfünfzigsten. Klein, exklusiv und – für Leute, die sich auskennen – zwielichtig. Und Rammaert – das ist das Interessante daran – ist Gerard Osts Cousin.»

«Tatsächlich?» Hy dachte nach. «Aber Ost ist im Gefängnis.»

«Jemand in der Familie mußte also für ihn einspringen. Die haben da einen phantastisch funktionierenden Familienklub.»

«Alles klar. Dieser Jemand bestellt also die Boudins bei Rammaert, der sie stiehlt –»

«Stehlen läßt.»

«Stehlen läßt, um sie dann dem Kunden, dem Milliardär, auszuliefern. Und jetzt wollen Sie mit Rammaert ins Geschäft kommen, bevor die Lieferung erfolgen kann.»

«Nicht so schnell. Wenn ich ihm gegenüber meine Karten aufdecke und er nicht der schuldige Teil ist, renne ich geradewegs ins Verderben. Er könnte sich einen großen Spaß daraus machen, mich wegen eines möglichen Handels an der Nase herumzuführen, während ein völlig Fremder diese Boudins irgendwo in der Innenstadt von Kuwait verschwinden läßt. Oder auf einem Schloß in den Pampas.»

Er hatte offenbar seine Zweifel. «Ich weiß nicht. Wenn ich Rammaert wäre –»

«Ich rede aus schmerzlicher Erfahrung. Ich bin schon einmal auf die Art reingelegt worden, von Rammaerts Sorte. Willie wird es Ihnen nur zu gern erzählen, wenn Sie ihn fragen.»

«Schon, aber wenn es wirklich Rammaert ist, wie steht's dann mit der Wahrscheinlichkeit, daß er sich hier meldet? Sie haben doch selber zu Hale gesagt, so würden Sie es handhaben. War das nur so dahingeredet?»

«Nein, nicht ganz. Wenn sich herumspricht, daß wir an diesen Gemälden interessiert sind – und wenn Rammaert wirklich unser Mann ist –, meldet er sich möglicherweise. Oder auch nicht. Aber wir warten nicht untätig ab. Gleich jetzt, zum Beispiel, statten Sie der Galerie Rammaert einen kleinen Besuch ab.»
«Inkognito, meinen Sie.»
«Einfach einer dieser wißbegierig gaffenden Kunststudenten. Stellen Sie fest, ob er den Laden allein schmeißt oder ob da noch jemand ist und wie der Betreffende sich anstellt. Ist er freundlich und gesprächig? Kennt er den Bestand? Solche Dinge eben. Und bringen Sie gegebenenfalls Prospekte mit. Vielleicht ist dort eine Filiale im Ausland aufgeführt. Basel wäre gut. Ost arbeitete von Basel aus. Buenos Aires und Rio wären gut. Und seien Sie auf der Hut, falls Ihnen Rammaert irgendwelche Fragen stellt.»
«Ich werde klug sein wie eine Schlange», sagte Hy feierlich.
«Übertreiben Sie's nicht», warnte ihn Milano. «Als Schlange ist Ihnen Rammaert haushoch überlegen.»
Er war an seinem eigenen Schreibtisch damit beschäftigt, Beschreibungen von verschwundenen, verlorengegangenen oder gestohlenen seltenen Münzen in ein Verzeichnis aufzunehmen, als Hy zwei Stunden später zurückkam, sehr mit sich zufrieden, wie es schien. Ja, die Galerie war geöffnet und Rammaert war da, ließ sich aber nicht blicken. Er und Mrs. Rammaert waren in ihrer Wohnung, direkt über der Galerie. Rammaert ging zwar gelegentlich auf ausgedehnte Geschäftsreisen, aber in den letzten Wochen hatte er die Stadt nicht verlassen. Und seine Frau auch nicht.
Der Knüller aber war, daß es tatsächlich Filialen gab, und zwar drei. Eine in London, eine in Cannes, eine in Basel. Alle in der vornehmen Broschüre der Galerie aufgeführt.
«Und wie das alles zusammenpaßt», sagte Hy. «London für die Petrodollars, Cannes für das Gaucho-Gold und Basel für die Zahlenkonten.»
«Sehr scharfsinnig, Ihre Vermutung», sagte Milano. «Aber irgend jemand dort hat Ihnen diese Dinge gegeben. Wer?»
«Eine Art Mehrzweckwaffe. Empfangsdame, Sekretärin,

Führerin. Nicht daß sie eine Kunstexpertin wäre. Sie tat nur so, spielte Echo.»

«Zufällig eine Belgierin? Vielleicht eine hilfreiche Cousine Rammaerts?»

«Eine Amerikanerin», sagte Hy. «Schwarz und sehr schön. Sie heißt Christine Bailey.»

Charles Witter Kirwan

Eine gute Nacht letzte Nacht, ein guter Tag bis jetzt.
Schlief fest, wachte mit dem Bewußtsein auf, daß ich fast keine Schmerzen spürte. Ich stelle mir diesen Schmerz manchmal als eine Giftschlange vor, die zusammengerollt in ihrem Nest unter meinem Brustbein liegt, um von dort aus auf abgenutzten Wegen durch meinen Körper zu kriechen. Nun liegt die Schlange offenbar eng zusammengerollt in ihrem Nest und wartet den rechten Augenblick ab.
Sie wartet nur ab, das weiß ich. Jeden Augenblick kann sie sich wieder rühren, und dann hört sich mein Lied auch wieder anders an.
O ja.
Ich hatte in den letzten Monaten mehrere solcher wohltuenden Pausen. Hab mich sogar ein paarmal verleiten lassen, an die Möglichkeit einer echten Besserung zu denken. Aber mit dieser Einfältigkeit ist jetzt Schluß. Endgültig.
Seltsam war nur, daß bei diesen Gedanken keine Freude in mir aufkam, nur Entsetzen. Meine ganze Kraft leitet sich nun von der Endgültigkeit meines Todesurteils ab. Würde es aufgehoben – oder auch nur verschoben –, wäre ich nichts. Weniger als nichts.
Ich kann dieses Nachlassen der Schmerzen trotzdem genießen. Dieses eine Vergnügen bereitet der Krebs seinem Opfer: es gibt tatsächlich Augenblicke, wo das Opfer vergessen kann, daß es aufgefressen wird. Meine Frau genoß ein paar solcher Momente, bevor die sehr schlimme Schlußphase einsetzte. Lymphknotenkrebs war es bei ihr. In dieser Schlußphase war auch der ärztliche Sadismus in Form von Radium und Chemotherapie alles andere als hilfreich.
Das jämmerlich kotzende arme Ding.

Ärzte. Gottes Zeugen auf Erden für die Freuden einer brutalen, habsüchtigen, hemmungslosen Selbstsucht.
Aber lassen wir das.
Ich will nur sagen, daß ich mich beim Aufwachen verhältnismäßig gut fühlte, und es war mir anzusehen. Eine objektive Beobachterin hat es mir bestätigt: Mrs. Bailey, meine Bulanga-Haushaltshilfe, die zum dienstäglichen Hausputz da war, denn den Dienstag hat sie für mich reserviert. Für Mrs. Bailey – für die ganze Welt, abgesehen von diesen Ärzten, die ihre Tests mit mir machen – habe ich eine schlimme Bronchitis. Mrs. Bailey hat sich um meine Frau gekümmert, bis sie endgültig ins Krankenhaus kam; jetzt will sie sich um mich und meinen Husten kümmern. Die Bronchitis habe ich erfunden, um sie in Schach zu halten, und versuche nun eben, sie als eifrig besorgte Aunt Jemima zu ertragen, so gut es geht.
Tatsächlich hat sie so viel von einer Aunt Jemima wie ich von einem Bronchitis-Patienten. Sie hat das Gesicht und die Leibesfülle, sie kann von süßer Liebenswürdigkeit triefen wie der Zuckerahorn von Sirup, aber sie ist – durch und durch Bulanga – die geborene kleine Diebin und unbefangene Lügnerin. Oder sie kann zaubern. Ein silberner Sahnekrug ist von seinem Platz im Regal verschwunden. Der Eigentümer macht in überzeugender Weise klar, wie sehr ihn das bekümmert. Am nächsten Tag taucht der Krug wie durch ein Wunder wieder auf, in einem Büfett, wo er noch nie gestanden hat. In einem anderen Fall werden aus acht Halbdollarstükken, dem Rest eines in einer Blechdose in der Küche aufbewahrten Fundes, plötzlich sieben. Offiziell wird keine Notiz davon genommen. Aus den sieben werden sechs.
In ihrem letzten Lebensjahr hatte meine Frau ihr eigenes Schlafzimmer, und ich wußte über ihre persönliche Habe sehr gut Bescheid. Nach ihrem Tod übernahm es unsere tränenreiche Bulanga, das ungepflegte und übelriechende Zimmer gründlich zu säubern. Als ich anschließend diese persönliche Habe an mich nehmen wollte, stellte ich fest, daß auch sie auf ihre Kosten gekommen war.
Aber unterm Strich stimmt die Rechnung wieder. Ganz klar. Denn mit einer Ironie, an der selbst Norman Douglas

Geschmack gefunden hätte, hat mir Mrs. Bailey aus freien Stücken das Nutzungsrecht an ihrem kleinen Liebling überlassen, dem absoluten Mittelpunkt in ihrem Leben, ihrer Lorena nämlich. Sie brachte mich erst auf die Idee, als sie unaufhörlich von ihr redete, Lorena dies und Lorena das, und wie schwierig ist es doch, in der heutigen Welt ein nettes Mädchen aufzuziehen, sie von Drogen und dem ganzen Zeug fernzuhalten und von all den Tagedieben und Laffen, Sie wissen schon, Herr Professor, denen's nur drum geht, ein Mädchen rumzukriegen. So einer kommt mit 'ner dicken Brieftasche und sagt, Baby, zeig mir irgendwas in dem Schaufenster, und schon gehört's dir. So'n Mädchen braucht'n bißchen Geld, sonst fällt sie auf so'n Kerl rein, verstehn Sie? Aber wo soll'n das Geld herkommen? Obwohl ja Christine 'n bißchen was beisteuern will. Wenn sie überhaupt was übrig hat.
Die ewige Litanei. Der alte Charles Witter Kirwan hätte sich das alles angehört, nach außen verständnisvoll, im Innern voll nervöser Ungeduld. Der neue, zum Tode verurteilte Charles Witter Kirwan schritt ungeduldig zur Tat.
Ängstlich natürlich. Besorgt. Aber wenn einer abrupt beschließt, seine heißesten Phantasien in glorreiche Wirklichkeit umzusetzen – kann der wirklich frei von Ängsten sein? Ich konnte es nicht. Auch nicht jetzt, als neuer Mensch.
Also rückte ich nur zögernd mit meinem Angebot heraus, und – noch mehr Ironie – ich glaube, es war gerade meine Unschlüssigkeit, meine offenkundige Verlegenheit, mit der ich die verbohrte Mutter von der Aufrichtigkeit meines Angebots überzeugte.
Es war ja auch glaubhaft. Ich wollte all die Bücher im Haus, ein paar tausend waren es bestimmt, katalogisiert haben, und wenn Lorena sich das zutraute, dann konnte sie den Job haben. Sagen wir, jeden Montag, Mittwoch und Freitag eine Stunde, direkt nach der Schule. Und ich würde für jede Stunde fünf Dollar bezahlen. Das war natürlich weniger, als eine Fachkraft mich kosten würde – ich würde einiges sparen, und Lorena würde zu ihrem Taschengeld kommen.
Konnte es überhaupt etwas Glaubhafteres geben?
Und als dieses störrische Bulanga-Mädchen das erstemal

erschien, zeigte ich ihr tatsächlich den Stapel unbeschrifteter Karteikarten und Bleistift und Bleistiftspitzer und die im ganzen Haus verteilten übervollen Bücherschränke, vor allem die im Turmzimmer im Obergeschoß, das mir – so wie vor mir meinem Großvater – als Arbeitszimmer diente und wo sie mit ihrer Aufgabe beginnen sollte.

Eine Karte für jedes Buch. Nachname des Verfassers, Vorname, Titel des Buches, Verlag, Erscheinungsjahr. Alles in großem Ernst erklärt. Irgendwelche Fragen?

«Hm, ja. Wie viele von diesen Dingern da sollen in einer Stunde fertig werden?»

«So viele du eben fehlerfrei hinkriegst. Es ist nichts Eiliges.»

«Und ich werd immer gleich bezahlt? Ich muß nicht warten?»

«Sofort. Auf die Hand.»

Sie arbeitete. Ich saß an meinem Schreibtisch, und während ich so tat, als mache ich mir Notizen aus einem Lehrbuch, beobachtete ich sie. Wenn sie wußte, daß ich ihr heimlich zusah, ließ sie sich jedenfalls nichts anmerken. Es war erfreulich zu sehen, daß Lorena, erst fünfzehn, erst im zweiten Jahr an der Erasmus Hall High School, schon jetzt das Alphabet beherrschte, eine seltene Leistung unter den jungen Leuten der Bulanga. Und es war sogar noch erfreulicher, einfach Lorena so aus der Nähe zu sehen, mit ihren knallengen Jeans und dem nichts verbergenden T-Shirt. Bald kamen die Schuhe runter. Dunkelhäutige, wunderbar geformte Füße mit rosa Sohlen.

Für ein langatmiges Hofieren war keine Zeit, das wußte ich nur zu gut. Doch als zwei Tage später der richtige Augenblick kam, hatte ich nicht den Mut, zu handeln. Hinterher war ich am Boden zerstört. Zitternd und schwitzend machte ich eine von Selbsthaß bestimmte emotionale Krise durch, denn ich mußte mich fragen, ob dieser angeblich so draufgängerische neue Charles Witter Kirwan nicht nur ein billiger Schwindler war, nur eine verkrebste Version des alten, nutzlosen, Luftschlösser bauenden Charles Witter Kirwan. Albern, einfach albern.

Für den nächsten Termin mit dem Mädchen holte ich mir daraufhin meinen Mut aus der Flasche, wie ich das bei meinem Stiefvater so oft erlebt hatte. Obwohl ich an dem Tag nicht auf der Höhe war, zwang ich mich, auf die übliche Dosis Percodan zu verzichten, da ich nicht wußte, wie sich Alkohol damit vertragen würde, und machte zum Mittagessen fast eine ganze Flasche Wein weg. Es funktionierte. Der alte Charles Witter Kirwan war nun endgültig begraben. Meine körperlichen Schmerzen blieben mir allerdings erhalten, das weiß ich noch. Denn als ich –

Ja.

Als ich mich zum Auftakt dessen, was ich zu sagen hatte, lässig auf meinem Stuhl zurücklehnen wollte, fühlte ich mich augenblicklich auf die Folterbank gespannt.

Also beugte ich mich, auf die Ellbogen gestützt, über den Schreibtisch vor. Mit einem Bleistift in der Hand kniete Lorena am Fußboden, den sie als ihren Schreibtisch benutzte, den Kopf tief unten, die gerundeten Hinterbacken in die Höhe gereckt.

Ich sagte: «Bist du öfter mal mit Jungs zusammen, Lorena?»

Mit schräg gestelltem Kopf sah sie zu mir herauf. Bisher hatten wir kaum ein Dutzend Worte miteinander gewechselt, und die hatten nur mit der für sie erdachten Beschäftigung zu tun gehabt. Ihr war jedoch keine Überraschung anzusehen; sie kniff nur abwägend die Augen zusammen. Der Bulanga-Instinkt, der brünstige Annäherungen sofort wittert. Und man braucht vor Whitey auch keine Angst zu haben, wenn man – so wie der aussieht – viel schneller und stärker ist als er.

«Sie haben mich doch selber schon mit Jungs gesehn», sagte sie schließlich. «Gleich hier draußen.»

Das stimmte. Ich sagte: «So mein ich das nicht. Die Frage ist: Schläfst du auch mit ihnen?»

Das alarmierte sie. Sie stand langsam auf und musterte mich noch sorgfältiger. «Sind Sie betrunken?»

«Nein.»

«Mann, Sie riechen aber danach.»

«Ich bin nicht betrunken. Nur neugierig. Hat dich einer von deinen Freunden schon mal nackt gesehen?»

«He, Mann –»

«Ich schon.» Ich zeigte auf das Fenster. «Gleich hier gegen-

über. Manchmal vergißt du im Schlafzimmer die Jalousie runterzulassen.»
Sie blickte flüchtig zum Fenster hinüber und sagte dann mit spitzem Mund: «Wenn's Ihnen was bringt –»
«Dir könnt es was bringen, Lorena. Eine Menge Geld nämlich. Was ich gesehen habe, hat mir gefallen. Ich will mehr davon und bin bereit, dafür zu bezahlen.» Ich blätterte das Geld auf den Schreibtisch, als legte ich eine Patience, fünfzig Dollar in Zehndollarnoten. Die Höhe dieses Betrages war genau kalkuliert; ich hatte mir gesagt, daß der Einsatz später – wenn alles gutging – erhöht werden mußte und daß dies für den Anfang genau der richtige Köder war. Nicht zuwenig, nicht zuviel.
Ja.
Wichtiger noch: ich war auf alles gefaßt, was schon in diesem Stadium schiefgehen konnte. Auch auf das kleinste Zeichen der Ablehnung, denn das konnte bedeuten, daß Mama alles erfahren würde. Wenn also die geringsten Schwierigkeiten drohten, mußte ich sofort bereit sein, mit Mama zu sprechen. Voller Empörung. Tut mir leid, Ihnen sagen zu müssen, Mrs. Bailey, daß ich mich in Lorena gründlich getäuscht habe. Fordert sie doch tatsächlich mehr Geld, wo ich ohnehin schon großzügig bin, und setzt mich mit der Drohung unter Druck, andernfalls werde sie Ihnen sagen, ich hätte versucht, ihr die Kleider vom Leib zu reißen und mich an ihr zu vergehen –
O ja.
Whitey, der schwache, sanfte, armselige, bronchiengeplagte alte Whitey, behält diesmal die Oberhand. Auch eine noch so störrische Bulanga-Mutter würde eher ihm Glauben schenken müssen als ihrem schwierigen Teenager.
All diese raffinierten Überlegungen.
Und was geschah?
Lorena kam an den Schreibtisch. Mit der Fingerspitze fuhr sie ein paarmal über das Geld, wie um sich zu vergewissern, daß es echt war. «Ich zieh mich aus, und Ihnen geht einer ab, so soll das wohl laufen?»
Und das von einem fünfzehnjährigen Kind, wohlgemerkt. Aber das Bulanga-Weibchen reift natürlich früh heran. In

der Witter Street 409 wohnt eine Mutter, die gerade vierzehn Jahre älter ist als ihr kleiner Sohn. Die Mutter besucht eine besondere Schule für auffallend fruchtbare Jugendliche. Die Schule ist immer überfüllt. Es gehört zu den Wundern der Natur, daß –

Nein. Lassen wir's lieber.

Wo war ich?

Ach ja, Lorena.

Ich riß mich zusammen, denn es galt, den Rubikon zu überschreiten. Dann hörte ich mich sagen: «Die Kleider kommen runter, wenn du dich hier an die Arbeit machst. Und du bekommst die fünf Dollar für diese Arbeit zusätzlich zu dem großen Geld hier. Jedesmal.»

«Jedesmal genau so viel?»

Der Handel war perfekt.

Komisch, die ersten paar Mal wurde deutlich, daß sie es nicht mochte, wenn ich ihr beim Ausziehen zusah. Sie hockte sich dazu in eine Ecke, *Septembermorgen* à la Bulanga. Dann verlor sie ihre Befangenheit. Heute ist sie so weit, daß sie mir manchmal, während sie auf der vordersten Stuhlkante sitzt, eine Art langsamen Striptease vorführt und dabei mit verstohlenen Blicken beobachtet, wie das bei mir ankommt.

Eine aufblühende Schönheit, langbeinig und mit sanften Rundungen.

Es kommt sehr gut bei mir an, danke.

Meine Partnerin bei einem Kapitalverbrechen.

Unrecht? Sündig?

Nicht für den verwandelten Charles Witter Kirwan, für den bestimmt nicht.

Nein.

Was wißt ihr schon von sexueller Entbehrung?

Genießt ihr ihre Segnungen?

Ich habe mit zweiundvierzig geheiratet. Meine sexuellen Erfahrungen vor der Hochzeitsnacht kann ich an den Fingern einer Hand abzählen.

Meine Frau war eine liebe Person. Sie hatte viele Tugenden, wenige Laster.

Florence Pettengill. Angestellte im Büro des Quästors am

College. Eine attraktive Frau. Mit Freunden, die zufällig auch zu meinen Freunden zählten. Aufdringliche, nörgelnde, wohlmeinende, ehestiftende Freunde.
Florence und ich mochten einander vor unserer Heirat. Danach gewöhnten wir uns aneinander.
Meine Frau war eine edelmütige Person. Jeder, der dies liest und sie kannte, wird das bestätigen.
Sie willigte edelmütig ein, mit mir zu schlafen. Sie ertrug es geduldig.
Überlegt euch das mal.
Ich habe von der Pubertät bis zu meiner Verheiratung fast jeden Tag masturbiert. Ist es ein Wunder, daß ich auch nach meiner Heirat fast jeden Tag masturbierte?
Wußte meine Frau davon? Ich habe mich das schon öfter gefragt. Wenn sie davon wußte, hielt sie es in ihrem Edelmut bestimmt für den besseren Weg.
Und nun, da ich
Eine Lücke.
Während ich das hier in dieses Gerät diktierte, hörte ich Mrs. Bailey unten mit dem Staubsauger hantieren. Plötzlich verstummte das Geräusch. Ich auch. Ich glaube, das Ohr der Dame ist bestens dazu geeignet, an geschlossene Türen gedrückt zu werden.

Mrs. Bailey hat nun ihr Geld bekommen und ist gegangen. Sie fragte, wie Lorena sich mache; ich sagte, sie mache sich sehr gut.
Das erinnert mich an etwas. Als ich Lorena davor warnte, ihren neuen Reichtum sorglos vor ihrer Familie zur Schau zu stellen, sah sie mich ausdruckslos an und sagte mit sichtbarer Verwunderung: «Was für'n Geld, Mann? Davon weiß ich überhaupt nichts.»
Im ersten Moment brachte sie mich tatsächlich aus dem Gleichgewicht.
Bulanga-Schläue.

John Milano

Am Dienstag kam es bei Watrous Associates zum großen Krach. John Milano war nicht sonderlich überrascht: es krachte immer, wenn der ständige Druck den Siedepunkt erreichte, und damit war etwa einmal im Jahr zu rechnen. Ein Problem sah Milano darin, daß Willie schon immer ein Dreckskerl gewesen war und daß er zusehends – mochte es am Alter oder der Senilität oder sonst was liegen – ein immer größerer Dreckskerl wurde. Das andere Problem war das eines alten Ehepaars: die beiden wußten zu genau, wo beim jeweils anderen die wunden Punkte lagen. Wenn es irgendwo alte Eheleute gab, die es unterließen, die wunden Punkte des anderen mit Nadelstichen zu traktieren, so hielten sie sich jedenfalls gut versteckt.

Dabei hatte der Tag ganz gut angefangen. Ein spontaner Anruf bei Mama, die eine Viertelstunde lang über ihre böse Tochter Angie herzog. Das glich die Rechnung wieder aus, denn es war kein Geheimnis, daß Mamas Lieblingsthema in ihren Gesprächen mit Angie ihr böser Sohn Johnny war. Aber immerhin war der Anruf erledigt und konnte abgehakt werden.

Beim Frühstück, das er sich selber gemacht hatte, ging Milano die *Daily News* und die *Times* durch und hielt besonders nach Fällen Ausschau, in denen ein potentieller Kunde für die Agentur steckte. Noch während des Frühstücks – Tomatensaft, ein Ei (zu Rührei verarbeitet), eine Scheibe Toast ohne Butter, Kaffee ohne Milch und Zucker – wurde ihm bewußt, daß er in den letzten zwei Tagen irgendwie in eine Diät hineingeschliddert war, eine Erkenntnis, die ihn innerlich strahlen ließ.

Das Strahlen hielt an, bis er an seinem Schreibtisch saß und Shirley Glass zu sich rief. «Ein Auftrag für einen Bankboten,

Herzchen. Ich brauch dreitausend Spesenvorschuß. In Hundertern.» Shirleys Reaktion klang wie ein Wimmern, und er sah sie fragend an. «Was ist denn mit Ihnen los?»
«Mit mir ist nichts. Aber mit Helen Monahan. Willie hat ihr gestern abend gekündigt.»
Helen Monahan war eine der ersten Stenotypistinnen gewesen, die Watrous Associates in grauer Vorzeit eingestellt hatte. Mit ihrer grotesken Leibesfülle war sie, schon in mittleren Jahren, auf den Job offensichtlich scharf gewesen, im Gegensatz zu den gutgebauten jungen Dingern, die sich mit ihrer Überlegung, ob das nun der Mühe wert war oder nicht, viel Zeit ließen. Nachdem sie den Job bekommen hatte, zeigte sie all die Jahre ihre Dankbarkeit, nicht durch besondere Tüchtigkeit, sondern durch ein so eifriges Bemühen um Tüchtigkeit, daß Milano immer nervös wurde, wenn er mit ihr zu tun hatte.
Aber gekündigt?
«Wieso hat er ihr gekündigt?» fragte Milano.
«Sie kam manchmal später, ging manchmal früher nach Hause. Sie konnte nichts dafür. Sie hat einen sehr kranken Mann, den sie zu Hause behalten will, anstatt ihn in ein Pflegeheim zu schicken. Das ist nicht leicht.»
«Dann gibt's keine Schwierigkeiten. Sie rufen sie sofort an und stellen sie wieder ein.»
Shirley schüttelte den Kopf. «Willie sagt, wenn Sie das versuchen, schmeißt er sie sofort wieder raus, sobald sie hier auftaucht. So könnt ihr sie nicht zwischen euch hin und her schieben. Willie muß sie wieder einstellen.»
Milano sagte grimmig: «Dieses Affentheater kommt mir so gelegen wie ein Loch im Kopf», und ging, zu allem entschlossen, über den teppichbelegten Gang in Willies Büro.
Willie saß in geduckter Haltung und mit gefalteten Händen an seinem Schreibtisch. Prompt sagte er: «Wenn's um Monahan geht, kannst du's gleich wieder vergessen, Johnny-Boy.»
«Willie, so kann man Leute nicht rauswerfen.»
«Wieso rauswerfen. Ich hab sie in Pension geschickt. Vor ein paar Wochen hatte sie ihren Sechzigsten. Da wird man in diesem Laden pensioniert.»
«Seit wann denn?»

«Seit heute.»
«Wenn sechzig die Altersgrenze ist», sagte Milano, «was ist dann mit dir?»
«Ich bin immer noch der Boss. Monahan war nur eine bezahlte Hilfskraft.»
«Ach komm, Willie, hör schon auf. Wir machen mehr Geld, als wir uns je träumen ließen. Was macht's da schon, wenn wir sie behalten, verdammt noch mal. Nach all den Jahren gehört sie praktisch zur Familie.»
«Zu deiner vielleicht. Zu meiner nicht.» Willie ließ den Mantel fallen und zog das Schwert. «Aber ich will dir mal was sagen, Johnny-Boy. Du hast da drüben überm Gang zehntausend Dollar an der Wand hängen. Von der Firma bezahlt. Und noch nicht mal echte Bilder, Himmel Herrgott. Kopien.»
«Das sind erstklassige Rouault-Drucke, du dummer Hund. Die sind heute das Doppelte wert.»
«Zwanzigtausend? Ach wirklich?» sagte Willie honigsüß. «Dann will ich dir sagen, was du mit ihnen tun kannst, du hergelaufener Klugscheißer. Du kannst sie verkaufen und vom Erlös die Hälfte Monahan überlassen. Die andere Hälfte gibst du an die Firma zurück. Dann sind wir am Ende alle happy, oder?»
Milano versuchte langsam auf zehn zu zählen. Nicht mal tausend hätte gereicht. «Na schön, irgendwo sehn wir uns mal wieder, Killer. Früher oder später.»
Willie kam hinter dem Schreibtisch hoch, den ausgestreckten Zeigefinger auf Milanos Nase gerichtet. «Von wegen früher oder später, das zieht bei mir nicht! Du willst dich doch bloß verdrücken, weil ich deine zarten Gefühle verletzt habe. Aber diese Scheiße läuft nicht, Mann. Diesmal nicht!»
Beim Hinausgehen schlug Milano so heftig die Tür hinter sich zu, daß ihm der Griff in die Hand fiel. Er legte den Türgriff auf seinen Schreibtisch, und Shirley warf einen Blick darauf. «Haben Sie ihn damit erschlagen?» fragte sie.
«Noch nicht.»
«Aber die Sache mit Helen hat er sich nicht noch mal überlegt?»
«Nein. Und damit Sie's wissen: ich komm vorläufig nicht

mehr ins Büro. Hy kann in der Zwischenzeit diesen Stuhl warmhalten. Helfen Sie ihm mit all den Tips, die er braucht.»
«Hy Greenwald? Johnny, abgesehen von der ganzen Kleinarbeit hier, haben Sie zur Zeit ein paar dicke Fische an der Angel. Vor allem diese Pacifica-Sache. Hy schafft das nie.»
Richtig. Aber das Kleinzeug und die Geschichte mit den seltenen Münzen konnten noch eine Weile an der Angel zappeln, da ging nichts kaputt.
Blieben zwei entzückende hilflose Boudin-Gemälde, irgendwo auf dem Weg in die Unterwelt wie einst die entzückende hilflose Persephone. Und waren sie erst in der Unterwelt, würden sie nie wieder auftauchen. Ach was, Scheiße, nicht einmal in einem Katalog würden sie künftig stehen, nie mehr.
Milano sagte: «Na schön, ich will sehen, was ich wegen Pacifica tun kann. Das ist aber auch alles. Als erstes schicken Sie mir einen Boten mit den dreitausend in die Wohnung rüber. Ich werde ihn gegen Mittag dort erwarten.»
«Und wie bringe ich das alles Willie bei?»
«Ich hab so ein Gefühl, daß er Bescheid weiß», sagte Milano.
Anstatt geradewegs zur Wohnung zurückzugehen, stürmte er mit Elan in den Park und steuerte den Zoo an. Ein Fehler. Abgesehen vom Zoo im Prospect Park, der den absoluten Tiefpunkt darstellte, war diese vollbetonierte Haftanstalt einer der deprimierendsten Zoos der Welt. Eine Zeitlang hielt er sich vor den Käfigen auf, in die die großen Katzen eingepfercht waren. In einem Käfig döste ein Tiger zufrieden mit halb geschlossenen Augenlidern vor sich hin und ließ sich die Sonne auf den Bauch brennen. Nebenan tappte ein nervöser Panther rastlos hin und her und nutzte dabei die kurze Strecke zwischen den Gitterwänden voll aus. Wenn sich nicht einer der beiden verstellte, bewies dies, philosophisch betrachtet, daß es solche und solche gab.
In die Wohnung zurückgekehrt, schwankte er zwischen einem kalorienarmen Perrier und einem kalorienreichen Jack Daniels und entschied sich für den Kompromiß, indem er sie zu gleichen Teilen mixte. Er legte die *Tosca*-Platte mit Maria Caniglia auf, ehe er sich auf der Couch ausstreckte.

Bis zu Scarpias gewaltigem Solo am Ende des ersten Aktes konzentrierte er sich auf *Tosca* und fühlte sich ein bißchen besser. Er wechselte zu Billie Holiday und überließ sich einer angenehm düsteren Erstarrung.
Um halb eins kam der Bote mit dem Geld. Um eins klingelte das Telefon. Hy Greenwald.
«*Que pasa*, Johnny? Steigen Sie tatsächlich aus, einfach so? Was machen Sie im Augenblick?»
«Ich meditiere, junger Mann.»
«Gut. Ich hab was Neues für Sie, einen dicken Brocken, damit sich das Meditieren auch lohnt. Ein Typ hat angerufen, der sich mit Ihnen wegen der Boudins treffen will. Nicht Rammaert. Er nennt sich Irv und behauptet, Sie kennen ihn. Er hat eine Nummer angegeben, unter der er zu erreichen ist.»
«Irv Saltzman. In der Branche tätig. Hält sich meistens bedeckt.»
«Gibt es denn überhaupt eine Chance, daß –»
«Es gibt immer eine kleine Chance. Sie gehen jetzt hin und verlangen von ihm, er soll Ihnen genau sagen, wie viele Frauen auf jedem Bild Sonnenschirme tragen. Die genaue Zahl. Sie können auf den beiden Fotos nachzählen.»
«Wird gemacht. Wenn er aber die Bilder nicht hat, was steckt dann dahinter?»
«Träume vom Ruhm. Er versucht wohl, sich als Vermittler in unser Geschäft einzuschleichen. Jedenfalls rufen Sie jetzt bei ihm an, dann sehen wir weiter.»
Drei Minuten später klingelte das Telefon schon wieder. «Sieht nicht so aus, als wäre er unser Mann», meldete Hy. «Nach dem, was er zu sagen hatte.»
«Und das wäre? Die falsche Zahl?»
«Nein, ich soll Ihnen nur ausrichten, Sie könnten sich ins Knie ficken. Das war alles. Dann hat er aufgelegt.»
«So kann's gehen», sagte Milano. «Und es melden sich vielleicht noch mehr von seiner Sorte. Spielen Sie mit allen das gleiche Spielchen. Wenn einer dabei ist, der echt wirkt, rufen Sie mich auf der Stelle an.»
«Wollen Sie damit sagen, da draußen wimmelt's von solchen Hyänen?»

«Dazu kommen noch die Hyänen vom Rolls-Royce-Typ, die den Kunstmarkt manipulieren und all die kleinen Lämmer auffressen, die angelaufen kommen, um sich einzukaufen. Die finden Sie im *Who's Who* verzeichnet.»
«Sehr aufschlußreich. Dazu gab's in Cornell nie ein Seminar. Was ich noch fragen wollte: ab wann sind Sie denn wieder hier im Büro?»
«Ich sag Ihnen Bescheid, wenn der Countdown anläuft.»
Laut Prospekt schloß die Galerie Rammaert um sechs. Milano richtete es so ein, daß er um halb sechs dort war. Carnegie Hall an der Ecke, der Russian Tea Room und ein Paar Häuser weiter die Galerie, ebenerdig in einem unauffälligen vierstöckigen Gebäude. Trotz des dichten Stroms der heimwärts strebenden Fußgänger, die gelegentlich von seiner Schulter abprallten, baute er sich vor dem Schaufenster auf, um zu sehen, was ausgestellt war. Sehr diskret. Ein einziges Gemälde und die plastifizierte Vergrößerung einer Kritik aus der *New York Times.* Das Gemälde stellte einen Spiralnebel dar, der praktisch das ganze Spektrum der Grumbacherschen Farbtafel enthielt und einen rechteckigen weißen Kern einschloß. Die Kritik war die übliche Zuckerwatte, wie sie in solchen Fällen meistens produziert wird. Der Künstler hieß Archbold. Ein anderer Name wurde nicht genannt, einfach Archbold. Wie Rembrandt.
Mehr von Archbold gab es in dem langen, schmalen Hauptraum der Galerie zu sehen, etwa ein Dutzend Nebel an jeder Wand. Außerdem gab es am Kopfende des Raumes in der Nähe des Schaufensters einen Schreibtisch. Auf dem Schreibtisch ein Telefon und am Sockel des Telefons eine ganze Batterie von Knöpfen, die den Apparat zu einer kleinen Schaltzentrale machten.
Eine junge Frau saß hinter dem Schreibtisch.
Christine Bailey?
Nach Hys ehrfürchtiger Beschreibung war sie's.
Schwarz. Beide Eltern aus schwarzen Familien, so schwarz. Krauses Haar in einem gemäßigten Afro. Und Hy – Milano mußte es zugeben – hatte nicht übertrieben. Jedem normal veranlagten Mann, der hier hereinkam, mußte es äußerst schwerfallen, sich auf die schönsten Produkte der schönen

Künste zu konzentrieren, solange dieses Ausstellungsstück in der Nähe war. Man konnte direkt hören, wie irgendein Kunde in einem Burnus und mit einem Sack voller Petrodollars – oder der Ranchero mit dem Gaucho-Gold – zu Rammaert sagte, vergessen wir den Picasso, packen Sie mir lieber die Dame dort ein, zur sofortigen Lieferung.

Die Dame warf einen Blick auf Milano und wandte sich nach einem ganz kurzen einstudierten Lächeln wieder dem Buch zu, das sie vor sich liegen hatte. Er versuchte vergeblich, den Titel zu entziffern, nahm sich von einem Stapel einen Zettel mit Anmerkungen zu Archbold und bummelte zwischen den Nebeln umher. An ein paar von ihnen klebten unauffällige rote Sternchen und zeigten an, daß sie bereits verkauft waren. Vielleicht waren sie's tatsächlich. Andererseits waren – und ein Spekulant von Rammaerts Sorte wußte das – diese roten Sternchen schachtelweise in jedem kleinen Schreibwarengeschäft zu kaufen, für einen Dollar die Schachtel.

Hinter dem großen gab es noch einen kleineren Raum. Hier, wo das Licht nicht so hell war, hing eine Auswahl französischer akademischer Malerei aus dem neunzehnten Jahrhundert. Milano blieb stehen, um einen Gérome genauer unter die Lupe zu nehmen. Géromes Bilder, die in irgendwelchen Dachkammern verstaubten, wurden derzeit fieberhaft hervorgeholt und auf dem Dilettantenmarkt gehandelt, aber ihre Preise hatten, auch wenn sie anzogen, noch nicht das Niveau erreicht, das einen Fälscher von Weltklasse in Versuchung führen könnte. Prunkvolle Gemälde, nicht zu schwer zu kopieren, aber geisttötend mit ihrem Detailreichtum.

Am anderen Ende des Raumes war eine Tür, unter der Licht hervorschimmerte; drinnen war eine Stimme zu hören, typisches Telefongemurmel. Es war Rammaerts Büro. Und Rammaerts Stimme, keine Frage.

Milano schaute auf seine Uhr. Ein paar Minuten vor sechs. Er widerstand der starken Versuchung, seine Aufmerksamkeit auf die Dame am Schreibtisch zu lenken, und beschäftigte sich statt dessen mit der Anordnung der Geschäftsräume. Eine schlichte Alarmanlage, deutlich sichtbar über der Eingangstür. Kein uniformierter Wachmann. Alles in

allem drittrangige Sicherheitsvorkehrungen für drittrangige Handelsware.
Er hatte Hy Greenwald eigentlich nicht angelogen, jedenfalls nicht direkt. Dank der gewaltigen Masse an wohlgeordneten Informationen, die die Agentur gesammelt hatte, deuteten fast alle Indizien auf Rammaert. Und wenn er es tatsächlich war, würden die beiden Bilder Boudins höchstwahrscheinlich hier in diesem Laden Station machen. Und das nicht einmal versteckt. Sie würden einfach unausgepackt in einem Lagerraum stehen. Oder vielleicht sogar in einer Ecke dieses Büros da hinten.
Weil das – im Gegensatz zur Laienmeinung – der beste Platz für sie war, falls die Bullen durch irgendein Wunder die Sache dem richtigen Mann anhängten. Denn so hatte der richtige Mann genügend Spielraum, um ein furchtbar unschuldiges, zu Unrecht beschuldigtes Opfer zu spielen. Mein Gott, Herr Inspektor, ich hab diese Bilder in Kommission hereingenommen, in gutem Glauben natürlich. Hier, dieser Briefwechsel beweist es. Also wenn ich mir vorstelle, daß die Bilder gestohlen sind! Entsetzlich. Unglaublich.
Will man den Briefpartner an der Westküste überprüfen, gibt es den gar nicht. Jedenfalls nicht mehr. Kann man das dem ehrlichen Kunsthändler in New York in die Schuhe schieben? Die Verteidigung hat dem nichts hinzuzufügen.
Es sprach also – und nichts anderes hatte er Hy gesagt – einiges dafür, daß die Boudins hier waren oder daß sie sich, noch wahrscheinlicher, auf dem Weg hierher befanden. Eine Garantie gab's nicht, aber die Chancen standen gut. Und wenn man feste Beweise dafür hatte, daß Rammaert im Besitz der Ware war, konnte man, mit dem Lösegeld in der Tasche, auf ihn zugehen.
Vorher war jedoch noch eine Alternative zu erwägen, von der Hy nichts wußte. So wie die Bilder dem Industriekapitän Grassie geklaut worden waren, konnten sie auch dem Kunsthändler Rammaert geklaut werden. Sie konnten von Spezialisten heimlich entwendet und Daddy wieder zugestellt werden, sobald Pacifica den vollen Preis dafür an die Agentur überwies.

Rammaert konnte hinterher nichts dagegen tun. Rein gar nichts.
Er konnte nicht zur Polizei gehen, konnte kein großes Geschrei machen, konnte es nicht mal wagen, leise zu jammern. Der betrogene Betrüger.
Schwerer Diebstahl, nur so nebenbei? Gewiß, aber denkt auch an die dichterische Gerechtigkeit des Ganzen. Und die Ergebnisse.
Doch das war Willies Beitrag, der schwere Diebstahl. Nach dreißig Jahren bei der Polizei, wo er alles kennengelernt hatte, von den raffiniertesten Unterschlagungen bis zum Streifendienst im Hafen, hatte Willie Kontakte zu Leuten, die selbst Fort Knox knacken würden, wenn nur der Preis stimmte. Für einen Laden wie den von Rammaert ließ sich bestimmt eine Mannschaft finden, die den Job für fünftausend erledigte. Man konnte auch eine Mannschaft finden, die für fünfzehn oder zwanzig Mille eine makellose Arbeit garantierte. Und diese Art von Geschäft war die einzige, bei der Willie – das mußte man dem kleinen Dreckskerl lassen – nicht auf einen günstigen Gelegenheitskauf aus war.
Milano warf einen Blick auf seine Uhr: ein paar Minuten nach sechs. Auf Christine Bailey wartete er am besten draußen vor dem Vorraum, nicht direkt am Schaufenster. Je nachdem wie die Karten liefen, konnte er dann mit ihr in die Bar des Russian Tea Room oder in das Kaffeehaus an der Ecke der Seventh Avenue gehen. Aber erst wartete er noch auf die Chance, einen Blick in das Büro in seinem Rücken zu werfen.
Er versuchte es, aber der Mann, der in diesem Augenblick aus dem Büro kam, versperrte ihm die Sicht. Dickbäuchig, mit einem Doppelkinn und mit der rötlichen Gesichtsfarbe der Flamen. Das rostbraune Toupet über den angegrauten Koteletten war offenkundig ein Toupet. Das mußte Rammaert sein. Dann wurde die Tür fast zugezogen.
«Tut mir leid», – die Spur eines Kehllauts –, «aber wir schließen jetzt.»
«Ja, natürlich», sagte Milano, wartete aber weiter ab, während Toupet schwerfällig nach vorne in den Hauptraum stapfte. Diese Bürotür war verlockend. Ein fingerbreiter

Spalt ließ von dem Büro nur einen schmalen Streifen erkennen.

Er hörte die vordere Tür und dann die Außentür zuschlagen und fuhr herum. Toupet saß an seinem Schreibtisch, Christine Bailey war weg. Sie mußte losgerannt sein, als sei der Teufel hinter ihr her. «Himmel Herrgott», sagte er zähneknirschend zu dem Gérome.

Mit energischen Schritten verließ Milano die Galerie, nachdem er dem Inhaber im Vorübergehen freundlich zugenickt hatte, und stand dann auf der Straße. Lange blickte er sich suchend um, in der Hoffnung, unter all den gewöhnlichen Köpfen und Hälsen werde irgendwo dieser Afro und dieser schwarze Schwanenhals auftauchen.

Er hatte sie entkommen lassen.

Das wäre nicht einmal Hy Greenwald passiert.

Charles Witter Kirwan

Habt ihr schon mal von der Mondschein-Möbelspedition gehört?
Ein Bulanga-Wort. Manchmal kommen die Bulanga trotz ihres begrenzten Wortschatzes auf einen bildhaften Begriff von überraschender Schärfe.
Die Mondschein-Möbelspedition besteht aus einem gemieteten Lastwagen, der irgendwann zwischen Mitternacht und Morgengrauen auftaucht, um von nicht zahlenden Mietern, die ausziehen, mit nicht bezahlten Möbeln beladen zu werden. Es ist das Werk der politischen Heilsverkünder in unserer Stadt, die – erfüllt von christlicher und jüdischer Barmherzigkeit und scharf auf die Stimmen der Bulanga-Wähler – eine Rollenverteilung festgelegt haben, nach der diejenigen, die den Bulanga ihre Wohnungen vermieten, am Ende der Vorstellung immer als die Schurken dastehen müssen. Die Bösewichte. Die Whiteys. Angehalten, ihre Mieter zu verhätscheln, ihre Wohnungen instand zu halten, regelmäßig Grundsteuer zu zahlen und immer einzuräumen, daß sie selbst die Würmer im Big Apple sind.
Und die Bulanga? Ein Volk mit königlichem Stolz, unbeschadet der öffentlichen Mildtätigkeit, die wie ein warmer Regen auf sie herabrieselt. Schließlich – so will es die Rollenverteilung – ist eine Mildtätigkeit, die durch Erpressung und Drohungen erreicht wird, keine Mildtätigkeit mehr; es sind vielmehr Abgaben.
Überrascht es euch da noch, wenn ich sage, daß meine stolzen, Abgaben hortenden Mieter mit ihrem Geld etwas Besseres anzufangen wissen, als ihre Miete zu bezahlen?
Nicht alle, das muß ich fairerweise zugeben. Es sind nie mehr als die Hälfte von ihnen, die mit der Miete über zwei Monate im Rückstand sind. Gerade so, daß das Haus meine

Ersparnisse vollends auffrißt, anstatt das Geld für seine eigene Instandhaltung einzubringen.
Ich spreche das hier an, weil ich letzte Nacht, kurz nach zwölf, im Haus nebenan die Mondschein-Möbelspedition beobachtet habe. Diesmal machten sich die Mitchells aus dem Staub, die vier Monate im Rückstand waren. Nach meinen Unterlagen lebten in der Wohnung eine Mutter und zwei Kinder. Auf der Straße vor dem Haus Nr. 409 zählte ich beim Beladen des Mietwagens mit Möbeln und Hausrat zwei Frauen, fünf Kinder und vier erwachsene Männer. Zwei der Männer erkannte ich; ich hatte sie ein paarmal im Haus aus und ein gehen sehen. Als Gentleman will ich mal annehmen, daß die anderen beiden lediglich hilfsbereite Freunde der Familie waren.
Solche Annahmen leiste ich mir gelegentlich zu meinem Privatvergnügen.
Sei's drum.
Zum erstenmal konnte ich, mit der festen und freundlichen Hand des Todes auf meiner Schulter, ein solches Ereignis leidenschaftslos beobachten. Ich muß deutlich sagen, daß ich nicht danach Ausschau hielt. Ich war nicht etwa zum Spionieren im Turmzimmer. Aber wenn die Mondschein-Möbelspedition am Werk ist, dann hat das – typisch für die Bulanga-Kultur – überhaupt nichts Heimliches oder Verstohlenes an sich. Da herrscht ein Lärm und ein Gepolter und Geklapper, und es wird ungezwungen geschäkert und gelacht. Das hemmungslose Bulanga-Gackern und -Wiehern. Alles mehr als genug, um mich die Gardine ein wenig zur Seite schieben und dem Treiben zuschauen zu lassen.
Leidenschaftslos.
Caliban über Setebos.
Ja.

> «Laß zwanzig vorbei und steinig' den zwanzig-und-ersten.
> Nicht aus Liebe, nicht aus Haß, nur weil du es willst.»

Schon mal gehört?
Robert Browning. Ein überlanges Gedicht, das manchmal an

seinem eigenen wuchernden Wortreichtum erstickt, aber diese Zeilen
Die viktorianischen Dichter? Vielleicht zu überschwenglich? Ich hab mich schon manchmal gefragt, ob sie
Lassen wir das.
Aber diese Zeilen Calibans sprühen Funken.
Denn Mrs. Mitchell und ihre Brut und ihre lieben Freunde werden nicht Teil des unerhörten Ereignisses sein. Sie werden erst hinterher davon hören, aus der Ferne. Mit hervorquellenden Augen werden sie vor ihren Fernsehern sitzen und die Zerstörung mit ansehen und die Güte des Herrn zu begreifen suchen. Sie werden ihr Leben lang davon zehren, wie die Leute, die ihre Buchung rückgängig machten, bevor die *Titanic* zu ihrer ersten und letzten Fahrt aufbrach. Wegen ihrer unheimlichen Vorahnung werden sie die Augen aller Bulanga auf sich ziehen, und wenn Mrs. Mitchell schlau genug ist, die Gelegenheit zu ergreifen, kann sie in Zukunft als Kartenlegerin leichtes Geld verdienen, so wie Madam Dora und Madam Clarissa gleich hier um die Ecke.
Charles Witter Kirwan. Caliban über Setebos. Auf seine eigene Weise.
Ich sah zu, wie der Lastwagen beladen wurde, ich sah ihn wegfahren. Zum Abschied warf einer aus der Gesellschaft eine leere Bierdose – oder Limonadendose – über den hohen Zaun meines Vorgartens, wo sie bei den übrigen Abfällen des Abends im Gras landete. Es könnte ein kritischer Kommentar an die Adresse des Hausherrn gewesen sein, es könnte die bei den Bulanga übliche Methode der Abfallbeseitigung gewesen sein. Nicht zu entscheiden.
Was trieb ich um diese Zeit in meinem Arbeitszimmer?
Ich erwartete am frühen Abend einen wichtigen Telefonanruf. Als der Anruf nicht kam, war ich beunruhigt und wütend. Und konnte natürlich nicht schlafen. In solchen Fällen suche ich gewöhnlich in meinem Arbeitszimmer Zuflucht, wo es genügend Ablenkung gibt.
Ja.
Der Anruf war von größter Dringlichkeit.
Ich habe meine sechs Dutzend Stangen Dynamit. Mir fehlen immer noch die Sprengkapseln mit den erforderlichen Zünd-

stoffen; mir fehlt die lange Zündschnur, die ich brauche, um die Explosion mit nur einer Zündmaschine auslösen zu können; schließlich fehlt mir auch noch die Zündmaschine selbst.

Und bei meiner körperlichen Verfassung wird die Zeit allmählich knapp.

Ich habe alles so genau wie möglich abgeschätzt. Ich werde unter schwierigen Bedingungen arbeiten, aber wenn ich zwischen zwei und drei Stunden am Tag dranbleiben kann, sollte es mir gelingen, innerhalb von zwei Wochen das Dynamit in Position zu bringen und mit Zündschnüren zu verbinden. Vorausgesetzt, ich habe alles, was ich brauche.

Zur Information der Polizei sei gesagt, daß dies von einem Herrn namens Swanson abhängt – seinen Vornamen kenne ich nicht –, zur Zeit Nachtwächter bei der Abbruchfirma Passarini in Sutton Falls, hier im Staat New York, wenige Meilen nördlich von Kingston an der Landstraße 32.

Ich fürchte, Mr. Swanson ist nicht in jeder Hinsicht der loyale Angestellte, für den sein Chef ihn möglicherweise hält. Denn er ist der Mann, der mir Dynamit aus dem Lagerbestand seiner Firma ohne deren Wissen verkauft und mich dabei gründlich übers Ohr gehauen hat, wie um zu beweisen, daß seine treulose Seele unvoreingenommen ist. Für den vereinbarten Preis von eintausend Dollar – die ich bar bezahlte – sollte er ein Gros Dynamitstangen, hundert Meter Zündschnur und eine Zündmaschine liefern.

Als ich die Stangen in seiner Wachhütte abzählte und sah, daß die Hälfte fehlte, hatte er seine Ausrede schon parat. Der Chef habe gerade erst Inventur gemacht, da sei es zu riskant, noch mehr aus dem Lager verschwinden zu lassen. Die Hälfte des Geldes zurückzahlen? Na ja, das gehe nicht, weil er von dem Geld nichts mehr habe. Und überhaupt sei er von mir dafür bezahlt worden, sein möglichstes zu tun, allerhand zu riskieren, und das habe er auch getan.

Ganz klar.

Und die Zündschnur und Zündmaschine? Und Sprengkapseln?

Also, wissen Sie –

Ein abgerissener, versoffener, drohender Wikinger, aber die

Tiefland-Witters haben sich noch nie gern einschüchtern lassen.

«Mr. Swanson», sagte ich, «wenn ich Ihrem Chef erzähle, was mit seinen Vorräten geschieht, und ihm anbiete, das, was ich bereits habe, zurückzugeben, dann habe ich nicht das geringste zu verlieren. Sie dagegen eine ganze Menge.»

Es erforderte Mut, den ich bei mir gar nicht vermutet hätte, und das war eine angenehme Erkenntnis. Er hätte mir den Schädel einschlagen und mich unter Jieser Hütte begraben können, ohne daß es je herausgekommen wäre.

Er tat es nicht. Statt dessen gab er mir das feierliche Versprechen, er werde sich in genau einer Woche – am Mittwoch – heute – nach dem Abendessen mit einem R-Gespräch bei mir zu Hause melden und mich wissen lassen, wann ich die Dinge abholen könne.

Und der Anruf kam nicht.

Und ich konnte natürlich nicht schlafen.

Auf den ersten Blick war es leichtsinnig von mir, auf dem Weg meine Einkäufe zu tätigen.

Auf den ersten Blick.

Aber mir blieb praktisch keine andere Wahl. Ich kenne jedenfalls keinen Laden, wo man einfach reingehen und mehrere Kisten hochexplosiven Sprengstoff verlangen kann. Und jeder autorisierte Händler würde mit Sicherheit neugierig werden, wenn jemand wie ich so gefährliches Zeug kaufen wollte. Vielleicht mußte man sich ausweisen und irgendeine Art von Genehmigung vorlegen. Eine behördliche Überprüfung konnte die Folge sein.

Für mich war das nichts, vielen Dank.

Es gibt noch einen Grund, warum ich mich auf den unzuverlässigen Mr. Swanson verlassen mußte.

Es sei hier zu Protokoll gegeben, daß ich das unerhörte Ereignis nicht erst plante und mir dann überlegte, wie es zu bewerkstelligen sei.

So war es ganz und gar nicht.

Tatsächlich war es der Anblick einer zweckgebundenen und kontrollierten Explosion, der den Plan in mir reifen ließ. Und ich stelle hier fest, ich stelle mit aller Deutlichkeit fest, daß es keine Szene im Fernsehen oder in einem Film war,

jenen Medien, die so oft für die abartigen Taten irgendwelcher Wahnsinniger verantwortlich gemacht werden.
Mit meinem seelischen Gleichgewicht steht alles zum besten, danke.
Und diese Explosion, die ich miterlebt habe
Nein.
Ich muß diese Sache in den richtigen Zusammenhang stellen.
Ich habe – ich hatte eine ältere Tante. Maggie. Margaretha.
Vor einiger Zeit nahm ich es auf mich

Entschuldigung.
Dieses lange Schweigen entstand nur, weil ich vergessen hatte, dieses Gerät abzuschalten, solange ich meine Gedanken ordnete. Soviel ich weiß, läßt sich das korrigieren; man müßte das Band abschneiden und zusammenkleben, aber ich will es gar nicht erst versuchen. Ich bin im Umgang mit diesem Apparat einfach nicht sicher genug.
Also, wo war ich?
Ja. Um am richtigen Ausgangspunkt anzufangen: mein Großvater hatte zwei Kinder, eine Tochter und einen um drei Jahre jüngeren Sohn. Die Tochter war meine Tante Maggie – für meinen Großvater immer Margaretha –, und der Sohn wurde schließlich mein Vater. Nach allem, was erzählt wurde, war Tante Maggie der Liebling meines Großvaters, ein recht unscheinbares Mädchen, aber – mit den Worten meines Großvaters – immer höflich und respektvoll, und das heißt ja wohl nichts anderes, als daß sie immer tat, was er wollte.
Das soll aber nicht heißen, daß er so was wie ein Familientyrann war. Weit gefehlt. Er machte einen furchterregenden Eindruck, das schon; ziemlich klein, aber breitschultrig und kräftig gebaut und mit einem kantigen Unterkiefer und ungewöhnlichen blaßgrauen Augen, die sich mit einem kurzen Blick Respekt verschafften.
O ja, keine Frage.
Aber der Eindruck täuschte, er war keineswegs der Tyrann. Nie hob er im Zorn seine Stimme, eine fabelhafte Eigenschaft, um die ich mich selber schon ein Leben lang bemühe. Nie drohte er einem. Immer blieb er ruhig und beherrscht.

Nur selten neigte er zu Gesten der Zuneigung, aber die wurden im Grunde auch nicht gebraucht, überhaupt nicht. Die Zuneigung war da, und seine Familie wußte das. Und ich, das erste und einzige Enkelkind, lernte sie sehr gut kennen.
Doch schon stand, wie es in den alten Melodramen immer hieß, das Unglück vor der Tür. Mit achtzehn verbrachte Tante Maggie ihren Sommer auf einer Farm, die Witter & Sons mit Obst belieferte. Die Firma Witter & Sons, Schiffsbedarfshandlung in der Fulton Street in Brooklyn, wurde, das möchte ich hier doch einflechten, im Jahr 1830 gegründet, unten in Fulton Street, und sie versorgte Schiffe jeder Art nicht nur mit Proviant, sondern mit jedem nur denkbaren Artikel, der auf einem Schiff gebraucht wurde.
Ungemein erfolgreich während des Bürgerkrieges. Später nie wieder so erfolgreich.
Aufstieg und Fall. Kein schneller Untergang, sondern eine langsame Talfahrt, bis schließlich die Große Depression der Firma den Rest gab. Mein Großvater hatte sie als Zwanzigjähriger geerbt und ihr anschließend ein halbes Jahrhundert lang vorgestanden, aber er konnte nie mehr an die schönen alten Glanztage anknüpfen. Ein gewissenhafter, fähiger Geschäftsmann, aber zu einer Zeit, als marktschreierische Aggressivität zum Kennzeichen des erfolgreichen Geschäftsmannes wurde, konnte er nicht mithalten. Er hatte eben nichts von einem Juden, wie er selbst meinte.
Was er noch an Gewinnen machte, investierte er in solide und sichere Anlagewerte. Und in dieses Haus. Sein ein und alles. Jeder Zoll davon, von den Grundmauern bis zum Dachstock, entstand unter seiner strengen Aufsicht. Das Material bis ins letzte sorgsam von ihm ausgewählt.
Kann man mit Holz für die Ewigkeit bauen?
Ja. Wenn man richtig baut. Wenn man es ordentlich instand hält.
Das Firmengebäude aus Ziegeln und Mauersteinen unten an der Fulton Street ist längst verschwunden. Das Holzhaus steht.
Witter & Sons von der Fulton Street.
Unbekannte und wunderbare Gerüche in diesem alten Haus.
Großvater, der über den Fluß zeigt: «Weißt du eigentlich,

daß unsere Fulton Street in Brooklyn die Fulton Street in Manhattan dort drüben fortsetzt? Eine einzige lange Straße mit einem Fluß dazwischen?»

Dann ein Spaziergang hinüber nach Brooklyn Heights, wo Washington seine Armee auf der Flucht vor den Briten nach Manhattan einschiffte. Und Großvater deutete hierhin und dorthin, und irgendwie kam Wilhelm von Oranien ins Spiel. Wilhelm, der von den Niederlanden aufbrach, um König von England zu werden. Und bei ihm ein verläßlicher Schreiber, Piet Uitter.

Und dann unser Fußmarsch zurück nach Flatbush. Endlose Kilometer auf hartem Pflaster, wo ich – neun Jahre alt? zehn Jahre alt? – manchmal ging und noch öfter trabte, um die Flatbush Avenue entlang Schritt zu halten, während mir sein Finger zeigte, daß das einmal die alte Flatbush Road war, mich hier und dort auf Vergangenes hinwies, während die lockenden Straßenbahnwagen einer nach dem anderen an mir vorbeifuhren.

Und daheim, großer Gott, endlich daheim, wo mir meine Mutter vorsichtig die Schuhe von den geschwollenen Füßen zog und sagte: «Ach, Papa, was hast du dir nur dabei gedacht?», und Großvater, der nicht für das Geschäft lebte, sondern für seine Gibbon und Motley und Prescott und Guizot – alle immer noch rings um mich her auf diesen Regalen, und in jedem Band sein handgeschriebenes Exlibris –, ja, Großvater sagte: «Er hat einiges von der Geschichte gelernt. Ich glaube, der Junge hat die richtige Ader dafür.»

Die richtige Ader dafür. Wenn schon nicht die richtigen Füße, damals, an diesem denkwürdigen Tag.

Ja.

Sein allerletzter Brief an das «American Historical Journal» . . .

Nein.

Jetzt habe ich wohl den Faden verloren. Darauf wollte ich eigentlich nicht hinaus.

Worum ging es doch gleich?

Ach ja, um meine Tante Maggie.

Meine Tante Maggie verbrachte seinerzeit also den Sommer auf der Farm im Norden und verliebte sich bis über die

Ohren in den jungen Farmhelfer dort. Kam nach Hause und berichtete ihrem Vater davon. Ein Farmhelfer. Und er liebte sie so heftig, wie sie ihn liebte. Und da sie es nicht aushielten, voneinander getrennt zu sein, wollte sie ihn auf der Stelle heiraten.
O Gott, o Gott.
Ein Farmhelfer. Für Kost und Logis und pro Woche fünf Dollar auf die Hand.
Als mein Großvater diese Nachricht verdaute, gab es keinen «Sturm und Drang» im Haus, kein Donnerwetter; das war einfach nicht seine Art. Aber er verbreitete im ganzen Haus einen eisigen Frost. Meine Tante Maggie blieb auf ihrem Zimmer und heulte nur noch von morgens bis abends vor sich hin. Meine Großmutter, dem Tod nahe, obwohl das noch keiner wußte, heulte in ihrem eigenen Zimmer, und ihre Krankenschwester, die stets neben ihr war, heulte herzzerreißend mit. Mein Vater, der kleinere Bruder, hielt sich versteckt und war sorgfältig darauf bedacht, möglichst unsichtbar zu bleiben.
Tante Maggie gewann die Schlacht und verlor den Krieg. Heiratete Curtis Hayes, ihren Farmhelfer, und wurde enterbt. Nach dem Tod meines Großvaters – dem der meines Vaters vorausgegangen war – bekam Tante Maggie nichts, ich bekam alles. Viel Geld war nicht mehr da, aber es gab immer noch das alte Stammhaus der Familie und das große Mietshaus nebenan. Und es war ein Glück für das alte Haus, daß ich es erbte.
Meine Tante Maggie und mein Onkel Curtis – ein großer, starker, ewig grinsender Narr – lebten also bei Sutton Falls oben auf ihrer kleinen Farm, von der anhaltenden Mildtätigkeit meines Großvaters ebenso abhängig wie von ihren paar armseligen Holsteiner Kühen. Mein Onkel starb, und die Mildtätigkeit mußte gesteigert werden. Mein Großvater lud Tante Maggie ein, dieses Haus mit uns zu teilen; sie lehnte ab. Sie habe das Bedürfnis, sagte sie, jeden Tag nach dem Grab ihres Mannes zu sehen. Vielleicht tat sie das wirklich. Im Alter war sie ganz versessen auf Dinge wie Tischrücken, Horoskope und Kontakte mit den Toten.
Aber um nicht abzuschweifen

Nein.
Ich wollte hier auf irgend etwas hinaus.
Es liegt mir auf der Zunge.
Zum Verrücktwerden. Wirklich zum Verrücktwerden.

John Milano

Zu früh am Donnerstagmorgen wachte er auf und wurde von unerklärlichen Schuldgefühlen bedrängt, während ihm die Stimme des Wettermannes im Radio frohlockend mitteilte, er habe mit starker Bewölkung und gelegentlichen Schauern zu rechnen. Danach kam Aretha und überbrachte – in melodischer Verpackung – fast die gleiche Botschaft über das Leben im allgemeinen. Er brauchte eine ganze Weile, diese Schuld zu identifizieren, während Aretha die Hintergrundmusik lieferte.

Die Pokerrunde. Betty. Der «Zeitgeist» auf Staten Island.

Als er gestern abend in die Wohnung zurückgekommen war, hatte er nur Christine Bailey und ihre magische Nummer mit dem spurlosen Verschwinden im Kopf gehabt. Da war kein Platz gewesen, daran zu denken, daß sich Betty nach der Arbeit die Haare richten lassen und dann zu ihm herüberkommen wollte, um rasch etwas in die Pfanne zu werfen und anschließend die Nacht dort zu verbringen.

Er hatte sich dann alle Mühe gegeben, für den Abend eine Pokerrunde auf die Beine zu stellen. Alle sechs Stammspieler brachte er zwar nicht zusammen, aber am Ende waren es dann immerhin vier von ihnen, darunter auch Maxie Rovinsky, der die hauseigene Garage verwaltete und der sich über die strengen Richtlinien des Wohnhotels, die jedem Bewohner nur einen Garagenplatz zugestanden, hinwegsetzte und Milano erlaubte, ständig zwei Wagen dort zu parken; und Gracie MacFadden, die mit ihren Leberflecken, ihren blauweißen Haaren und ihren arthritischen Händen die Zweietagenwohnung im Haus – Obergeschoß und Penthouse – allem Anschein nach gleichzeitig mit zwei Ehemännern bewohnte. Gracie behängte sich gern mit schwergewichtigen Diamanten, von denen Milano einmal nach einem häßlichen Raubüberfall im Penthouse eine große Anzahl zurückbrachte; als Entgelt für die gute Arbeit garantierte – und lieferte – ihm Gracie Theaterkarten für jedes Haus in der Stadt, wenn er ihr nur am Vortag Bescheid gab. Gracie hatte Beziehungen zur Theaterwelt wie sonst niemand in New York.

Der springende Punkt ist, daß man solche Freunde in Ehren halten mußte. Sie durch nichts aus der Fassung bringen durfte.

Um neun sollten sich seine Hilfstruppen zusammenscharen.

Um halb sieben stand Betty vor der Tür, übers ganze Gesicht strahlend, mit Grübchen in den Wangen, frisch vom Friseur. Als sie Milanos Totenstarre taxierte, verschwanden die Lachgrübchen. «Weißt du, was ich glaube», sagte sie mit einer niederschmetternden Treffsicherheit, «du hast nicht mal drangedacht, daß ich heute abend herkomme.»

Ein schlechter Auftakt, aber es kam noch schlimmer. Aus der Duldsamen Griseldis wurde Katharina von Verona. Hübscher denn je mit ihrer niedlichen kleinen Bloomie-Schürze deckte sie den Tisch und brachte das Essen. Er stocherte darin herum, denn eine Gehirnzelle zählte die Kalorien, während eine andere überlegte, wie ihr wohl die Sache mit der Pokerrunde am besten beizubringen sei.

Betty war eine scharfe Beobachterin. «Lebst du jetzt diät, oder was?»

«Nein.» Herrgott, das mit der Diät war wirklich nichts Besonderes, aber irgendwie wäre er sich, wenn er es zugegeben hätte, wie ein armseliger Koloß in mittleren Jahren vorgekommen, der sich verzweifelt gegen die zunehmende Fettleibigkeit wehrt.

«Dann», sagte Betty, «ist irgendwas nicht in Ordnung mit dir, denn am Sonntag hast du dich genauso aufgeführt. Deine Mutter hat einen Tag lang damit zu tun gehabt, all das Essen zu kochen, und dann rührst du kaum etwas an. Ist mit dir irgendwas nicht in Ordnung?»

«Na ja –», sagte Milano, und da es fast schon neun Uhr war, erzählte er ihr von der anstehenden Pokerrunde.

Sie explodierte nicht mit einem Schlag, sondern eher in der Art eines Knallfrosches. Der Rauch hatte sich noch nicht ganz verzogen, als die Gäste ankamen, aber da Betty offensichtlich auf gute Manieren in jeder Lebenslage programmiert war, hielt sie dem lärmenden Treiben dieser Fremden tapfer stand; sie hörte weg, wenn Gracie wie ein Stallknecht fluchte, und reichte sogar Getränke und Häppchen herum und war im übrigen nur bestrebt, möglichst nicht aufzufallen.

Jedenfalls registrierte Milano durch den Rauch der prächtigen, illegal eingeführten Havannazigarre aus Maxies Vorräten, daß sich das Mädchen bei dem hohen Wellengang wirklich hervorragend hielt, und er konnte Schwester Angies kupplerischen Ellbogen in seinen Rippen spüren.

Sinnlos, deshalb zu schmunzeln. So wie die Dinge lagen, würde er mit der Zeit vielleicht feststellen, daß Angie gar nicht so unrecht hatte. In diesem Stadium des Spiels, kurz vor Mitternacht, war er mit höchst erfreulichen, schwer erkämpften fünfzehnhundert Dollar im Plus.

Um Mitternacht winkte ihn Betty in die Küche, und er ging zu ihr.

«Ich muß um sieben aufstehn», sagte sie. «Ich bin schließlich berufstätig, wie du weißt. Was mach ich jetzt?»

«Geh doch einfach ins Bett», sagte Milano und fand das nicht unvernünftig.

«Jetzt? Wo die alle noch da sind?»

«Du brauchst dich ja nicht vor ihnen auszuziehen. Du kannst ins Schlafzimmer.»

«Sehr komisch. Aber ich finde, du hast für einen Abend mehr als genug gewonnen. Du kannst ihnen doch sagen, der Pokerabend ist zu Ende. Oder spricht irgend etwas dagegen?»

«Aber sicher. Ich hab sie zum Spielen eingeladen, und im Augenblick bin ich, wie du selber gesagt hast, der große Gewinner.»

«Das ist lächerlich.»

«Auch nicht lächerlicher als dein Eindruck, daß wir da drin eine Versammlung der Gesellschaft des Heiligen Namens abhalten. Hör mal, Baby, dieses ganze Durcheinander tut mir ja leid. Ehrlich. Aber wenn du nicht über Nacht bleiben willst, kann ich nicht mehr tun, als einen Wagen

mit Chauffeur kommen zu lassen, der dich nach Hause bringt.»
«O nein, ausgeschlossen. Ich laß mich doch um diese Zeit nicht von einem Chauffeur nach Hause bringen. Ich hab gesagt, ich übernachte heute bei einer Freundin. Wie soll ich denn den großen Wagen mit Chauffeur meinem Vater und meiner Mutter erklären?»
«Erklären? Himmel Herrgott, in deinem Alter solltest du wirklich –», und wurde von dem Ausdruck auf ihrem Gesicht zum Verstummen gebracht.
Erst nachdem ein halbes Dutzend der vom Pförtner angehaltenen Taxifahrer die Fuhre abgelehnt hatten, schaffte er es schließlich, sie im Taxi nach Hause zu schicken. Mit dem Bestechungsgeld, das erforderlich war, damit der Fahrer überhaupt erst in die Richtung jener Terra incognita namens Staten Island fuhr, hätte sich ein großer Wagen samt Chauffeur für eine Fahrt nach Chicago mieten lassen. Er war dann wieder nach oben gegangen und hatte nicht nur seine fünfzehnhundert Gewinn, sondern weitere fünfhundert verspielt. Und den größten Teil hatte Gracie eingestrichen. Die ihren Triumph auf eine penetrante Art und Weise auskostete und außerdem zu oft gewann.
Das Gute an der Sache war jedoch, daß er den ganzen Abend kaum einmal an Willie gedacht hatte.
Schlecht war, daß Betty beim Einsteigen ins Taxi deutlich gerötete Augen hatte. Sie weinte nicht, war aber den Tränen nahe. Wahrscheinlich heulte sie auf der ganzen Heimfahrt und mußte dann ein strahlendes Lächeln für Mommy und Daddy aufsetzen, die offenbar immer, wenn sie einen Abend außerhalb des häuslichen Nestes verbrachte, bei Kerzenlicht auf ihre Heimkehr warteten.
Idiotisch, wie für Milano eindeutig feststand. Eine üble Komödie. Trotzdem gab es am nächsten Morgen diese bedrückenden Schuldgefühle, eine Art psychischen Kater.
Sehr wahrscheinlich war sie noch nicht zur Arbeit gefahren. Er schaltete Aretha ab, suchte die Staten-Island-Nummer heraus und gab sie per Tastendruck ein. Betty meldete sich.
«Hör mal», sagte Milano, «ich möchte mich wegen gestern

abend entschuldigen. Keine wortreichen Erklärungen, keine Ausreden. Einfach eine zerknirschte Entschuldigung.»

«Bitte sehr.» Sehr kühl. Sehr beherrscht.

«Ich meine das ernst. Ich möchte, daß du das weißt.»

«Ja.» Eine lange Pause. «Ich glaube, es gibt auch etwas, was du wissen solltest. Ich hab meiner Mutter und meinem Vater von uns erzählt. Das heißt, ich hab ihnen sehr eindeutig klargemacht, daß wir ein Verhältnis haben, du und ich.»

«Das hast du ihnen gesagt?»

«Ganz eindeutig. Ich meine, nach dem, was gestern abend war – was du da gesagt hast», – sie schien gewillt, es dabei zu belassen.

«Und wie haben sie's aufgenommen?»

«Bei Mutter ist es sehr gut angekommen. Bei Vater nicht. Aber er wird's überleben. Ich hab ihn gefragt, ob er will, daß ich ausziehe, und er sagte, auf gar keinen Fall. Aber ich tu's wahrscheinlich doch. Wenn ich eine Wohnung in der Nähe des Büros finde, die ich mir leisten kann.»

«Klingt vernünftig», sagte Milano. Die ursprüngliche Schuld hatte sich irgendwie in eine andere Sorte von Schuld verwandelt, die er nicht eindeutig identifizieren konnte. «Wollen wir heute mittag trotzdem zusammen essen gehen?»

«Nein. Heute nicht.»

«Also weißt du –»

«Leb wohl», sagte Betty und legte auf.

Milano wußte plötzlich, was das für ein neues Schuldgefühl war. Unmittelbar vor ihrem ersten Matratzenball hatte sie auf seine nüchterne Frage geantwortet, ja, sie nehme die Pille. Und nach einigem Herumstottern hatte sie hinzugefügt, er sei nicht der erste, mit dem sie ins Bett gehe. Und alle Anzeichen bestätigten das.

Aber wie kam es dann, daß ihn nun dieses Gefühl belastete, er sei in ihrem Leben der Mann gewesen, der sie entjungfert hatte?

Keine Antwort. Und eigentlich hatte er auch keine erwartet. Um halb neun ging er hinüber zur Galerie Rammaert und versuchte, im Schutz eines Türeingangs gleich nebenan dem stetigen Nieselregen einigermaßen zu entgehen. Ein paar Minuten vor neun tauchte, von der Sixth Avenue her kom-

mend, Christine Bailey auf und betrat die Galerie. Wunderschön. Ohne Regenschirm, ohne Hut, die Haube aus drahtigem Haar voll funkelnder Wassertröpfchen.
So weit, so gut.
Aus dem Nieseln wurde strömender Regen, als sich Milano auf den Weg zum Midtown Athletic Club in der 53. Straße machte. Er ging nicht sehr oft hin, aber seine Trinkgelder sorgten dafür, daß er sofort erkannt und überschwenglich begrüßt wurde. Er überließ dem Hausdiener seinen Anzug zum Trocknen und Bügeln und machte sich dann daran – jeweils mit langen Verschnaufpausen dazwischen –, zwanzig Runden zu laufen und zwanzig Längen zu schwimmen, ehe er in ein wildes Basketballspiel geriet, drei gegen drei, zusammen mit ein paar muskelbepackten, humorlosen Angehörigen der jüngeren Generation. Sein direkter Gegenspieler hielt es für eine gute Abwehrfinte, wenn er Gesichter schnitt, und Milano stieß ihn mit der Hüfte knallhart gegen die Wand, wonach der junge Mann zwar offen seine Feindseligkeit, aber auch großen Respekt zeigte.
Es folgte ein Schwitzbad, danach ein langes, genüßliches Abfrottieren, heiße und kalte Güsse und schließlich der Gang zur Waage, die eine frohe Botschaft lieferte. Vier Tage Hunger und ein gutes Training ergaben ein Minus von zweieinhalb Kilo, die kahle Stelle zählte im Moment nicht. Fünfundachtzig Kilo bei seinen starken Knochen und einer Größe von fast einsfünfundachtzig – na schön, eher einsdreiundachtzig – wären wirklich erfreulich, aber einstweilen konnte er auch mit neunzig Kilo gut leben. Er streckte sich noch einmal auf dem Massagetisch aus und schlief mit den herrlichsten Macho-Gefühlen ein.
Als er um fünf Uhr zur 53. Straße zurückging, hatte es aufgehört zu regnen. In der Bar des Russian Tea Room trank er in aller Ruhe einen Wodka-Tonic, um die neu entdeckten Muskeln in seinen Schultern und Beinen zu lockern, und bestellte für sechs Uhr fünfzehn einen Tisch für zwei. Er kehrte auf seinen Beobachtungsposten bei der Galerie zurück, und als Christine Bailey herauskam, ging er im Gleichschritt neben ihr her. «Miss Bailey.»
Sie machte noch ein paar Schritte und blieb dann mit einer

Art Spätzündung jäh stehen. Sie blickte ihn stirnrunzelnd an und bemühte ihr Gedächtnis. «Sie waren heute in der Galerie.»
«Gestern.» Wenn man sie hinter dem Schreibtisch sitzen sah, war sie eine Augenweide. Wenn man sie aus der Nähe sah, traf sie einen mit voller Wucht. «Milano ist mein Name. John Milano. Privatdetektiv. In einem Fall unterwegs, in den möglicherweise auch die Galerie Rammaert verwickelt ist. Und ich riskiere verdammt viel, wenn ich Ihnen das so offen sage, aber ich glaube, es geht nur so.»
«Was geht nur so? Mister, wenn Sie über geschäftliche Dinge reden wollen, gehen Sie am besten gleich zum Chef. Im Moment erreichen Sie ihn in der Galerie.»
«Ganz unmöglich, Miss Bailey.» Mit einer Hand auf ihrem Ellbogen schob er sie behutsam auf ein Schaufenster zu, um dem Strom der Fußgänger auszuweichen. «Ich habe strikte Anweisung von meiner Klientin, nicht mit Rammaert zu reden. Wenn ich es doch tue, kann es sein, daß ich mit dem Fall auch das ganze Geld kaputtmache, das in ihm steckt. Einschließlich der schönen Summe, die Ihnen für Ihre Mithilfe zusteht. Und ich gebe Ihnen mein Ehrenwort: es ist sauberes Geld. Ein Scheidungsfall in California, wo ein Mr. Smith – nennen wir ihn mal so – versucht, Mrs. Smith dadurch übers Ohr zu hauen, daß er vor dem Richterspruch mit einem Teil des Vermögens entkommt. Wie das eben so ist, Sie wissen schon. Da werden wertvolle Bilder weggebracht, wenn gerade niemand aufpaßt. Und ich glaube, Rammaert soll die Bilder weitervermitteln. Er hat die Aufgabe bekommen, sie zu Bargeld zu machen. Das ist alles.»
«Ach ja? Soll ich Ihnen mal sagen, was ich davon halte?»
«Sehr gerne. Aber lassen Sie mich erst noch etwas fragen. Mögen Sie Borschtsch? Schaschlik? Sie wissen doch, diese Dinger am Spieß. Die besten in der ganzen Stadt.»
«Was?»
«Wenn Sie so was nämlich mögen», sagte Milano, «sollten wir dieses Frage-und-Antwort-Spiel in dem Restaurant am Ende der Straße fortsetzen. Auf Spesen. Meine Klientin, Mrs. Smith, ist eine sehr reiche Dame. Rachsüchtig, könnte man sagen, aber sehr reich. Ich habe also nicht nur eine

üppige Zahlung zu erwarten, wenn ich ihr sagen kann, wo ihre Bilder sind; bis es soweit ist, verfüge ich praktisch auch über ein unbegrenztes Spesenkonto.»

«O Mann», sagte Christine Bailey staunend.

«Nun?»

«Daraus wird nichts, Mister. Wenn ich glauben wollte, daß das nicht nur Ihre verrückte Methode ist, Mädchen aufzulesen –»

«Sie können mir glauben, Miss Bailey. Mir geht es nur ums Geld. Ob es nun leicht aufzulesen ist oder nicht.»

«Angenommen, das nehme ich Ihnen ab. Dann bleibt immer noch, daß es da wegen einer Scheidung irgendwelchen Ärger gibt, und das alles soll nun auf Rammaert abgeladen werden. Nur: er und ich kommen gut miteinander aus. Ich mag ihn, ich mag meinen Job, und ich werde Ihnen nur den einen Gefallen tun, ihm nichts von diesem plumpen Antrag zu sagen. Und diesen Gefallen, Mr. Milano – so heißen Sie doch, ja?»

«Ja.»

«Diesen Gefallen tu ich Ihnen nur, damit ich nachts durch die Straßen gehen kann, ohne mich fragen zu müssen, ob wohl an der nächsten Ecke ein paar Ihrer Mafiabrüder auf mich lauern. Sie sehen, auch ich bin geradeheraus.»

«Miss Bailey –»

«Ich hab keine Zeit. Ich hab was anderes zu tun und bin spät dran.»

«Miss Bailey», sagte Milano mit vollendeter Geduld, «ich arbeite für dieses Detektivbüro hier.» Er griff nach ihrer Hand und steckte ihr die Karte von Watrous Associates zu. «Es sind nur drei Minuten von hier. Schauen Sie doch morgen mal vorbei, sehen Sie sich um, stellen Sie Fragen über mich, soviel Sie wollen. Aber lassen Sie uns jetzt erst mal über Geld reden.» Er zog den Umschlag aus seiner Brusttasche und bot ihn ihr an. Als sie keine Anstalten machte, ihn zu nehmen, hielt er ihn hoch und ließ die Geldscheine flink durch die Finger laufen. «Fünfhundert Vorschuß, bar auf die Hand, Miss Bailey. Und noch eine ganze Menge dazu, wenn wir die Klientin zufriedenstellen.»

Sie kam kurz in Versuchung, gar keine Frage. Dann schüt-

telte sie energisch den Kopf. «Da läuft gar nichts, Mister. Und wenn ich gleich weitergehe, will ich Sie nicht im Schlepptau haben. Das paßt mir nämlich gar nicht.»
«Sie sehen das falsch. Ich bring Sie an jeden gewünschten Ort. Sie brauchen mir nur zu sagen, wohin Sie wollen.»
«Ich denke, Sie sind der große Detektiv. Versuchen Sie doch auf eigene Faust festzustellen, wohin ich will. Laufen Sie mir aber ja nicht nach, verstanden? Jetzt nicht, und auch künftig nicht.»
Sie ging Richtung Sixth Avenue, und Milano, der ihr einen angemessenen Vorsprung einräumte, blieb schräg hinter ihr. Ihre rechte Hand war es, die einen Moment lang nach dem Umschlag hatte greifen wollen, und Willie hatte vor langer Zeit einmal erklärt, daß Rechtshänder dazu neigten, über die linke Schulter zurückzublicken. Einmal tat sie das auch, wie aus dem Lehrbuch, ging dann an der Ecke die Treppe zur U-Bahn hinunter und fuhr mit der Linie D Richtung Stadtmitte; Milano stieg in den Wagen hinter ihr.
Da der Stoßverkehr vorbei war, herrschte kein großes Gedränge mehr, und so konnte er sie durch die Glasscheiben vorne an seinem und hinten an ihrem Wagen gut sehen, nicht so gut allerdings wie die männlichen Fahrgäste, die ihr direkt gegenübersaßen und die an dem Anblick offensichtlich ihre Freude hatten. Sie bemerkte das auch und reagierte, indem sie kurz und energisch ihren Rock nach unten zog, wie um die verächtlich gekräuselten Lippen zu versinnbildlichen.
An der 4. Straße stand sie auf und stieg aus, und Milano ließ ihr weiterhin viel Bewegungsfreiheit. Die Sixth Avenue entlang und dann Cornelia Street, wo jetzt am frühen Abend das ganze Greenwich-Village-Völkchen ausschwärmte und einen zum Slalomlaufen zwang, weiter zur Bleecker Street. Dort mischte sich Christine Bailey unter eine Gruppe von Schwarzen und Weißen vor einem Theater, das wie eine verlassene Fernfahrerkneipe aussah, mit Vorhängen an den Schaukästen und allem, und das auf einem Plakat über der Tür *Two Stops Before The End Of The Line* ankündigte.
Nicht mal Off-Off-Broadway. Auch davon noch weit entfernt.

Milano wartete den richtigen Augenblick ab, und als sich die Gruppe aufzulösen begann, schlenderte er hinüber. Im Vorbeigehen bemerkte er, daß auf dem Anschlagbrett mit der Rollenbesetzung für das Stück, gleich neben dem Eingang, auch der Name Christine Bailey aufgeführt war. «N'Abend, Miss Bailey», sagte er zu dem wohlgeformten Rücken.
Sie drehte sich um und fixierte ihn mit zusammengekniffenen Augen. In ihr kochte es. «Ich habe Sie gewarnt, Mann.»
«Nein, das stimmt nicht. Sie haben mich herausgefordert.»
Ein gereiztes Kopfschütteln. Aber umspielte da nicht der Hauch eines unwillkürlichen Lächelns die verkniffenen Lippen? «Ich seh schon, da hab ich einen Fehler gemacht», sagte Christine Bailey.
«Nur einen kleinen. Ein großer Fehler ist dagegen die Art und Weise, wie Sie Geld verschenken.»
«Ach ja, Geld. Das geht Ihnen nie aus dem Kopf, stimmt's?» Sie musterte ihn gründlich. «Diese Klamotten sind bestimmt nicht von der Stange. Was für einen Wagen fahren Sie eigentlich? Wenn Sie wirklich mal fahren. Einen Caddie?»
«Einen Mercedes. Das neueste Modell.»
«Sie passen nicht in diese Nachtkrimis im Fernsehen, was?»
«Nein, ich lebe in der Gegenwart, und ich bin echt. Also, können wir uns nach der Vorstellung treffen, Miss Bailey, und über die Sache reden? Mit der festen Zusicherung, daß dieses Geschäft niemandem den geringsten Schaden zufügt, außer vielleicht dem Mann der Klientin?»
«Ich habe heut abend eine Verabredung. Vielleicht morgen abend nach der Vorstellung. Vielleicht.»
«Und der letzte Vorhang fällt wann?»
«Gegen zehn. Vergessen Sie aber das Vielleicht nicht. Ich schreib's mit Großbuchstaben.»
«Ich werde daran denken», sagte Milano.
Als er wieder in seiner Wohnung war, rief er Shirley zu Hause an. Am Apparat war der Herr des Hauses, den Willie manchmal bissig als Mister Shirley Glass bezeichnete. Sam Glass sagte: «Sie ist nicht da. Macht gerade einen Besuch bei ihrer Tochter. Kann ich was ausrichten?»
«Ja. Sagen Sie ihr, es geht um Pacifica Inland. Ein Mädchen namens Bailey kommt morgen vielleicht ins Büro, um einiges

über mich in Erfahrung zu bringen, und ich möchte, daß Shirley mich in den Himmel hebt und sie völlig einwickelt. Und Greenwald den ganzen Tag vom Büro fernhält. Haben Sie alles?»
«Klar. Pacifica Inland. Bailey. Greenwald. Einwickeln. Stimmt es eigentlich, daß Sie wieder mal mit Willie im Clinch liegen?»
«Ja», sagte Milano.

Charles Witter Kirwan

Eine Belastungsprobe heute.
Nun habe ich heftige Schmerzen in Brust und Rückgrat, aber die werden durch eine freudige Erregung aufgewogen, denn ich habe Kraftreserven in mir entdeckt, die mich mit Sicherheit bis zu meinem Ziel tragen werden. Ein herrliches Gefühl. Voll wie ein Dudelsack, wie mein Großvater immer von meinem Stiefvater sagte, obwohl ich mir den ganzen Tag keinen Tropfen Alkohol genehmigt habe.
Und in diesem Augenblick – um halb zwölf an diesem denkwürdigen Donnerstagabend – habe ich immer noch kein Bedürfnis danach.
In meiner Hand habe ich jetzt
Im Kofferraum meines Wagens habe ich jetzt die restlichen Dinge, die ich für das unerhörte Ereignis brauche. Die Zündschnur. Die Zündmaschine. Beides augenscheinlich nagelneu, garantiert funktionstüchtig.
Unser Mr. Swanson, der mich gestern abend anrufen sollte, meldete sich nicht, eine Schlamperei, die mich den größten Teil meiner Nachtruhe kostete. Aber am frühen Morgen rief er dann doch an, mit einer weitschweifigen, unglaublichen Ausrede für die Schlamperei, die ich
Lassen wir das. Er rief an, um mir zu sagen, die Dinge lägen bereit, ich solle sie abends um sieben abholen. Für die Fahrt den Hudson rauf nach Sutton Falls braucht man normalerweise etwa zweieinhalb Stunden. Wegen meiner schlechten körperlichen Verfassung – unmöglich, hinter dem Lenkrad eine Position zu finden, die keine Schmerzen verursacht – rechnete ich mit einer zusätzlichen halben Stunde und schaffte es dann gerade noch, pünktlich dort zu sein. Die Rückfahrt, auf der ich mehr als einmal anhalten und aussteigen mußte, um die unablässigen Schmerzen zu lindern,

wurde zu einem Alptraum von vier Stunden. Auch der Griff zum Percodan kam nicht in Frage. Das konnte ich nicht riskieren, solange ich mit einer Ladung hochexplosiver Sprengstoffe auf öffentlichen Straßen unterwegs war.
Der Alptraum ist noch nicht ganz vorbei. Als ich versuchte, die Rolle Zündschnur aus dem Kofferraum zu heben, mußte ich feststellen, daß sie zu schwer für mich war. Ich werde sie bis in den Keller von Nr. 409 schleifen müssen. Ich mach das in einer Stunde oder so, diesmal gestärkt durch meine Dosis. Und ohne daß mich in den immer noch beleuchteten Fenstern glänzende Bulanga-Augen verfolgen.
Oder im Licht meiner Scheinwerfer.
O ja.
Bog langsam in die Zufahrt zum Haus ein, und da war – wie ein Reh mitten auf der Straße – Christine Bailey. Neuerdings nur noch selten hier anzutreffen. Schwarz wie die Nacht, in irgendeinem dunklen Kleid, fast unsichtbar, bis meine Scheinwerfer sie erfaßten. Sie machte einen Satz, ich trat voll auf die Bremse.
«Entschuldigen Sie, Miss Bailey.»
«Schon gut, Mr. Kirwan.» Und schon schwänzelte sie auf Nr. 409 zu, leicht und frei sich bewegend, wie es der Dichter glückselig beschrieb.
O ja, in der Tat.
Nun denn.
Hatte eine schlaflose Nacht, besorgt wegen der gestrigen Bandaufnahme, wo ich in meiner Schilderung immer wieder abschweifte und schließlich völlig den Faden verlor. Gerade eben hab ich mir einen längeren Abschnitt noch mal angehört. Ich hab das schon einmal getan, offenbar mit gutem Erfolg: das Geräusch meines Hustens ist fast völlig weg. Doch bei diesem erneuten Abspielen – ist es das Gerät selbst? – klingt meine Stimme manchmal zu wenig nasal und zu hoch.
Diese Schallplatten, die wir immer auf unserer alten aufziehbaren Victrola abspielten.
Meine Professorenstimme? Ist es das, was meine mit ausdruckslosen Gesichtern dasitzenden verachtungsvollen Klassen hörten? Darunter auch die Bulanga, die sich oft streck-

ten und unverhohlen gähnten, so daß man tief unten, inmitten dieser ganzen Schwärze, das zitternde rosarote Zäpfchen sehen konnte?
Beunruhigend, irgendwie.
Nun gut.
Jedenfalls habe ich ermittelt, worauf ich mit meiner gestrigen Schilderung hinauswollte. Ich wollte erklären, wie es zu der Idee vom unerhörten Ereignis gekommen ist. Es kommt entscheidend darauf an, diese Erklärung nicht jenen Psychoakademikern zu überlassen, die ihre historische Wahrsagerei nach dem Evangelium des Schwindeldoktors Freud betreiben.
Das hier ist keine Fallgeschichte, meine Herren Professoren. Es ist vielmehr – und Sie müssen mir den altmodischen, schmutzigen, verachtenswerten Ausdruck verzeihen – eine Sozialgeschichte.
Angefangen beim Tod meiner Tante, Mrs. Margaretha Gretchen Witter Hayes. Meine Tante Maggie. Die, nachdem sie die letzten Jahre ihres Lebens in dem exklusiven Sutton Falls Memorial Home verbracht hatte, mit fünfundneunzig dort starb, bis zuletzt anmaßend, undankbar und streitsüchtig. Kinderlos. Mit einer Reihe von Totgeburten in grauer Vergangenheit. Glück für die Totgeborenen, Pech für mich.
Es ist möglich, daß irgend jemand irgendwo im Besitz jener kurzen Briefe ist, die ich ihr in den letzten Jahren hin und wieder geschrieben habe. Briefe, die in einem sehr herzlichen Ton gehalten sind. Es ist mehr als möglich, daß sich einige Leute, die ihr nahegestanden haben – bestimmt auch einige aus dem Pflegepersonal des Hauses –, an die Besuche erinnern werden, die ich ihr alle paar Monate abgestattet habe, an meine Geduld im Umgang mit ihr, an meine augenscheinliche Ehrerbietung.
Wichtig ist folgendes: wenn derlei Briefe und Erinnerungen in die Öffentlichkeit gelangen, müssen sie als völlig falsch und irreführend behandelt werden. Ich habe diese Frau verabscheut, und ich verabscheue die Erinnerung an sie. Doch mein Großvater, der sich ihretwegen Sorgen machte, ließ mich in diesem Zusammenhang zum Feigling und Lügner werden. Ich mußte ihm kurz vor seinem Tod versprechen,

ihr weiterhin das zu bieten, was er ihr geboten hatte: Verständnis, Mitgefühl, Geld.
Geld, Geld, Geld.
Von dem bißchen, das noch übrig war. Der Bodensatz, der sich noch zusammenkratzen ließ. Die kümmerlichen Reste alter Investitionen. Ruhestandsbezüge. Und das bei einer wahnsinnigen Inflation. Und dem schleppenden Sterben meiner Frau. Und diesem blutsaugenden Bulanga-Bunker nebenan, der instand zu halten war und Steuern kostete. Und dann war auch noch dieses Haus hier, der alte Familiensitz, in einem brauchbaren Zustand zu erhalten.
Doch das Geld, Geld, Geld floß in dieses elegante Zimmer im Sutton Falls Memorial Home und in die ganze, mit Diamanten aufzuwiegende ärztliche Betreuung, die erforderlich war, damit die alte Hexe weiterleben und weiterjammern konnte.
Wenn
Jawohl, ein Feigling und ein Lügner. Aber das ist vorbei.
Wenn ich es noch einmal zu tun hätte, würde ich so ein Versprechen, wie es mir mein Großvater abnahm, mit seinem letzten Atemzug sofort wieder vergessen. Ich würde diese beschissene Angelegenheit dem Staat überlassen, wo sie auch hingehörte. Denn diesem Charles Witter Kirwan sind die sozialen Tugenden der Feigheit und Täuschung nicht mehr Verpflichtung.
Schockierend, oder?
Oder nicht?
Ich will euch mal was vorlesen, was ich hier vor mir liegen habe. Einen Satz aus Pasternaks *Doktor Schiwago*, den V.S. Pritchett in einer Kritik zitiert. Hier, hört euch das an:

> «Die Gesundheit wird durch die dem Menschen aufgezwungene planmäßige Doppelzüngigkeit zugrunde gerichtet: wenn du das Gegenteil dessen sagst, was du empfindest, wenn du vor etwas am Boden kriechst, was du verachtest, und über etwas jubelst, was dir nur Unglück bringt.»

Da habt ihr's. Ein einziger Satz.
Planmäßige Doppelzüngigkeit.

Du lieber Himmel, die Kakerlaken sind auf meinem Teller und fressen mir das sauer verdiente Abendbrot weg. Ich werde sie fressen lassen, soviel sie wollen, und wenn sie fertig sind, werde ich dankbar essen, was übrig ist.
Liebe deinen Nachbarn. Liebe deine Kakerlaken.
Ein Satz. Planmäßige duftende liberale Doppelzüngigkeit.
Und planmäßige Doppelzüngigkeit bedeutet Krankheit und Verfall. Krebs. Solange unsere Gesellschaft diese Doppelzüngigkeit verlangt. Solange sie mit ihren feigen Ängsten und ihrem politischen Opportunismus veranlaßt, daß wir den Bulanga mit einem heuchlerischen freundlichen Lächeln auf unserem Whitey-Gesicht begegnen?
Nur ein Zufall, daß meine Frau mit ihrem Liebe-deinen-Nächsten-Lächeln und mit ihrer panischen Angst davor, sich außerhalb ihrer eigenen vier Wände zu bewegen – daß sie Krebs hatte?
Daß ich Krebs habe?
Ich will es mal so sagen.
Schon damals, als ich vom Tod meiner Tante erfuhr, als ich nach Sutton Falls rauffuhr, um der Leichenfeier und dem Begräbnis beizuwohnen, ahnte ich bereits, wie es in Wirklichkeit um mich stand. Schmerzen, hartnäckiger Husten, Gewichtsverlust – Ahnungen von der bitteren Wahrheit. Und ich glaube nicht, daß man ständig Krebs um sich haben kann, so wie ich in Florences Fall – im Fall meiner Frau –, ohne ein Trauma davonzutragen.
Aber es ist nicht meine Art, mir selber Schwierigkeiten aufzuhalsen. Nein, es war der Arzt meiner Tante, der auf der Untersuchung bestand. Und sie ausdehnte, bis es zur Operation und zum Todesurteil kam.
Zwei Wochen in dieser Klinik. Zwei Wochen im Abgrund der Hölle. Dauernd von diesen ehrwürdigen Verkäufern im weißen Ärztekittel bestürmt, weitere Operationen zu kaufen, zwecklose ekelerregende Behandlungen zu kaufen. Natürlich ohne Erfolgsgarantie. O nein, eine Linderung der Schmerzen wird nicht versprochen. Es ist schließlich nur ein einträglicher Versuch, einen Toten zum Leben zu erwecken. Charles Witter Kirwan wird eingeladen, ein zweiter Lazarus zu werden.

Wenn wir mit einem Mitglied Ihrer engsten Familie reden könnten, Mr. Kirwan.
Herr Doktor, ich habe eben meine letzte Verwandte begraben. Sie waren bei der Totenfeier, wissen Sie noch?
Alpträume – am hellen Tag – von meinem Zuhause und was jetzt wohl daraus wird. Makellos. Unverdorben. Und dann die Besetzung durch die Bulanga. Die letzte Bastion – gefallen.
Der nächtliche Lärm der Bulanga-Stereoanlagen kündet vom Triumph.
Im Augenblick kommt er über den Hof, von Nr. 409 herüber.
Tam-tam-tam und tam-tam. Und Tam-tam-tam und tam-tam.
Für mich kein Lazarus, danke. Dann lieber der kranke alte Hund, der sich nach Hause schleppt und auf der vertrauten Türschwelle stirbt.
Das war mein Gemütszustand, als ich von der Klinik nach New York zurückfuhr. Nicht auf der «Straight» genannten Straße, obschon dort ein Wunder auf mich wartete, sondern auf jener kurvenreichen Straße – McClain Road –, die ein paar Kilometer dicht am Fluß entlangführt und dann, unterhalb von Saugerties, in die Landstraße 32 einbiegt.
Wunder können sich auf seltsame Weise ankündigen. Zum Beispiel in Gestalt eines Mannes, der mit einer Warntafel die wenigen Autos anhält, die im Augenblick den Verkehr ausmachen. Trabt auf mich zu. Machen Sie bitte Ihren Motor aus, da drüben werden ein paar Sprengladungen gezündet.
Da drüben am Flußufer lag die McClain-Ziegelei, die schon lange nicht mehr in Betrieb war. Zwischen eingefallenen Schuppen waren ganze Reihen riesiger Brennöfen zu erkennen. Fünf Minuten vergingen, bis das Wunder geschah. Ein plötzlicher Blitz aus roten und orangefarbenen Flammen neben einer Reihe von Brennöfen, ein donnernder Widerhall. Rauch- und Staubwolken türmten sich auf, und in ihnen das Bild der in sich zusammenfallenden Brennöfen.
Das war's.
Das Wunder.
Die Offenbarung.

Vor meinem inneren Auge das Bild der Witter Street, von diesem Blitz und diesem Widerhall getroffen, in sich zusammenstürzend. Unter dem Rauch und Staub bleibt nur das Haus stehen. Nur das Haus. Sonst nichts.
Stille.
Dann der Ruf einer Bulanga-Stimme mitten aus den Trümmern. «Wa-uu wa-uu wa-uu, Whitey? Wa-uu?»
Warum hast du das getan, Whitey? Warum?
Ich wäre gerne bereit, darauf zu antworten.
Auf dem Schild an der McClain Road stand «Passarini Demolition Company», eine Abbruchfirma also, für die es hier noch eine Menge zu tun gab. Weitere Reihen von Brennöfen. Fensterlose Bürogebäude ohne Dach mußten beseitigt werden. Passarini würde noch eine ganze Weile hier sein.
Wie ich meinen Auftrag verstand? Nein, es ging mir nicht um einen ganzen Häuserblock, nur um ein einzelnes Gebäude, das mir gehört und mit dem ich tun kann, was ich will. Wie ich meinen Auftrag verstand? Ich will es mal so sagen. Eben noch war ich ein schmerzgequälter, verzweifelter, sterbender Fleischklumpen. Und einen Augenblick später erfaßte mich, unglaublich, eine Ekstase, ich schwitzte vor Aufregung, in mir brannte ein schöpferischer Drang, und meine ganzen Emotionen drehten sich ausschließlich um die eine Notwendigkeit: ich mußte nur lange genug leben, um diesem Drang nachgeben zu können.
Ja, ja, ja.
Jetzt, wo meine ganze Verzweiflung verflogen war, schossen mir Ideen wie Stücke eines Puzzles durch den Kopf und fügten sich mit Lichtgeschwindigkeit zu einem Bild zusammen.
Das unerhörte Ereignis.
Kein Akt nihilistischer Zerstörung. Kein Mysterium, über das hinterher gerätselt und theoretisiert wird.
Nichts dergleichen.
Eine Lektion. Ein Wegzeichen. Eine Warnung. Wenn – wenn eine umfassende Erklärung bereit lag.
Mehr noch.
Diese Erklärung würde kein großzügiges Geschenk für die Öffentlichkeit sein. Warum auch, würde sie doch ein Doku-

ment darstellen, das Hunderttausende wert war? Millionen von Dollar. Die Bestsellerlisten warten nur darauf. Sogenannte Zeitungen – ausgenommen die *Times*, selbst ein Denkmal für eine erloschene und schickliche Vergangenheit – geifern nach solchen Dokumenten. Eine Filmproduktion. Eine Fernsehshow. Geld von allen Seiten.
Und das alles bedeutete die Rettung für das Haus.
Die Witter-Stiftung. Finanziell gut ausgestattet. Hervorragend ausgestattet. Sie wird für eine angemessene Instandhaltung aufkommen. Für ein sorgsam ausgewähltes Verwalterehepaar. Zur Pflege des Anwesens, als Fremdenführer für das neugierige Publikum.
Die Witter-Stiftung.
Das folgende richtet sich direkt an die Adresse meines Anwaltes, meines Freundes George Grant Davis – nach wie vor mein Freund, auch wenn ich in letzter Zeit für seine freundlichen Einladungen nicht mehr zugänglich war –, der meinen Nachlaß verwalten wird.
Lieber Freund, in unserem letzten Telefongespräch hast du verwundert gefragt, wo denn das Geld für eine solche Stiftung herkommen soll. Und ich fürchte, meine Ausflüchte ließen dich das Schlimmste annehmen: daß ich kein Vertrauen mehr zu dir habe und dir Informationen über meine finanzielle Lage verheimliche.
Wenn du jetzt das hier hörst oder es vielmehr liest, wirst du verstehen, weshalb ich dir mein Geheimnis nicht anvertrauen konnte.
Wenn du dich mit meinem Nachlaß befaßt, wirst du feststellen, daß sehr wenig Bargeld übrig ist. Aber diese Bandaufzeichnungen werden sehr viel wert sein – meine Schätzung geht in die Millionen –, und meine versiegelten Anweisungen, die bei dir hinterlegt sind, erklären, wie die Witter-Stiftung dieses Geld zu verwalten hat.
Als vorläufigen Geschäftsführer der Stiftung habe ich dich vorgesehen.
Ich verlasse mich auch darauf, daß du in allen Auseinandersetzungen mit Behörden und der Presse klarstellst, daß ich schon immer, seit du mich kennst, ein emotional stabiler und geistig gesunder Mensch war und bin.

Außerdem

Außerdem kann ich nur hoffen, daß dich die freimütige Erörterung meiner Sexualität auf diesen Bändern nicht zu sehr schockiert. Ich weiß, du warst immer der Meinung, Florence und ich führten eine ideale Ehe, und in mancher Beziehung stimmt das auch. Halt dir bitte vor Augen, daß ihr durch nichts, was ich jetzt nach ihrem Tode enthülle, irgendeine Kränkung zugefügt werden kann.

Du mußt das doch verstehen.

John Milano

Nach einem angenehmen Spaziergang vom Columbus Circle über den Broadway zum Lincoln Center kam Milano in die Bibliothek der Darstellenden Künste, einem Zufluchtsort für jene Freaks, die am Showbusiness hängen, und da er hier kein Unbekannter war, hielt er bald das gewünschte Material in Händen. Wie sich herausstellte, gab es nur wenig davon. Drei mickrige Kritiken befaßten sich mit Pearl Byums Stück *Two Stops Before The End Of The Line*, dargeboten von der «Birdbath Theater Company» unter der Regie von Lenardo Hanna. Und ein einseitiges Programm führte neben diesen Angaben noch die vier Darsteller auf.

Die Kritiken – aus *Variety, Village Voice* und dem Magazin *New York* – waren einheitlich negativ; sie gaben an, es handle sich hier um eine verworrene Untersuchung lesbischer Bindungen, angereichert mit der Thematik des Rassismus und des Feminismus, die die Verwirrung komplett machten. Alle lobten jedoch eine gewisse Tamar McBride wegen der geschickten Art, wie sie ihre Nebenrolle gestalte. Und einer der Kritiker fügte noch hinzu, die Darstellerin der Hauptrolle, Christine Bailey, sehe zwar blendend aus, aber . . .

In seine Wohnung zurückgekehrt, schaute Milano von Zeit zu Zeit auf die Uhr, bis gegen halb eins tatsächlich Shirley Glass anrief, um ihm zu sagen, eine Christine Bailey sei gerade dagewesen und habe Fragen über ihn gestellt und sei von ihr, wie ausgemacht, völlig eingewickelt worden.

Eine Huldigung an John Anthony Milano, einen Mann von Wort. «Hat sie mein Büro zu sehen bekommen?» fragte Milano.

«Hat sie. Ich würde sagen, im Moment haben Sie bei ihr einen fast unbegrenzten Kredit. Und da es sich um eine

prachtvolle *schvartzeh* handelt, Johnny, hoffe ich doch, das alles ist rein geschäftlich?»
«Versteht sich. Wie kommt Hy Greenwald zurecht? Geht er Willie aus dem Weg?»
«Nein», sagte Shirley und zog das Wort in die Länge. «Er sucht eher seine Nähe. Hört ihm andächtig zu, mit offenem Mund, und Willie scheint das zu genießen.»
«Und Hy wird auch noch weit unter Tarif bezahlt», sagte Milano. «Der Junge ist offenbar auf dem besten Weg.»
Er verbrachte den restlichen Nachmittag im Midtown Athletic Club, ließ sich diesmal jedoch auf kein Basketballspiel ein. Kurz bevor um acht Uhr der Vorhang aufging, stand er an der Kasse des Birdbath-Theaters, einem abgewetzten Küchentisch mit einer offenen Geldkassette darauf, und kaufte eine Eintrittskarte für die Vorstellung dieses Abends.
Seinen Sitzplatz, so belehrte ihn das wie ein Gespenst wirkende junge Mädchen mit einem Blick aus glanzlosen Augen, suchte sich hier jeder selbst. Da es zehn, zwölf Reihen einfacher Holzklappstühle gab, von denen vielleicht die Hälfte besetzt war, fand er hinter diesem spärlichen Publikum mühelos einen Platz mit einem ordentlichen Blick auf die Bühne. Nach dem, was er über das Stück in Erfahrung gebracht hatte, war die Zusammensetzung des Publikums keine Überraschung. Es waren überwiegend Frauen, die schicke Klamotten vom Flohmarkt trugen und vor Anspannung heftig atmeten.
Aber so wie das «Diamond Horseshoe» – oder jedes beliebige andere Opernhaus – das notwendige Ambiente für Juwelen tragende und wohlriechende Schöne lieferte, bildete das Birdbath-Theater den Rahmen, den diese Leute hier brauchten. Ein langer, schmaler Raum mit einer windschiefen Bühne am fernen Ende und einer Ausstattung, die offensichtlich von der Heilsarmee stammte. Rissige Wände, von denen die Farbe abblätterte. Ein schäbiger Linoleumboden. Und an der Decke, die für eine derartige Belastung zu schwach schien, hing eine Schiene mit einer ganzen Batterie von Scheinwerfern. Die Garderoben – wenn es überhaupt mehr war als ein offener Umkleideraum – lagen wohl hinter

der rückwärtigen Kulissenwand, auf die skizzenhaft zwei Fensterrahmen gemalt waren.
Ganz gleich, was die Kritiker sagten: *Two Stops Before The End Of The Line* hatte seine starken Momente. Die geschwätzige Neuauflage eines zunehmend beliebten Themas – Junge lernt Mädchen kennen, Junge verliert Mädchen, Mädchen bekommt Mädchen – präsentierte ein schwarzes Paar, unverheiratet und glücklich, das ein weißes Paar – diesmal zwei Frauen – kennt; die stärkere dieser beiden Frauen verknallt sich nun in die wunderschöne schwarze Dame und macht sich daran, sie zu verführen; sie schafft es im großen Finale des ersten Aktes.
Im zweiten Akt geht die schwarze Schönheit, auch wenn ihr von den chauvinistischen Drohungen ihres früheren Liebhabers heftig zugesetzt wird, mit wachsender Begeisterung auf dieses neue Liebesverhältnis ein und entdeckt dabei nicht nur sexuelle Genüsse, die ihr bis dahin vorenthalten worden sind, sondern auch eine angeborene rassische Überlegenheit über ihre hellhäutige Verführerin. In der krönenden Schlußszene verstößt sie schließlich beide, Mann und Frau, für immer aus ihrem Leben und verkündet, irgendwo da draußen müsse es eine Frau ihrer Hautfarbe und mit ihrer Wesensart geben, eine Frau, die alles mitbringe, um ihr eine echte Gefährtin zu werden.
Irgendwo da draußen warte sie.
Lichter aus. Bis auf das rote Leuchten des *Exit*-Schildes über dem Notausgang neben der Bühne, das ein geisterhaftes Licht auf Christine Bailey warf, wie sie in geduckter Haltung durch die Kulissen schlüpfte.
Starker Beifall, ein Vorhang. Lichter im Saal an. Das Publikum bewegte sich auf den Straßenausgang zu, und Milano, der noch sitzenblieb, hatte das Gefühl, daß er – gut angezogen und für diese Umgebung zu alt – als Verkörperung des Unterdrückers Mann etliche eisige Blicke auf sich zog. Oder vielleicht hielten sie ihn für einen dieser kleinen Voyeure, die während der sehr kurzen Darbietungen frontaler Nacktheit auf ihre Kosten kommen. Weil es in diesem Stück zwei solcher Darbietungen gegeben hatte, beide Male von Christine Bailey, die ohne Kleider sogar noch besser aussah als mit. Er

konnte auch gar nicht leugnen, jedesmal auf seine Kosten gekommen zu sein, bis diese unverhüllten Kostbarkeiten durch die Umarmung der großen, blonden, hübschen Tamar McBride, die eine starke Ausstrahlung hatte, rasch wieder verdeckt wurden. Bei jeder Umarmung sträubten sich Milano die Nackenhaare, aber verdammt noch mal, versuchte er sich selbst zu besänftigen, schließlich war das alles ja nur gespielt, oder?

Höchstwahrscheinlich.

Aber «höchstwahrscheinlich» genügte ihm dann doch nicht ganz.

Er ging hinter die Bühne und fand dort, wie erwartet, einen Raum, der als Gemeinschaftsgarderobe diente. Es waren offenbar die kaputten Überreste einer ehemaligen Küche, überall nur Rost und Staub und gesprungene Wandfliesen. Den meisten Platz beanspruchten zwei breitbeinige Kartentische, die mitten im Raum zusammengerückt waren und unter der Last mehrere Spiegel und einer gewaltigen Unordnung aus Schminktuben, -flaschen und -gläsern fast zusammenbrachen.

Die Schauspieler, jeder mit einem stark verschmierten Handtuch über den Schultern, saßen vor den Spiegeln und wischten sich die Theaterschminke ab. Weitere zwei Personen, ein schwarzer Mann und eine schwarze Frau – der Regisseur und die Autorin? –, standen neben einem museumsreifen Kühlschrank in der Ecke und löffelten zu dessen fröhlichem Klappern irgend etwas aus Joghurtbechern.

Milano beugte sich über Christine Baileys Spiegel, und sie sagte, ohne aufzublicken: «Ich hab Sie da draußen gesehen», und fuhr ungerührt fort, sich mit einem Wattebausch Stirn und Wangen zu betupfen.

«Ich hab Eintritt bezahlt», sagte Milano. Er hielt seine Armbanduhr vor den Spiegel. «Zehn Uhr. Sogar fünf nach zehn.»

«Sicher», sagte Christine Bailey. «Gehen Sie ein bißchen zur Seite, ich bin dann gleich soweit.» Sie hielt es offenbar nicht für nötig, ihn den anderen vorzustellen, die ihn nun mit abschätzenden Blicken musterten. Die sinnliche Tamar McBride, bis auf das Handtuch oben ohne, lächelte ihm zu, und Milano, der das als ein mögliches Zeichen ihrer Heterosexualität erfreut registrierte und sich höflich bemühte, nicht ständig zu gaffen – das Handtuch war außerordentlich klein –, lächelte zurück, doch damit war der freundliche Austausch auch schon erschöpft. Nicht daß das Lächeln und die Offenherzigkeit der Dame irgend etwas garantierten, dachte er bei sich, als er Christine Bailey nach draußen folgte. Zu sehr hatte sich in den letzten Jahren die zivilisierte westliche Welt, Gott beschütze sie, bei dem Versuch verheddert, die Geschlechterrollen zu sortieren.

Sie landeten in einem Café beim Sheridan Square, in einem Raum, dessen Hauptzweck anscheinend die Aufzucht von Spinnenpflanzen war, denn die quollen überall aus herabhängenden Töpfen und ließen grüne Fangarme über vorbeikommende Köpfe streifen. Christine bestellte einen Cappuccino, Milano bestellte einen Irish Coffee und gab sich, als ihm gesagt wurde, alkoholische Getränke seien in diesem Haus nicht zu haben, ebenfalls mit einem Cappuccino zufrieden. Als er schließlich serviert wurde, überraschte er mit magischen Fähigkeiten. Denn irgendwie war die Tasse selbst brennend heiß, ihr Inhalt jedoch bestenfalls lauwarm. Christine hatte, seit sie vom Theater weggegangen waren, kein Wort gesagt. Verdrossen, bekümmert, nachdenklich – so saß sie ihm gegenüber. Nun rührte sie mit rhythmischen Achterbewegungen ihres Löffels einen Haufen Schlagsahne in den Kaffee und sah ihn dabei offen an. «Sie wissen doch, daß ich heute in Ihrem Büro war, nicht wahr? Daß ich mit der Frau dort über Sie geredet habe?»

«Ja.»

«Sie stecken voller Überraschungen, nicht?»

«Nicht in dem Maße jedenfalls», sagte Milano, «wie eine sehr vornehme junge Dame, die tagsüber in einem sehr vornehmen Laden sitzt und abends im Village unten splitternackt auf der Bühne steht.»

«Ach so ist das. Das stört Sie wohl? Daß ich dabei nackt bin, meine ich?»

«Nein. Was mich stört, ist die Art und Weise, wie Ihr Regisseur alles versaut hat. Eigentlich müßte es Ihre Show sein, aber er hat alles diesem großen Mädchen zugespielt, dieser

Tamar. Jetzt ist es deren Show. Und damit stimmt überhaupt nichts mehr.»
«Ich glaube nicht, daß Sie –»
«Also wirklich, sie schneidet Ihnen das Wort ab, sie drängt Sie in den Hintergrund, so daß Sie die halbe Zeit in die Kulissen sprechen müssen; ein Wunder, daß sie den Leuten nicht noch mit dem Taschentuch winkt, während Sie eine dieser schwierigen Passagen zu sprechen haben. Hab ich nicht recht?»
Mit verschleiertem Blick schien Christine darüber nachzudenken. Milano sah sich dieses Gesicht genau an und kam zu dem Schluß, daß es auf einer Skala, die beispielsweise von Warhol bis rauf zu Vermeer reichte, als Vermeer einzustufen war. Endlich, nach langem Nachdenken, rückte sie damit heraus. «Vielleicht», sagte sie.
«Nicht vielleicht. Die Frage ist nur, warum es so ist. Sie sind keine Amateurin. So wie Sie sich auf der Bühne bewegen, so wie Sie sprechen. Warum also Tamar die Show überlassen?»
«Sie möchten wohl auch noch mein Agent werden, Mister, zusätzlich zu Ihrer anderen Arbeit?»
«Sie weichen der Frage aus. Kann es sein, daß Tamar wirklich Papa Bär spielt, wenn Ihr zwei nicht auf der Bühne steht?»
Christine starrte ihn an. «Mann, Sie sind ganz schön unverschämt. Behutsam wie eine Dampfwalze.»
«Sie weichen immer noch der Frage aus.»
«Na schön, wenn's Ihre verdammte Neugier befriedigt: die Richtung ist nicht nach meinem Geschmack. Aber diese Szenen auf der Bühne bringen uns natürlich schon ein wenig auf Touren, weil wir nämlich nette, normale, gesunde Leute sind. Doch Tamars Daddy ist McBride von McBride & Wheelock, der Werbeagentur. Schon mal davon gehört?»
«Ja.»
«Eben. Daddy steht also für das ganz große Geld. Und was an Geld nötig war, um diese Aufführung auf die Beine zu stellen und auf den Beinen zu halten, kommt größtenteils von ihm. Nardo – Lenardo Hanna ist der Regisseur – weiß natürlich, woher die Brötchen kommen, das hat ihm Tamar

rechtzeitig klargemacht. Zufrieden, jetzt wo Sie wissen, was hinter den Kulissen läuft?»

Ja, dachte Milano, daß ihre Sexualität in der Weise identifiziert war, stimmte ihn in der Tat zufrieden.

Aber er empfand auch ein wenig Unbehagen.

Rasse.

Nun stand zwar fest, daß sich ihm kein Hindernis in den Weg stellen würde, nur weil er ein Mann war. Aber ein weißer Mann? Ein Weißer? Sie hatte schon bei ihrer ersten Auseinandersetzung ein Warnsignal gegeben, als sie auf die Mafia anspielte. Möglich, daß sie mit ihrer Anspielung Italiener herabsetzen wollte, aber Weiße waren es in jedem Fall. Schwer abzuschätzen. Tatsache war, daß es unter seinen diversen Frauenbekanntschaften keine gab, die man auf einem Zensusformular als «schwarz» registrieren könnte. Und die hier war nicht mal bereit, sich die Haare glätten zu lassen.

Was ihn selbst betraf, war da J. Milano – ein bißchen zu seiner eigenen Überraschung – wirklich farbenblind, oder sah er in ihr ein hinreißendes ebenholzschwarzes *objet d'art* vor dem Hintergrund der austernweißen Wände in J. Milanos Wohnung? Daß ein solcher Verdacht bei Spekulationen über die Zukunft auch nur aufkam, verhieß nichts Gutes. Wenn sie zu denen gehörte, die bei der Rassenfrage cool blieben – wie war das dann festzustellen?

Und wenn sie zu den anderen gehörte, die aus Rassenhaß gleich ausflippten, dann mußte er ihr, verdammt noch mal, zugute halten, daß Schwarz so wenig Anlaß hatte, Weiß zu schätzen, wie Weiß Anlaß hatte, Schwarz zu schätzen; daran änderte auch die Woche der Brüderlichkeit nichts. Man konnte bestenfalls auf Höflichkeit hoffen. Wenn jedermann auf Höflichkeit setzte, wäre das der Durchbruch für New York. Die Stadt hätte es geschafft.

Wer weiß, in zwei-, dreihundert Jahren waren vielleicht sogar die sturen weißen Dickschädel in Bath Beach und Canarsie und Mill Basin bereit, auf Höflichkeit zu setzen – Geld würde er allerdings nicht darauf verwetten.

Im Augenblick jedoch, als er sie ihren lauwarmen Cappuccino trinken sah, der auf dieser herrlich geschwungenen

Oberlippe einen schwachen weißen Rand zurückließ, bestand das wirkliche tiefgehende Problem darin, daß er nicht die geringste Absicht hatte, sich mit Höflichkeit zu begnügen.

Sie setzte die Tasse ab und leckte mit der Zungenspitze den weißen Rand von der Oberlippe. Dann sagte sie: «Wegen dieser Bilder, die Ihrer Meinung nach vielleicht durch Rammaerts Hände gehen. Was müßte ich denn da unternehmen? Vorausgesetzt, ich will überhaupt etwas unternehmen.»

«Ach das.» Es dauerte einen Moment, bis er richtig geschaltet hatte. «Also es besteht da eine kleine Chance, daß sie gerade jetzt in der Galerie sind, und ich müßte das bestätigt bekommen. Oder – und das ist wahrscheinlicher – sie könnten auf dem Weg dorthin sein, und in dem Fall möchte ich gerne wissen, wann sie eintreffen. Ich sage dann meiner Klientin Bescheid, und sie veranlaßt Rammaert, sie zurückzuschicken. Das heißt, sie ist bereit, für die Provision aufzukommen, die er beim Verkauf der Bilder erzielen würde. Wie ich schon sagte, meine Klientin, Mrs. Smith, ist sehr rachsüchtig und sehr reich. Wenn sie verhindern kann, daß ihr Mann diese Gemälde zu Geld macht, wird sie rundum zufrieden sein.»

«Von wem sind diese Bilder? Ich meine, wer ist der Maler?»

«Boudin, Sie kennen Boudin?»

«Ja», sagte Christine, besann sich dann aber eines Besseren. «Nein, eigentlich nicht. Ich bin erst dabei, mir das Zeug anzueignen. Der Schwerpunkt auf meiner High School waren die Darstellenden Künste, nicht Musik und Bildende Kunst.»

«Sie kennen die Schule der französischen Impressionisten?»

«Ja, die hab ich mir schon angeeignet. Zumindest einige von ihnen.»

«Also, Boudin war ein Vorläufer und später so etwas wie ein Gesinnungsgenosse der Impressionisten. Bei den beiden Bildern handelt es sich um Strandszenen – Menschen gehen, voll angezogen, am Strand spazieren – auf 36 mal 18 Zentimeter großen Holzplatten, mit gut lesbarer Signatur. Eugène Louis Boudin. Selbst aus einigen Metern Entfernung nicht

zu verkennen. Ein ungewöhnlich weiter Himmel liegt über der Szene. Ist Ihnen so etwas in der Galerie aufgefallen?»
«Nicht daß ich wüßte.»
«Da ist auch noch Rammaerts Büro. Und es muß einen Lagerraum geben. Ich glaube nicht, daß er diese Bilder aufhängen würde; daher könnten sie auch in Kisten verpackt sein. Ziemlich klein. Mit einer Versandadresse von der Westküste. Sie können sich dort doch frei bewegen?»
«Mhm.»
«Und oben, in der Wohnung der Rammaerts?»
«Da geh ich ein und aus. Morgens, wenn die Putzkolonne kommt, bin ich oben, um sie in die Arbeit einzuweisen.»
«Gut. Und Sie nehmen alle Anrufe entgegen? Und die Post?»
«Mhm.»
«Dann geb ich Ihnen die Namen einiger Leute, die beim Geschäft mit diesen Bildern als Mittelsmänner auftreten könnten. Wenn dann einer dieser Namen auftaucht, brauchen Sie es mich nur wissen zu lassen.» Milano griff in seine Brusttasche und zog den Umschlag mit den fünfhundert Dollar heraus. Er legte ihn vor sie auf den Tisch. «Wie gesagt, das ist nur eine Anzahlung.»
Christine lehnte mit einem energischen Kopfschütteln ab. «Kein Geld.»
«Aber ich dachte, wir hätten gerade –»
«Kein Geld. Ein Tauschgeschäft.»
«Ein Tauschgeschäft?»
«Ganz richtig. Ich helfe Ihnen bei Ihren Hausaufgaben, Mann, und Sie helfen mir bei meinen. Wenn ich zusammenzähle, was ich jetzt von Ihnen und Ihrer Sekretärin gehört habe –»
«Mrs. Glass. Sie ist die Bürovorsteherin dort.»
«Und wenn schon. Jedenfalls ist sie, sofern man das von einer fetten alten Dame mit grauen Haaren überhaupt noch sagen kann, richtig scharf auf Sie. Aber selbst wenn ich das berücksichtige, bleibt der Eindruck, daß Sie in Ihrem Beruf wirklich gut sind. Zum Beispiel wenn es darum geht, jemanden zu beschatten, um herauszufinden, was sie treibt.»
«Sie?»

Christine sagte, als rede sie nicht gern darüber: «Meine kleine Schwester. Im Grunde noch ein Kind. Nächsten Monat wird sie gerade sechzehn. Ein gutes Kind. Sie macht zwar ewig Ärger, aber richtig schlimm war es noch nie. Diesmal sind wir nicht so sicher.»
«Wer ist wir?»
«Die Familie. Meine Mutter und meine zwei Brüder. Einer von ihnen ist auf dem College, der andere schließt eben die High School ab. Eine Schule mit erhöhten Anforderungen. Brooklyn Tech. Und ich sag Ihnen lieber gleich, die Jungs verstehen überhaupt keinen Spaß. Lorena – meine Schwester – wohnt bei ihnen, draußen in Brooklyn. Und natürlich ist sie das Baby, jedermanns kleiner Liebling. Doch jetzt macht sie ihnen allen fürchterlich angst. Und mir auch.»
«Drogen?»
«Nein. Sie raucht wohl hin und wieder einen Joint, aber wer tut das nicht? Nein, darum geht es nicht. Es geht um Diebstahl, vielleicht. Ladendiebstahl. Und das bestimmt nicht in einem kleinen Krämerladen. Sie verdient fünfzehn Dollar die Woche mit einem Teilzeitjob, irgendeine Büroarbeit. Für eine kleine Mittagsmahlzeit und fürs Kino müßte das reichen. Inzwischen hängt ihr Schrank aber voller Klamotten, die man sich mit fünfzehn Dollar in der Woche nicht annähernd leisten kann. Designer-Jeans. Blusen aus exklusiven Häusern. Schuhe von erstklassiger Qualität. Sie hat ein Paar Laufschuhe, die mindestens achtzig bis neunzig Dollar kosten. Können Sie sich langsam ein Bild machen?»
«Ja. Aber Ihre Leute haben doch bestimmt ein paar knallharte Fragen gestellt. Was erzählt sie denn für Geschichten?»
«Sie macht sich mit irgendeinem geheimnisvollen Typen namens Jimmy wichtig. Kein weiterer Name, nur Jimmy. Er ist ganz vernarrt in sie, er will sie heiraten, er kauft ihr alles mögliche, nur um sie glücklich zu machen. Sie lügt. Meine Brüder sind der Sache nachgegangen: es gibt zwar einige Jimmys in der Gegend, aber einen *solchen* Jimmy konnten sie nicht aufstöbern.»
Milano dachte darüber nach. «Könnte es sein, daß sie sich, auch wenn sie selber Drogen oder Pillen oder Acid ver-

schmäht – oder zumindest keine Symptome erkennen läßt –, als Dealerin betätigt?»

«Nein. Daran glaube ich ebensowenig wie an die Existenz dieses unsichtbaren Jimmy. Sie verbringt ihre freie Zeit vor allem damit, daß sie zu diesen Läden in der Fulton Street runtergeht und schwer bepackt wiederkommt. Machen Sie sich Ihren eigenen Reim darauf. Möglichkeiten zählen hier nichts. Auf die Wahrscheinlichkeit kommt es an.»

«Da könnten Sie recht haben. Übrigens, wo wohnt eigentlich Ihre Familie?»

«East Flatbush. Witter Street. Nicht weit von der Erasmus High School, ihrer Schule.»

«Ich nehme an, Sie wohnen nicht mehr bei Ihrer Familie?»

«Nein, ich hab ein Zimmer an der Sixth Avenue drüben. Hören Sie mir eigentlich zu, oder tun Sie nur so?»

«Ich höre zu und denke», sagte Milano, und das war nicht ganz gelogen. «Sie werden verstehen, daß ich Lorena mal sehen müßte. Ich müßte sie identifizieren. Nicht auf Fotos. In natura und aus der Nähe.»

«Damit sie bei anderer Gelegenheit Ihr Gesicht wiedererkennt und auf dumme Gedanken kommt?»

«Mein Problem. Das müssen Sie schon mir überlassen.»

«Nicht ganz», sagte Christine finster. «Für die Familie ist das ein gewaltiges Problem. Lorena reagiert inzwischen ungeheuer empfindlich, wenn man sie unter Druck setzt. Als es das letztemal Krach gab wegen ihr, sagte sie, wenn wir dieses Frage-und-Antwort-Spiel noch einmal mit ihr treiben, verschwindet sie irgendwohin, wo sie keiner mehr belästigen kann. Und das ist bei ihr nicht nur so dahingeredet, Mann. Im vergangenen Jahr ist sie zweimal abgehauen. Hätte meine Mutter mit einem Herzanfall fast ins Krankenhaus gebracht. Wenn Sie die Kleine rausfinden lassen, wer da einen Spitzel auf sie angesetzt hat, mach ich Ihnen die größten Schwierigkeiten. Dann werd ich zum Beispiel Rammaert berichten, was Sie vorhaben. Deshalb hab ich Ihr Geld abgelehnt, denn so halte ich mir auch weiterhin alle Möglichkeiten offen.»

«Einverstanden. Wo ist Lorena bei diesen zwei Ausreißversuchen gelandet?»

«Das erste Mal im Busbahnhof der Port Authority. Zum

Glück griffen die Bullen ein, als irgendein fieser Typ zudringlich wurde. Das zweite Mal fuhr sie nach New Jersey raus. Zur Freundin einer Freundin. Die Mutter war so vernünftig, sich nach drei Tagen bei uns zu melden. Dummerweise weiß jetzt Lorena, daß man Freunden von Freunden nicht trauen kann, wenn man sich verstecken will. Das nächste Mal wird sie sich an Fremde halten müssen.»

«Zum Fürchten», sagte Milano, und er meinte es ernst.

«Sehr. So sehr, daß ich mich auf ein Geschäft mit Ihnen einlasse, das mir nicht sonderlich behagt. Aber es muß sofort etwas geschehen. Sie wollen doch Lorena sehen? Am besten gleich morgen.»

«Sie arbeiten samstags nicht? Ich muß Sie beim erstenmal dabeihaben.»

«In der Galerie hab ich samstags frei. Aber ich hab eine Nachmittagsvorstellung um zwei, und dann die Vorstellung am Abend. Es muß also morgen früh sein. Lassen Sie hören, wie das morgen früh laufen soll. Wie wollen Sie vorgehen?»

«Ist die Wohnung gemietet, oder gehört sie Ihrer Mutter?» fragte Milano.

«Ob sie ihr gehört?» Christine schien die Vorstellung zu erschrecken. «Es ist eine Mietwohnung. In einem heruntergekommenen alten Mietshaus.»

«Steht es zum Verkauf?»

Christine zuckte mit den Schultern. «Schon möglich. Der Besitzer ist der alte Mann nebenan, für den Lorena kleinere Büroarbeiten macht. Scheint an dem Besitz keine große Freude zu haben. Warum fragen Sie?»

«Könnte ja sein, daß ich kaufen will. Vielleicht dieses Gebäude, vielleicht vergleichbare andere in der Nachbarschaft. Ich bin ganz scharf darauf, Altbauten zu modernisieren. Ich kaufe einige dieser alten Häuser, besorge mir einen langfristigen, billigen Staatskredit, kann damit die Häuser herausputzen und die Umgebung ein wenig aufwerten. Es ist also einleuchtend, daß ich hier und da in der Nachbarschaft auftauche, oder?»

Christine streifte ihn mit einem seltsamen Blick. «Ist Ihnen das jetzt gerade eingefallen?»

«Na ja, es ist keine sehr originelle Tarnung. Gut, ich hol Sie

also morgen früh ab und fahr mit Ihnen zur Witter Street, um mir einige Altbauten anzusehen. Und vielleicht läute ich – solange Sie dort sind – an der Wohnung Ihrer Mutter, um auch die Meinung der Bewohner kennenzulernen. Neun Uhr, geht das?»
«Um einen Blick auf Lorena zu werfen?»
«Darum geht es doch schließlich, nicht wahr?»
«Schon. Aber vielleicht ist Ihnen nicht klar, wie glatt das alles wirkt, Mister. Ich hatte schon meine Zweifel, ob Sie das Gebäude nicht tatsächlich kaufen wollen.»
«Nie und nimmer. Also um neun?»
«Mir soll's recht sein.» Sie schob den Umschlag wieder in seine Richtung. «Das gehört immer noch Ihnen. Stecken Sie's lieber weg, bevor es noch jemand als Trinkgeld kassiert.»
«Sind Sie sicher, daß Sie nicht lieber –»
«Nein», sagte Christine, «ich bin gar nicht sicher. Aber ich will nicht das Gefühl haben, Rammaert für Geld verraten zu haben. Auf die Weise bleibt mir das Gefühl erspart.»
Hübsches Argument, dachte Milano. Und ein Beweis, daß die Jesuiten in Sachen Spitzfindigkeit kein Monopol hatten. Mit einem Händedruck verabschiedete er sich vor ihrer Wohnung in der Sixth Street unweit der 10. Straße – nur ein paar Häuser von «Balducci's Market», dem Traumland betuchter Fettsäcke, entfernt – und fuhr mit dem Taxi zum Büro. Trotz der späten Stunde nicht ganz menschenleer. Unter ein paar Türen hervor fiel Licht auf den Gang, und irgendwo wurde auf eine Schreibmaschine eingehackt. Zwecklos, bei jemandem reinzuschauen und ein paar Worte zu wechseln. Wahrscheinlich konnte er diese Nachtarbeiter im Weinberg nicht einmal identifizieren. Er wußte schon lange nicht mehr, wie viele Namen auf der Gehaltsliste standen – fünfzig, sechzig, wen interessierte das. Alte gingen, Neue kamen, aber irgendwie vermehrten sie sich wie die Kaninchen. Willie liebte Zahlen, also war es Willies Aufgabe, den Überblick zu behalten.
Milano nahm die Fotos von den Boudin-Bildern aus seinen Akten und machte ein paar Fotokopien. Dann rief er den Fahrdienst an und machte für den nächsten Morgen einen

Termin aus. Davids Wagen, David am Steuer. Es war kein Problem dort, genau das zu bekommen, was man haben wollte. Den Fahrdienst unterhielt Maxie Rovinsky, der die Garagen des Wohnhotels verwaltete, als ein Nebengeschäft, und David war Maxies Neffe aus Israel, der nach Amerika gekommen war, um ein Dollarvermögen zu machen.
Oder, da Onkel Maxie ein alter Junggeselle war, wenigstens eines zu erben.

Charles Witter Kirwan

Eine Woche der kleinen Niederlagen und großen Triumphe.
Ja.
Genau vor einer Woche – letzten Samstag –, als ich meine einleitende Erklärung auf diese Bänder sprach, hatte ich einen genauen Fahrplan für das unerhörte Ereignis in meinem Kopf, aber ich war mir keineswegs sicher, daß ich den Zeitpunkt würde einhalten können. An einem Donnerstagabend sollte es passieren, so daß mir volle drei Wochen zur Vorbereitung blieben.
Nach dem gewaltigen Triumph von gestern glaube ich jedoch, daß ich diesen Fahrplan noch um ein paar Tage verkürzen kann. Auf jeden Fall wird das Ereignis an einem Wochentag stattfinden. Die Wochenenden scheiden aus. Einige meiner Bulanga-Mieter schweifen am Wochenende draußen umher. Aber unter der Woche neigen die meisten dazu, abends gleichsam im Kral zu bleiben und sich um das ohrenzerreißende elektronische Tamtam zu scharen. Oder sich vor Whiteys wunderbaren glasäugigen Kasten zu hocken, dessen Lautstärke ebenfalls so weit aufgedreht ist, daß bei mir auf der anderen Seite des Hofes die Fenster klirren. Daheim ist der Streuner, die Straße liegt leer, nur hin und wieder wird seine lärmende Unterhaltung übertönt, wenn unten im Hof eine Flasche zerspringt oder krachend eine Dose landet – gegen Ende eines Sechserpacks die bequemste Art der Abfallbeseitigung.
Aber am eigentlichen Ende werden sie – und sei es noch so kurz, vielleicht eine Zehntausendstel Sekunde lang? – einen vernichtenden Donnerschlag hören, lauter als der gesamte, gesammelte Lärm, den sie seit ihrer Machtergreifung hier erzeugt haben.

Wenn er nur will, meine Freunde, kann Whitey einen Lärm verursachen, der den ganzen Planeten betäubt.
Ach ja.
Der Triumph von gestern.
Zur Erklärung muß ich etwas ausführlicher auf die Methode eingehen, mit der ich das Haus Nr. 409 in der Witter Street zerstören werde. Habt Geduld.
Küchenaufzüge.
Sind sie in irgendwelchen Privathäusern in unserer reizenden Stadt noch in Gebrauch? Kann sich irgend jemand an sie erinnern? An ihren Zweck?
Die Alten vielleicht. Meine ungeliebten Mieter, die Friedmans, ganz sicher. Als in ihrer Küche die kleine Aufzugstür für immer dichtgemacht wurde, wurden sie von semitischen Krämpfen geschüttelt. Warum müssen zwei so verdiente Sonderlinge dazu verdammt werden, ihren täglichen Abfall die Treppen hinunter zu diesen Mülltonnen im Hof zu schleppen, nur weil SIE die Küchenaufzüge verdreckten? Weil SIE es waren, die Speisereste einfach in den Schacht kippten. Weil SIE es auch waren, die ihre ekelhaften Fleischreste und Hühnerknochen und Fischköpfe in dünnen, aufgeweichten Papiertüten über Nacht im Küchenaufzug ließen. Und deshalb waren SIE dafür verantwortlich, daß sich das Ungeziefer scharenweise im Haus breitmachte. Wenn ich selber in diesem Gebäude und nicht in dem vornehmen Haus nebenan wohnte, wäre ich dann überhaupt auf die Idee gekommen, IHNEN Wohnungen zu vermieten?
SIE? IHNEN?
Die Bulanga.
Die Friedmans – wie mein Apotheker, Irving Saphir, wie die anderen alten Israeliten, die sich in diesem dunklen Strom hier und da noch über Wasser halten – gebrauchten SIE und IHNEN, wenn sie schaudernd von den Bulanga redeten.
«Man weiß ja, wie SIE sind.»
«Sie wissen doch selbst, wie SIE so was machen.»
«Also, wie's bei IHNEN so zugeht . . .»
Auch eine bestimmte Körpersprache gehört dazu. Ein Augenaufschlag, der an einen grausamen Gott appelliert; ein Hochziehen der Nase, als verbreiteten diese magischen Pro-

nomina den üblen Geruch von Pomade und Bier und gebratenem Fisch.
Die Küchenaufzüge.
Im Haus Witter Street 409 befindet sich in jeder Küche – auf halber Höhe zwischen Fußboden und Decke – eine große, mit Stahl verkleidete Tür, hinter der man einen Speiseschrank vermuten könnte. Früher blickte man, wenn man sie entriegelte und öffnete, auf das nackte Mauerwerk eines Schachtes, der sich vom Keller bis zum Dach des Hauses erstreckte. Unter dem Oberlicht des Schachtes war ein Flaschenzug angebracht, an dem ein langes Seil hing. Das Seil war an einer Art Kiste befestigt, die vorne und hinten offen war. Der Küchenaufzug.
Wenn jemand an dem Seil zog – der Hausmeister besorgte das jeden Abend vom Keller aus und warnte einen vorher mit einem Klingelzeichen –, brauchte man nur diese Tür aufzumachen und sah dann, wie die Kiste zu einem heraufkam und auf Höhe der Tür anhielt, so daß man seinen Abfall reinstellen konnte.
So funktionierte das also.
Vier Aufzugsschächte versorgten acht Küchen in jeder Etage, vom Erdgeschoß bis unters Dach. Stumpfsinnige Arbeit für den Hausmeister.
Der froh war, sie für ein paar Dollar die Woche und eine mietfreie Wohnung angeboten zu bekommen. Und dessen Frau das rauhe Seil klaglos in die schwieligen Hände nahm. Iren waren es meistens. Aber ich erinnere mich auch noch an ein polnisches Ehepaar. Und ein ukrainisches.
Es erfordert allerdings ein gewisses Mindestmaß an Intelligenz, in einer Wohnung mit einem funktionierenden Küchenaufzug zu leben und dieses einfache Gerät nicht in eine Dreckschleuder zu verwandeln. Diese Kiste nicht Tag und Nacht mit schmierigem, stinkendem Dreck vollzustopfen. Nicht den Boden des Schachtes darunter zu begraben. Ein Schimpanse würde wohl die erforderliche Intelligenz zeigen, wenn man ihn erst mit den Regeln vertraut machte.
Aber die Bulanga?
Ich will es mal so ausdrücken: Die Götter der Bulanga verabscheuen eine saubere und ordentliche Umgebung, so wie

die Natur ein Vakuum verabscheut. Es dient also der notwendigen Besänftigung der Götter, wenn die Bulanga mit Dreck um sich werfen und jede saubere und ordentliche Umwelt verschmutzen. Zum Glück gibt es Whiteys Zivilisation mit all ihren Verpackungen und Behältern, gibt es Whiteys Lebensmittelmarken und damit billige Eßwaren, die man ohne weiteres verderben lassen kann; der gottesfürchtige Stammesangehörige hat also alles, was er braucht, um überall, wo er geht und steht, seine Versöhnungsopfer darbringen zu können.

Das Ritual der braunen Tüten.

Hat einer von euch naiven Whiteys je das verzweifelte Bedürfnis der umherziehenden Bulanga beobachtet, gewaltige Mengen Flüssigkeit aufzunehmen? Habt ihr je die faszinierende Szene erlebt, wo ein Bulanga am Ladentisch etwas zu trinken bestellt, sich die Flasche oder Dose in eine braune Tüte stecken läßt, den Strohhalm gleich dazu, und dann den Laden verläßt, um den Inhalt der Tüte in sich hineinzuschütten?

Wo er dann die Tüte mitsamt der leeren Flasche fallen läßt, um seinen Weg zu markieren?

Ich sehe direkt vor mir, wie die Bulanga ein großes Bankett geben. Ein prachtvoller Saal. Ein verschwenderisch gedeckter Tisch. Mehr als verschwenderisch. Bei jedem Gedeck steht eine Flasche Champagner. Eine volle Flasche, wohlgemerkt, für jeden Gast. Und jede Flasche, versteht sich, in einer braunen Tüte.

Nicht ein Tropfen wird während des Banketts getrunken. Nicht ein einziger Tropfen. Aber am Ende nimmt jeder vom Stamm der Bulanga seine Flasche mit auf die Straße hinaus, und erst jetzt trinkt er sie leer.

Und läßt Tüte und Flasche dort liegen, zum Ruhme seiner Götter.

So also war das.

Und so kam es, daß die Bulanga, als sie Witter Street 409 besetzten, den Küchenaufzug zum Altar dieser Götter machten.

Diese saubere, blank gescheuerte, desodorierte Holzkiste – eigentlich obszön – wurde nun endlich veredelt, denn zu

jeder Stunde, Tag und Nacht, wurde ihr nun der schmierige, stinkende Dreck anvertraut. Wurde hineingestopft, in den Schacht geworfen, so daß Mäuse und Kakerlaken ihre Freude dran hatten, bis schließlich der Küchenaufzug, Überbleibsel chauvinistischer Whitey-Manieren, außer Dienst gestellt werden mußte. Die Türen dichtgemacht, alle Mieter darauf hingewiesen, daß sie künftig ihre Abfälle direkt in den Hof zu tragen und in die dort aufgestellten Mülltonnen zu werfen hatten.
Ach ja.
Der Bus
Der Bus hält an der Ecke hier, vor den braunen Sandsteinhäusern, die sich an dieses Gebäude anschließen. Es ist eine Haltestelle mit Umsteigemöglichkeit, so daß dort immer starker Bulanga-Verkehr herrscht. Und wenn man am späten Vormittag den Gehweg benutzen will, braucht man einen Bergstock, um die Geröllhalde aus weggeworfenen Flaschen und Dosen sicher durchqueren zu können. Fast jeden Mittag bemüht sich Perez, der Verwalter der Sandsteinhäuser, diesen Misthaufen abzubauen. Manchmal, wenn ich gerade dabei bin, den Abfall von meinem eigenen Rasen zu räumen, tauschen wir ein wissendes Achselzucken aus.
Mein eigener Rasen kostet mich Geld und Mühe
Lassen wir das
Der Küchenaufzug. Um den geht es hier.
Ich habe die Oberlichter über den Aufzugsschächten schon vor langer Zeit einmal mit Metallplatten dichtgemacht. Jedenfalls das, was von ihnen noch übrig war, denn die jungen Bulanga, die freien Zugang zum Dach hatten, spielten immer wieder ihr liebstes Spiel, und das hieß Zerschlagt-das-Glas-der-Oberlichter-über-den-Aufzugsschächten.
Eine lästige Arbeit damals. Heute ein Segen.
Weil niemand auf dem Dach die geringste Chance hat, die Aktivitäten in diesen Schächten zu beobachten. Meine Aktivitäten.
Meine Ak, Ak, Ak

Eine Lücke
Bewußtlos?

Ein paar Minuten. Alles wieder in Ordnung. Nur ein bißchen schwach noch.
Ohne Bewußtsein. Erstaunliche Erfahrung. Verwirrend.
Ich hatte mich vorgebeugt und in dieses Mikrofon gesprochen. Das war's. Vorgebeugt und ins Mikrofon gesprochen.
Dann schlug ich die Augen auf. Lag schräg über der Armlehne dieses Drehstuhls, ein ganzes Stück vom Mikrofon auf dem Schreibtisch entfernt. Ohne Gefühl für die verstrichene Zeit. Ohne Gefühl für Beginn und Ende des Komas.
Nicht beängstigend. Mir ist bewußt, daß es
Mir ist bewußt, daß es die Folge außergewöhnlicher körperlicher Anstrengungen und emotionaler Belastungen ist. Daß Gedanken und Gefühle mit mir davongelaufen sind. Geradewegs in einen Tunnel mit mir galoppiert sind. Dazu Kodein plus Percodan plus eine halbe Flasche Wein.
Seltsamerweise sind jetzt die Schmerzen in der Brust und in der Seite nicht mehr so heftig wie bei der letzten Bandaufnahme, vor der Bewußtlosigkeit.
Vielleicht eine nachhaltige Beeinträchtigung der sensorischen Gehirnzellen?
Ausgeschlossen. Habe nun wieder einen klaren Blick und einen klaren Kopf. Kann mich genau an meine Gedanken und Worte erinnern.
Meine Aktivitäten. Im Aufzugsschacht. Ohne irgendwelche Augenzeugen.
O ja.
Ich fahre fort.
Das unerhörte Ereignis ist nichts anderes als die Explosion von zweiundsiebzig Stangen Dynamit, die in diesen Schächten untergebracht sind. In zweien dieser Schächte, und zwar in denen, die die innenliegenden Wohnungen versorgen – versorgt haben. Implosion. Ein Einstürzen, kein Davonfliegen.
Zu dem Zweck muß die erforderliche Zündschnur in jedem Schacht vom Keller nach oben laufen, das Dynamit – mit Sprengkapseln und Zündschnur verbunden – jeweils an den Aufzugstüren befestigt werden. Von unten nach oben immer weniger Stangen. Zwölf für das Erdgeschoß, zehn für den

ersten Stock, acht für den zweiten, sechs für den dritten. Die stärkste Wirkung ganz unten.
Der Keller ist nun eine Art Hoheitsgebiet. Die Tür verstärkt, bei Bedarf von innen zu verriegeln. Die Fenster auf Höhe des Gehwegs mit Betonblocks zugemauert. Vor fünf Jahren schon, nach einer Reihe von Einbrüchen und Verwüstungen. Also
Der Keller ist meine ganz private Höhle – oder eher mein Höhlensystem –, und da die Gas- und Stromableser erst wieder im nächsten Monat fällig sind, hat niemand Grund, Zutritt zum Keller zu verlangen. Diese Gas- und Stromableser waren es, nach denen ich meinen Fahrplan für das unerhörte Ereignis ausrichtete. Nachdem sie dagewesen waren, konnte ich meinen Kalender entsprechend markieren.
Schmerzen in Brust und Seite plötzlich wieder so schlimm wie eh und je. Ein gutes Zeichen nach der Bewußtlosigkeit? Oder könnte die Bewußtlosigkeit einen sehr schwachen Schlaganfall signalisieren?
Ba bi bo. Babibo. Ba bi bo.
Kein Schlaganfall.
Zunge und Lippen völlig unter Kontrolle. Alle Glieder
Alle Glieder gehorchen den Anweisungen. Verstand kristallklar.
Notiert euch das, ihr superschlauen Psychologen. Verstand kristallklar.
Nun gut.
Jede Abschweifung, sagte Professor Morton Shapiro, Abteilung für Psychologie und gottgefälliger Bulanga-Freund, bedeutet Kreativität.
Wenn das so ist, Freunde, bitte ich meine Kreativität zu entschuldigen.
Und kehre zu meinen platten, nicht so kreativen Darlegungen zurück. Gestern wuchtete ich mit Hammer und Meißel die Tür des ersten Schachtes auf. Im Keller. Ich baute dann den Aufzug selbst auseinander, um genügend Platz für den Einstieg in den Schacht zu haben. Mit Hilfe der kleinen Winkeleisen, die als Fußstützen in die eine Seite des Schachtes eingelassen sind, kletterte ich hinauf und nahm die erste Ladung Zündschnüre mit.

Ein teuflischer senkrechter Tunnel, feucht, muffig, die Wände immer noch voller Ungeziefer. Das einzige Licht von meiner am Boden liegenden Taschenlampe, ein senkrecht nach oben gerichteter Lichtstrahl, den mein Körper jedoch ständig blockierte, sobald ich mich bewegte.
Dieser Aufstieg allein war die härteste aller Belastungsproben, aber während ich mich behutsam immer nur um eine Sprosse weiterschleppte und dann wartete, bis der Schmerz nachließ, frohlockte ich auch. Ich hatte lediglich Angst, ich könnte zu laut sein. Husten. Da half nur eine extrem hohe Dosierung von meinem Kodeinpräparat. Außerdem hatte ich mir, was besonders schwer zu ertragen war, Teile eines sauberen Taschentuchs als Knebel zwischen die Zähne gestopft und mir mit einem weiteren Taschentuch den Mund zugebunden.
Zweimal dieser Aufstieg. Erst die Zündschnur, dann die sechs Stangen Dynamit. Die Sprengkapseln waren anzubringen und die Zündschnur festzumachen. Dann machte ich den Fehler, das Ganze an die Aufzugstür dort kleben zu wollen, aber es war zu schwer. Schließlich legte ich es auf den schmalen Absatz unten an der Tür, um es auf die Weise an der Tür festzukleben.
Hustete nicht oft. Versuchte jeden Anfall zu unterdrücken, bis ich glaubte, es müsse mir den Kopf zerreißen. Am Ende dann doch nicht unterdrückt, aber sicherlich gedämpft.
Erforderliche Gesamtzeit für das Unternehmen: zwei Stunden und zwanzig Minuten.
Kam rechtzeitig nach Hause, um Lorena Bailey zu ihren unbekleideten Pflichten die Tür zu öffnen. Dazu später mehr.
Nicht jetzt.

John Milano

Samstagmorgen. Doppelte Portion Sit-ups und Liegestütze, eine Tasse schwarzen Kaffee mit Süßstoff, eine winzige Portion Rührei, eine halbe Tomate – die Tomate mußte kalorienarm sein, denn sie war offenbar aus Kunststoff – und ein rasches Überfliegen der *News* und der *Times.* Nachdem er eine Weile das Für und Wider erwogen hatte, aß Milano schuldbewußt die andere Hälfte der Tomate. Als er sie gerade geschafft hatte, wurde ihm über die Sprechanlage mitgeteilt, daß sein Chauffeur – um es wohlwollend auszudrücken – auf ihn warte.

Das war David, Maxie Rovinskys israelisch-amerikanischer gesetzmäßiger Erbe, der die Fünfundzwanzig deutlich hinter sich hatte und der es irgendwie schaffte, immer so auszusehen, als sei er eben erst nach einer anstrengenden Nacht aus dem Bett gekrochen und habe die erstbesten Klamotten aus dem Korb mit der schmutzigen Wäsche angezogen. Der Wagen selbst war der schäbigste aus Maxies kleinem Wagenpark, ein verbeulter, stets staubiger Granada, den man kaum wahrnahm und sofort wieder vergaß – also für Milanos gelegentliche Zwecke bestens geeignet.

Als er in Christine Baileys Einfahrt einbog, war die Dame selbst an ihrem Fenster im zweiten Stock zu sehen, von wo sie offensichtlich nach ihm Ausschau hielt. Trotzdem mußte ihr Milano ein paarmal rufen, ehe sie herunterkam. Als sie auf dem Rücksitz neben ihm Platz nahm, meinte sie zu ihrer Entschuldigung: «Ich dachte, Sie hätten was von einem Mercedes gesagt.»

So geht das also, sagte sich Milano nicht ohne Genugtuung. Mag ja sein, daß die Königin von Saba von Salomons Weisheit hingerissen war, aber daß er sie mit der vergoldeten königlichen Kutsche vom Bahnhof abholen ließ, schadete bestimmt nicht.

«Der Mercedes gehört mir», sagte er. «Der hier ist gemietet, mitsamt David, dem Fahrer. Es ist schwierig, jemanden zu beschatten, wenn man selber am Steuer sitzt und nicht weiß, wo man parken soll.» Zu David sagte er: «Brooklyn. Manhattan Bridge. Dann die Flatbush Avenue runter bis zur Witter Street.»

«Witter Street?» wiederholte David, der sich in Queens eingenistet hatte.

«Ich melde mich dann, wenn wir dort sind.»

Christine kreischte, als der Wagen laut hupend mitten im dichten Verkehr auf der Sixth Avenue wendete und in südlicher Richtung davonfuhr.

«Sie werden sich daran gewöhnen», versicherte ihr Milano. Er gab ihr die fest zusammengerollten Papiere, die er bereitgehalten hatte. «Ihre Hälfte unseres Tauschgeschäfts. Fotos dieser beiden Boudin-Gemälde, und in dem Umschlag eine Liste von Namen. Wenn Sie einen von ihnen in der Galerie sehen oder hören, geben Sie mir sofort Bescheid. Versuchen Sie zuerst das Telefon in meiner Wohnung – die Nummer ist hier drin –, und wenn sich da nichts tut, rufen Sie Mrs. Glass im Büro an. Stecken Sie das Päckchen jetzt in Ihre Tasche und sehen Sie sich alles an, wenn Sie ungestört sind. Am Montag fangen Sie an, in der Galerie und in der Wohnung dort nach Spuren dieser Bilder zu suchen. Irgendwelche Fragen?»

«Allerdings. Aber nicht in diesem Zusammenhang. Ich hätte gern gewußt, was nachher ablaufen soll, wenn ich das Haus betrete.»

«Ein bißchen Theater. Ich laß Sie erst mal allein reingehen, damit Sie Ihre Leute begrüßen können. So zehn, fünfzehn Minuten später klingle ich dann an der Haustür. Einer, dem das Gemeinwohl am Herzen liegt, neu in der Stadt, auf der Suche nach geeigneten Sanierungsobjekten, möchte sehen, wie so eine typische Wohnung aussieht. Wenn ich mir von der kleinen Schwester ein Bild gemacht habe, verabschiede ich mich und lege mich draußen auf die Lauer. Sobald sie das Haus verläßt, folge ich ihr. Kein Problem.»

Christine schüttelte den Kopf. «Ich hab da immer noch meine Zweifel. Während Sie sich von Lorena ein Bild machen, gewinnt sie auch eins von Ihnen. Und wenn sie dann merkt, daß Sie ihr folgen –»
«Ich schlage vor –», sagte Milano. «Sagen Sie, macht es Ihnen etwas aus, wenn ich Christine zu Ihnen sage?»
«So heiße ich.»
«Also gut, Christine.» Ein kleiner Schritt für die Menschheit – in die richtige Richtung. «Ich schlage vor, Sie überlassen diese Sorgen mir. Sagen Sie mir nur, wen ich antreffen werde, wenn ich nachher in die Wohnung komme.»
«Mama. Lorena. Meinen kleinen Bruder Vern. Meinen älteren Bruder Odell, aber ich glaube, er ist das Wochenende weg.»
«Keinen Papa.»
Christines Augen wurden ganz klein. «Wie meinen Sie das?»
«Genau so, wie ich es gesagt habe. Was denken Sie denn?»
«So wie Sie fragen, Mann, heißt das doch: Klar, Papa ist längst abgehauen. So sind sie nun mal, die schwarzen Papas. Reiten eine Frau rein und verdrücken sich, die Fürsorge wird's schon richten. Es ist also die übliche schwarze Mama-Familie, die ich gleich kennenlerne.»
Milano war erst überrascht, dann empört. Mit einiger Mühe gelang es ihm, seinen Verstand einzuschalten. Die Frauen waren in letzter Zeit dazu übergegangen, einen Guerillakrieg gegen die Männer zu führen. Die von der Women's Lib auf jeden Fall. Selbst eine scheinbar stabile Größe wie Betty Cronin zeigte plötzlich, nachdem sie eben noch auf dem Titelblatt von *Woman's Day* zu sehen gewesen war, eine gespaltene Persönlichkeit. Die Reaktion? Man ging ihnen einfach aus dem Weg, bis sie wieder auf Knien angekrochen kamen, oder auch nicht. So oder so blieb man Herr der Lage. Doch hier gab es offenbar ernsthafte Probleme, bei dieser Königin von Saba mit ihrer plötzlichen Taktik des Tritt-den-weißen-Feind-in-die-Eier.
Sei schlau. Gib nach.
Nachgeben? Zum Teufel damit.
Er sagte ihr schließlich das Freundlichste, was ihm einfiel: «Sie sind eine Spinnerin, Christine.»

«Oder eine Gedankenleserin?»
«In der Branche würden Sie verhungern. Etwas anderes: wenn Sie mit diesem Rassenquatsch anfangen, verändert sich irgendwie Ihre Stimme. Sie klingt dann richtig tief und voll, original Baumwollpflücker aus Carolina. Haben Sie eigentlich in Ihrem jungen Leben schon mal Baumwolle gepflückt?»
«Ach du großer Gott, hör sich einer diesen Mann an. Lektionen in Kunstgeschichte. Wie man sich auf der Bühne bewegt. Wie man ein Sherlock Holmes wird. Und jetzt auch noch Redekunst für Minderheiten.»
«Sie reden ja auf einmal wie ein normaler New Yorker.»
«Ich würd's nicht weiter breittreten, Mister. Sonst bekommen Sie noch Plattfüße.»
«Ich heiße John. Oder, noch besser, Johnny. Und ich bin Italiener. Wir gehören ja wohl auch zu den Minderheiten.»
«Ach ja? Jetzt hören Sie mir mal gut zu, John-oder-noch-besser-Johnny. Ich hab die Schnauze gestrichen voll von all dem Gejammere der Italiener und Juden über ihre Minderheitenprobleme. Wen zum Teufel holen sie denn, wenn es darum geht, ihre verdammten Toiletten zu putzen?»
«Meine Mutter», sagte Milano und versuchte, das Ganze ein wenig – aber nicht zu sehr – herunterzuspielen, «putzt ihre Toilette immer selber.»
«Nun, meine putzt die anderer Leute. Und mein Vater hielt sich immer für einen Eisenbahner. Dabei arbeitete er als Kellner im Speisewagen der alten New York Central. Er ist vor zehn Jahren an einer bösen Blinddarmgeschichte gestorben. Wir hatten nicht viel von ihm, bei all diesen Fahrten zwischen hier und Chicago, aber Sie können mir glauben, Mann, das, was wir hatten, war sehr gut.»
Ein Punkt für sie, dachte Milano. Aber auch ein Punkt für ihn, denn sie erzählte ihm das alles in der normalen Sprache der New Yorker. Wie wirkliche Menschen, die sich miteinander unterhielten.
Manhattan Bridge. Kein starker Verkehr am Samstagmorgen in Brooklyn, so daß sie mühelos vorankamen. Empire Boulevard, und diese Hochhäuser, wo einst Ebbett's Field lag. Baseball-Stars wie Robinson, Newcombe, Campanella.

Milano wollte schon etwas zu diesen kostbaren Erinnerungen sagen, hielt dann aber an sich. Diese sprunghafte Königin von Saba war imstande, solche Hinweise als herablassend anzusehen. Man mußte es sich wirklich zweimal überlegen, ehe man auch nur den Mund aufmachte, um über das Wetter zu reden. Milano fühlte sich in seinem Konzentrationsvermögen plötzlich so stark gefordert, daß er Kopfschmerzen bekam.

Nach dem Empire Boulevard war der Flatbush Avenue anzumerken, daß hier Steuergelder am Werk waren. Ein neuer Straßenkörper anstelle des alten Waschbretts. Neue Gehwege, mit dekorativen Ziegelsteinen eingefaßt. Junge Bäume, in regelmäßigen Abständen gepflanzt und zu ihrem Schutz jeweils zwischen zwei Pflöcke gebunden. Mit Gottes Hilfe mochten aus diesen Schößlingen irgendwann Bäume werden. Die Geschäfte jedoch, früher von besonderer Klasse, waren durchweg zu Ramschläden verkommen. Gebrauchtwaren-Fritzen hatten sich breitgemacht, und Läden voll geschmackloser Kleider und koreanische Gemüsemärkte, die mit ihren übervollen Kisten fast den ganzen Gehweg blockierten, und miese Schnellrestaurants mit einem Schalter für den Straßenverkauf. Samstag war hier großer Einkaufstag. Eine Menge Leute waren mit vollen Einkaufstüten unterwegs; viel junges Volk wurde umhergeschubst.

An der Witter Street gab Milano das Zeichen zum Linksabbiegen und ließ David dann im Parkverbot direkt vor einem Hydranten anhalten. Das vierstöckige Haus vorne an der Ecke war laut Christine Nr. 409. Als sie die Wagentür öffnete, fragte Milano: «Ihre Mutter weiß Bescheid über mich?»

«Ja. Und nur sie.»

«Hat sie Talent zum Pokern?»

«Ihre Wut und ihre Angst sind so groß, daß sie alles aus ihrem Blatt herausholen wird.»

Während sie die Straße hinunter auf das Haus zuging, wandte sich David mürrisch an den Rückspiegel: «Ich würde gern was sagen, wenn's Ihnen nichts ausmacht, Mr. Milano.»

«Vielleicht macht's mir doch was aus, mein Junge. Behalt's also lieber für dich.»

Vom Autofenster aus hatte Milano einen guten Blick auf die drei müde aussehenden Sandsteinhäuser an der Ecke und die Ziegelfassade von Nr. 409, direkt über dem Gehweg. Von dem dazwischenliegenden Gebäude sah er nur eine Teilansicht, aber die war faszinierend, vor allem der mit Schindeln gedeckte achtseitige Kegel eines Türmchens, das sich über einem Giebeldach erhob und von einer vergoldeten Wetterfahne gekrönt war.
Als zehn Minuten vorbei waren, ging er Christine nach; vor dem seltsamen Gebäude blieb er stehen, um die unverstellte Ansicht zu genießen. Es war ein Anblick, bei dem jedem Liebhaber der reinen sinnverwirrenden viktorianischen Architektur – amerikanischer Prägung, versteht sich – Tränen der Freude kommen mußten. Ein gewaltiges Bauwerk mit Erkerfenstern, bleiverglasten Fenstern, bunt bemalten Fenstern, mit dem achteckigen Turm, der die Ecke zu Nr. 409 hin abrundete, und mit einem breiten, drei Schornsteine zusammenfassenden Kaminkasten als Krönung des Ganzen. Eine geräumige, mit Kolonnaden versehene Veranda auf einem Natursteinsockel. Vorne ein mächtiger Eingang mit einer Doppeltür und auf der Turmseite ein weiterer Eingang mit einem Schutzdach. Feines Gitterwerk aus Holz; wo das irgend möglich war, von dem Dachvorsprung über der Veranda bis zu den Mansardenfenstern. Und jeder Zoll des Hauses sah so frisch gestrichen und blitzsauber aus, als sei es von einer übergroßen Zeitmaschine über ein Jahrhundert hinweg hierher verfrachtet worden.
Selbst die Farbe dieses Außenanstrichs – zu viele Übereifrige, die sich heutzutage so ein Prachtstück zulegten, griffen, vom Kolonialstil infiziert, sofort zur weißen Farbe. Doch dieses Exemplar hier zeigte, wie alle maßgebenden Bauten der Zeit, genau das richtige Kastanienbraun.
Halb verdeckt durch das Haus – Haus? Villa? kleine Residenz? – stand am Ende der Zufahrt, wo in der guten alten Zeit das Kutscherhaus gewesen sein mußte, eine Garage im Stil eines Kutscherhauses.
Und der Rasen rings um das Haus erinnerte, wenn man von einigen beiläufig weggeworfenen leeren Flaschen und verschmutzten Zeitungen absah, an das kurzgeschorene,

bestens gepflegte Grün auf einem Golfplatz. Das alles sicherte ein hoher, schmiedeeiserner Zaun, der hier und da zwar ein paar Einbeulungen aufwies – die in Kniehöhe stammten höchstwahrscheinlich von einer Autostoßstange, die dagegengeknallt war –, sich sonst aber bemerkenswert gut gehalten hatte.

Nummer 407. Zweifellos der Wohnsitz des alten Herrn, für den die kleine Schwester jede Woche ein paar Stunden arbeitete. Schwarzer Geldadel? Allem Anschein nach, denn kein halbwegs vernünftiger weißer Hausbesitzer würde heute noch in dieser Straße wohnen. Und selbst wenn er aus irgendeinem verrückten Grund doch hier lebte, würde er seinen Besitz niemals so gut in Schuß halten; er würde schleunigst einen Käufer suchen, egal zu welchem Preis. Er wäre bestenfalls um einen «ordentlichen» Zustand bemüht, aber keinesfalls um diese Perfektion, die mit hohen Kosten verbunden war.

Allein schon diese Schindeln – echt Schiefer, was sonst – sahen aus, als seien sie letzte Woche aufs Dach gekommen.

Das Mietshaus nebenan war ein anderer Fall. Ein stabiler Veteran des Jazz Age, aber eindeutig auf dem absteigenden Ast. Die ebenerdigen Kellerfenster mit Betonblocks zugemauert. Graffiti. Ein mit Klebeband geflickter Sprung in der Scheibe der Haustür. Im Innern eine höhlenartige, absolut leere Eingangshalle mit einem Terrazzoboden. Ein Kronleuchter, in dem noch eine einzige nackte Glühbirne steckte. Abblätternde Farbe, wohin man schaute. Ein paar Kinder, für die Schule noch zu jung, veranstalteten in der Leere ein lärmendes Dreiradrennen.

Das Gebäude war in zwei Teile gegliedert, einen vorderen und einen hinteren; der Grundriß hatte etwas von einer eckigen Gewichtheberhantel, und die Eingangshalle war der Griff dieser Hantel. Über die vordere Treppe kam man zur Wohnung der Baileys im ersten Stock. Milano klingelte, und Christine machte auf. In der offenen Tür stehend, fragte sie, ohne das Gesicht zu verziehen: «Ja, bitte?», und nachdem Milano aufgeräumt – und laut genug, um in der Wohnung gehört zu werden – seine Sanierungspläne erläutert hatte, bat sie ihn herein und machte ihn mit der Familie bekannt:

mit Mama, klein, stämmig und mit ihrer leicht übertriebenen Freundlichkeit vielleicht doch keine erstklassige Pokerspielerin; mit Bruder Vern, über einsneunzig und knochendürr, in dicken Trainingshosen, signalfarbener Jacke und Turnschuhen, offensichtlich nur darauf bedacht, rasch zu seinem Basketballspiel zu kommen; und mit Schwester Lorena, einem langbeinigen Mädchen, gerade in das Alter gekommen, wo sie für Männer interessant wurde, wie die knallengen Jeans und das T-Shirt klar signalisierten. Hübsch, aber ohne den gleichbleibend dumpfen Gesichtsausdruck wäre sie noch viel hübscher gewesen.

Sie hatte auch nicht Christines Afroschnitt. Sie trug ihre Haare wie eine seidigweiche, pechschwarze Mütze – ein Pagenkopf wie an König Arthurs Hof. Was die Beschattung anging, eine ausgesprochen leichte Aufgabe. Während Milano wieder vom Gemeinwohl redete, das ihm am Herzen liege, und seine ganze Platte abspulte, immer bemüht, nicht zu massiv zu werden, beobachtete er das Mädchen aus verschiedenen Winkeln, wie sie sich rekelte, dasaß, aufstand und, auf Anweisung der Mutter, zum Frühstück in die Küche ging. Inzwischen reichte Verns Interesse an Milanos Platte gerade für die Feststellung, dieses ganze Sanierungsgeschwätz bedeute doch nur, daß die Mieter aus dem Haus gedrängt würden, und wenn sie nicht rausgedrängt würden, Mann, dann doch nur, weil ihnen nachher eine viel höhere Miete abgeknöpft werden könne, klarer Fall, oder?

Danach ging er, um endlich zu seinem Spiel zu kommen, und da Lorena nun wieder da war, eine Tasse Kaffee in der Hand und ein Transistorradio am Ohr, aber nicht ganz ohne Neugier, blieb Milano vorsichtig und bat um einen Rundgang durch die Wohnung. Zwei Schlafzimmer, in jedem zwei Betten, und in dem einen, wo offenbar die Damen schliefen, hatte man vom Fenster aus einen sehr guten Blick auf das viktorianische Prachtstück nebenan, insbesondere auf diesen edlen Turm, bis hinauf zu der Wetterfahne, die zu seiner Befriedigung eben, als er hinüberschaute, von Ost auf Südost und wieder auf Ost drehte.

In einer weißen Gegend hätte die Wohnung als Glücksfund gegolten. Zwei Schlafzimmer, Wohnzimmer, Küche und

Bad. Sicher, an den schäbigen Wänden gab es hier und da Wasserflecken, und weil es – außer dem Linoleum in der Küche – nirgends einen Bodenbelag gab, waren die nackten Hartholzböden ganz schön abgenützt. Aber in dem alten Haus steckte solides handwerkliches Können, und wer plante heute noch Billigwohnungen mit fast drei Meter hohen Decken, massiven Türen und Eßküchen, die diesen Namen wirklich verdienten, so wie diese hier, mit einem Tisch, an dem sechs Leute Platz fanden? In seinem eigenen Super-Luxus-Appartement mußte man mit einer Küche zurechtkommen, Herrgott noch mal, die mit Kombüse noch höflich umschrieben war. Wenn man sich bückte, um in den Kühlschrank zu blicken, steckte man mit dem Hintern auch schon im direkt gegenüber stehenden Backofen, so schmal war der Raum.

Aus anderen Gründen interessant war das in einem reich verzierten Rahmen steckende, handkolorierte Foto, das über der Stereoanlage an der Wand des Wohnzimmers hing. Der Familienvater. Leicht zu sehen, wo seine Töchter ihr reizvolles Aussehen herhatten. Ein bemerkenswert gutaussehender Mann in der Blüte des Lebens, der grimmig in die Kamera blickte, wie um sie herauszufordern: mach, was du willst, mich schaffst du nicht. Einer, der sich nichts gefallen ließ. Milano fragte sich, wie er wohl seine Tochter Lorena angefaßt hätte. Hätte er einen Lederriemen genommen und sie übers Knie gelegt, auf die Gefahr hin, sie tags darauf als weggelaufen melden zu müssen? Oder wäre er zu einem dieser vernarrten und – wenn auch mehr oder weniger unbewußt – inzestuösen Daddies geworden, die nie wahrhaben wollten, daß ihre auf einmal mit weiblichen Rundungen aufwartenden kleinen Mädchen irgendwann einmal vom Pfad der Tugend abweichen könnten?

Christine ging mit ihm hinaus und ließ die Tür hinter sich ins Schloß fallen. Leise sagte sie: «Wann höre ich von Ihnen?»

«Heute abend im Theater, gleich nach der Vorstellung.»

«Nein. Da nicht. Aber Sie können später bei mir zu Hause anrufen. Sagen wir, ab Mitternacht.»

Milano notierte sich rasch die Nummer, die sie ihm gab. «Werde ich da auch bestimmt niemand stören?» fragte er, so diskret, wie er konnte. Was allerdings, wie er genau wußte – und wie vermutlich auch sie wußte –, nicht sonderlich diskret war.

Christine zog es vor, solche Feinheiten zu ignorieren. «Lenardo und Pearl haben das Schlafzimmer. Ich hab die Couch im Wohnzimmer. Das Telefon steht neben der Couch. Sie können so spät anrufen, wie Sie wollen.»

Pearl die Autorin, Lenardo der Regisseur. Na schön. Und obschon die Couch vielleicht in eine dieser Doppelliegen zu verwandeln war, hatte es sich – Wunschdenken? – so angehört, als werde sie nur solo genutzt.

«Ein Punkt noch», sagte Milano. «Wenn irgendein Warenhausdetektiv die Kleine erwischt, laß ich dann den Dingen ihren Lauf, oder misch ich mich ein und geb mich zu erkennen? In dem Fall wäre das allerdings nicht schlimm. Sie hätten dann immerhin die erforderlichen Beweise gegen sie.»

Christine sah aus, als kämpfe sie gegen einen Anfall von Übelkeit an. «Es wird Mama umbringen, wenn sie wegen so was zur Wache runter muß. Aber was könnten Sie denn tun?»

«Berufsgeheimnis. Überlassen Sie das mir.»

«In Ordnung», sagte Christine, nicht gerade glücklich, «ich überlaß es Ihnen.»

Um sich draußen die Zeit zu vertreiben, sah er sich in der Nachbarschaft um. Gar nicht so übel. An der Straße entlang Bäume, im alten Brooklyn-Stil. Etliche graue und braune Sandsteinhäuser in ordentlichem Zustand. Mietshäuser, in die viel Arbeit gesteckt werden mußte, und es wurde immer mehr Arbeit, je näher man ihnen kam. Auf halbem Weg zur nächsten Ecke – auf der gegenüberliegenden Straßenseite – eine wahre Bruchbude. Aufgegeben, mit Brettern vernagelt, jedes Fenster eingeschlagen. Beim Blick durch einen leeren Fensterrahmen im obersten Stock sah Milano gähnende Leere, wo einmal das Dach gewesen war. Vermutlich in Brand gesteckt. Man brauchte so eine Bruchbude nur ordentlich einzuäschern und konnte dann die volle Versicherungssumme kassieren.

So ein abgebranntes Haus schadete der Nachbarschaft. Zwei, drei davon konnten die ganze Straße ruinieren.

«Wenn man diesen Feuerteufeln das Handwerk legen will», hatte Willie einmal gesagt, «muß man erst mal die verdammten Versicherungsvertreter, die dem Gesindel die Policen verkaufen, aus dem Verkehr ziehen. Lauter Ganoven, genau wie die verdammten Schadensregulierer, die die Versicherungsansprüche gutheißen.»

Wenn andere korrupt waren, ging das Willie natürlich mächtig gegen den Strich.

Kinder, die so etwas wie den Krieg der Sterne nachspielten, tobten die Straße rauf und runter. Zwei von ihnen stellten Milano. «Vom Rathaus, oder?» Er mochte acht Jahre alt sein.

«Bin ganz privat hier», antwortete Milano, von Mann zu Mann. «Ich frag mich grade, was man für diesen Schutthaufen hier wohl anlegen muß.»

Die Kinder guckten groß und kicherten. Dann sagte die Nummer Eins: «Gib mir 'n Zehner, Mann, und der Schuppen gehört dir.»

Es war verlockend, diese komische Nummer auszubauen, doch da kam, mit einer bombastischen Umhängetasche, Lorena Bailey aus Nr. 409.

Zurück an die Arbeit.

Es war, wie vorhergesehen, eine leichte, unkomplizierte Aufgabe. David, der an dieser Art des Chauffierens seine herablassende Freude zu haben schien, hielt exakt den richtigen Abstand zu dem Mädchen, das nur einmal kurz stehenblieb, um zwei Freundinnen mitzunehmen. Und auf der Flatbush Avenue blieb er sauber hinter dem Bus, mit dem das Trio bis hinein ins Zentrum von Brooklyn fuhr. Als sie an der Livingston Street vor dem Eingang des Kaufhauses Abraham & Straus ausstiegen, ließ Milano seinen Chauffeur allein weiterfahren; was nun auf ihn zukam, war ermüdende Beinarbeit.

Und, nachdem er sich im Kaufhaus ein wenig orientiert hatte, ein ungutes Gefühl.

Dieses A&S war ganz schön groß, ein Riesenladen, in dem es von uniformierten Aufpassern nur so wimmelte, von den Detektiven in Zivil ganz zu schweigen. Ein geschickter Profi mochte unbemerkt an ihnen vorbeikommen, aber wie ein

Profi sah Lorena nicht gerade aus. Das einzig richtige war also, bei einer falschen Bewegung von ihr so schnell wie möglich zu reagieren. Noch vor den Uniformen bei ihr zu sein. Oder, wenn es zu einem toten Rennen kam, den geforderten Betrag augenblicklich zu bezahlen und sie so herauszupauken. Das ungute Gefühl hatte mit der Frage zu tun, wie sie wohl unter diesen Bedingungen auf ihn reagieren würde. Das heißt, weniger auf ihn als vielmehr auf ihre Familie.

Wenn es zu Hause zum großen Krach kam, und sie haute ab –

Als sie schließlich im A&S fertig waren, war sich Milano sicher, daß Ladendiebstähle bei Lorena nicht drin waren. Sie hatte – nach langen Beratungen mit ihren zwei Freundinnen – ordentlich eingekauft und bar bezahlt. Zwei Blusen im Obergeschoß und unten im Erdgeschoß billigen Modeschmuck. Mittagessen an einem Kiosk in der Fulton Street, ein Paar Schuhe in einem Laden nicht weit davon, mehrere Einkäufe in der Albee-Fußgängerzone, und alles wurde mit Lorenas grünen Scheinen bezahlt.

Am frühen Nachmittag stießen vor Loew's Kino zwei Jungen zu der Gruppe. Unreife Bürschchen, laut und umgänglich, ohne scharfe Ecken und Kanten. Das Wesentliche war, daß Lorena die Kinokarten für alle kaufte, auch für die Jungs.

Als sie durch die Kinotür verschwunden waren, genehmigte sich Milano an der Ecke einen Hot Dog, ging im A&S auf die Toilette und setzte sich dann in einiger Entfernung von dem Kino auf eine Bank und wartete. Steuergelder waren auch in diese Fußgängerzone hier geflossen, die Fulton Mall. Die Straße war verschmälert worden und diente nur noch dem Busverkehr; dagegen hatten nun die beiderseitigen Gehwege die Breite von Prachtstraßen. Zur Garnierung waren in regelmäßigen Abständen diese halbkreisförmigen Bänke aufgestellt worden; zur Erprobung des Rückgrats waren sie ohne Rückenlehnen. Reihenweise standen Black Muslims in Kaftan und Filzmütze hinter Klapptischen und warben für islamische Schriften, Nippes und Zunderholz. Brennende Musterstücke des Holzes verbreiteten einen nicht unangenehmen Duft. Und was die Fußgänger boten, hatte durchaus Unterhaltungswert. Es waren überwiegend Farbige, eine ganze Menge aus Lateinamerika. Keine unter den jüngeren Frauen reichte an Christine Baileys Klasse heran, aber es waren doch etliche, die mit ihrer reizvollen Erscheinung die Szene belebten.

Milano fand es interessant, daß dies – natürlich – die gleichen schwarzen und braunen Frauen, Männer und Kinder waren wie immer, nur daß er offenbar anfing, sie in einem etwas anderen Licht zu sehen.

Eine Zauberbank?

Christine?

Der nagende Hunger?

Lorena und Freunde kamen aus dem Kino und steuerten ein Musikgeschäft auf der anderen Straßenseite an. Eine Stunde und zwanzig Minuten stöberten sie dort in den Beständen. Vor der Ladentür ging die Gruppe auseinander, die Jungs in die eine Richtung, die Mädchen zurück zur Livingston Street und zum Bus. Es gab zwar Taxis, aber Milano ließ sie vorbeifahren. Für heute waren seine Konten bei Christine Bailey und Eugène Louis Boudin ausgeglichen, und morgen war auch noch ein Tag.

Außerdem taten ihm die Füße weh, sein Rücken schmerzte, und was an Energie noch übrig war, brauchte er für das Abendprogramm.

Er teilte sich die Zeit aufs genaueste ein und stand tatsächlich wenige Minuten nach Beginn der Vorstellung an der Kasse des Birdbath-Theaters. Es waren mehr Leute da als am Abend vorher, und so wirkte es ganz natürlich, als er sich unauffällig in die letzte Reihe in die vom Eingang entfernte Ecke setzte.

Am Anfang hätte man das, was er zu sehen bekam, einfach damit erklären können, daß alle Beteiligten einen schlechten Abend hatten. Nichts als sprunghafte, holprige, zerfahrene Auftritte, die Zahnräder wollten nicht ineinandergreifen. Unglaublich wurde es – selbst für ein Theater dieser Größenordnung –, als in einer Szene nur mit Christine und Tamar McBride das Spotlight die beiden verlor und die ganze Bühne abtasten mußte, um sie wiederzufinden. Die

Amateure hatten wohl ihren großen Tag. Doch auf einmal dämmerte es Milano, daß sich da vorne etwas anderes abspielte als eine Reihe von Ungeschicklichkeiten. Christine Bailey, die sich noch am Abend vorher die gerissenen Machenschaften ihrer Bühnenpartnerin willfährig hatte gefallen lassen, hatte jede Willfährigkeit abgestreift. Tamar wollte sie mit den gleichen Tricks an die Wand spielen, doch die schlugen nun voll auf sie zurück.

Wer hätte das gedacht!

Milano schlüpfte ein paar Minuten vor der Pause aus dem Theater, und er wußte nur eins: hinter den Kulissen würde in der Pause die Hölle los sein. Als er dann wiederkam – diese Abrechnung wollte er sich auf gar keinen Fall entgehen lassen –, war nur die Frage, wen der zweite Akt wohl zum Sieger erklären würde. Die Frage blieb nicht lange offen. Tamar hatte alle Hände voll zu tun, und das paßte ihr gar nicht. Christine wurde immer lockerer, und mit ihrer – bisher so gedämpften – Ausstrahlung erreichte sie mühelos auch noch die letzte Reihe. Ungeachtet des verunglückten Tempos, der sonderbaren Beleuchtung und all der anderen Mißlichkeiten gab *Two Stops Before The End Of The Line* nun laut und deutlich zu erkennen, was in dem Stück steckte. Und das war eine Menge. Wirklich eine ganze Menge.

Es fiel Milano nicht leicht, sich vor Christines letzten Worten zu verdrücken. Seine Füße schmerzten schon lange nicht mehr, seinem Rücken ging es prächtig.

Mitternacht, hatte sie gesagt. Ab Mitternacht können Sie bei mir zu Hause anrufen.

Er schlug zwei Stunden bei O. Henry's tot, bei einem Steak – ohne irgendwelche Beilagen –, einem Salat, ein paar Perriers mit Limettensaft und der *New York Post*, machte sich dann auf den Weg, die Sixth Avenue entlang, auf schmalen, laut knarrenden Treppen drei Stockwerke hoch, und klopfte an Christine Baileys Tür.

Sie fragte, wer da sei; er antwortete. Sie machte auf und stand, in eine Decke gewickelt, vor ihm. Die nackten Schultern und die weit übers Knie reichenden nackten Beine ließen darauf schließen, daß sie unter der Decke nichts anhatte.

«Ich hab Sie doch gebeten, anzurufen», sagte sie.
«Ich telefoniere nicht gern, wenn's nicht unbedingt sein muß.» Wahr. «Und ich war zufällig in der Nähe.» Beinahe wahr.
Sie stand immer noch da und versperrte den Eingang. Da sie eine gute Schauspielerin war – besonders dann, so schien es, wenn sie gar nicht ans Spielen dachte –, war ihr alles im Gesicht abzulesen. Sorge, Wachsamkeit, Verärgerung. Drei Gesichter in einem.
«Also gut, was ist passiert?» fragte sie. «Was haben Sie herausgefunden?»
Es war eindeutig zu sehen, daß das Zimmer hinter ihr leer war, daß die Couch nur ein einfaches Sitzmöbel mit losen Polstern war, um die sie ein Bettuch geschlagen hatte. Trotzdem bat sie ihn nicht in die Wohnung. Plötzlich taten ihm die Beine und der Rücken wieder weh, und er wurde ärgerlich. Auf einen einfachen Nenner gebracht: für wen zum Teufel hielt sie sich eigentlich?
«Besprechen Sie Ihre Familienprobleme immer hier draußen im Treppenhaus?» fragte er.
Sie trat widerwillig zur Seite. «Meinetwegen, kommen Sie rein.»
«Nicht nötig. Ich kann Ihnen auch hier Auskunft geben.»
«Mein Gott, ich hab Sie gebeten, hereinzukommen. Wozu denn dieses Theater.»
Milano blieb, wo er war. «Die Auskunft lautet», sagte er, «daß Ladendiebstahl ausscheidet. Die Kleine hat hier und da ein paar Dinge eingekauft, hat zwei Freundinnen was zu essen spendiert, hat den Mädchen und zwei Jungs Kinokarten spendiert. Alles bar bezahlt. Ihr Geldbeutel ist offenbar prall gefüllt. Und keiner dieser Jungs ist ein Jimmy-Typ, der sich mit Geschenken bei ihr einschmeichelt. Sie sind beide noch naß hinter den Ohren. Das wär's.»
«Was soll das heißen, das wär's? Wo hat sie denn all das Geld her?»
«Eine interessante Frage. Wenn Sie darüber diskutieren wollen, können Sie mich morgen früh jederzeit zu Hause anrufen.»

Er ging diese knarrenden Stufen hinunter, und Christine lehnte sich über das Geländer. «Warum nicht jetzt gleich?»
Ein Hauch von Panik in ihrer Stimme? Gut. «Ich bin nicht mehr im Dienst», sagte Milano und ging weiter.
In der Eingangshalle des Wohnhotels sprach ihn der Nachtportier an. «Eine Nachricht für Sie, Mr. Milano. Mrs. MacFadden läßt Ihnen ausrichten, daß im Penthouse oben eine kleine Party läuft.»
Gracies kleine Samstagabendparties waren wie Ringling Brothers' kleine Zirkusse. Andererseits, in eine leere Wohnung zu kommen, wütend auf und ab zu gehen und dabei im Geiste das Bild der in eine Decke gehüllten Christine Bailey anzuknurren –
«Sagen Sie Mrs. MacFadden, ich komm gleich rauf», sagte Milano.

Charles Witter Kirwan

Sonntag.
Sonntagnachmittag.
Ich widerstand heute morgen einer plötzlichen Regung, in die Kirche zu gehen.
Die Dutch Reformed Church, genauer gesagt, drüben an der Flatbush Avenue. Jederzeit einen kleinen Umweg wert, falls und wenn man unterwegs einen Blick auf jenes Gebäude wirft, das in den Reiseführern als das Witter-Haus verzeichnet sein wird.
Das Witter-Haus.
Großzügig ausgestattet mit Mitteln der Hendrick-Witter-Stiftung.
Wovon ich gerade
Ach so, ja, die plötzliche Regung, in die Kirche zu gehen.
Diese Regung entsprang nicht etwa einem Bedürfnis, für die herrlich perverse sexuelle Erfahrung zu büßen, mit der ich am späten Freitagnachmittag endlich Lorena Bailey bekannt gemacht habe.
Also das war's ganz gewiß nicht.
Die Regung entsprang auch nicht irgendeinem Bedürfnis, traurige Choräle und eine verwässerte Predigt über mich ergehen zu lassen. In dieser für individuelle Freiheit eintretenden Gesellschaft ist der Calvinismus, der noch für meine Vorfahren ein kraftspendender Trank war, zu einem billigen Zuckerwasser verkommen. Wie so viele einst stolze und starke Glaubensbekenntnisse, ausgenommen natürlich dieser lärmende, höchst profitable Fundamentalismus, der heute die ohnehin schon halb wirren Geister vollends verwirrt.
Nun denn
Tatsächlich wollte ich heute morgen einen Gottesdienst besuchen, so wie Quäker in ihre Versammlungen gehen.

Diese höchst merkwürdige und lächerliche Sekte – gerade noch eine Handvoll glückseliger Tölpel und traditioneller Bulanga-Freunde – versammelt sich nämlich zum Gottesdienst, ohne daß irgendein Pastor Regie führt. Die Gemeinde sitzt einfach sprachlos da, bis Gott, der mit seiner Zeit offensichtlich nichts Besseres anzufangen weiß, irgend jemandem Worte in den Mund legt, und diese Worte werden dann den Gläubigen feierlich vorgetragen.
Alles in allem keine üble Gelegenheit für den Steuerzahler, einmal offen seine Meinung zu sagen, vorausgesetzt, seine Meinung ist noch nicht zu einem Haufen leerer Redensarten zusammengeschrumpft. Bei mir ist es noch nicht soweit, danke der Nachfrage. Ganz gleich, ob ich mich in der Vergangenheit zu bestimmten Themen höflich und mit leeren Redensarten geäußert habe, geschrumpft ist da jedenfalls nichts. Jetzt hört euch mal folgendes an, Psalm 32, 3:

> «Denn da ich's wollte verschweigen, verschmachteten meine Gebeine durch mein täglich Heulen.»

Verse voll Feuer.
Ich habe höflich meine Zunge im Zaum gehalten und die bittere Wahrheit verschwiegen, und so verschmachten nun meine Gebeine: qualvoll gehen sie zugrunde. Knochen und Lunge und Eingeweide.
Deshalb wollte ich in die Kirche gehen und mich erheben wie Jeremia und den unfreiwilligen Zuhörern diese Wahrheit verkünden.
Ich hab's nicht getan.
Zuviel steht auf dem Spiel. Sie würden mich, gelinde gesagt, als Exzentriker hinstellen, mich für geistesgestört halten.
Warum breite ich das alles vor euch aus – diese Regung von heute morgen und ihre Unterdrückung?
Um zu beweisen, daß ich – wie schon eh und je – völlig klar im Kopf bin und die Umstände und Folgen des unerhörten Ereignisses, das ich vorbereite, bis ins kleinste verstehe.
Ich bin – die Psycho-Quacksalber mögen mir diesen Ausdruck verzeihen – geistig völlig gesund.
Ich muß auch klarmachen, daß ich kein Kirchgänger bin.

Florence, meine Frau, war da anders. Mochte das Singen, mochte die zuckersüße Geselligkeit, döste während der Predigten. Wie der normale gute Kirchgänger eben. Ich bin keiner von ihnen und bin seit meiner Jugend nie einer gewesen. Mein Großvater war auch keiner. Ich habe den Verdacht, daß ihm die Leidenschaft für geschichtliche Studien jede organisierte Religion vermieste. Als ich ihm den Entwurf meiner Doktorarbeit zum Lesen gab, die sich mit Albas Besetzung Flanderns und der Niederlande während des niederländischen Freiheitskampfes befaßte – wo die Römisch-Katholischen gegen die Lutheraner und Calvinisten standen und wo es zur Metzelei kam, in deren Verlauf Lutheraner und Calvinisten anfingen, sich gegenseitig niederzumetzeln –, sagte er zuerst: «Sehr solide Arbeit», genau das, was ich von ihm hatte hören wollen. Dann fügte er trocken hinzu: «Über drei Kirchen unseres teuren Herrn, denen es nie mehr gelingen wird, das Blut der anderen von ihren Händen zu wischen.»

Wie wahr.

Eine Gefahr beim Studium der Geschichte besteht darin, daß man die am höchsten geschätzten Institutionen der Menschheit mit ihrer nie enden wollenden Dummheit verachten lernt.

Doch unsere Bulanga haben einen Weg gefunden, auf dem diese Spielregeln zu umgehen sind. Obwohl sie in ihren afrikanischen Grashütten zu blöd waren, je eine geschriebene Sprache zu erfinden und eine überlieferte Geschichte der reizlosen Vergangenheit ihres Stammes zu präsentieren, sind sie nun eifrig dabei, strahlende Schilderungen der alten – nur in ihrer Einbildung existierenden – Stammesherrlichkeit herbeizuzaubern. Natürlich müssen Whiteys Alphabet und Whiteys Druckerpressen dafür herhalten.

Und sogenannte Gelehrte äußern sich anerkennend zu diesen Fälschungen, und Verleger geben gutes Geld dafür aus, und das Fernsehpublikum sitzt glotzäugig vor geschmacklosen Dramatisierungen. Und an meinem College werden Vorlesungen über die Heiligenliteratur der Bulanga eingerichtet, damit der Stamm über seine maßgeschneiderte Vergangenheit jubeln kann.

Der Bulanga-Medizinmann als Thukydides.
Großer Gott.
Wo war ich?
Kirche. Kirchgänger. Ja.
Wenn ich schon mal dabei bin – schließlich ist das hier eine freimütige Familiengeschichte –, gehe ich am besten die Namensliste vollends durch.
Meine Mutter. Hattie – Harriet Sprague Witter, wie sie richtig hieß – war eine der Gottesfürchtigsten. Kriegte sich in meiner Pubertätszeit ein paarmal mit meinem Großvater in die Haare, der in Glaubensfragen mir die Entscheidung zusprach, und gab schließlich auf.
Mein Vater. Henry Witter. Bedaure. Ich weiß kaum etwas von ihm. War im Ersten Weltkrieg Leutnant bei der Infanterie – als Freiwilliger – und starb 1918 in einem Lazarett in Brest an den Folgen einer Grippe. Überlebte die Schlacht in den Argonnen. Starb an einer Grippe.
Ich war fünf Jahre alt, als ich ihn das letztemal sah. Ich habe ihn angenehm in Erinnerung. Ich weiß nicht, wie zutreffend das ist.
Bedaure.
Aber
Aber sein Ersatzmann in meinem Leben
Eine andere Geschichte.
Daniel Kirwan, Stiefvater.
Daniel Kirwan, von Geburt römisch-katholisch, wurde ein aufopfernder Protestant. Aufopfernd, wie gesagt. Von aufrichtig war nicht die Rede. Seine Aufopferung galt dem Witterschen Haus, dem Witterschen Packard, den er jeden Sonntag stolz zur Kirche lenkte, dem Witterschen Geld und möglicherweise – soweit er zu einer derartigen Aufopferung fähig war – meiner verwitweten Mutter, die er zwei Jahre nach dem Tod meines Vaters heiratete.
Einfältig. Ein stämmiger, rotgesichtiger, rothaariger Ire, laut in seinen Gefühlsäußerungen, seinen guten Absichten, seiner Einfalt.
Ein Draufgänger. Nannte sich selbst so. Davon gab's viele in meiner Kindheit. Draufgänger. Einer, der nach oben will und dazu rücksichtslos Ellbogen und Knie einsetzt.

Ein starker Trinker. Manchmal ein selbstanklagender, heulender Trinker. Dafür schulde ich ihm einen einzigen kleinen Gefallen. Ich war gerade erst zum Militär gekommen, war noch in der Grundausbildung im Camp Gordon in Georgia und hatte erbärmliches Heimweh, als er an einer Leberzirrhose starb, so daß ich ein paar selige Tage Urlaub bekam, um an seinem Begräbnis teilnehmen zu können.
Unfruchtbar.
Ja, das war er. Dieser Muskelmann, dieser mächtige Jäger vor dem Herrn – zumindest jeden Herbst, mit scharlachrotem Jackett und blankgeputzter Büchse und Schrotflinte –, konnte kein eigenes Kind zeugen.
Das schmerzte ihn entsetzlich, wie mir meine Mutter kurz vor ihrem eigenen Ende anvertraute. Und deshalb trank er auch.
Deshalb?
Nein, nicht deshalb.
Er war einfach ein Gewohnheitstrinker, deshalb trank er.
Und da er unfähig war, selber einen kleinen Kirwan zu zeugen, erwies er mir die glorreiche Ehre, mich gesetzlich zu adoptieren. Mich an meinem zehnten Geburtstag zu seinem eigenen kleinen Kirwan zu machen. Ich wurde dabei nicht gefragt. Der Protest meines Großvaters wurde nicht beachtet.
War es ein komisches Gefühl, eine neue Identität zu haben?
Ja. Aber ich glaube, mit Zehn hat man dauernd komische Gefühle. Dies war nur ein weiterer Grund für komische Gefühle. Und ich war ein liebes Kind. Ich hatte immer eine saubere Nase, behielt meine Gedanken für mich und tat, was man mir sagte.
Allerdings
Allerdings war dieses Geschenk zu meinem zehnten Geburtstag, von meiner Mutter strahlend und mit viel Streicheln verkündet, gar nichts, verglichen mit dem wirklich großen Ereignis meiner Kindheit, exakt eine Woche danach. Die Vollendung des Hauses Witter Street 409. Das erste Mietshaus in der Straße. Das allererste. Daniel Kirwans Projekt. Daniel Kirwans sehnlichster Wunsch war in Erfüllung gegangen.

Der Draufgänger hatte es geschafft.
Der ehemalige Vorarbeiter in den Lagerräumen von Witter & Sons konnte sich nun als Besitzer – zumindest stand auf der Hypothek sein Name unter dem meines Großvaters – eines fabelhaften Mietshauses fühlen. Fabelhaft vor allem in der Art, wie es alles in Sichtweite erdrückte, die ganze Straße zu schlucken schien, ihre Perspektive verzerrte, eine seltsame neue Welt daraus machte.
Welches Lied spielten die britischen Pfeifer, als Cornwallis in Yorktown die alte Welt den Yankee-Banausen aushändigte?
The World Turned Upside Down. Die Welt ist auf den Kopf gestellt.
Und an jenem denkwürdigen Tag, eine Woche nachdem ich Charles Witter Kirwan geworden war, gab es auch in unserer Straße musikalische Unterhaltung. Musik. Lichterketten. Tische – Bretter auf Sägeböcken –, mit Speisen und Getränken schwer beladen. Eine Blaskapelle mitten auf der Straße. Der ganze Block für den motorisierten Verkehr gesperrt, eine kleine Aufmerksamkeit unserer örtlichen Polizeiwache. Ein Straßenfest.
Musik und Tanz und bunte Luftballons. Und ein heimliches Saufgelage – wer erinnert sich noch an die Prohibition? – in der Garage von Nr. 407. Alle kamen, die Nachbarn kamen, die Architekten und Maurer des neuen Wunders kamen.
Mein Großvater kam, weil er gute Manieren hatte. Nachdem sie ihn beschwatzt und umgarnt und drangsaliert und aufs massivste bedrängt hatten, einen großen Teil seines schwindenden Vermögens in diese Zukunft zu investieren, muß ihn die Erinnerung an jenen weitläufigen Rasen mit seinen Eichen und Ahorn- und Kirschbäumen, der nun unter Nr. 409 begraben lag, bis zur Stunde seines Todes begleitet haben.
Aber der Gute Haushalter kann sein Geld nicht in seiner Matratze verstecken. Und er kann es auch nicht ausschließlich für die Instandsetzung und Erhaltung seines eigenen schönen Hauses ausgeben. Er muß es auch in die gewinnbringende Zerstörung seiner Welt investieren. Muß sich, letztlich, dem Draufgänger beugen, der einen Riecher für

gute Geschäfte hat und der als Erbschaft die Zerstörung hinterläßt.
O ja.
Das neue Wunder ließ sich gut vermieten. Sehr gut.
Und sein demonstrativer Erfolg sorgte für getreue Nachbildungen, die nun überall entlang der Straße wie Drachensaat aufgingen.
Und nicht nur schöne alte Bäume gingen nun krachend zu Boden, um ihnen Platz zu machen, sondern auch schöne alte Häuser. Die geräumigen Häuser der Anständigen und Ruhigen und Kultivierten. Warum auch nicht? Nun, da ihr Paradies geschändet war, warum sollten die Kultivierten da noch bleiben?
Es war die Zeit der Draufgänger, und Daniel Kirwans Fahne flatterte allen anderen voran.
Hört mir zu. Hört genau zu.
Eine Zerstörung setzt keine Explosion voraus. Sie kann auf viel hinterhältigere Weise herbeigeführt werden. Infiltration. Infiltration durch Wellen der weniger Anständigen und Ruhigen und Kultivierten. Und das läßt immer mehr nach, mit jeder Welle. Und wie war das in der Witter Street? Eine irische Welle kam und zog sich zurück. Eine italienische Welle. Eine jüdische Welle. O ja, die Kinder Israels wußten, daß sie wieder ihr Land Kanaan gefunden hatten.
Und im Dunkel der Nacht funkelten am Rande dieses Gebiets überall die Lagerfeuer der wartenden Bulanga.
Die wackeren Israeliten flohen wie die Hasen, als der erste Bulanga-Eindringling auftauchte.
Das Ende.
So schnell ging das. Unsere New Yorker Stadtverwaltung stellte mit ihren Verordnungen sicher, daß es so schnell zu Ende ging.
Die letzte Welle.
Schlamm und Dreck.
Hört ihr mir genau zu? Wenn es euch brennend interessiert, wie ich dazu kam, das unerhörte Ereignis zu planen – und den Plan gegen alle Wahrscheinlichkeit durchzuführen –, dann müßt ihr mir zuhören.
Ich bin die Rache.

Eine Rache, die vergeblich sein wird?
Ja. Das gebe ich zu. Ich gebe es zu.
Aber ich bin alles, was es überhaupt an Rache gibt oder je geben wird.
Meine eigene Erlösung. Ich spüre jetzt wieder heftige körperliche Schmerzen. Aber dies ist meine Erlösung: daß ich die Schmerzen so spüre, als sei es ein anderer, der sie zu ertragen hat. Kalte entrückte Schmerzen, gedämpft durch einen erregenden Triumph. Eine Anästhesie für den, der die Zukunft nicht nur vorhersagt, sondern sie gestaltet.
Was die Vergangenheit betrifft
Das heißt die Episode am Freitagnachmittag, die mit Lorena Bailey zu tun hat.
Halt.
Ich muß hier erst noch eine entscheidende Weisung wiederholen, die auch in dem versiegelten Testament steht, das ich meinem Vollstrecker übergeben habe. Meinem Testamentsvollstrecker natürlich. Demzufolge darf nichts – absolut nichts –, was diese ganzen Bänder enthalten, in irgendeiner Weise gestrichen oder wegzensiert werden, wenn dieses Material in Buchform veröffentlicht wird.
Nicht ein einziges Wort.
Ausgenommen sind erforderliche Streichungen bei einer Veröffentlichung in Zeitschriften und Zeitungen. Ich unterwerfe mich dieser Notwendigkeit. Zeitschriften und Zeitungen haben das Problem, daß der verfügbare Raum begrenzt ist. Außerdem müssen sie eingehende Schilderungen sexueller Aktivitäten abschwächen. Dabei besteht die Gefahr, daß Teile eines originellen, bedeutsamen Textes zum bloßen Sinnenkitzel reduziert werden, aber ich nehme diese unangenehme Möglichkeit in Kauf. Ich kann nur hoffen, daß der Leser dadurch angeregt wird, das komplette Buch zu kaufen und das Werk in seiner ganzen Länge zu lesen.
Es ist im übrigen auch ausdrücklich untersagt, diese Bänder selbst – als Bänder – zu kopieren und zu verkaufen. Daß Raubdrucke von Büchern hergestellt werden, ist ungewöhnlich. Dagegen ist das unerlaubte Vervielfältigen von Bändern inzwischen, wie ich mir habe sagen lassen, zu einem eigenen Wirtschaftszweig geworden, und der rechtmäßige Besitzer

der Bänder sieht keinen Cent Gewinnanteil. Und die Erben natürlich auch nicht.

Eine gutgemeinte Warnung: die Hendrick-Witter-Stiftung läßt sich nicht hereinlegen.

Gut.

Die Ereignisse des späten Freitagnachmittags.

Nachmittags um drei Uhr hatte ich die erste Sprengladung im Haus Nr. 409 angebracht. Eine schmutzige und anstrengende Arbeit. Körperlich hatte ich wohl meinen Tiefpunkt erreicht, aber seelisch war ich in einem Hoch; es war ein berauschendes Gefühl, etwas geleistet zu haben.

Ich schleppte mich heimwärts und war noch kaum im Haus, als Lorena Bailey klingelte. Ich machte ihr die Tür auf, und ihre Miene machte mir bewußt, wie verdreckt und abgerissen ich aussah. Ich erklärte ihr, ich hätte den Boiler in Nr. 409 repariert. Und ich wollte schon hinzufügen, mir sei nicht nach Gesellschaft zumute, sie solle am Montag wiederkommen.

Ich wollte es sagen, aber ich sagte es nicht. Ich war zwar zum Umfallen müde, aber mich erfüllte auch eine wilde Heiterkeit. Ich war zum Feiern aufgelegt. Offensichtlich reagiert die Seele nicht immer direkt auf die Signale des Körpers.

Neu ist das nicht. Ich muß es wissen, denn ich lebe schon mein ganzes Leben mit sexuellen Phantasien, seit meiner Pubertät. Anfangs verworren – romantische und sadistische und masochistische Phantasien waren alle durcheinandergeworfen –, aber nach und nach lernte ich, sie richtig zu ordnen, ein Thema für einen kleinen Einakter auszuwählen und dessen zeitlichen Ablauf so zu gestalten, daß sein Höhepunkt mit dem Samenerguß aus einem übervollen Penis zusammenfiel.

In der High School wurde die Weisheit von hilfreichen Vermittlern geliefert. Da war der Freund, dessen Vater die Werke Havelock Ellis' besaß. Die Werke des impotenten, pseudowissenschaftlichen Havelock Ellis. Jede seiner kursiv gedruckten kleinen Fallgeschichten lieferte einen erregenden Einakter.

Und der Schulkamerad, der die wenigen verwilderten, derb pornographischen, wunderbaren Seiten der *Geschichte der*

Josephine Mutzenbacher von Felix Salten in seinen Besitz brachte.
Felix Salten? Nein, das kann nicht derselbe Felix Salten sein, der diesen züchtigen Klassiker *Bambi* geschrieben hat. Niemals.
Er ist es aber. Der und kein anderer.
Phantasien.
Alles nur im Kopf. Eine Verdrehung der Körpersignale, die besagen, daß die Zeit gekommen ist, daß Frauen aus Fleisch und Blut zur Verfügung stehen, daß die Wirklichkeit dieser Frauen besser sein wird als alle Träume.
Meine Jungfräulichkeit blieb erhalten, bis mich im Camp Gordon ein paar Kameraden aus meinem Zug – mit Gewalt – zu einer Frau ins Bett legten, einer stämmigen, mit vorstehenden Zähnen gesegneten, geschäftstüchtigen Dame aus Georgia, deren Haus übers Wochenende immer als behelfsmäßiges Bordell diente.
Meine sexuellen Abenteuer in all den darauffolgenden Jahren bis zu meiner Heirat ließen sich an den Fingern einer Hand abzählen, und dabei blieben noch zwei Finger übrig.
Der Körper signalisierte, daß er Taten sehen wollte. die ängstliche Seele begnügte sich mit noch wilderen Phantasien. Variationen des Themas zogen sich später auch durch meine Ehe. Durch den Akt selbst, mit meiner geduldigen, sich unbeholfen fügenden, phantasielosen Frau. Schon als Frau in mittleren Jahren zur Welt gekommen, die arme Seele. Wollte nie Flo genannt werden. Eine Flo hätte versucht sein können, Bettspiele zu genießen. Eine Florence nicht. Nicht mal schlau genug, so zu tun, als ob.
Nun stand also Lorena Bailey vor mir, meine Teilzeitangestellte und nackte Bulanga-Nymphe. Und das war keine Phantasie. Die lebende Nachfolgerin jener nackten schwarzen Jungfrauen, die angekettet auf den Sklavenmärkten standen, die Augen ängstlich aufgerissen, in stummer Unterwerfung. Zitternd der tastenden und prüfenden und kneifenden Hand des gerissenen Bieters ausgeliefert.
Doch insgeheim fanden sie diese Hand erregend. Und schämten sich dafür.

Gekauft und bezahlt. Der einzige Unterschied war, daß hier kein Mittelsmann im Spiel war; ich zahlte auf direktem Weg.
Und
Und ich wurde irgendwie betrogen. Nicht von ihr. Von mir selber. Vertrautheit läßt jede Erfahrung stumpf werden. Mit meinem Geld kaufte ich die Zurschaustellung dieses Körpers, und dieser Körper – jeder Zoll davon – war mir zu vertraut geworden. In unserer kleinen Peep-Show bekam ich nicht mehr den Wert, der mir für mein Geld zustand.
Ich glaube, ich habe bereits gesagt
Ja, ich habe es gesagt. Daß sich mein Körper in diesem Augenblick zwar anfühlte, als sei er eben erst von Torquemadas Folterbank heruntergekommen, daß ich aber in einer triumphierenden Stimmung war.
Zum Feiern aufgelegt. Das war es.
Also würde es eine Feier geben. Von langer Hand geplant. Eine Party, die nun einfach fällig war.
Ja.
Ich sagte zu Lorena: «Du kannst ohne mich mit der Arbeit anfangen. Ich muß mich erst mal waschen.»
Ich schloß ihr das Turmzimmer auf. Ich ging den Gang runter ins Bad, um mich gründlich zu säubern. Dusche und Seife, eine Geste der Höflichkeit ihr gegenüber. Dann in einen Bademantel. Frotteestoff, nicht sehr eindrucksvoll. Aber der richtige Aufzug für diese Party. Im Schlafzimmer zählte ich das erforderliche Geld ab und steckte es in die Tasche.
Als ich ins Arbeitszimmer kam, saß sie, immer noch voll angezogen, bequem in einem Sessel. Ich blickte mit Mißfallen auf sie herab, sie blickte mit Mißfallen auf meinen Bademantel. «Wollen Sie so hier rumsitzen?» fragte sie vorsichtig.
«Wieso denn nicht, spricht irgendwas dagegen?»
Ihr Gesicht verriet, daß aus ihrer Sicht einiges dagegen sprach, aber nach kurzem Zögern ging sie achselzuckend darüber hinweg. Dieser kaputte Whitey war ja nur ein harmloser alter Spanner, nur Augen, sonst nichts. Ich saß hinterm Schreibtisch und sah zu, wie sie ihre Schuhe wegschleuderte und sich dann gleichgültig auszog.
Vielleicht

Nur eine Vermutung.
Vielleicht war auch ihr eigenes Interesse an diesem Spiel durch die Vertrautheit stumpf geworden. Oft genug belebte sie das Ganze dadurch, daß sie eine geistreiche Striptease-Parodie hinlegte. Diesmal waren es allerdings rein mechanische Bewegungen.
Ich holte die Geldscheine aus meiner Tasche und forderte sie mit einer einladenden Bewegung auf, an den Schreibtisch zu kommen. Eine kleine Abwandlung der gewohnten Prozedur. Abgesehen vom ersten Mal, war die Bezahlung immer zum Schluß erfolgt. Sichtlich mißtrauisch bewegte sie sich auf den Schreibtisch zu. Sie ließ sich Zeit damit, aber Geld, Geld, Geld war ein unwiderstehliches Lockmittel. Schon der Anblick, wie es ausgebreitet auf dem Schreibtisch lag. Wie es sich jedesmal anfühlte, wenn sie es einsammelte, es sorgfältig zusammenfaltete und es nicht etwa in eine Tasche dieser Jeans sondern unter den Gummizug ihres Höschens steckte, wobei ihre Hand vor meinen Augen einen Moment lang verschwand und den Schatz dort unten in die Mitte rückte, wie um diese jungfräulichen Lippen damit abzuschirmen.
Ein kluges Versteck natürlich. Natürlich. Aber was für ein Netzwerk an Psychotheorie könnte doch der große Sigmund, der Urheber aller Weisheit, aus diesem Beispiel an gesundem Menschenverstand knüpfen, nicht wahr?
O ja, in der Tat.
Das Geld.
Ich breitete es langsam auf der Schreibtischplatte aus, wie die Karten bei einer Patience. Eine zwei drei vier fünf Zehndollarnoten. Dann eine Fünfdollarnote als Lohn für ihre filmreife Imitation einer Bibliothekarin.
Ihre Hand näherte sich dem Schreibtisch, und ich scheuchte sie mit einer Handbewegung weg. Sie kniff die Augen noch mehr zusammen, als ich diese teure Patience mit einer zweiten Reihe Karten fortsetzte.
Einhundertundzehn Dollar lagen damit auf dem Tisch. Marguerites Schatzkästchen.
Lorena war nicht blöd. Sie deutete mit dem Finger. «Wieso so viel?»
Ich erklärte es ihr. Furchtbar prüde, wie ich es ausdrückte,

das ist mir klar. Aber mit dem Wort Fellatio könnte kein Bulanga der Witter Street etwas anfangen. Und obwohl ich ein paar Ausdrücke aus der Gosse kenne, brachte ich es nicht über mich, sie auszusprechen, auch nicht in diesem überhitzten Augenblick. Prüde war die einzige Möglichkeit. Ich sagte: «Ich drück es mal ganz drastisch aus, Kleine. Ich möchte, daß du mich mit dem Mund liebst.»

Sie schien bestürzt. Das war nicht gespielt. Sie war echt bestürzt, aber ich hatte deswegen keine Skrupel. Die Gefahr, daß sie der Welt von meiner Verderbtheit berichten könnte, war längst vorbei.

Es dauerte eine ganze Weile, bis sie sich wieder gefaßt hatte. Dann sagte sie: «Mann, Sie wollen, daß ich Ihnen einen blase?»

Ich deutete auf das Geld. «Du bekommst jedesmal den doppelten Lohn, Lorena.»

Komisch.

Sehr komisch, wenn ich's mir heute überlege, aber ich dachte damals keinen Augenblick daran, daß ich möglicherweise gar nicht in der Lage war, meinen Mann zu stehen.

Wenn Lorena mitmachte, war ich bereit. Verfaulende Lungen? Krebs im ganzen Leib? Priap konnte das nicht beeindrucken.

Es hatte etwas Widersinniges, daß Lorena, die splitternackt vor mir stand und alles zeigte, was sie hatte, nun plötzlich ihre moralische Gesinnung hervorkehrte. «Mann», sagte sie, «Lutschen ist bei mir nicht drin. Das gilt sogar für meinen Freund. Und ganz bestimmt für einen alten Mann wie Sie.»

«Weißt du eigentlich, wieviel Geld das ist, Lorena? Weißt du, wieviel das in nur einer Woche macht? Wenn du an drei Tagen kommst?»

Sie verriet sich durch einen kurzen Blick auf das Geld. Sie wußte ganz genau, wieviel es war. Als sie mich ansah, war deutlich, daß sie mit der Versuchung kämpfte.

Sie wand sich. Quälte sich.

«Hab's noch nie getan», sagte sie mürrisch. «Woher soll ich wissen, was ich tun muß?»

Ich hatte es auch noch nie getan, aber ich wußte, was sie zu tun hatte.

Sie tat es.
Auf den Knien – dieser Anblick zwischen meinen gespreizten Beinen hätte selbst den Heiligen Antonius direkt in die Hölle fahren lassen – und mit Lippen, speichelndem Mund, schwer arbeitender Zunge.
Es gefiel ihr nicht.
Ihre Hände
Sie ließ die Hände weg, die Finger zierlich eingerollt, die Handflächen rosig schimmernd. Faszinierend. Mund ja, aber sonst keine Berührung.
Es gefiel ihr nicht, also ergoß ich mich nicht in ihren Mund. Die Reaktion hätte allzu heftig ausfallen können. Als der Augenblick kam, stieß ich sie grob zurück. Überraschte sie, so daß sie fast auf den Hintern fiel. Aber auch so lief ihr der Samen über die Schulter, über die eine Brust.
Alle diese Phantasien aus fünfzig, fünfundfünfzig Jahren – in einem einzigen Augenblick herausgestoßen.
Sie blickte an sich herab, sah, was geschehen war, und reagierte mit einem undefinierbaren Knurren. Ging hastig ins Bad. Kam nach langer Zeit wütend zurück. Wich meinem Blick aus. Nahm das Geld und zog sich an, mit starrer Miene und abgewendetem Gesicht.
Dann – unberechenbare Bulanga – blieb sie im Hinausgehen vor dem Schreibtisch stehen und fegte mit einer weit ausholenden Armbewegung alles zu Boden, Telefon, Papiere, Federhalter, antike Messinglampe, deren Birne beim Aufprall am Boden zersprang.
Sie starrte mich herausfordernd an.
Ein böser Augenblick. Gewiß. Früher einmal hätte Charles Witter Kirwan im Angesicht dieses häßlichen kleinen Wutausbruchs den Mut verloren. Jetzt nicht mehr. Der fast tote Charles Witter Kirwan reagierte anders.
Ich sagte absolut ruhig: «Ich will dir entgegenkommen und das nicht von deinem Lohn abziehen. Ich seh dich dann am Montag wieder. Zur üblichen Zeit.»
Das überraschte sie; diese kühle Autorität hatte sie Old-Whitey nicht zugetraut. Ich glaube, es war ein richtiger Schock für sie.

Ich rechne damit, daß sie am Montag zur üblichen Zeit erscheint. Morgen. Ich bin mir sogar sicher.
Das ist alles.
Nein.
Die Natur. Die natürliche Ordnung innerhalb der menschlichen Gesellschaft.
Lassen wir das.

John Milano

Gracie MacFaddens gelegentliche Samstagsfeten begannen spät am Abend und liefen, soweit Milano das je feststellen konnte, bis zum Morgengrauen am Montag, so daß der Rest der Hollywoodclique eben noch den Lumpensammler an die Westküste erreichte und dort rechtzeitig zu einem späten Frühstück einflog.
Immer eine große Menschenmenge und eine hektische dazu, aber bei der Anzahl und Größe der Räume in der obersten Etage des Wohnhotels und im darüberliegenden Penthouse war das leicht zu verkraften. Broadway und Beverly Hills überwogen, und die allermeisten bevorzugten den schicken Schlamper-Look. Mittelmäßiges Essen in Hülle und Fülle, ein Heer von Flaschen mit exzellentem Inhalt, reichlich Gras von guter Qualität und sogar eine Ecke für Kokser, in Gracies Ankleidezimmer versteckt. Zwei Hausherren und Gastgeber waren zugegen: ein Colonel Blimp, mit Tränensäcken unter den Augen und schneeweißen Haaren, in Seglerjacke und Halstuch, und ein erheblich jüngerer lateinamerikanischer Typ mit härteren Gesichtszügen. Beide wurden von Gracie in ihren freundlichen Stimmungen mit Mac angeredet, in ihren anderen Stimmungen mit MacFadden. Kam man auf ihr Verhältnis zu den beiden zu sprechen, sagte sie rundheraus, das gehe andere einen Scheißdreck an.
Wahr.
Disco war das Zauberwort, und der blanke Fußboden im Penthouse war eigens dafür hergerichtet worden, doch in den mit dicken Teppichböden belegten Räumen im Stock darunter hießen die Attraktionen – neben ein bißchen Sex bei gedämpftem Licht – Poker und Backgammon. Milano, hundemüde und gereizt, setzte sich zu den Barracudas an Gracies Pokertisch, spielte mit einem hirnverbrannten

Leichtsinn, wußte das auch ganz genau, brachte aber nicht die Willenskraft auf, seine Taktik zu ändern und mit Köpfchen zu spielen. Daß er nichts anderes in den Magen bekam als ein paar Scheiben in verwelkte Salatblätter gewickeltes vertrocknetes Roastbeef, die er mit seinem puritanischen Perrier und Limettensaft hinunterspülte, half auch nicht gerade. Nur durch irres Glück – ein sonst schwaches Blatt auf seiner Hand sorgte mit magnetischer Kraft dafür, daß er die richtigen Karten dazukaufte und plötzlich bärenstark war – schaffte er sich noch einmal aus dem Keller. Als er um vier Uhr morgens seine Chips einlöste und wieder einigermaßen eben war, hatte er das Gefühl, daß Gracie froh war, ihn gehen zu sehen. Du kannst noch so sehr mit Köpfchen spielen, sagte sie ihm zum Abschied, aber gegen dämliches Glück kommst du nicht an.

Auch wahr.

Als er die Tür zu seiner Wohnung aufschloß, hörte er sein Telefon klingeln.

Christine Bailey sagte: «Die ganze Zeit schon ruf ich Sie an, alle halbe Stunde.»

«Hab ich nicht gesagt, Sie sollen morgen früh anrufen?» fragte Milano.

«Es ist morgen früh. Glauben Sie denn, nach dem, was Sie gesagt haben, hätte ich noch einschlafen können? Nach allem, was geschehen ist?»

Ob da nun eine Baumwollpflückerin oder eine normale New Yorkerin sprach, es war jedenfalls eine bemerkenswerte Stimme. Milano setzte sich in seinen Lieblingssessel, zog die Schuhe aus und lehnte sich zurück. «Was soll ich denn gesagt haben?» fragte er. «Und was ist schon geschehen?»

«Die ganze Sache mit Lorena, die Sie mir nicht zu Ende erzählt haben. Und nur weil ich Sie nicht gleich in die Wohnung reingezerrt habe, waren Sie sauer und sind weggelaufen.»

Das kam der Sache nahe genug, um wehzutun. «Na ja», sagte Milano, «wenn es so deutlich wird, daß ich unerwünscht bin –»

«Eben. Lassen wir also die geistreichen Sprüche und stellen mal fest, was Sache ist. Ich bin nicht Teil dieses Tauschge-

schäfts, Milano. Ich als Person. Da läuft gar nichts. Haben Sie das?»
«Wirk ich so bedrohlich auf Sie?»
«Hören Sie schon auf, mich anzumachen, Milano. Bleiben wir beim Geschäftlichen. Ich will wissen, was mit Lorena ist. Wo kommt Ihrer Meinung nach das Geld her, das sie ausgegeben hat? Wieviel, schätzen Sie, ist es denn gewesen?»
Er versuchte sich im Kopfrechnen. «Hundertfünfzig vielleicht, oder zweihundert. Aber wie gesagt, sie hat nichts geklaut, auch da nicht, wo es kinderleicht gewesen wäre. Sie werden's nicht gern hören, Bailey, aber die Kleine verkauft irgendwas. Irgendwas, mit dem viel Geld zu verdienen ist.»
Er brauchte es nicht auszusprechen. Christine sagte: «Aber sie weist kein Anzeichen auf, nicht das geringste –»
Milano unterbrach sie: «Ich hab ja nicht gesagt, daß sie das Zeug selber benutzt, oder? Wie Sie sagen, hin und wieder einen Joint vielleicht, das ist auch schon alles. Aber das eine hat mit dem anderen nichts zu tun. Ob es nun Pillen sind oder sonst was.»
Schweigen. Dann sagte Christine: «Verdammte Scheiße.» Wieder Schweigen. Als sie dann endlich weiterredete, hörte sie sich wirklich an, als stehe sie mit dem Rücken zur Wand. «Eins steht fest. Wir können das nicht auf sich beruhen lassen, Milano.»
Wir.
Aber ihr Tonfall ließ es ihm nicht geraten erscheinen, jetzt den Klugscheißer zu spielen.
«Wie sieht ihr Stundenplan in der Schule aus?» fragte Milano. «Wann ist sie zu Hause, wann arbeitet sie?»
«Meine Mutter könnte das beantworten.»
«Weiß sie auch etwas über ihre Freundinnen und Freunde aus der Schule oder in der Nachbarschaft, über ihre Aktivitäten in irgendwelchen Klubs oder Vereinen – all diese Dinge?»
«Eine ganze Menge. Mama möchte immer alles wissen, was mit uns zu tun hat. Das ist es ja, was sie im Moment so schlaucht. Daß sie nicht –»
«Na also. Ich möchte mal mit ihr persönlich sprechen. Ohne daß die Kinder dabei sind. Läßt sich das rasch machen?»

«Also, die haben Karten für eine Vorstellung im Palladium heute abend, da werden sie so gegen Mittag aufbrechen. Und um die Zeit kann Mama von der Kirche zurück sein, wenn ich ihr vorher am Telefon Bescheid sage. Von da an wäre also den ganzen Tag Zeit für ein persönliches Gespräch.»
«Gut, ich hole Sie mittags ab», sagte Milano und konnte es sich nicht verkneifen, hinzuzufügen: «Ich werde nicht raufkommen. Das Treppenhaus kenne ich ja schon. Ich klingle dann einfach unten an der Haustür.»
Sie lachte.
Tatsächlich. Zwar nur ein kurzer und unfreiwilliger Heiterkeitsausbruch, aus einer trübseligen Stimmung heraus, aber es war dennoch ein ehrliches Lachen.
Wieder ein paar gewichtige Punkte.
Dann kam Milano eine Idee. «Fast hätt ich's vergessen», sagte er. «Sie haben sonntags doch eine Matinee, nicht?»
«Keine Vorstellungen diesen Sonntag. Vielleicht nie mehr. Punkt. Aus.»
«Ihr habt Schluß gemacht, einfach so?»
«Nicht direkt. Hören Sie, worauf es jetzt ankommt –»
«Ich weiß», sagte Milano. Es gab keinerlei Anzeichen dafür, daß sie ihn am Abend vorher im Publikum erkannt hatte, also zum Teufel mit den Skrupeln. «Aber lassen Sie mich mal raten, ich kann das normalerweise ganz gut: Sie hatten endgültig die Nase voll davon, daß sich diese Wie-heißt-sie-doch-gleich, diese Tamar, ständig in den Mittelpunkt spielt, und da haben Sie Ihre Zurückhaltung aufgegeben und losgelegt. Und da es Tamars Ball ist, läßt sie keinen mehr damit spielen, solange Sie nicht sagen: tut mir schrecklich leid.»
Wieder folgte eine dieser Christine-Bailey-Pausen, dann endlich: «Waren Sie gestern abend da, Milano?»
«Nein. Warum?»
«Weil ich – ach, vergessen Sie's. Aber im Raten sind Sie gar nicht schlecht. Lassen wir's jetzt dabei.»
«Sicher. Werden Sie denen sagen, daß es Ihnen leid tut?»
«Das ist ja wohl mein Problem, oder? Also dann, bis gegen Mittag.»
Kluges Mädchen. Frau. Person. Mädchen. Kluges Mädchen,

aber sie hatte es mit einem Mann zu tun, der noch eine Stunde vorher einen Flush eingekauft und damit zwei Mitspieler ausgestochen hatte, von denen der eine einen König-Straight direkt auf die Hand bekommen hatte, während der andere drei Asse dagegenhielt. Offensichtlich hatte er das Schicksal auf seiner Seite.

Um halb zwölf stopfte er sich von Pacificas Geld zweitausend Dollar in die Tasche und ging in die Tiefgarage des Wohnhotels, um seinen Mercedes zu holen. Ein wunderschönes Auto – ein 450 SLC, königsblau –, das Maxie Rovinsky immer in einem besonderen Bereich der Garage parkte, neben ein paar anderen Prachtexemplaren wie Gracie MacFaddens Rolls. Dagegen war Milanos Zweitwagen, ein alltäglicher Toyota, ins innerste Dunkel verbannt. Milano stieg in den Mercedes, entschied sich aber nach kurzem Nachdenken doch für den Toyota. Er hatte das unbehagliche Gefühl, wenn er jetzt mit dem Großen vor der Tür der Dame vorfuhr, dann würde das nach Angeberei aussehen. Der stolzierende Pfau. Materielle Werte und so, wo doch der Verdächtige in diesem Fall und nicht der Privatdetektiv im Brennpunkt des Interesses stehen sollte. Jedenfalls mochte Christine dieser Ansicht sein.

Tatsache war, daß ihn dieser Fall der jedermanns Nerven strapazierenden kleinen Schwester und ihres geheimnisvollen Wohlstands immer mehr interessierte. Wenn sie nicht klaute, dann dealte sie. Eindeutig. Aber es bereitete ihm Unbehagen, sich ein schwarzes Schaf in dieser Familie vorzustellen, nach allem, was er von ihr gesehen und sich zusammengereimt hatte. Und die Kleine selbst hatte während der Beschattung keinerlei Anzeichen eines gerissenen Straßenkindes gezeigt. Und warum übernahm sie, die doch offensichtlich direkt unter dem Geldbaum lebte, auch nur für ein paar Stunden die Woche einen langweiligen Job im Nachbarhaus, der ihr allenfalls ein paar lumpige Dollar einbrachte?

Ein Ärgernis.

Wie sich nachher, als Christine zugestiegen war, herausstellte, verlor sie kein Wort über das Auto. Oder über irgend etwas anderes. Krümmte sich auf ihrem Sitz zusammen, als friere sie von innen heraus, und behielt ihre Gedanken für sich. Milano ließ sie gewähren, bis sie ein gutes Stück hinter sich hatten, und bemerkte dann: «*Two Stops Before The End Of The Line.*»

«Was?»

«Das Theaterstück. Machen die wirklich Schluß damit?»

«Schon möglich. Oder sie ersetzen mich durch eine andere. Die nächsten Tage ist alles in der Schwebe. Und es geht nicht darum, daß ich mich entschuldige. Das letzte Wort von Tamar war: entweder sie oder ich. Ganz einfach. Die eine oder die andere. Wenn es also weitergeht, dann vermutlich ohne mich.»

«Ah ja. Wieviel hat die Produktion eigentlich gekostet?»

«Vier-, fünfhundert die Woche. In guten Wochen.»

«Und das alles von Tamars Daddy?»

«Sie ist sein ein und alles, sein Goldmädchen», sagte Christine, nicht ohne Bitterkeit.

Milano gab sich Mühe, sehr behutsam vorzugehen. «Und diese Autorin – diese Pearl – und der Regisseur mögen dieses Arrangement so wenig wie Sie, aber es geht nun mal nicht anders, ist das richtig?»

Christine musterte ihn mißtrauisch. «Und wenn schon? Was hat es mit Ihnen zu tun?»

«Gute Frage. Ich möchte mich nämlich in diese Produktion einkaufen. Sagen wir mal, zweitausend für den Anfang. Das wären weitere vier bis fünf Wochen. Wenn es sich gut anläßt, ist noch mehr drin. Natürlich ist Tamars Daddy weg vom Fenster. Tamar selbst vielleicht auch, wenn sie die Kurve nicht kriegt.» Er klopfte auf seine Tasche. «Das Kapital ist hier und wartet auf seinen Einsatz.»

«Das können Sie gleich wieder vergessen.»

«Herrgott», sagte Milano, «wie kann man nur so unbeweglich sein. Überlegen Sie doch mal. Als ich Ihnen sagte, was ich von der Produktion halte –»

«Sie haben keine Meuterei angezettelt, Milano. Sie haben nur ausgesprochen, was ich schon lange denke und was mich vom ersten Probentag an gestört hat. Für das, was jetzt passiert ist, sind Sie mir nichts schuldig.»

Keine Frage, sie verstand es immer wieder, zu kontern.

«Na schön», sagte Milano, «dann denken Sie mal an folgendes: Dieses Stück wird möglicherweise abgesetzt. Ich finde, es sollte auch künftig gespielt werden. Warum soll ich dann meine Überzeugung nicht mit Geld untermauern?»

«Weil ich meinen Teil unseres Tauschgeschäfts ohne Ihr Geld abwickeln will. Begreifen Sie doch, Mann, wenn Sie plötzlich daherkommen und diese Produktion finanzieren, da fragt sich doch keiner mehr, warum. Dann ist doch allen klar, Herrgott noch mal, daß ich die Beine für Sie breit mache. Ich würde gar nicht erst versuchen, es abzustreiten, so sinnlos wäre das. Und ich hab keine Lust, mit solchen Vorstellungen zu leben. Einfach genug?»

«Ich hab da meine Zweifel», sagte Milano. «Angenommen, ein gutverdienender Schwarzer aus Harlem oder Bed-Stuy würde Ihnen sagen, er wolle diese Produktion finanzieren? Könnten Sie damit leben?»

Keine Antwort. Erst zwei Querstraßen und eine Ampel später sagte Christine: «Glauben Sie mir, Milano, wenn ich Ihnen darauf eine ehrliche Antwort gebe, werden Sie nicht begeistert sein.»

Milano konnte seinen aufsteigenden Zorn nicht ganz unterdrücken. «Stört es Sie, wenn ich Ihnen sage, daß ich dieses ganze Rassentheater langsam satt habe? Schwarz, weiß und alles dazwischen?»

«Stört es Sie, wenn ich Ihnen sage, daß ich Ihnen in diesem Punkt dreiundzwanzig Jahre voraus habe?» sagte Christine.

Wieder einer dieser geschickten Konter, auf die es nur eine aufrichtige und passende Reaktion gab: einen raschen Tritt in den Hintern.

Man stelle sich vor, mit was für einem Fall dann die NAACP vor Gericht ziehen könnte.

Trotz der Versicherung, daß Lorenas Mama ihre Tochter eng überwache, wunderte sich Milano kaum über die Erkenntnis, daß die Überwachung nicht ganz so eng war. Aber das Wesentliche bekam er heraus. Lorena machte sich jeden Morgen um halb neun auf den Schulweg, und sie war eine ganz gute Schülerin. Sie mußte jeden Abend Punkt elf Uhr im Haus sein – ein Herumlungern auf den Treppen draußen wurde danach nicht mehr geduldet; so war es auch schon bei Christine und den Jungs gehandhabt worden, und es gab in dem Punkt nicht viel Ärger mit ihr. Nicht zuviel.

Und tatsächlich war auch ein Stundenplan vorne auf Lorenas Schulheft geklebt. Milano nahm sich ein Blatt aus Lorenas Schnellhefter und schrieb sich den Stundenplan ab, während Mama nachdachte und wichtige Dinge – neben interessanten, unwichtigen – zutage förderte. Lorena aß abends meistens mit der Familie. Ja, sie mußte das Abendessen rechtzeitig auf den Herd stellen, wenn ihre als Hausangestellte arbeitende Mutter einen ihrer langen Tage hatte. Manchmal ging sie auch mit Freundinnen aus, in eins dieser chinesischen oder jamaikanischen Schnellrestaurants in der Flatbush Avenue; weiß der Herr, was für einen Plunder sie dort in sich hineinstopfte.

Nein, bei allem, was das Kind über einen Jimmy erzählte, der ihr Dinge kaufe, gab es nicht die kleinste Spur von einem solchen Jimmy. Wenn man zu sehr in sie drang, wurde sie richtig verstockt und drohte, sie werde abhauen und nie wiederkommen. Und vielleicht würde sie es wieder tun, wie schon zweimal vorher. Jetzt, wo sie all das Geld hatte, war es sogar noch leichter. Daddys verwöhnter Liebling, bis er starb; als sie den Schmerz damals verwunden hatte, da fing es an, seither spielt sie die Hochnäsige.

Sicher, auch Christine hier war nicht immer ein braves Lämmchen.

«Der Mann fragt nicht nach mir, Mama», sagte Christine. «Ich bin's ja nicht, die deinem Kreislauf zusetzt. Erzähl ihm nur von Lorena, alles was du kannst.»

Was gab es da sonst noch zu erzählen? Ach ja, Montag und Mittwoch und Freitag arbeitete sie je eine Stunde für den alten Dr. Kirwan nebenan. Hausherr hier, wohnte aber im alten Haus der Familie.

«Doktor?» sagte Milano.

«Dr. phil.», sagte Christine. «Dr. Charles Kirwan. Hat früher drüben im Borough College unterrichtet. Ist jetzt im Ruhestand.»

«Ein netter Mann», schwärmte Mrs. Bailey. «Wirklich nett.»

«Mama», sagte Christine, «er ist ein verdammter Geizkragen. Sieh dir bloß dieses Haus hier an. Er ist so geizig, daß

er nicht mal mehr einen Hausmeister einstellt. Und wenn du dir seine riesige Luxusvilla da drüben ansiehst, dann weißt du, wozu er deine Miete braucht.»
«Der Mann hat Probleme», sagte Mrs. Bailey unbeeindruckt. «Ein kranker alter Mann. Mit erbärmlichen Schmerzen in allen Knochen. Und wenn man bedenkt, wie schwer damals die arme Miss Florence leiden mußte –»
«Himmel Herrgott», sagte Christine laut, «nenn sie nicht Miss Florence! Die Frau hieß Mrs. Kirwan! Du brauchst nicht gleich Butterfly McQueen zu spielen, nur weil du all die Jahre für sie eingekauft und dich abgehetzt hast, und das für ein Spottgeld!»
«Du sollst nicht so fluchen, Christine, schon gar nicht heute, am Sonntag. Und dieser alte Mann hat heute nichts mehr außer diesem Haus. Keine Familie mehr, Freunde lassen sich nicht mehr blicken. Wenn du weiter so fluchst, geht's dir später mal wie ihm.»
«Jedenfalls heißt das», mischte sich Milano, der Friedensstifter, ein, «daß Lorena morgen nach der Schule ins Nachbarhaus geht. Wann etwa?»
«Um halb vier», sagte Mrs. Bailey. «Erst kommt sie nach Hause, um sich frisch zu machen, dann da rüber, bis halb fünf.»
«Sie scheint ihn ja zu mögen», sagte Milano. «Warum würde sie sonst für ihn arbeiten, wo sie doch all das andere Geld hat?»
«Weil er ein netter alter Mann ist», beharrte Mrs. Bailey. «Wenn Sie hören, was Christine so über den einen oder den anderen sagt, dann hören Sie ein altes Lästermaul.»
Christine lehnte sich auf ihrem Stuhl zurück, machte die Augen zu und ließ ein tiefes, kehliges Knurren hören.
Milano fiel es schwer, das Gespräch vorzeitig zu beenden, aber der Dominoeffekt trieb ihn voran. Lorena Bailey, Wim Rammaert, Pacifica, und am Ende des Effektes etwa eine Viertelmillion Dollar. «Kann ich mal telefonieren?» fragte er.
«In dem einen Schlafzimmer», sagte Mrs. Bailey. «Auf dieser Seite des Ganges.»
Es war das Schlafzimmer der Damen, durch dessen offenes Fenster das Reich des Hausherrn über dem Hof zu sehen

war; die Vorhänge an den Turmfenstern waren zugezogen. Mindestens ein Dutzend Räume in diesem Gebäude, und nur ein kranker alter Mann, der mit seinem rasselnden Atem die Leere füllte.
Er wählte Shirley Glass' Privatnummer.
«Johnny», sagte sie, «nichts Geschäftliches heute. Bitte. Ich hab die ganze Familie hier.»
«Sie können das von zu Hause erledigen. Ich brauche gleich morgen früh jemanden für eine Überwachung. Einen» – er redete leiser – «Schwarzen, verstehen Sie?»
«Wir haben Lee Meecham.»
«Zu alt. Ich brauche einen Jungen. Ich meine, ich hätte da einen im Büro gesehen. Stämmiger Typ, mit einem Ohrring. Ist der nur mit Schreibkram beschäftigt, oder weiß er auch sonst Bescheid?»
«DeLong Heywood. Der weiß Bescheid.»
«Und dann noch einen, gleiches Alter, gleiches Kaliber», sagte Milano. «Keine großen Entfernungen, aber für ein paar Tage wird's eine Doppelschicht.»
«Die gleiche Hautfarbe?» fragte Shirley.
«Richtig.»
«Ein zweiter Mann ist nicht da, Johnny. Aber ich hab da ein Mädchen in der Stenogruppe, die scharf drauf ist, mal rauszukommen: Gracella Smith. Clever, sechsundzwanzig, sieht aus wie achtzehn. Aber Sie kennen ja Willie.»
«Ich pfeif auf Willie. Und eine Frau ist sogar besser. Sagen Sie den beiden nur, ich erwarte sie morgen früh um acht am U-Bahnhof der Linie D in der Church Avenue. Ich werde am Eingang stehen. Haben Sie das?»
«Ja. Die Kosten trägt Pacifica?»
«Was dachten Sie denn?»
«Ich dachte, wenn Willie hört, daß es um Pacifica geht, ist er im Augenblick für alles zu haben. Dieser Grassie – das ist der Besitzer der Bilder – hat ihn am Freitag persönlich angerufen und ihm Dampf gemacht. Hat ihn zudem wissen lassen, daß die Polizei in San Francisco überzeugt ist, die Bilder werden nach New York geschleust, wie schon letztes Jahr einige, die aus einem Museumseinbruch da draußen stammten. Und wenn die Polizei in New York –»

«Nichts gegen die Polizei in New York, meine Liebe, aber im Augenblick sind wir denen immer noch weit voraus. Soll Willie doch ruhig ein bißchen schwitzen. Wird ihm guttun.»
«Mir aber nicht.» Shirleys Tonfall änderte sich. «Johnny, da ist noch eine andere Sache. Wenn's Ihnen nichts ausmacht. Helen Monahan.»
Ach ja. Monahan, die traurige, krötenähnliche Sekretärin, vor kurzem erst rausgeschmissen. «Was ist mit ihr?» sagte Milano vorsichtig.
«Sie dachte, sie könnte irgendwelche Bürojobs für ein paar Stunden am Tag bekommen, aber da geht nichts. Und sie kann ihren Mann nicht den ganzen Tag allein lassen, so hilflos ist er inzwischen. Wenn Sie also jemand auftreiben würden, der gelegentlich eine Bürokraft braucht –»
«Ich soll jemand auftreiben? Also wirklich, Shirl, es gibt die soziale Fürsorge mit allen möglichen Programmen, für die wir eine Menge Steuern zahlen.»
«Johnny –»
«Schon gut, schon gut. Sie gehen her und belasten Pacifica noch einmal mit dreitausend Spesen für mich, und die geben Sie ihr. Sagen Sie ihr aber, sie soll nicht den Fehler machen, Willie dafür zu danken.»
«Johnny, Sie sind schwer in Ordnung, und ich – o je, fast hätt ich's wieder vergessen. Ihren Geburtstag letzte Woche. Vor lauter –»
«Mein Geburtstag ist jetzt nicht wichtig», schnitt Milano ihr das Wort ab. «Da ist aber noch was. Es könnte sein –»
Blink
Blitz
Ein Lichtblitz vom oberen Fenster in diesem Turm gegenüber. Ganz kurz der blendende Schimmer von reflektiertem Sonnenlicht, und fast noch im selben Augenblick ein zweiter Schimmer von reflektiertem Sonnenlicht. Dann nichts mehr. Der Vorhang dort war zugezogen, aber er schien sich noch zu bewegen, sich erst langsam zu beruhigen.
«Johnny?» sagte Shirley Glass.
«Jaa. Entschuldigung. Also, es könnte sein, daß von der Erasmus High School diese Woche eine telefonische Nachfrage wegen einer Lorena Bailey kommt, und ich –»

«Noch eine Bailey?»
«Die kleine Schwester. Und ich möchte, daß Sie mein Spiel mitspielen. Sie gilt als eine aussichtsreiche Bewerberin um einen Platz in Watrous Associates' Schulungsprogramm für verdienstvolle Jugendliche, im Sommer. Ich bin der Verantwortliche für dieses Programm. Das ist alles, was Sie brauchen. Und sorgen Sie bitte dafür, Shirley, daß Ihr Gespann Heywood & Smith morgen früh pünktlich am Treffpunkt ist.»
Er legte den Hörer auf, blickte mit zusammengekniffenen Augen zu dem Turmfenster hinüber.
Ein Fernglas? Er sah sich im Schlafzimmer um. Lichtverhältnisse nicht besonders, aber ausreichend. Lorena am Fenster dort, Mama hier, nach den Pillenfläschchen auf dem Nachttisch zu urteilen. Bis vor kurzem hatte höchstwahrscheinlich Christine in diesem Bett am Fenster geschlafen, und Mama hatte das Vorrecht gehabt, auf einer Schlafcouch im Wohnzimmer zu nächtigen.
Milano ging ins Wohnzimmer zurück. Irgend etwas war zwischen den Damen vorgefallen, denn Mama sah nun müde aus, und Christine wirkte irgendwie konfus. Verwundbar. Zum erstenmal hatte sie diese Seite ihres Wesens erkennen lassen. Sie sah sehr reizvoll aus in ihrer Verwundbarkeit.
Milano sagte: «Ich habe eben die Vorkehrung dafür getroffen, daß die Kleine ein paar Tage lang ständig überwacht wird. Es geht auch noch länger, wenn's sein muß. Und Sie beide werden das dadurch unterstützen müssen, daß Sie sich geschickt verhalten. Das heißt, Sie dürfen sich Lorena gegenüber nichts anmerken lassen. Verstanden?»
«Ja», sagte Christine mit einem Blick auf ihre Mutter, die bekümmert nickte.
«Da ist noch etwas», fuhr Milano fort. «Lassen Sie Lorena wissen, daß Sie sich bei mir nach einer Bürotätigkeit für sie im nächsten Sommer erkundigt haben. Beispielsweise in einem sommerlichen Schulungsprogramm für Jugendliche, das meine Firma veranstaltet.»
Christine runzelte die Stirn. «Wieso denn das?»
«Sagen wir, es soll einer etwas dürftigen und nicht sehr überzeugenden Geschichte Wahrscheinlichkeit hinzufügen.»

«Wahrscheinlichkeit verleihen», korrigierte Christine mechanisch, und als Milano für den Bruchteil einer Sekunde stutzte, sagte sie: «Klar, Mann, ich hab in *Mikado* mitgespielt. Schlitzaugen waren kein Problem. Die Ophelia haben sie mir allerdings noch nie angeboten.»
Das mit der Verwundbarkeit hielt bei ihr jedenfalls nicht lange an.
Wenn du dich an die lange genug hältst, sagte sich Milano, wirst du am Ende noch bei einer Demonstration mitmarschieren.
Er sagte: «Nun, Sie erzählen ihr das jedenfalls. Jetzt gibt es da noch ein paar Dinge, die ich über Ihren Hausherrn wissen möchte. Hat er die Angewohnheit, seine Mieter durch das Fernglas zu beobachten?»
«Fernglas?» sagte Christine.
«Feldstecher.» Milano tat so, als suche er mit einem Feldstecher das Zimmer ab.
Mrs. Bailey schien schockiert. «So was hab ich noch nie gesehen. Und Christine auch nicht, sonst hätte sie mir was gesagt.» Sie wandte sich an ihre Tochter. «Das hättest du doch getan?»
«Wahrscheinlich», sagte sie, und an Milano gewandt: «Haben Sie ihn dabei ertappt?»
«Möglich, aber ich kann's nicht beschwören. Aber lassen Sie mich noch was anderes fragen. Sie arbeiten doch bei ihm, nicht wahr, Mrs. Bailey?»
«Jeden Dienstag. Tu halt, was ich kann. Er ist ja blitzsauber, der Mann, da bleibt vor allem Abstauben und Bad und Küche.»
«Gewiß. Aber haben Sie in all den Jahren, die Sie ihn kennen, irgendwann einmal den Eindruck gewonnen, daß er viel Geld im Haus aufbewahrt? Bargeld?»
«Im Haus? Nein –», Mrs. Baileys Augen weiteten sich. «Ja, glauben Sie vielleicht, daß Lorena –»
«Ihn bestiehlt?» sagte Christine ungläubig.
«Das hab ich nicht behauptet», wehrte sich Milano.
«Spielen Sie bloß nicht den Naiven, Milano. So wie Sie es gesagt haben – worauf wollten Sie denn sonst hinaus?»
«Auf die kleine Chance, die ja immerhin besteht. Sie arbeitet

in seinem Haus und hat vielleicht Zugang zu allen Räumen. Er scheint recht exzentrisch. Da ist der Gedanke ja wohl nicht so abwegig.»
«Bei seiner Einstellung zum Geld?» sagte Christine. «Dem schäbigen Geizkragen könnte man nicht einmal fünf Cent klauen, ohne daß er's merkt. Geschweige denn ein paar hundert Dollar die Woche.»
«Nun gut», sagte Milano, «ich habe gefragt, Sie haben mir geantwortet.» Er warf einen Blick auf seine Uhr, ohne die Zeit zu registrieren. «Kann ich Sie mitnehmen, zurück in die Stadt?»
Sie zögerte. «Nein, wo ich schon mal hier bin, bleib ich lieber noch ein Weilchen.»
In so einem Moment drängte man lieber nicht. Und sie und ihre Mutter sahen aus, als würde es beiden guttun, dem anderen eine Weile Gesellschaft zu leisten.
«Ich melde mich dann wieder», sagte Milano. «Und vergessen Sie morgen nicht, sich an die Arbeit zu machen.»
«Nein.» Es klang unbestimmt. Sie war mit den Gedanken ganz woanders.
«Boudin», erinnerte er sie. «Eugène Louis Boudin. Wissen Sie noch?»
«Aber ja. Natürlich.» Sie hielt ihm die Tür auf. «Und vielen Dank für alles. Vielleicht.»

Auf dem Nachhauseweg machte er einen Abstecher ins fast menschenleere Büro und wühlte in Shirleys Schreibtisch, bis er ein Bewerbungsformular fand. Er tippte Lorena Baileys Name, Anschrift und Schule in das Formular, und unter *Art der Beschäftigung* schrieb er *Sommersonderprogramm für die Schulung Jugendlicher.* Sah gut aus und hörte sich, als er es laut las, gut an. Er steckte das Formular zusammengefaltet in einen Briefumschlag mit Firmenaufdruck, nahm es aber nach kurzem Nachdenken wieder heraus und stempelte ein knallrotes VERTRAULICH darauf. Damit und mit ein paar im Prägedruck gefertigten Visitenkarten der Firma – Scherzartikel mit dem Aufdruck *Watrous Associates, Berater in Forschungsfragen* – war er im Geschäft.

Am Montagmorgen kam ihm das Gespann Heywood & Smith zuvor und wartete bereits vor dem U-Bahnhof in der Church Avenue, als er im Toyota vorfuhr. DeLong Heywood – Vollmondgesicht, stämmig, ernst und immer noch mit diesem einen goldenen Ohrring – war auf Anhieb zu identifizieren. Gracella Smith, klein, mager, nicht die Spur von hübsch, hatte eine kecke, scharfsinnige Art und schien nervös wie eine Sprinterin, die es nicht erwarten kann, sich in den Startblock zu knien.

Milano gab Heywood die Abschrift von Lorenas Stundenplan und erklärte die Aufgabe. Enge Überwachung von dem Augenblick, in dem die Zielperson das Haus verließ, bis sie für die Nacht dorthin zurückkam, wahrscheinlich gegen elf. Das hieß, innerhalb und außerhalb der Schule – Erasmus –, und wenn jemand an der Pforte Schwierigkeiten machte, direkt ins Büro des Schulleiters und dort als Beauftragter von Watrous Associates auftreten, der Erkundigungen über einen Stellenbewerber einholte. Wenn es an der Pforte keine Schwierigkeiten gab, den Besuch beim Schulleiter am Nachmittag nachholen. Entscheidend war, daß alle Quellen angezapft und möglichst viele Informationen über die Zielperson eingeholt wurden. Und «vertraulich» war bei den Leuten in der Schule das Zauberwort. Vertraulich. Ein heiliges Wort, das man am besten nur flüsterte. Irgendwelche Fragen?

«Mhm», sagte DeLong. «Suchen wir eigentlich irgendwas Bestimmtes?»

«Kann sein, daß sie Stoff verkauft. Von Gras aufwärts ist alles drin.» Milano nickte Gracella zu. «Die Mädchentoilette ist Ihr Bereich, jedesmal wenn die Kleine reingeht. Im Gebäude wird's keine Probleme geben, solange ihr euch während der Unterrichtsstunden unauffällig verhaltet. Außerhalb müßt ihr eben sehen, wie ihr es am besten macht. Ich meine, wann und wo ihr euch zusammentut oder einander nur abschirmt.» Er gab DeLong seine eigene Karte. «Heute abend um Mitternacht geben Sie mir unter dieser Nummer einen ausführlichen Bericht durch. Jetzt aber rein ins Auto, damit ich euch auf die Zielperson ansetzen kann.»

«Mann, o Mann», sagte die kecke Gracella. «Auf die Zielperson ansetzen. Der richtige Detektivjargon, irre.»

Sie entdeckten die Zielperson, wie sie aus ihrem Mietshaus kam, folgten ihr auf der Bedford zur Church Avenue, wo Milano anhielt und seine Passagiere aussteigen ließ. «Denken Sie dran», erinnerte er DeLong, «ich will einen ausführlichen Bericht. Haben Sie Ihren kleinen Notizblock?»
DeLong klopfte auf seine Tasche. «Einen großen», sagte er.
Aber als später der mitternächtliche Bericht kam, wurde klar, daß auch ein kleiner Block genügt hätte. Das Gespann hatte keine Probleme mit Kontrollen innerhalb oder außerhalb der Schule. Keine Anzeichen, daß Lorena irgendwas verkaufte, kaufte oder tauschte. Ja, sie schien ausschließlich mit recht biederen Leuten zu verkehren. Der stellvertretende Schulleiter stellte das Gespann im Zusammenhang mit der Stellenbewerbung ihrem Vertrauenslehrer vor, und so wie es aussah, stand Lorena – von gelegentlichen großmäuligen und hitzköpfigen Auftritten abgesehen – in der Schule ganz gut da.
«Wo ging sie nach der Schule hin?» fragte Milano.
DeLong schien am anderen Ende der Leitung in seinem Notizblock zu blättern. «In dieses große Haus gleich neben ihrem eigenen. Drei Uhr dreißig bis vier Uhr zwanzig. Dann zurück nach Hause.»
Milano dachte darüber nach. «Also gut, ihr zwei setzt morgen früh die Überwachung fort. Und ich bekomme meinen Bericht um dieselbe Zeit morgen abend. Übrigens, wie hat sich Gracella angestellt?»
«Echt stark, das Mädchen», stellte DeLong fest. «Aber sie sagt, die Beine tun ihr weh.»
«Das bringt der Beruf so mit sich», sagte Milano.
Zweimal wählte er Christines Nummer, und beide Male kam das Besetztzeichen. Um ihr, ohne daß sie etwas davon wissen konnte, eine Lektion zu erteilen, schaltete er verärgert einen vielversprechenden Film im WHT-Kanal ein – nackte Haut und vulgäre Sprache –, doch während die Sprache in der Tat vulgär war, wenn auch nicht ganz auf Gracie MacFaddens niedrigem Niveau, schien die nackte Haut, verschwommen-poetisch, durch ein Badetuch gefilmt worden zu sein. Milano

schaltete den Fernseher sofort aus, als das Telefon klingelte.
«Was war?» fragte Christine ohne große Vorrede. «Haben Sie irgendwas rausgefunden?»
«Nein», sagte Milano, «aber es war auch nur ein Tag. Wir starten morgen einen neuen Versuch.»
«Sind Sie sicher, daß sie von ihren Beschattern nichts bemerkt hat?»
«Ganz sicher. Warum?»
«Weil Mama eben angerufen und erzählt hat, daß Lorena heut abend in einer fürchterlichen Laune war. Ganz schlimm. Sagte kein Wort. Saß nur rum und haßte die ganze Welt.»
«Ich dachte, das sei bei einem Teenager so üblich.»
«Manchmal schon. Aber heute ging es so weit, daß sie sich ein paar Stunden im Bad einschloß und auf nichts mehr reagierte, bis mein Bruder die Tür eintrat. Dann versuchte sie ihm die Augen auszukratzen. Das ist ein bißchen mehr als das Übliche.»
«Gut möglich. Haben Sie ihr gesagt, daß sie unter den Kandidaten für einen Sommerjob in meiner Firma ist?»
«Meine Mutter hat es ihr gesagt.»
«Dann wäre selbst für den Fall vorgesorgt, daß sie von den Nachforschungen in der Schule etwas erfahren hat. Und ich glaube nicht, daß sie davon erfahren hat, denn sonst hätte sie es Ihnen berichtet. Es gäbe keinen Grund, warum sie es nicht tun sollte.»
Es hörte sich an, als atme Christine am Telefonhörer einmal lang und langsam durch. Schließlich sagte sie: «Nein, vermutlich nicht.»
«Also bitte. Und morgen haben wir einen neuen Tag. Das heißt, heute haben wir einen neuen Tag. Und wie war das bei Ihnen? Sind Sie mit diesen Gemälden irgendwie vorangekommen?»
«Ja. Ein paar Lattenkisten stehen im Büro, ein paar weitere befinden sich im Lagerraum. Aber keinerlei Anschriften von der Westküste. Ich gehe auch die Kartei nach den einzelnen Namen durch, die Sie mir gegeben haben. Das wird allerdings ein ziemliches Weilchen dauern. Ich will nicht jedesmal gerade in der Kartei stöbern, wenn Rammaert oder seine

Frau reinkommen. Die müssen mich dabei doch nicht unbedingt ertappen.»

«Find ich klug», sagte Milano.

«Klar, Mann», sagte Christine. «Wir sind beide klug. Nur nicht ganz so klug wie eine fünfzehnjährige Göre.»

Charles Witter Kirwan

Unsere Mrs. Bailey ist eben weggegangen.
Aunt Jemima. Mit einer leichten Neigung zum Diebstahl.
Hat ihre Arbeit erledigt. Hat ihr Geld kassiert. Ist gegangen.
Verwirrend.
Es ist nicht Mittwoch. Seit Stunden denke ich nun schon, es ist Mittwoch, aber es ist nicht Mittwoch, weil Mrs. Bailey immer dienstags kommt.
Es ist Dienstag.
Eindeutig Dienstag.
Seltsam. Aber verständlich. Die Widerstandsfähigkeit gegen Percodan wächst. Ein Übermaß an Percodan, verstärkt durch Wein, und schon fehlen ein paar Stunden. Ein Irrtum, der leicht zu korrigieren ist, denn der Verstand ist in diesem Fall kaum das gewöhnliche Werkzeug.
Inzwischen ist der Schmerz zeitweilig außer Kraft gesetzt. Klopft an die Tür, kann aber nicht herein. Und dieser krampfartige, an den Eingeweiden zerrende Husten ist außer Kraft gesetzt. Ich spüre ihn anschwellen, wappne mich gegen ihn, aber es kommt kein Husten.
Ein schlechtes Zeichen? Ist von der Lunge sonst nichts mehr übrig, nur noch ein Haufen Fäulnis? Läuft mir die Zeit davon, will sie mich – will sie die Welt – um das unerhörte Ereignis betrügen? Nein. Es läuft wie geplant. Die zweite Sprengladung wurde heute morgen im Aufzugsschacht von Nr. 409 angebracht. Zwei von acht. Quälend umständliche und schwierige Arbeit. Ich beobachtete dabei meine Hände. Dort oben in dieser dreckstrotzenden stinkenden Düsterkeit eingeklemmt, angeekelt von den Kakerlaken, die dicht vor meinem Gesicht herumtrippelten, beobachtete ich meine Finger und fragte mich, warum sie so langsam und ungeschickt waren. Die Finger eines Fremden. Ein Kakerlak lief über die

zusammengebundenen Dynamitstangen, war fast schon an meinen Fingern, bevor ich ihn abschütteln konnte.
Kakerlaken. Wenn man an die Seelenwanderung bei den Bulanga glaubte, würde das diese große Zahl an Kakerlaken erklären.
Wo
Ach ja, Mrs. Bailey. Heute.
Als ich sie ins Haus ließ, damit sie an ihre Arbeit gehen konnte, war ich selber auf dem Weg zu Nr. 409, um mich um meine Arbeit zu kümmern. Ich sagte zu ihr: «Einiges zu reparieren nebenan.» Sie machte einen gluckenden Ton mit der Zunge. Das war alles. Eine fette schwarze Henne, die für bessere Herren Eier legt. Gluck, gluck. Normalerweise würde sie, bei der Eröffnung, einen langen Kommentar abgeben. Ist schon ein Jammer mit diesem alten Haus, Mr. Kirwan. Ein Jammer, daß Sie soviel Arbeit damit haben. Die ganze Kraft verbrauchen, die Sie noch haben. Man gab ihr ein Stichwort, und sie redete und redete.
Doch diesmal nicht. Verstohlene Blicke. Ich konnte ihr frech in die Augen schauen, sie konnte meinem Blick offenbar nicht standhalten. Es hätte gerade umgekehrt sein müssen, war es aber nicht.
Und als die Früchte des Zorns verstaut waren und ich wieder nach Hause kam, war es immer noch so. Verstohlene Blicke. Sie wich mir aus. Ihre ganze Hingabe galt dem Staubsauger und dem Scheuerlappen und dem Staubtuch. Zollte mir ihren Respekt, murmelte etwas und watschelte davon.
Lorenas Geheimnis aufgedeckt? Wohl kaum.
Ihre Brüder in irgendwelchen Schwierigkeiten? Odell? Vern? So wie ich sie sah, nein.
Christine? Die in letzter Zeit so oft auftaucht? Möglich wär's. Ob sie ihren Job verloren hat? Schwanger ist? Vorkehrungen trifft, einen neuen kleinen Bulanga – wie das mit so vielen neuen kleinen Bulanga in Nr. 409 passiert – der Obhut der Großmutter zu überlassen, wenn der Zeitpunkt da ist?
Möglicherweise Christine. Christine hat etwas Affektiertes. Trägt die Nase ein bißchen hoch. Schauspielerin. Die Antwort der Bulanga auf Katherine Cornell. Als sie sich um die

Aufnahme in eine High School bewarb, an der auch Darstellende Künste unterrichtet werden, schrieb ich ihr, ohne mit der Wimper zu zucken, eine glänzende Empfehlung. Braves Mädchen. Edler Charakter. Ja. Und jetzt? Viel Theater spielt sie eigentlich nicht, Mr. Kirwan, aber sie hat jetzt drinnen in der Stadt eine gute, sichere Stelle in einem Laden, wo sie diese teuren Bilder verkaufen. Gemalte Bilder. Sagt, die Leute zahlen echt einen Haufen Geld für eins von diesen Bildern. Manchmal fünf-, zehntausend Dollar, ist denn das zu glauben?

Affektiert, ja, aber Christine ist durch und durch Bulanga. Könnte gestern erst mit dem Sklavenschiff angekommen sein, nackt auf diesem Podium dort unten im Tabakland gestanden haben, die Hände hinter dem Rücken zusammengekettet. Genau richtig fürs Haus, und die Herrin über die Plantage kochte vor Wut.

Ja.

Möglicherweise ist Christine die

Aber nicht Lorena. Von der Mutter kein Wort über Lorena. Keine Anklagen. Keine Polizisten an der Haustür. Lorena weiß jetzt, wo sie hingehört. Genau richtig fürs Haus. Fürs Bett.

O ja.

Gestern war ich bereits in meinem Bademantel, als sie kam. Sie blieb in der Tür stehen, sah mich und verlor den Mut. «Will nur sagen, daß ich heut nicht reinkomme. Fühl mich nicht besonders.»

Oha.

«Sei nicht dumm, Lorena. Dein Geld wartet.»

Sie zögerte. Ich forderte sie mit einer Kopfbewegung auf, hereinzukommen. Sie kam herein.

Nichts Improvisiertes diesmal. Ein Bett, kein wackliger alter Drehstuhl. Sie angezogen, ich ausgezogen. Auf dem Rücken, die Hände unter dem Kopf, ihr Mund die Melkmaschine. Keine Gnade diesmal, keine Vorwarnung. Schwere Arbeit, ein Gefühl der Betäubung im Organ zu vertreiben, und dann, als ich soweit war, kam ich in die Melkmaschine.

Sie schimpfte und würgte und regte sich auf. Rannte im

Galopp ins Bad und lärmte dort herum. Kam mit einer Miene wieder, die deutlich machte, daß sie gerade einen Mundvoll Zitronensaft zu sich genommen hatte. Die ausgestreckte Hand nahm das Geld, das ich unter meinem Kopfkissen bereitgelegt hatte.
Zum erstenmal verzichtete sie darauf, es zu zählen. Ging einfach.
Sie

Eine Lücke.
Verzeihlich, unter den Umständen.
Ich hatte irrtümlich angenommen, mein Vorrat an Percodan reiche aus, aber es muß ein schlimmes Wochenende gewesen sein. Während ich in dieses Gerät hier sprach, brach sich der Schmerz Bahn. Schlimm. Sehr schlimm. Und ich stellte fest, daß nur noch sehr wenige von diesen Tabletten in dem Fläschchen klapperten.
Also
Ich will nicht abschweifen, aber wißt ihr, was eine staatlich überwachte Substanz ist?
Eine staatlich überwachte Substanz ist jede Substanz, die uns schaden könnte – nach Ansicht des Großen Bruders, unserer gütigen, die individuelle Freiheit hochhaltenden Regierung.
Und da uns unter gewissen Umständen jede Substanz auf Gottes Erdboden schaden kann, hat der Große Bruder viel Spielzeug, das er überwachen und vor dem er all seine infantilen kleinen Brüder und Schwestern beschützen kann.
Eine Droge, die auch nur für kurze Zeit die Schmerzen eines sterbenden Menschenwesens lindern kann, muß notwendigerweise eine staatlich überwachte Substanz sein; möge Gott verhüten, daß jemals ein Mensch in Frieden sterben darf.
Überwacht.
Gesetzlich diesem todgeweihten Individuum in eben noch ausreichender Menge zugestanden, so daß er den Schmerz mit Müh und Not überleben kann.
Überwacht.
Ich werde jetzt
Jawohl.
Ich werde jetzt eine Information von besonderem Interesse

für die zuständigen Behörden zu Protokoll geben. Für die emsigen Wachhunde des Großen Bruders. Ich will vorweg als Tatsache festhalten, daß der Besitzer der fraglichen Apotheke, Irving Saphir, Nostrand Avenue, nicht in diese Geschichte verwickelt ist. Daß er nicht mal Kenntnis davon hat. Da seine jüdische Feigheit größer ist als seine jüdische Habgier, war er sichtlich erschreckt, als ich ihm nahelegte, er möge die mir per Rezept zugestandene bescheidene Menge Percodan von sich aus steigern.
Und das, nachdem ich seit über zwanzig Jahren mit ihm zu tun habe.
Aber vergeßt ihn jetzt. Vergeßt den Namen.
Der Name, auf den es ankommt, lautet Jennings. Ob das sein Vor- oder Nachname ist, weiß ich nicht.
Jennings.
Er löst seinen Chef um fünf Uhr dreißig ab und hält den Laden bis Mitternacht offen. Die anderen Apotheken im Viertel machen alle um fünf oder sechs zu, so daß das Abendgeschäft gut läuft.
Jennings ist ein Bulanga und hat mehr Bildung genossen, als ihm guttut, wie es so treffend heißt. Und er ist bereit, seinen Vorteil daraus zu ziehen. Er hörte, wie ich mein Problem mit Saphir besprach, und rief mich abends an und schlug vor, ich solle mich bei Ladenschluß mit ihm treffen, da er möglicherweise für mein Problem eine Lösung wisse. Seine Stimme am Telefon, sein plumper Humor und die Anzüglichkeiten ließen mich schon ahnen, worauf er hinauswollte, und ich behielt natürlich recht. Er konnte meine Bedürfnisse gegen einen Preis befriedigen. Die Vorräte kamen aus seiner privaten Quelle. Es gab keine Verbindung zu einem der Grossisten, die die Apotheke belieferten.
Der Große Bruder überwacht. Jennings hebt die Überwachung auf.
Der Preis? Dreihundert Dollar für einhundert Tabletten, als ich das erstemal bei ihm kaufte. Beim zweitenmal waren es vierhundert Dollar. Und gerade eben – es ist noch keine Stunde her – habe ich Freund Jennings bei Ladenschluß getroffen und ihm für seine Ware fünfhundert Dollar in bar

bezahlt. Ein Verkäufermarkt, und dieser schlaue Bulanga weiß das genau.
Sieht richtig einschüchternd aus, unser Freund, ein Hund im Löwenfell. Er trägt die Maske, die so viele der Stammesangehörigen bevorzugen.
Die Maske. Nicht die ererbte: der farbige Lehm und der Knochen durch die Nase. Nun besteht sie aus einem wilden Kinn- und Schnurrbart, einem sich emportürmenden, ungepflegten, krausen Haarschopf, einer beunruhigenden Sonnenbrille. Oder sie haben, statt diesen Heuhaufen zu tragen, ihre Locken zu öligen Zöpfen geflochten und um Gesicht und Kopf drapiert. Die Bulanga selbst sagen «Angstlocken» dazu.
Geschicktes Wort. Geschickte Verkleidung für einen Hund. Gehst du auf der Straße daran vorbei, schreckst du unwillkürlich zurück. Denk dir's weg, und du siehst den Hund unter der Löwenmähne.
Sicher fühlen sie sich nur im Rudel, diese Stammesangehörigen. Ihre Jungen sind nur im Rudel tapfer genug, andere zu verhöhnen. Im Lauf der Jahrhunderte wurden sie von ihren eigenen tapferen Häuptlingen im Bulangaland billig verkauft.
Fünfhundert Dollar. Einhundert Pillen.
Der Rest meines Barvermögens schwindet rasch.
Haushaltskosten minimal, aber Lorena. Und Jennings. Die Zeit arbeitet natürlich für mich. Und es gehört zu den Kosten des großen Tages, daß ich mich bis dahin auf den Beinen halte.
Ja.
Wenn ich die Dynamitladungen jeden Tag anbringen könnte, wären nur noch sechs Tage erforderlich. Die Anstrengung wäre aber zu groß. Meine Energiereserven müssen den Fahrplan bestimmen. Wenn ich vor dem Abendessen dadurch Energie verbrauche, daß ich in Nr. 409 drei Treppen hochsteige, um einen übel mißhandelten Kühlschrank zu reparieren, dann bin ich morgen um genau diese Kraft betrogen.
Ja.
Also

Die Maske.
Ihr Bild scheint mir jetzt nicht mehr aus dem Kopf zu gehen. Gut. Die Entschlossenheit kann auf Grund körperlicher Schwäche nachlassen, doch dieses gehaßte Bild stärkt sie wieder. All diese Masken im Augenblick des unerhörten Ereignisses zerfetzt. All diese Sonnenbrillen weggepustet, die Augenhöhlen durch die Druckwelle leergefegt. All diese winselnden, kläffenden, heulenden Hunde tot.
Die Maske erschien plötzlich auf dem Campus, ein kleines Geschenk unserer Stadt und ihrer Politik der Unbeschränkten Zulassung. Unbeschränkte Zulassung. Wenn beim Bewerber ein Pulsschlag festgestellt werden konnte, war er herzlich eingeladen, auf Kosten der Öffentlichkeit an der höheren Bildung teilzuhaben. Irgendwann lernte er vielleicht sogar lesen und schreiben. Doch die vergebliche Jagd nach dem Diplom, diesem magischen Stück Papier, machte sie unruhig. Die Bulanga erhoben sich. Die intellektuellen Ansprüche seien zu hoch, hieß es. Runter mit dein' Ansprüchen im Lesen un' Schreiben un' Rechnen, Whitey.
Die Masken wurden plötzlich von allen getragen, die alt genug waren, sich einen Bart wachsen zu lassen und grimmig die Stirn zu runzeln. Gut gespielte Wut. Feuer und Schwert. Die Zitadelle wurde erobert. Mühelos erobert. Es war auf seine ganz eigene merkwürdige, auf Massenproduktion ausgerichtete Art ein angesehenes College gewesen. Über Nacht wurde es nun zu einem schlechten Witz, zu einer Quelle der Heuchelei, zu einer Freude für jeden Liberalen.
Es war
Ich war
Jawohl, ich sage es hier und jetzt. Ich, Charles Witter Kirwan, nachweislich furchtlos als Frontkämpfer – unter Oberstleutnant Willis Crittenberger vom IV. Korps während des ganzen Italienfeldzugs –, ich, der es in dieser Schrekkenszeit schaffte, den tapferen Truppenführer zu spielen, wurde angesichts einer moralischen Frage zum Feigling, zum Lügner, zum Heuchler. Empfand nur Haß, und das aus gutem Grund, doch ich hatte nicht den Mumm, mich hinzustellen und es deutlich zu sagen.

Überrannt von meinen liberalen Kollegen, die im stillen Kämmerlein den Tag mit Sicherheit verfluchten, während sie sich öffentlich hocherfreut zeigten. Ich konnte – und kann – nicht glauben, daß sie sich in der Tiefe ihres Herzens nach dieser unsinnigen Senkung jedes Standards sehnten. Es konnte nur Opportunismus sein, diese Pädagogenkrankheit, ein Mit-dem Strom-Schwimmen, eine Bereitschaft, lieber in allen Fragen nachzugeben, als zuzusehen, wie die eindringenden Bulanga unsere Gebäude dem Erdboden gleichmachen.

Die Liberalen, die schließlich die Konsequenzen ihrer politischen Torheit sahen, müssen sich schaudernd abgewandt haben. Ich, der ich diese Konsequenzen hätte vorhersagen können, stand als Verbündeter dieser Verräter da. Ein größerer Feigling als sie alle, weil nicht annähernd so ein Tor.

Am Ende vorzeitiger Ruhestand. Dieser und der andere und ein dritter. Und ich.

Sauve qui peut.

Nun denn.

Woanders Zuflucht suchen? Woanders einen Job annehmen? Zu spät. Der Ruhestand war ohnehin nicht mehr weit. Und mein College

In hohem Maße mein College. Als ich dort anfing, war es nicht mehr als die neueste Erweiterung des öffentlichen städtischen Schulsystems; es hatte noch keine eigene Identität. Fünf Jahre später, mitten in der Depression, erhielt ich dort eines der raren Stipendien. Mein ganzes Berufsleben habe ich diesem College gedient. Es war so etwas wie mein Zuhause.

Bis auf die Jahre beim Militär.

Aber

Als Kind war mir die höchst private Princeton-Universität vorherbestimmt, nur ja keine öffentliche Einrichtung. Mein Großvater hatte Princeton absolviert. Mein Vater hatte Princeton absolviert. Mein Großvater mit Auszeichnung, mein Vater sprunghaft brillant.

Dann kam, wie es die Zwischentitel im Stummfilm ausgedrückt hätten, der Zusammenbruch. Oktober 1929. Und in

alle Ewigkeit dahin waren die Wertpapiere meines Großvaters.
Dem Namen nach gehörten sie jedenfalls ihm.
Im Geiste gehörten sie dem schmucken Dan Kirwan. Meinem draufgängerischen Stiefvater, der bereits eine Trophäe in der Hand hatte. Witter Street 409. Daß das Haus Geld abwarf, galt als Beweis für seinen Weitblick. Sei schlau, Hendrick, die Börsenkurse gehen steil nach oben. Jetzt mußt du einkaufen. Was macht das schon, daß Witter & Sons kaum noch Geld einbringt. Jetzt geht's nach oben oben oben. Neunzig Prozent Gewinnmarge. Die Zeit zum Einsteigen ist jetzt jetzt jetzt.
Dann der Zusammenbruch.
Mit der Zulassung von Princeton in der Hand kam ich im September 1930 aufs College, doch es war nicht Princeton. Es war ein Lückenbüßer-College, weit weg von Princeton Junction in New Jersey.
Aber mit der Zeit fand es seine Identität und – jawohl – schuf sich einen Ruf. Jawohl. Und auch wenn ich's selber sage: ich habe dem College in all den Jahren gute Dienste geleistet. Sehr gute Dienste.
Und am Ende habe ich es verraten, mich selbst verraten, jeglichen Anstand verraten. Habe vor diesen fetten liberalen Ärschen kapituliert. Habe im Angesicht der Unbeschränkten Zulassung geschwiegen. Schlimmer noch, ich habe mir dafür Ausreden zurechtgelegt.
Ich habe nicht einmal die Instinkte jener Gänse gezeigt, die mit ihrem Schnattern die Römer warnten, daß die Barbaren mit Fackel und Schwert näherrückten, um ihre Stadt zu plündern.
Äußerster Verrat.
Und nun die große Sühne.

John Milano

Zwei Versuche mit dem Schlagholz, zwei Fehlschläge. Als DeLong Heywood – ein ernster Junge, auch mit seinem goldenen Ohrring – um Mitternacht anrief, konnte er nur berichten, daß die Dienstag-Lorena so brav war wie die Montag-Lorena.
«Überhaupt nichts außer der Reihe?» fragte Milano.
«Nichts. Meine Notizen hier decken alles ab, von ihrem Schulweg am Morgen bis zum späten Abend, als in ihrem Zimmer das Licht ausging. Wollen Sie's kurz durchgehen?»
«Jetzt nicht.» Notizen, die am Telefon runtergeleiert wurden, ergaben kein plastisches Bild. «Morgen frühstücken Sie und Gracella mit mir in diesem Lokal gegenüber vom Büro. Wir treffen uns Punkt acht.»
«Nichts mehr mit Lorena?»
«Morgen nicht», sagte Milano. «Danach sehen wir weiter.»
Er hatte Christine schon nach dem ersten Klingelton am Apparat, und sie nahm die Nachricht – oder das Fehlen einer Nachricht – niedergeschlagen auf. «Auf der einen Seite gut, auf der anderen schlecht», meinte sie. «Die Frage ist wohl, wie schlecht.»
«Vielleicht wissen wir ein bißchen mehr, wenn ich morgen früh mit der Truppe geredet habe. Bis dahin: wie steht's mit Eugène Louis Boudin?»
«Ach ja. Diese Sache. Ich hab angefangen, die Kartei nach den Namen durchzusehen, die auf Ihrer Liste stehen, und bisher war da nichts. Aber wenn Sie auf Kisten scharf sind, Milano, wir hätten da ein paar riesig große in der Galerie.»
«Nur riesig große?»
«Vier Stück, alle groß. Sie sagten, diese Boudins seien im Format sechsunddreißig auf achtzehn Zentimeter; diese

Dinger sehen eher aus wie drei sechzig auf eins achtzig. Und keine Westküstenadresse. Alles Miami.»
«Das heißt wohl, Archbold wird durch ein neues Nulltalent ersetzt?»
«Es geht um einen Raoul Barquin. Aus Kuba, lebt jetzt in Miami. Rammaert fährt voll auf ihn ab.»
Barquin. Milano ging im Geist seine Kartei durch und fand nichts. «Nie von ihm gehört.»
«Das wird seine erste größere Ausstellung. Jedenfalls wird Archbold morgen abgehängt, um Barquin Platz zu machen. Eröffnung ist Samstag.»
«Gut. Und wie wär's, wenn Sie mir morgen beim Mittagessen mehr davon erzählten? Irgendwo, wo Ihr Chef nicht hinkommt?»
«Da wird nichts draus.» Es klang entschieden, aber nicht feindselig. «Morgen werden diese Bilder aufgehängt, das geht ohne Pause durch.»
Da es entschieden, aber nicht feindselig geklungen hatte, ließ es Milano darauf ankommen. «Abendessen?»
«Na ja –»
«Ich weiß dann vielleicht mehr von Lorena. Und Sie könnten mir möglicherweise auch mehr von ihr erzählen.»
«Mann, ganz schön plump, diese Annäherung.»
«Erbärmlich. Ich weiß. Abendessen? Sie brauchen mir nur die Zeit zu sagen, und ich bin mit dem Wagen vor der Galerie.»
«Es geht bestimmt länger morgen – das heißt, eigentlich ist es ja schon heute, nicht wahr? –, Sie könnten's also gegen sieben versuchen. Und nur Abendessen, Milano. Ist das klar? Steak und Kartoffeln und Gutenacht, das ist das ganze Programm. Ist das angekommen?»
«Laut und deutlich», sagte Milano fröhlich.
Die gute Nachricht beim Aufstehen am Mittwoch war, daß sein Hosenbund nicht mehr spannte, daß sich immerhin zwei Daumen reinschieben und ein bißchen bewegen ließen. Das Profil im großen Spiegel sah zwar immer noch nicht konkav aus, aber es war auch eindeutig nicht mehr konvex. Im Augenblick war da eine gerade senkrechte Linie, selbst ohne daß er sich Mühe gab, den Bauch einzuziehen.

Die schlechte Nachricht waren der phlegmatische DeLong Heywood und die kecke Gracella Smith; als er sich nämlich, noch voller Selbstbeglückwünschung, in Sudies Café gegenüber vom Büro zum Frühstück zu ihnen setzte, mußte er feststellen, daß er es mit zwei weltmeisterlichen Essern zu tun hatte. Schinken, Eier und Toast zum Auftakt; eine doppelte Portion Pfannkuchen – mit sehr viel Sirup – als Hauptgang. Milano – Rührei aus einem einzigen Ei, schwarzer Kaffee – klammerte sich an die Hoffnung, daß seine beiden Gäste früher oder später in ihrem jungen Leben bis zur Unkenntlichkeit aufgebläht sein würden. DeLong ließ bereits jetzt einen Stoffwechsel ahnen, der in diese Richtung wies. Dagegen sah Gracella – vielleicht fünfundvierzig Kilo, wenn sie klatschnaß war – wie eine jener gesegneten Kreaturen aus, die jede Kalorie sofort in Energie umwandeln.
Sie gingen DeLongs Notizen vom Vortag durch, wobei Gracella Fußnoten hinzufügte. Er arbeitete genau und methodisch, sie war eine scharfsinnige Beobachterin. Ein gutes Gespann, stellte Milano fest. Beispielsweise hatte es Gracella geschafft, die Klassenlehrerin auszufragen – streng vertraulich, Sie verstehen schon – und sich ein Bild von der Veränderung zu machen, die mit Lorena in letzter Zeit vorgegangen war. In den letzten Wochen, genauer gesagt. Sie war immer gesellig und gesprächig gewesen, wenn sie auch oft aufbrauste, vor allem wenn sie sich von einer Lehrerin herabgesetzt fühlte. Doch nun saß sie im Unterricht in sich gekehrt da und war alles andere als mitteilsam. Die Schweigende.
«Und außerhalb des Unterrichts?» fragte Milano.
«Da ist es auch nicht viel anders», sagte Gracella. «Zumindest hat sie sich gestern so gegeben. Ist allen aus dem Weg gegangen. Die aktiveren Jungs – die etwas älteren, mein ich – sind mächtig hinter ihr her, aber sie will nichts von ihnen wissen. Auf der anderen Straßenseite – Sie wissen schon, vor der Kirche dort – hat einer von ihnen nur andeutungsweise den Arm um sie gelegt, und da ist sie explodiert, Mann, als habe sich aus einem Baum eine Schlange auf sie gestürzt. Sie hat dem Typ eine gescheuert, also da war alles dran. Sie hat ihm mit aller Kraft die Hand ins Gesicht geschlagen.»

«Hat ihn ganz schön durchgeschüttelt.» Es klang mißbilligend. «Man braucht sich ja nicht zu wundern, so wie sie beim Gehen mit dem Hintern wackelt –»
«Stimmt», sagte Gracella. «Aber die Art, wie sie plötzlich abschaltete, das war ganz sonderbar. Einfach zu heftig, zu abrupt.»
Milano sagte: «War da überhaupt niemand, mit dem sie befreundet schien?»
«Gestern jedenfalls nicht», antwortete DeLong. «Schule, dann direkt nach Hause, allein. Ins Haus, und da blieb sie.»
Also gingen sie noch einmal den Montag durch. Am Montag war die Zielperson etwas besser gelaunt gewesen. Unterhielt sich mit einigen anderen. Zwei der Mädchen begleiteten sie auf der Bedford Avenue bis zur Witter Street, wo sie auf das Haus Nr. 409 zuging. Verschwand im Gebäude, kam dann wieder und ging in das große Haus nebenan. Tauchte um vier Uhr fünfzehn wieder auf und ging dann endgültig nach Hause.
«Eine Einzelgängerin», sagte Milano.
«War aber nicht immer so», erinnerte ihn Gracella. «Die Klassenlehrerin sagt, früher sei sie in dem Zirkus dort so etwas wie ein Zirkusdirektor gewesen. Also, mir kam da ein bestimmter Verdacht, als ich sie so beobachtete.»
«Ja?»
«Schwanger. Noch nicht zu sehen, aber sie macht einfach diesen Eindruck, verstehen Sie? Ich hab's schon zu oft erlebt. Wenn die ganze Welt auf diese schmalen Schultern drückt, und keiner darf wissen, warum.»
Genau das, dachte Milano, hatte Christine und ihrer Mama noch gefehlt. Aber es war auf eine schmerzliche Weise einleuchtend. Irgendein Typ schwängert sie, gibt ihr das Geld für die Abtreibung, und sie kauft sich schöne Kleider, anstatt zum Doktor zu gehen.
Milano sträubten sich die Nackenhaare. Die alte Intuition.
Ein Doktor.
Blödsinn. Es war ja ein Dr. phil. und kein Dr. med.
Professor im Ruhestand. Allein lebender Witwer.
Mit Fernglas.

Mit einem Zeiss-Superblick auf ein Schlafzimmer, keine fünfzehn Meter entfernt.
Und das war der Punkt, wo er besser bremste. Gracella hatte was von schwanger gesagt, er hatte an einen Spanner gedacht, und plötzlich entwarf er eine Anklage für das große Geschworenengericht. Aber in Wirklichkeit hatte er das Fernglas sowenig gesehen, wie Gracella eine Wölbung am Bauch der Zielperson gesehen hatte.
Er sagte zu Gracella: «Als die Kleine ins Nachbarhaus ging, hat sie da die Tür einfach selber aufgeschlossen? Hatte sie einen Schlüssel?»
«War nicht nötig. Sie klingelte, der Mann machte ihr auf.»
«Wie sieht er aus? Ein Schwarzer oder ein Weißer?»
«Ein Weißer», sagte DeLong. Er blätterte in seinem Notizblock. «Gut eins achtzig groß. Hager. Weiße Haare. Bademantel.»
«Bademantel?» fragte Milano.
«Ja, eindeutig», bestätigte DeLong. «Hab zwar nicht viel von ihm sehen können, aber er war im Bademantel. Das Ding sah irgendwie schäbig aus. Ich hatte den Eindruck, daß er möglicherweise krank im Bett lag und aufstehen mußte, um die Tür zu öffnen.»
Die helläugige Gracella sah Milano von unten herauf an. «Sie meinen, es könnte mehr dahinterstecken?»
Er verstellte sich. «Niemand sagt, daß er sich wegen einer Bürohilfskraft anziehen muß. Aber er ist für uns bisher der einzige, der eine Verbindung zwischen dem Mädchen und irgendwelchen Geldbeträgen darstellt.» Er wandte sich an DeLong. «Wir werden jetzt also ein bißchen im trüben fischen. Dieser Mann heißt Charles Kirwan und war mal Professor am Borough College. Ist seit ein paar Jahren im Ruhestand.»
DeLong kritzelte Notizen. «Soll ich seinen Weg zurückverfolgen?»
«Fangen Sie mit dem College an, aber mit Samthandschuhen. Die haben dort bestimmt ein öffentliches Archiv mit Jahrbüchern, College-Zeitungen, Lehrkörperverzeichnissen. Das allein könnte Sie schon mal zwei, drei Tage beschäftigen.»

«Bin ich wieder dabei?» fragte Gracella.
«Nun, diese Art der Recherche –»
«Forschung. Das heißt nichts anderes als Forschung, Mr. Milano. Und vielleicht hat man es Ihnen nicht gesagt, aber ich habe an der N.Y.U. den Magister gemacht.»
Sie sagte das so obenhin, aber Milano sah ihr an, daß sie ihm nichts vormachte. Und seine Erfahrungen mit der empfindlichen Christine ließen es ihm geraten erscheinen, sie nicht zu fragen, warum sie mit einem Magistergrad da unten in der Stenogruppe bei Watrous Associates arbeitete. Aber er selbst hatte ja, wie seine auf Hochleistung stehende Schwester Angie bei jeder Gelegenheit betonte, drei Jahre Fordham-Universität in den Wind geschrieben, um für einen so notorischen Scheißkopf wie W. Watrous als Schleicher zu arbeiten. Als Schleicher von einigem Format zwar, aber eben doch als Schleicher.
Und dafür hatte sie nun all das schwer verdiente Geld in ihn investiert.
«Ich glaube», sagte Milano zu Gracella, «Sie haben sich soeben einen Auftrag eingehandelt.»
«Gut, in Ordnung. Aber was ist danach? Gibt es irgendeine Chance, daß ich überwechsle und künftig nur noch recherchiere?»
«Mr. Watrous ist derjenige, welcher –»
«Ja, sicher. Ich hab ihn schon darauf angesprochen. Wollen Sie hören, was er gesagt hat?»
«Ich kann es mir vorstellen. Ich will also sehen, was ich tun kann, wenn es soweit ist.» Er beendete das Thema, bevor es ihn noch mehr in Bedrängnis brachte, und sagte zu DeLong: «Als erstes gehen Sie jetzt ins Büro zu Mrs. Glass und geben ihr, was wir bisher über Kirwan haben. Sagen Sie ihr, die Chancen stehen nicht mal eins zu tausend, aber wenn es bei der Polizei irgendwas über ihn gibt, will ich eine Abschrift davon.»
«Die Polizei?» sagte Gracella. «Wollen Sie damit sagen, die rücken so etwas einfach heraus?»
«Nicht *die* Polizei», sagte Milano. «Ein paar gute alte Freunde, die Mr. Watrous dort noch sitzen hat. Sie sehen, er ist hin und wieder ganz gut zu gebrauchen.»

Sieben Uhr, hatte Christine gesagt. Steak und Kartoffeln. Kein Problem.

Er hatte ein halbes Dutzend erstklassiger Steakhäuser auf seiner Liste; es ging nur darum, das richtige auszuwählen, bei dem das Ambiente stimmte und mit dem die größtmögliche Wirkung zu erzielen war.

Aber am späten Nachmittag, als er sich beim Einseifen unter der Dusche mit robuster Hingabe *Vesti la giubba* widmete, sah Milano dann doch Probleme, die alle Christine Bailey hießen. Im Zuge einer gründlichen und überaus reizvollen Musterung – meistens versteckt, manchmal schamlos offen – hatte er sich, wie es in dem Song heißt, an ihr Gesicht gewöhnt. Gewöhnte sich sogar an ihren Zauber, in einem Prozeß, den Daniel in Gesellschaft dieser großen Katzen in der Löwengrube durchgemacht haben mochte. Was ihm jedoch Unbehagen verursachte, war seine lebendige Vorstellung von ihrem Gesicht in dem Augenblick, wo er ihr das Restaurant seiner Wahl nannte.

Er hatte seine Liste auf drei zusammengestrichen: Peter Luger, in herrlich altmodischer Aufmachung, unter der Brücke in Brooklyn; Christ Cella, im luxuriösen Stil der East Side; Gallagher's, Broadway, aber der alte Broadway. Nun ließ ihn das Bild dieses Gesichtes, die Lippen gekräuselt, im Geiste über die Schwelle jedes dieser Lokale stolpern.

Und zu dem Bild kamen auch noch die entsprechenden Worte.

In den Brooklyner Slum, Mann? Nur damit ich mich so richtig zu Hause fühle?

East Side de Luxe, Mann? Sie sind wohl scharf drauf, all diesen lilienweißen schönen Menschen die schwarze Frau vorzuführen, mit der Sie's treiben?

Ecke Zweiundfünfzigste und Broadway, Mann? Damit sich all die schwarzen Schwestern, die auf den Strich gehen, vor dem Fenster drängen und mir zu verstehen geben, was für ein Glückspilz ich bin?

Lächerlich, Himmel Herrgott, sich emotional in jenen mit langen Koteletten und einer Lederjacke protzenden, die New Utrecht High School besuchenden Johnny Milano zurückzuverwandeln, der, von der blendend aussehenden

Esther Hershkowitz überraschend als Begleiter zu ihrem Abschlußball akzeptiert, völlig entnervt immer nur denken konnte, daß er an diesem Abend mit zweitausend Jahren religiöser Mißverständnisse fertig werden mußte, und Mißverständnisse war noch ein höfliches Wort dafür.
Wirklich lächerlich, wenn sich ein reifer, lebenserfahrener Mann mit den Skrupeln eines Halbwüchsigen herumschlug. Es war etwa so, wie wenn er in seiner Hausapotheke nach einer Tube Clearasil kramen würde.
Was immerhin bewies, daß es eines Paranoikers bedarf, um einen paranoid zu machen. Das Fazit? Miss Bailey wollte Steak, Kartoffeln und Leben-Sie-wohl, und genau das sollte sie auch bekommen. Ein sachliches Arbeitsessen. Keine komplizierten Manöver bis hin zur alten Frage: deine oder meine Wohnung. Und wenn sie sich hinterher fragte, warum – um so besser.
Was ihm natürlich die Mühe ersparte, ein Versteck für einige intime Kleidungsstücke der verflossenen Betty Cronin zu finden, die in seine Kommode gewandert waren. Noch so ein Fall, Betty. Sie hatte ihn aus unangemessenem Grund mit beiden Füßen getreten, hatte sein Gewissen beunruhigt und war dann Knall auf Fall ausgestiegen, einfach so. Inzwischen hatte ihr vernarrter Vater ihr sicher alle Dummheiten verziehen, und sie legte wahrscheinlich eine Gebetswoche in Staten Island ein, um die Strafzeit im Fegefeuer zu verkürzen.
Milano strich Peter Luger von der Liste und entschied sich dann, voller Bewunderung für seine eigene Sensibilität in dieser Angelegenheit – eine Christine in Alltagskleidung würde es möglicherweise nicht schätzen, ohne Vorwarnung mitten in eine modisch elegante Gesellschaft geführt zu werden –, auch Christ Cella von der Liste zu streichen. Also würden sie zu Gallagher's gehen.
Es stellte sich dann heraus, daß Christine, in Alltagskleidung und knochenmüde, nachdem sie sich den ganzen Tag lang mit Raoul Barquins übergroßem Œuvre abgequält hatte, den Mercedes genoß, die holzgetäfelte, irgendwie an eine Jagdhütte erinnernde Umgebung bei Gallagher's genoß, ihr Steak mit Kartoffeln genoß und sich an dem ringsum herrschenden Gedränge der dem weißen Mittelstand angehörenden Thea-

tergänger offenbar nicht störte. Zudem amüsierte es sie, daß ihr Gastgeber ihre als Übertreibung gedachte Steak-und-Kartoffeln-Bestellung wörtlich genommen hatte, und nun wartete sie mit unverhohlener Neugier darauf, ob dieses Gelage auf seine Kosten ging, oder ob es Mrs. Smith berechnet wurde, seiner reichen und rachsüchtigen Klientin. Milano brauchte eine ganze Sekunde, um seine Antwort abzuwägen, und als er ihr sagte, das Essen gehe auf Kosten der Klientin, meinte sie ein klein wenig ernüchternd, das habe sie doch sehr gehofft.

Keine Spur von Paranoia. Nicht einmal später, als sich Milano über ihre langfristigen Pläne – ihre und seine Pläne, genaugenommen – Gedanken machte und auf *Two Stops Before The End Of The Line* zu sprechen kam.

«Besteht eine Chance, daß es weitergehen wird?» fragte er. «Mit Ihnen?»

«Weder mit mir noch mit sonst jemandem», sagte Christine. Das Üble war, fuhr sie fort, daß vor allem die Autorin Pearl und der Regisseur Lenardo die Angeschmierten waren und daß sie ihr, verdammt noch mal, nicht die geringsten Vorwürfe machten. Es tat fast körperlich weh und machte ihr seit Tagen das Leben schwer.

«Tut mir wirklich leid», sagte Milano bedauernd.

Vielleicht hatte er es mit dem Bedauern übertrieben. Christine sah ihn jedenfalls durchdringend an und sagte warnend: «Das heißt aber nicht, daß Sie jetzt mit Ihrem Umschlag voller Geldscheine landen können.»

«Lassen wir mal den Umschlag. Aber wenn wir von Jobs für Schauspieler reden: in meinem Haus wohnt ganz oben eine Dame, die ist, was Theater angeht, dick im Geschäft. Off-Broadway und Broadway. Ich müßte Sie mal mit ihr bekannt machen –»

Da waren sie wieder, die gekräuselten Lippen. «Würde mir ihr Name etwas sagen?»

«Schon möglich. Da Sie aus derselben Branche kommen. Sie heißt Grace MacFadden.»

Der verächtliche Ausdruck um ihre Lippen war wie weggewischt. «*Die* Grace MacFadden? Sie wollen mich wohl auf den Arm nehmen, Mann?»

«Keineswegs. Aber sie wird darauf bestehen, daß Sie Gracie zu ihr sagen.»
«Und sie wohnt direkt über Ihnen? Wo wohnen Sie eigentlich, Milano?»
«Direkt unter Gracie MacFadden.»
«Sehr komisch. Aber wissen Sie was, ich glaube Ihnen sogar. Mann, ich will Ihnen glauben. Aber was hat Sie mit der Rollenvergabe zu tun? Sie gibt Geld für Theaterproduktionen, Milano, aber sie ist nicht die Produzentin.»
«Da ist noch Johnny.»
«Na schön, da ist noch Johnny. Aber das ist keine Antwort auf meine Frage.»
«Denken Sie doch mal nach. Wenn ein Produzent einen Scheck über hunderttausend sieht, wird er überaus freundlich. Sie macht keine Stars, Gracie, aber sie gibt Talenten eine Chance, sich in einer Rolle zu bewähren. Und bei Stimmengleichheit gibt sie den Ausschlag. Wenn es darum geht, die Rollen in einem Musical zu besetzen –»
«Ach ja?» fuhr Christine dazwischen. Sie machte sehr große Augen, riß die geballten Hände hoch und streckte die Zeigefinger senkrecht nach oben. «Na klar, Mann. Wie im guten alten Harlem. Toll, dieses Saxophon, und guckt mal, wie die tanzen können.»
Vielleicht lag es, sagte sich Milano ohne innere Überzeugung, an den zwei Jack Daniels, die sie gekippt hatte. «Hören Sie schon auf», sagte er, «Sie wissen genau, was ich gemeint habe.»
«Ich schon. Aber Sie nicht. Ich will Sie mal aufklären, Mann. Sie haben gemeint, wenn ich nicht singe und mit meinem Ding wackle, könnte meine Karriere ins Stocken geraten.» Sie legte ihre dunkelhäutige Hand vor ihn auf den Tisch, mit zierlichen, ebenmäßig gewachsenen Fingern, die Nägel sehr kurz geschnitten. «Sehen Sie das? Lohnt sich kaum, in der Gegend der Shubert Alley auf irgendwelche Rollenangebote zu antworten, denn ich kann offenbar nicht mit dem gewünschten Blondton aufwarten.»
«Sind Sie jetzt fertig?» fragte Milano.
«Ja. Sind Sie jetzt sauer?»
«Ja.»

«Sie kommen schon drüber weg», sagte Christine. «Und wenn Sie soweit sind, würde ich immer noch gern mit dieser Grace MacFadden zusammenkommen.»
«So wie Sie auf die Leute losgehen –»
«Wobei von vornherein klar sein muß», sagte Christine, «daß ich nicht singe und nicht tanze. Ich bin Schauspielerin. Und ich spiele keine Hausmädchen in Art-Deco-Wiederaufnahmen.»
«Sie können ihr das dann selber erzählen. Vielleicht können wir uns jetzt, da wir ja auf Spesenrechnung hier sind, dem Geschäftlichen zuwenden. Lorena zum Beispiel.»
«Hat sich seit Ihrem Anruf was ergeben?»
«Nein. Aber von meinen Leuten, die auf sie angesetzt sind, kam der Gedanke, sie könnte – bei ihrer Gemütsverfassung und allem – schwanger sein. Wie steht's denn damit?»
«Sie ist nicht schwanger. Der Gedanke war uns auch schon gekommen, doch vor ein paar Wochen stellte sich heraus, daß wir danebenlagen.»
«Da sind Sie sicher?»
«Ganz sicher. Mama ist da schwer auf Draht. Sie bekam das Beweismaterial, das sie brauchte. Auf die Gefahr hin, daß Sie's unschicklich finden, aber Lorena ist bei der Art von Beweismaterial nicht gerade das reinlichste Mädchen der Welt. Also. Leicht erregbar ja, schwanger nein. Ist sie alles, was es an Geschäftlichem gibt?»
«Nun, da ist auch noch Ihr Hausherr, der nebenan wohnt. Kirwan.»
«Charles Witter Kirwan», sagte Christine und setzte die Worte schön voneinander ab. «Er behauptet, die Straße sei vor langer Zeit einmal nach seiner Familie benannt worden. Könnte stimmen.» Sie zog die Stirn in Falten. «Sie meinen immer noch, Lorena könnte das Geld von ihm gestohlen haben? Aber ich sagte Ihnen doch schon, daß ich wirklich nicht glaube –»
«Lassen Sie mich die Fragen stellen. Zum Beispiel, als Ihre Mutter sagte, daß sie ihn mag, da machten Sie deutlich, daß Sie ihn nicht mögen. Er sei einer dieser miesen, geizigen Hausbesitzer, sagten sie. Aber ist das der einzige Grund?»

«Ist denn die Tatsache, daß er ein mieser, geiziger Hausbesitzer ist, nicht Grund genug?»
«Ihre Mutter scheint ihn aber zu mögen.»
«Sicher. Mama hat lange ihm und seiner Frau den Haushalt gemacht. Hat zudem Tag und Nacht für diese Frau gesorgt, als die Krebs bekam. Mit echter Fürsorge, von der Sorte, die man nicht einfach kaufen kann. Heute kommen Mama die Tränen vor Dankbarkeit. Mama ist nämlich der Meinung, daß man ausgerechnet den Leuten, die erlauben, daß man ihnen Gefälligkeiten erweist, besonders dankbar sein muß.»
«So sind nicht alle Mamas», sagte Milano.
«Ihre eigene?»
«Hat was Gemeines. Und es wird jeden Tag mehr.»
«Also ich glaube, da ist mir Mamas Art doch noch lieber. Und mit sehr viel gutem Willen kann ich auch zugeben, daß Kirwan, wenn man bloß mit ihm redet, gar nicht so unangenehm ist. Nett und höflich. Spricht leise. Macht keine Wellen. Die Kinder in dem Haus dort können einen schon verrückt machen, aber er hält sich da ziemlich zurück. Und er hat Lorena eine Chance gegeben, als sie es brauchte.»
«Wie kommt sie bei der Arbeit mit ihm zurecht?»
«Keine Klagen. Woran denken Sie, Johnny? Was stört Sie denn an dem Mann?»
«Ich weiß nicht. Er ist wohl so gut wie immer im Haus?»
«Kann man wohl sagen, ja. Er tappt höchstens mal bei uns im Haus herum und versucht, lecke Leitungsrohre mit Heftpflaster zu flicken. Wenn man ein Mietshaus besitzt, das früher mal ein stattliches Gebäude war, dann hält man es entweder instand oder stößt es ab, Mann. Aber man steckt doch nicht die ganzen Mieteinnahmen in das eigene, groteske Haus nebenan. Und man feuert auch nicht den Hausverwalter, damit man noch mehr Landschaftsgärtner fürs eigene Grundstück beschäftigen kann. Das ist doch wirklich das letzte.»
«Ist aber irgendwie interessant, das alte Haus.»
«Grotesk. Und ein alter Mann, der ganz allein in diesem Riesenhaus wohnt. Aber es macht ihn zum König des Misthaufens, nicht wahr?»
«Kommt darauf an», sagte Milano. «Angenommen, ich

wollte ihm einen Besuch abstatten? Um mein Interesse an seinem heruntergekommenen Mietshaus nebenan anzumelden? Wie würde er das wohl aufnehmen, was meinen Sie?»
«Ich sage Ihnen ja, er hat auch eine angenehme Seite.»
Christine runzelte die Stirn. «Woran denken Sie, Johnny?»
«Ach, an exzentrische Nachbarn zum Beispiel. Und an verwirrte Teenager wie Lorena. Ist denn Ihre Mutter nie versucht, die Göre einfach übers Knie zu legen und mit dem Riemen zu bearbeiten, bis sie mit der Wahrheit herausrückt? Bis sie sagt, was zum Teufel sie eigentlich treibt?»
«Klar ist sie versucht. Ich bin es auch. Und ebenso Odell und Vern, die als große Brüder ganz schön altmodisch denken. Aber Lorena schwindelt nicht, wenn sie für den Fall, daß man sie zu sehr unter Druck setzt, mit dem Abhauen droht. Im Grunde genommen sind wir ihre Geiseln, und sie weiß es.»
«Das hört sich an», sagte Milano, «als wäre sie die Gewinnerin. Aber sie benimmt sich nicht wie eine Gewinnerin. Ich glaube, die Kleine ist verdammt unglücklich über die Lage, in die sie sich hineingeritten hat, was immer es auch sein mag. Es ist gut möglich, daß sie, wenn die ganze Familie zu einer echten Auseinandersetzung mit ihr zusammenkäme – Krisensitzung, keine Ausflüchte mehr –, daß sie dann froh wäre, endlich alles loswerden zu können.»
Christine schüttelte den Kopf. «Sie hat einen gewaltigen Dickkopf, meine kleine Schwester. Und irgendwie auch eine Menge Geld. Wenn wir auch nur versuchen würden, ihr hart zuzusetzen, bräuchten wir schon am nächsten Tag jemanden, der sie zwischen hier und California aufstöbert. Melden Sie sich freiwillig für diesen Job?»
«Ich bin von Haus aus nicht der Typ, der etwas freiwillig tut.»
«Von Ausnahmen abgesehen», sagte Christine bestimmt. «Wenn ich mich recht erinnere, haben Sie mir freiwillig angeboten, mich mit einer Freundin von Ihnen bekannt zu machen.»
«Gracie MacFadden. Stimmt.»
«Freut mich, daß Sie's nicht vergessen haben. Dann geht es jetzt nur noch um die Frage, wann. Hab ich recht?»

Schauspielerin, dachte Milano. Schwarz. Emanze. Schauspielerin.
Kam das alles in einer Person zusammen, wurden die Dinge so kompliziert, daß sich einem der Kopf drehte. Es ließ einen an den alten Igelwitz denken. Wie schläft man mit einem Igel? Sehr vorsichtig.
Milano sagte sehr vorsichtig: «Ich bring Sie so bald wie möglich mit Gracie zusammen. Aber einstweilen könnten wir doch, da wir offensichtlich mit dem Essen fertig sind und da es erst neun Uhr ist –»
«Nach Hause», sagte Christine und klapperte hübsch mit ihren Stacheln. «Ich hab einen schweren Tag vor mir, denn morgen müssen Mr. Raoul Barquins Bilder an die Wand. Sie setzen mich jetzt einfach zu Hause ab, und ich bedanke mich für einen sehr netten Abend. Und es war wirklich ein netter Abend.»
Wahr.
Oder zumindest der Anfang eines netten Abends.

Charles Witter Kirwan

Es lag mir auf der Zunge.
Dieses Wort. Dieses Wort. Dieses
Ah ja. *Todessüchtigkeit.*
Ein deutsches Wort. Kompakt und stark.
Todessüchtigkeit.
Eine Sehnsucht nach dem Tod.
Der letzte qualvolle Atemzug. Die Augen blind. Die Ohren taub.
Frieden für immer und ewig.
Meine Frau kannte das. Die arme Kreatur, die es schaffte, am Ende des Todeskampfes zu flüstern: «Die einzig gute Arznei. Schlafen und nie wieder aufwachen.»
Als Trost für mich? Trost für sie selbst? In jedem Fall die Wahrheit.
Mein Großvater
Hendrick Witter, geboren 1857, starb 1951.
Mein Großvater kannte diese Wahrheit. Wies die Barbarei des Calvinismus, seiner ererbten Religion, zurück. Wie ein Gnom am Ende. Geschrumpft. Phasenweise senil. Aber so oft mit klarem Blick, klarem Kopf. Sah im Verstand die Seele, das Licht, den Sinn. Wenn der Verstand am Ende war, blieb nichts mehr übrig. Fleisch. Verfüttert es an die Hunde. Würde ihnen guttun, würde den Toten nicht schaden.
Unerbittlich. Besessen. Amateurhistoriker sind immer besessen. Evangelisten der Wiederauffindung von Informationen. Ein unerbittlicher, besessener alter Mann. Machte mich zum Historiker. Redete mir ein, ich sei zum Historiker geboren. Beschäftigung – als Lernender, als Lehrender – mit den endlosen Zeugnissen einer sich selbst zerstörenden Menschheit. Immer und immer wieder, die gleiche Lektion, nie begriffen.

Bau dir ein schönes Nest und beschmutze es mit deinem eigenen Dreck. Bau eine Zivilisation auf und lade den unwissenden, den unfähigen, den mißgünstigen Fremden dazu ein, alles in Dreck zu verwandeln.
Hatte nie den Mut, dem alten Mann die Geschichten zu zeigen, die ich schrieb. Diesen Roman. Diesen halben Roman. Die Ablehnungen kamen an mein Postfach im College. Ein halber Roman. Alles über den lauten, betrunkenen, habgierigen irischen Eindringling – Dapper Dan Snopes aus Kings County –, der das Nest der Witters beschmutzte. Abgelehnt abgelehnt abgelehnt. Ein halber Roman – die ganze traurige Wahrheit – als Abfall im Mülleimer.
Der Müll an diesem Tag. Kaffeesatz, Orangenschalen, Eierschalen, drei leere Ginflaschen. Drei Halbliterflaschen, nicht mal eine Tagesration für Dapper Dan, den lauten, übelriechenden, sich jedem anbiedernden Familienoptimisten. Hatte keine Angst mehr vor dem alten Mann. Am Tisch, beim Abendessen, dieses fette rote Gesicht mit dem roten, grau gesprenkelten Stoppelbart. Unfruchtbar – kinderlos – und nannte mich Sohn.
O ja. Für meinen Großvater war ich ein auf Bestellung gelieferter Historiker, für meinen Stiefvater ein auf Bestellung gelieferter Sohn.
Also
Donnerstag.
Donnerstag?
Ja, Donnerstagabend inzwischen. Donnerstag, ein leerer, im Bett verbrachter Tag, der Preis für Mittwoch. Gestern. Gestern gab es einen Triumph und eine Niederlage. Zusammengenommen erschöpften sie meine ganze Kraft.
Zu eurer Unterweisung, meine Freunde, zuerst der Triumph. Meine Aufgabe, die Sprengladungen anzubringen, ist seit gestern zur Hälfte erledigt. Ein kompletter Aufzugsschacht ist nun fertig, steht bereit. Das heißt, gestern wurden die Sprengladungen an den Aufzugstüren im ersten Stock und im Erdgeschoß befestigt. Als ich, auf meinem Weg von oben nach unten, im ersten Stock fertig war, spürte ich, daß meine Kraft auch noch für die Arbeit an der Tür im Erdgeschoß ausreichte. Zwei Türen an einem langen, brutalen Vormittag

fertiggemacht, mit Zündschnur und allem. Das Untergeschoß selbst bleibt ausgespart. Vom Erdgeschoß an aufwärts soll das Gebäude eingeebnet werden.
Der halbe Weg.
Implosion, sagt euch das was?
Captain Kirwan, Sprengungen. Gehörte der Artillerie an. Glücklich mit seiner neuen Aufgabe. Geschütze der Artillerie krachen in den Ohren, Sprengladungen krachen in der Ferne. Weniger Taubheit. Weniger Summen im Gehirn. Und er machte seine Sache gut. Sechs Blockhäuser, vier Reihen italienischer Slum-Unterkünfte, eine Kirche. Hinterher knirschte ein zerschmetterter Jesus unter den Fußsohlen. Die Geschicke des Krieges liefern billige Symbolik.
Implosion. Nach innen.
Explosion nach außen. Guy Fawkes und seine munteren Männer bereiteten sich auf eine Explosion nach außen vor, als sie die Fässer mit Schießpulver unten in die Parlamentsgebäude stellten. Heimliche Zustimmung Seiner Heiligkeit zu dem Plan, die verfluchten Anglikaner in die Luft und geradewegs in die Hölle zu jagen. Diente einst zusammen mit dem blutrünstigen Alba in den Niederlanden, Guy Fawkes. Fanatischer Katholik. Erst King James' verdammte ketzerische Protestanten samt und sonders in die Luft sprengen, dann nach oben in die dankbaren Arme des gütigen Jesus und der zarten Maria.
Doch wenn es in Dapper Dans Haus in der Witter Street 409 eine Explosion nach außen gab, konnte dieses Haus hier – in unmittelbarer Nachbarschaft – in Gefahr geraten. Zu nahe. Ziegelsteine und Mörtel würden wie Kanonenkugeln durch diese Holzwände fliegen.
Eine Implosion war allerdings auch unangenehm.
O ja.
Hört zu.
Bei einer Implosion schafft man im Herzen eines Gebäudes einen Kern aus Nichts. Ein blitzschnelles Nichts. Die Fundamente der stützenden Mauern werden plötzlich zu einem Nichts. Die Mauern fallen in diesem Nichts zusammen. Die Trümmer häufen sich in diesem Raum, außerhalb entsteht kein Schaden.

Wie man das am besten erreicht? Durch eine Reihe von Entladungen, zeitlich aufs genaueste festgelegt. Nur die winzigsten Bruchteile von Sekunden liegen zwischen den Explosionen der einzelnen Sprengstoffpakete. Bruchteile von Sekundenbruchteilen. Die Längen der von den Zündkapseln wegführenden Schnüre helfen dabei, aber das genügt noch nicht. Daß ich meine Sprengladungen abstufe – am meisten kommt ins Erdgeschoß, am wenigsten ins Obergeschoß –, wird ebenfalls helfen, aber ich weiß nicht mit Sicherheit, wie sehr.
Also
Ein gewisses Risiko ist dabei. Nicht viel, aber immerhin. Mauerwerk, das gegen diese Holzwände hier geschleudert wird. Ein Bulanga-Kopf, der über diesen Boden rollt, mit erstaunten Augen.
Ein gewisses Risiko. Ein kleiner Schaden. Captain Kirwan wird dafür sorgen, Sir, daß der Schaden gering bleibt. Und nach den Reparaturen – tadellosen Reparaturen – mit Geldern der Witter-Stiftung ist alles wieder so gut wie neu.
So gut wie alt.
Also
Der Triumph heute. An diesem Tag ist meine Aufgabe zur Hälfte erledigt. Und ich habe noch Kraft genug für die andere Hälfte.
Und doch nicht genug
Nicht mehr ganz, meine gierigen, lieben Freunde mit eurer schmutzigen Phantasie
Also, liebe Freunde, die Niederlage. *In puris naturalibus* werde ich euch von der Niederlage berichten.
Lorena Bailey.
Meine pflichtgetreue Bulanga-Jungfrau.
Sie kam zur gleichen Zeit wie immer, und ich ließ sie ein, im Bademantel, bereit. Instruktionen waren nicht mehr nötig, sie folgte mir in mein Schlafzimmer. Teilnahmslos. Ohne jedes Feuer. Schwer zu glauben, so kurz vor diesem Abenteuer.
Und
Auch bei mir nichts. Gar nichts. Ein Gefühl der Distanz, der Verschwommenheit, als seien alle Muskeln weggeschmolzen. Schlaff. Ich zog den Bademantel aus, legte mich auf den

Rücken und überließ ihr meine Schlaffheit. Auch diesmal wieder keine Hände. Nur der Mund.
Der pflichtgetreue, wirkungslose Mund.
Nichts.
Die Lippen gerundet, die Augen geschlossen, die schwarze Stirn gefurcht. Nichts. Ein Kitzeln. Mark Twain hat es gesagt. Ein Kitzeln von der Art, wie es ein Leichnam spüren mochte, wenn er mit elektrischem Strom in Berührung kam.
Nichts.
Bulanga-Speichel im grauen Schamhaar. Verwirrt, ungeduldig, hob sie den Kopf und sah mich an. Mühte sich weiter.
Ich fühlte mich weit weg und lethargisch, und in mir wuchs der Ekel.
Jawohl. Ekel.
Ein Gefühl der Erniedrigung. Bulanga-Speichel an mir. Bulanga-Speichel auf meiner Welt. Meiner impotenten Welt.
Ich sagte: «Das reicht», und sie gab auf. Aber beunruhigt. «Mein Geld?» Ich gab es ihr. Ich sagte: «Mach im Hinausgehen die Tür zu. Du brauchst am Freitag gar nicht erst wiederzukommen.»
Sie sah mich an. Dunkel. Schwer zu sagen, was sie denken. Sie leben vom Instinkt, nicht vom Intellekt. «Soul» nennen sie es. Ihre Mutter, mit offenem Gesichtsausdruck, immer vergnügt, würde gern wissen, wo ich mein Wechselgeld aufbewahre, damit sie es stehlen kann.
Ich sagte zu Lorena: «Du hast mich doch gehört, Mädchen.» Wenn sie mich herausforderte, mußte ich diese Herausforderung direkt annehmen.
Sie drehte sich plötzlich um und stürmte die Treppen hinunter. Ich wartete darauf, daß sie die Haustür zuknallte, aber sie knallte die Haustür nicht zu. In der Stille lag etwas Bedrohliches. Das war ihre besondere Art, mir zu sagen, daß sie auf diese schändliche Geldquelle nicht so ohne weiteres verzichten wird. Ich wage nun die Voraussage, daß sie am Freitag – morgen – wiederkommen wird, bereit, den Speichel fließen zu lassen.
Sie ist Herrin hier im Haus, denkt sie.
Unwichtig.

Ich bin der Hohepriester in ihrem Leben und mache ihren Opferaltar bereit für das unerhörte Ereignis.
Satis verborum.

John Milano

Als der Donnerstagmorgen dämmerte, prasselte laut der Regen an halb offene Fenster. Milano, der den Schlaf noch nicht loslassen wollte, kroch mit geschlossenen Augen aus dem Bett, zog krachend die Fenster herunter und kroch zurück ins Bett. Zu spät. Alle Stromkreise in seinem Gehirn hatten sich bereits eingeschaltet und präsentierten ihm die hartnäckig wiederkehrenden Bilder der querköpfigen Christine Bailey, ihrer noch querköpfigeren jüngeren Schwester und zweier prächtiger Strandszenen von Boudin, die auf der Suche nach ihrem Bestimmungsort irgendwo in den Vereinigten Staaten umherirrten. Aller Wahrscheinlichkeit nach auf der Suche nach Mister Toupet persönlich, Wim Rammaert, der, nachdem die Meldung von Watrous Associates' Kaufinteresse längst im Umlauf war, seine Karten immer noch nicht auf den Tisch gelegt hatte.

Eigenartig.

Aber da alle Spuren geradewegs auf Rammaert zuliefen, war er der Mittelsmann für diese Bilder. Er mußte es sein. Als weiteres Argument sprach auch dafür, daß kein anderer Kandidat aufgetaucht war, jedenfalls keiner mit der richtigen Legitimation.

Zwei Bilder von Boudin.

Und das Fernglas?

Teure Landschaftsgärtner, die in einer heruntergekommenen Straße in East Flatbush einen Rasen manikürten?

Dr. Kirwan, nehm ich an?

Bailey-Bailey-Rammaert-Kirwan. Milano rechnete ein bißchen nach und stellte zu seiner Überraschung fest, daß ganze zwölf Tage vergangen waren, seit er Pacificas Fall übernommen hatte. Ein Gefühl sagte ihm, er habe schon einen weit größeren Kalenderabschnitt mit dem Fall verbracht. Und seinen Komplikationen. Deren kompliziertesste fraglos Christine Bailey war, würdiges Sujet für einen Velasquez. Oder einen Rubens. Einen kleinen, höchst privaten Rubens. Oder –

Nachdem er es lange genug mit diesen Gedankenübungen versucht hatte, ließ Milano jede Hoffnung auf Schlaf fahren und schaltete den Fernseher ein, wo um sechs Uhr früh eine Tiersendung mit einem Haufen bewegungsloser Galapagosschildkröten kam, und als sie zu Ende war, tappte er in die Küche, um einen Becher Quark auszulöffeln, einen von einem halben Dutzend, die er im Kühlschrank lagern hatte, um jederzeit ohne schlechtes Gewissen naschen zu können. Inzwischen lagen auch die *Times* und die *News* auf der Türschwelle, und er ging mit ihnen wieder ins Bett. Als er gerade wieder eingeschlafen war, die Kommentarseiten der *Times* auf der Brust, wurde er vom Klingeln des Telefons nachhaltig geweckt.

«Hab ich dich geweckt?» fragte Betty.

Betty. Um zehn nach sieben.

Milano wappnete sich. «Macht ja nichts.»

«Tut mir leid. Aber du hast doch dieses Ding, Johnny, diesen Telefonbeantworter? Ich wollte, du würdest ihn eingeschaltet lassen. Ich hab gestern immer wieder versucht, dich zu erreichen.»

Der Ton war liebevoll-tadelnd und hatte etwas Warmes, wohingegen dieser letzte Anruf von ihr – wann immer das gewesen sein mochte – bei ungefähr null Grad Celsius gelegen hatte. Milano versagte es sich, ihr zu erklären, daß er im letzten Jahr während seiner Meuterei gegen seinen Geschäftspartner beim Abhören der Bänder jedesmal einige sehr laute und bösartige Mitteilungen von diesem Partner zu verdauen gehabt hatte.

«Das Ding ist kaputt», sagte er. Betty. Nett, lieb, hübsch und immer – fast immer – die Liebenswürdigkeit in Person. Und mit einem Schlüssel zur besten Datenbank östlich des Mississippi. Und nun lebender Beweis dafür, daß eine räumliche Trennung zumindest das Herz einer Frau liebevoller machen konnte. Und daraus erwuchs möglicherweise ein ernsthaftes Problem, wenn er sich das anregende Bild der schwarzen

Christine Bailey vor dem Hintergrund dieser vollkommen weißen Wände ausmalte. Milano wollte vorsichtig sondieren und fragte höflich:

«Alles in Ordnung?»

«Ich weiß nicht. Du, ich muß dich sehen, Johnny. Sofort.»

«Wenn du aber gleich zur Arbeit gehst –»

«Ich geh nicht. Ich nehm heute frei. Ich hab gestern auch frei genommen. Gestern bin ich ausgezogen. Ich hab ein Zimmer im Prince Albert hier unten in der Siebenundzwanzigsten Straße. Genau darüber will ich mit dir sprechen.»

«Jetzt versteh ich. Du bist von deiner Familie weg. Für immer?»

«Ja, natürlich.» Sie machte einen schwachen Versuch, ironisch zu klingen. «Wie soll denn ein gefallenes Mädchen mit einem so reinen und tugendhaften Vater unter einem Dach leben? Oh ja, es ist für immer.»

Gütiger Himmel. Ein gefallenes Mädchen. Ein Staten-Island-Vater mit der Reitpeitsche. Wie konnte Staten Island eigentlich je zu einem Stadtteil von New York werden? So hinterwäldlerisch ging es ja nicht mal in New Jersey zu.

Aber es war keine Frage, daß dieses Treffen, das der jüngsten Staten-Island-Flüchtigen vorschwebte, hier in dieser Wohnung stattfinden sollte. Und daß sie, wenn sie nicht aufgehalten wurde, schon bald vor der Tür stehen würde, den Koffer in der Hand und einige langfristige Pläne im Kopf. Schließlich hielten jetzt schon einige ihrer intimeren Kleidungsstücke die unterste Schublade dieser Kommode besetzt.

«Ich komm sofort rüber», sagte Milano.

«Eigentlich dachte ich ja, ich –»

«Überhaupt kein Problem. Bin schon unterwegs.»

Das Hotel Prince Albert unten in der 27. Straße war ein Bau, über dessen Niedergang jedem Architekturliebhaber die Tränen kommen mußten. Ein Koloß, gewiß, ein massiger barocker Prachtbau aus einer Zeit, als Herald Square noch lange nicht im Zentrum lag. Der Schmutz auf seiner Fassade schien sich seit dieser Zeit angesammelt zu haben, und wie die noch nicht geöffneten Läden in der Umgebung – Grossisten, die meisten – hatte auch der Hotelbau in seinem Aus-

sehen etwas Trostloses, Billiges. Der Dauerregen hellte die Szene auch nicht gerade auf.
Die Eingangshalle war jedoch in ordentlichem Zustand, und der Portier telefonierte, wie um die Ehrbarkeit des Hauses zu beweisen, erst mit Miss Cronins Zimmer, bevor er die Zimmernummer weitergab. Wie sich herausstellte, handelte es sich um ein kleines Zimmer, das dringende Gipser- und Malerarbeiten nötig hatte und dessen düsteres Fenster einen die Klaustrophobie fördernden Ausblick auf einen Luftschacht bot. Milano fiel auf, daß nicht ein Koffer dastand, sondern vier. Und zwei prallvolle Kartons, die noch verschnürt waren. Und ein paar überquellende Einkaufstaschen. Alle Kennzeichen einer Umsiedlung für immer.
Denk mal nach. Noch vor einer Woche wäre es völlig abwegig gewesen, bei einer Beschreibung der Dame das Wort «impulsiv» zu gebrauchen, aber gab es ein besseres Wort zur Beschreibung der Art und Weise, wie sie ihre Sünden plötzlich ihrem Daddy anvertraut hatte und wie sie nun, ebenso plötzlich, das Nest verlassen hatte? Nach seiner bisherigen Erfahrung, überlegte Milano, konnte Impulsivität, wie sie von Frauen in einer Art Rollenspiel – nach dem Motto «Weißt du, was wir jetzt tun könnten?» – demonstriert wurde, durchaus ihre Reize haben. Doch Bettys Impulsivität wirkte eher wie eine Variante des russischen Rouletts.
Sie hatte offensichtlich selber Angst davor. Es war anstrengend, immer die Muntere und Fröhliche zu spielen, und man merkte es ihr an. «Nichts Besonderes, was?» sagte sie und meinte das Zimmer. «Ich stecke voller Überraschungen, nicht wahr?» Dann musterte sie ihn stirnrunzelnd und hörte auf, Theater zu spielen. «Du hat abgenommen. Was hast du eigentlich vor, willst du dich zu Tode hungern?»
Besser wäre es gewesen, wenn sie nicht Sorge, sondern Bewunderung ausgedrückt hätte, aber immerhin, wenn er an das Martyrium dachte, dem er sich zur Zeit aussetzte, war es nett von ihr, überhaupt davon Notiz zu nehmen. Ein nettes, aufmerksames, besorgtes Mädchen, und wie zum Teufel kam man dagegen an? Es gab Frauen, mit denen man Fraktur reden konnte, aber zu denen gehörte sie bestimmt nicht. «Ich achte nur ein bißchen auf die Kalorien», sagte Milano.

«Was ist denn zwischen dir und deinem Vater vorgefallen? Wieso bist du hier gelandet?»
«Ich möchte lieber nicht über meinen Vater reden. Und ich bin hier gelandet, weil es das billigste Zimmer war, das ich so schnell finden konnte. Ich meine, wo ich nicht Angst haben muß, wenn ich auf den Gang hinausgehe. Trotzdem, weißt du, was das kostet, Johnny? Es ist der helle Wahnsinn.»
«Kann ich mir vorstellen», sagte Milano. Er verharrte einen Moment am Abgrund, ehe er den Sprung wagte. «Aber wenn du ein Mädchen auftreiben kannst, und ihr teilt euch dann die Miete –»
Der Ausdruck auf ihrem Gesicht ließ ihn verstummen. Bestürzt. Schwer getroffen. «Siehst du es wirklich so, Johnny?»
«Es?»
«Uns.»
Da war es also. Das «uns»-Argument. Milano setzte sich auf die Bettkante, dachte daran, daß sein Regenmantel durchnäßt war, und stand, da er ihn nicht ausziehen wollte, wieder auf. In freundlichem Ton sagte er: «Wenn du darauf hinauswillst, Baby, daß wir einen gemeinsamen Haushalt führen sollten, dann sag ich dir, es würde nie funktionieren. Es würde nicht mal lange genug gehen, daß es einen Versuch wert wäre. Glaub mir, ich weiß, wir sind ganz gut miteinander zurechtgekommen –»
Sie fuhr ihm voll vor den Bug. «Du weißt, daß da sehr viel mehr war, Johnny. Ich würde sagen, wir haben eindeutig eine sehr bedeutungsvolle Beziehung zustande gebracht. Und du weißt, ich rede nicht vom Heiraten. Ich will nur sagen, wenn es zwischen zwei Menschen etwas so Schönes gibt, warum sollen sie es dann nur an Wochenenden und Feiertagen genießen? Da sind wir immer glücklich miteinander, nicht wahr? Warum kann es denn nicht jeden Tag so sein?»
«Weil ich vielleicht nur an Wochenenden und Feiertagen glücklich bin.» Ein Fehler. Es kostete sie große Mühe, gelassen zu bleiben, und billige Schlagfertigkeit half da nicht weiter. Milano sagte rasch: «Tut mir leid. Aber ich bin auch durcheinander, Baby. Als wir das letztemal zusammenwaren,

hatten wir eine sehr laute Auseinandersetzung. Weißt du noch, warum? Ich war der Meinung, du solltest die Nacht in meiner Wohnung verbringen, weil es für dich viel einfacher war, als um die Stunde noch nach Hause zu kommen, aber du wolltest es nicht, weil es wahrscheinlich meine Freunde dort mitbekommen hätten. Und jetzt schlägst du eine Regelung vor, bei der es praktisch die ganze Stadt mitbekommen würde.»

«Ja. Aber ich war in dieser Nacht auch dumm. Und als du gesagt hast – du wirst dich erinnern –, ich sei für derlei Unfug zu alt, da dachte ich, ich sei deshalb wütend auf dich. Das stimmte aber gar nicht. Hinterher begriff ich, daß ich in Wirklichkeit auf meinen Vater wütend war. Und auf meine Mutter, denn sie ist in dem Haus wie ein Echo. Sieh mich an. In meinem Alter. Und mit einem guten Job. Und bei dir –»

«Einem anderen Vater.»

«Was?»

«Denk doch mal nach, Betty. Du sagst, du hättest dich endlich freigeschwommen, du seist jetzt deine eigene Frau. Aber in Wirklichkeit ist es nichts anderes – nenn es symbolisch – als dein Versuch, die Väter zu tauschen. Und was du eine bedeutungsvolle Beziehung nennst, erscheint wie eine Maßanfertigung für diesen Tausch.»

«Aber nein, Johnny, ich hab nie –»

«Doch.» Erstaunlich. Diese Groschenanalyse sollte nichts als eine Ausflucht sein, und plötzlich stand sie für sich und erhellte einige schmerzliche Tatsachen des Lebens. Vierzig Jahre alt. Vaterfigur. Und wie standen die Chancen, daß sich Christine Bailey mit einer Vaterfigur zufriedengab? Aber das war nicht Christine hier, dieser Vogel hatte ein vollkommen anderes Gefieder. Milano sagte: «Wir müssen in dieser Sache ehrlich sein, Baby. Wenn du bei mir einziehst, ändert sich nur deine Anschrift, sonst gar nichts. Du richtest dich nach mir, du paßt dich in allem an, und am Ende hast du Angst, ich könnte dir genauso boshaft kommen wie bisher dein Vater. Und diesmal weißt du nicht, wie du damit fertig werden sollst. Ich wüßte es, ehrlich gesagt, auch nicht.»

Bettys Miene verfinsterte sich, während sie nach einem Ausweg suchte. «Ich seh das nicht so. Bei dir hört sich das an, als hätten wir uns ständig gestritten. Haben wir aber nicht.»

«Weil du bei mir immer nachgiebig warst, genau wie bei deinem Vater.» Er stieß rasch zu, bevor sie mehr als ein zaghaftes Kopfschütteln anbringen konnte. «Sieh mal, du bist wegen dieser Geschichte immer noch durcheinander, und das ist ganz natürlich. Und dieses Zimmer hier hilft nicht im geringsten; es ist fürchterlich deprimierend, Baby. Laß uns also mal praktisch denken. Wie du ein bißchen kultivierter wohnen kannst. Zufällig hab ich beim Manager eines sehr kultivierten Wohnhotels, weiter draußen in der Fifth Avenue, einen dicken Gefallen gut. Schlafzimmer, Wohnzimmer und hübsche Küche, so daß man nicht sein ganzes Geld in Restaurants liegenlassen muß. Nicht leicht, dort kurzfristig reinzukommen, aber es läßt sich schon machen. Inzwischen –»

«Draußen an der Fifth Avenue? Ich hab zwar ein bißchen Geld auf der Seite, Johnny, aber so viel auch wieder nicht. Und mein Gehalt würde nie –»

«Genau. Deshalb wollte ich eben sagen, inzwischen solltest du – einfach weil ich mich wohler fühle, wenn du angenehm und sicher wohnst – die finanzielle Seite freundlicherweise mir überlassen, bis deine Angelegenheiten geregelt sind.»

«Du meinst, ich soll dich die Miete zahlen lassen?»

«Nur bis deine Angelegenheiten geregelt sind. Jetzt reg dich nicht auf. Es geht mir offensichtlich nicht darum, deine Gunst zu erkaufen. Ich möchte dir nur unter die Arme greifen, weil du gerade Hilfe brauchst. Wenn du aus irgendeinem überholten Prinzip ablehnst, akzeptiere ich das. Aber eins kann ich dir sagen, Baby, es würde mich nicht gerade glücklich machen.»

Wenn man dem Manager eines Hotels, dessen Tresorfächer geplündert worden sind, dadurch aus der Klemme hilft, daß man die Plünderer umgehend dingfest macht und den größten Teil der Beute sicherstellt, kann man aus einem großen Reservoir an Dankbarkeit schöpfen. Mr. Francona-Nerisi, Manager des Wardour, war in seiner Dankbarkeit bereit, sich über alle Vorschriften hinwegzusetzen. Mehr noch, bei allen persönlichen Zweifeln in bezug auf Mr. Milanos offenbar wohlerzogene und unstreitig sehr hübschen Cousine vom Land und ihre seltsame Ansammlung an Gepäck hieß er sie mit vollendeter Höflichkeit willkommen.

Um zehn Uhr morgens nahm also die Cousine vom Land ihre neue Wohnung in Besitz und machte sich daran, ihre Siebensachen zu verstauen – eine Tätigkeit, die sie offenbar beflügelte und in ihrer Entschlossenheit bestärkte, sich in dieses Abenteuer zu stürzen –, während Milano, nachdem er erst noch die Szene vor dem Wohnzimmerfenster begutachtete – unten eine Fifth Avenue à la Childe Hassam, der edle Block des Metropolitan-Museums ein paar Querstraßen weiter im Norden –, mit dem Mercedes zu Balducci's fuhr, um Futtervorräte einzukaufen. Er konnte zwar von dem herrlichen Zeug kaum etwas essen, zumal jetzt, da seine neue Figur öffentliche Anerkennung gefunden hatte, aber keiner konnte ihm die bittere Genugtuung nehmen, die er beim Einkaufen empfand.

Als er zurückkam, wurden ihm die Kartons von Betty abgenommen, die – unter lahmen Protesten über so viel Extravaganz – den Kühlschrank und die Küchenregale vollpackte. Als alles, was erledigt werden konnte, erledigt war, kam sie zu ihm ins Wohnzimmer. Sie baute sich mit gerötetem Gesicht und mit in die Seite gestemmten Armen vor ihm auf, wie Johanna von Orleans unmittelbar vor einer Ansprache an die Truppen.

«Also gut», sagte sie.

«Bis auf diese Jagdszenen an der Wand», sagte Milano. «Und im Schlafzimmer die pikanten Appetitmacher im Fragonard-Stil.»

«Ich rede nicht von irgendwelchen Bildern. Ich rede von dieser Situation. Es wird einfach eine Weile dauern, bis ich mich daran gewöhnt habe. Auch wenn es nur eine Übergangslösung ist.»

«Gut. Irgendeine Idee, wie wir den Anlaß feiern könnten?»

«Mußt du denn nicht zur Arbeit?»

Milano schüttelte den Kopf. «Heute wird nur gefeiert.» Es war sinnlos, anzudeuten, daß es bis zum Met nur ein kleiner Fußmarsch war. Sie war bestenfalls eine pflichtgetreue Museumsbesucherin, hatte nicht den richtigen Blick, sah nur das Offenkundige, blieb immer einen Schritt hinter ihm und wartete auf seine Reaktion, ehe sie selber reagierte. Es war besser, wenn er das Met strich. Und Velasquez. Und diesen kleinen Rubens. «Also», sagte Milano, «wie wär's mit Atlantic City?»

«Ein Kasino? Um die Tageszeit?» Sie hatte diesen Ausflug schon einmal mit ihm gemacht; die Aktion an den Spieltischen hatte sie beunruhigt und verwirrt, aber die Spielautomaten hatten sie restlos begeistert. Er hatte seinerzeit beobachtet, daß sie sich nur zögernd ihren ersten Einsatz von ihm geben ließ, daß sie aber danach regelmäßig an seinem Tisch auftauchte, um sich noch einen Zwanziger oder Fünfziger abzuholen. Der Grund war natürlich, daß sie sich fast augenblicklich von der Atmosphäre des Hauses hatte anstecken lassen. Es war kein richtiges Geld. Im Wolkenkuckucksheim gab es kein richtiges Geld. Die Vorstellung von diesen langen Reihen von Spielautomaten, die alle den Jackpot für sie bereithielten, spornte sie wohl auch jetzt wieder an. «Na schön», sagte sie als Antwort auf ihre eigene Frage. «Warum eigentlich nicht?»

Zu einer kleinen Störung das Ausflugs kam es, als Milano seine Bank aufsuchte, um das erforderliche Bargeld zu besorgen. Sein Kontostand ließ offenbar nicht zu, daß er einen Scheck über zehntausend einlöste. Bedaure, aber wäre Ihnen vielleicht mit achttausend gedient?

Seine erste hitzige Reaktion, so unkontrollierbar wie ein Schluckauf, war, die Schuld bei Shirley Glass zu suchen; sie machte für Watrous die satten wöchentlichen Einzahlungen auf sein Girokonto und hatte wohl einfach eine Woche übersprungen. Aber das stimmte natürlich nicht. So was passierte ihr nie. Es waren mal wieder seine vier Dauerbrenner, keine Frage – Hypothek, Instandhaltung, Mercedes, Mama. Mamas Haus, genauer gesagt, das Schwester Angie irgendwie an ihn abgeschoben hatte, als sich die Rechnungen für seine Instandhaltung zu stapeln begannen. Und dann waren da auch noch all die geschickten Kreditkarten, deren Angaben die Bank hinter seinem Rücken elektronisch verarbeitete. Private Einkäufe und Fahrten und Bewirtung und andere Kosten, die er nicht auf die Spesenrechnung der

Firma schmuggeln wollte, denn wenn er Willie mal aufs Kreuz legte, dann bestimmt nicht mit irgendeinem harmlosen Schwindel.
Richtig, nun hatte er ja einen weiteren Punkt auf dieser Liste, Bettys goldenen Käfig im Wardour.
O ja, es sah allmählich wirklich so aus, als ob die knappe Viertelmillion von Pacifica, die er sich mit Willie teilen würde, dringend nötig war, damit die Geldmaschine mal wieder in Gang kam.
War es denkbar, daß er die Ware Pacifica nicht würde liefern können?
Ja. Aber höchst unwahrscheinlich, wenn sich Rammaert und der Vertreter des Käufers auf das klassische Verfahren verständigt hatten, das heißt, bei einem persönlichen Treffen die Gemälde gegen Bargeld zu tauschen. Sie würden sich am Tisch gegenübersitzen, der eine prüfte die Bilder, der andere zählte das Geld, und keiner würde dem anderen auch nur einen Fingerbreit Vertrauen schenken. Zahlbar bei Erhalt, und wahrscheinlich würden ein paar Killer in maßgeschneiderten Anzügen in der Nähe stehen und dafür sorgen, daß mit dem Tauschgeschäft alles klarging.
Milano gab sich mit den angebotenen achttausend zufrieden und hatte sie nach seinen ersten zwei Stunden am Blackjack-Tisch fast verdoppelt, während Bettys Automaten gerade so viel ausspuckten, daß sie mit glühenden Wangen dabeiblieb. Als ihre Reserven dann doch erschöpft waren, setzte er sie auf seinen Glücksplatz, wo sie mit kleinen Einsätzen nervös die Stellung hielt, während er Shirley im Büro anrief.
Ihr Bericht war ein einziger Ärger. Ja, Willie hatte sofort mit seinen Kumpels bei der Polizei Kontakt aufgenommen, und nein, Charles Kirwan hatte keine Vorstrafen, keinen Eintrag im Strafregister, kein Nichts. Alles absolut negativ. Wer war überhaupt dieser Kirwan?
«Ein Typ, der mich stört», sagte Milano. «Hält dieses Gespann Heywood & Smith Kontakt mit Ihnen?»
«Mhm. DeLong hat heute morgen vom College aus angerufen. Er ruft vor Feierabend hier noch mal an.»
«Gut. Richten Sie ihm aus, er soll morgen mit mir frühstük-

ken. Gleicher Ort, gleiche Zeit. Und er soll alles mitbringen, was er bisher über Kirwan zusammengetragen hat.»
«In Ordnung», sagte Shirley. «Übrigens, ich hab gestern auch eine Nachricht für Sie entgegengenommen. Viermal. Eine Betty Cronin möchte, daß Sie sobald wie möglich Kontakt mit ihr aufnehmen. Ich wäre Ihnen sehr dankbar, Johnny, wenn Sie –»
«Ich kümmere mich sofort darum», sagte Milano.
Zurück an den Spieltisch, wo er Betty mit den nötigen Mitteln für einen neuen Anlauf auf den Super-Jackpot versah und wo der Bankhalter offen seine Erleichterung darüber zeigte, daß er die mit ihm befreundete Dame wieder ablöste. Der Mann mußte etwas ahnen, denn Milanos Konzentration war nun völlig im Eimer. Die Karten waren weit weg; dicht vor ihm war wieder dieses bohrende Problem namens Bailey-Bailey-Rammaert-Kirwan, so daß er, nachdem er seinen Gewinn wieder verspielt hatte, an einen Tisch wechselte, an dem gewürfelt wurde; vielleicht brachten ihm die Würfel noch einmal eine Wende. Aber es war zwecklos. Zur Abendessenszeit hatte er noch etwa tausend, Betty hatte noch einen Pappbecher voller Halbdollarstücke, und das war alles, was sie mit sich nach New York zurücknahmen. Nicht gut, aber besser als gar nichts.
Es hätte sich möglicherweise auch gelohnt, angesichts einer Betty, die trotz etlicher Kampfesnarben – einer stark geschwollenen Hand und wunden Füßen – mit ihrem Los offenbar so zufrieden war wie mit einem schönen Traum. Zudem war sie romantisch gestimmt.
Aber es gab kein romantisches Zwischenspiel im Wardour. Im Wagen vor dem Eingang bemerkte Milano, er bedaure, ihr sagen zu müssen – das tut mir nun wirklich leid, Schätzchen –, daß er in diesem Augenblick offiziell wieder seine Arbeit aufnehme, in einem schwierigen Fall, der ihn wahrscheinlich bis in die frühen Morgenstunden auf Trab halten werde.
«Ach», sagte Betty. «Na ja, ich ruf dich dann morgen an.»
«Nein, überlaß das Telefonieren lieber mir. Zum einen wird bei mir der Schlaf sowieso zu kurz kommen; da möchte ich

lieber nicht vom Telefon geweckt werden. Zum anderen gibt es bei dir in der Firma einen Botendienst, bei mir nicht.»

«Du hast recht», sagte Betty. Sie lehnte sich herüber, legte ihm fest die Arme um den Hals und gab ihm einen langgezogenen, hinreißenden Kuß. Schmeckte gut, fühlte sich gut an. Aber –

Er sah ihr nach, wie sie ein paar Schritte auf die Tür zuging. Dann blieb sie stehen, schützte ihre Augen vor einem feinen Nieselregen, und dann ging ihr Kopf zurück, zurück, zurück, denn sie versuchte die Höhe des Gebäudes zu erfassen, dessen Fassade hier und da ein hell erleuchtetes großes Fenster schmückte. Die Art, wie sie nach oben schaute und gedankenvoll den Kopf schüttelte, ließ darauf schließen, daß ihr der Anblick unwahrscheinlich vorkam, so wenig real wie das Geld im Kasino.

Was, wenn man's sich recht überlegte, nur zum besten war. Natürlich hätte er Christine Bailey anrufen sollen, bevor er umsonst zum Village runterfuhr. Einfach anzunehmen, sie sitze zu Hause und warte nur auf einen kleinen Plausch bei einem Drink-in, sagen wir, O. Henry's, war idiotisch. Klug wäre es gewesen, anzunehmen, daß das Mädchen im Augenblick viel mehr als nur einen kleinen Plausch mit irgendeinem verfickten schwarzen Adonis von einem Footballprofi genoß, der sich natürlich auch noch in verfickten Werbespots im Fernsehen produzieren konnte.

Keine Reaktion auf die Türglocke, auf sein hartnäckiges Klopfen?

Zum Teufel mit ihr.

Er nahm das gleich am nächsten Morgen wieder zurück. Daß er einigermaßen ausgeschlafen war, trug ebenso dazu bei wie der sonnige Freitagmorgen, der dazu angetan war, turbulente Gefühle zu beruhigen. Und dann konnte Johnny Milano natürlich etwas bieten, was auch der eleganteste Footballstar nicht zu bieten hatte: Er konnte die kleine Schwester aus dem tiefen und gefährlichen Loch holen, in das sie offenbar immer weiter hineinglitt.

Die Kleine war ganz schön durcheinander, das war klar.

Und sie war dort unten in dem Loch mit Sicherheit nicht glücklich.
Er hatte DeLong Heywood solo zum gemeinsamen Frühstück gebeten; es war aber keine große Überraschung, daß auch die muntere Gracella dazukam, ohne sich lange zu rechtfertigen. Und außerordentlich liebevoll mit ihrem Kollegen umging, der sich die mütterlichen Dienste, die ihm in aller Öffentlichkeit erwiesen wurden – mal wurde ihm der Jackenkragen glattgestrichen, mal eine winzige Fussel vom Ärmel gezupft –, ohne Groll gefallen ließ.
Ohne jeden Groll. Ja, als er Milano die Kirwan-Akte gab – eine Mappe mit einem Stapel Fotokopien –, deutete er mit einer Handbewegung auf Gracella und sagte: «Das meiste stammt von ihr. Sie kennt sich mit solchen Dingen wirklich gut aus.»
Das stimmte. Die Kopien waren offensichtlich von allen erdenklichen gedruckten Medien, von jeder Größe und Form, und überall, wo Kirwans Name auftauchte, war er durch eine farbige Markierung hervorgehoben. Es gab auch ein Deckblatt, eine Art Register, das den Inhalt der Mappe unter Überschriften wie *Familiengeschichte, Militär, Akademische Laufbahn* und so weiter kategorisierte.
«Sauber», sagte Milano. Er riskierte es, DeLong auf die Zehen zu treten, und sprach Gracella an: «Wie schätzen Sie ihn ein?»
«Kirwan?» Sie verzog das Gesicht. «So was wie der letzte Dinosaurier.»
«Inwiefern?»
«Na ja, alte Familie. Sehr alt. Reicht bis in die Zeit der Holländer zurück. Komisch ist ja, daß er eigentlich Witter heißt – ich meine, so hieß sein Vater –, aber als seine Mutter wieder heiratete, übernahm er den Namen des neuen Vaters. Das war dann Kirwan. Jedenfalls gibt es die Familie hier, seit es Brooklyn gibt. Die Straße dort ist nach ihnen benannt.»
«Wie steht's mit neueren Daten?» fragte Milano. «Warum hat er mit dem Unterricht am College aufgehört? Irgendwelche Schwierigkeiten? Kleine Abweichungen vom Tugendpfad. Irgendwas in der Richtung?»
Gracella verneinte mit einem nachdrücklichen Kopfschüt-

teln. «Nichts zu machen. Ging einfach in den Ruhestand. Das war's. In allen Ehren. Großes Abschiedsessen und so.»
«Und», sagte DeLong und vergaß einen Moment lang sogar seine Eierkuchen, «sie hatten darüber einen großen Artikel in der Studentenzeitung.» Er zeigte auf die Mappe. «Ist alles da drin. Als sie vor einigen Jahren diesen ganzen Ärger hatten –»
«Ärger mit aufmuckenden Schwarzen», warf Gracella boshaft ein.
«Diesen Ärger», sagte DeLong, «um unbeschränkte Zulassung und Kurse von Schwarzen für Schwarze und all diese Dinge, da setzte er sich für die Sache der Schwarzen ein. Wichtiger Mann im Lehrkörper, hat mal selber an dem College studiert, schneeweiß», er zuckte entschuldigend mit den Achseln, «Sie wissen schon, was ich meine.»
«Ich weiß», sagte Milano.
«Ja, also jedenfalls hat er damit in Interviews für Zeitungen und Fernsehen der Sache der Schwarzen sehr geholfen, wo er für die andere Seite hätte Punkte sammeln können. Deshalb hat ihn die Studentenzeitung mächtig herausgestrichen. Auch dafür, daß er im Ruhestand nicht, wie so viele andere, irgendwohin in den Sonnengürtel gezogen ist, sondern hier im alten Haus seiner Familie geblieben ist, als Teil eines im Umbruch befindlichen Gemeinwesens.»
«Mir kommen gleich die Tränen», sagte Milano. «Und was ist mit den Geschichten, die noch weiter zurückliegen? Seine Militärzeit. Das war ja dann wohl im Zweiten Weltkrieg.»
«Mhm», sagte DeLong.
«Irgendwas über seine Entlassung?»
DeLong sah Gracella an. Sie dachte nach und schüttelte dann den Kopf. «Aber da muß alles in Ordnung gewesen sein.»
«Warum?» fragte Milano.
Sie zählte die Punkte an den Fingern ab. «Captain in der Armee. Viel Fronterfahrung. Medaille für einen Sondereinsatz. Ich meine, da müssen sie ihn ja wohl in Ehren entlassen haben. Im übrigen werden Sie beim Durchsehen dieser Papiere feststellen, daß wir wirklich eine Menge zusammen-

getragen haben. Und wenn jemals einer wie der absolute Saubermann dagestanden hat, dann ist er es.»

«Der absolute Saubermann», sagte Milano.

«Sie wollen es nicht glauben?»

«Nun ja», sagte Milano, «ich war einmal bei einem Bankett für einen solchen Saubermann. Säule des Gemeinwesens, Musterbürger, Heiliger des Jahres. Der einzige Gast, der nicht erschien, war er, weil ihn die Bullen noch auf dem Flughafen in der Toilette dabei erwischten, wie er einem Schuljungen nach dem Schwanz grapschte.»

«So was kommt vor», sagte DeLong gelassen. Er sah Milano stirnrunzelnd an. «Liegt gegen diesen Kirwan was vor, von dem wir nichts wissen?»

«Das nicht. Aber überlegen Sie doch mal. Das Mädchen hat irgendwoher Geld bekommen, mindestens tausend Dollar bis jetzt, vielleicht mehr. Denkbar, daß sie alles auf einmal bekommen hat, aber ich glaube nicht daran, dafür verteilt sie ihre Ausgaben viel zu regelmäßig. Aller Wahrscheinlichkeit nach kommt das Geld also in Raten. Und Kirwan ist, nach allem was wir wissen, der einzige, mit dem sie regelmäßig persönlichen Kontakt hat. Hinter verschlossenen Türen. Und warum sollte unser Saubermann nicht regelmäßig seinen Stoff brauchen? Und wäre dann nicht diese Kleine die cleverste Art von Connection, die er benutzen kann?»

«Wäre denkbar», räumte DeLong ein. «Nur: wo ist ihre Connection am anderen Ende? Wer beliefert sie? Ich hab dieses Mädchen auf Schritt und Tritt beobachtet. Da ist nichts. Keine Täuschungsmanöver, kein Versteckspiel, nichts.»

«Trotzdem», sagte Milano, «man muß sich an das halten, was sinnvoll ist. Und sich zu fragen, was Kirwan mit der Kleinen verbindet, ist das einzig Sinnvolle.»

«Was zu beweisen war», sagte Gracella. Sie wandte sich mit hochgezogenen Augenbrauen an Milano: «Was nun?»

«Nichts, was Sie beide betreffen würde. Wenn Sie wollen, können Sie den Rest des Tages frei haben, bei voller Bezahlung.»

«In Ordnung», sagte Gracella. «Aber da war noch was, Sie erinnern sich? Ich habe meine Arbeit getan, Sie haben gese-

hen, wie ich sie getan habe. Wie wär's nun mit einem kleinen Wechsel vom Schreibtisch zur Recherche vor Ort? Auf Dauer, meine ich.»
Sie war bereit und auf dem Sprung – fragte sich nur, wohin.
Milano sagte: «Haben Sie mir nicht erzählt, Sie hätten den Magistergrad? In welchem Fach denn?»
«Erziehungswissenschaft.»
Natürlich. «Haben Sie eigentlich nie ans Unterrichten gedacht?»
«Ich hab unterrichtet, Mr. Milano. Zwei Jahre Unterstufe an der High School. Wollen Sie meine Meinung über die New Yorker High Schools und speziell deren Unterstufe hören, in fünfundzwanzig Worten oder weniger?»
«Es steht deutlich zwischen den Zeilen», antwortete Milano.
«Na schön, ich werde Mr. Watrous sagen, daß wir eine verkannte Begabung im Büro haben und daß wir es uns nicht leisten können, sie verkümmern zu lassen. Ich tu's aber nicht morgen und auch nicht nächste Woche. Wenn es Ihnen nichts ausmacht zu warten, gut.»
Gracella machte den Mund auf, und Milano hielt eine Hand hoch. «Das wär's», sagte er.

Für die Fahrt in die Witter Street nahm er den Mercedes, den Wagen mit der fest eingebauten soliden Ehrlichkeit, und fand – die Regelung, nach der abwechselnd immer nur auf einer Straßenseite geparkt werden durfte, galt nur bis elf Uhr – um elf Uhr zehn noch eine Parklücke in der Nähe der Einfahrt zu Nr. 407. Aber in dem viktorianischen Haus reagierte niemand auf die Türglocke. Dabei war die zeitliche Abstimmung ganz wesentlich. Lorena würde auf ihrem Heimweg von der Schule kurz nach drei hier vorbeikommen; sie würde gegen halb vier an dieser Hausglocke läuten. Jedes Gespräch mit Kirwan mußte also deutlich vor drei über die Bühne gegangen sein.
Bettlägerig? Nein, jedenfalls nicht so, daß er nicht an die Tür kommen konnte. Im Tiefschlaf, nach irgendwelchen Drogen? Als Milano noch darüber nachdachte, wurde er vom Gehweg her angesprochen.
«He, Mister.»

«Ein älteres Ehepaar, weiß, der Mann hinter einem Einkaufswagen, die Frau heftig gestikulierend. «Mister.»
Milano ging zu ihnen hin. Die Frau, ein verwelktes altes Weib in offenen Schuhen, sagte mißbilligend: «Er ist nicht zu Hause.»
«Kirwan?»
«Er ist nicht zu Hause.» Sie kniff die Augen zusammen. «Sind Sie der Inspektor?»
«Nein. Ich bin geschäftlich hier. Ich dachte, er sei da.»
«Er ist da drüben.» Sie zeigte auf Nr. 409. «Im Keller. Flickt irgendwas. Sie sind nicht der Inspektor?»
«Ich doch nicht», wiederholte Milano.
Der alte Mann sagte unfreundlich: «Schon vor einer Woche sollte ein Inspektor kommen.»
«Vor einem Monat», sagte die alte Frau. Sie stieß Milano einen krummen Zeigefinger in die Brust. «Mister, wenn Sie den feinen Mr. Kirwan – er möge in der Hölle verfaulen – doch noch treffen, dann tun Sie mir den Gefallen und sagen Sie ihm, Sie kommen von Friedman, er weiß dann schon. Sagen Sie ihm, daß die Toilette immer noch undicht ist und daß der *vershtoonkeneh* Eisschrank immer noch nicht kalt wird. Sie müssen ihm das ausrichten.»
«Wenn ich ihn finde», sagte Milano.
«Im Keller da drüben», sagte der alte Mann. «Denken Sie dran, Sie kommen von Friedman. Er weiß dann schon.»
Nur ein Idiot würde daran zweifeln, dachte Milano.
Der Weg in den Keller des Nachbarhauses führte über ein paar Steintreppen nach unten und durch einen feuchten Tunnel auf einen großen Innenhof, der tiefer lag als die Straße. Die Kellertür war mit Stahl ummantelt und mit zwei Schlössern gesichert, die Kellerfenster waren alle mit Betonsteinen zugemauert, und Tür, Fenster und jeder Zoll der Mauer um den Hof waren so schwindelerregend dicht mit Graffiti überzogen, daß nicht mal mehr ein einziger Tropfen Inspiration aus der Spraydose Platz zu haben schien.
Er war nicht allein hier unten. In einer der entlegenen Ecken hockten, knieten und standen ein halbes Dutzend Jungen bei einem Kartenspiel, als posierten sie für ein Foto von Jugendlichen, die die High School schwänzten. Sie erstarrten beim

Anblick des fremden Mannes und blickten mißtrauisch zu ihm herüber. Den proletarischen Gegensatz bildete ein dicker Schwarzer mit grauen Haaren, der sich um eine Reihe verbeulter Mülltonnen kümmerte, die an der Mauer standen. Die Tonnen waren übervoll, und überall um sie her trat man in matschigen Müll. Der Mann schaufelte das, was am Boden lag, in einen dieser verstärkten schwarzen Plastiksäcke. Ein paar gefüllte Säcke standen bereits neben den Tonnen an der Wand. Der Mann grinste Milano an und ließ dabei eine Zahnlücke erkennen. «Suchen Sie jemand?»
«Den Hausbesitzer», sagte Milano. «Er soll hier im Keller sein.»
«Mhm. Aber die Tür ist verriegelt, und es hat keinen Sinn, sich die Knöchel blutig zu schlagen. Wenn er da drin am Arbeiten ist, hört er nichts oder will nichts hören.
«Aha», sagte Milano. «Sind Sie der Verwalter?» Nach allem, was er wußte, war Kirwan sein eigener Verwalter.
«Nicht hier, im Haus gegenüber. Ich helfe hier nur aus. Al Bunting.» Er kniff neugierig die Augen zusammen. «Sind Sie dienstlich im Haus?»
«Ich bin kein städtischer Inspektor. Private Geschäfte. John Milano.» Es war das Stichwort für die Kartenspieler, die Blicke von ihm abzuwenden und sich wieder ihrem Spiel zu widmen. Al Bunting schien jedoch nicht abgeneigt, mit ihm zu plaudern. Milano sagte zu ihm: «Wie lange bleibt er wohl noch da drin?»
«Weiß nicht. Er ist fast schon den ganzen Tag am Arbeiten, da muß er eigentlich bald rauskommen, was essen. Jeden Tag geht das so. Er hat mir vor ein paar Wochen gesagt, er muß jetzt ein für allemal die Kesselrohre flicken, und seither schafft er dran. Zeitverschwendung, Mann. Da müssen neue Leitungen rein, nicht immer nur Klemmschellen über die Löcher.» Er zeigte wieder seine Zahnlücke. «Die sind älter als ich, diese Rohre, und mindestens genauso rostig.»
«Sie sind doch noch prächtig beieinander», sagte Milano und meinte das als ehrliches Kompliment. Er sah sich um. «Der Bau selbst scheint ja noch ganz stabil. Man müßte zwar einiges reinstecken», sagte er gedankenvoll und legte damit den Köder aus, «aber es könnte sich lohnen.»

Bunting schien Zweifel zu haben. «Schon möglich. Das Problem ist nur, da steckt man Arbeit rein, und gleich kommt einer und macht alles wieder zur Sau. Es gibt schon böse Schlamper hier. Und», mit einer Kopfbewegung zu den Kartenspielern hin, «ein paar üble Ganoven. Reißen weg, was nicht festgenagelt ist, und was sie nicht wegkriegen, schlagen sie zusammen. Verstehen Sie?»
«O ja, sicher.» Milano ließ ein paar Augenblicke verstreichen. «Aber das große Haus nebenan gehört doch auch Kirwan, oder? Ein prächtiges altes Haus. Und was könnte man da nicht alles wegreißen und zusammenschlagen. Wie kommt's, daß es so tadellos aussieht? Hat er vielleicht Verbindungsleute in der Nachbarschaft, die ihm den Rücken freihalten? Dafür sorgen, daß keiner das Haus anrührt?»
Bunting grinste breit. «Könnte man so sagen.»
«Tatsächlich?»
«Mhm.» Bunting deutete wieder auf die Kartenspieler. «Die Bürschchen wohnen fast alle hier im Haus. Wie man so hört, haben ihnen ihre Mamas klargemacht, wenn sie sich mit dem Mann anlegen, kommt er ihnen sofort mit der Kündigung. In dem Haus gilt ja die Mietpreisbindung. Wenn du hier rausfliegst und woanders eine Wohnung willst, zahlst du glatt das Doppelte. Verstehen Sie? Da haben Sie also Ihre Verbindungsleute, es sind die Mamas, stimmt's? Außerdem –»
«Ja.»
Bunting kratzte sich nachdenklich an der Stirn. «Eigentlich kann man ja ganz gut mit ihm auskommen. Der Mann will einfach seine Ruhe, verstehen Sie? Er läßt die Ganoven in Ruhe, egal, was sie in dem Mietshaus hier treiben, und sie lassen dafür sein Haus in Ruhe. Nur so läuft das, Mann. Bei mir drüben in Nr. 416 mach ich das genauso, ich laß diese Früchtchen leben, und sie lassen mich leben. Man muß sich nur beherrschen. Immer schön ruhig bleiben, bloß keine Wellen. Das macht das Leben für alle einfacher.»
«So halte ihm auch die andere Wange hin», sagte Milano.
«Meistens schon. Aber wenn mal einer auf die Idee kommt, mich persönlich anzugreifen, dann brech ich ihm den verdammten Arm. Doch abgesehen davon ist ‹friedlich› das

Zauberwort, Mann. Fragen Sie Mr. Kirwan, und er hält Ihnen einen ganzen Vortrag. Er sagt, es funktioniert, und er sei der Beweis dafür. Wie's aussieht, hat der Mann recht.»
«Sieht ganz so aus», sagte Milano, «aber im Augenblick ist es ein bißchen schwierig, ihn danach zu fragen.»
«Er kommt schon raus. Das kann jetzt schnell gehen.»
Es ging schnell. Wenige Minuten, nachdem Milano auf der Straße, gleich bei der Treppe, Stellung bezogen hatte, war unten im Gang das Scharren von Füßen zu hören. Schleppende Schritte, wie zu einer Beerdigung. Milano ging nach vorn an die Treppe und sah, wie der alte Chronos persönlich mit Mühe die erste Stufe bewältigte. Die vergitterte, gelbliche Zehn-Watt-Birne ließ in ihrem trüben Lichtschein eine große, leichenhafte Gestalt erkennen, die sich offensichtlich mit einem arthritischen Hüftleiden bewegte, mit einem im Halbdunkel holzschnittartig wirkenden Gesicht voll scharfer Kanten und tiefer Höhlen unter einem ungekämmten weißen Haarschopf.
Die erste Stufe fiel Kirwan schwer. Die zweite war Mord. Er mußte sich links und rechts an dem eisernen Geländer festhalten, um sich hochziehen zu können, aber eine offenbar schwere Plastiktüte in der einen Hand machte die Sache kompliziert. Milano ging ihm ein paar Stufen entgegen. «Kann ich Ihnen behilflich sein?»
Kirwan blinzelte zu ihm herauf. «Ich glaube schon. Ja.» Die Aussprache war präzise, die Stimme angenehm, aber es hörte sich an, als füllten sich die Lungen mit Luft, um die Worte auch nur ein kleines Stück weit befördern zu können. Ein Husten schloß sich an. Nicht nach außen. Ein plötzliches Keuchen und Rasseln in der Brust. Offenbar verbunden mit einer Eruption von Schleim in den Mund, so wie Kirwan plötzlich die Lippen aufeinanderpreßte und die Nase rümpfte. Und während jeder andere in dieser Situation und an diesem Ort einfach ausgespuckt hätte, zeigte Kirwan seine vornehme Gesinnung. Zerrte ein Taschentuch aus der Gesäßtasche, um in ihm die Ladung zu deponieren. Er faltete das Taschentuch sorgfältig zusammen, bevor er es wieder einsteckte. «Ich habe mich als Klempner betätigt», sagte er entschuldigend. «Ich fürchte, ich habe mir zuviel zugemu-

tet. Wenn Sie mir vielleicht diese Tüte abnehmen würden –» «Milano streckte die Hand aus und nahm die Einkaufstüte, in der irgend etwas metallisch klimperte. Selbst ohne diese Last mußte sich Kirwan gewaltig anstrengen, um die restlichen Stufen bis zur Straße zu schaffen. Als er schließlich oben war, blieb er erst mal stehen und rang nach Luft. Im Licht der Sonne wirkte er nicht ganz so alt wie im Halbdunkel des Kellerganges, aber die Krankheit war ihm noch deutlicher anzusehen. Gräuliche Gesichtsfarbe, rotblaue Lippen. Nicht gerade der durchschnittliche, anziehende Typ des Hausbesitzers. Große Staubfusseln hafteten hinten an seiner ausgefransten Strickjacke, die Hosen waren nur noch Lumpen voller Farbkleckse, und weitere Staubfusseln hingen an den Aufschlägen, die Füße steckten in schmutzigen Turnschuhen. Doch sein Auftreten war gepflegt. «Ich danke Ihnen, Sir. Sie sind sicher der Mann, der zu mir will, wie ich von meinem Faktotum gehört habe.»

«Ja. Ich hatte gehofft, was Geschäftliches mit Ihnen bereden zu können.» Milano überreichte ihm die aufwendig gedruckte Karte, und Kirwan kniff ein Auge zu, um sie mit dem anderen blinzelnd anzusehen. Die Karte, eine aus einem Sortiment von einem Dutzend oder so, war Willies Idee gewesen, und keineswegs die schlechteste. Unter dem *John A. Milano* stand das vielseitig verwendbare *Berater in Grundstücksfragen;* wenn John A. Milano einmal in die Enge getrieben wurde, konnte er wahrheitsgemäß erklären, er berate den Grundbesitzer in Sicherheitsfragen. Im übrigen erlaubte es weitestgehende Deutungen, von der Art, zu der nun offenbar auch Kirwan neigte.

«Und an welchen Grundstücken sind Sie denn interessiert, Mr. Milano?»

«Es sind, um nicht lange herumzureden, Objekte wie dieses hier. Die Kapitalgeber, die ich vertrete, handeln natürlich nicht aus reiner Nächstenliebe, aber sie sind immerhin daran interessiert, bestimmte Straßenzüge zu sanieren. Straßen wie diese hier. Im Augenblick kaum rentabel, könnte sich nach oben oder nach unten entwickeln, unter den Bewohnern ein hoher Anteil an Nichtweißen –»

«Sie brauchen das nicht einzuschränken, Mr. Milano. Sie können ruhig sagen: nur von Nichtweißen bewohnt.»
Es war schwer zu sagen, ob Kirwan nur den Schelm spielen wollte. Sein Gesicht blieb ausdruckslos, in den glasigen Augen war keine Spur von Humor zu entdecken.
«Na schön», sagte Milano, «nur von Nichtweißen bewohnt. Das heißt, der normale Kapitalanleger hält sich da raus. Wir nicht.»
«Aha. Haben Sie denn Interesse daran, dieses Gebäude zu kaufen, Mr. Milano?»
«Ich bin zumindest daran interessiert, über Möglichkeiten zu diskutieren.»
«Ihnen ist doch bestimmt das verlassene Mietshaus vorne an der Ecke aufgefallen. Vermutlich brauchen sie da nur die rückständigen Steuern zu bezahlen, und es gehört Ihnen. Meinen Sie nicht?»
«Schon richtig», sagte Milano. «Und dann muß ich zwei-, dreihunderttausend Dollar reinstecken, um es überhaupt lebensfähig zu machen.»
«Ah ja. Lebensfähig.»
Der alte Mann spielte tatsächlich den Schelm.
«Bewohnbar», sagte Milano, «für die Mieter.» Ein verdammter Witzbold, der Alte. Und jetzt blickte er auf seine Armbanduhr, wollte sich wohl verabschieden. Die zwanzig Meter bis zum Eingang von Nr. 407 kamen Milano plötzlich wie zwanzig Kilometer vor. Herablassend witzig. Aber ganz vernarrt in sein Haus. Könnte eine Achillesferse sein, diese Vernarrtheit. Milano ließ sich behutsam darauf ein. «Wenn ich allerdings der einzige Kapitalgeber wäre, wenn es nur um mein Geld ginge – Ihnen gehört doch auch das Haus nebenan?»
«Ja.»
«Also, da wäre ich wirklich scharf drauf. Ein architektonisches Glanzstück. Ich hab ja schon öfter Häuser von dieser Klasse gesehen, aber noch nie eines in diesem Zustand. Um achtzehnachtzig, nicht wahr?»
«Ziemlich genau.» Ins Schwarze getroffen. Kirwan sah nun aus, als werde Sauerstoff in seine bronchitischen oder asthmatischen oder sonstwas Lungen gepumpt. Er warf einen lie-

bevollen Blick auf sein Haus und fuhr sich mit den Fingern mehrmals langsam über die Lippen. «Aber absolut unverkäuflich, Mr. Milano.»
«Das kann ich gut verstehen», sagte Milano nüchtern. Er wandte seine Aufmerksamkeit wieder dem Haus zu. «Vollendeter amerikanischer Queen-Anne-Stil. Und dieser Außenanstrich. Sie haben sich an die Originalfarbe gehalten, nicht wahr?»
«Kastanienbraun. Oh ja. Sie kennen sich in der Geschichte der Architektur aber sehr gut aus.»
«Eine Art Steckenpferd von mir, zusammen mit historischer Innenarchitektur.» Wenn du dein Gegenüber schon mal am Staunen hast, Baby, mußt du dick auftragen und schnell weitermachen. Milano zog die Augenbrauen hoch. «Ist womöglich auch noch die Inneneinrichtung authentisch?»
«Oh ja. Allerdings. Wenn man von ein paar unvermeidlichen Verbesserungen absieht. Keine Gasglühstrümpfe mehr, bedauerlicherweise. Und verhältnismäßig moderne Küchen und Badezimmer. Und kleine Reparaturen an den Möbeln, aber niemals der Versuch, sie oder das alte Holzwerk im Haus nachzubauen. Niemals.»
«Unglaublich.» Milano hoffte, er sah richtig ergriffen aus. «Ich muß schon sagen, Mr. Kirwan, am liebsten würde ich, wenn es keine allzu großen Umstände macht –»
Kirwan sah wieder auf die Uhr. «Nun ja –»
«Ich will mich gern mit einer Blitztour zufriedengeben. Und kein Wort über Geschäfte. Dafür ist ein andermal Zeit genug.»
Wieder ins Schwarze getroffen.
Milano trug die Plastiktüte, und während Kirwan mit seinem Schlüssel im Schloß der Haustür fummelte, konnte er sich heimlich einen Überblick über den Inhalt der Tüte verschaffen. Thermosflasche, Taschenlampe, eine große Schere, eine Art Rundzange, die in zwei Hälften auseinandergebrochen war – nicht der geringste Hinweis darauf, daß im Keller von Nr. 409 LSD gebraut oder Pillen gedreht wurden. Es wäre schön gewesen, auf ein Dutzend unbeschrifteter Flaschen voller Kapseln zu stoßen, obwohl das aller Logik widersprochen hätte, denn dann wäre ja Kirwan der Innenmann gewe-

sen und Lorena seine Connection nach draußen. Aber es war ja ohnehin kein sehr logischer Gedanke, daß Kirwan diesem Fremden beiläufig eine Tüte mit so verräterischem Inhalt überlassen würde. Doch mit Logik, mit der guten altmodischen Polizistenlogik, war Lorenas Treiben allem Anschein nach nicht beizukommen.

Und ebensowenig Kirwans Treiben. Exzentrisch nannte man so einen, wenn er reich war, übergeschnappt, wenn er es nicht war, aber wie erklärte man sich diesen vermögenden Hausbesitzer mit seiner kostspieligen Leidenschaft für Hoch-Viktorianisches und seinem schmerzhaften Hüftproblem und diesem an den Eingeweiden reißenden Husten, der ihn immer wieder einem Schlaganfall nahezubringen schien – wie erklärte man sich diesen sonderbaren Menschen, der Tag für Tag in einem verdreckten Mietshaus um verdreckte Kesselrohre herumkroch und hoffnungslose Flickarbeiten machte, wenn man ihn nicht als echten Spinner abschreiben wollte? Das, wie schon der große Dichter sagt, war hier die Frage.

Ein Spinner. Aber da waren immer wieder diese schlagfertigen, scharfsinnigen Einfälle, die dagegen sprachen.

Und die Inneneinrichtung des Hauses bewies dann, daß Kirwan nicht am Gebrüder-Collyer-Syndrom litt, diesem Packratten-Hamstern und -Aufhäufen von vermoderndem Trödel, das als deutliches Zeichen – deutlicher geht's nicht – von galoppierender Senilität anzusehen ist. Weit davon entfernt. Dieses Haus, wie eine Insel inmitten des kaputten schwarzen Viertels, war ein Schatzkästlein. Wände mit Eichenpaneelen, Kaminecken in der Art von Skulpturen, gewölbte und geschwungene Decken, prächtige naive Gilded-Age-Blumenmuster an den Dielenfenstern. Und dann die Möbel. Ein viktorianisches Gedränge und Durcheinander, das eine schreckliche Behaglichkeit ergab. Unübertreffliche Duncan Phyfe, dazu Biedermeier- und Morris-Möbel, unter deren Gewicht die blank gebohnerten Bodendielen ächzten. Alles Mahagoni, Eiche, Walnuß, Ebenholz. Brüsseler Teppiche, die echten, die um abgenutzte Stellen herum noch die wahren alten Farben erkennen ließen. Morris-Glas in blendender Fülle. Die Bilder an den Wänden, wie zu erwarten, völlig

wertlos. Ländliche Szenen aus Deutschland im Original, daneben Kopien von Alma-Tadema, Millais, Landseer und Konsorten, und alle – Originale und Kopien – in reich verzierten Rahmen. Vorneliegendes Empfangszimmer, innenliegendes Wohnzimmer, Bibliothek, Eßzimmer, Speisekammer und Mädchenkammer neben der Küche und schließlich die Küche selbst, groß genug für einen festlichen Ball. Milano blinzelte erstaunt, als er den Tisch dort sah, die adretten Stühle, die strengen Mondrian-Linien der Wandregale.
«Echt Shaker?» fragte er, und «Oh ja», keuchte deren Besitzer. «Echte Shaker.»
Milano ging in Gedanken noch einmal zurück und übte sich ein wenig im Kopfrechnen, angefangen bei der Küchenausstattung und bis hin zu dem massiven Biedermeierschrank am Kopfende des Eßzimmers. Kirschbaum? Mußte naturbelassenes Kirschbaumholz sein, mit feinen Ebenholz-Intarsien, die wie Spitzenmuster jede Türfüllung zierten. Wenn er alles zusammenzählte, Zimmer um Zimmer, dann würden die sichtbaren Möbel einen Mindestverkaufspreis von zwei- bis dreihunderttausend ausmachen. Und das wäre immer nur das Mindestgebot; keiner konnte sagen, wie hoch die Kampfpreise bei einer Versteigerung stiegen, zumal der Markt gewaltig anzog. Und angesichts eines Heeres an reichen Schwachköpfen, die den Markt weiter anheizten.
Ganz ohne Preis natürlich die bronzene Urne auf dem Sims über dem gekachelten offenen Kamin, und jede Kachel – holländisches Motiv – war schon für sich allein genommen ein heißer Artikel auf dem Markt. Auf einer der Urnen war in einer blumenreichen Schrift *Hendrick Jan Cornelius Witter, 1857–1951* eingraviert, und in einem Ton, der einen glauben ließ, er nehme einen Hut ab und halte ihn übers Herz, sagte Kirwan: «Die irdischen Überreste meines Großvaters. Ein bemerkenswerter Mann.»
«Das hier war sein Zuhause?»
«Er hat es gebaut. Und eingerichtet. Ein bemerkenswerter Mann. Ein erfolgreicher Kaufmann, ein geistreicher Gelehrter. Historiker. Solche Qualitäten waren zu der Zeit nicht unvereinbar, Mr. Milano.»

Im rechten Augenblick fiel Milano ein, daß er die Witter-Geschichte nicht spontan kennen durfte. «Witter», sagte er. «Witter Street.»
«Ja. Die Familie war bei den ersten Grundstücksbesitzern in Flatbush hier. Man könnte sagen, daß dieses Haus so etwas wie ihre Hochwassermarke darstellt. Leider verkörpere ich den Schlußpunkt der Familie.»
«Ah ja. Und das Mietshaus nebenan –»
«Also doch Geschäfte, Mr. Milano?»
«Nein, nur Neugier. Wenn es Ihnen nichts ausmacht.» Alles sprach dafür, daß es dem alten Mann nichts ausmachte. Ihm waren bei der Führung durchs Haus – ehrlich – die richtigen Reaktionen präsentiert worden, das richtige Wissen und bewundernde Kommentare. Er hatte keinen Grund, plötzlich kopfscheu zu werden.
Er wurde es nicht. «Dieses Mietshaus. Ja. In den frühen zwanziger Jahren gebaut, das allererste seiner Art in dieser Straße. Es galt als sichere Geldanlage, als es gebaut wurde.»
«Aber heute, wo sich das Viertel verändert hat –»
«Geöffnet hat!» Kirwans Stimme war plötzlich schneidend. «Menschen sind Menschen, Mr. Milano, ungeachtet ihrer Hautfarbe. Und ein unterdrücktes Volk, das versucht, eine bittere und erniedrigende Vergangenheit zu überwinden, hat die Art von Verachtung nicht verdient, die bei Ihrem Gebrauch des Wörtchens ‹verändert› mitschwingt.»
Mein Gott.
Milano sagte: «Irrtum, Mr. Kirwan. Ich wollte lediglich – ohne jedes Vorurteil – sagen, daß heute, wo es in diesem Viertel nicht mehr aussieht wie vor hundert Jahren –»
«Oder vor zehn.»
«Oder vor zehn, und deshalb meine Frage, was langfristig aus diesem Haus werden soll.»
«Sie meinen natürlich, wenn ich tot bin.»
«Es kommt auf uns alle zu», sagte Milano.
«Ganz richtig. Jedenfalls wird dieses Haus genau so bleiben, wie Sie es vor sich sehen. Eine Familienstiftung – die Hendrick-Witter-Stiftung – ist zu dem Zweck mit genügend Kapital ausgestattet worden. Wenn Sie also irgendwelche Sorgen – oder Hoffnungen – haben sollten, mein Anwesen

könnte eines Tages in marktgerechten Einzelpartien auf den Markt kommen, dann vergessen Sie das rasch wieder, Mr. Milano.»
Scharf wie die sprichwörtliche Rasierklinge, wenn er wollte. Und in Laune, irgendein Spielchen zu treiben. Das zeigte sich in der Art, wie er amüsiert diese schmalen Lippen verzog. Milano erinnerte es daran, daß noch Fragen offen waren.
Er sagte: «Wenn Sie mich besser kennen würden, wüßten Sie, daß ich der letzte bin, der so ein Haus in Einzelpartien verramscht sehen möchte. Wissen Sie, ich bekomme in meinem Beruf allerlei Gebäude zu sehen, aber ich hätte mir nie träumen lassen, daß ich in der Stadt hier jemals ein Haus wie dieses finden würde. Das alles ist –»
«Ja. Nun, da Sie es ja gesehen haben –»
«Dieser Turm zum Beispiel», warf Milano ein, ehe aus der leisen Andeutung ein massives Drängen werden konnte. «Auch innen achteckig, so wie außen?»
«Ja.»
«Ich hab mich schon gefragt, wie da die Inneneinrichtung aussieht. Wenn Sie nur noch ein paar Minuten Zeit für mich hätten –»
Es stand auf des Messers Schneide, als der Mann einen Augenblick zögerte, doch Milanos Kalkulation ging dann doch auf, denn letztlich war es wie die Aufforderung an einen vernarrten Vater, sein Kind möge für die Gesellschaft noch ein letztes kleines Geigensolo spielen. Und Kirwan brauchte für diese Treppen nicht nur ein paar Minuten, mußte er doch alle paar Stufen stehenbleiben und Luft holen. Warum, so könnte man fragen, hatte er sich eigentlich keine Schlafgelegenheit im Erdgeschoß eingerichtet, um sich nicht jeden Tag so quälen zu müssen? Natürlich würde es diese in der Zeit erstarrte Einrichtung im Erdgeschoß verschandeln. Und Grandpas Geist, so friedlich in seiner Urne über diesem herrlich gekachelten offenen Kamin, könnte dann durch das Haus spuken. Allerdings hatte man den Eindruck, daß er auch jetzt schon ganz schön herumspukte.
Die Treppe führte auf einen breiten Korridor mit geschlossenen Türen auf beiden Seiten, und am Ende des Korridors lag

das Turmzimmer. Tatsächlich ein sauberes Achteck, in der Fläche größer, als man von der Straße aus ahnen würde. Vier seiner acht Wände waren mit Fenstern versehen; zwischen den Fenstern war jeweils ein geschlossener Schrank und darüber offene Regale, die allerlei Krimskrams enthielten: drei Gipsbüsten, feine Schnitzereien, zwei Modellschiffe, ein Fischerboot und eine auf Anhieb zu erkennende New Yorker Fähre.

Und ein Fernglas.

Ohne Hülle. Offen daliegend. Ziemlich abgewetzt, möglicherweise aus Armeebeständen.

Milano wandte sich nach einem kurzen Blick wieder ab. Er hatte sich also in Kirwans Hobby nicht getäuscht; so einsatzbereit, wie das Fernglas dalag, war es zudem ein aktiv ausgeübtes Hobby; und es hieß auch, dachte Milano, daß hier nicht nur ein exzentrischer alter Tölpel am Werk war, sondern ein alter Lustmolch dazu.

Während er sich gründlich in dem Raum umsah – Möbel aus der Zeit der Jahrhundertwende, eichener Schreibtisch mit großer Platte, Drehstuhl, klassischer alter Eisentresor mit der vergoldeten Aufschrift *Witter* & *Sons*, Schiffsuhr über der Tür –, ging Milano langsam die Wand entlang, vorbei an den geschlossenen Schränken und den vom Boden bis zur Decke überquellenden Bücherregalen, bis er an dem Fenster stand, von dem aus das Mietshaus nebenan zu sehen war. Die Jalousien waren hier hochgezogen, und die Gardinen waren durchsichtig genug, einen das, was es draußen zu sehen gab, wie durch einen leichten Nebel erkennen zu lassen, und was es da drüben zu sehen gab, waren die Fenster der Bailey'schen Wohnung, exakt auf einer Höhe mit diesem Zimmer. Das Schlafzimmer der Damen dort war leicht abgewinkelt, gewährte aber bei gezogenen Jalousien trotzdem genügend Einblick.

Und wenn Kirwan nicht gerade ein Freak war, der auf dicke Frauen stand und von jemandem wie Ma Bailey angetörnt wurde, mußte Lorena das Ziel seines Interesses sein. In der Kategorie der Nymphchen hatte sie nicht viel mehr zu bieten als eine Grundausstattung, aber das würde dem alten Chronos wahrscheinlich genügen.

Christine.
Der Gedanke war plötzlich da. Er war die ganze Zeit, seit Milano von der Bailey'schen Wohnung aus die Linsen des Fernglases hatte aufblitzen sehen, unter der Oberfläche im Gestrüpp des Unterbewußtseins dagewesen. Nun war es ein Übelkeit erregender Gedanke, der durch die Oberfläche brach wie eine Blase im Ölschlick. Wenn Kirwan seinem Hobby schon länger nachging, war es mit Sicherheit Christine und nicht die schlaksige Lorena, die ihn erst auf den Geschmack gebracht hatte. Und Christine könnte, was die Jalousien betraf, genauso sorglos gewesen sein wie ihre jüngere Schwester.
Oder konnte es bei ihr nicht einfach Gleichgültigkeit gewesen sein, so wie sie sich in letzter Zeit auch nackt auf der Bühne präsentiert hatte? Ein verdammter Ärger war das, wenn man bei einer Frau nicht wußte, wie sie reagieren würde, wenn man ihr erzählte, daß ihr Hausherr früher immer eine kostenlose Peep-Show genoß – mit ihr als Hauptdarstellerin. Eine andere Frau würde – ob aus Berechnung oder nicht – empört reagieren. Diese da würde es möglicherweise mit einem Achselzucken abtun und bemerken, von den geilen, ausbeuterischen weißen Männern – egal wie alt oder wie krank – sei schließlich nichts anderes zu erwarten. Die Tatsache, daß Kirwan in sexueller Hinsicht kaum genug Kraft hatte, um dieses Fernglas zu halten, würde sie vielleicht sogar erheitern.
Ihn erheiterte es nicht.
Milano bewegte sich vom Fenster weg. Kirwan hatte auch seine Pluspunkte. Diese Bücher. Der alte Mann zog ein paar von ihnen ein Stück weit aus dem Regal. «Meine Werke.» Beschissen dieser Tonfall, mit dem er seine eigenen Werke herunterspielte. Schwer zu glauben allerdings, daß er dabei ehrlich war. «Geschichte. Aber nicht viel über Baukunst und Innenarchitektur. Mehr über die Rüttler und Schüttler.»
Er forderte deutlich zur näheren Inspektion der Werke auf. Milano zog eines aus dem Regal, eine dicke Schwarte, die nach einem Lehrbuch aussah. *Alba: Kaiserliche Macht und Politik in den Niederlanden.* Die gedruckte Widmung auf der Rückseite des Titelblattes lautete: *Für Hendrick Jan Corne-*

lius Witter, Inspirator und unschätzbare Quelle. Grandpas Geist geht wieder um.
«Steckt eine Menge Arbeit drin», bemerkte Milano.
«Oh ja. In der Tat. Sie sind römisch-katholisch, nicht wahr?»
Es kam so unverhofft, daß sich Milano einen Moment lang wie in Handschellen fühlte. «Auf dem Papier, ja, aber kaum ein tragender Pfeiler der Kirche.»
«Kaum ein Alba.» Der Ton verdeutlichte, daß er wieder sein Spielchen trieb. «Sie haben von ihm gehört?»
«Ja.» Man konnte sich kaum auch nur oberflächlich mit flämischer Kunst befassen, ohne auf den Herzog von Alba zu stoßen, den spanischen Scharfmacher, der den Auftrag hatte, die Niederländer in die Schranken zu weisen. Aber was sollte das eigentlich sein. Eine Prüfung? Eine Bloßstellung?
Es schien so. «Und», sagte Kirwan, «von einem seiner treuesten Gefolgsleute, Guy Fawkes?»
«Vage. Aber er kam aus England, nicht aus Spanien, richtig?»
«Oh ja.» Kirwan hielt einen knochigen Zeigefinger hoch und trällerte: «‹Vergesse keiner den fünften November, Verrat, Verschwörung, Pulverrauch, holt her Guy Fawkes und hängt ihn auf –›, ein heiteres Requiem für einen stümperhaften Verschwörer, Mr. Milano. Stümperei ist etwas, was sich kein Verschwörer leisten kann.»
«Eines Ihrer historischen Lieblingsthemen?»
«Stümperhafte Verschwörer?» Kirwan schien die Frage zu amüsieren. «In letzter Zeit schon. Früher überhaupt nicht. Aber in letzter Zeit? Oh ja.»
So wie sich das anhörte, steckte irgendein Witz dahinter, den nur er verstand.
Und so wie es sich anhörte, redete der feine Max – Professor Dr. Spanner – mit einem primitiven Proleten. Und immer noch hingen diese Staubfusseln hinten an diesen zerlumpten Armeleutekleidern.
Während Lorena Bailey – ein Paar Designer-Jeans für fünfzig Dollar, ein Paar Super-Joggingschuhe für neunzig Dollar – mit wessen Geld um sich warf?
Doch wohl mit dem Geld des Professors, oder?
Nun war es an Milano, auf die Uhr zu schauen. Kurz nach

eins. Zeit zu gehen. Schade um das Spielchen – was immer es war –, das der Professor mit ihm trieb, aber er hatte sich noch um andere Nachforschungen zu kümmern. Er kehrte also seine besten Manieren heraus, um Kirwan für die Führung zu danken und zu bemerken, er brauche ihn nicht zum Ausgang zu begleiten, und ließ seinen Gastgeber oben an der Treppe stehen und zusehen, wie er hinuntertrabte. Als er in den Wagen stieg, warf er einen Blick zurück und sah, wie an dem zur Straße hin gelegenen Turmfenster der Vorhang zur Seite gezogen wurde. Er konnte das Gesicht des alten Mannes hinter dem Fenster nicht sehen, aber er wußte auch so, daß es da war.
Ein paar Straßen weiter parkte er in der Bedford Avenue an einem Hydranten und rief vom Auto aus Bettys Nummer im Intercontinental Credit Bureau an. Betty sagte: «Ich hab mich schon gefragt, wann du anrufen wirst. Ich meine, ich sehe mit dem Wochenende noch nicht ganz klar. Was für Pläne du hast.»
«Sehr fraglich alles. Ich stecke da in einer großen Sache und komme irgendwie nicht weiter. Wie läuft's denn bei dir so?»
«Na ja, ich hab jetzt am Schwarzen Brett hier in der Firma einen Zettel hängen, auf dem steht, daß ich eine Mitbewohnerin suche, und Kolleginnen sagen mir, die *Village Voice* habe eine eigene Rubrik für so was. Aber es könnte dauern, und das drückt mich.»
«Das braucht dich doch nicht zu drücken.»
«Tut es aber. Und mir wäre es viel wohler, wenn wir das Wochenende zusammen verbringen könnten. Einfach, um zusammenzusein. Weißt du, es ist schon komisch, Johnny. Als ich heute morgen aufgewacht bin, hab ich überhaupt nicht recht begriffen, wo ich war und was ich da machte. Und dann diese phantastische Küche, als ich mir das Frühstück richtete. Und dann im Bus die Fifth Avenue runter zur Arbeit. Und trotzdem, ich bin es einfach nicht gewohnt, so viel allein zu sein; verstehst du, was ich sagen will?»
«Ich kann es mir denken. Egal, was kommt, Baby, wir werden fürs Wochenende irgendwas auf die Beine stellen. Jedenfalls für einen Teil des Wochenendes. Doch im Augenblick mußt du mir einen Gefallen tun. Eine Dollars-und-

Cents-Eingabe, die mich in dem Fall, an dem ich arbeite, weiterbringen kann. Und ich sollte diese Informationen bis heute abend haben.»

«Gibt es eine Sozialversicherungsnummer?»

«Nein, aber er ist Grundstücksbesitzer, und ich habe die Anschrift des Grundstücks. Also muß es eine Arbeitgeberkarte geben, von der du ausgehen kannst. Glaubst du, du schaffst es, bevor ihr dort Feierabend macht?»

«Ich kann's versuchen.»

Niemand hat größere Liebe denn die, dachte Milano; sie muß schließlich ahnen, daß diese Weitergabe von Informationen – wenn man ihr bei Intercontinental je auf die Schliche kam – als Schwerverbrechen eingestuft werden konnte, wenn auch von der vornehmen Sorte der Verbrechen im weißen Kragen. Er gab ihr Kirwans Name und Adresse

und dann die Adresse des Mietshauses. «Ach ja», fügte er hinzu.

«Da ist noch was. Die Hendrick-Witter-Stiftung. Wahrscheinlich hier im Staat New York eingetragen, aber ihr seid doch sicher auf die Stiftungen im ganzen Land programmiert, oder?»

«Ja, das stimmt.»

«Gut. Dann kann ich alles gebrauchen, was du rauskriegst. Die Hendrick-Witter-Stiftung. Ich ruf dich um sechs im Hotel an. Oder ist das zu früh?»

«Nein. Und Johnny, unser Wochenende –»

«Erste Priorität. Bis um sechs hab ich was für uns ausgeknobelt.»

Er kümmerte sich nicht darum, daß sich inzwischen ein paar junge Mädchen aus der Nachbarschaft auf dem Gehweg eingefunden hatten, um dem Mann am Autotelefon kichernd zuzuschauen. Er rief die Galerie Rammaert an, und ein angenehmer Schauer überlief ihn, als ihn diese herzliche, leicht belegte, an eine geschulte Empfangsdame erinnernde Stimme begrüßte. Andererseits ärgerte ihn dieser Ton, denn Christine Bailey wußte ja noch gar nicht, wer zum Teufel am Apparat war. Mußte sie denn jedem Unbekannten diese herzliche Wärme entgegenbringen?

«Ich wollte gestern abend zu Ihnen», sagte Milano. «Ziemlich spät. Sie waren nicht da.»
«Das stimmt, Sir.»
«Ich möchte mich gern heut abend mit Ihnen treffen. Geht das?»
«Bedaure, Sir. Von vier bis neun gibt die Galerie einen Empfang zum Auftakt der Raoul-Barquin-Ausstellung, die ab morgen gezeigt wird. Einige Kritiker werden hier sein und einige eingeladene Gäste.»
Natürlich. Wie blöd von ihm, ihren Wink nicht gleich kapiert zu haben. Der Chef, seine Frau, vielleicht auch Barquin, mußten dort um sie herumschwirren.
«Ich verstehe», sagte Milano. «Sie sind im Moment nicht allein, nicht wahr?»
«Doch, Sir, ich bin allein.»
«Ach ja? Was sollen dann diese Redensweisen? Dieses ganze Sir-Theater?»
«Meine Art, Sir», sagte Christine voller Charme, «dem Kläger Milano zu begegnen. Und wessen werde ich eigentlich angeklagt? Mit einem alten Freund ausgegangen zu sein?»
«He, tut mir leid. Mir war nicht bewußt, daß ich so massiv geworden bin.»
«So klang es nun mal. Warum wollten Sie überhaupt zu mir? Hat sich mit Lorena irgendwas getan?»
«Nein.»
Schweigen.
Ein langes Schweigen. Es dröhnte Milano in den Ohren, dauerte und dauerte.
Dann sagte Christine mit veränderter Stimme: «Es war wirklich ein alter Schulfreund, Johnny. Und nur ein bißchen Disco. Das ist alles.»
Eine freiwillige Erklärung, wohlgemerkt. Unaufgefordert. Du hast da einen zähen Gegner im Armdrücken, dein Arm gibt dem Druck nach, doch plötzlich ist der Druck weg. Im Augenblick jedenfalls.
Milano sah sich genötigt, den Augenblick zu nutzen. «Baby», sagte er aufrichtig, «ich hoffe, du hattest einen richtig miesen Abend.»
«Ein toller Abend war gar nicht geplant. Und nenn mich

nicht Baby, Mann, dann nenn ich dich auch nicht Mann, Baby.»
«Chris?»
«Schon besser. Aber das mit heut abend wird nichts. Nach Geschäftsschluß hier geben die Rammaerts ein sehr vornehmes Essen, gleich hier drüben. Wird alles angeliefert. Champagner in Strömen und Kaviar für alle, die Fischeier runterkriegen. Sehr ausgewählte Gesellschaft. Und mich wollen sie dort haben, damit ich zu ein paar betrunkenen Kritikern nett sein kann.»
«Wie nett?»
«Na ja, Ausschnitt bis hier unten und Rockschlitze bis hier oben, so nett ungefähr. Nun aber zu Lorena. Bist du denn noch nicht weitergekommen?»
Milano ordnete seine Gedanken. «Ich weiß nicht. Ich hab mich heute mit deinem Hausherrn angefreundet. Das heißt, mit dem Hausherrn deiner Mutter. Auf der Suche nach Sanierungsobjekten. Er interessiert mich.»
«Der? Du irrst dich, Johnny. Glaub ich.»
«Schon möglich. Aber irgendwas stimmt mit dem nicht. Ich weiß nur nicht, was. Wie sieht's morgen mit uns aus?»
«Ich muß arbeiten. Erster Tag der Barquin-Ausstellung.» Ihr Bedauern war herauszuhören, fand er.
«Zufällig», sagte Milano, «bin ich ganz scharf auf seine Werke. Kann es kaum erwarten, seine neuesten zu sehen. Irgendwelche Einwände?»
«Nicht, wenn du dich auf Barquin beschränkst, solange du hier bist», sagte Christine.
Er verstaute das Telefon und winkte seinem Publikum auf dem Gehweg noch einmal zu, bevor er den Wagen in Gang setzte, Richtung Manhattan. Und unterwegs machte er eine kleine Bestandsaufnahme von J. Milano. Plötzlich eifersüchtig. Überempfindlich gegen Nuancen. Und er beschwor Ärger herauf, denn diese Bailey-Dame – auf Grund von Rasse, Alter, Stellung und Naturell – bedeutete sicheren Ärger. Und er selbst – auf Grund eines erstaunlichen Rückfalls in die schwärmerischsten Jünglingstage – hatte das Gefühl, daß das, worauf er sich derzeit zubewegte, vom Schicksal zu mehr als nur zu einem flüchtigen Abenteuer

bestimmt war. Kurzum, es hatte ihn böse erwischt, und das war, wie es schon im Lied heißt, nicht gut. Aber es war ein verdammt gutes Gefühl.
Zu Hause überließ er dem Pförtner seinen Wagen, und mit der Versicherung, daß Mrs. MacFadden da sei, jawohl Sir, nahm er den Aufzug zu Gracies Wohnung. Dieser Colonel Blimp, mit glasigen Augen und nach Wacholderbeerensaft riechend, machte ihm die Tür auf und ließ ihn wissen, die Dame erhalte gerade im Schlafzimmer ihre Behandlung. Und so lag sie dann tatsächlich in diesem Bett, das so groß war wie ein Polofeld und in seinem Kopfbrett eine Instrumententafel wie ein Jumbo-Jet hatte, auf dem Bauch, während ein Onkeldoktor eine mörderisch aussehende Nadel in eine entblößte Hinterbacke einstach. Als der Onkeldoktor und der Colonel Blimp gegangen waren und Gracie wieder in majestätischer Ehrbarkeit in den Kissen thronte, ließ sie sich dazu herab, von ihrem Besucher Notiz zu nehmen. «Haben Sie die Show genossen?»
Milano zuckte mit den Achseln: «Ich steh nicht auf SM.»
«Sollten Sie aber, so wie Sie aussehen.» Sie hielt die Arme hoch und betrachtete sie angewidert. «‹Das Alter hinterläßt keine Spuren –›», sagte sie. «Da scheiß ich doch drauf. Natürlich hinterläßt es Spuren. Würde man mir je die Haut abziehen und sie dann glattstreichen, hätte man einen verdammten Teppichboden für das Zimmer hier. Und weshalb dieser Besuch, Mr. Milano, zu einer Zeit, wo Sie ja wohl Ihrer Arbeit nachgehen müßten?»
«Es geht um einen Gefallen. Den ich Ihnen tun möchte.»
«Sie wollen wohl heißen Schmuck loswerden? Steigen Sie jetzt von der Seite ins Geschäft ein?»
«Noch nicht. Arrangieren Sie für morgen abend wieder eine dieser Wochenendorgien?»
«Nein. Ich soll erst mal eine Weile im Bett bleiben. Allem sündhaften Treiben entsagen.»
«Keine Bedenken dagegen, daß ich Ihnen morgen abend jemand raufbringe, zum Kennenlernen?»
«‹Jemand› ist ein sehr ungenauer Ausdruck.»
«Na ja, es ist jemand, den ich in einem Theaterstück unten

im Village wirklich aufregend habe spielen sehen. Im Birdbath-Theater. Schon mal davon gehört?»
«Nein, Gott sei's gedankt. Könnte es sein, daß dieser Jemand weiblichen Geschlechts ist?»
«Ohne jeden Zweifel. Mit viel Talent. Bringt die Bühne zum Strahlen, wie es so schön heißt.»
Gracie zog eine Augenbraue hoch. «Wieviel Watt sind wohl nötig, um etwas, das sich Birdbath-Theater nennt, zum Strahlen zu bringen? Sie kämen doch nicht etwa auf die Idee, Johnny, mich für die berühmte Couch einzuspannen, auf der die Rollen vergeben werden?»
Milano überlegte. «Nein, ich glaube nicht. Eigentlich nicht.»
«Nein Sie glauben nicht eigentlich nicht? So langsam interessieren Sie mich. Also gut, morgen abend nach dem Essen. Wenn Sie jetzt zu dem Schrank rübergehen, finden Sie ein Kartenspiel und ein Gestell mit Chips. Ein paar Runden Blackjack, ich halte die Bank. Zehn Dollar Minimum, kein Limit.»
«Ich denke, Sie brauchen Bettruhe und müssen allem sündhaften Treiben entsagen.»
«Es ist doch nicht sündhaft, wenn ich Ihren Spaghetti-Machismo mal ordentlich zurechtstutze, Freundchen. Und bevor Sie das Zeug herbringen, schließen Sie diese Tür ab. Wenn da draußen einer glaubt, wir sind hier drin am Ficken, dann werd ich mich für das Kompliment bedanken.»
Gegen halb sechs, als Colonel Blimp auf der anderen Seite der Tür mit trommelnden Knöcheln klarmachte, daß die Sitzung zu beenden sei, stellte Milano seiner Gastgeberin einen Scheck über genau siebenhundertundzwanzig Dollar aus, erinnerte sie an die Verabredung für den nächsten Abend und fuhr mit dem Aufzug zu seiner Wohnung hinunter, um dort zu warten, bis es sechs Uhr war. Punkt sechs wählte er Bettys Nummer im Wardour.
«Dieser Kirwan», berichtete sie, «ist College-Professor. War College-Professor.»
«Ich weiß. Was ist mit seiner derzeitigen Finanzlage?»
Betty hatte eine besondere Stimme für diese Durchsagen. Sehr lebhaft. «Nun, es gibt ein bekanntes Girokonto, Kontostand im letzten Quartal unter dem erforderlichen Mini-

mum. Kein anderes Bankkonto, kein Courtagekonto. Ein bekannter Wohnsitz, acht Monate Steuerrückstand. Ein bekanntes Mietobjekt, drei Jahre Steuerrückstand. Außerdem ist sein derzeitiger Wert negativ, Instandhaltungskosten übersteigen Einnahmen. Ein bekannter Wagen, Skylark, Baujahr 1972, Wert negativ. Das einzige bekannte Einkommen auf dem Ausdruck hier kommt aus der Pension und Sozialversicherung. Es sind auch keine anderen Aktiva aufgeführt. Das ist alles.»

«Alles negativ», sagte Milano.

«Mhm. Zumindest unter Kirwans Name und Arbeitgeberkarte. Wenn er natürlich irgendwo einen Haufen Gold versteckt hat –»

In gewissem Sinn, dachte Milano, hatte er das. Er hatte zwar keinen Goldschatz gehortet, aber Raum um Raum waren mit Kostbarkeiten gefüllt, angesichts derer jeder Schatzjäger nach seinem Checkheft greifen würde. Nicht das geringste Problem, negativ in positiv zu verwandeln; er brauchte nur mit ein paar dieser Kostbarkeiten auf den Markt zu gehen. Das brachte ihn auf etwas anderes. «Augenblick mal», sagte Milano. «Die Hendrick-Witter-Stiftung. Was ist damit?»

«Nichts. Die tauchte überhaupt nirgends auf, Johnny. Da war nichts zu machen.»

Nichts zu machen. Nichts war's mit der Theorie, die Stiftung könnte einen versteckten Dollarfluß abschirmen. Und könnte Kirwans viktorianisches Denkmal in dem Stil erhalten, den es zweifellos gewohnt war. Dabei hatte Kirwan so verdammt überzeugend davon gesprochen, Grandpas Haus für alle Zeiten erhalten zu wollen.

Betty sagte: «Bist du noch dran, Johnny?»

«Mhm.»

«Ein im Ruhestand lebender alter Professor?» Irgend etwas in ihrer Stimme deutete an, daß sie nicht nur beiläufig ein wenig sinnierte. «Komisch, daß du auf den so viel Zeit verwenden mußt.»

«Ich weiß. Aber es könnte ja vielleicht den einen oder anderen im Ruhestand lebenden alten Professor geben, der etwas Ungesetzliches im Schilde führt, wenn keiner hinguckt.»

«Ah ja. Und was ist jetzt mit Sonntag? Ich weiß ja, daß du

zur Zeit Tag und Nacht arbeitest, aber was hältst du von einem Frühstück? Einem schönen großen altmodischen Frühstück. Sagen wir zehn Uhr.»

«Hört sich gut an.»

«Also, Sonntag um zehn», sagte Betty. «Und sieh zu, daß es nicht regnet.» Sie legte auf.

Charles Witter Kirwan. Kratzte die Reste in seinem Geldfaß zusammen.

Es sah ganz danach aus, als stehe Lorena Bailey mehr Taschengeld zur Verfügung als dem Mann, für den sie arbeitete.

11

Charles Witter Kirwan

Samstagmittag. Eine kurze Zeit der Ruhe in den Krals. Eine Pause im üblichen Wochenendgelage der Bulanga.
Die sokratische Methode.
Ich sage dir, lieber toter Sokrates, daß du in Wirklichkeit ein Mittler der Verderbtheit warst.
Ich sage euch, liebe selbstgerechte liberale Idioten, liebe Weltverbesserer in den die Verherrlichung der Bulanga betreibenden Institutionen, daß die Ruinen rings um uns her Ruinen sind, die ihr geschaffen habt.
Mein unerhörtes Ereignis wird auch eine Ruine hinterlassen. Zermalmtes schwarzes Fleisch wird an den Trümmern kleben.
Oh ja.
Katharsis? Nein. Eine Katharsis bewirkt Jammer und Schaudern, und ihr und eure Generation habt, von den Besitz ergreifenden Stammesangehörigen eingeschüchtert, über deren traurige Lage genügend Tränen vergossen. Genug, um die ganze Welt in Salzwasser zu ertränken.
Gestern
Gestern abend die Ankündigung des Wochenendes durch die Bulanga in ihrer ganzen Herrlichkeit. Meine Mieter und ihre Kralgefährten feierten eine Riesenparty, im Haus und im Freien.
In den Wohnungen in Dapper Dans Narrenstück versammeln sie sich, bei offenen Fenstern, damit auch andere etwas von ihrem Gelage haben. Auf dem Gehweg vor meinem Haus versammeln sie sich. Für die Ernährung Lebensmittel in fettigen Tüten und Pappkartons. Für die totale Verblödung ohnehin schon schwacher Köpfe allerlei billiger Alkohol in Flasche und Dose. Und das heilige Marihuana, so daß die Nachtluft, die von meinem Rasen aufsteigt, zum Erbrechen voll davon ist. Am Morgen ist dieser üble Geruch ver-

schwunden, verdrängt vom Gestank der Pisse auf meinem Gehweg und an meiner Gartenmauer. Und Gehweg und Rasen sind über Nacht entstandene Misthaufen aus fettigen Tüten und Pappkartons und zerbrochenen Flaschen und leeren Dosen.
Für die Unterhaltung Whiteys eigene diabolische Erfindung, der elektronische Musikerzeuger, nun gegen ihn gerichtet. Aus den Wohnungen – Miete bezahlt oder nicht – kam das dong-und-dong-und-bumm-und-bumm, ohne Unterbrechung, immer weiter, endlose Stunden bis zum Morgengrauen, die Bulanga-Wasserfolter, kochende Wassertropfen, die rhythmisch gegen Whiteys überempfindlichen Schädel pochen.
Oh ja.
Und dazu kommen elektronische Stimmen, die Stammesgesänge ertönen lassen. Das Katzengeschrei des Bulanga-Weibchens, das dem dämonischen Liebhaber gilt. Das Gebrüll des Bulanga-Troubadours mit seinem ewigen Baby-Baby-Baby, das er mühsam auswendig gelernt hat.
Deshalb
Was bei alledem letzte Nacht für Old Whitey blieb, war ein bleierner, verschwitzter, immer wieder unterbrochener Schlaf, und auch davon nur wenig.
Und am Ende Erschöpfung, aber nicht als Folge der Schmerzen, sondern aus Wut.
Doch man braucht
Ich brauche diese Wut.
Betäubt die nagenden körperlichen Schmerzen. Stärkt den Willen.
Ich brauche diese Wut noch fünf Tage. Fünf. Das unerhörte Ereignis wird am kommenden Donnerstag abends um sieben Uhr stattfinden. Das Haus wird dann so voll sein wie nur möglich, vor dem Wochenende. Gegen Ende des Abendessens. Wenn diese Fernsehgeräte und diese Stereoanlagen warmlaufen.
Dann der Augenblick.
Das abrupte Ende meiner Schmerzen, der Beginn eurer Weisheit.
Gestern habe ich im anderen Aufzugsschacht ganz oben die

erste Sprengladung angebracht. Im Westflügel des Gebäudes. Nur noch dreimal ist diese Arbeit zu machen, jeweils ein paar Stunden: morgen und am Dienstag und am Donnerstag. Nur an jedem zweiten Tag. Die Tage dazwischen brauche ich für mich selbst, um meine Kraft wiederzugewinnen.
Gut, daß es kein Bild von der Vogelscheuche gibt, die Charles Witter Kirwan inzwischen abgibt. Diese Zeitungen und Zeitschriften und Buchverleger und Fernseh- und Filmproduzenten werden alte Bilder verwenden müssen und so meine Schilderung des unerhörten Ereignisses sogar noch lebendiger und einträglicher machen.
Meine Schilderung.
Für die sie zahlen und zahlen und zahlen müssen, denn es gehört alles ganz allein mir.
Genügend Mittel, um dieses Haus unzerstörbar zu machen. Um Personal dafür einzustellen und es zu sichern und zu einem Schatz für alle Zeiten zu machen. Zur Feier des
Des
Wo war ich?
Die Bilder. Ein Bild. Keines, das mich so zeigt, wie ich mich jetzt selber im Spiegel sehe. Das zeigt, was von mir noch geblieben ist. Starker Geist in einem versagenden Körper. Anführer des Totentanzes, nur ohne Sense.
Das letzte Bild von mir stammt von dem Abschiedsessen am College. Weise und lächelnd, reich an Jahren und Ehren. Voller Haß auf mich selbst. Und auf all diese lächelnden, rührseligen Gesichter der Kollegen um mich her. Feiglinge, die meine eigene feige Kapitulation vor den Bulanga angeregt hatten.
Meine eigene Heuchelei.
Also
Gestern.
Ein schwerer Vormittag, dort oben in diesem engen Schacht. Erstickender Staub. Und immer schlaffer werdende Muskeln, die ein kleines Gewicht zwar anheben, es aber nicht halten können. Zum Verrücktwerden. Du befiehlst deinen Fingern, sich fest um ein Werkzeug zu schließen. Du siehst zu, wie sie sich langsam bewegen, unschlüssig, als müßten sie das erst noch miteinander besprechen. Sie geben plötzlich

auf, und du steigst den ganzen Schacht hinunter, um das Werkzeug wieder zu holen. Einmal, ein zweites Mal, ein drittes Mal, und dann wieder ganz nach oben, beim letzten Mal knicken dir immer wieder die Beine weg, die dich Sprosse um Sprosse zum Gipfel des Everest tragen.

Aber

Aber solange der wütende Geist nicht versagt, versagt auch der Körper nicht.

Also

Nur noch drei Tage mit dieser schweren Prüfung. Fünf Tage insgesamt.

Nun ein Hinweis für die Polizei. Und für meinen Nachlaßverwalter. Bitte um Aufmerksamkeit.

Glauben Sie mir, es ist nicht die Lust am Makabren, die mich schlicht sagen läßt, daß meine eigenen Überreste schwer zu entdecken sein werden. Wenn sie überhaupt entdeckt werden können. Eine Stange Dynamit kommt nicht an den für sie vorgesehenen Platz im obersten Geschoß. Sie wird für meinen persönlichen Gebrauch zurückgehalten. Für meine persönliche sofortige Vernichtung. Sie kommt auf meine Brust. Mit der kürzesten Verbindung zur Zündkapsel. Der erste, den es erwischt. Augenblicklich.

Diese Information ist dringend. Schenken Sie ihr bitte Ihre ganze Aufmerksamkeit.

Es ist die förmliche Versicherung, daß ich tot sein werde – ich werde im Augenblick der Explosion total zerfetzt werden –, ob sich nun Überreste finden oder nicht. Es darf daher keine idiotischen gesetzlichen Probleme geben. Keinen Papierkrieg, der die sofortige Vollstreckung meines Testaments und meiner letzten Verfügungen hinauszögern könnte. Der Antrag zur Gründung der Witter-Stiftung muß von meinem Nachlaßverwalter sofort eingereicht werden. Der allererste Betrag, der von den Medien dem Nachlaß zufließt, muß für die Stiftung verwendet werden.

Der allererste.

Ja.

Also

Was wollte ich gerade

Gestern.

Eine seltsame Episode. Unvermeidlich in einer Gesellschaft mit einer fatalen *nostalgie de la boue.* Mit einem wilden Verlangen, den Bulanga in den glänzenden schwarzen Arsch zu kriechen.
Eine lehrsame Episode. Sie muß erzählt werden. Habt ein bißchen Geduld.
Brandstiftung. Brandstiftung zum eigenen Vorteil. Unvermeidlich. Auf Grund rührseliger liberaler Gesetze muß der Hausbesitzer – ein Unglück kommt selten allein – die Bulanga auf seine eigenen Kosten unterbringen. Muß dafür sorgen, daß sie sich behaglich und sicher fühlen. Und er muß sich für seine Buchführung eine große Flasche mit roter Tinte kaufen. Mögliche Auswege für den Hausherrn? Er kann das Gebäude aufgeben oder mit Verlust an jemanden verkaufen, der seine eigene Methode hat, Profit herauszuschlagen.
Profit? Wie?
Ganz einfach, mit einer hoch abgeschlossenen Versicherung, einigen Litern Benzin und einem Streichholz.
Das ist alles. Ein fetter Profit und ein ausgebranntes Gebäude. Das daraufhin von der New Yorker Stadtverwaltung dichtgemacht wird, damit sich keine betrunkenen und heruntergekommenen Bulanga einnisten können und vielleicht ihre zarte Haut aufschürfen, wenn sie durch die angekohlten Fußböden fallen.
Oh ja.
Wir haben bereits ein solches Denkmal in der Straße. Kein Geheimnis, es war ein professioneller Brandstifter. Das oberste Stockwerk ging in Flammen auf, so daß das Dach einstürzte und das Gebäude unbewohnbar machte. Die Versicherung zahlt den vollen Betrag bis auf den letzten Cent.
Und hinter diesem Profi? Der unsentimentale Gangster. Die neue Generation der Mafia, des Syndikats, der Cosa Nostra – was immer man sich darunter vorstellen mag. Dieser clevere neue Geschäftsmann, der dem verlorenen Hausbesitzer tatsächlich ein Angebot macht, das der nicht ablehnen kann. Das ist nicht aufgebauscht. Es ist nicht nur Einbildung. Gestern habe ich einen von ihnen kennengelernt.
Gewandt. Von der Familie offenbar für den College-Schliff

ausgewählt, für die kulturelle Tünche, die einnehmende Art des Auftretens. Kein Straßenlümmel, aber ein echter Borgia. Prächtig gekleidet, redegewandt, fährt ein ausländisches Fabrikat, das seine fünfzig- oder sechzigtausend Dollar wert ist. Von mittlerem Alter – Zeit genug, sich vom Rohdiamanten zu einem geschliffenen Edelstein zu entwickeln – und dennoch, trotz seiner Chorknabenaugen, eindeutig von der ererbten Rücksichtslosigkeit seiner Familie geprägt, mit dem Hang zur Zuhälterei, zur Brandstiftung und zum Mord.
Italiener natürlich. Zum möglichen Nutzen unserer Polizei: sein Name ist John A. Milano, und er wohnt in den Sunderland Towers in der Central Park South.
Gewandt. Er kam, um mein unseliges Kirwan-Vermächtnis nebenan zu kaufen, und beim ersten Zeichen meiner Ablehnung zeigte er sofort eine große Schwäche für mein Witter-Vermächtnis, dieses Haus. Nicht weil er es kaufen wollte, natürlich nicht. Einfach weil er von seiner Pracht überwältigt war. Er tat alles, klar, um mich zu umgarnen, mir zu schmeicheln, mich zum Verkaufen zu bewegen.
Und wie er dann dieses Haus und seine Einrichtung beurteilte, war so gescheit, daß ich mich, ohne es zu wollen, gefangennehmen ließ und ihm nicht nur erlaubte, das Haus zu betreten, sondern ihn auch noch herumführte. Aber er rannte da gegen etwas an, was neu für ihn war: jemand, dessen Leben sich nun nach Minuten bemißt und der deshalb nicht die geringste Angst vor ihm hatte.
Eine erheiternde Episode. Ein Besucher, der für diese obszönen Zeiten symptomatisch war. Dapper Dan Kirwan hätte ihn bewundernswert gefunden. Eindrucksvoll. Entsprach seinem Bild von feinen Leuten. Nicht ganz so wünschenswert protzig, dieser Mister Milano, wie es der Alkoholschmuggler in unserer Familie gewesen war, aber er kam dem Bild nahe. Vornehm im Auftreten. Aber ein Draufgänger. Einer, der den Ton angibt. Fähig, jeden totzuschlagen, der ihm auf die hübschen Schuhe tritt.
Italiener? Nun, Dapper Dan konnte das zwar diesen neuen Nachbarn aus Palermo und Neapel, die sich in unserer Straße niederließen, nie verzeihen, aber bei dem Mann, der

den Alkohol für ihn schmuggelte, übersah er es großzügig. Er würde es auch bei unserem Mister Milano übersehen.
Hier sollte ich nun
Ich muß klarmachen, daß ich nichts gegen die Italiener oder den italienisierten Stil habe. Man kann dafür nur Bewunderung aufbringen, wenn man die Bulanga-Invasion erlebt hat.
Ja.
Lehrreich.
Es ist
Einen Moment, bitte.

Kein Anfall.
Nein.
Der Verstand blieb klar. Herr der Lage. Immer im Gleichgewicht.
Eine Art Einschnürung. Plötzliche Kurzatmigkeit, dann akute Atemnot. Qualvoller Schmerz, der sich von der Kehle bis zur rechten Hüfte erstreckte.
Mein Fehler. Ich hatte nicht gleich die erhöhte Dosis Percodan eingenommen, die jetzt erforderlich ist. Ich wußte zwar, daß sie erforderlich ist, wollte aber abwarten, bis ich die heutige Fortsetzung diktiert habe. Hatte Angst vor der Schläfrigkeit, deshalb provozierte ich den Zusammenbruch.
Sei's drum.
Die heutige Fortsetzung. Die bittere Wahrheit. Ohne Überraschung, da die absolute Wahrheit immer Galle und Wermut ist. Diese historischen Erkenntnisse, zu denen Professor Charles Witter Kirwan zwar die Forschungsarbeit geleistet, die er aber nie aufgeschrieben hatte, weil ihm der Mut dazu fehlte. Unsere Idole, unsere großen Leuchten, immer von fanatischem Eigennutz angetrieben. Das Anbiedern beim gemeinen Volk. Elitestreben zum schmutzigen Wort gemacht – von meinen Kollegen, die im Verborgenen selber elitär sind.
Sie werden diese Geschichte lesen, und ach du meine Güte, ach du lieber Himmel, ach du großer Schreck.
Nach außen. Für die öffentliche Meinung.
Und nach innen? Sie werden es nie herauslassen. Zuviel steht

auf dem Spiel. Dienstjahre, Ehrungen. Die Wertschätzung ihrer Gebieter, der hoch-intellektuellen liberalen Presse.
Also
Hier habe ich eine Dosis Galle und Wermut, damit sich ihre eingeklemmten Gedärme noch weiter zusammenziehen können.
Es gibt zwei Pfeiler des unerbittlichen Widerstands gegen die Bulanga im Stadtbezirk Brooklyn, New York, USA. Unbelehrbar und unerbittlich. Unsere Landsleute italienischer Herkunft, unsere Landsleute chassidisch-jüdischer Herkunft. Söhne der Söhne Siziliens. Und Söhne der Söhne polnischer Ghetto-Leidenschaften, die Jahrhunderte zurückliegen. Sie leben in Enklaven, alle Whiteys sozusagen, wild in ihrem Haß auf die Bulanga.
Oh ja.
Auch wenn sie auf ihre eigene Art Primitive sind, taub gegen wohlklingende Lieder über die Brüderlichkeit, sind sie doch klug genug, ihre Brüder zu kennen, und ihre Brüder sind nicht die Bulanga. Der Bulanga ist der Feind und muß entweder Abstand halten oder die Konsequenzen tragen.
Eure Geschichtslektion für heute. Eure soziologische Lektion für heute.
Also
Mag mir dieser Mister John A. Milano als Räuber – und Aasfresser – auch noch so zuwider sein, so muß ich – muß dieser sterbende, wahrheitsliebende Charles Witter Kirwan – einräumen, daß er einer von der Sorte ist, die sich standhaft weigert, den Bulanga die Tore zu öffnen.
Damit endet die
Nein.
Ein Punkt noch. Ein Nicht-Ereignis.
Lorena Bailey ist gestern nicht erschienen. Ich hatte sie auch nicht dazu aufgefordert, aber ich dachte, ihr Geldhunger würde sie dazu verleiten, den Anweisungen zu trotzen. Mir lästig zu werden. Mit einer Erpressung vielleicht.
Ich habe mich getäuscht.
Es ist eine merkwürdige Tatsache, daß bei einigen . . .

John Milano

Samstags steht für die *New York Times* das Zeitungspapier offenbar unter Naturschutz, und so war die Samstagsausgabe der *Times* auch an diesem Morgen ausgesprochen dürftig, doch die Anzeige war trotzdem drin, wie Milano beim Durchblättern feststellte, eine kleine, geschmackvolle Annonce neben einigen anderen ähnlichen Inhalts auf der den schönen Künsten vorbehaltenen Seite.

Neokubistische konstruktivistische Werke von Raoul Barquin. Eröffnung heute in der Galerie Rammaert. 10 bis 17 Uhr.

Milano legte die Zeitung weg und machte sich über sein Dreiminuten-Ei und die patentierten schwedischen Roggenschnitten her. Neokubistisch konstruktivistisch. Gott im Himmel, diese Kunstverhökerer mußten irgendwo in einer Dachkammer einen Spinner eingesperrt haben, der nichts anderes tat, als sich für diese vorübergehenden – und einträglichen – Launen Namen auszudenken. Unser Mister Bananas, Direktor der Abteilung für modische Trends.

Als er sich dann wieder ernsthaft mit der Sache befaßte, sagte er sich, daß es wohl zuviel des Guten wäre, schon um zehn Uhr dazustehen, wenn die Galerie aufmachte. Elf wäre ungefähr richtig. Er würde einfach mal reinschauen, ganz lässig. Sehen, ob sie immer noch so aussah. Sich immer noch so bewegte. Sich immer noch so anhörte. In ihrer Mittagspause vielleicht heimlich mit ihr essen gehen. Mal sehen, ob sie immer noch so futtern konnte, wobei das Wunder ja darin bestand, daß eine große Portion von allem, was auf den Tisch kam, offensichtlich nicht die geringste Auswirkung auf diese umwerfende Figur hatte.

Das erinnerte ihn daran, daß er noch ein paar Dinge vorzubereiten hatte. Das Essen war kein Problem. Der Portier des

Wohnhotels, der es faustdick hinter den Ohren hatte, konnte einem erstaunlich schnell und zu jeder Tages- und Nachtzeit alles besorgen, von der schlichten Pizza bis zum fürstlichen Kaviar auf Toast. Was das Trinken betraf, so gab es in der Bar unten eine ausreichende Vielfalt an Hochprozentigem für alle Ansprüche, so daß sich Milano dafür entschied, lediglich einen Krug teuflischer Martinis zu mixen und im Kühlschrank bereitzustellen. Als er das erledigt hatte, kam ihm noch die Idee, in das Gemüsefach des Kühlschranks seine letzten sechs Flaschen John-Courage-Bier zu legen, diesen köstlichen Beweis dafür, daß die Briten, bei all ihren Mängeln, immerhin in der Lage waren, aus Malz und Hopfen einen echten Wein zu brauen.
Musik. *Musica.*
Er hockte sich vor den Stereoschrank und erwog politische Begleiterscheinungen. Wenn er zum Beispiel aus persönlicher Vorliebe Bessie und Billie und Aretha auflegte, lief das dann auf dasselbe hinaus, wie wenn er diesem reizbaren Liebesobjekt Brathähnchen und Wassermelone zum Essen vorsetzte? Und überhaupt, wer zum Teufel konnte wissen, was sie selbst von Brathähnchen und Wassermelone hielt? Würde sie es beiläufig essen, weise dazu lächeln oder es einem um die Ohren schlagen?
Also gut, sollte doch sie die verdammte Musik auswählen. Sich zur Abwechslung einmal seinem Urteil anvertrauen.
Er blickte sich kritisch in der Wohnung um, die – das war keine Überraschung – ungefähr so makellos aussah, wie der Putzdienst sie einige Tage vorher zurückgelassen hatte. Das Wohnzimmer vielleicht ein wenig zu makellos, so daß es angebracht war, hier ein Kissen und dort ein paar Zeitschriften auf dem Couchtisch vorsichtig zu verschieben. Das Schlafzimmer in Ordnung, nach einem Wechsel der Bettwäsche. Das Bad wurde, nachdem er selbst dort fertig war, am sorgfältigsten untersucht. Luxuriös war es auf jeden Fall – der Kaiser Caracalla konnte es kaum besser gehabt haben –, aber schon ein einziges dieser langen schwarzen Haare im Waschbecken konnte einer Frau den Magen umdrehen. Zumindest hatte ihm das seine Schwester Angie bei ihrem ersten Besuch in seiner Wohnung mit beißender Schärfe bei-

gebracht, und obwohl irgendeine Ähnlichkeit zwischen Angie und Chris Bailey kaum wahrscheinlich war, wer wollte da sicher sein?
Vor dem Spiegel ließ er sich auf das schizophrene Spiel ein: ein hoffnungsvoller, erregter siebzehnjähriger Milano musterte sein vierzig Jahre altes Gesicht im Spiegel. Er gab das Spiel rasch wieder auf. Faszinierend war es ja zweifellos, aber es führte auf direktem Weg ins Makabre.
Locker bleiben, Mann. Du bist ein Erdbewohner, Chris Bailey kommt von der Venus, und du hast keine Ahnung, wie das Schaltschema bei diesen Venusbewohnern funktioniert.
Also schön locker bleiben.
Leichter gesagt als getan.

Als er die Galerie betrat, war augenscheinlich, daß das Publikum nicht gerade die Türen einrannte, um von Raoul Barquins Werken einen Blick zu erhaschen. Drei jugendliche Bummler standen grübelnd vor den Bildern. Der stämmige Rammaert mit seinem leuchtend rostroten Toupet unterhielt sich leise mit einem wohlhabend aussehenden Paar in mittleren Jahren. Chris saß an ihrem Schreibtisch. Als Milano hinüberschlenderte, zeigte sie ihm das geschulte Lächeln und ein bißchen mehr.
Milano beugte sich über den Schreibtisch. «Mittagessen um zwölf?» flüsterte er.
Mit einem kaum wahrnehmbaren Kopfschütteln flüsterte sie zurück: «Für mich Sandwich und Kaffee im Büro. Rammaert will mich hier haben, damit er nach Belieben kommen und gehen kann. Es geht also erst nach fünf.»
Milano hob die Stimme. «Vielen Dank. Ich werde mich ein bißchen umsehen.»
Er nahm sich eine Broschüre vom Schreibtisch und entfernte sich, um sie pflichtgetreu zu lesen. Raoul Barquin. Kubanischer Flüchtling, jetzt in Florida zu Hause. Nachdem er vor der Unterdrückung in seiner Heimat geflohen war, konnte er nun in seiner Kunst und so weiter und so fort. Zu finden in bedeutenden Privatsammlungen in Buenos Aires, Santiago, Rio de Janeiro. Vier seiner großen Werke hier ausge-

stellt: *Fläche Nummer Acht, Fläche Nummer Zehn, Fläche Nummer Elf, Fläche Nummer Zwölf.*
Es war, sinnierte Milano, ein hübsches kleines Eis-Soufflé von einer Broschüre: du löffelst genüßlich und bekommst doch nur einen Mundvoll Schaum. Bedeutende Privatsammlungen, deren bedeutende Privatsammler ungenannt bleiben. Und große Werke – von wem so eingestuft? Vom Künstler selbst, das war klar. Und vielleicht noch von seiner in ihn vernarrten Mutter.
Bei näherem Hinsehen stellte sich jedoch heraus, daß es zumindest in einem Punkt große Werke waren: in punkto Materialaufwand. Jeweils zwei an den beiden einander gegenüberliegenden Ausstellungswänden im vorderen Raum. Rundbilder, alle vier; Wagenräder, nach Form und Größe. Von der Seite gesehen, waren sie auch fast so dick wie Wagenräder, und alles massives Holz. Ihre neokubistischen konstruktivistischen Oberflächen bestanden aus Leinwand über Holz. Die Leinwand war unbehandelt und einfach über verschiedene kompakte geometrische Formen gespannt – Würfel, Kegel, Zylinder –, und sie war, wie Milano bei noch genauerem Hinsehen feststellte, zur besseren Verankerung am Fuß jeder Form mit Drahtstiften festgemacht worden. Aus einer gewissen Distanz betrachtet, gaben Farbe und Struktur der Leinwand diesen Kreationen die unwahrscheinliche Wirkung von Flachreliefs aus nassem Sand.
Und wenn es nicht das war, was der Künstler beabsichtigt hatte, so würde sich das verdammt schnell ändern, wenn ihn erst irgendein aufgeblasener Kunstkritiker auf die Idee brachte.
Als Milano daran ging, das ganze Angebot langsam und nachdenklich zu taxieren, sah er, daß er selbst von Rammaert verstohlen taxiert wurde. Keine große Sache, dieser Eindruck, daß hier ein irgendwie bekanntes Gesicht war, das sich nicht einordnen ließ. Milano grüßte mit einem sachlichen kurzen Nicken. Rammaert nickte zurück und schenkte seine Aufmerksamkeit wieder dem Paar, das ihn in ein Gespräch verwickelte. Ein gutes Auge für Gesichter, keine Frage. Sie hatten sich fast zwei Wochen vorher nur einen Moment lang gegenübergestanden, aber das hatte genügt.

Und anscheinend ein genauso gutes Auge für das Geschäft mit Dummköpfen. Ganz unten in der Nähe des Randes von *Fläche Nummer Zehn* klebte einer dieser verräterischen roten Sterne auf der Leinwand. Verkauft. Oder, da die Ausstellung gerade eine Stunde lang geöffnet war, im voraus verkauft. Oder – an dem Gedanken kam man, wenn Leute wie Mister Toupet im Spiel waren, nicht vorbei – dieses Objekt war sowenig verkauft wie die anderen, hatte aber die Funktion, zum Kauf der anderen zu animieren. So etwas mußte natürlich mit dem Künstler abgesprochen sein, und da erhob sich die Frage: wo war eigentlich der Künstler an diesem Tag, dem Eröffnungstag seiner Ausstellung?
Aber Milano hatte das Gefühl, daß es weder der rote Stern noch die Abwesenheit des Künstlers war, was ihn störte, als er weiterging, um die anderen *Flächen* zu betrachten. Es war irgend etwas an *Nummer Zehn*. Wie war das möglich, wo es doch nicht mehr und nicht weniger zu bieten hatte als seine Gegenstücke? Spuren eines Déjà-vu-Erlebnisses? Nein. War Raoul Barquin in diesem einen Fall etwas geheimnisvoll Zwingendes gelungen? Ausgeschlossen.
Von der Mitte des Raumes ließ Milano die gesamte Ausstellung auf sich wirken.
Der Blitz traf ihn mitten ins Zwerchfell.
Rechtecke.
Jedes der Rundbilder zeigte ein Sortiment von Würfeln, Kegeln und Zylindern in einem mit Leinwand überzogenen Flachrelief. Auch *Fläche Nummer Zehn.* Aber es präsentierte auch etwas ganz eigenes, etwas, was auf den anderen nicht zu sehen war. Rechtecke. Identische rechteckige Formen. Zwei waren es, eine im Südwesten etwa in Hüfthöhe, die andere im Nordosten etwa in Schulterhöhe.
Eugène Louis Boudin. *Der Strand.* Holzplatte, 36 x 18 cm. *Der Strand von Trouville.* Holzplatte, 36 x 18 cm.
Hier? Endlich angekommen?
Nur wenn jedes dieser beiden Rechtecke mindestens sechsunddreißig auf achtzehn Zentimeter maß. Oder vielleicht eine Idee mehr, falls sie in einer Art Schutzhülle steckten. In dem Fall wäre auch klar, warum *Nummer Zehn* den roten Stern trug. Er bedeutete, daß niemand auf dieses Bild

Anspruch erheben konnte, absolut niemand – außer seinem Auftraggeber.
Da der wachsame Rammaert nur wenige Schritte weit weg war, durfte sich Milano nicht zu sehr auf *Nummer Zehn* konzentrieren. Er wandte sich einer anderen Nummer zu und schaute hin, ohne etwas wahrzunehmen, während er gleichsam einen höheren Denkgang einlegte.
Wenn das die Boudin-Bilder waren, lief es auf nichts anderes hinaus, als daß Wim Rammaert mitsamt seinem fetten Gesicht und seinem schäbigen Toupet als ein Spitzenmann anzusehen war, wenn es darum ging, den Transport gestohlener Kunstwerke an fremde Ufer zu planen. Man packte sie einfach in eine wertlose Kiste, die selber als ein Kunstwerk galt, und wie sollte dann irgend jemand an die Sachen rankommen, ohne diese Kisten zu beschädigen? Ohne ein großes gewaltiges Meisterwerk des Künstlers Raoul Barquin zu schänden?
Große Klasse.
Denn solange es keine Beweise für ein Schwerverbrechen gab, hatten die Leute beim Zoll und der Polizei kein Recht, dieses Meisterwerk aufzuschlitzen, um zu sehen, was sich darin versteckte. Und wenn sie's mit Röntgenstrahlen versuchten? Eine Komödie im Gerichtssaal. Wenn der Besitzer nicht einwilligte, würde kein Richter eine Durchleuchtung zulassen, es sei denn, die vorliegenden Beweise rechtfertigten einen solchen Schritt. Woher aber diese Beweise nehmen, wenn man nicht röntgen durfte? Ein echtes Problem für die Hüter des Gesetzes.
Willie Watrous dagegen, den bereits der liebliche Duft der von Pacifica zu löhnenden Viertelmillion in den behaarten Nasenlöchern kitzelte, würde sich um solche rechtlichen Fragen nicht kümmern. Vor allem dann nicht, wenn er – mit seinen eigenen prägnanten Worten – einen Ganoven zwingen konnte, die eigene Scheiße runterzuschlucken. Es genügte also ein schlichter Einbruch durch Willies lichtscheue Helfershelfer und zwei Minuten Arbeit mit einer Rasierklinge an *Nummer Zehn*, und wenn Wim Rammaert dann seinen Verlust entdeckte, blieb ihm nichts anderes übrig, als die Scheiße zu schlucken und für die Medien eine

empörte und tränenreiche Geschichte über kunsthassende Vandalen aufzubereiten.
Doch zunächst einmal drehte sich alles um die magischen Zahlen sechsunddreißig und achtzehn.
Dem Pärchen, das sich mit Rammaert unterhielt, ging endlich der Gesprächsstoff aus, und sie verabschiedeten sich. Milano nahm ihre Stelle ein. «Sie sind wohl der Inhaber?»
«Ja. Wim Rammaert. Mir war, als hätte ich Sie schon mal gesehen. Sie waren bei der Archbold-Ausstellung hier, nicht wahr?» Der teutonisch gefärbte Baß hatte etwas von einem melodischen Knurren.
«Stimmt. So leid es mir tut, ich war damals nicht sonderlich beeindruckt. Aber diese Werke hier –», und Milano schloß mit einer Armbewegung alle *Flächen* ein. «Wird der Künstler anwesend sein?»
«Barquin? Nein, leider nicht. Zu krank für solche Reisen. Schon traurig für ihn, bei diesem Anlaß passen zu müssen.»
«Gewiß. Aber Sie sind ja wohl sein Agent, nehm ich an?»
«Ja.» Rammaert wurde langsam warm, die dicken Lider senkten sich ein wenig über die hervortretenden Augen.
«In gewissem Sinn», sagte Milano entwaffnend, «bin ich selbst so was wie ein Agent.» Er senkte die Stimme. «Ich vertrete mehrere Sammler, die gerade erst anfangen. Vermögende Leute, die ihren kulturellen Horizont ein bißchen erweitern wollen. Mit einem besonderen Interesse an Kunstwerken mit einem potentiellen Wertzuwachs. Einem relativ kurzfristigen Wertzuwachs. Ich glaube, Sie wissen, was ich meine.»
Rammaerts Gesicht verriet nichts, als er abwog, aber er wußte verdammt gut, was gemeint war. Und auf die Weise mußte man einen Rammaert packen. Wenn man über Barquins Tapetenmuster in Verzückung geriet, würde ihm das vielleicht doch merkwürdig vorkommen. Wenn man aber direkt zum Geschäftlichen kam und von Klienten redete, die der Inflation zu entgehen suchten, indem sie irgendwelche modischen Kunstwerke heute billig erwarben, um sie morgen teuer zu verkaufen oder sie einem wehrlosen Museum zu schenken, nachdem sie erst noch dessen Direktor bestochen haben, diesen Werken aus Steuergründen einen wahn-

witzig überhöhten Wert zu attestieren – wenn man so mit Rammaert redete, verstand er das. Und schätzte es sogar.
Trotzdem ließ er sich Zeit, ehe er damit herausrückte. «Mein erster Verkauf für Barquin läßt darauf schließen, daß er in hohem Maße absatzfähig sein wird. Und was den Wertzuwachs betrifft –» Mit einem Augenaufschlag signalisierte er die ungeahnten Möglichkeiten.
«Und sein Preis?»
«Der ist für jedes dieser drei noch zu vergebenden Werke gleich. Natürlich muß er dem beim ersten Verkauf festgelegten Preis entsprechen.»
«Natürlich. Wieviel?»
«Sechzigtausend Dollar. Für jedes.»
Milano lächelte. «Ich sagte, glaube ich, schon, daß meine Klienten als Sammler erst am Anfang stehen. Sie können nicht mit Museen wie dem Guggenheim oder dem Whitney konkurrieren.»
«Natürlich nicht. Aber –» Rammaert ließ die Augenlider fast ganz herunter. Er schien, ganz in Gedanken, jemanden über Milanos Schulter hinweg anzusprechen: «– wenn es Ihnen um den Erwerb aller drei verfügbaren Werke geht, würde ich sagen, daß jemandem, der einem Künstler so unter die Arme greift, definitiv eine persönliche Belohnung dafür zusteht. Ein Zeichen der Wertschätzung von seiten der Galerie.»
«Da kann ich Ihnen nur zustimmen», sagte Milano.
«Schön. In dem Fall würde ich sagen, wenn bereits eine Anzahlung geleistet ist –»
«Das noch nicht. Ich habe es da mit gewieften Leuten zu tun, einem kleinen Konsortium von Ärzten. Ich werde mich jetzt gleich mal ans Telefon hängen. Wir sehn uns hier bestimmt bald wieder.»
«Sollte mich freuen.»
Schlauer Opa, dachte Milano, als er zur Tür ging und bewußt darauf verzichtete, auch nur flüchtig in Chris' Richtung zu blicken. Hellwach und munter und mit einem wahren Heißhunger, wie ihn nur ein anständiger Kunsthändler oder Glücksspieler haben kann.
In der Nähe der U-Bahn-Treppe in der Sixth Avenue gab es

einen Zeitungsstand, und dort holte sich Milano eine *New York Post.* Die Welt in dicken Schlagzeilen. In Lamstons Gemischtwarenhandlung, eine Querstraße weiter, fand er eine Schreibwarenabteilung mit einem Angebot an Linealen. Er bezahlte für eines, das vierzig Zentimeter lang war, und wartete geduldig, während das Mädchen an der Kasse umständlich eine passende Tüte hervorkramte, das Lineal hineinsteckte, den Kassenzettel an die Tüte heftete, um sie zu verschließen und ihm dann das Ganze in die Hand zu drücken; unter den Augen des Mädchens, die offenbar unsicher war, ob das, was er da machte, kriminell war oder nicht, riß er die Tüte gleich wieder auf, zog das Lineal heraus und maß die Länge und Breite der *Post.* Siebenunddreißig Zentimeter lang – der Himmel half offenbar mit –, aber ungefähr zweiunddreißig Zentimeter breit. Mit Hilfe des Lineals maß er oben auf der Titelseite achtzehn Zentimeter ab und faltete die ganze Zeitung auf diese Breite. Er warf Lineal und Tüte in einen Abfalleimer am Ladeneingang und machte sich wieder auf den Weg zur Galerie, unterm Arm die gut sechsunddreißig auf achtzehn Zentimeter *New York Post.*

Als er die Galerie betrat, hatte er die gefaltete Zeitung unter seinen Notizblock geklemmt und hielt einen Bleistift bereit. Rammaert, im Gespräch mit einem Neuankömmling vertieft, bemerkte ihn. Milano deutete kurz auf Notizblock und Bleistift, und Rammaert, der freundliche Mit-Verschwörer, nickte wissend. Zeit für ein paar Notizen. Für die Kundschaft eine clevere Beschreibung der Werke, zur Förderung der Kauflust.

Als wären sie alte Kumpels. Milano fragte sich, was für eine Prämie ihm der schlaue Opa wohl zugedacht hatte, für den Fall, daß er ihm die drei *Flächen* abnahm.

Problematisch war es auch, sich in diesem Moment fest in der Gewalt zu haben und nicht direkt auf *Nummer Zehn* zuzugehen. Es kam darauf an, daß er eifrig die Runde der anderen machte und daß Rammaert sah, wie er hin und wieder etwas aufschrieb. Und dann war es endlich soweit, daß er mit trockenem Mund und einem Flattern im Magen einen Augenblick lang vor *Nummer Zehn* zögern konnte, eben lange genug, um die gefaltete Zeitung rasch – und durch den Körper einigermaßen abgeschirmt – über dieses Rechteck im Südwesten zu halten, ehe er weiterging. Mit lockerer Hand, wie ein Taschenspieler. Dieser eine Versuch genügte; unnötig, auch noch das Nordost-Rechteck zu messen: in bezug auf die Größe war es offensichtlich ein Zwilling.

Eine Idee größer als sechsunddreißig auf achtzehn.

Herrgott, da konnte man wirklich von einem Sonderangebot reden. Zwei Boudins, im Innern dieses miesen Machwerks untergebracht, würden seinen Wert – zwanzig Dollar an Holz und Leinwand – um fast eine Million Dollar steigern.

Und Milano dachte verbittert an die verbürgte Geschichte, nach der ein völlig auf den Hund gekommener Monsieur Boudin, immer wenn er eine Strandszene fertig gemalt hatte, am Ufer entlangging, um unter all den dumpfen Trotteln, die sich dort in der Sonne ahlten, einen Käufer zu finden, der bar bezahlte. Und wieviel wollte Monsieur Boudin für sein kleines Gemälde haben, in die heutige amerikanische Währung umgerechnet? Zwei Dollar.

Aber das war nicht der geeignete Zeitpunkt, sich über die Trottel von damals oder über jene anderen, in Scharen auftretenden Trottel aufzuregen, die gelernt hatten, mit echter Kunst ein internationales Würfelspiel aufzuziehen. Jetzt mußte er sich ganz auf Rammaert konzentrieren. Ein begabter Schwindler, ja, aber *wie* begabt? So sehr, daß diese beiden Rechtecke vielleicht nur Finten waren? In dem Fall konnte er, wenn er so vorging, als wären es die echten Boudins, alle möglichen Katastrophen auslösen. Und die Möglichkeit bestand durchaus.

Milano fand Rammaert plötzlich an seiner Schulter. «Ein Telefongespräch hat stattgefunden?» erkundigte sich Rammaert beiläufig. «Gewisse Schwierigkeiten haben sich ergeben?»

Milano ließ Block und Bleistift in seine Tasche gleiten, gab der Zeitung wieder ihre alte Form. «Wie zu erwarten. Wer ist der Künstler? Wo ist er? In welchem Ruf steht er? Was macht sein Werk einmalig? Das übliche eben.»

«Vertraute Töne.» Rammaert zuckte verständnisvoll mit den Schultern. «Versichern Sie den Leuten in jedem Fall, daß der

Künstler ein Opfer Fidel Castros ist – dafür allein gebührt ihm Hochachtung. Und daß er in Miami Beach lebt, was immer auf Ehrbarkeit und Bonität schließen läßt. Und er hat etwas von einem Einsiedler, ganz natürlich für einen, der so leidenschaftlich seiner Kunst lebt. Und was das übrige angeht –»

«Ein moderner Meister», sagte Milano schamlos. «Die Arbeiten sind von einer starken Präsenz, und doch haben sie etwas Bleibendes. Würden sie andernfalls von der Galerie Rammaert ausgestellt werden?»

«Das ist tatsächlich die Frage», sagte Rammaert ebenso schamlos. «Die Galerie bleibt morgen geschlossen, aber Sie finden meine Privatnummer im Telefonbuch.» Er gab Milano einen freundschaftlichen Klaps auf den Arm und entfernte sich.

Überaus gerissen, dachte Milano, während er ihm nachschaute. Keinerlei Druck. Keine aggressive Verkaufspolitik. Überhaupt keine Verkaufspolitik. Nicht einmal nach dem Namen hatte er gefragt, geschweige denn nach irgendwelchen Papieren. Der Fall eines schlauen Fuchses, der einen anderen schlauen Fuchs augenblicklich erkennt und in schlauen Reden einen Pakt mit ihm schließt.

Chris blickte vom Schreibtisch auf, ihr Gesicht eine Maske höflicher Nachfrage, als sich Milano noch ein paar Broschüren nahm und leise zu ihr sagte: «Kennst du Richoux, eine Straße weiter, in der Sixth Avenue?»

«Ja, aber was war –?»

«Ich warte dort um fünf. Im hinteren Raum. Danach ist es dann Zeit für Gracie MacFadden.»

Mit lockeren Schritten ging er, noch ehe sie das richtig verdaut haben konnte, hinaus auf die Straße, und da an diesem angenehmen Samstagnachmittag die ganze Stadt auf der boulevardbreiten 57. Straße versammelt schien, mußte er sich in einer Zickzacklinie durch die Menge winden, um zu der Reihe öffentlicher Telefone an der Ecke zu kommen. Es war offensichtlich in jeder Hinsicht ein Glückstag für ihn, denn gleich das erste Telefon, an dem er sein Glück versuchte, war ein Volltreffer. Nichts zertrümmert, alles funktionierte. Mit der Kreditkarte seiner Firma rief er die für

Miami zuständige Auskunft an und ließ sich von der Dame die Nummer geben, die er brauchte.
Sullies Nummer. Sullivan war in derselben Polizeieinheit gewesen wie Willie, hatte zur selben Zeit dort aufgehört und war sogar für die neu gegründete Firma, Watrous Associates, ein paar Monate lang Innenmann gewesen, bis er Willie beim besten Willen nicht mehr ertragen konnte und runter in den Sonnengürtel zog, um dort sein eigenes Ein-Mann-Detektivbüro aufzumachen. Ein Schmalspurschnüffler, aber fähig und vergleichsweise ehrlich. Und er kannte sich in der Miami-Region aus wie in seiner Westentasche. Das höchste Lob, das ihm gezollt werden konnte, war die Tatsache, daß Willie ihn einen verfickten Pfadfinder nannte und ihm beinahe über den Weg traute.
Wenn man einen Ein-Mann-Betrieb hatte, war man gewöhnlich da, um Anrufe entgegenzunehmen, und Sullie war da.
«Was ich brauche», sagte Milano zu ihm, «ist nicht mehr als ein Porträt in Kurzform. Keine Überwachung. Sieh zu, daß du irgendwie mit dem Typ zusammenkommst, nimm ihn unter die Lupe und gib mir dann durch, was du von ihm hältst. Ein Künstler. Miami Beach. Raoul Barquin. Weißt du, wie sich das schreibt?»
«Diese verdammten spanischen Namen», sagte Sullie, «kann ich dir inzwischen alle runterbuchstabieren. Falls du's noch nicht weißt, John: das hier ist Havanna-Nord.»
«Sei's drum. Der Witz an der Sache ist, daß ich deinen Bericht noch heute abend haben will, egal wie spät. Ich bin daheim und warte.»
«Wenn ich ihn bis dahin finden kann. Und mich mit ihm getroffen habe. Aber unter fünfhundert geht nichts, John, ob es nun klappt oder nicht.»
«Das Doppelte oder gar nichts. Tausend, wenn du's schaffst, wenn nicht, kannst du's vergessen.»
«Mein lieber Mann. Glaubst du, daß Willie da mitspielt?»
«Der spielt mit. Und diesem Barquin sagst du einfach, ein reicher namenloser Freund von dir habe diese Ausstellung in New York gesehen und möchte wissen, ob Barquin außer den dort gezeigten noch weitere Werke zu verkaufen hat. Ist doch ganz einfach, oder?»

«Vielleicht. Ich ruf dich heut abend an, so oder so. Und», fügte Sullie noch hinzu, «du brauchst Willie nicht von mir zu grüßen.»

Lange nach fünf erschien Chris endlich im Richoux – herzhafte britische Küche, gemütliche Ecken und kaum eines von Rammaerts Lieblingslokalen –, und Milano, der die Reaktionen der anderen Gäste beobachtete, als sie quer durchs Lokal auf ihn zukam, stellte halb stolz und halb irritiert fest, daß sich wirklich alle nach ihr umdrehten und sie angafften. Aber irgend etwas war im Busch. Ihre Miene war verdüstert, und als sie sich setzte, waren diese in Moll gehaltenen Vibrationen in der Luft zu spüren.

Seinem Gesicht war offenbar anzusehen, daß er diese Vibrationen empfing. Sie starrte ihn finster an.

«Laß mich raten», sagte er. «Ärger im Geschäft.»

«Zu Hause. Will nur kurz Mama anrufen und bekomm diese lange Geschichte zu hören.»

«Die kleine Schwester?»

«Ein kleines Kind, auch wenn sie's nicht wahrhaben will. Sie hat mitten in der Nacht Mama aufgeweckt, sich übers ganze Bett erbrochen. Eine halbe Stunde später die gleiche Geschichte auf der Toilette. Und selbst als sie nichts mehr im Magen hatte, kam es immer wieder. Dazwischen hatte sie so was wie einen hysterischen Anfall.»

«Pillen», sagte Milano voller Überzeugung.

«Keine Pillen. Es ging damit weiter, daß Odell um sechs Uhr früh von den Leuten in der Wohnung darüber einen Wagen auslieh, und er und Mama schleppten die Kleine mehr oder weniger im Kings-County-Hospital drüben zur Notaufnahme. Obwohl absolut nichts mehr in ihr war, würgte sie immer weiter. Auch ein Beruhigungsmittel half nicht, es kam ihr gleich wieder hoch. Der Arzt dort schaffte es schließlich, indem er ihr ein Zäpfchen mit einem Beruhigungsmittel reinschob. Und er sagte, es seien keine Pillen oder so etwas, es sei auch nicht irgendwas, was sie gegessen habe. Umgekehrte Peristaltik. Eine Allergie vielleicht.»

«Könnte es nicht sein, daß sie nervlich völlig kaputt ist?» sagte Milano. «Ich denke schon eine Weile, daß die Kleine

an dem, was sie für ihr Geld tun muß – was immer es sein mag –, keine Freude hat. Wo ist sie jetzt?»
«Wieder zu Hause. Im Bett. Und sie redet mit keinem.»
«Sie sitzt also fest. Wenn du meinen Rat hören willst, dann ist die Zeit reif für einen Bluff. Geh mal davon aus, daß sie, auch wenn sie selber nichts davon nimmt, das Zeug transportiert. Red mit ihr unter vier Augen und sag ihr, du weißt von dem Geschäft zwischen Kirwan und ihr, du willst ihr nur helfen, davon loszukommen. Sag ihr, du hast sogar einen Rechtsanwalt besorgt, der sie da rauspaukt, ohne daß sie einen Kratzer abbekommt. Achte dabei auf ihre Reaktion. Damit könnte sie sich verraten.»
«Nein, Johnny, sie wird einfach mauern. Ich kenne sie, du nicht. Sie wird mauern, und bei der erstbesten Gelegenheit haut sie ab, raus aus der Stadt. Dann kann ich Mama zur Notaufnahme bringen. Und warum redest du eigentlich dauernd von Kirwan? Nur weil kein anderer da ist, dem du was anhängen kannst?»
«Möchtest du bestellen?» sagte Milano. «Wie wär's mit einem Drink?»
«Nein. Ich will über Kirwan reden. Du hast ihn doch kennengelernt. Was ist mit ihm?»
«Na ja, sieht mir ganz nach einem User aus. Könnte an der Nadel hängen. Er ist kaum noch ansprechbar.»
«Der?» Chris' Staunen war echt.
«Aber sicher. Er sieht so aus, er hört sich so an. Hat sich gerade noch so weit in der Gewalt, um andere schlau anzumachen, aber er ist ganz schön kaputt.»
«Du denkst dir das so. Aber du weißt es nicht.»
«Herrgott», sagte Milano, «spielst du jetzt die Entlastungszeugin, oder was? Du hast mir doch gesagt, daß du null von ihm hältst, hast du deine Meinung über ihn geändert?»
«Nein, als Hausherr ist und bleibt er für mich ein Geizkragen und Schwindler. Und es ist eine Schande, wie er Mama gegenüber den guten alten Plantagenbesitzer spielt. Aber ich hab dir auch gesagt, er hat seine guten Seiten. Auch wenn es dir vielleicht nichts bedeutet, aber im College war er einer von denen, die Minderheiten gegenüber immer anständig waren. Setzte sich immer für sie ein. Und als ich in die

Schule für Darstellende Künste wollte, besorgte mir Mama ein tolles Empfehlungsschreiben von ihm. Weißt du eigentlich, wie schwer man in eine solche Schule reinkommt?»
«Jetzt weiß ich's, ja», sagte Milano. «Etwas anderes: als du noch zu Hause gewohnt hast, da hast du doch mit Lorena das Schlafzimmer geteilt, nicht wahr?»
Chris sah verwirrt aus. «Und wenn schon?»
«Kirwan wußte nämlich ganz genau, was er da empfahl. Er hat immer ein Fernglas zur Hand, um bereit zu sein, wenn sich eine Gelegenheit bietet.»
«Ich hab nie gesehen, wie er so was versucht hat.»
«Nein, aber meistens sind es Indizienbeweise, die den Leuten das Genick brechen. Noch etwas. Wie würdest du Kirwan in finanzieller Hinsicht einstufen? Du hast die Wahl zwischen reich, mittel oder arm. Was meinst du?»
«Woher soll ich das wissen? Und wieso willst du –?»
«Versuch's einfach, so gut du kannst.»
Chris starrte mit zusammengekniffenen Augen auf ein Bild an der Wand. Schließlich sagte sie: «Reich. Vielleicht zwischen reich und mittel.»
«Reich an Möbeln. Er hat Zeug in dem Haus rumstehen, das ein Vermögen wert ist, aber da wird nichts verkauft. Ganz ausgeschlossen. Was den Rest angeht, so ist das Mietshaus ein glattes Verlustgeschäft, die Steuerrückstände wachsen. Und er besitzt keine Geldreserven. Das ist eine Tatsache. Er sieht nicht mehr über den nächsten Tag hinaus. Und in die Lage kannst du unter anderem kommen, wenn du eine Gewohnheit hast, die dich das ganze Bargeld kostet, das du Tag für Tag zusammenkratzt. Erst dachte ich, Lorena beziehe etwas von ihm und bringe es in der Schule an den Mann. Aber das paßte nicht recht zusammen, auch nicht mit den Berichten von ihrer Überwachung. Wenn wir die Sache aber umdrehen und sagen, daß sie ihm etwas *liefert*, dann paßt alles zusammen. Deshalb finde ich es an der Zeit, daß sich jemand die Kleine vorknöpft. Und es ist besser, wenn du das machst und nicht irgend so'n Bulle vom Rauschgiftdezernat, der mal wieder einen billigen Erfolg braucht.»
Chris nahm einen Löffel und zeichnete gedankenverloren

eine Spirale auf das Tischtuch, vorsichtig und in engen Windungen von innen nach außen. «Ärger», sagte sie schließlich.
«Ich übernehm davon die Hälfte», sagte Milano. Er dachte sehnsüchtig an seine Wohnung, den vor sich hinsummenden Kühlschrank, die wartende Stereoanlage, und sagte dann: «Es ist mein Ernst. Wir können jetzt gleich nach Brooklyn rüberfahren und versuchen, die Kleine zum Auspacken zu bewegen, bevor sie total zusammenklappt.»
Chris forschte in seinem Gesicht. «Es ist dir wirklich ernst, nicht wahr?»
«Und das mit dem Anwalt auch. Meine Schwester. War mal bei der Rechtshilfe – eine der besten dort – und hat sich mittlerweile selbständig gemacht. Kennt jeden Trick. Und berechnet kein Honorar.»
«Ich möchte keine Almosen, Johnny.» Nicht die Spur von Verstimmung, wie Milano feststellte. Es war ein überaus sanfter Tadel. «Außerdem ist mir der Weg einfach zu unsicher.»
«Nur in deinem Kopf ist er das.» Es erstaunte ihn selber, daß er das so hartnäckig verfolgte, nachdem es so aussah, als sei der Abend doch noch zu retten. John A. Milano, offenbar dazu geboren, sich selbst zu vernichten.
Es kann jedoch – ein-, zweimal in einem Menschenleben – vorkommen, daß sich die Tugendhaftigkeit um ihrer selbst willen lohnt. Chris schob den Löffel weg und legte ihre Hand auf seine. Sie sagte: «Ich kann nicht anders, Johnny. Ich darf gar nicht daran denken, was passieren könnte, wenn es anders läuft, als du's dir vorstellst. Und ich würde hinterher damit leben müssen. Du nicht.»
«Also gut, aber vielleicht könnte man sie wenigstens dazu bewegen, diese Katalogarbeiten für Kirwan aufzugeben. Oder diese angeblichen Katalogarbeiten. Das würde helfen, sie von ihm fernzuhalten. Du hast ja ein bequemes Argument. Es gibt keinen Grund für sie, nach der Schule noch arbeiten zu gehen, wenn sie sich nicht gut fühlt.»
«Ich weiß nicht. Ich könnte wohl Mama zu einem Versuch überreden.»
«Gut. Und vielleicht kannst du dich selber jetzt mal zum Essen überreden. Und zu einem Drink.»

Chris hatte immer noch ihre Hand auf seiner liegen. Sehr angenehm. Sie drückte seine Hand ein wenig und gab sie dann frei. Ganz besonders angenehm, dieses kurze Drücken. Sie sagte: «Die Sache mit Grace MacFadden hast du doch für heute abend arrangiert?»
«Ach das, ja.»
«Dann möchte ich jetzt lieber gar nichts essen oder trinken. So was schlägt sich mir gleich auf den Magen.»
«Das liegt wohl in der Familie?» fragte Milano, doch seine Teilnahme war offenkundig nicht echt.
«Nicht sehr witzig. Nein, ich bin nun mal so. Besetzungsgespräche, Probevorstellungen, es ist immer das gleiche. Was soll ich überhaupt zu ihr sagen?»
«Zu Gracie? Was dir gerade einfällt. Wenn ich mich recht erinnere, wolltest du ihr sagen, daß du nicht singst und nicht tanzt und keine Hausmädchen in Art-Deco-Wiederaufnahmen spielst. Fang doch damit an und wart ab, wie's weiterläuft.»
Chris zog die Augenbrauen hoch. «Vielleicht tu ich das.»
Und, dachte Milano, vielleicht tat sie's wirklich. Es kam darauf an, welche Chris gerade das Übergewicht hatte, wenn der Augenblick da war: die Schwarze oder die Schauspielerin. Er hatte das Gefühl, daß sie sich da im Moment selber nicht sicher war.
Eine Bedienung – hübsch genug, um das knöchellange viktorianische Dienstmädchenkleid und die Rüschenhaube äußerst dekorativ wirken zu lassen – beugte sich über den Tisch. «Möchten Sie jetzt gerne bestellen?»
Milano warf einen Blick auf seine Uhr und sah dann das Mädchen an. «Tut mir schrecklich leid, Fräulein. Wie's aussieht, hat uns der Idiot, der uns hierher eingeladen hat, ganz vergessen. Wir gehen wieder.»
Die Bedienung schien mitzufühlen. «Nun, da drüben wäre ein Telefon –»
«Oh nein. Jetzt ist *er* am Zug.»
Er machte den Gedächtnisverlust des Idioten mit einem verschwenderischen Trinkgeld wett, und als sie draußen auf der Straße waren, sagte Chris: «Spiel das jetzt nicht herunter, denn ich meine es ernst. Du hättest ihr sagen können, daß es

an mir lag. Ich meine, daß wir ihren Tisch blockierten und dann erst nichts bestellten. Aber du hast es nicht getan.»
«Wie käme ich dazu?»
«Männer tun das eben. Sie tun's mit Vorliebe. Das ist alles.» Mit einer Geste machte sie deutlich, daß das Thema damit beendet war. «Wann treffen wir uns mit deiner Freundin?»
«Gegen acht. Es ist in der Nähe des Columbus Circle, wenn du also jetzt schon hin willst, um dich in meiner Wohnung ein bißchen frisch zu machen –»
«Nein, ich würde eigentlich lieber ein bißchen spazierengehen. Ich sitz ja fast immer im Geschäft, krieg langsam einen dicken Hintern. Der Park ist gleich da drüben, aber irgendwie komm ich da nie hin.»
Ein langer Spaziergang im Park, sagte sich Milano, als in der hereinbrechenden Dämmerung die Straßenlaternen angingen, hatte seine Vorteile, besonders im Central Park, wo das Licht der Laternen zu schwach war, den holprigen Erdboden auf den ungepflegten Fußwegen richtig auszuleuchten. Und die hohen Absätze seiner Partnerin machten das Gehen noch um einiges komplizierter. Nach ihrem ersten Stolperer faßte sie ihn unter und hielt sich in dem unebenen Gelände an ihm fest. Mit ihrem aufrechten und lockeren Gang war sie nicht die geringste Last für ihn. Und wenn sein eingeklemmter Arm gelegentlich mit der Wölbung einer schändlich unbewehrten Brust Bekanntschaft machte, schreckte sie nicht davor zurück.
Wieder ganz wie zu Tanzstundenzeiten, dachte Milano und staunte über seine wiederhergestellte Unschuld.
Doch diese Unschuld war, das merkte er, eine zerbrechliche Angelegenheit. Zwei Anstöße genügten, sie zu zerbrechen, ein kleiner und ein großer. Der kleine kam, als Chris auf einem Wegstück, das fast völlig im Dunkeln lag, ihre Schritte verlangsamte und ihm, obwohl ihr Gesicht kaum noch zu erkennen war, in einem breiten Grinsen die Zähne zeigte. «Nur damit du weißt, daß ich noch da bin», sagte sie. Es versetzte ihm einen Stich. «Gibt es irgendeinen Grund für diesen Blödsinn?»
«He, Mann, das ist ein guter alter Harlem-Witz.»

«Auch ein guter alter Bath-Beach-Witz. Nur daß ich schon wesentlich bessere gehört habe.»
«Schon möglich.» Sie war offensichtlich nicht wütend, sondern zeigte sich einfach interessiert. «Bath Beach, dein Tummelplatz?»
«Früher mal.»
«Ich bin froh, daß das hinter dir liegt, Mr. Milano.»
Happy-End. Es machte den kleinen Stoß fast wieder wett. Der große kam, als sie den Bethesda-Brunnen erreichten und sich dort auf eine Bank setzten. Die Gegend war fast menschenleer, und es herrschte – wenn man den Flugverkehr einmal außer acht ließ – so etwas wie Ruhe.
Frieden.
Aber nicht lange. Zwei junge Burschen kamen lässig auf sie zu. Vielleicht siebzehn oder achtzehn, schätzte Milano, einer schwarz, einer weiß, beide offensichtlich auf der Straße zu Hause. Staatlich geförderte Tagediebe. Als sie näherkamen, roch es stark nach Pisse und altem Pommes-frites-Fett.
Milano sah mit einem kurzen Blick auf Chris, daß ihr das gar nicht gefiel. Er löste seinen Arm von ihrem und lehnte sich lässig zurück, um genügend Bewegungsfreiheit für einen ordentlichen Tritt zwischen die Beine zu haben. Er mochte seinesgleichen verraten oder nicht, jedenfalls war er dankbar, daß, als Weiß vor ihn hintrat, Schwarz einen Schritt zurückblieb. Wenigstens war es dann unter Chris' Augen nicht die ethnische Minderheit, die seinen Tritt abbekam.
Weiß kratzte sich an der Brust, während er die Kundschaft taxierte. «Ich seh's dir an, Mann, du brauchst 'n guten Stoff, oder?»
«Verpiß dich, Kleiner», sagte Milano liebenswürdig.
«Oh, was ist denn das!» Weiß amüsierte sich. Hinter ihm amüsierte sich Schwarz. «Ganz schön ordinär, der Mann. Und das vor einer Dame.»
«Hör mal, Kleiner», sagte Milano, «wenn du direkt vor einem Bullen stehst und merkst es nicht, dann bist du in der falschen Branche. Das ist die letzte Warnung. Verpiß dich.»
Sie gingen. Langsam. Und sie machten deutlich, daß sie

nicht gehen würden, wenn sie nicht wollten, aber sie waren nun zufällig in der richtigen Stimmung zum Gehen.
Chris atmete tief durch und hakte Milano wieder unter. «Cool, Papa.»
«Zumindest hat's gewirkt.»
«Sieht so aus. Warst du bei den Bullen?»
«Nein, mein Partner in der Agentur war früher mal dabei. Bei dem hab ich die feineren Kniffe gelernt.»
«Und wie bist du zu diesem Beruf gekommen?»
«Ich war mal Hausdetektiv in einem dieser vornehmen Hotels in der Fifth Avenue. Ging ganz gut, und so machte ich mich selbständig und übernahm Detektivjobs für eine ganze Reihe dieser vornehmen Hotels. Lief ganz gut, und da fragte mich dieser ehemalige Bulle, dem ich in einigen Fällen ausgeholfen hatte, ob ich nicht als Partner in eine Agentur einsteigen wolle. Er brachte das Geld ein, ich mein Köpfchen. Und dabei bin ich dann geblieben.»
«Und es läuft immer noch ganz gut. Ach ja, was waren denn das für Gespräche mit Rammaert heute? Du hast ihm doch nichts von Boudin erzählt? Ich denke, das soll warten, bis die Bilder auftauchen?»
Das Ende der Unschuld.
Schlimm.
Und schlimmer, das wußte Milano ganz genau, wurde es zusätzlich dadurch, daß er einen wachsenden, fast unwiderstehlichen Drang spürte, jetzt sofort den Stöpsel zu ziehen. Ihr zu sagen, was los war. Mehr noch, ihr die Geheimnummer zu geben, mit der das Zahlenschloß zu John A. Milano zu öffnen war. Ihr klarzumachen, daß er in all den Jahren nie daran gedacht hatte, diese Geheimnummer irgendeiner anderen Person auszuhändigen. Wie sieht es wirklich in Johnny aus? Hör mal –
Noch nicht.
Wie sich die Dinge entwickelten, würde es früher oder später geschehen, aber jetzt noch nicht.
Er mußte absolute Gewißheit haben, daß es tatsächlich die beiden Bilder von Boudin waren. Und wenn er diese Gewißheit hatte, mußte sie von den Geschehnissen ferngehalten werden, bis alles vorbei war. Zum Nutzen aller.

Was hatte sie noch mal gefragt? Rammaert.
«Nein», sagte Milano, «es hatte nichts mit Boudin zu tun. Ich hab ihn nur gefragt, was ein handgearbeitetes Original von Raoul Barquin kosten soll, und er hat es mir gesagt.»
«Sechzigtausend», sagte Chris verwundert.
«Genau. Dann zog er alle Register und wollte mich zum Kaufen überreden. Er machte das verdammt geschickt, so daß ich später tatsächlich zurückging, um mir ein paar Notizen zu machen, pro und contra.»
«Vor allem contra, wenn man dich so hört», sagte Chris.
«Siehst du's anders?»
«Nun, es ist ja wohl so, daß Picasso und Braque das Gegenständliche in seine kubistischen Elemente aufgelöst haben. Barquin geht nun her und verselbständigt auch diese Elemente. Läutert sie.»
Milano sah sie lange und durchdringend an, und sie mußte lachen. «Rammaert. Das war seine Erklärung, als er sah, daß ich meine Zweifel hatte.»
«Und ich hätte fast angefangen, an dir zu zweifeln. Bleibt also eine faszinierende Frage. Was für ein Schwachkopf legt für diese *Nummer Zehn* sechzigtausend auf den Tisch? Hast du auch darauf eine glatte Antwort?»
«Sicher. Eine Galerie in Zürich. In der Schweiz. So steht es jedenfalls auf dem Frachtbrief. He, wird's nicht langsam Zeit?»
Da könntest du verdammt recht haben, dachte Milano. Also doch die Schweiz. Nach Hy Greenwalds Recherchen im Archiv operierten dort Gerard Ost und Soundso Fountas, erstklassige Leute vom Fach, die aber derzeit im Gefängnis saßen. Und Ost war Wim Rammaerts Cousin. Neben ein paar anderen unternehmungslustigen Osts, die ihre undurchsichtigen Geschäfte von Zürich und Basel aus betrieben. Und Rammaert selbst hatte auch eine Adresse in Basel.
Nun konnte also nur noch Sullies Anruf die Dinge aufhalten. Vielleicht brachte er die Gewißheit, daß es sich bei Raoul Barquin um einen höchst ehrenwerten Mann handelte, der einmal Fidels politischer Gefangener gewesen war. Vielleicht hohes Lob von dieser trefflichen kleinen Galerie Norton in Palm Beach oder vom Verantwortlichen für die Kunstsamm-

lung im Besitz der Universität von Miami. Lästige Indizien dafür, daß diese sechsunddreißig auf achtzehn Zentimeter großen Rechtecke eben doch Finten sein könnten. Oder – auch wenn die Chancen tausend zu eins dagegenstanden – eine phantastische Übereinstimmung.
Seine sinnlosen und nervösen Überlegungen wurden durch einen leichten Rippenstoß beendet. Chris sagte: «Wird langsam Zeit für Grace MacFadden, Johnny. Was ist?»
Also gut. Eins nach dem andern.

Gracies Haushälterin machte ihnen auf. Gracie – in einem hübschen Negligé, die Haare frisch blau getönt und an den Fingern ein glitzerndes Sortiment an Saphiren und Diamanten – war im Bett und wurde von beiden Macs bedient, dem Colonel Blimp und dem Typ, der wie ein argentinischer Polospieler aussah. Als Milano die Damen miteinander bekannt machte, fiel ihm auf, daß Gracie diesen geheimnisvollen Gast nicht aus den Augen ließ. Er hatte Überraschung bei ihr erwartet – vermutlich angenehme Überraschung, zumindest aber interessierte Überraschung –, und es verwirrte ihn, daß Gracie, die so großartig zu pokern verstand, jetzt ausgerechnet dieses unergründliche Pokergesicht aufsetzen mußte.
Und Chris lieferte natürlich das Gegenstück in Schwarz.
Verdammt.
Und keine Chance, die Dinge etwas aufzulockern. Gracie machte eine Armbewegung in Richtung der Männer. «Raus.»
«Also wirklich, Baby», sagte Milano, doch weiter kam er nicht.
«Raus», bestimmte Gracie. «Ein Gespräch unter Frauen. Ihr braucht euch nicht zu melden, ich melde mich bei euch.»
Draußen vor der geschlossenen Tür sagte der Colonel Blimp: «Schwierige Frau manchmal.»
«Stimmt wohl», sagte Milano.
«Schönes Mädchen ist das», sagte der Colonel Blimp.
«Das ist sie», sagte Milano.
Der Colonel Blimp verzog sich. Der andere Mac schaltete den Fernseher ein, wo in irgendeinem mexikanischen Kanal

ein Fußballspiel gezeigt wurde, und Milano schaute im Stehen zu. Nach einiger Zeit setzte er sich. Als die Haushälterin hereinkam, um Bestellungen für Getränke aufzunehmen, wurde ihm klar, daß er seit dem Mittag nichts gegessen hatte; trotzdem hatte er keinen Appetit. Davon sagten sie im Alten Testament nichts, daß Salomon schon nach dem ersten Blick auf die Königin von Saba so nervös wurde, daß er fortan an chronischer Appetitlosigkeit litt. Und vom totalen Wahnsinn gepackt wurde. Und von totaler Besitzgier. Es war eine Sache, sich so in einen Vermeer zu verknallen; man wußte, daß man ihn nicht haben konnte, wurde daraufhin von totaler Logik gepackt und ging seines Wegs. Aber wo es um Menschen ging, lief das zweifellos anders. Tröstende Logik war da nicht gefragt, und so breitete sich der Zustand im ganzen Organismus aus und besetzte den Kopf wie eine leichte Gehirnentzündung.
Ein Gespräch unter Frauen. Also, mit Worten konnte sie schon umgehen, diese Gracie.
Milano bestellte einen Wodka-Tonic, extra groß bitte, und er wurde ihm in einem kristallenen Behälter von der Größe eines mittleren Fasses gebracht. Als er ihn geleert hatte, fühlte er sich etwas besser. Aber erst als der Wodka – er mußte eine Alkoholkonzentration von hundert Prozent haben – gerade die Extremitäten erreichte und die erste Halbzeit des Fußballspiels sich ihrem Ende näherte, erschien Chris endlich wieder. «Gehen wir?» fragte sie Milano, und er hörte über sich ein metaphorisches Donnergrollen.
Zwischen ihnen fiel kein Wort, als er vor ihr herging, aus der Wohnung und den Gang entlang zum Aufzug. Da das Bedienungspersonal Milanos Stockwerk kannte, brauchte auch hier nichts gesagt zu werden. Und so ging es weiter, an die Wohnungstür und dann hinein in die Wohnung. Nur gut, dachte Milano, daß dieses stumme und teilnahmslose Wesen aus dem Weltraum nicht auch noch ihr Ziel in Frage gestellt hatte. Beim Betreten des Fahrstuhls hatte er halb damit gerechnet, daß sie sagte: «Runter zum Ausgang, bitte.» Oder daß sie sogar das «bitte» wegließ.
Sie sah sich im Wohnzimmer um, entdeckte die Bar und ging

schnurstracks darauf zu. Sie kletterte auf einen der Hocker.
«Ich möchte einen Drink.»
«Du hast nichts zu Abend gegessen», ermahnte sie Milano.
«Ich dachte, wir würden erst mal –»
«Ich möchte einen Drink, bitte.»
Milano ging hinter die Bar. Unsicher sagte er: «Ich hab Martinis bereitstehen. Könnte gefährlich sein, auf einen leeren Magen.»
«Ich nehme einen Jack Daniels. Pur. Und ein Glas Wasser extra.»
Milano gab nach. Er sah zu, wie sie erst den Whisky in einem Zug leerte und dann mit einem halben Glas Wasser nachspülte. Er stützte sich auf die Theke, der freundliche Barkeeper von nebenan. «Na?» ermunterte er sie.
«Du hast es ihr vorher nicht gesagt, oder?» fragte Chris mit sanfter Stimme.
«Ihr was gesagt?»
«Daß ich so schwarz bin wie die verdammte Nacht?»
«Warum mußt du bloß so daherreden? Bei jedem anderen würdest du –»
«Wen interessiert das jetzt. Du hast es ihr nicht gesagt.»
Es war im Grunde keine Wut, die in Milano aufstieg, sondern so etwas wie eine wilde Hilflosigkeit, die kein Ventil fand. Er sagte: «Nein, ich hab ihr lediglich erzählt, du hättest Talent, und man sollte dir mal eine Chance geben. Aber jetzt will ich dir mal was erzählen. Von all den prominenten schwarzen Schauspielern zwischen hier und L.A. geht jeder zweite in der Wohnung da oben aus und ein. Diese Leute kennen sie und mögen sie und kommen bestens mit ihr aus.»
«Wie schön für diese Leute.»
«Weil nämlich keiner von ihnen an galoppierender Paranoia leidet, das steht fest.»
«Keiner von ihnen?» Chris sah ihn an, mitleidsvoll, wie ihm schien. «Mann, weißt du eigentlich, wie idiotisch sich das anhört?»
«Weißt du denn, wie bescheuert du dich mit diesem ganzen Rassenquatsch anhörst?» Er gab sich alle Mühe, seine Selbstbeherrschung wiederzugewinnen. Er hatte das Gefühl, wegen des Stolichnaya, der nun durch alle Haargefäße zir-

kulierte, und wegen dieser furchteinflößenden Gefühle, mit denen er fertig zu werden hatte, sei er knallrot im Gesicht und habe heraustretende Augen wie Wim Rammaert. Er wirkte keineswegs so, wie er sich das vorgenommen hatte, als er den Krugvoll Martinis mixte und die Kissen ein wenig verrückte. Er atmete tief durch. «Chris. Sieh mal. Wenn ich auch nur eine Sekunde – einen Sekundenbruchteil – lang geglaubt hätte, sie könnte dich so fertigmachen, hätte ich dich gar nicht erst in ihre Nähe gelassen. Das mußt du wissen.»

Jetzt war es an ihr, tief durchzuatmen. «Ich hab dir ja keine Bosheit vorgeworfen. Ich hab nur gesagt, du hättest dich idiotisch angehört.»

«Also gut, klär mich mal auf. Irgendwas ist da oben passiert, aber was ich davon weiß, ergibt allenfalls ein Raoul-Barquin-Gebilde. Neokubistisch, konstruktivistisch. Vielleicht versuchen wir's mal mit Gérome? Verstehst du, alle Details bis hin zum letzten funkelnden Hosenknopf.»

Er wartete. Schließlich sagte Chris: «Also gut, nur ein einziges großes Detail. Deine Freundin hält mich für eine Edelnutte.»

«Hat sie das gesagt?»

«Nein. Aber sie hat es mich spüren lassen. Solche Dinge sagt man einer Edelnutte nicht ins Gesicht. Man läßt sie spüren, wie man sie einschätzt.»

«Oder», sagte Milano, «ist das möglicherweise dein Bild von ihr?»

«Ach Scheiße, Mann. Soll ich dich wirklich mal aufklären, Johnny? Dann hör mir gut zu. Es ist nicht das erstemal, daß mir das mit Leuten dieser Hautfarbe passiert. Und weißt du, warum? Weil ich eine Klassefrau bin. Attraktiv und elegant. Und sehr schwarz.»

«Herrgott, nein», protestierte Milano, aber so leicht ließ sie ihn nicht davonkommen.

«Soll ich dich weiter aufklären, Johnny? Du kennst doch meine Mutter? Diese grauhaarige, fette alte Dame? Sie geht zum Putzen in eine Wohnung, und da sind Ehemann und Ehefrau. Weiße, verstehst du? Die Frau fährt zum Supermarkt, und meine grauhaarige, fette alte Mutter mit drei erwachsenen Kindern spürt, eh sie sich's versieht, eine Hand auf ihrem Hintern. Weil es ein schwarzer Hintern ist. Manchmal kommt es zu einem richtigen Ringkampf, ehe sie weiterschrubben kann.»

Attraktiv und elegant auch im Austeilen, dachte Milano. Wie einst Sugar Ray Robinson. Kurze Gerade, noch eine kurze Gerade, ein schneller linker Haken und schließlich ein rechter Cross. Bums.

Er sagte: «Das ist das große Detail. Was ist mit all den kleinen? Was genau ist da oben abgelaufen?»

Chris hielt ihr leeres Glas hoch. «Vollmachen, bitte.»

«Noch nicht. Du kannst mich nicht erst auf die Palme bringen, Klassefrau, und dann hängenlassen. Das läuft nicht.»

«Ach nein? Glaubst du denn, was ich dir gerade gesagt habe? Verstehst du es?»

«Ja.»

«Und es tut weh?»

«Das weißt du ganz genau, verdammt noch mal.»

«Bitte, wenn du meinst. Also dann. Zuerst hat deine Freundin nach mir gefragt, und ich hab ihr Auskunft gegeben. Ich glaube, sie hat mir nicht mehr als zehn Prozent davon abgenommen. Dann hat sie nach dir gefragt. Es waren schwere Prüfungsaufgaben, die sie mir vorgelegt hat. Sehr persönliche Dinge.»

«Was soll denn das heißen?»

«Ach –», sagte Chris. Sie blickte ihm forschend ins Gesicht, als suche sie irgendwelche Makel. «Du hast es wirklich mit streitsüchtigen alten Damen, nicht wahr? Die eine, die dein Büro leitet, dann diese hier oben –»

«Du warst eine Stunde bei ihr», schnitt ihr Milano das Wort ab. «Ihr habt doch nicht die meiste Zeit über mich geredet.»

«Nur ein Weilchen. Dann forderte sie mich auf, Karten und Chips aus diesem Schrank dort zu holen. Sie wollte Blackjack mit mir spielen, mit einem Dollar Einsatz pro Spiel. Ich sagte ihr also, ich hätte kein Geld, das ich aufs Spiel setzen könnte, und wenn ich ihren Blick richtig verstand, gehörte das zu den Dingen, die sie mir nicht glaubte.»

«Ihr habt also nicht –»

«Doch, wir haben. Sie sagte, ich solle mir keine Gedanken

machen. Wenn ich verlieren sollte, würde sie sich das Geld bei dir holen. Aber ich hab dann doch nicht verloren. Ich hab ihr zweiunddreißig Dollar abgenommen.»
«Du hast Gracie MacFadden beim Blackjack zweiunddreißig Dollar abgenommen?»
«Nur auf dem Papier.» Chris grinste boshaft. «Sie sagte, ich solle bei dir kassieren. Du hättest schließlich für meine Verluste zahlen müssen, dann könntest du ebensogut meinen Gewinn zahlen.»
Milano registrierte dankbar, daß sich diese Gewitterwolke über ihr allmählich auflöste. Am Rand schimmerte bereits silbernes Mondlicht durch. Zweiunddreißig Dollar oder zweihundertdreißig Dollar – dieser Wetterumschwung war jeden Betrag wert.
Er zückte seine Brieftasche, und Chris ließ eine Hand herabsausen, um sie auf der Theke festzuhalten. «Nein. Ich hab dir doch gesagt, Johnny, du sollst mir nie mit Geld kommen.»
«Es ist ihr Geld. Keine Sorge, ich hol's mir wieder von ihr.»
«Nein. Du läßt sie einfach wissen, daß ich nichts von dir genommen habe. Dann kann ich, wenn ich mal auf sie angesprochen werde, immer sagen, ich wisse nur, daß mir Mrs. Grace MacFadden zweiunddreißig Dollar schulde. Und wenn sie fragen, wie es dazu kommen konnte, werde ich es bereitwillig erzählen. Auch den Medien, versteht sich. Falls die sich irgendwann einmal für mich interessieren sollten.»
«Eines Tages werden sie das bestimmt.»
«Aber sicher.» Ihre Stimme hatte etwas Zynisches und zugleich Trauriges, und Milano mußte daran denken, daß zwei Fingerbreit Jack Daniels in diesem dickbauchigen Glas eine ganze Menge Jack Daniels bedeuteten. «Das Problem ist nur», sagte Chris, «daß ich nicht singe und nicht tanze und kein Art-Deco-Dienstmädchen spiele. Außerdem stell ich mich in kein Schaufenster. Weißt du was? Ich habe Hunger. Du hast doch hier irgendwo eine Küche, nicht wahr?»
«Der Pförtner hat Besseres zu bieten. Und bei ihm geht's schnell.»

«Nein, ich will ja nur etwas, damit mein Magen aufhört zu knurren.»
Er sah zu, wie sie vor dem trostlosen Kühlschrank stand und Inventur machte. «Wie bei der alten Mutter Hubbard», kommentierte sie und nahm sich eine Tomate. Sie schnitt sie in vier Teile und aß sie kleckernd über dem Spülbecken. Sie wischte sich mit einem Papiertuch Gesicht und Hände ab. «Schon besser», sagte sie, an den Spültisch gelehnt. Die Art, wie sie Milano anschaute – mit einem leicht verwirrten Gesichtausdruck, den Mund etwas geöffnet, die Zungenspitze an der Oberlippe –, ließ ihn an einen Arzt denken, der an einer unangenehmen Diagnose arbeitet. Schließlich sagte sie: «Eigentlich tut es mir leid, daß ich dich so angegangen bin.»
«Geht mir ja auch so», sagte Milano. «Aber ich hatte die besten Absichten, weißt du.»
«Hölzerner Dialog, würden die Kritiker sagen. Aber ich weiß. Es hat mir schon gefallen, wie du auf die Sache mit meiner Mutter und ihrer Putzstelle reagiert hast. Du hast wirklich ausgesehen, als sei dir schlecht.»
«Ich tu doch alles, um dich bei Laune zu halten.»
«Du weißt schon, was ich meine.»
Sie ging zurück ins Wohnzimmer, und Milano folgte ihr. Das existentielle Leben, das war es, Augenblick um Augenblick, wo es ihre Sache war, die Entscheidungen zu treffen, und wo er, wenn er nicht wollte, daß alles plötzlich in die Brüche ging, nichts anderes tun konnte, als bereitzustehen, um jederzeit die erforderliche Reaktion abliefern zu können. Und, wenn es kein allzu paradoxer Gedanke war, stets für das Unvorhersehbare gewappnet zu sein.
Faszinierend, wenn das überhaupt das passende Wort dafür war.
Die Hälfte seiner Vorfahren waren Lombarden aus Brescia im hohen Norden, die andere Hälfte Sizilianer aus Catania im tiefen Süden. Im Augenblick mußte wohl jeder tote und begrabene Vorfahr – zumindest von der sizilianischen Seite – vor Empörung in seinem Grab rotieren.
Er sah ruhig zu, wie Christine das Wohnzimmer taxierte.

«Schön», entschied sie schließlich. «Aber ein bißchen kahl, meinst du nicht?»
«Alles Wesentliche ist vorhanden.»
«Hmm.» Sie legte den Zeigefinger ans Kinn und taxierte weiter. «Das ist es. Nichts an den Wänden. Absichtlich?»
«Mhm.»
«Ausgerechnet du? Keine Gemälde, keine Reproduktionen, rein gar nichts? Bei deinem Verhältnis zur Kunst?»
«Ich weiß. Aber was ich an diesen Wänden haben möchte, kann ich mir nicht leisten. Dann ist es besser so.»
«Hör ich dich jammern? Du könntest immerhin den Mercedes in Zahlung geben.»
«Sicher, nur würde das kaum weiterhelfen. Es würde nicht mal für eine kleine Anzahlung reichen.»
«Anzahlung auf was?»
«Zum Beispiel die drei Porträts von Degas, die auf meiner Einkaufsliste stehen. Und Seurats *Grande Jatte.* Kennst du's?»
«Also, so viel kenn ich schon. Es ging zwar auf der Schule damals meistens um Bühnenausstattung, aber dabei blieb auch einiges an Kunstgeschichte hängen.»
«Also dann, *La Grande Jatte* kommt hier in die Mitte, an diese Wand. Und meine beiden Turners kommen dort drüben hin. Späte Turners, die zum impressionistischen Ambiente passen. Ein Renoir. Dummerweise im Hochformat, einsachtzig auf einen Meter, so daß dieses Bücherregal weichen muß. Und das ist alles nur vorübergehend. Denn nach ein paar Monaten sind einige meiner alten spanischen Lieblingsmaler an der Reihe. Velasquez, El Greco, Goya. Danach die italienische Ausstellung. Die Primitiven kommen ins Schlafzimmer, aber hier haben wir Caravaggio. Zwei. Eine Möglichkeit, Platz zu sparen, ist der Verzicht auf Raffael. Weißt du, wie es sich anfühlen müßte, wenn man den Finger in eine von Raffaels Figuren stecken würde?»
«Laß hören.»
«Als steckte man den Finger in einen Mehlkloß.» Milano brach plötzlich ab. «Kommt dir das alles ein bißchen eigenartig vor?»
«Sicher. Ist es das nicht?»

«Vermutlich schon. Behalt es also lieber für dich. Ich meine, mach nicht bei der erstbesten Gelegenheit ein Tischgespräch daraus.»
«Du kannst mir vertrauen», sagte Chris. Sie streckte einen Finger aus und beschrieb mitten auf seiner Stirn einen kleinen Kreis. «Nichts Neueres da drin? Nicht mal Jackson Pollock oder Franz Kline oder so?»
«Kein Platz. Wenn einer völlig mit dem Gegenständlichen bricht, zeigt er mir nur eine Nahaufnahme seiner Gehirnzellen. Künstler haben in punkto Gehirnzellen nicht viel zu bieten.»
«Deine Meinung.»
«Ich bin es ja auch, der hinter den Bildern her ist», betonte Milano.
Sie sah ihn forschend an. Schweigend. Sie hatte diese Art, lange Schweigepausen einzulegen, die einem in den Ohren dröhnten. Sie sagte: «Manchmal findet man Dinge erst auf Umwegen heraus. Verstehst du, was ich meine?»
«Nein.»
«Nein. Nun ja, als du mir in der Galerie gesagt hast, daß heute das Treffen mit Grace MacFadden steigen würde, war ich richtig high. Aber ich war auch ein bißchen sauer, weil ich wußte, wie's weitergehen würde. Ihr hattet beide eine Wohnung im selben Gebäude, wir würden sie besuchen, danach würden wir zu dir gehen, und ich würde schwer in deiner Schuld stehen, und da würde bereits das Bett warten. Deine Art, etwas einzufädeln. Bißchen einfältig vielleicht, aber höchst praktikabel. Bist du noch dabei?»
«Ja doch.»
«Du brauchst nicht so aggressiv zu werden. Denn während ich noch daran dachte, dich kräftig runterlaufen zu lassen, wenn du versuchen würdest, mich in dein Schlafzimmer zu locken, kam mir zu Bewußtsein, daß ich mehr als bereit war, mit dir ins Bett zu hüpfen. Und daß ich, wenn wir nach Grace MacFadden nicht irgendwie zusammenkämen, erst richtig sauer sein würde.»
«Ich bin einfältig?» sagte Milano.
«In mancher Hinsicht. Aber das ist schon gut so.» Voller Verlangen legte sie ihm die Arme um den Hals, und dann

fand er – mit dem Gefühl, ein paar Schritte hinter der Musik herzulaufen und kaum noch den Anschluß halten zu können – plötzlich seine Arme auf ihrer Hüfte liegen.
Dann, während der forschenden Begegnung von Lippen und Zähnen und Zunge, bewegte er einen Arm nach oben, den anderen nach unten, und Zoll für Zoll drängten sich ihre Körper so fest aneinander wie nur irgend möglich. Nach langer Zeit bog sie den Kopf zurück. «Falls es dir noch nicht klar ist», sagte sie, «mein Zeitzünder tickt schon, du hast ihn in Gang gesetzt.»
Im Bett kam erst einmal die gleiche Erkundungstour, ein langes, sinnliches Erforschen, und dann eine Reihe von Variationen des alten Grundthemas, keine davon besonders originell, aber alle – aus Milanos Sicht – umwerfend. Nach dem lauten, wilden Finale war er restlos satt und erschöpft. Und zufrieden sah er, daß offensichtlich auch seine Partnerin restlos satt und erschöpft war.
Nach einer Weile setzte sie sich auf, zog die Beine unter sich und wischte sich mit einem Zipfel des Bettuchs den Schweiß von Gesicht und Brust, so daß er das Vergnügen hatte, genau aus der richtigen Entfernung diesen glänzenden Rücken studieren zu können, von der Rundung der auf den Fersen ruhenden Hinterbacken über die schmale Taille zu den sanften Linien der breiten Schulter. Diese Haut – das sah er, als er mit dem Daumen langsam über das leicht gebogene Rückgrat nach oben fuhr – war nicht schwarz. Durch einen schwarzen Schimmer leuchtete ein ganzes Spektrum von Farben. Der krause Haarschopf war schwarz, schwarz wie Ruß, aber er lebte und funkelte, als seien unzählige winzige Lichtpunkte hineingewoben.
Er fuhr mit den Fingern tief in dieses funkelnde Kraushaar, und zwischen den Fingern schien es auf so magische Weise lebendig wie Medusas Schlangen.
«Stahlwolle», sagte Chris.
Milano packte den Haarschopf und zog ihr den Kopf nach hinten. Sie wehrte sich nicht.
«Bailey», sagte er, «Sprüche dieser Art will ich nie wieder von dir hören.»
«Welcher Art?»

«Das weißt du ganz genau, verdammt noch mal. Diese Clownsprüche, mit denen du dich selber schlecht machst.»
«Ach ja?» Sie bog den Kopf noch weiter zurück und sah ihn umgekehrt an, mit dem Kopf nach unten. «Na ja, mein Haar ist doch wie Stahlwolle, ist dir das nicht aufgefallen? Und hier unten –», sie griff nach seiner anderen Hand und legte sie auf die Nässe zwischen ihren Beinen, «– ist es genau wie kleine Uhrfedern. Kleine winzige Uhrfedern.»
Er spürte wieder, wie dieser vertraute hilflose Zorn in ihm aufstieg. Außerdem machte ihn das auf dem Kopf stehende Gesicht ganz schwindlig. Fast grob gab er sie frei. «Laß uns vom Wetter reden», sagte er.
Sie drehte sich auf den Knien, um ihm das Gesicht zuzuwenden. «Über eins mußt du dir im klaren sein, Johnny. Ich mache mich nie selber schlecht.»
«Ach wirklich? Wozu dann diese Sprüche?»
«Weil ich dir – du hast mich erst dazu animiert – ganz einfach so etwas wie einen Gefallen tun wollte. Ich wollte dich mit nach innen nehmen, um dir Gelegenheit zu geben, mit mir nach draußen zu schauen.»
Milano brauchte ein paar Sekunden, um damit klarzukommen. «Ach so. Und da draußen sind all diese schrecklichen Weißen. Und für die ist Stahlwolle das Stichwort.»
«Laß jetzt deine Spielchen, Mann. Ich sagte, ich will dir einen Gefallen tun. Möglich, daß ich auch mir einen Gefallen tun will, denn das hier sieht mir nicht nach einem flüchtigen Zwischenspiel aus. Oder?»
«Nein, bestimmt nicht.»
«Das dachte ich mir auch. Aber du weißt immer noch nicht, was das für ein Gefallen ist, von dem ich rede. Deshalb mach ich's mal ganz einfach. Du hast eine Mutter und eine Schwester, stimmt's? Du kennst doch das Wort ‹hypothetisch›? Das hier ist hypothetisch. Was passiert wohl, wenn du mal Lust hast, mich deiner Mutter und deiner Schwester vorzuführen?»
Das wär was, dachte Milano. Auf einer von eins bis zehn reichenden Skala für Dinge, die jedes Gespräch verstummen lassen, bringt das echte zehn Punkte.
Melanzana. So nannten sie in Bath Beach in der Mulberry

Street die Abteilung des elenden Menschengeschlechts, der Chris angehörte. *Melanzana.* Aubergine.
He, habt ihr schon von Johnnys *Melanzana* gehört?
Chris sagte: «Und das sind keine schrecklichen Menschen, nicht wahr, Johnny? Oder die Leute in deinem Büro? Oder deine Freunde? Es sind einfach Menschen, ja? Nur wenn du sie von innen siehst, von dort, wo ich bin, dann haben sie irgend etwas an sich, verstehst du? Und wenn du das nicht so siehst, wenn wir mit ihnen zusammen sind, könntest du schließlich dumm dastehen, und mir würde es sehr weh tun. Vielleicht kannst du mit der Dummheit leben, Mann, aber ich nicht mit diesem Schmerz.»
Milano war so vorsichtig, nicht die Hand nach ihr auszustrecken. «Tut dir im Augenblick etwas weh?»
«Nein.»
«Na also», sagte Milano, «das ist doch kein schlechter Anfang, oder?»

Sie hatten die letzte Tomate und den letzten Becher Quark miteinander geteilt und waren am Fußboden damit beschäftigt, Langspielplatten zu sortieren, als das R-Gespräch angemeldet wurde. Sullies Anruf aus Miami.
Milano entschied sich für den Apparat im Schlafzimmer und machte die Tür hinter sich zu.
Sullie hielt sich nicht mit Vorreden auf. «Das Doppelte oder gar nichts, war das nicht dein Angebot, John? Daraus wird nichts. Es werden die üblichen Fünfhundert sein müssen.»
«Bist du an Barquin nicht nahe genug herangekommen?»
«Laß mich der Reihe nach erzählen, John. Zunächst mal ist in ganz Miami Beach kein Raoul Barquin gemeldet. Also kümmerte ich mich um die Barquins, die es gibt. Alle per Türklingel, kein Telefon. Vor einer Stunde etwa wurde ich fündig. Typ namens Adolfo Barquin. Hat eine Schreinerei mitten in der runtergekommenen Innenstadt, wo die Mieten billig sind. South Beach. Inzwischen fast ganz in kubanischer Hand. Und dieser Adolfo wohnt im ersten Stock über der Werkstatt.
Jedenfalls ist er Raouls Onkel, und er war bereit, sich bei jedem auszukotzen, der ihm nur Guten Tag sagte. Raoul ist

offenbar mit diesem großen Mariel-Transport rübergekommen, und Adolfo und einige andere in der Familie haben hier für ihn gebürgt. Sie haben der Regierung garantiert, sie würden für ihn sorgen und ihm sogar einen Job beschaffen. Adolfo ließ ihn also in der Werkstatt arbeiten, doch dann stellte sich heraus, daß er mit Hammer und Nägeln nichts anfangen konnte. Dafür war er ein verdammt guter Verkäufer. Zog los und beschaffte eine Menge Aufträge, darunter nicht wenige hochklassige, teure Arbeiten.»

«Ein Verkäufer», sagte Milano. «Kein Künstler.»

«Ausgeschlossen. Aber viel mehr als nur Verkäufer. Vor drei Tagen kamen die Bullen in die Werkstatt, mit einem Haftbefehl für ihn und Adolfo und einem Haussuchungsbefehl dazu. Wie es aussieht, ist Raoul eine heiße Connection zu den Kokain-Cowboys hier, und einige dieser teuren Arbeiten waren, als sie die Werkstatt verließen, mit Koks vollgepackt. Bilderrahmen, kleine Holzstatuen und ähnliche Dinge, und alle vollgepackt. Und es stellt sich heraus, daß seine Behauptung, er sei ein politischer Gefangener in Kuba gewesen, falsch ist. Er war nur einer dieser miesen Knastbrüder, die Castro uns hier aufgehalst hat.»

«Wo ist er jetzt?»

«Das weiß keiner. Oder verrät keiner. Er muß von der Aktion Wind bekommen haben, denn er ist unbehelligt davongekommen. Deshalb ist ja auch Adolfo so gesprächig. Wenn man ihn hört, wußte er nie, was wirklich los war, Raoul hat ihn ohne sein Wissen in die dunklen Geschäfte verwickelt, ihn hereingelegt, und das nach allem, was er für Raoul getan hat, und er würde den Burschen gern selber finden und die Wahrheit aus ihm herausprügeln.»

«Du glaubst ihm?» fragte Milano.

«Iwo. Der lügt wie gedruckt. Aber was sollte er sonst für eine Geschichte erzählen? Er ist nur gegen Kaution auf freiem Fuß. Und das wär's dann schon.»

«Es ist eine ganze Menge, Sullie. Berechne dem Büro ruhig die Tausend aus unserem Doppelt-oder-gar-nichts-Geschäft und schick die Rechnung an Shirley. Übrigens, wie ist denn Adolfos Adresse?»

«Jefferson Court 290, gleich beim Jachthafen da unten. Du

bist in Ordnung, John. Schau bei mir rein, wenn du mal in der Stadt bist. Und vergiß dein Spanisch-Wörterbuch nicht.»
Milano legte auf.
Freie Bahn.
Nein, warnte er sich selbst, noch nicht.
Zwei Boudins warteten, geringe Sicherheitsvorkehrungen, Rammaert mit dem Rücken zur Wand – man konnte es ansehen, wie man wollte. Aber die Zeit war nun ein gewichtiger Faktor. Die Polizei in L.A. mochte diese Bilder inzwischen abgeschrieben haben, aber wenn ihre Kollegen in Miami die Versandunterlagen Barquins durchsuchten, konnten sie bei Rammaert auftauchen und ironischerweise nach Kokain-Verbindungen fahnden. Sie würden dann zwar immer noch nicht diese Leinwände aufreißen, jedenfalls nicht, solange ein paar clevere Anwälte von Kunstschändung zeterten, doch früher oder später würde – bei solchen Indizien – geröntgt werden. Und die Leute von Pacifica – und der Sammler Henry Grassie – würden früher oder später ihre Bilder wiederbekommen, ohne Watrous Associates in irgendeiner Weise verpflichtet zu sein.
Zum Glück war Wochenende. Das bedeutete einen kleinen Vorsprung.
Pech dagegen war, daß er auf eigene Faust keinen Schritt weitergehen konnte.
Ob es ihm nun paßte oder nicht, Willie Watrous war wieder dran.
Milano griff angewidert nach dem Telefon, wählte mit den Sensortasten die Nummer und war zugleich ärgerlich und erleichtert, als sich keiner meldete. Er versuchte es mit Shirley Glass' Nummer, und ihre prompte Reaktion war: «Wenn das keine Feuerlöschübung ist, muß es John Milano sein.»
«Gut geraten. Ich kann Willie nicht erreichen, Shirl. Wo ist er?»
Sie hörte es offenbar an seinem Tonfall, daß es um eine wichtige Angelegenheit ging. «Chicago, Johnny. Dieser Verein ehemaliger Polizisten, dem er angehört. Was ist, Pacifica?»
«Auf dem Feuer und am Überkochen. Sie wissen, wo er in Chicago zu erreichen ist?»

«Ja, natürlich.»
«Gut. Rufen Sie jetzt die Fluggesellschaften an und buchen Sie ihm für morgen früh einen Rückflug hierher. Dann rufen Sie ihn selber an und sagen ihm Bescheid und richten ihm aus, wir treffen uns gleich nach seiner Ankunft im Büro. Wann könnte denn das etwa sein?»
«Müßte noch vor Mittag sein, Johnny. Sagen wir Mittag, wenn Sie auf Nummer Sicher gehen wollen. Soll ich auch hinkommen?»
«Nicht nötig. Ach ja, noch was: Wenn eine Rechnung aus Miami kommt – von Sullies Büro –, die geht auch auf Pacificas Konto. Zahlen Sie prompt. Und sehen Sie zu, daß das mit Willie klappt, Shirl.»
Milano legte den Hörer wieder auf und blieb noch eine Weile sitzen, um über den bevorstehenden knallharten Streit mit Willie nachzudenken. Dann ging er ins Wohnzimmer zurück, wo Chris, nackt und verführerisch, bäuchlings am Boden lag und den Hüllentext einer alten Schallplatte las.
«Geschäfte», erklärte Milano.
«Du brauchst dich nicht zu entschuldigen», sagte sie. Sie gab ihm eine Platte. «Ich wähl die erste aus, dann kommst du dran. Das hier ist meine Wahl.»
Bessie Smith.
«Meine auch», sagte Milano. «Du darfst dann gleich noch mal.»

Gegen vier Uhr früh holte er den Toyota aus der Garage, und sie fuhren durch das dunkle, fast menschenleere New York zu Sarges die ganze Nacht geöffnetem Delikatessenladen drüben in der Third Avenue, um sich eine Kombination aus Abendessen und Frühstück zu genehmigen. Da sie übereinkamen, daß es unhöflich von ihr wäre, um diese Zeit nach Hause zu kommen und zu riskieren, daß ihre Mitbewohner Pearl und Lenardo aufwachten, fuhren sie anschließend in seine Wohnung zurück, und diesmal wurde es eine dieser trägen, fast in Zeitlupe ablaufenden Geschichten, doch als großes Finale erlebten sie wieder das gleiche prasselnde MGM-Feuerwerk.

Als Milano endlich dazukam, das Licht zu löschen, entdeckte er, daß bereits die Sonne durch die Jalousien blinzelte. Er machte sie dicht, zog den Telefonstecker heraus – solange die Telefonleitung unterbrochen war, konnte die Wirklichkeit da draußen nicht zu ihm herein – und stellte den Wecker.
«Du bist wohl nie zu bremsen, was?» kommentierte Chris schläfrig.
«Ich treff mich am Mittag mit meinem Partner. Ich bin sicher weg, wenn du aufstehst, aber du wartest einfach hier auf mich. Irgendwelche Einwände?»
«Nein. Oder vielleicht doch, einen kleinen. Was tu ich, wenn ich dringend was zu essen brauche? Soll ich Eiswürfel anbraten?»
«Du benützt die Sprechanlage in der Küche und erzählst alles dem Pförtner. Und wenn geliefert wird, denk dran, daß das alles auf meine Rechnung geht. He, hörst du mir zu oder schläfst du?»
«Beides», sagte Chris.

Sie war noch im Tiefschlaf, irgendwo weit weg, als Milano sich zum Gehen anschickte. Und als er an der Wohnungstür die Sonntagszeitung von der Schwelle nahm und sie an seiner Stelle neben Chris aufs Bett legte, zuckte sie nicht einmal.
Willie dagegen war hellwach und zu allem bereit. Mit kleinen Säcken unter den Augen und noch gezeichnet von dem feuchtfröhlichen Abend im Kreis seiner antiken Bullenkollegen und von dem überstürzten Rückflug, aber in einer – für Willies Verhältnisse – guten Stimmung. Wenn es so etwas wie ein fröhliches Frettchen gab, dachte Milano, dann gab Willie eine erstklassige Imitation ab.
Es würde nicht lange dabei bleiben, aber es war zur Abwechslung einmal ganz angenehm.
Sie trafen sich in Milanos Büro, und als Milano an seinem Schreibtisch saß, fielen ihm feine Veränderungen auf. Einige von Hy Greenwalds persönlichen Dingen lagen da, beispielsweise Hys bemerkenswert voller Terminkalender. In gewisser Weise ein Indiz dafür, daß der Schützling möglicher-

weise der Draufgänger war, als der er eingeschätzt worden war.
Um erst mal für ein freundliches Klima zu sorgen, machte Milano eine Bemerkung dazu, und Willie, der in dem Sessel auf der anderen Seite des Schreibtischs seine Zigarre anzündete, bestätigte das mit einem Brummen. Als die Zigarre dann richtig qualmte, sagte er: «Greenwald sagt mir, ihr zwei seid auf diesen Rammaert gekommen, drüben in der Siebenundfünfzigsten. Er ist der Richtige, oder?»
«Er und kein anderer.»
«Da hast du's mal wieder. Ich war selber kurz dort, um mir einen Eindruck von ihm zu verschaffen, und dieser fette Mistkerl sieht weiß Gott nicht aus, als reiche sein Verstand für eine solche Aktion. Sieht eher nach einem Bestattungsunternehmer aus. Saubere Tarnung. Auch dieser Laden. Hast du die Boudin-Bilder entdeckt? Weißt du, wo er sie hat?»
«Hör schon auf, Willie. Wärst du hier, wenn du das nicht genau wüßtest?»
Willie hatte wenigstens den Anstand, kräftig zu zwinkern. «Mein Partner. Ein richtiger Wilder. Aber wenn's drauf ankommt –»
«Sicher», sagte Milano.
«Hör mal zu, Johnny-Boy, glaubst du vielleicht, mit dir sei leicht auszukommen? Aber ich hab nie gesagt, du seist dein Geld nicht wert. Deine Verbindungen zu all diesen Geldsäkken, Jet-Settern, Filmspinnern, Kunstverrückten von Grassies Sorte – ich hab nie behauptet, von deiner Seite käme kein Geld auf die Bank. Aber du vergißt manchmal, daß überm Gang ein kaputter alter Mann sitzt und sich abschindet. Den ganzen langweiligen Papierkram erledigt, ohne den nichts geht.»
«Bist du fertig?» fragte Milano.
«Ich will jetzt nicht nachkarten. Also, was ist mit diesen Bildern? Soviel ich in dem Laden gesehen habe, gibt's dort praktisch keine Absicherung. Es geht also nur darum, die zwei Burschen herzubekommen, die ich für diesen Job haben will, und sie zum richtigen Zeitpunkt losschlagen zu lassen. Du besorgst mir einen Grundriß und zeichnest das kleine Kreuzchen ein –»

«Woher willst du wissen, daß ich das kann?»
Willie erstarrte, aber nur einen Moment lang. «Johnny-Boy, wenn du weißt, wo diese Bilder sind, dann hast du sie gesehen. Ich meine, mit deinen eigenen großen braunen Augen. Du hast mehr gesehen als ein zugeschnürtes Päckchen mit der Aufschrift *Bilder von Boudin.* In dem Fall wüßtest du nämlich, daß es sich um einen verdammten Köder handelt, hab ich recht?»
«Egal, was ich gesehen habe, Willie, diesmal bleiben wir korrekt. Wir kaufen diese Bilder von Rammaert.»
Chris Bailey konnte Pausen machen, die einem in den Ohren summten, Willie machte jetzt eine, die in den Ohren dröhnte. Schließlich fand er seine Stimme wieder. «Wir tun was?»
«Wir kaufen sie», sagte Milano ruhig, «und zwar schnell. Reg dich ab und hör zu. Diese Bilder sind von der Westküste nach Miami gekommen, wahrscheinlich in einem Auto. Von Miami aus wurden sie an Rammaert geschickt, und bei ihm liegen sie jetzt bereit zum Versand nach Europa. Wahrscheinlich per Flugzeug. Und wenn das Flugzeug erst mal mit ihnen abhebt und Kennedy hinter sich läßt, ist das ganze Geschäft im Eimer.»
«Du willst immer noch nicht –»
«Red nicht, hör zu. In Miami haben die irgendwie Mist gebaut, so daß die Bullen möglicherweise Rammaerts Name und Anschrift in die Finger bekommen. Er weiß nichts davon, sonst würde er die Bilder jetzt nicht in seiner unmittelbaren Nähe aufbewahren. Und deshalb müssen wir schnell handeln, korrekt bleiben, keinerlei Risiko eingehen. Und ich garantiere dir, Rammaert wird mir die Ware zu einem Sonderpreis abgeben.»
Willie erholte sich sehr rasch wieder. «Die Bullen in Miami? Gott im Himmel, eine so engstirnige, dumpfe Provinztruppe gibt es kein zweitesmal. Du zeigst dem Typ, der die Ermittlungen leitet, eine Zwanzigdollarnote, und du kannst fast zusehen, wie die Akte verlorengeht.»
«Sei endlich vernünftig, Willie, und hör auf zu träumen.»
Willie hatte nun sein Gleichgewicht wiedergefunden. Zum Beweis hielt er die Zigarre auf Armlänge von sich und

streifte über dem Teppich behutsam die Asche ab. In einem freundlichen Ton sagte er: «Laß uns erst mal klären, was wir unter ‹vernünftig› verstehen. Was ist für dich ein Sonderpreis?»
«Sechzigtausend für beide. Er wird viel mehr verlangen. Er wird sich mit sechzig zufriedengeben.»
«Sechzig.» Willie spitzte die Lippen und nickte gewichtig. «Sehr vernünftig.» Milano wartete. Er brauchte nicht lange zu warten. Willie nahm die Zigarre aus dem Mund und beugte sich vor. «Glaubst du im Ernst, wir zahlen diesem Dieb sechzigtausend für diese Ware – gestohlene Ware –, obwohl es auch anders geht? Zum Beispiel, wenn du ihm das Messer an die Kehle setzen kannst, wie du sagst, warum zahlst du ihn dann nicht einfach mit dem Versprechen, daß wir den Mund halten werden? Was kann er dagegen schon machen?»
«Man soll einen Betrüger nie an die Wand drücken, Willie. Er hat bestimmt schon eine Menge in das Geschäft reingesteckt. Wir kommen dafür auf, damit er uns nicht gefährlich wird. Wenn wir zu geldgierig werden, könnte die Lizenz für die Agentur auf dem Spiel stehen.»
Das traf einen Nerv, durchtrennte ihn aber nicht. «Sechzigtausend», sagte Willie.
«Und das Ganze ist ein Kinderspiel. Bei Pacifica sagten sie, sie könnten uns das Geld innerhalb von achtundvierzig Stunden zukommen lassen. Wahrscheinlich durch diesen Hale. Du gibst ihnen also jetzt gleich Bescheid, dann kommt er am Mittwoch mit dem Geld. Außerdem solltest du jetzt gleich einen Firmenscheck über sechzigtausend gegenzeichnen. Ich schließ rasch das Geschäft mit Rammaert ab, so daß die Bilder bereitstehen, wenn Hale kommt. Ganz einfach, oder?»
Willie nahm es überraschend gut auf. Zu gut. Dies wurde also keine jener Sitzungen, dachte Milano, bei denen sich Willie am Rand eines Schlaganfalls bewegte. Diesmal kam die klassische Verschleppungstaktik: Willie würde mauern und sein Gegenüber so lange mit dem Kopf gegen die Wand rennen lassen, bis er Sternchen sah und in seine Ecke getragen werden mußte.
«John», sagte Willie mit seiner sanftesten Stimme, «meine

Methode kostet uns nur zwanzigtausend. Höchstens. Und Rammaert wird nicht mal wissen, woher der entscheidende Schlag kam.»

«Es bleibt schwerer Diebstahl.»

«Dann braucht Rammaert ja nur die Bullen zu rufen. Doch wir beide wissen, daß er das nicht tun wird. Stimmt's? Und so kommen wir wieder mal auf die alte Frage: Wie kann man von einem Diebstahl sprechen, wenn keine Anzeige vorliegt?»

«Scheiße mit Ei. Der Agentur geht's doch glänzend, Willie. Wir sitzen nicht mehr in dieser Bruchbude hinterm Union Square. Es wird langsam Zeit, mit alten Gewohnheiten zu brechen.»

«Mag sein. Mach du erst mal den Grundriß mit diesem großen X und mit allen hilfreichen kleinen Notizen, die dazugehören, und ich denk inzwischen über das Ganze noch mal nach.»

Sie musterten einander. Ein neuer Comic strip mit William Watrous als Held, dachte Milano. Der Mann aus Granit.

Und er wußte, es war Besser-als-ein-Vermeer Chris Bailey, die seinem üblichen müden Nachgeben irgendwie im Weg stand. Eine Mitverschwörerin, aber in welcher Sache? Wenn sie die Bilder zurückkauften, würde das Rammaert zwar wehtun, aber sie wäre dann nur die Mitverschwörerin in einem kleinen Schwindel. Ginge es aber nach Willies Kopf, dann, Chris Baby, würdest du zur Mitverschwörerin in einer aus deiner Sicht wahrscheinlich wirklich bösen Geschichte.

Und John Milanos Entscheidung, dir von den Vorgängen hinter den Kulissen nichts zu sagen, würde dann auch nichts helfen. Du würdest am nächsten Morgen die Galerie aufschließen, diese zerfetzte und verunstaltete Leinwand sehen, und fünf Minuten später wäre dir alles klar. So viel Klugheit ist für dich selber nicht gut, Baby, und für mich ist es katastrophal.

Milano beobachtete Willie, einen unbewegten, schielenden Uhu, der ihn nicht aus den Augen ließ; er richtete sich offensichtlich auf eine lange Sitzung ein.

«Eine Informantin ist mit ihm Spiel», sagte Milano. «Du weißt, was in so einem Fall oberstes Gebot für uns ist. Wenn

wir nach deiner Methode vorgehen, könnte es die betreffende Person böse erwischen.»
«Christine Bailey?»
Zwei Herzschläge lang glaubte Milano in seiner Verblüffung, der Dreckskerl könne tatsächlich seine Gedanken lesen. Und diese zwei Augenblicke, das stand fest, reichten völlig aus, um Willies Zweifel – falls er überhaupt welche gehabt hatte – auszuräumen.
«Dacht ich mir's doch», sagte Willie. «Erst mal genehmige ich, daß wir auf Pacificas Rechnung eine gewisse Lorena Bailey überwachen. Und es sind dicke, fette Beträge. Und das für zwei unserer farbigen Hilfskräfte. Ich hab sie mir natürlich vorgeknöpft, doch sie wußten nicht mehr, als daß es irgendein Teenager war, auf die du sie angesetzt hast. Also hab ich Greenwald darauf angesprochen, und der sagte, er wisse nichts von einem solchen Mädchen, aber es gebe da eine erwachsene Christine Bailey, die arbeite bei Rammaert. Ich hab sie mir in dem Laden mal angesehen, Johnny-Boy. Erstklassiges dunkles Fleisch, das muß ich schon sagen. Sie spürt also diese Bilder für dich auf, und du bezahlst sie, indem du ihrer Schwester wegen irgendeiner Geschichte nachspürst. Und ich wette, du hast sie inzwischen auch gründlich durchgefickt, stimmt's? Nicht daß mich das stören würde. Jedenfalls nicht, solange ich hier mein Privatklo habe. Mit meiner eigenen privaten Klobrille.»
Dieser Mann ist Müll, dachte Milano. Es gab eine Menge Wörter, die ihm beinahe gerecht wurden, aber hier war eines, das ihn wirklich mit absoluter Präzision beschrieb. Müll.
Aber Müll mit Scharfsinn.
«Sie ist trotzdem eine Informantin», sagte Milano.
«Hör schon auf», sagte Willie verächtlich. «Wir haben es hier nicht mit einem Profi zu tun, den wir irgendwann mal wieder brauchen. Sie gehört zu den ahnungslosen Statisten, die man schnell wieder vergißt.»
Milano nutzte die Chance. «Ahnungslos ist sie, da hast du recht. Sie weiß noch nicht mal was von Rammaerts Privatgeschäften. Sie weiß auch nicht, wo zum Teufel diese Bilder sind. Aber wenn du diese Bilder klaust, Willie, steckt sie

nachher am tiefsten im Dreck. Ich kann dir da nicht folgen.»
«Nein, das kannst du nicht.» Willie, die Augen unbewegt auf diesen Sonderling überm Schreibtisch gerichtet, merkte, daß seine Zigarre erloschen war. Geistesabwesend zog er Streichhölzer aus der Tasche und schob sie dann, ohne die Zigarre angezündet zu haben, ebenso geistesabwesend wieder in die Tasche. Und weiter, dachte Milano, würde Willie wohl nicht gehen. Willie sagte: «Ich will's dir mal vorbeten. Diese Puppe hat die Innenarbeit für dich gemacht. Hat dir die richtigen Tips gegeben. Und deshalb weißt du jetzt genau, wo diese Bilder sind. Nur sie hat das irgendwie nicht mitbekommen. Gütiger Gott, sie hat nicht mal was von Rammaerts krummen Geschäften mitbekommen, was?»
«Das mußt du glauben», sagte Milano.
«Ach ja? Also, ich glaube, was ich sehe. Und ich sehe nur, daß du als Gegenleistung für ihre Dienste irgendeinen Auftrag für sie übernommen und Pacifica auf die Rechnung gesetzt hast. Eine Hand wäscht die andere, nicht wahr? Aber sie hatte natürlich keine Ahnung, was hinter diesem Händewaschen steckte.»
«Und sie hat immer noch keine Ahnung», sagte Milano. «Weil ich eine schöne Geschichte für sie erfunden habe.»
«Klar. Und wenn das nicht stimmt, kannst du sie bestimmt jetzt auf der Stelle für mich erfinden, hab ich recht?»
Wir werden nach Willies Methode vorgehen, dachte Milano. Wir werden nach Willies Methode vorgehen, und die neunmalkluge Chris Bailey wird einen erstaunten Blick auf die beiden sechsunddreißig mal achtzehn Zentimeter großen Löcher in *Fläche Nummer Zehn* werfen und plötzlich die richtigen Antworten haben.
Der logische Schritt wäre nun gewesen, diesen Müllhaufen namens Willie zum Fenster zu schleppen und hinauszuwerfen. Dreißig Stockwerke im freien Fall, und es bliebe wirklich nur noch Müll übrig. Das Problem war nur, daß die Polizei diesen Müll, ob hier oben oder dreißig Stockwerke tiefer, immer als eine Art von Mensch ansehen würde. Vorsätzliche Körperverletzung mit Todesfolge wäre das mindeste; statt eines harmlosen Vergehens – Verunreinigung öffentlicher Flächen – würden sie ihm ein schweres Verbre-

chen anhängen. Was wieder mal zeigt, wie ahnungslos die Gesetzeshüter sind.

Andererseits –

Milano zog Hy Greenwalds Kritzelblock in die Mitte des Schreibtischs, nahm einen Federhalter und schrieb kurz. Er riß den Zettel ab und gab ihn Willie. Willie las. Las noch einmal. Er sah Milano an. «Du schreibst mir einen Schuldschein über vierzigtausend?»

«Meine Methode kostet sechzig, deine zwanzig. Macht einen Unterschied von vierzig. Ich zahle die vierzig, und wir gehen nach meiner Methode vor.»

Willies Gesicht glich einer Studie von Hieronymus Bosch mit dem Titel: Totales Nichtbegreifen. «Hast du deinen verfickten Verstand verloren?»

«Du solltest dein Glück nicht zu sehr strapazieren, Willie. Du hast die Chance, das Geschäft deines Lebens zu machen.»

Aus dem totalen Nichtbegreifen wurde totaler Argwohn. «Warum?»

«Ja oder nein, Willie, mehr brauchst du nicht zu sagen. Und ja sagst du, indem du jetzt gleich einen Firmenscheck über sechzigtausend gegenzeichnest. Ich lös ihn morgen ein und nehme mir sofort Rammaert vor. Morgen nachmittag hab ich die Bilder für dich.»

«Erst will ich wissen, was für dich dabei rausspringt.»

«Zum ersten», sagte Milano. «Zum zweiten. Und die Antwort ist offenbar nein.»

«Die Antwort ist vielleicht.» Willie studierte noch einmal die Notiz, als versuche er, ihren Code zu knacken. Er hielt sie hoch. «Dieser Zettel bedeutet gar nichts. Und so wie du dein verdammtes Geld rauswirfst, ist ja wohl klar, daß du keinen Scheck über vierzig Riesen ausstellen kannst, der nicht platzt wie eine Seifenblase. Die große Frage ist deshalb, ob du auch eine förmliche Erklärung unterschreibst, mit der du mir die Vierzigtausend aus deinem Anteil am Jahresgewinn der Firma abtrittst?»

«Ja, sicher. Heißt das, daß damit unsere Abmachung steht? Dann brauchst du jetzt nur noch –»

«Irrtum», sagte Willie. «Ich laß jetzt erst mal die Erklärung

aufsetzen. Gleich am Dienstagmorgen liegt sie bereit. Sobald du unterschrieben hast, bekommst du den Scheck für Rammaert. Keine Sorge, diese Bilder warten schon noch einen Tag. Rammaert auch. Und auch die leckere Schokolade, die ihr abwechselnd genießt, du und er. Oder vielleicht nicht?»
Müll, durch und durch.

Auf seinem Nachhauseweg quer durch die Stadt nutzte Milano den ersten der langen Straßenblöcke dazu, die kalte Wut in seinem Innern niederzuringen und auf die Matte zu legen, wo sie sich noch ein wenig wehrte und wand, bis er sie auf die Schultern gezwungen hatte.

Im zweiten Block untersuchte er den Fall gegen John A. Milano.

Es war Zeit, sich endgültig von Willie zu trennen. Aber schon in jedem der vergangenen Jahre war es Zeit gewesen, sich endgültig von Willie zu trennen. Und was war?

Trägheit. Wenn man sich im alten vertrauten Fahrwasser bewegte, blieb man im alten vertrauten Fahrwasser.

Das gute Leben. Das sehr gute Leben. Zur Hälfte an dieser Firma beteiligt, die irgendwie – so wie Willie vorausgesagt hatte – zur Geldmaschine geworden war. Man konnte auch als Einmannbetrieb ganz ordentlich verdienen, aber nicht das Zehn- oder Zwanzigfache von ganz ordentlich. Und im Augenblick verdiente er das.

Willies Alter. Er war vielleicht nicht älter als Gott, aber alt genug, zusätzlich zu den Firmeneinkünften Geld von der Sozialversicherung zu kassieren, und dazu mußte man schon in einer besonderen Kategorie von alt sein. Wieviel Zeit würde er wohl noch hinter sich bringen?

Aber als Milano den Schlußstrich gezogen und zusammengezählt hatte, richtete er an die Statue Bolivars, die diese teure Ecke des Central Park bewachte, die stumme Frage, ob wohl einer, der seinem Partner freiwillig vierzigtausend Dollar zahlt, nur um sein Mitspracherecht in der Firma geltend zu machen, überhaupt die Fähigkeit besitzen kann, ein schwieriges persönliches Problem sauber in den Griff zu bekommen. Zumal in einem Fall wie diesem, wo eher das Problem ihn fest im Griff hatte.

Zum Teufel damit, bis jetzt hat's gereicht –
Milano schloß die Wohnung auf, und in der Schlafzimmertür erschien Chris in seinem Sulka-Morgenrock; darunter hatte sie offenbar nichts an. Sie verschränkte die Arme über der Brust und blieb stehen.
«Hallo», sagte sie.
Milano betrachtete seinen Vierzigtausenddollarpreis mit einem Gefühl zutiefst befriedigender Wiederentdeckung. «Hallo, du da.»
«Hier ist etwas vorgefallen», sagte Chris. Sie drückte die Arme fester gegen die Brust. «Vor einer Weile schon.»
Ende der Ankündigung? Nun gut, dachte Milano, Sicherungen brennen durch, ein vergessener Hahn setzt das Bad unter Wasser, und das Leben geht weiter. Ermunternd sagte er: «Hier ist also etwas vorgefallen.»
«Ja. Ich habe über die Sprechanlage den Portier angerufen und zwei Sandwichs bestellt. Er sagte, er würde sie mir in etwa einer halben Stunde raufbringen.»
«Und du wartest immer noch.»
«Nein», sagte Chris. Es war ein stark gedehntes, in der Tonhöhe steigendes Nein. «Ungefähr eine Viertelstunde danach klingelte es hier an der Wohnungstür. Ich dachte, also dieser Portier bietet wirklich einen Superservice, und machte die Tür auf. Es war nicht der Portier.»
«Chris, selbst in einem Haus wie diesem sollte man nie –»
«Es war ein Mädchen. Hübsche Blondine. Mit einem strahlenden Hallo-da-bin-ich-Lächeln. Bis sie mich zu sehen bekam.»
Milano fiel das Herz; er hatte das unangenehme Gefühl, daß es zwischen die Gedärme gerutscht war.
Er sah auf die Uhr.
Ein Uhr zwanzig.
Sonntag.
Und Sonntagmorgen um zehn war das Frühstück mit Betty im Wardour.
Und nachdem hier kein Telefon eingesteckt war –
Er sagte zu Chris: «Hat sie gefragt, wer du bist?»
«Nein. Sie schob sich einfach an mir vorbei und durchsuchte im Eiltempo alle Räume, das Bad eingeschlossen. Dann

zerrte sie in der Kommode die unterste Schublade heraus, schnappte sich Nachthemden und Wäsche und so weiter und ging in die Küche und stopfte alles in den Mülleimer. Dann verzog sie sich.»

«Aber du nicht, wie ich sehe.»

«Bis jetzt nicht, nein.»

Milano wollte schon zur Couch gehen, überlegte es sich aber anders und deutete auf einen Sessel. «Willst du dich setzen, bis die Luft zwischen uns wieder rein ist?»

Sie ging im Bogen um ihn herum, setzte sich auf die vordere Hälfte des Sessels und zog rasch den Morgenrock über die Knie.

«Was zu trinken?» fragte Milano.

«Nein. Mein Magen spielt wieder verrückt.»

«Sieht aus, als wärst du diesmal nicht allein damit», sagte Milano. «Um ehrlich zu sein, ich habe Angst.»

«Um ehrlich zu sein, ich auch.»

Milanos Herz kletterte langsam höher. «Sie hat gerade ihre eigene Wohnung bezogen, deshalb hatten wir für heute morgen ein Frühstück vereinbart, gewissermaßen zum Einstand. Ich hab das ganz vergessen. Jedenfalls war das, was wir da ein paar Monate laufen hatten, mehr oder weniger auf Sparflamme. Und in letzter Zeit war da gar nichts mehr.»

«Sie sah das aber anders. Zumindest bis heute morgen.»

«Ich hab es ihr so deutlich signalisiert, wie ich nur konnte», protestierte Milano.

«Nur hast du's ihr nicht geradeheraus gesagt.»

«Na ja, ich glaube, als Mann tut man sich da irgendwie schwer. Und sie hat schon angefangen, von Orangenblüten und Brautkleid zu träumen, was die Sache noch schwieriger macht. Da kommt man sich vor, als ob man eine Verlobung löst.»

«Es könnte schlimmere Verlöbnisse geben», sagte Chris. «Die Dame ist doch sehr hübsch.»

«Das hat mir meine Familie auch immer gesagt. Das Dumme war nur, daß die viel mehr von ihr schwärmten als ich.»

Was folgte, war eine der patentierten Bailey-Pausen. Dann stützte sich Chris mit den Ellbogen auf den Knien ab und beugte sich weit vor, den Kopf gesenkt, die Stirn gegen die

Fingerspitzen gepreßt. Endlich blickte sie auf und fragte: «Sind da noch andere hübsche Damen, andere Verabredungen, die du vergessen könntest?»

«Nein, keine.»

«Weil es da etwas gibt, was ich noch nie zu irgendeinem Mann gesagt habe. Es muß zwischen uns eins zu eins bleiben. Es gibt dich und mich und sonst niemand. Für mich ist das jedenfalls wichtig. Wenn es bei dir anders ist, dann fang nicht erst mit Signalen an, sondern rück jetzt sofort damit heraus. Ist es bei dir anders?»

«Keine Signale», sagte Milano. «Nichts herauszurücken.»

«Gut. Und es ist besser für dich, wenn's dabei bleibt.»

«Vielleicht sollte ich jetzt gleich versuchen, sie ans Telefon zu bekommen», sagte Milano. «Die Dinge ein für allemal klarstellen.»

«Nein. Die Dinge sind klar genug. Ich mach einen anderen Vorschlag. Du gehst jetzt mit mir aus und lädst mich zum Essen ein.»

«Sind deine Sandwichs nicht geliefert worden?»

«Doch. Zuerst wollte ich sie in den Müll kippen, auf diese Reizwäsche. Aber als ich beim Unterschreiben sah, was sie kosten, konnte ich sie nicht mehr wegwerfen. Sie liegen im Kühlschrank. Hast du eigentlich eine Ahnung, was die kosten?»

«Ja, ich weiß», sagte Milano.

Charles Witter Kirwan

Ihr.
Ihr da draußen.
Was wißt ihr von der Wirklichkeit?
Was wollt ihr davon wissen?
Nichts als Sensationen sucht ihr und entweiht die Begabung. Eine gedruckte Enthüllung ist euch so lieb wie die andere, Hauptsache sie befriedigen beide euer Bedürfnis, angelogen zu werden.
Ihr könnt lesen, und doch seid ihr blind.
O ja.
Und der eine, der die Wahrheit sagt und den ihr im Interesse eurer ausgesuchten Lügner verspottet, wird gequält und hintergangen und soll davon abgehalten werden, zur Bekräftigung seiner Wahrheit Zeugnis abzulegen.
Ich bin es, der euch die Wahrheit sagt.
Aber ich werde mich nicht davon abhalten lassen, euch das unerhörte Ereignis eures Lebens zu bieten. Die unerhörte Wahrheit eures Lebens.
Heute
Nein.
Heute ist Montag.
Dann Dienstag Mittwoch Donnerstag. Heute ist also Tag des Gerichts minus vier. Minus drei.
Aber die Chronologie muß gewahrt bleiben. Zuerst das, was am Sonntag war.
Gestern.
Die gestrige Aufgabe. Das Befestigen der Sprengladung im zweiten Stock, im Westflügel. Dann die Aufgabe für morgen. Dann die für Donnerstag, die letzte. Sofort danach das unerhörte Ereignis selbst. Abwechselnd ein Arbeitstag, ein Ruhetag. Eine Einteilung, die mein körperlicher Zustand mir

aufzwingt. Mächtig im Geiste, zunehmend schwächer an Leibeskräften. Endlose Schmerzen.
Unterernährung ein Faktor? Der Kopf ermahnt mich, zu essen, ich muß mir Energie zuführen, um das Ziel zu erreichen. Aber der Körper erinnert mich, daß ich keinen Mundvoll Nahrung hinunterschlucken kann, ohne daß sich diese Schmerzensnatter unter meinem Brustbein hervorschlängelt und ihr ätzendes Gift auf jeden rohen Nerv spuckt. Also zwinge ich mich zum Essen, wie einer, der eine Pistole an seinen Kopf drückt und sich auf den Selbstmord vorbereitet. Babynahrung. Wie Babykotze. Gesüßte Stückchen in kleinen Gläsern. Nahrung, immerhin.
Mr. Saeed, mein ostindischer Lebensmittelhändler in der Bedford Avenue, zeigt sich von meinen Einkäufen verwirrt. Mr. Saeed liefert dieses Zeug tonnenweise an Bulanga-Mütter mit Lebensmittelmarken von der Fürsorge. Er kann die Größe ihrer Brut an den Dutzenden von Gläsern ablesen, die sie wegkarren. Aber was ist das für eine Brut, auf die dieser alte Whitey, Miestärr Kier-wahn, Anspruch erhebt?
Ein plötzlicher Einfall. Morgen ist Dienstag. Mrs. Baileys Putztag. Ich kann sie diese leeren Gläser nicht aufräumen lassen. Mit ihrer Bulanga-Schläue und falschen Teilnahme könnte sie sich über diese seltsame Diät wundern. Könnte versuchen, zu einem Eindringling in meinem Leben zu werden, so wie im Leben meiner Frau während ihrer letzten Tage.
Meine Frau, die arme Seele. Hatte Angst, angesichts der finster blickenden Bulanga ihr Zuhause zu verlassen und auf die Straße zu gehen, und dann wurde sie auf dem Sterbebett von deren Aunt-Jemima-Geheimbotin versorgt. Vor Angst gestorben. Der Krebs der Angst vergiftete jeden Tropfen dieser lymphatischen Flüssigkeit. Tot. In meiner Gegenwart heulte und jammerte Jemima. Doch wenn sie aus dem Haus ging, frohlockte sie und verbreitete die Nachricht unter den Stammesangehörigen. Wieder ein Whitey tot. Gut.
Also. Ich mußte
Ich muß diese kleinen leeren Gläser heute abend noch loswerden, denn morgen kommt Mrs. Bailey. Die vollen muß ich vor ihr verstecken.

Nun denn.
Die Aufgabe vom Sonntag. Die Arbeit selbst ein Alptraum, der Weg dorthin ein weiterer Alptraum. Als ich aus einem oft unterbrochenen Schlaf aufwachte, lähmte mich eine große Trägheit. Als läge ich wach zwischen Leben und Tod. Ich wußte, das Arbeitspensum für diesen Tag mußte erledigt werden, aber ich war nicht fähig, mich dazu aufzuraffen. Alle Gedanken und Gefühle schienen nichts mit dem Charles Witter Kirwan zu tun zu haben, der in seinem Bett lag und Rosenknospen auf der Tapete anstarrte.
Versteht mich richtig. Das heißt keineswegs, daß mein Verstand durcheinander war. Der Verstand funktionierte so präzise wie eh und je. Er funktioniert auch jetzt nachdrücklich und präzise. Aber das ganze Wesen war von dieser Trägheit gepackt. Ein physiologischer Faktor am Werk. Möglicherweise Folgen von Unterernährung. So grotesk sich das anhören mag: ich bekämpfe diese Unterernährung, indem ich vorgekaute Babynahrung esse. Kleine Gläser, die ich
Nein. Ich bin sicher, daß ich das schon erklärt habe.
Dann muß ich euch aber von der Arbeit erzählen, die ich gestern gegen alle Hindernisse bewältigt habe. Vom Überwinden der Trägheit. Von der Herstellung eines provisorischen Werkzeugs, das ein zerbrochenes ersetzen mußte. Vom Spießrutenlaufen – Spießrutenkriechen – vorbei an meinen Mietern, die sich am Sonntagmorgen vor dem Gebäude ergingen. Beschwerden. Forderungen. Wie Affen eine feine Armbanduhr behandeln, so behandeln die Bulanga Herde, Kühlschränke, Lichtschalter, alles, was in ihren Klauen kaputtgehen kann. Soll doch der mietpreisgebundene Hausherr den Schaden wiedergutmachen. Der Whitey-Hausherr, hilfloses Werkzeug dieser ganzen gefühlvollen Liberalen, weit weg im sicheren Schoß ihrer Hochhäuser.
Oh ja.
Und gestern ein neues Geschenk der Gefühlvollen, auf dem Umweg über die Bulanga-Jugend, die sie so sehr verehren. Frische Graffiti an der Fassade des Gebäudes und in seinem Türeingang und auf der Hofmauer. Spraydosenkunst, von unseren liberalen Kunstliebhabern so geschätzt, daß sie in ihrer Presse gelegentlich begeisterte Lobgesänge anstimmen.

Schätzen Graffiti als den reinsten Ausdruck der Bulanga-Seele. Die genau weiß, wenn du die Geschicklichkeit und Geduld zum Teppichweben nicht aufbringen kannst, dann ist es das zweitbeste, auf den Teppich deines Nachbarn zu scheißen.
Einmal habe ich diese Kunst an meinen Wänden genau studiert. Sie hat mich tatsächlich etwas über die Bulanga-Seele gelehrt. Diese Graffiti schienen umwerfende Skripte zu sein. Worte und Sätze. Sind sie aber nicht. Zwar taucht zufällig hier und da ein Buchstabe auf, aber dahinter steckt nur der Versuch eines Idioten, das Schreiben nachzuahmen. Ein Versuch der Analphabetenhand, jene seltsamen Linien und Schleifen nachzuahmen, die von den Schwächlingen als Wörter bezeichnet werden. Eine Botschaft der Mißgunst und des Hasses von Soul-Menschen an Kopfmenschen.
Diese Gebäude. Dapper Dan Kirwans Narrenstück. Dieser Hof. Er war
Ja.
Genau auf der Fläche, die jetzt diesen Hof ausmacht, standen Kirschbäume. Unser kleiner Obstgarten. Acht Bäume, vier auf jeder Seite und dazwischen ein Durchgang. Säuerliche Kirschen. Frisch vom Baum nicht gut. Zu sauer.
Aber
In rauhen Mengen brodelten sie auf dem Küchenherd, füllten Glas um Glas. Zucker schaufelweise. Einige Gewürze. Meine Mutter, die Ärmel hochgekrempelt, den riesigen hölzernen Kochlöffel in der Hand. Das Mädchen – fünfzehn oder zwanzig oder vierzig Jahre alt, aber immer das Mädchen – immer die Irin, frisch vom Schiff herunter – unbeschwerter irischer Tonfall – ja.
Das Mädchen war ständig am Holen und Tragen und Abfüllen und Verschließen.
All diese Gläser voller Kirschen.
Tschechow, nicht wahr? Ja, natürlich. Die Schläge einer Axt. Acht Kirschbäume fielen. Dann weitere Bäume. Der Rasen Stück um Stück abgetragen.
Fünf Fachwerkhäuser und ein Trio aus schönem braunem Sandstein auf unserer Straßenseite. Mason. Witter. Diehl. Osterhout. Woodridge. Stevenson. James. Hooton. Sechs

Fachwerkhäuser auf der anderen Seite. Lawson. Andrews. Vanderwink. Rutledge. Whitney. Woodridge junior.
Und dazu Garagen. Keine Ställe mehr. Aber die Garagen sahen immer noch wie Ställe aus. Keine Schande für mich, wenn sie mir bei der gelegentlichen Vorbeifahrt einer Pferdekutsche die Schaufel gaben, damit ich diesen kostbaren Mist auf den Komposthaufen neben der Garage bringen konnte. Solange der tapfere Vater im Krieg war, würden wir auf den Rasenflächen hinter dem Haus Gemüse anbauen und den Krieg gewinnen helfen.
Fünf Jahre alt. Sechs.
Witter Street. Nur Gärten und Rasen und Bäume. Heitere Menschen. Heitere Welt. Heiterer, allmächtiger, allwissender Großvater.
Und dann. Und dann
Ich werde werken und wühlen, sagte Dapper Dan, und ich bau euch ein Backsteinhaus. Ein Haus mit vielen Wohnungen, groß und einträglich.
Bis dahin eine liebenswerte Welt. Sauber und ruhig und ordentlich.
Und nun unser stiernackiger Caliban mit all seinen Plänen und Entwürfen auf dem Tisch. Das besorgte Gesicht meines Großvaters, als er sich über sie beugte.
Die Nachbarn voll böser Ahnungen.
Oh ja.
Die Versammlung in der guten Stube. Kaffee und Kuchen. Caliban führt seinen neuen Radioapparat vor. Sender KDKA aus der Ferne. Guten Abend, liebe Hörer. Quietsch, kreisch. Der Raum voller Menschen, alle mit besorgten Gesichtern.
Aber Mister Caliban, wissen Sie denn nicht, was ein großes Mehrfamilienhaus aus unserer Straße machen wird?
Mister Caliban, wir dachten immer, daß wenigstens in der Witter Street hier
Sagen Sie mal, Mister Caliban
Der brüllt und lacht und schwitzt und entrollt seine Pläne auf dem Fußboden und bedient alle mit geheimnisvollen Drinks aus geheimnisvollen Flaschen.
Die Gänse erheben schnatternd ihre warnenden Stimmen, denn Daniel Caliban öffnet dem Eindringling Tür und Tor.

Keiner spricht den alten Mann in der Ecke an: Sagen Sie mal, Mister Witter.
Keiner.
Der König ist tot. Lang lebe der König.
Und
In der Ferne halten die Bulanga an ihren Lagerfeuern die Nase in den Wind, und sie stehen auf und gehen in die Richtung König Calibans.
Es wird nie

Hofmauer. Graffiti. Bäume. Diese Bäume
Ach ja. Ja. Sonntag. Gestern. Der Schacht des Küchenaufzugs im Westflügel, zweiter Stock. Aus irgendeinem Grund wurde das Anbringen der Sprengladung dort zur erbärmlichsten und schwierigsten aller bisherigen Arbeiten. Stickig und dreckig. Fürchterlich viel Ungeziefer. Ein Heer von Kakerlaken trippelte davon, vom Lichtkegel der Taschenlampe aufgescheucht. Über meine Hände. Ich mußte arbeiten, während sie suchend meine Ärmel hochkrochen. Und
Ein ungehöriges kleines Eingeständnis zu eurem Vergnügen. Die alte Schmerzensnatter fiel über meine Blase her. Stieß zu und biß, und es gab kein Entkommen. So kam es, daß ich zum erstenmal seit meiner Soldatenzeit – sinnlos betrunken in irgendeinem Hintergäßchen in Rom – so pißte, wie der Bulanga-Mann pißt, wenn er seine Samstagabendfete vor meiner Haustür beschließt. Ungezwungen, wo er gerade steht. Öffnete meine Hose und wässerte die Mauer des Aufzugsschachtes.
Die kleinen Freuden der Sterbenden.
Gestern.
Das war gestern.

Das war gestern.
Nun aber zu heute. Montag.
Heute morgen. Zehn Uhr.
Ein obszöner Vorfall. Die Menschenseele ist manchmal wie der Aufzugsschacht, in dem ich schufte. Ein Lichtstrahl erhellt das Dunkel, und was du zu sehen bekommst, ekelt dich an. Ein Blick in die Caligula-Seele.

Da fällt mir ein, Caligula war der Ur-Italiener.
Aber ich will nicht abschweifen.
Um zehn Uhr heute morgen ein mysteriöser Anruf.
Eine Frauenstimme. Atemlos. Nein. Laut atmend. Schwer atmend. «Mr. Charles Kirwan?»
«Ja.»
«Professor Charles Kirwan?»
«Ja. Mit wem spreche ich?»
Wörtlich. Das war wörtlich. Was nun folgt, ist möglicherweise nicht der genaue Wortlaut, aber es kommt ihm auf jeden Fall nahe.
Die Frau: «Hören Sie mir nur zu, bitte. Man spürt Ihnen heimlich nach. Ein Privatdetektiv namens John Milano. Er arbeitet für die Agentur Watrous Associates in der 60. Straße Ost in Manhattan. Er ist im Augenblick dabei, Sie zu überprüfen. Ihre ganze Vergangenheit. Alles.»
Das war's.
Ein Knacken, dann Stille. Das war's.
Ich glaube, so ein
Nein, ich möchte das als eine kategorische Behauptung formulieren.
Man muß diese Erfahrung selber machen, um ihre Schockwirkung zu begreifen. Unglauben und Schock. Wie wenn man seine Hände auf eine Fläche legt, die man bestens kennt, und plötzlich feststellt, daß sie kleben und von einem gierigen Schleim festgehalten werden.
Kein Loskommen. Der Schleim ist eine Realität, und von der Realität kann man nicht loskommen.
Nackt und entblößt – von einem Fremden, der durchs Schlüsselloch späht, beim Masturbieren erwischt.
In meinem Fall ein eigens angeheuerter Fremder.
Unser Mister John Milano.
Mister John A. Milano. Angeblicher Berater in Grundstücksfragen. Aus den Sunderland Towers in der Central Park South.
Noch während ich spreche, kehrt das Gefühl des Schocks zurück. Körperlich. Ein ungleichmäßiger Herzschlag, eine Magenschwäche.
Zitternde Hände

Es muß chronologisch bleiben.
Also
Zuerst die Leugnung.
Ein dummer Streich?
Ein grausamer und geistloser Streich?
Aber das ließ sich ja herausfinden.
Ich suchte Watrous Associates im Telefonbuch und fand die Nummer. Ein schwerer Schlag, aber noch nichts Endgültiges. Ich wählte die Nummer, und eine Frauenstimme sagte: «Watrous Associates.»
Nicht dieselbe Stimme. Nicht dieselbe Frau.
Ich sagte: «Detektivbüro?» und die Frau sagte: «Agentur für private Nachforschungen und Untersuchungen. Wen möchten Sie sprechen, bitte?»
Ich sagte: «Mr. John Milano», und die Frau sagte: «Tut mir leid, ist außer Hauses. Ich kann Sie aber mit Mr. Greenwald verbinden, seinem Assistenten.»
Ich legte auf. Kein dummer Streich, sondern furchterregende Wirklichkeit.
Oh ja.
Versucht gar nicht erst, euch an meine Stelle zu versetzen und den Tapferen zu spielen.
Eine furchterregende Realität. Lorena Bailey. Sie hatte ihre Sünden gestanden. Und meine dazu. Jeden Augenblick konnten sie unten an die Haustür trommeln. Die Polizei.
Das unerhörte Ereignis unvollendet. Erhabene Größe zu einem derben Schwank reduziert.
Von Äschylus zu Plautus.
Vor allem
Vor allem das Ende jeder Hoffnung für die Witter-Stiftung. Das hier dokumentierte unerhörte Ereignis sollte ihr ein Vermögen einbringen. Wenn das Ereignis nicht stattfand, konnte kein Vermögen hereinkommen.
Nichts.
Aber logisches Denken obsiegt immer.
Ich verhalf ihm zum Sieg.
Kein Pochen an der Tür? Keine Polizei? Aber wenn Lorena Anzeige gegen mich erstattet hatte, würden sie dann nicht

augenblicklich herkommen? Uniformierte Polizei? New Yorks Stolz? Ob sie nun was taugen oder nicht?

Ein Privatdetektiv. Aber wie und warum würden die Bulanga-Baileys in dieser Sache einen Privatdetektiv engagieren? Und, nach seinem Aussehen zu urteilen, einen sehr teuren.

Begreift ihr etwas davon?

Das alles ergibt überhaupt keinen Sinn. Aber was hat dann dieser Milano mit mir zu schaffen?

Wozu diese Nachforschungen? Und, da er ja nur gedungen ist: in wessen Auftrag ist er unterwegs? Offensichtlich ist da jemand, der mich irgendeiner Sache verdächtigt und nun Beweise dafür will. Aber was ist das für ein Verdacht?

Die Logik macht's. Die Schritt-um-Schritt-Logik. Die Logik des Historikers und nicht die des Psycho-Quacksalbers. Man versichert sich vor jedem Schritt, daß man festen Boden unter den Füßen hat.

Nachdenken. Meine Telefonnummer steht nicht im Buch, aber meine mysteriöse Anruferin kannte sie. Daß die Nummer nicht eingetragen ist, ist so etwas wie eine erste Vorfeldsicherung gegen meine Mieter, nicht rundum erfolgreich. Aber Fremde bekamen sie mit Sicherheit nicht heraus. Wahrscheinlich wäre jemand in Milanos schmutzigem Geschäft in der Lage, sie sich zu beschaffen, doch der Anruf war nicht von Milano gekommen.

Eine fremde Person.

War ich in der jüngsten Vergangenheit sorglos genug gewesen, diese Nummer irgendeiner fremden Person zu geben? Einer Person, die – aus logischen Gründen – einen Privatdetektiv auf mich ansetzen konnte?

Ja.

Eindeutig und furchtbar, ja.

Einem Mann namens Swanson. Nachtwächter für Passarini, diese Abbruchfirma weiter im Norden. Dem hab ich meine Nummer gegeben, diesem Dieb und Schwindler, der mir aus den Vorräten seiner Firma meinen Sprengstoff besorgte. Dynamit, Zündkapseln. Die fehlende Menge reichte aus, seinen Chef in Panik zu versetzen, wenn der Verlust entdeckt wurde.

Oh ja.
Unter Druck geraten, mußte Swanson den Namen seines Kunden genannt haben, aber würde dieser Name irgendeinen Sinn ergeben, wenn sein Chef der Sache nachging? Dr. Charles Witter Kirwan, eine harmlose, gute alte Seele? Gelehrter im Ruhestand? Muster an Tugendhaftigkeit und Anstand?
Also deshalb
Von Italiener zu Italiener. Von Passarini zu Milano. Privatdetektiv Milano, der, wenn überhaupt Beweise gegen mich gefunden werden konnten, diese Beweise finden würde. John A. Milano, selber ein sorgfältig gepflegtes Muster an Tugendhaftigkeit und Anstand.
Furchteinflößend.
Ein von unserem Kommandeur eingeschüchterter Kojennachbar sagte einmal zu mir: «Ich hatte ja keine Ahnung, daß man Scheiße so hoch auftürmen kann.»
Er hat unseren Mister Milano nicht gekannt.
Und zudem von einer furchteinflößenden Gefährlichkeit. Einer italienischen Gefährlichkeit. Der Lächelnde mit dem Messer. Eine größere Bedrohung für das unerhörte Ereignis als irgendeine perverse kleine Bulanga-Schlampe.
Eine letzte Frage noch.
Warum ging diese Abbruchfirma, als sie den Verlust ihrer Sprengmittel entdeckte, nicht direkt zu den Behörden?
Eine naheliegende Antwort.
Die Firma ist sowohl für Swanson als auch für die Sprengmittel verantwortlich. Warum sollte sie ihren Fehler sofort den Behörden anzeigen? Warum nicht erst versuchen, die Sprengmittel zu finden und zurückzuholen?
Dann
Wenn der Käufer identifiziert und mit den Waren erwischt worden war, konnte man ihn den Behörden als Opfergabe präsentieren.
Dabei ist Milano das Instrument der Firma.
Ab sofort eine unsichtbare Gegenwart in meinem Leben.
Die einzige Bedrohung für das unerhörte Ereignis.
Nicht zu sehen da draußen, aber irgendwo in der Nähe.
Nur noch drei Tage bleiben, aber das ist Zeit genug für ihn,

die Katastrophe auszulösen. Meinen Absichten auf die Spur zu kommen und dieses Pochen an der Tür zu veranlassen.
Aber er ist nicht so schlau, wie er denkt. Er weiß nicht, daß ich durch das Entgegenkommen einer Unbekannten sein Geheimnis erfahren habe. Daß ich in diesem Spiel die Trumpfkarte besitze. Ironischerweise würde er, der geborene Bulanga-Hasser, die Pläne billigen, die ich vor ihm versteckt halten muß. Er und all die anderen Italiener. Doch so, wie die Dinge liegen, ist er jeden Augenblick eine Gefahr für mich, bis hin zur letzten Sekunde.
Ich kann es nicht riskieren, die katastrophale Gegenwart unseres Mister Milano in meinem Leben bis zum letzten Moment zu dulden.
Ich kann es nicht riskieren.
Ich werde es nicht riskieren.

John Milano

Sie hatten sich darauf geeinigt, den Radiowecker auf sieben Uhr zu stellen; er würde sie dann zu ihrer Wohnung ins Village fahren, damit sie sich für ihren Arbeitstag zurechtmachen konnte, und um neun würde er sie in der Galerie abliefern. Aber als im Radio plötzlich der Schluß eines Werbespots klarmachte, daß es Montagmorgen war, war Milanos erste Erkenntnis beim Aufwachen, daß er allein im Bett lag und daß unter der Badezimmertür kein Licht hervordrang. Er spürte sofort einen Druck auf dem Magen, als gehe es um eine Vermißtenanzeige, doch dann sah er, daß aus dem Wohnzimmer Licht kam.

Er trottete hinüber. Chris, bis auf die Schuhe voll angezogen, lag ausgestreckt auf der Couch, auf dem Bauch ein Kissen, und dagegen hatte sie eins seiner größeren, normalerweise auf dem Couchtisch liegenden Kunstbücher gelehnt. Sie ließ das Buch sinken, als sich Milano ihr gegenübersetzte, um den Anblick zu genießen. Sie sagte: «Ich bin um fünf aufgewacht und konnte nicht mehr einschlafen. Ich hab mir eins der Sandwichs aus dem Kühlschrank genommen. Das Brot war'n bißchen klitschig, aber sonst gar nicht übel. Das andre ist für dich. Huhn mit Mayo.»

«Später. Was liest du denn?»

«Ich lese und betrachte Raffael. Erinnerst du dich an deine Bemerkung, wie es sich anfühlen müßte, den Finger in eine seiner Figuren zu stecken? Ich hab's immer noch nicht begriffen.»

«Hübsche Verpackung. Zu wenig festes Fleisch.»

Chris schüttelte den Kopf. «Die sehen in meinen Augen gleich aus wie viele der anderen aus dieser Epoche.»

«Sie sind aber nicht gleich. Sag mal, bist du am frühen Morgen immer so streitlustig?»

«Nicht immer. Bei Caravaggio zum Beispiel, da bin ich es nicht. Ich hab mir auch von ihm einiges angesehen, und du hattest recht. Voll starker Gefühle.»
«Ja, das war er», sagte Milano. «Aber laß mich jetzt mal was anderes fragen, bevor wir bei Jackson Pollock angelangt sind. Als du mir gesagt hast, Rammaert habe dich zu seinem feinen Essen eingeladen und erwarte, daß du zu den Gästen nett bist –»
«Ja?»
«Was versteht er eigentlich genau unter ‹nett›?»
«Was denn?» Chris zog die Augenbrauen hoch. «Gehörst du zu der Sorte Italiener mit dem wilden Blick?»
«Schon möglich. Und da ist etwas an der Art, wie –»
«Da ist überhaupt nichts dran, mein Schatz. Ich bin nur als Tischdekoration dort. Anschauen ja, Anfassen nein. Rammaert hält sich selber dran, schon immer. Vielleicht, weil er Ausländer ist. Ausländer gehen in der Galerie ein und aus, und sie sind irgendwie anders. Ich würde nicht sagen, sie sind farbenblind und frauenblind, aber sie verstehen es besser, so zu tun, als ob.»
«Verstehe», sagte Milano. «Rammaert ist für dich also ganz in Ordnung.»
«Mehr oder weniger, ja. Ich hab dir das gleich am Anfang gesagt, als du mich mit deinem Fall bedrängt hast. Und deshalb fällt es mir immer noch schwer, hinter seinem Rücken in seinem Archiv zu stöbern.»
«Ich weiß», sagte Milano. Vor seinem inneren Auge sah er Kalendereinträge. Morgen früh der Scheck von Willie. Gleich danach Verhandlungen mit Rammaert. Und ganz gleich, wo sie stattfinden und wie schnell sie über die Bühne gehen würden, diese Chris Bailey würde jedenfalls in der Nähe sein und sich hartnäckig einige Gedanken machen. Oh, was weben wir doch für ein verschlungenes Netz, dachte Milano und sagte: «Was hältst du davon, wenn ich diese Woche frei nehme? Könntest du auch frei bekommen?»
«Komm mir nicht mit solchen Versuchungen, mein Schatz. Ich kann es mir nicht leisten. Ich werde nur fürs Arbeiten bezahlt.»

«Ein paar Tage wenigstens? Sagen wir, bis Mittwoch?»
«Nein. Rammaert gibt mir jederzeit frei, wenn ich irgendwo wegen einer Rolle etwas vorspielen oder vorsprechen soll. Macht nie Theater. Oder als Lorena das letztemal verschwand und ich zwei Tage zu Hause war, um Mama die Hand zu halten. Deshalb möchte ich fair zu ihm sein. Und das hier wäre nicht als fair anzusehen. Das verstehst du doch, oder?»
Was nützt das schon, verdammt noch mal, dachte Milano, der verstand.

Nachdem er sie erst hin- und dann zurückgefahren und sie schließlich auf der Sixth Avenue an der Ecke der Siebenundfünfzigsten Straße rausgelassen hatte, fuhr er zu seiner Wohnung zurück. Beim Parken fiel ihm ein, daß der Kirwan-Bericht von Heywood & Smith immer noch im Handschuhfach des Toyota steckte, und nahm ihn an sich. Aber eins nach dem anderen. Kirwan war zwar ein zunehmend irritierendes Körnchen im Auge, aber im Augenblick hatte Rammaert absoluten Vorrang.
Während er in der Küche saß und sein Huhn mit Mayo auf klitschigem Brot verdrückte, nahm er deshalb Papier und Bleistift und machte sich daran, die Eigenheiten in der Vorgehensweise Wim Rammaerts aufzuzeichnen. Als er mittendrin war, klingelte das Telefon.
Das Hotel Wardour. Mr. Franconia-Nerisi.
«Mr. Milano? Tut mir leid, daß ich Sie belästigen muß. Und obwohl ich annehme, daß Miss Cronin die Sache mit Ihnen besprochen hat –»
«Welche Sache?»
«Ach so. Nun, ihren Auszug hier. Daß sie die Wohnung aufgegeben hat. Gestern abend.»
«Nein», sagte Milano. «Ich war unterwegs.»
«Ach so. Nun ja, ich weiß zwar wirklich nicht, ob es mir zusteht –»
«Raus damit, was ist passiert?»
«Also gut. Gestern abend um elf wurde ich nach oben in die Wohnung gebeten. Ein Herr und eine Dame waren dort bei Miss Cronin. Sie hatte offensichtlich alles gepackt und war

bereit zu gehen. Der Herr stellte sich als ihr Vater vor. Er händigte mir den Schlüssel aus, sagte mir, sie gebe die Wohnung auf, und bat mich, einen Mann heraufzuschicken, der das Gepäck zu seinem Wagen brachte. Ich sorgte dafür, und kurz danach gingen sie.»

«Sie hat einfach zusammengepackt und ist gegangen?» fragte Milano.

«Ah ja, da gibt's noch ein kleines Problem. Als das Mädchen heute morgen in die Wohnung ging, um sauberzumachen, fand sie eine sehr große Menge Nahrungsmittel. Von beträchtlichem Wert. Absolut unberührt. Und da es Ihre Wohnung ist –»

«Nein», sagte Milano, «das geht schon in Ordnung. Das Mädchen soll diese Dinge ruhig verteilen. Die Wohnung gehört jetzt wieder ganz Ihnen.»

«Ich verstehe. Die Mietkosten werde ich Ihnen anteilsmäßig berechnen. Tut mir leid, Sie mit dieser Sache belästigt zu haben.»

So leid dann auch wieder nicht, dachte Milano, als er den Hörer auflegte. Nicht wenn man sich vorstellte, welchen Genuß es ihm bereitet haben mußte, diese unwahrscheinliche Szene aus erster Hand mitzuerleben. Unschuld vom Lande durch Mammi und Daddy aus den Klauen eines raffinierten Städters befreit. Aus der Sicht des Städters freilich war das hier das deprimierende Ende eines Freiheitskampfes, der zu den kürzesten in der Geschichte gehörte. Eine Kehrtwende in einem weiten Bogen, und marsch zurück ins Nest.

Es schmerzte, den direkten Zugriff zur Datenbank des Intercontinental Credit Bureau zu verlieren, aber noch mehr schmerzte im Augenblick die Vorstellung, auf was sich deren bemitleidenswerte Schlüsselverwahrerin künftig einließ. Mit ihren bald dreißig Jahren war sie nun endgültig unter Daddys Daumen – auf dem Weg zur alten Jungfer und Wohltätigkeitstante.

Platzte herein und fand Christine Bailey in der Wohnung. Sie mußte alles Mammi und Daddy erzählt haben, und wenn sie keine beleidigenden Ausdrücke gebraucht haben sollte, dann mit absoluter Gewißheit ihr Daddy.

Scheiß auf ihn und Staten Island. Und etliche andere bornierte Stadtviertel dazu.
Milano spülte die Sandwichreste trotzig mit einer kalorienreichen Flasche John Courage hinunter, sammelte die Rammaert-Papiere ein und machte sich gemächlich auf den Weg zum Büro. Der Urlaub war vorbei – oder zumindest verschoben –, aber nur ein Verrückter würde ein Rekordtempo anschlagen, um rascher in die reale Welt von Watrous Associates zurückzukehren.
Willie ging gerade mit dem Rotstift einen Stapel Spesenzettel durch, die er wie Märchen behandelte, die nicht sehr gut geschrieben waren und die deshalb stark bearbeitet werden mußten. Er lehnte sich zurück, kniff ein Auge zu und betrachtete seinen Partner wie ein Vogel, der einen möglicherweise unverdaulichen Wurm inspiziert. «Ich hätte wirklich gern gewußt, was für dich dabei rausspringt», sagte er.
«Vergiß es», sagte Milano. «Was ist mit dem Scheck für Rammaert?»
«Bisher läuft's nach Plan. Hab gestern mit Pacifica telefoniert. Dieser schwule Hale kommt am Mittwoch, um uns das Geld zu bringen und die Ware mitzunehmen. Deine Erklärung wird dir morgen früh unterschriftsbereit vorliegen.»
Die Vogelschnabelnase wurde immer krummer, denn Willie kniff das geschlossene Auge noch mehr zusammen. «Willst du immer noch nach deiner Methode vorgehen?»
«Absolut.»
«Hm. Also weißt du, es will mir nicht aus dem Kopf, daß du's irgendwie wegen diesem Weibsbild tust, dieser Christine Bailey. Das Problem ist nur», die Stimme klang richtig verdrossen, «daß das alles nicht zusammenpaßt. Ich meine, wenn es fünfhundert Piepen wären, oder tausend, was soll's, die würdest du für eine heiße Puppe, die alles für dich tut, immer anlegen. Aber vierzig Riesen? Es kann nicht diese Frau sein, oder?»
«Weißt du was, Willie», sagte Milano, «dein Problem ist, daß du eine schmutzige Phantasie hast. Interessant zwar, aber schmutzig. Wenn du mich jetzt –»
«Nicht so schnell. Da ist noch eine Kleinigkeit, die wir

regeln müssen. Wenn du mit Rammaert verhandelst, möchte ich, daß Greenwald dabei ist. Ich hab ihm bereits gesagt, daß es dazu kommen könnte. Und jetzt sag ich dir ohne viel Drumherum, er wird dich bei diesem entscheidenden Gang begleiten.»

«Als Aufpasser?» fragte Milano ohne Erbitterung. «Oder auf dem Weg nach oben als Spitzel für die Firma?»

«Er macht sich recht gut. Es wird Zeit, daß er eine solche Operation mitbekommt. Wie man so etwas anpackt.»

«Warum auch nicht?» sagte Milano. Es war immer ein besonderer Genuß, Willies Verwirrung zu sehen, wenn er einen angeschnittenen Ball zugeworfen bekam, der im letzten Moment abdrehte und an ihm vorbeisegelte. «Um ehrlich zu sein, ich hab selber schon dran gedacht. Ich muß mich in Sachen Rammaert sowieso noch mit Greenwald treffen. Dabei kann ich ihn gleich über die Einzelheiten der Operation informieren.»

«So, findest du?» sagte Willie, aber es war nur noch eine lahme Herausforderung.

«Finde ich absolut», antwortete Milano. «Und wenn du gerade über meine Gründe nachgrübelst, dann will ich dir sagen, daß mich Greenwalds Bart unheimlich scharf macht und daß ich mir bei dieser Aktion eine gute Chance ausrechne, an ihn ranzukommen.»

Hy Greenwald ertappte man nicht so leicht beim Nichtstun. Der Schreibtisch war mit Schriftstücken übersät, und Hy nahm gerade eines davon unter die Lupe, während der neben ihm stehende Computer eifrig klapperte. Als er über den Rand der Omabrille weg seinen Besucher erkannte, freute er sich offensichtlich. «He, Mann, machen Sie nur einen Besuch? Oder sind Sie jetzt wieder ganz hier?»

«Tag, mein Junge. Sieht aus, als wär ich wieder ganz hier.

«Nein –», Hy hatte sich schon halb aus diesem superbequemen lederbezogenen Drehstuhl erhoben, und Milano stoppte ihn mit einer Handbewegung, «– bleiben Sie ruhig dort sitzen.» Milano machte es sich in dem Sessel vor dem Schreibtisch bequem. «Willie hat Ihnen schon gesagt, daß wir uns nun Rammaert vorknöpfen können? Sie und ich?»

«Ja.» Er schielte zur Tür hinüber, als wolle er sich vergewissern, daß sich dort nicht von außen der Umriß eines Ohres abdrückte. Er senkte die Stimme. «Und wissen Sie, was er mir noch sagte? Über die Gründe, weshalb ich Sie begleiten soll?»

«Sie sollen mich im Auge behalten, aufpassen, daß ich die Quittungen nicht verschwinden lasse, ihm gegebenenfalls von meinen eigenmächtigen Schritten berichten.»

Er schien überrascht. «Hat er Ihnen das auch gesagt? Einfach so?»

«Nein. Ich kann seine Gedanken lesen. Willies Gedanken schweben immer in gut lesbaren Großbuchstaben über seinem Kopf. Das sollte Sie nicht stören.»

«Es stört mich aber», sagte Hy. «Ich sag's Ihnen deshalb ganz ehrlich: wenn Sie mich nicht dabeihaben wollen –»

«Nein, bei dieser Sache will ich Sie dabeihaben. Sonst könnte es passieren, daß Willie bald in Creedmore sitzt und Tüten klebt. Und wer soll dann die Gehaltsliste unterschreiben? Außerdem werden Sie die Dinge jetzt gleich ins Rollen bringen, dann sollten Sie auch beim Finale dabeisein. Es fängt damit an, daß Sie Rammaert anrufen. Wenn das Mädchen am Telefon dort –»

«Oh Mann», schwärmte Hy.

«Genau die. Wenn sie nach Ihrem Namen fragt, nennen Sie ihn ruhig. Nur, daß Sie jetzt Dr. Greenwald sind. Doktor. Und daß Ihr Bevollmächtigter bereits mit Mr. Rammaert wegen der ausgestellten Werke gesprochen hat und daß Sie mit Mr. Rammaert möglichst bald zusammentreffen wollen. Dann, wenn sie zu Rammaert durchstellt, lassen Sie einfach mich an den Apparat.»

«Alles klar. Aber was ist eigentlich gelaufen? Wie sind wir so weit gekommen?»

«Das erzähl ich Ihnen, sobald das Treffen steht. Sie haben morgen abend nichts vor, hoffe ich.»

«Nein, nichts.» Dann runzelte Hy die Stirn. «Abend? Willie sprach vom Vormittag.»

«Willie irrte sich. Und jetzt suchen Sie mal das Telefon unter all diesem Zeug.»

Der Anruf – zwei verschlagene Kunsthändler unter sich – ging glatt über die Bühne. Ja, Dr. Greenwald sei gerade da und habe gesagt, er wolle die Barquins gerne persönlich begutachten. Aber nein, nicht während der normalen Öffnungszeiten der Galerie; er ziehe es vor, sie ungestört zu betrachten. Und ja, das sei doch ganz verständlich, nicht wahr?

Und nein, heute abend gehe nicht. Tatsächlich könne der Doktor nur morgen abend, die ganze übrige Woche sei schon verplant. Und nein, auch wenn Mrs. Rammaert gegen eine kurzfristige Dinnereinladung nichts einzuwenden habe, so sei das nicht nötig. Also, dann nach dem Abendessen. Neun Uhr. Ja, der Termin sei endgültig. Neun Uhr.

Milano legte auf, und Hy sagte: «Mann, das war ja Zucker. Fehlten nur noch die Geigen im Hintergrund.»

«Freut mich immer, wenn ich ein wenig Wärme und Licht verbreiten kann», sagte Milano. «Er fühlt sich jetzt ganz als Dieb im Glück.»

«Ist das denn wirklich sicher? Das mit dem Dieb?»

«Ja», sagte Milano. «Lehnen Sie sich jetzt mal zurück, und ich erzähl Ihnen, was ich weiß. Im Detail.»

Er vermied es, seine Mitverschwörerin zu erwähnen, erzählte aber sonst alle Einzelheiten, und wo Willie, der Altmeister bösartiger Kritik, pausenlos gegähnt hätte, war es erfreulich zu sehen, daß seine Schilderung auf Hy, der neu im Geschäft war, geziemenden Eindruck machte.

Und ihn, nach kurzem Nachdenken, etwas beunruhigte.

Er sagte: «Aber was für ein Druckmittel haben wir denn mit diesen Informationen in der Hand? Wenn wir mit Rammaert offen reden, hält er uns hin, und am nächsten Tag ist diese *Nummer Zehn* von Barquin verschwunden. Mitsamt den Boudins. Was dann?»

«Gute Überlegung. Wir müssen also dafür sorgen, daß er uns nicht hinhält.»

Hy hob protestierend die Hand hoch. «Johnny, wenn Sie rohe Gewalt ins Spiel bringen wollen –»

«Sie bringen Ihre Zoologie durcheinander, mein Junge. Er ist Kunsthändler. Eine Hyäne, wie Sie es einmal ausdrückten. Kein Tiger.»

«Also –»

«Glauben Sie mir. Auf die Feuerkraft wird's nicht ankom-

men. Nur auf ein bißchen Kopfarbeit. Sie holen jetzt also die Rammaert-Akte, die Sie zusammengestellt haben, mit all den interessanten Daten über ihn und seine Verbindungen in Belgien und in der Schweiz. Dazu kommt jetzt noch der Bericht, wie die beiden Boudins von der Westküste hierher gekommen sind – mit besonderer Hervorhebung des Umwegs über Miami –, und dann wird das Shirley persönlich für uns tippen. Und ein Dutzend Kopien fertigen. Merken Sie sich, daß bei Operationen wie dieser hier ausschließlich Shirley das Tippen besorgt. Und nur für unsere Augen.»
«Das ist sicher sinnvoll», sagte Hy. «Aber zwölf Kopien?»
«Das ist unsere Feuerkraft. Zwölf Schüsse.»

Am Nachmittag rief er Chris in der Galerie an. «Ich wollte mal nachfragen», sagte er. «Hast du irgendwas Neues von deiner kleinen Schwester gehört?»
«Das alte Lied. Sie liegt im Bett und spielt taubstumm. War nicht in der Schule, will nichts essen, macht langsam, aber sicher alle in der Familie verrückt. Ich hab Mama gesagt, ich komm heut abend vorbei. Mal sehen, was ich tun kann.»
«Ich warte im Auto auf dich, egal wann du rausfahren möchtest.»
«Nein. Nardo und Pearl lesen heute abend vor Zuhörern ihr neues Manuskript, um sieben bei uns in der Wohnung; ich werde also erst nach neun loskommen. Ich hab mir sowieso vorgenommen, über Nacht in Brooklyn zu bleiben. Und du wirst es mir nicht übelnehmen, mein Schatz, wenn ich sage, daß du dich im Augenblick wohl besser von der Familienszene fernhältst.»
«Na gut», sagte Milano, «in dem Fall fahr ich dich hin, warte, bis du deinen Besuch gemacht hast, und fahr dich zurück. Dann kannst du dir morgen früh die U-Bahn schenken.»
«Mhm. Und wohin fährst du mich zurück?»
«Na, wohin wohl?»
«Also in dem Fall», sagte Chris, «muß ich dich darauf aufmerksam machen, daß du dir die falsche Zeit im Monat ausgesucht hast. Die Krämpfe haben schon eingesetzt, und der Rest wird bald da sein. Die nächsten paar Tage also –»

«Magst du Opern?» fragte Milano.
«Opern? Manche schon, würd ich sagen. Wenn ich weiß, um was es geht. Warum?»
«Weil ich nicht nur die Platten habe, sondern jeweils das Libretto dazu. Für die Seele hätte ich Puccini zu bieten, für die Krämpfe Aspirin, ein Heizkissen und Sekt. Für alles übrige einfach Gespräche. Lange, entspannte Unterhaltung. Mehr wird nicht erwartet.»
Eine Christine-Bailey-Pause. Danach klang ihre Stimme ganz weich. «Weißt du eigentlich, Schatz, daß du einmal gesagt hast, *ich* sei eine Spinnerin?»
«Tatsächlich? Da hast du's. Es war das Urteil eines Fachmanns.»
«Weiß Gott», sagte Chris. «Also, du klopfst dann gegen neun an die Tür, und ich komme sofort. Und dann können wir Mama abwechselnd die Hand halten.»

Charles Witter Kirwan

Hört mir jetzt genau zu.
Nein. Ich meine, lest das sorgfältig. Mit großer Sorgfalt.
Ihr findet hier den Beweis – so stichhaltig, daß ihn auch der dickschädligste Psycho-Quacksalber begreifen muß –, den Beweis dafür, daß hier ein vollkommen rationaler Verstand am Werk ist. Einen absoluten Beweis, der es jedem Gerichtshof verbietet, das unerhörte Ereignis als einen Akt geistiger Verirrung abzutun.
Der Beweis?
Gestern habe ich diesen mysteriösen Anruf, mit dem ich vor John Milanos wahrer Identität gewarnt wurde, dem barmherzigen Wesen irgendeiner fremden Person zugeschrieben.
Letzte Nacht erkannte ich meinen Irrtum. Es war ein natürlicher Irrtum. Wenn man dermaßen ahnungslos erwischt wird, ganz natürlich. Aber ich hatte die Intelligenz des Mannes gewaltig unterschätzt.
Schlaflos ging ich der Frage nach, wer diesen warnenden Anruf wohl getätigt haben konnte, und zu welchem Zweck.
Ich mußte logisch denken. Logisch. Warum würde mir irgendeine Fremde diesen Gefallen tun? Warum?
Keine überzeugenden Antworten. Nicht eine einzige.
Weil
Hört mir genau zu. Weil ich mir die falsche Frage stellte. Ich postulierte eine Fremde da draußen, eine Art Schutzengel.
Aber es gibt diese Fremde natürlich nicht. Es gibt nur Mister Milano mit seiner Borgia-Verschlagenheit, der sein Opfer in die Enge treibt.
Unser Mister Milano
Der, nachdem er bisher mit seinem Auftrag gescheitert war, zu einem Borgia-Trick griff. Er identifizierte sich mit Hilfe einer Komplizin und wartete ab, wie sein Opfer reagierte.

Würde es in panischer Angst fliehen? Würde es seine Vorbereitungen beschleunigen und dabei nachlässig werden? Würden ihm plötzlich die Nerven durchgehen, der Mut versagen? Würde es in seiner Kopflosigkeit vielleicht sogar die Konfrontation suchen, nur um diesem Spiel des Jägers und des Gejagten ein Ende zu machen?
Weil, wie ich gestern abend begriff, dieses obszöne Spiel tatsächlich immer weitergeht. Etwa um zehn Uhr – ich war in diesem Zimmer hier – verursachte ein Wagen, dessen Fahrer nicht zu sehen war und der ein Stück die Straße runter in der zweiten Reihe parkte, einen kurzen, aber lärmenden Verkehrsstau. Ein Lastwagen geriet beim Versuch, um ihn herumzufahren, einem entgegenkommenden Bus in den Weg, beide hielten an, keiner wollte nachgeben. Typische Dickköpfe hinter diesen Lenkrädern. Eine wilde Huperei, als sich hinter ihnen der Verkehr sofort in beiden Richtungen staute. Bulanga-Fahrer, die den Wurfspieß durch das Automobil ersetzt haben. Da sie nicht mehr in der Lage waren, diese Waffe frei zu gebrauchen, drohten sie einen Aufruhr an. Der Lastwagen stieß schließlich zurück, die Aufrührer zerstreuten sich nach Osten und Westen.
Aber
Aber dieser Wagen unter der Straßenlaterne, der den Ärger ausgelöst hatte, kam mir bekannt vor. Erst recht beim Blick durch das Fernglas. Oh ja. Mister Milanos Wagen. Fast sicher war das sein Wagen.
Dann wurde ich unvorsichtig. Ohne mir darüber klarzuwerden, handelte ich unbedacht, weil mich Mutmaßung allein nicht befriedigte.
Menschliche Fahrlässigkeit.
Ich zog mich an und verließ das Haus und ging, möglichst im Dunkel bleibend, dicht an den Wagen heran, um festzustellen, ob mein Verdacht zutraf. Und in dem Moment wurde mir bewußt, daß ich dem Jäger direkt in die Hände spielte. Ich sah plötzlich, wie ich durch diese mutmaßlich freundliche Warnung in die Falle gelockt worden war. Sah eine Idee zu spät, mit welchem Trick ich überlistet worden war, einem Trick, der mich als den lichtscheuen, schuldbeladenen Flüchtling auf Erkundungstour enthüllen mußte.

Während er
Dieser Mann. Dieser Mann
Milano.
Während er irgendwo auf Lauer lag und beobachtete. Sich vergewisserte, daß er auf der richtigen Spur war. Mich in die Enge trieb

Dienstag?
Dienstag heute. Ja. Weil heute morgen Mrs. Bailey
Nein nein nein
Nicht Mrs. Bailey. Nicht heute. Milano, gestern.
Irgendwo lauernd, beobachtend. Das mit dem Telefonanruf hatte funktioniert. Nun hatte er seinen Mann. Aber das war auch schon alles. Er kannte weder meine Absichten noch meinen Fahrplan. Aber er war dichter an mir dran.
Dieser Fahrplan. Dienstagabend jetzt. Fast sieben Uhr. Das unerhörte Ereignis am Donnerstag, exakt um sieben Uhr. Zuerst Wochen, dann Tage, dann Stunden. Exakt achtundvierzig Stunden. Stunden. Dann Minuten.
Fast unmöglich, mit Gewalt in dieses Kellergeschoß einzudringen. Fast. Für jemanden wie diesen Mann leichter möglich als für andere. Ein intelligenter Rohling. Eine tödliche Gefahr bis zur letzten Minute. Aber mein ist der Mut des zu allem Entschlossenen. Und mein ist deshalb die entscheidende Macht.
Und
So wie das Leben Jesu Christi auf Erden seinen einzigen Sinn im Opfer und in der daraus zu ziehenden Lehre hatte, haben die verbleibenden Stunden meines Lebens ihren einzigen Sinn im unerhörten Ereignis und in der daraus zu ziehenden Lehre.
Während dieser Mann. Dieser Mann. Dieser
Dieser rohe, käufliche, hedonistische Judas den einzigen Sinn in seinem Leben im Verrat sieht. Das reicht nicht aus, um gegen meine Macht zu bestehen.
Die unwiderstehliche Kraft trifft auf den beweglichen Körper.
Oh ja.
Er wartet nur den rechten Augenblick ab.

Ein Jammer.
Wenn er mir nur offen gekommen wäre – und nicht als mein Verräter –, hätte er möglicherweise begriffen. Wir hätten Verbündete sein können.
Aber so nicht.
Also
Der Fahrplan stimmt. So muß es ablaufen. Gestern abend, nach dem Schock dieses Zwischenfalls, sah ich es anders. Ein Arbeitstag, ein Ruhetag? Ich dachte gestern abend, nein, ich kann mir diesen Ruhetag nicht erlauben. Zwei Sprengladungen sind noch anzubringen. Eine am Dienstag, eine am Donnerstag. Im ersten Stock. Im Erdgeschoß. Zwei Tage Arbeit. Während ich das im Ostflügel an einem Tag geschafft hatte. An einem Tag.
Damals noch voller Kraft.
Jetzt nicht mehr viel davon übrig. Nicht mal so viel, daß ich ohne Ruhetag auskommen kann. Ich habe das heute gemerkt, als ich beim Befestigen der Sprengladung an der Aufzugstür im ersten Stock gegen die Schwäche ankämpfen mußte.
Bleibt noch eine am Donnerstag. Der Fahrplan stimmt.
Und
Oh ja, Mrs. Bailey war heute morgen pünktlich zur Stelle. Ihr Putztag. Aber voll großem Kummer, Aunt Jemima Bailey. Sie wäre dankbar, wenn ich heute ohne sie auskommen könnte. Würde diese Woche gern überspringen. Lorena sei krank. Sie wolle das Kind nicht allein lassen, bis die Jungs heimkamen. Und sie wisse nicht, was das für eine Krankheit sei, aber es mache einem Angst, wie das Kind zur Zeit rumliege.
Das Kind.
Die gerissene und bestechliche Lorena. Kam gestern nicht. Verstand meine Aufforderung, wegzubleiben. Krank? Die Krankheit der plötzlich enttäuschten Habgier? Rasender Geldhunger?
Geld Geld Geld?
War es der Hunger, der einst die Stammesältesten am Niger veranlaßte, Lorenas Vorfahren an Whitey, den Sklavenhändler, zu verkaufen? Bargeld auf den Rumfaßboden. Uuga,

uuga, nimm sie mit, Whitey. Aus diesen fruchtbaren Leibern kommen jeden Tag Neue, wie kleine schwarze Kaninchen. Vorlesungen zur Geschichte der Schwarzen. Nie nie vertraut man ihnen an, daß es die Bulanga-Häuptlinge selbst waren, die für ein Stück Tuch und ein Pfund Nägel ihre Leute an Whitey verkauften. Lieber tot als entehrt. Wir legen deine verfickte Universitätsbibliothek in Schutt und Asche, Whitey, wenn du es wagst, uns die Wahrheit zu sagen.
Und dann der arabische Menschenhandel.
Und es gibt ihn heute noch, den geheimen arabischen Menschenhandel mit Bulanga-Fleisch. Und so wenden sich nun die Bulanga Allah zu, ziehen die langen Gewänder an und tragen den Koran mit sich herum, zu Ehren ihrer liebenden moslemischen Vettern.
Liebe Vettern, ihr versteht mit uns umzugehen, nicht wahr?
Oh ja.
Und die liebe Aunt Jemima? Wischt ruhig die Tränen aus euren blutunterlaufenen Augen.
Denn
In einer kleinen Weile wird Lorena für immer von ihrer Krankheit geheilt sein. Und von all ihren kleinen Problemen. Und all ihren listigen kleinen Tricks.
Und liebe Freunde?
Hört mir zu.
Hört.
Eine große und schreckliche Wahrheit.
Allmächtig bist du, wenn du den Tag deines Todes kennst.

John Milano

Wie sich herausstellte, lag sie mit ihren Berechnungen, daß ihre Zeit des Monats bevorstand, genau richtig, aber als sie am Montag um Mitternacht aus Brooklyn zurück waren und in seine Wohnung kamen, verschmähte sie seine Opernaufnahmen ebenso wie den entsprechenden Bailey-Milano-Dialog und gab sich mit einer rezeptpflichtigen Schmerztablette zufrieden, die sie mit einer halben Flasche Dom Perignon hinunterspülte, worauf sie umgehend einschlief. Milano begnügte sich mit der anderen Hälfte der Flasche und der Tatsache, daß sie im Schlaf zu einer Art Kletterpflanze wurde, die sich um sein Spalier rankte.

Keine Klagen. Überhaupt keine Klagen.

Doch am Morgen war sie wieder ganz die alte und voller Unternehmungslust. Bereit, wie sie verkündete, dem Frühstücksmenü bei Richoux eine faire Chance zu geben. Und sie erhob keine ernsthaften Einwände, als Milano ihr die Toyota-Schlüssel zuwarf. Er wischte die Einwände mit dem Hinweis beiseite, sie bekomme ja den Wagen nicht geschenkt, sondern geliehen.

«Es geht dem Leiher wie dem Borger», mahnte Chris.

«Mach nur so weiter», sagte Milano, «und du ruinierst noch die ganze Volkswirtschaft. Was davon noch übrig ist. Ich tu's ohnehin, wie Polonius sagen würde, nicht dir, sondern mir zuliebe. Ich kann mich aus Sorge um dich überhaupt nicht konzentrieren, wenn du in dieser U-Bahn fährst. In vierzig oder fünfzig Jahren vielleicht, wenn sie dieses System mal in den Griff bekommen. Aber im Moment noch nicht.»

Chris schien belustigt und gerührt. «Na ja –»

«Gut. Und immer wenn du das Baby aus der Garage holst, wird es vollgetankt für dich bereitstehen. Ich werde beim Rausgehen nachher dem Boß da unten Bescheid sagen. Er

kümmert sich dann auch um diesen verfluchten Strafzettel.»
Das war noch ein Grund, weshalb er dieses bemerkenswerte Geschöpf so schätzte: Nachdem er am Abend vorher auf der Suche nach einer Parklücke vergeblich die Witter Street auf und ab gefahren war, hatte er in einiger Entfernung von dem Mietshaus einfach in der zweiten Reihe geparkt. Sie hatte ihn warnend darauf hingewiesen, daß das wegen der auf dieser Strecke verkehrenden Busse eine riskante Angelegenheit sei, und das hatte sich dann auch bestätigt, denn als sie zurückkamen, steckte unter dem Scheibenwischer ein Strafzettel wegen rechtswidrigen Parkens, Verkehrsbehinderung und eines weiteren Verstoßes, der unleserlich war. Und mit heroischer Kraft – es gab kein anderes Wort dafür – hatte Christine Bailey auch die leiseste Andeutung eines Ich-hab's-ja-gleich-gesagt unterdrückt. Soviel Weisheit mochte nicht einmal Athena persönlich gehabt haben.
Er ließ sie an der Garageneinfahrt warten und fand Maxie Rovinsky, den Boß des Ganzen, bei irgendwelchen Buchführungsarbeiten in seinem Glaskäfig. Er gab Maxie den Strafzettel, der so etwas auf seine Art zu erledigen wußte, und erklärte ihm dann, daß eine Miss Bailey jederzeit den Toyota benutzen könne und daß sie von allen, die hier arbeiteten, wie das edelste und zerbrechlichste geschliffene Glas zu behandeln sei.
«Bailey?» sagte Maxie. «Doch nicht die *zoftige* Blondine von der letzten Pokerrunde?»
«Nein.»
«Aha. Aber klar, Johnny, wer immer es ist, kein Problem. Und da wir gerade vom Pokern reden: kann ich heut abend mit dir rechnen? Eine improvisierte Runde, aber drei Leute haben mir bereits fest zugesagt.»
«Einschließlich Gracie?»
«Natürlich. Fünftausend hat sie mir allein die letzten paarmal abgenommen, aber ich hab so ein Gefühl, heut abend bin ich am Drücker. Heut abend kommt ein Teil davon wieder auf meinen Haufen. Außerdem war sie ein paar Tage krank im Bett, und das wird, wie sie selber sagt, ihre Genesungsfeier.»
«Tut mir leid, Maxie, für mich gelten neue Regeln. Immer

wenn Gracie am Tisch sitzt, kannst du mich grundsätzlich streichen.»
«Du machst Witze.»
«Irrtum.»
«Aber ausgerechnet du? Wo du's doch fast schaffst, ihr Paroli zu bieten. Und du weißt ja, daß sie große Stücke von dir hält. Ich glaube, sie würde jederzeit ihre beiden Freaks gegen dich eintauschen, wenn du nur wolltest. Und den Rolls bekämst du gratis dazu.»
«Tut mir leid, Maxie.»
Maxie versperrte ihm den Weg, bevor er die Tür aufmachen konnte. «Augenblick mal. Soll das heißen, daß da irgendwas faul ist, so wie sie mit den Karten umgeht?»
Ein Geschenk des Himmels, dachte Milano. Er ließ sein Gesicht zur Maske erstarren. «Das hab ich nicht gesagt, Maxie. Hast du mich so was sagen hören?»
«Also, wie ich das verstanden habe –»
«Ich will dir nur eine kleine Frage stellen», sagte Milano. «Glaubst du wirklich, daß sie dich deshalb immer wieder bis aufs Hemd auszieht, weil sie beim Kartenspielen mehr Grips entwickelt als du?»
Als er aus dem Haus kam, sagte Chris zu ihm: «Alles klar?»
«Könnte nicht besser sein.»
«Solange ich in das Baby keine Beulen reinfahre», sagte Chris. «Übrigens, Schatz, dieser Strafzettel von gestern abend, als du auf der Straße geparkt hast: also, da hatte ich dich ja gewarnt –»
Zum Teufel, was soll's, dachte Milano. Was sollte er auch mit einer Athena, wenn er eine haben konnte, die auf so fehlbare, fabelhafte Weise menschlich war?

Willie und Hy Greenwald leisteten einander in Willies Büro stumme Gesellschaft, als er dazukam; Hy saß zusammengesunken in einem Sessel und fuhr sich mit den Fingern durch den Bart, während er zusah, wie Willie gewissenhaft den Bericht über Wim Rammaerts Leben und Werke durchging. Auch Milano setzte sich und wartete, bis Willie beim letzten Wort angelangt war.

Endlich blickte er auf. «Sieht aus, als fehlten da ein paar Details», sagte er zu Milano.
«Stimmt. Die spar ich mir für den entscheidenden Moment auf. Was ist jetzt mit dem Scheck?»
«Liegt bereit. Vorher», sagte Willie mit dem ihm eigenen Feingefühl, «gibt's da noch ein paar Papiere für dich zu unterschreiben.»
Es waren vier Kopien des förmlichen Schuldscheins über Vierzigtausend, und Milano ging hinüber zum Schreibtisch, um sie zu unterschreiben. Dann, das mußte man Willie lassen, gab er den Scheck mit einer fast graziösen Geste heraus. «Sechzigtausend», sagte er. «Willst du einen Begleiter?»
«Ich brauch jetzt einen und heut abend», sagte Milano. «Mikkelsen ist der richtige Mann.»
Mikkelsen – Monster Mikkelsen – mit seinen einschüchternden hundertundzehn Kilo, seinen schulterlangen blonden Haaren und seinem bis zum Kinn herabhängenden Wikingerschnauzbart war ein paar Jahre lang Footballprofi gewesen, ehe ihm Alkohol und Pillen den weiteren Weg verbauten. Er besiegte sie zwar und versuchte ein Comeback, aber der alte Biß war weg, und nach diesem Rückschlag hatte die Agentur zugepackt und ihn eingestellt. Er war nicht nur eine furchteinflößende Erscheinung, sondern auch ein verschwiegener und recht aufgeweckter Typ; Milano hatte ein paarmal mit ihm zusammengearbeitet, und sie waren gut miteinander ausgekommen.
Nun schüttelte Willie den Kopf. «Ich hab ihn als Leibwächter und Chauffeur für so'n Bonzen aus der Wirtschaft eingeteilt, der heute in der Stadt ist.»
Milano schüttelte den Kopf. «Ich will ihn haben, Willie», sagte er und wußte, daß er Mikkelsen bekommen würde. Bei manchem, was sich in der Agentur abspielte, war Willie wohl seinem Partner gegenüber im Vorteil, aber es konnte nur einen Kapitän auf dem Schiff geben, wenn der Wellengang gefährlich wurde, und Willie wußte genau, wer das war.
Und außerdem sagte sich Milano mit einem Seitenblick auf Hy Greenwald, der dieses Hin und Her wie ein besorgter Zuschauer bei einem Tennismatch verfolgte, konnte es nicht

schaden, wenn das auch von seinem Lehrling begriffen wurde.
«Du wirst warten müssen», sagte Willie. «Ich brauche eine Stunde, um die Aufgaben anders zu verteilen und Mikkelsen herzubekommen.»
«Dann bleibt mir genügend Zeit, den Wagen herzuholen», sagte Milano.
Als er und Hy eine Stunde später mit dem Mercedes vorfuhren, wartete Mikkelsen bereits auf sie, in einer Chauffeursjacke, die fast aus den Nähten platzte. Er nahm die Aktentasche, die Milano ihm gab, und setzte sich ans Steuer, um zur Bank zu fahren, während seine Passagiere entspannt auf dem Rücksitz saßen. Als sie in der Bank den Scheck gegen Päckchen aus Hundertdollarnoten eingetauscht hatten, steckte er die Päckchen in die Aktentasche und ging vor ihnen her zum Wagen zurück.
Auf dem Fahrersitz drehte er sich um. «Ins Büro?» fragte er Milano. Es waren seine ersten Worte.
«Ins Büro», sagte Milano. «Wir schließen die Kohlen in Willies Safe und holen sie, wenn sie gebraucht werden. Dann nehmen wir alle den Rest des Tages frei.» Er sah Hy prüfend an. «Das gibt uns die Möglichkeit, Sie auf Dr. Greenwalds Niveau zu bringen. Diesen Bart zum Beispiel.»
«Privatbesitz, zu hundert Prozent», sagte Hy beunruhigt.
«Im Augenblick Firmenbesitz, also wird er sauber gestutzt. Und mit den Kleidern, die Sie da anhaben, sehen Sie aus wie ein junges Mitglied in Willies Club. Da müssen wir einiges ändern.»
«Ach ja?» sagte Hy. «Und wer soll das bezahlen?»
«Die Agentur natürlich. Unkosten für Ihre Tarnung.»
Mittags, als Hy getrimmt und neu eingekleidet war – alles war von der Stange, aber von einer überaus vornehmen Stange –, gab es ein leichtes Mittagessen, einen Kinobesuch drüben in der Third Avenue, und danach entschied sich Milano, dem Hys Nervosität nicht entging, für ein Training im Midtown Athletic Club.
Hy sträubte sich dagegen. «Ich sag's Ihnen lieber gleich, Johnny, mit Sport hab ich nichts am Hut.»
«Sie haben's mit den Nerven, was? Ganz schön angespannt?»

«Na und? Es ist immerhin das erstemal für mich.»
«In dem Fall ist ein schönes, gründliches Training genau das richtige. Vielleicht finden Sie sogar Spaß daran.»
Es wurde ein schönes, gründliches Training, und das beste daran war ein Spielchen, drei gegen drei. Ihre Gegner waren sonnengebräunte, gewandte, aber harte Basketballjungs, die aussahen, als seien sie frisch von einem südkalifornischen Strand importiert worden, direkt vom Surfbrett herunter. Der Rubel muß rollen, sagten sie, als sie Hys Omabrille und Milanos kahle Stelle am Hinterkopf sahen, doch er rollte dann in Richtung der Braven, denn Hy fand mit seinen Pässen immer wieder den freien Mann, Milanos Distanzwürfe landeten zu seinem eigenen Erstaunen im Korb, und Monster Mikkelsen sicherte wie mit Siebenmeilenstiefeln in Angriff und Abwehr das ganze Spielfeld ab.
Dreihundert Dollar betrug das Preisgeld, einhundert für jeden der Helden, genug, um Hys Laune für eine Weile zu heben, doch später im Massageraum, als der Masseur seine Arbeit getan und das Team sich selbst überlassen hatte, sagte er besorgt zu Milano auf dem Tisch daneben: «Beschäftigt Sie die Taktik für heute abend?»
«Nein, etwas anderes.»
«Klar. Was denn?»
Milano drehte sich auf die Seite, um Hy besser zu sehen. «Nehmen wir einmal an, Sie besäßen ein Mietshaus –»
«Auf den Tag wart ich schon lange.»
«Man kann nie wissen», sagte Milano. «Jedenfalls handelt es sich hier um eine echte Pleite. Eine schäbige alte Bruchbude, mit riesigen Steuerrückständen.»
«Das hört sich schon eher danach an», sagte Hy.
«Und», fuhr Milano fort, «da kommt einer, der offensichtlich Geld hat, auf Sie zu und sagt, er wolle diesen Schutthaufen kaufen. Und Sie sagen ihm, er solle Leine ziehen, das Haus stehe nicht zum Verkauf. Auf gar keinen Fall. Ich frage Sie: warum würden Sie ihn so abblitzen lassen? Mit aller Entschiedenheit.»
«Ist das jetzt ernstgemeint?» fragte Hy vorsichtig.
«Ja. Nehmen Sie noch dazu, daß dieser Verkauf bares Geld

für Sie bedeutet und daß Sie dieses Geld dringend brauchen.»
«Die Geschichte meines Lebens», sagte Hy. «Nun gut, vielleicht will ich dem Typ nicht verkaufen, weil ich das Geschäft schon mit einem anderen gemacht habe.»
«Kaum anzunehmen», sagte Milano.
Das Monster sagte schläfrig: «Er will nicht verkaufen, weil er das Haus gerade für ein kleines Feuerchen präpariert. Die Versicherung zahlt genauso gut, und sogar schneller.»
Charles Witter Kirwan, dachte Milano.
Präpariert das Haus. Arbeitet ständig an diesem Kessel. Aber wenn einer an einem defekten Ölbrenner arbeitet, sollte er hinterher Öl- und Wasserflecken aufweisen.
Staubfusseln? Knochentrockene Kleider?
Auf der anderen Seite ging es hier um den bornierten alten Doc Kirwan, der purpurrot anlief, wenn man zu bemerken wagte, das schwarze Viertel um ihn her gehe vor die Hunde. Und der dort lebte und sich in seiner Festung verschanzte, um es zu beweisen.
«Ich weiß nicht», sinnierte Milano laut. «Versicherungsbetrug? Dieser Dickkopf ist irgendwie nicht der Typ dafür.»
«Wieso Typ?» sagte das Monster. «In jedem Fall ist es ein Hausbesitzer, oder vielleicht nicht?»
Doch, das war er.
Vor dem Anziehen wogen sie sich alle, und Milano schaukelte und hüpfte ein bißchen, um sicherzugehen, daß er von dem, was die Waage anzeigte, nicht getäuscht wurde. Fünfundachtzig Kilo. Gut fünf Kilo hatten sich innerhalb von drei Wochen in Luft aufgelöst. Voller Ehrfurcht vor seiner eigenen Tüchtigkeit – in seinem Elan nur dadurch ein wenig gebremst, daß ihm vom Basketball Knochen und Muskeln wehtaten – führte er zur Feier des Tages das Team zu einem ordentlichen Essen aus, bei dem natürlich eine Einschränkung galt: Da sich Monster Mikkelsen die größte Mühe gab, trocken zu bleiben, war es ein Gebot der Höflichkeit – und eine Frage des eigenen Überlebens –, darauf zu achten, daß keinerlei Alkohol auf den Tisch kam.
Gegen neun, als Hy anfing, im Abstand von dreißig Sekunden auf die Uhr zu sehen, gab Milano das Zeichen zum Auf-

bruch, zurück in Willies Büro. Hier nahm das Monster die Aktentasche in die Hand, und Hy steckte nach Milanos Anweisungen die Kopien der Rammaert-Papiere in einen Umschlag.

Beim Anblick des Protegés, der sich bei dieser Prozedur recht ungeschickt anstellte, sah sich Milano zu der Frage verleitet: «Wußten Sie eigentlich, daß Sie morgen rausfliegen würden, wenn Sie sich Willies Anweisung, diesen Einsatz hier mitzumachen, widersetzten?»

«Sicher. Und wenn ich Sie nicht für so ehrlich halten würde, wäre ich trotzdem nicht mit, um Sie zu verpfeifen. Und jetzt würde ich ganz gerne wissen, wann ich meine Instruktionen für diese Wildwestszene bekomme.»

«Keine große Szene, Herr Doktor», sagte Milano. «Sie bleiben einfach locker und genießen die Show, das ist alles. Sie sagen nichts und tun nichts, zu keinem Zeitpunkt.»

«Guten Tag? Auf Wiedersehen?»

«Nicht nötig. Sie vertreten eine lichtscheue kleine Gruppe von Ärzten, die eine Menge überschüssiges Geld zu investieren haben, und was die Steuerbehörde nicht weiß, macht sie nicht heiß. Das ist die Voraussetzung, unter der Mr. Rammaert uns empfängt. Er wäre sehr überrascht, wenn Sie plötzlich gesprächig würden und vom Wie und Warum anfingen.»

«Und wenn er merkt, was uns wirklich zu ihm führt?»

«Sie bleiben auch dann locker. Unser Mr. Mikkelsen macht so was nicht zum erstenmal mit, und er wird uns jede Deckung geben, die wir brauchen.»

Und tatsächlich hielt sich das Monster – ob zu Hys Erleichterung oder nicht – dicht hinter ihnen, die Aktentasche fest in der Hand, die Schirmmütze des Chauffeurs flach, im Stil einer Schiebermütze, auf dem Wikingerschädel, als Rammaert persönlich herunterkam, um sie nach oben in die Wohnung über der Galerie zu führen. Soweit Milano sehen konnte, überraschte es Rammaert nicht im geringsten, daß ein Chauffeur die Nachhut dieser sehr privaten Gesellschaft bildete. Doch das war schon in Ordnung. Als alter Hase im Geschäft erkannte Rammaert einen Leibwächter auf Anhieb, zumal einen von dieser Größe.

Die Wohnung ließ, wie Milano fand, deutlich erkennen, was passierte, wenn bei einem rastlosen Händler die häuslichen Sehnsüchte und die kommerziellen Instinkte diametral auseinanderlaufen. Die Einrichtung war durchweg von einem soliden, gemütlichen mitteleuropäischen Charakter – in gewisser Hinsicht erinnerte sie an Kirwans Ansammlung –, aber alles, was an Kunst zu sehen war, hatte den ungebrochenen, plastik-beseelten Glanz des Zeitalters der Raumfahrt; nirgends an den Wänden auch nur ein Schimmer von Figürlichem oder Gegenständlichem. Und ein paar der Werke hatten eine so starke fluoreszierende Wirkung, daß man schon nach wenigen Sekunden des Hinsehens das Gefühl hatte, in eine nackte Glühbirne zu starren.
So ist das also, dachte Milano nicht ohne Vergnügen. Während sich dieser fette, glotzäugige Dieb mit dem unmöglichen Toupet im Grunde seines Herzens nach einem bürgerlichen Leben sehnte, saß er mit dieser geisttötenden Ausstellung fest, weil er sie seinen Kunden andrehen wollte. Wenn er sie zum persönlichen Gespräch nach oben bat, sahen sie an diesen Wänden den Beweis für die Vorliebe, die der Verkäufer selbst für diese Produkte hatte.
Doch welche Sehnsüchte ihn auch im Innern umtreiben mochten, nach außen hin war Rammaert jedenfalls locker, leutselig und – das zeigte seine Geschwätzigkeit – von Dr. Greenwald sehr angetan. Erfolgreich und jung an Jahren, was für eine glückliche Mischung. Und nun also bereit, ihren Horizont zu erweitern, der Doktor und seine Kollegen. Durch das Sammeln von Kunstwerken, und das ist ja eine ganz wesentliche Aufgabe in einem kultivierten Land. Außerdem ist es in unserer unruhigen Welt die klügste Kapitalanlage, die man sich denken kann, nicht wahr? Nun also zu Raoul Barquin. Aber vielleicht erst noch ein Glas Wein? Einen guten Riesling Kabinett?
Hy, der bis dahin wortlos bei seiner einstudierten finsteren Miene geblieben war, warf einen kurzen Blick auf Milano. Milano lehnte mit einem Kopfschütteln lächelnd ab, und Hy machte es ihm pflichtgetreu nach. Das Monster schien geistesabwesend. Rammaert, der wissen mußte, wie gut ein, zwei Flaschen eines süffigen Rieslings solche Verhandlungen

weiterbringen können, spitzte bedauernd den Mund. «Na, dann später. Jetzt also in die Galerie.»
In der hell erleuchteten Galerie beeilte sich Rammaert, Stühle aus dem Büro zu holen, und zwar zwei Stühle, denn dem Chauffeur wurde das Privileg eingeräumt, bequem zu stehen und sich mit den Schultern an die Tür zu lehnen. Diese Aktion mit den Stühlen kam Milano sehr gelegen, denn in dem hellen Licht schienen die zwei erhabenen Rechtecke in *Fläche Nummer Zehn* Hys Blicke magnetisch anzuziehen, und damit bestand die Gefahr, daß Rammaert etwas merkte, bevor er in die richtige Position manövriert war. Eine Bedrohung für das Gleichgewicht der Kräfte.
Also sorgte er mit einem leichten Rempler dafür, daß sich Hy in Bewegung setzte, und führte ihn von einer *Fläche* zur anderen, während der listige Rammaert einen Schritt zurückblieb und klug den Mund hielt, da offensichtlich der listige Berater des Doktors das stumme Kommando hatte.
Als sie die Runde gemacht hatten, spielte Rammaert wieder seine Rolle. «Erstaunliche Arbeiten. Genial? Ich finde, ja. Ganz ohne Frage.»
«Ganz ohne Frage», wiederholte Milano. Er deutete auf den Schreibtisch, auf den dahinterstehenden Stuhl der Empfangsdame. «Wenn es Ihnen nichts ausmacht.»
Rammaert zeigte mit einem Lächeln, daß er diese Aufmerksamkeit zu schätzen wußte. «Nicht nötig. Ich stehe gern.»
«Wenn es Ihnen nichts ausmacht.» Milano blinzelte ihm zu, um anzudeuten, daß bei diesem Klienten alle möglichen Verschrobenheiten in Kauf zu nehmen seien.
Rammaert ließ sich gutmütig darauf ein und ging um den Schreibtisch herum und nahm Platz. Er verfolgte interessiert, wie Milano den Umschlag nahm, den Hy krampfhaft festgehalten hatte, zusammengeheftete Blätter herausnahm und sie auf den Schreibtisch legte.
«Bevor wir in Verhandlungen eintreten», sagte Milano, «lesen Sie dieses Dokument bitte sehr sorgfältig durch.»
Rammaert tat, was ein guter Verkäufer nie tun sollte: er zeigte seinen Ärger deutlich. «Lieber Herr, wenn wir einen Vertrag aufsetzen? –»
«Bitte lesen Sie das.»

Rammaert ist gut, dachte Milano. Wirklich gut. Anfänglich las er mit amüsierter Geringschätzung, wie es schien, und irgendwie schaffte er es, diesen Ausdruck bis zum bitteren Ende beizubehalten. Das einzig verräterische war seine rosige Gesichtsfarbe, die am Ende, als er den Kopf hob, nicht mehr ganz so rosig war. «Faszinierend», sagte er.

«Ja», sagte Milano.

«Und diese Unterschrift stammt von Ihnen? John Milano? Sie vertreten diese Agentur Watrous?»

«Watrous Associates. Ja.»

«Das hab ich schon mal gehört, glaube ich.» Rammaert zeigte mit dem Finger auf Hy. «Und dieser junge Mann ist natürlich kein Arzt. Nur die ganz erbärmliche Karikatur eines Arztes.»

«Das läßt sich von vielen Ärzten sagen», erklärte Milano. «Vielleicht können wir die Präliminarien damit abhaken und endlich zum Geschäftlichen kommen?»

«Ein Erpressungsversuch?» Rammaert zuckte mit den Schultern. «Aber lieber Freund, das funktioniert doch nicht. Meines Wissens – und ich kann nur nach den hier ausgestellten Werken urteilen – ist Barquin eine echte Begabung, ungeachtet seines Charakters. Und wenn er und ich die Opfer irgendwelcher Drogenhändler geworden sind, nun, dann ist das etwas, mit dem er und ich fertig werden müssen. Und ich versichere Ihnen, wir werden damit fertig werden. Mit einem absolut reinen Gewissen.»

«Ich verstehe», sagte Milano. «Dann ist Ihnen also nicht bekannt, daß die Polizei in Miami soeben gegen Raoul und Konsorten vorgegangen ist. Er ist zwar verschwunden, aber dafür packt Adolfo aus, so schnell er nur kann. Eins muß ich ja zugeben, Rammaert, was dieses absolut reine Gewissen betrifft. Die Tatsache, daß Sie von der Razzia dort unten nichts wußten, läßt immerhin den Schluß zu, daß Sie den Jungs vielleicht doch nicht so nahegestanden oder sich an ihren eigentlichen Geschäften beteiligt haben. Jetzt müssen Sie also nur noch die Bullen aus Miami davon überzeugen, wenn die an Ihre Türe klopfen.»

«Ach ja?» sagte Rammaert, als interessiere ihn das nur am Rande. Aber die auf den Papieren liegende Hand ballte sich zu einer Faust, und die behaarten Knöchel wurden heftig gegen den Schreibtisch gedrückt.

«Ich geh sogar noch weiter», sagte Milano. «Ich glaube nicht einmal, daß Sie diese Mannschaft um Barquin selber für Ihre saubere Arbeit angeheuert haben. Ich würde sagen, die sind Ihnen von anderen aufgedrängt worden, wahrscheinlich von Ihrem Boudin-Sammler, der sie von seinen Geschäften her kannte. Das bringt mich dazu, Ihnen eine kleine Wette anzubieten, daß dieser Sammler Südamerikaner ist – wahrscheinlich Bolivianer oder Kolumbianer, derzeit aber zum Dolce vita in Spanien oder Frankreich –, dick im Kokaingeschäft, mit einer Neigung zur Kunst und mit mehr als genug Geld, um sie sich auch leisten zu können.» Milano zog höflich fragend die Augenbrauen hoch. «Gewinn ich die Wette?»

Rammaert schüttelte so heftig den Kopf, daß sein Doppelkinn bebte. «Ich weiß nicht, wovon Sie reden, Mr. Milano. Jedenfalls hab ich es versäumt, gleich nach dem Essen einen dringenden Anruf zu erledigen. Wenn es Ihnen nichts ausmacht, möchte ich das jetzt nachholen.» Er deutete auf die Bürotür. «Ungestört.»

Er rappelte sich vom Stuhl hoch und ging auf das Büro zu, die Augen geradeaus, die Lippen aufeinandergepreßt. Hy sah unruhig hinter ihm her, und als die Tür zuging, wandte er sich an Milano. «Er könnte doch die Bullen anrufen, oder nicht?»

«Wenn Sie jetzt in seiner Haut steckten», fragte Milano, «würden Sie dann die Bullen holen?»

«Ich weiß nicht. Aber Erpressung? Ist es denn Erpressung?»

«Nein», sagte Milano, «es ist das Geschäft mit der Kunst. Und er telefoniert jetzt mit Miami, um sich die schlechte Nachricht bestätigen zu lassen. Wenn er wiederkommt, wird er sehr viel zahmer sein. Noch gerissener, aber auch viel zahmer.»

«Erpressung», sagte Hy und horchte dem Klang des Wortes nach. Er ging hinüber zu *Nummer Zehn* und sah es sich genau an. «Sind das auch bestimmt die Boudins?»

«Da bin ich sicher. Nicht daß er mich nicht fast reingelegt hätte, mit diesen vier Barquin-Schinken hier. Clevere Investition, vier Stück davon. Sein Fehler war, daß er die Form dieser Boudins nicht getarnt hat, aber ich nehme an, er wollte einfach jederzeit sehen können, wo sie waren. Ein kleiner Fehler, und alles ist geplatzt.»

«Noch nicht», sagte Hy. «Ich seh das noch nicht.»

Und Milano wußte, daß er nicht ganz unrecht hatte. Unter normalen Bedingungen wäre jetzt alles gelaufen, aber normale Bedingungen nahmen keine Rücksicht auf Christine Bailey. Fügten den normalen Komplikationen nicht noch die allergrößte hinzu: diesen Job so abzuwickeln, daß Christine Bailey auch nicht einen Schimmer davon mitbekam. Daß sie nie erfuhr, wer oder was oder warum.

Oder vielleicht nie. Das mußte der fernen Zukunft überlassen bleiben.

Wenn man einem solchen Wirrwarr gegenüberstand, mußte man für Willies Art, einen gordischen Knoten zu durchschlagen, fast Bewunderung aufbringen. Ein Paar Profis würden gerade zwei Minuten brauchen, um beim Licht einer Taschenlampe und mit einem scharfen Rasiermesser – diese altmodischen Rasiermesser mit gerader Klinge schnitten Leinwand am besten – diesen gordischen Knoten zu durchschlagen. Natürlich immer unter der Annahme, daß Willie und die Profis keine Christine Bailey hatten, die ihnen den Kopf verdrehte.

Liebe mit vierzig, sinnierte Milano. Wer würde ihm das glauben?

Wer weiß, vielleicht Gracie MacFadden.

Milano wurde bewußt, daß ihm der Rücken wehtat. Er setzte sich, streckte die Beine aus und gab sich Mühe, nicht zu viele Züge in diesem Spiel im voraus zu planen. Nervös durchstreifte er den Raum und beschäftigte sich mit *Flächen.* Monster Mikkelsen, der an der Tür lehnte, sah aus, als schlafe er gleich im Stehen ein.

Viel Zeit war vergangen, als Rammaert endlich wieder erschien. Auf dem Weg zum Schreibtisch ballte er die eine Hand zur Faust und öffnete sie wieder, und dann ließ er sich schwer auf den Stuhl fallen. «Können wir unter vier Augen miteinander reden?» fragte er Milano.

«Bedaure.»

Rammaert nahm das mit einem Achselzucken hin. «Ihr Angebot?»
«Ich glaube, Sie kennen es. Ich bekomme die Boudins als Grassies Agent. Sie bekommen die Zusicherung, daß Ihre Akte abgelegt und vergessen wird.»
Rammaert hatte auch dafür nur ein Achselzucken. «Kommt nicht in Frage.»
Milano zog die anderen Kopien der Akte aus dem Umschlag, zog sie fächerförmig auseinander und hielt sie hoch. «Je ein Exemplar für die Polizei in San Francisco, Miami und New York. Eines für Interpol. Vielleicht wäre es für die nur eine Belustigung, aber wer will das wissen? Je eines für die Tageszeitungen in San Francisco, Miami und New York. Es müßte eine attraktive Geschichte für sie sein.»
«Wenn sie», sagte Rammaert schwerfällig, «die Echtheit der Angaben nachweisen können. Ich glaube, Zeitungen haben in letzter Zeit schlechte Erfahrungen gemacht. Die überlegen zweimal, ehe sie Verleumdungen publizieren.»
«Wahrscheinlich. Aber wenn jemand die Geschichte bestätigt haben will, werde ich jederzeit zur Verfügung stehen.»
«Wissen Sie eigentlich, was Sie damit riskieren?»
«Ich denke lieber daran, was ich gewinnen kann. Eigenwerbung ist in meiner Branche schwierig. Da Vertraulichkeit sehr wichtig ist, kann man nicht mit Dankschreiben zufriedener Kunden aufwarten. Aber Schlagzeilen in der *New York Post*?»
Rammaert lehnte sich zurück. Er preßte die Fingerspitzen aufeinander. «Nun», sagte Rammaert, «dann sollte ich Ihnen vielleicht ein kleines Geheimnis erzählen. Ich hatte nicht die Absicht, es mit irgend jemand zu teilen, aber was bleibt mir jetzt anderes übrig? Die fraglichen Werke sind Fälschungen. Ausgezeichnete Fälschungen, gewiß, aber eben nicht die Originale. Ist Ihnen klar, was auf Sie zukommt, wenn Sie die Mr. Henry Grassie als echt präsentieren?»
«Und die Originale von Boudin?» fragte Milano.
«Sind bereits im Besitz des Käufers. Diese zwei Fälschungen hier – ich will es mal so ausdrücken – sind meine Versuche, aus der Situation Kapital zu schlagen. Keinem entsteht dar-

aus ein Schaden. Ich versichere Ihnen, ihr Käufer wird in seiner Unwissenheit mit ihnen vollauf zufrieden sein.»
Mit einem Seitenblick registrierte Milano die Niedergeschlagenheit in Hys Gesicht. Lächelnd sagte er zu Rammaert: «Um ehrlich zu sein, auch ich werde mit ihnen vollauf zufrieden sein.»
«Sie wollen mir nicht glauben, Mr. Milano? Das ist sehr töricht von Ihnen.»
Am Rande spielte Hy wieder den Zuschauer bei einem Tennismatch; seine Aufmerksamkeit wanderte zwischen den beiden Widersachern hin und her. Es war eine Ablenkung, ohne die Milano glaubte, ganz gut auskommen zu können. Er setzte sich etwas anders hin, um den störenden Anblick loszuwerden, und sagte zu Rammaert: «Ich kann Ihnen nicht mal einen schlauen Schachzug gutschreiben. Wenn diese Boudins Fälschungen wären, hätten Sie meine Bedingungen auf der Stelle akzeptiert. Sie haben gewonnen, nehmen Sie Ihren Hut und die Gemälde, und leben Sie wohl, Mr. Milano. Also, Schluß jetzt mit dem Unsinn, kommen wir endlich zur Sache. Mein Angebot steht. Die Boudins im Tausch für ein tiefes Schweigen bezüglich Ihrer Privatgeschäfte. Was Ihnen jetzt noch zu sagen bleibt, ist ja oder nein.»
«Dann sage ich nein. Und ich mache Sie darauf aufmerksam, daß Sie nichts erreichen werden, wenn Sie mir den Diebstahl dieser Bilder in die Schuhe schieben wollen.»
«Natürlich nicht», räumte Milano bereitwillig ein. «Aber ich werde Ihnen nicht den Diebstahl in die Schuhe schieben, sondern den Besitz.»
Rammaert blickte ihn finster an; in dem massigen Gesicht staute sich das Blut. Er beugte sich vor, die Hände auf den Schreibtisch gestützt. «Sie sind ein verfluchtes erpresserisches Schwein, Mister. Und die Antwort ist immer noch nein.»
Milano zählte langsam bis zehn. «Außer Ihrer schlechten Meinung über mich plagt Sie doch noch was anderes, Rammaert. Was ist es denn? Werden Sie von Ihren Komplizen in die Enge getrieben?»
Diesmal schien Rammaert stumm zu zählen. Dann stemmte

er sich hoch und ging hinüber zu *Nummer Zehn*. Er fuhr mit der Hand leicht über die Umrisse der beiden Rechtecke – seine Geste hatte fast etwas Zärtliches – und sagte zu Milano: «Wissen Sie überhaupt, was für die schon investiert werden mußte? Für ihren Erwerb, für ihren Transport, für die Abmachung mit Barquin?»
«Ich laß es mir von Ihnen sagen.»
«Hunderttausend, Milano. Und ich hafte dafür.»
«Das Geld stammt aus der Familie», sagte Milano. «Aus dem Club der Ost-Cousins. Und gestohlene Kunstwerke sind nun mal Spekulationsobjekte, ganz gleich, wie Sie's betrachten.»
«Das mag schon sein, aber in diesem Fall ist die Spekulation allein eine Angelegenheit des Kunden. Er ist kein Mann, von dem man sich gern einen Schwindel nachsagen läßt.»
«Und das heißt?»
«Das heißt, daß es hier nicht nur darum geht, daß Sie mir die Boudins abnehmen wollen. Sie wollen mich auch um hunderttausend Dollar bringen. Und die Alternative, mit der Sie drohen, mag noch so unangenehm sein, sie ist mir in jedem Fall lieber als der Verlust einer solchen Summe.»
«Das bezweifle ich», sagte Milano.
«Wenn ich's Ihnen aber sage. Und vergessen Sie nicht, daß ich der Geschichte, mit der Sie an die Öffentlichkeit wollen, jederzeit meine eigene hinterherschicken kann. Zum Beispiel über Ihren kriminellen Versuch, sich an dieses Geschäft ranzuhängen, indem Sie mit seiner Enthüllung drohen.»
«Ich verstehe. Aber kann ich davon ausgehen, daß Sie bereit wären, diese Spekulation abzuschreiben, wenn ich mit den Hunderttausend rüberkomme?»
«In bar», sagte Rammaert.
«Kein Problem», sagte Milano. «Bedenken Sie aber, daß Sie für diese Geschichte hier nicht annähernd hunderttausend ausgegeben haben. Nach meiner Schätzung allenfalls halb soviel. Und schließlich will ich ja Ihren Barquin nicht kaufen. Ich möchte ihn nur mieten.»
«Ihn mieten?»
«Für eine Stunde. Ich nehme ihn nicht mal mit. Alles in allem sind Sie also mit fünfzigtausend gut bedient.»
Rammaert zögerte. «Nein», sagte er.

Milano stand auf und spürte das Basketballspiel plötzlich in jedem Muskel. Er ließ sich vom Monster den Aktenkoffer geben, legte ihn auf den Schreibtisch und klappte den Deckel nach oben. «Da sehen Sie's», sagte er, «in bar.»
Rammaert versenkte sich kurz in den Anblick und schüttelte dann den Kopf. «Sie werden schon mehr bieten müssen als fünfzig.»
Milano studierte Rammaerts Schuhe. Sie kamen nicht aus der Schweiz. Die Schweizer machten inzwischen feinere, elegantere Ledersachen. Wahrscheinlich aus Belgien. Und eher aus dem teutonischen Antwerpen als aus dem halb-französischen Brüssel. Als genügend Zeit verstrichen war, hob Milano den Kopf. «Ich mache Ihnen ein letztes Angebot. Und das ist endgültig. Sechzigtausend.»
«Sechzig», sagte Rammaert, als versuche er, auf den Geschmack zu kommen.
Milano ging mit einer Hand zum Deckel des Aktenkoffers. «Sie haben ein letztes Mal die Wahl zwischen ja und nein. Nun?»
«Es bedeutet einen schweren Verlust. Riesige Schwierigkeiten. Aber, ja, sechzig wären akzeptabel.»
Eine Zustimmung, die für Milanos Geschmack eine Idee zu schnell kam. Er war deshalb erleichtert, als der mit allen Wassern gewaschene Rammaert deutlich machte, warum. Er warf einen Blick auf die Uhr, und schien entsetzt. «So spät? Dann würde ich doch vorschlagen, daß wir uns morgen früh – sagen wir, um sieben – hier treffen und die Angelegenheit regeln. Paßt Ihnen sieben Uhr?»
«Sicher», sagte Milano, «wenn Sie wollen. Natürlich werden meine Begleiter über Nacht hierbleiben, nur um sicherzustellen, daß nicht irgendein fanatischer Barquin-Liebhaber den Versuch macht, mit einem dieser neokubistischen konstruktivistischen Prachtstücke das Weite zu suchen, bevor wir alles geregelt haben. Das wollen wir doch nicht, oder?»
Wie sich zeigte, verbarg sich bei Rammaert unter all dem Speck ein verschrobener Sinn für Humor. Mit hängenden Augenlidern studierte er Milanos teilnahmsvolles Gesicht in aller Ruhe. Dann sagte er voll tiefer Sorge: «Nein, das wollen wir natürlich nicht. Anstatt Ihren Begleitern Unannehm-

lichkeiten zu bereiten, wäre es sicher besser, die Angelegenheit sofort zu regeln.» Mit dem Kinn deutete er auf den Aktenkoffer. «Läge ich mit der Annahme sehr daneben, daß das dort genau sechzigtausend Dollar sind?»

«Nein», sagte Milano. «Sie lägen genau richtig.»

«Wie weitsichtig von Ihnen, Mr. Milano.»

«Schelm gegen Schelm», räumte Milano gnädig ein.

Monster Mikkelsen war es dann, der die ganze Last der *Nummer Zehn* ohne fremde Hilfe von der Wand nahm und auf den Boden legte. Und der – geschickt wie ein Zahnarzt beim Ziehen lockerer Backenzähne – mit einer geborgten Zange eine Reihe von Krampen herauszog, bis sich die Leinwand wegziehen ließ und die Boudins aus ihrer Fassung befreit werden konnten. Jede der zwei Holztafeln steckte in einem behelfsmäßigen, zwei Zentimeter breiten Rahmen aus Baumrinde, und mit gleichmäßigem Daumendruck bekam das Monster die Bilder frei. Dann steckte er die leeren Rahmen an ihren ursprünglichen Platz unter der Leinwand und machte sich daran, die Drahtkrampen wieder einzuschlagen.

Milano lehnte die zwei kleinen Bilder nebeneinander an den Aktenkoffer auf dem Schreibtisch, und während Rammaert und Hy seinem Beispiel folgten und die Bilder stumm auf sich wirken ließen, wärmte ihn von innen heraus wieder – dank Eugène Louis Boudin – dieses Gefühl, das ihm zu verstehen gab, daß mit der Welt alles viel besser stand, als irgend jemand wirklich vermutete. Als einziges störte ein klein wenig, daß Hy offensichtlich mit wachsender Verwirrung hinschaute; er hielt den Kopf schräg, mal auf die eine, mal auf die andere Seite, wie einer der Kunstnarren, die jeder Mode nachliefen und nur dafür lebten, die Soßenreste auf dem Teller des Künstlers anzubeten. Der Weiterbildung des Emeritus Dr. Greenwald, sagte sich Milano, würde in nächster Zeit eindeutig hohe Priorität zukommen.

Andererseits wußte Rammaert verdammt gut, was er vor sich hatte. «Großartig», flüsterte er. Er wandte sich an Milano. «Sie kennen sein Werk?»

«Ja.»

«Also, seine größeren Gemälde finde ich eigentlich langweilig, schon immer. Für seinesgleichen gilt: je kleiner das Bild,

je begrenzter die Dimensionen, desto größer ist seine Intensität. Finden Sie nicht?»
«Doch», sagte Milano und hatte das Gefühl, wenn er nicht aufpaßte, könnte ihm dieser Fettsack noch sympathisch werden. «In dem Punkt ist er wie Rubens.»
Nachdem also *Nummer Zehn* wieder an der Wand hing, das Geld in sauberen kleinen Bündeln auf dem Schreibtisch lag und die Boudins in den Aktenkoffer gepackt waren, konnten sie die Rückfahrt zu Willies Büro antreten. Dort wurden die Bilder in den Safe eingeschlossen, und das Monster erhielt den Auftrag, ihnen die Nacht durch Gesellschaft zu leisten, bis Willie im Büro erscheinen und sie in Besitz nehmen würde. Dann sagte Milano zu Hy: «Ich fahre in die Stadt rein. Kann ich Sie irgendwohin mitnehmen?»
«Nein, im Moment bin ich noch ein bißchen aufgewühlt. Ich glaube, die frische Luft wird mir guttun.»
«So schlimm kann's doch für Sie nicht gewesen sein, oder?»
«Ich weiß nicht», sagte Hy. «Mir fehlt noch die Distanz dazu. Ich bin mir nicht sicher, daß ich schon weiß, was ich davon halte. Aber eins hätt ich doch noch gern gewußt, wenn's Ihnen nichts ausmacht. Als es zwischen Ihnen und Rammaert so richtig hin- und herging, wieviel war da von den Dingen, die Sie ihm sagten, eigentlich wahr?»
«Gerade so viel, daß es reichte», antwortete Milano.

Kurz vor Mitternacht, und im Village herrschte noch reges Leben. Auch, wie Milano vom Gehweg aus sah, in jener Wohnung im zweiten Stock, deren Fenster beleuchtet waren. Vielleicht ein bißchen zu rege, denn als er an die Wohnungstür kam, hörte er von innen eine hitzige Auseinandersetzung.
Er klopfte an, und als ihm Chris – barfuß und im Pyjama – aufmachte, sah er einen Moment lang die zwei Streitenden, offensichtlich ihre Mitbewohner. Dann trat sie auf den Gang heraus und zog die Tür hinter sich zu, um ihn in der vertrauten engen Umarmung, Körper an Körper, in einen obszönen, langgezogenen Kuß zu verwickeln.
Als sie sich trennten, deutete Milano auf die Tür. «Ärger im Paradies?»

«Oh Mann», seufzte Chris. «Nardo hat doch für einige von uns gestern abend Pearls neues Stück gelesen. Heute hat Pearl nun erfahren, daß es keinem so recht gefallen hat, und jetzt schiebt sie alles auf Nardo. Sie wirft ihm vor, er habe miserabel gelesen und damit alles verdorben. Nun wollen sie beide, daß ich Schiedsrichter spiele.»
«Und wie würde deine Entscheidung ausfallen?»
«Nun ja, in dem Stück gibt's eine tolle Rolle für mich», sagte Christine Bailey, ganz Schauspielerin. «Aber lassen wir das.» Sie ging mit Milano zur Treppe, setzte sich auf die oberste Stufe und zog Milano zu sich herunter. «Ich bin froh, daß du gekommen bist. Ich hab ein paarmal bei dir angerufen.»
«Mein Job, ich hatte zu tun», sagte Milano. «Wie geht's deiner kleinen Schwester?»
«Unverändert. Heute morgen hat Mama drüben bei den Leuten von der Fürsorge Wirbel gemacht. Sie will, daß von denen jemand kommt und sich die Kleine ansieht. Für morgen abend haben sie's schließlich zugesagt. Kein Therapeut. Nur jemand, der feststellen kann, ob sie einen Therapeuten braucht. Ich geh dann gleich nach der Arbeit hin.»
«Käme da ein Begleiter ungelegen?»
«Nicht, wenn du's bist, würd ich sagen. Du kannst Mama auf die Liste jener alten Damen setzen, die eine Menge für dich übrig haben.»
Alte Dame, dachte Milano. Mama mochte fünfzig sein. Wahrscheinlich war sie näher bei fünfundvierzig, von ihm mit seinen vierzig Jahren nur einen Schritt entfernt.
Er legte einen Arm um Chris, und sie lehnte sich mit dem Kopf an seine Schulter. Hinter der Tür setzten Autorin und Regisseur ihr disharmonisches Duett fort. In einer anderen Wohnung in einem anderen Stockwerk übte irgend jemand Gitarre, wollte mit gebrochenen Schwingen in den Himmel fliegen. Ein Quartett gutgekleideter Weißer in mittleren Jahren – zwei putzmuntere Frauen, zwei professoral aussehende Männer – erschien am Fuß der Treppe, und Milano stand auf, um ihnen Platz zu machen, als sie im Gänsemarsch vorbeigingen; das muntere Geplapper war abgebrochen und setzte erst wieder ein, als sie eine Treppe höher waren.

Milano nahm seine alte Position wieder ein, und Chris die ihre.

Nach einer Weile sagte er: «Also weißt du, dieses Treppensitzen ist wirklich lächerlich.»

«Aus meiner Warte nicht.»

«Aus unserer Warte. Wie wär's also, wenn du deine Dinge zusammenpacken und nach Hause kommen würdest, bevor sie auch nur merken, daß du weg bist?»

«Es ist dein Zuhause.»

«Unseres, würde ich sagen. Und es ist hübsch und gemütlich dort.»

«Schon möglich.» Sie rutschte von ihm weg, faßte ihn aber unter den Arm. «Außer wenn ich vor dem Aufzug stehe und mich frage, ob gleich deine Freundin aus dem Penthouse aussteigen wird. Oder wenn es an deiner Wohnungstür läutet und ich mich frage, welche der Verehrerinnen es wohl diesmal ist, die ihren streunenden Jungen zurückholen möchte.»

Milano spürte, wie der Zorn in ihm anschwoll. «Ich dachte, das hätten wir alles geklärt.»

«Nicht alles. Nur einen Teil.» Sie hörte sich besorgt an. «Und überhaupt ist das nicht die richtige Umgebung für mich, Johnny.»

«Und wie soll ich das verstehen?»

«Genau so, wie es sich angehört hat. Mir gefällt es hier unten. Meine Freunde leben hier. Alles, was ich will, ist hier. Und ich kann hier eine von vielen sein.»

«Das könntest du nie, egal wo zum Teufel du lebst.»

«Oh doch, das kann ich hier sehr wohl, wenn ich nur will.»

Er zog eine kleine Zwischenbilanz und sagte dann: «Also gut, ich bin nicht an diese Wohnung gebunden. Ich bekomm jederzeit einen ordentlichen Preis dafür. Und es gibt ein paar Hochhäuser hier im Village, die zumindest von außen sehr schön aussehen. Oder eins dieser braunen Sandsteinhäuser, die sie jetzt wieder herrichten. Wie wär's damit?»

«Nein! Und laß jetzt diese Sprüche. Mann, merkst du denn gar nicht, wie sehr du mich damit kränkst?»

«Nein, das seh ich nicht.»

«Es ist aber so. Ich hab bisher alles aus eigener Kraft

geschafft. Schulen, Jobs, die Schauspielerei – was immer auf mich zukam, ich bin allein damit fertig geworden. Und nun kommt der große Zauberer. Steakessen, Auto, brauner Sandstein – wünsch dir was, und es gehört dir. Ich möchte aber nicht, daß mir einer immer die Karten auf die Hand gibt, die ich gerade brauche. Kannst du wenigstens so viel verstehen?»

«Ich versteh nur, Baby, daß du die Dinge ganz schön einseitig darstellst.»

«Ich bin nur ehrlich mit dir, Johnny. Es macht mich zum Beispiel jedesmal nervös, wenn du davon redest, daß mit unserem Theaterstück Schluß ist. Du wärst in der Lage, hinter meinem Rücken die Vorstellungen wieder anzukurbeln. Ein Theater zu kaufen, wenn's nicht anders geht. Unter den lieben Freunden Grace MacFaddens Schauspieler für die anderen Rollen zusammenzukaufen. Und das ist einfach nicht mein Stil.»

«In manchen Kreisen», sagte Milano kühl, «würde das alles als ein Zeichen der Zuneigung angesehen.»

«Gewiß», sagte Christine. «Und wie sieht das Zeichen aus, mit dem ich das zurückzahlen kann? Denk mal drüber nach, und vielleicht fängst du dann an zu verstehen.»

«Vielleicht», sagte Milano, «vielleicht auch nicht.» Aber als er aufstehen wollte, riß ihn Christine heftig zurück.

«So nicht», sagte sie. «Du haust mir nicht einfach ab, wenn das Gespräch mal nicht so läuft, wie du's dir vorgestellt hast. Diesmal ganz bestimmt nicht. Weil ich dich sonst nämlich diese ganze Treppe runterwerfe und dich dann im Krankenhaus besuche, um dich zu Tode zu reden.»

Milano lachte.

«Ich spaße nicht», warnte Christine, «denn keiner von uns wird jemals aus purer Dummheit diese Geschichte kaputtmachen.»

«Meine Dummheit.»

«Könnte auch mal meine sein. Wir stellen also eine Regel auf. Jedesmal wenn die Dummheit die Oberhand gewinnt, brechen wir auf der Stelle ab und reden von was anderem. Von irgendwas. Vom Nächstbesten. Einverstanden?»

«Einverstanden. Dann ist jetzt wohl der richtige Moment,

dir zu sagen, daß der Fall Mrs. Smith inzwischen abgewikkelt ist. Erledigt.»
«Die Dame mit den Boudin-Bildern? Einfach so?»
«Ja. Anscheinend hat sie die Bilder auf ihre eigene Weise zurückbekommen. Und es wäre mir lieb, wenn du den ganzen Fall vergessen würdest. Besonders, wenn Rammaert in der Nähe ist. Du solltest ihm gegenüber nie ein Wort darüber verlieren. Oder über mich. Könnte mir geschäftlich ganz schön schaden.»
«Würde auch mir nicht unbedingt weiterhelfen, oder?» bemerkte Chris.
«Wohl kaum.» Er legte ihr wieder einen Arm um die Schultern und zog sie näher heran. Seine Hand legte sich um die weiche Wölbung einer Brust, eine feste Brustwarze. Tanzstundenabschluß. Nur daß er diesmal – mochten die Umstände auch noch so frustrierend sein – eine Partnerin hatte, die barfuß war und nur einen Pyjama trug.
Barfuß.
«Hast du denn keine kalten Füße?» fragte er.
«Glaub mir, mein Schatz», versicherte ihm seine Ballpartnerein, «an mir ist im Moment gar nichts kalt.»

Charles Witter Kirwan

Dies ist meine letzte Nachricht.
Meine letzte Aussage.
Hat etwas Heiliges. Letzte Worte – die Worte Sterbender – haben bis zu einem gewissen Grad schon immer als heilig gegolten. Wenn Gott in seinem unendlichen Eigensinn die Seele der Sterbenden vor ihrem letzten Atemzug erleuchtet. Aber ihr werdet in dem, was ich jetzt noch zu sagen habe, kein größeres Maß an Wahrheit oder Enthüllungen der nackten Seele finden als in all dem, was ich euch bereits gesagt habe. In allem war die Wahrheit.
Meine letzte Nachricht? Ja. Aber heute ist Mittwoch, und das unerhörte Ereignis war für Donnerstag geplant. Für morgen.
Nun hat es eine Änderung im Zeitplan gegeben.
Eine Änderung, die mir aufgezwungen worden ist.
Das unerhörte Ereignis wird heute abend um sieben Uhr stattfinden.
Auf die erschöpfenden Anstrengungen von gestern folgt heute kein Ruhetag, sondern ein Tag der abschließenden harten Arbeit. Und Erfüllung.
Gestern habe ich die Sprengladung im ersten Stock des Aufzugschachtes angebracht.
Die vorletzte Ladung.
Heute folgt die letzte Ladung. Heute nachmittag um fünf. Zwei Stunden bleiben mir dann, so daß ich um sieben den Donner des Jüngsten Gerichts für die Bulanga auslösen kann.
Niemand wird sich einmischen dürfen.
Niemand.
Es ist jetzt
Es ist jetzt, an diesem letzten Morgen, genau zwanzig

Minuten nach sieben. Es sind also keine zwölf Stunden mehr. Zu wenig, da ich dringend Schlaf brauche, um diese Erschöpfung zu überwinden. Einen langen Schlaf, nicht die üblichen kleinen Fetzen. Die Erschöpfung rührt von der körperlichen Anstrengung her, ja. Aber auch von den Schmerzen. Sie sind nicht nur das Messer, das in den Leib gestoßen wird, sie sind nun eine schwer drückende Last auf den Schultern. Sie zwingt einen in die Knie. Es ist unmöglich, sich unter ihr aufzurichten.

Aber es geht nicht sehr lange.

Eine Änderung des Zeitplans um jeden Preis.

Warum?

Fragt meine Möchtegern-Nemesis. Meinen Privatdämon.

Der nur für

Für den Gegenwert von zweiundsiebzig Stangen Dynamit, einer Zündschnur und einer billigen Zündmaschine alle Pläne vereiteln möchte.

Diebsgut im Wert von ein paar Dollar wiederaufzufinden, nur das hat für ihn Bedeutung und bereitet ihm Genugtuung; das ist es, was ihn verrückt macht.

Verrückt?

Er muß es sein. Die ganze Nacht schleicht er da draußen herum. Findet es eine Zeitvergeudung, zu schlafen, zu essen, zu pissen, zu scheißen, sich herauszuputzen. Wie könnte sich ein verbissener Jäger, der seine Beute in die Enge treibt, mit solchen Kleinigkeiten belasten?

Ein Verrückter. Aber gerissen.

Ich habe meine eigene Art von Gerissenheit. Oh ja, ich rieche seine Gegenwart. Bekomme ihn immer wieder kurz zu sehen, aus verschiedenen Fenstern des Hauses. Nur kurz, bevor er wieder aus dem Blickfeld verschwindet.

Um drei Uhr heute morgen roch ich ihn ganz deutlich. Ich wußte, als sei es mit glühenden Lettern an die Wand geschrieben, daß er versuchte, im Haus nebenan in den Keller einzudringen. Im Schatten des Hofes machte er sich an den Schlössern zu schaffen. Dietrich, Draht, Messerklinge. Attackierte die Schlösser.

Von Panik gehetzt, in kalten Schweiß gebadet, fand ich die Kraft, aufzustehen und aus dem Haus zu gehen, hinüber in

den Hof. Zu spät. Bereits verschwunden. Und was er mit diesen Schlössern anstellte, hinterließ keine Spuren.
Aber er wird heute abend in der ersten Dunkelheit wiederkommen. Und morgen abend. Zum schlimmsten Zeitpunkt für mich. Morgen abend.
Dazu darf es nicht kommen.
Ich kann es nicht zulassen.
Also . . .
Das unerhörte Ereignis ist nun für heute abend geplant. Seine Chancen, Unheil anzurichten, sind halbiert.
Im übrigen weiß ich, wie ich ihn erledigen kann.
Ich werde ihn erledigen.
Nun gut, was ich sonst noch . . .

Notizen. Ich hatte hier meine Notizen.
Ja.
Dieses Grundstück, das im Grundbuch als Witter Street 409 eingetragen ist.
Dieses Grundstück später. Nach dem unerhörten Ereignis. Das ist wichtig.
In den Dokumenten, die die Verwaltung der Hendrick-Witter-Stiftung regeln, fehlt etwas. Ich reiche es hiermit nach. Dieses Grundstück muß, sobald es vom Schutt geräumt ist, als das wiederhergestellt werden, was es ursprünglich gewesen ist: ein Rasen mit Obstbäumen, als Umgebung für dieses Haus.
Nicht zu schwierig.
Wartet.

Ich habe auf meinen Schreibtisch zwei Fotoalben aus der Zeit vor 1922 gelegt. Viele der Fotos wurden auf diesem Grundstück gemacht, als es noch nicht überbaut war. Nimmt man beim Betrachten dieser Bilder das Haus hier als Markierungspunkt, dürfte sich leicht ermitteln lassen – jedenfalls in den meisten Fällen –, was für Bäume es gewesen sind und wo sie in der ursprünglichen Anlage gestanden haben. Insbesondere die zwei Reihen Kirschbäume.
Nicht schwierig. Und die Kosten spielen keine Rolle. Das

Geld wird vorhanden sein. Die Wiederherstellung muß so akkurat wie möglich ausfallen.
Akkurat.
Die Lieblingswörter meines Großvaters. Akkurat. Exakt. Präzise.
Ein komisches Ereignis. Ich stand in kurzen Hosen unter diesen Kirschbäumen und erzählte meinem Großvater aufgeregt eine Geschichte – ein historisches Ereignis aus dem Schulunterricht.
Die Bäume klebrig vom eigenen Saft, meine Hände als Folge davon klebrig und geschwärzt. Und mein Großvater, der sagte: «George Washington hat nie einen Kirschbaum gefällt. Er war kein Narr. Aber Parson Weems, der sich diese Geschichte ausgedacht hat, war ein Lügner und ein Narr. Was kann man auch von einem Mann namens Weems anderes erwarten?»
Sinn für Humor? Auf seine Art, ja. Und der Mann, zu dem man gehen konnte, wenn eine Erkenntnis bestätigt – oder verworfen – werden mußte.
Ein Mann, der der Welt den Rücken gekehrt hatte. Der für mich immer da war. Damals unter den Kirschbäumen habe ich das begriffen.
Als Kind habe ich das begriffen.
Oh ja.
Was weiß schon ein Kind? Es weiß mehr, als ihm irgend jemand zutraut. Das stumme Kind.
Ich wußte, daß mein Stiefvater trank.
Ich sah die Flaschen, ich roch seinen stinkenden Atem, und ich stellte mich am oberen Ende der Treppe hinters Geländer und beobachtete ihn, so wie der Naturforscher aus seinem Versteck heraus das Treiben der Tiere beobachtet.
Ich wußte, daß mein Stiefvater und meine Mutter am späten Abend im Bett etwas Interessantes und Aufregendes trieben. Die Toilette lag direkt ihrem Zimmer gegenüber, auf der anderen Seite des Gangs. Ich hielt mich lange in der Toilette auf, die Tür ein wenig geöffnet, und lauschte aufgeregt den Geräuschen, die aus diesem Zimmer drangen, dem rhythmischen Knarren des Bettes, dem Stöhnen und Keuchen der

Leute in dem Bett. Keine Bestürzung in mir, keine Wut, nur das Prickeln der Neugier.
Kein Trauma, glaubt mir, liebe Anhänger des Schwindeldoktors Freud, denn ich war kein Prinz Hamlet, und niemand wollte mich dazu machen. Nur ein netter kleiner Junge, der die zu ahnenden Geheimnisse auskostete.
Was weiß schon ein Kind? Wie eine Katze in einem Gewittersturm weiß es Bescheid, wenn Spannungen aufkommen. Es war immer so, daß die Spannungen mal ein wenig stiegen, mal ein wenig nachließen. Aber einmal stiegen sie und ließen dann nicht mehr nach: als diese Pläne auftauchten. Pläne. Rollenweise Pläne. Und Gerede vom Bauen und Investieren und vom Geld. Kein zorniges Reden. Nörgelnd. Beharrlich. Mein Großvater immer zurückhaltend, Dapper Dan immer fidel, immer nörgelnd, immer beharrlich. Aber die elektrische Spannung war da. Oh ja. Ging man zu nahe heran, bekam man einen Schock.
Ich ging zu nahe heran. Ich bekam einen Schock.
Kein schlechter Mensch, Daniel Kirwan. Nicht böse.
Ich muß ihm Gerechtigkeit widerfahren lassen.
Keineswegs böse.
Wie kann ich es ausdrücken?
Die Hölle muß mit seinen guten Vorsätzen gepflastert sein. Von meinem Großvater eingeschüchtert. Von seiner Qualität. Seiner Bildung, seinen Manieren.
Ungläubig. «Du hast diese Bücher tatsächlich alle gelesen, Hendrick?»
Eingeschüchtert von Hendricks Leserbriefen in den Zeitungen. In der *Times.* Der *Tribune.* Der *Morning World.* Der *Sun.* Der . . .
Der . . .
Niemand wußte es zu seinen Lebzeiten – auch mein Großvater nicht –, aber Dapper Dan sammelte die Belegseiten mit diesen abgedruckten Briefen und bewahrte sie in seinem verschlossenen Schrank auf.
Als ich mit Sonderurlaub vom Camp Gordon zur Beerdigung nach Hause kam, fand ich sie in dem Schrank dort. Es war ein dicker brauner Umschlag. Und neben diesem Umschlag fand ich Dutzende von Whiskyflaschen. Und die

Jagdwaffen in ihren Lederfutteralen. Zwei Gewehre, eine Schrotflinte. Und kistenweise Munition, genug für einen kleinen Krieg.
Sein persönlicher, sorgfältig abgeschlossener Schrank.
Er hatte den Boden unter den Füßen verloren, die arme unwissende Seele. Und so wurde Geld Geld Geld zu seiner Rettungsleine. Unbekümmertes Bauen, unbekümmertes Investieren.
Er hätte als erster diese Schrotflinte hervorgeholt und auf die eindringenden Bulanga angelegt. Ahnte nie, daß er ihr Verbündeter war, ihre Fünfte Kolonne. Nimm das Geld, das du heute bekommen kannst, und kümmere dich nicht um die künftigen Katastrophen, die du mit deiner Unwissenheit heraufbeschwörst.
Was weiß schon ein Kind?
Ich spürte das alles schon als Kind. Spürte die elektrische Spannung, die erzeugt wird, wenn die Alten bei ihrem Bemühen, die Welt zusammenzuhalten, auf die Emporkömmlinge treffen, die es danach drängt, die bestehende Welt zu zerschlagen.
Oh ja.
Damals
Damals in diesem Zimmer. Die Tür geschlossen, aber die Stimmen deutlich zu hören. Hendrick Witter und Dapper Dan Kirwan. Diese fröhlich klingende, polternde Stimme.
«Du kannst nicht mehr ausweichen, Hendrick. Die Zeit ist reif dafür.»
Mein Großvater: «Tut mir leid, Daniel. Es gefällt mir nicht. Es gefällt keinem in unserer Straße.»
«Zum Teufel mit ihnen. Wenn sie ein bißchen Grips hätten, wären sie längst draufgekommen, daß da ein dickes Geschäft zu machen ist.»
«Tut mir leid, Daniel.»
«Es tut dir leid? Mehr fällt dir dazu nicht ein? Obwohl du weißt, was in diesen Plänen steckt? Mehr traust du meinem Verstand nicht zu?»
«Mein eigener Verstand sagt mir, daß du die Elemente nicht kennst, die du anlockst, wenn du so ein Mietshaus hinbaust.»

«Oh doch, Hendrick. Es werden zahlende Mieter sein. Sie zahlen, und wir kassieren.»
«Ja, sicher. Aber laß andere kassieren, Daniel.»
«Nein. Und ich will dir eins sagen, Hendrick. Wenn du meinem Urteil in dieser Sache nicht vertraust, dann vertraust du mir auch sonst nicht. Wenn das so ist, nehm ich meine Frau und meinen Sohn und ziehe aus. Vielleicht geht das in deinen Schädel rein. Wir ziehen aus, und ich mache meine Geschäfte allein. Und du kannst hier ohne uns dein Leben genießen, Hendrick.»
Keine Antwort? Doch. Endlich.
«Du weißt genau, daß ich so einen Unsinn nie zulassen werde, Daniel. Mein Enkel verdient etwas Besseres als das, was du ihm mit deinen Geschäften bieten könntest. Seine Mutter hat sich für dich entschieden, Gott helfe ihr. Aber der Junge wird nicht für ihren Fehler büßen.»
«Dein Enkel? Dein Enkel? Mein Sohn, Hendrick. Vielleicht geht das endlich mal in deinen Schädel. Mein Sohn.»
Elektrische Spannung. Zehntausend Volt in der Luft. Dann mein Großvater: «Ist das der Grund, weshalb du auf eine gesetzliche Adoption pochst, Daniel? Damit du das Kind gegen mich ausspielen kannst?»
«Himmel Herrgott, Hendrick, sag das nicht noch mal. Sag das nie wieder. Und wenn wir erst mal fort sind – meine Frau und mein Sohn und ich, Hendrick –, dann komm bloß nicht angekrochen, um dich dafür zu entschuldigen.»
«Daniel.»
«Geh zum Teufel.»
«Daniel, hör mir zu. Ich entschuldige mich ja schon.»
So also war das.
So endet die Welt. Nicht mit einem Knall oder einem Winseln. Mit einer kriecherischen Entschuldigung.
Was weiß schon ein Kind?
Es weiß, wenn es von einer armseligen, eingeschüchterten, wertlosen Trinkerseele als Geisel festgehalten wird.
Es stört sich nicht daran.
Das Leben geht weiter, und Großvater ist immer noch da.
Das Böse wird nie die Welt ruinieren. Das besorgt vielmehr die Dummheit.

Und die Dummheit mit ihrer
Jawohl.
Die Dummheit mit ihrer eingebauten Selbstvernichtung frohlockt jedesmal, wenn sie sich durchsetzt.
Feiert Feste.
Hört ihr mir auch genau zu?
Feiert prunkende, extravagante Feste.
Ein Straßenfest. An jenem Abend, eine Woche nach meinem zehnten Geburtstag. Eine Woche nachdem der Staat von New York verfügte, daß ich nicht mehr Charles Witter, sondern Charles Kirwan hieß.
Das Einweihungsfest für die Witter Street 409. Noch nicht bezogen, aber glorreich vollendet, und über dem Eingang, auf einem Schirmdach aus Leinwand, Straße und Hausnummer in schönen Schriftzügen. Ein gewaltiges, glänzendes Wunder. Ich bewunderte es, prahlte mit ihm, tat vornehm vor meinen Freunden, die in ihrem Hof keinen derartigen Koloß hatten, den sie der Welt zeigen konnten.
An beiden Enden des Blocks Absperrungen, aufgestellt von der freundlichen Polizei, und der Raum dazwischen gedrängt voll von Nachbarn, Bekannten, Bauarbeitern; Leute aus anderen Straßen, die für uns so weit weg waren wie fremde Länder. Girlanden aus Lampions, an Zweige gebunden, um Laternenpfähle geschlungen. Tische – diese langen Bretter auf Sägeböcken – mit einem grenzenlosen Angebot an Speisen und Getränken. Auf einem niederen Podium mitten in der Straße eine Blaskapelle. Sechs Musikstücke. Rote und grüne und orangegelbe Lampions spiegelten sich funkelnd in den Blechinstrumenten und verschmolzen zu Farbpfützen.
Und überall schwebten und platzten bunte Luftballons. Es spielte keine Rolle, wenn dir einer kaputtging. Nimm dir einen neuen. Nimm ein Dutzend.
Päng päng päng
Nimm dir ein neues Dutzend. Und noch eins.
Ob wohl die Bulanga um ihre Lagerfeuer in der Ferne – die Feuer, in denen sie ihren stinkenden Müll verbrannten –, ob sie wohl in der Ferne das Platzen der Luftballons hörten und wußten, daß sie eines Tages

Eines Tages
Nachdem die Iren und die Italiener und die Juden
Daß sie eines Tages
Ja.
Sie nickten einander mit ihren verfilzten Köpfen weise zu und gaben sich damit zufrieden, nur noch eine kleine Weile warten zu müssen.
Sie wußten Bescheid.
Und die Kapelle spielte weiter. Alle sechs Stücke, herrlich betäubend. Vorne am Podium konntest du dir die Finger in die Ohren stecken, und trotzdem fand der Lärm der Musik den Weg in deinen Kopf.
Und plötzlich
Dapper Dan auf dem Podium. Ein Stier von einem Mann, unter den Armen Schweißflecke auf der Jacke. Und dann griff er nach unten und packte mich an den Handgelenken und hievte mich auf seine Schulter, so daß ich als der größte von allen dort oben saß, über all diesen Menschen, die sich nun umdrehten, erst dieser und dann jener, dann hier ein paar und dort ein paar, bis sie alle zu mir heraufblickten.
«Es ist soweit, Jungs», rief Dapper Dan der Kapelle zu, und sie hörten einen Moment auf zu spielen, bis sie in den Song einfielen, den er ihnen vorsang. «*Happy birthday to you* –»
Er sang, daß es mir in den Ohren dröhnte, und dann schauten sie alle auf mich, um mich das Liedchen singen zu sehen. Ich brüllte es hinaus. Und die ganze Zeit stützte mich diese große Hand da oben, drückte mir die Rippen zusammen, daß es wehtat. Dapper Dan Kirwan sang mit der ganzen Welt ein Geburtstagsständchen für seinen nagelneuen Sohn. So stolz auf mich, wie ich mich seinetwegen – irgendwie – schämte.
Dann wieder unten auf der Erde, in Sicherheit, weg von ihm. Er blieb dort oben. Oh ja. Er hatte die Menge nun in der Hand und ließ sie, vom Whisky und der Hochstimmung betrunken, so schnell nicht wieder los.
Das war ausgeschlossen.
Er zog diesen schicken neuen Hut vom Kopf und schwenkte ihn hin und her und animierte die Kapelle, animierte die Menge zu einem neuen Song. «*East Side, West Side* –»

Sie brüllten es hinaus. Und brüllten immer noch lauter, als er die Arme ausbreitete und sie von unten nach oben führte, und noch einmal, und immer wieder, bis ihr Gesang wie Donner klang.
Donner.

Jungen und Mädchen zusammen,
Ich und Mamie O'Rorke,
Tanzten leicht und beschwingt
Auf den Gehwegen in New York.

Brüllten es hinaus und feierten damit das Ende ihrer Welt.
Das Ende.
Er begriff es nie, der arme Narr. Lebte nicht lange genug, um es zu begreifen.
Begriff die schrecklichste aller Wahrheiten nicht: Wer die Vergangenheit nicht deuten kann, ist dazu verdammt, sie noch einmal zu durchleben.
Vico. Von einer Demokratie, die für die Freiheit des einzelnen eintritt, zum Chaos der Autokratie.
Hat den Boden unter den Füßen verloren.
Stolz auf mich. In seiner Unwissenheit schuf er dieses Vermächtnis, und ich muß nun für diese Unwissenheit Buße tun.
Versteht mich richtig.
Ich tu es bereitwillig.
Das ist alles.

John Milano

Milano mußte an den Trainer denken, der beteuerte, seine Mannschaft habe das Spiel nicht verloren, ihr sei nur die Zeit weggelaufen.

Den Denkanstoß lieferten die Autorin Pearl und der Regisseur Lenardo vom Birdbath-Theater, die irgendwann merkten, daß die Dritte im Bunde fehlte, und auf den Treppenabsatz herauskamen, um dort voller Erstaunen das Liebespärchen beim Schnäbeln anzutreffen. Eigentlich gebot es der allgemeine Anstand, auf der Stelle Leine zu ziehen, und Lenardo – ganz feinfühliger Mann – tat das auch. Pearl warf nur einen Blick auf Milano und blieb.

«Willst du hier die ganze Nacht rumsitzen?» fragte sie Chris mit einer Mißbilligung in der Stimme, die noch kälter war als die Zugluft, die das Treppenhaus heraufkam.

Das war es dann auch. Der Bann war augenblicklich gebrochen, und Milano, der es zwischen hitzigen Umarmungen mit sanfter Überredung, mit logischen Argumenten und sogar mit ziemlich nachdrücklichem *ad-misericordia*-Flehen versucht hatte, fuhr schließlich allein nach Hause.

Er sah zwar, daß es nicht nur frustrierend, sondern in gewissem Sinn auch komisch war, dieses Playback seiner Tanzstundenzeit, aber als er mit der Schlaflosigkeit zu kämpfen hatte, hörte der Spaß auf. Er bemühte sich ernsthaft, einzuschlafen, und kapitulierte dann vor seinen flatternden Nerven und ging ziellos in der Wohnung auf und ab, bemüht, seine flatternden Nerven unter Kontrolle zu bringen. Da war zum Beispiel der Triumph über Mister Toupet, die Genugtuung darüber, daß diese Boudins nun sicher auf dem Heimweg zu Daddy waren. Es war nicht der größte Coup, den er je gelandet hatte, das mußte Milano einräumen, aber es war schon einer der großen. Und in Anbetracht der Werke, die

dabei im Mittelpunkt standen, hätte ihn der Coup eigentlich besonders befriedigen müssen. Das tat er aber nicht. Vielmehr hinterließ er einen bitteren Geschmack in seinem Mund. Schlimmer noch. Milano hatte den Verdacht, daß er diesen bitteren Geschmack nicht mehr loswerden würde, solange Christine Bailey nicht das ganze Drehbuch kannte.
Und wenn sie alles erfuhr, was war das dann in ihren Augen für eine Rolle, die er ihr zugedacht hatte? Die seiner unwissenden Partnerin? Seines Opfers? Einer von ihm Gefoppten? Wie man es auch betrachtete, eine solche Enthüllung würde immer – selbst in ferner Zukunft, wenn sie ihn vielleicht im Rollstuhl durchs Altersheim schob – verhängnisvolle Folgen haben. Gott im Himmel.
Noch deprimierender war die Feststellung, daß die Wohnung im Augenblick empfindlich leer war. Empfindlich. Das zermürbende Gefühl, von dieser Leere empfindlich getroffen zu werden. Nur weil sich da jemand freiwillig und eigensinnig fernhielt. Total verrückt. Da sie in seinem Hof nicht spielen wollte und selber keinen hatte, lag sie fünfzig Straßen weiter auf ihrer welligen Couch und schlief den Schlaf der Selbstgerechten.
Vielleicht auch nicht. Es war nur zu hoffen, daß sie dort Qualen zu erdulden hatte, daß sie alle nur denkbaren Schuldgefühle auszustehen hatte.
So oder so: wie kam es eigentlich, daß sie dauernd die Richtung bestimmte?
Als ob er das nicht wüßte, dachte Milano, wo die Wohnung ohne sie empfindlich, erbärmlich leer war.
Aber sie würde schon zur Vernunft kommen, und zwar bald. Würde zu ihm ziehen, sich häuslich niederlassen, das Leben so akzeptieren, wie es nun mal war. Und er würde sie, wie er ihr in jenem Treppenhaus ein dutzendmal erklärt hatte, so akzeptieren, wie sie war, Gott steh ihm bei.
So wie die Dinge nun mal standen.
Wenn es so kommen mußte, dann sollte es eben so kommen. Er schlief ein, als er noch versuchte, sich selber davon zu überzeugen, und wurde durch das Telefon wieder aufgeweckt. Acht Uhr. Er stürzte sich auf das Telefon und hielt die Uhrzeit fest, denn es war bestimmt die Stunde, in der

Christine Bailey zur Vernunft kam. Aber als er das Gespräch mit einem herzlichen «Hallo, da bist du ja –» begann, hörte es sich so an, als habe er einen dieser Keucher am Apparat, der wohl aus Versehen an einen Gleichgeschlechtlichen geraten war. Oder waren in der Stadt nun auch schon schwule Keucher aktiv?

Schließlich fand der Keucher seine Stimme wieder. «Mr. Milano? John Milano?»

Die Stimme kam ihm bekannt vor. Der anschließende trokkene Husten machte alles klar. «Mr. Kirwan?» sagte Milano.

«Ja. Ich möchte Sie heute sehen. Hier. Um vier Uhr.»

«Heute sehen», wiederholte Milano mechanisch, bis er sich richtig orientiert hatte. Natürlich. Er war John Milano, Berater in Grundstücksfragen, der die Absicht hatte, das altersschwache Haus, Witter Street 409, zu kaufen. Und der Hausbesitzer war plötzlich zum Verkaufen aufgelegt. Wenn er genügend Stoff in sich hatte, war er vielleicht sogar zum Reden aufgelegt. Zudem hatte dieser Milano ja Christine Bailey versprochen, sie in die Witter Street zu fahren, damit sie dabeisein konnte, wenn an diesem Abend jemand von der Fürsorge ihrer kleinen Schwester einen Besuch abstattete. Der Haken an der Sache war, daß er dieses verrückte Traummädchen um fünf abholen sollte. Nach der Arbeit.

«Nun, Mr. Milano?» sagte Kirwan mit schneidender Stimme.

«Ja. Entschuldigen Sie. Zufällig habe ich heute abend ohnehin in der Gegend zu tun –»

«Das glaube ich Ihnen sofort, Mr. Milano.»

Sarkastisch? Und was zum Teufel wußte er davon?

«– also», sagte Milano, «wenn Sie es irgendwie am Abend einrichten könnten –»

«Nein. Vier Uhr. Tun Sie sich den Gefallen. Ich glaube, wir verstehen uns sehr gut.»

Das glaubst auch nur du, Kumpel, dachte Milano, aber er sagte: «Also gut, dann um vier Uhr.»

«Pünktlich. Ich erwarte Sie. Ach ja, und beglückwünschen Sie Mr. Passarini für mich. Bestellen Sie ihm von mir, er habe seine Sache sehr gut gemacht.»

Klick.

Milano legte langsam den Hörer auf die Gabel. Nach dem

Vorbild der alten Varieté-Nummer müßte es jetzt gleich wieder klingeln, und ein Mr. Passarini müßte sich melden und fragen, ob irgendwelche Glückwünsche für ihn abgegeben worden seien. Nur daß sich Professor Dr. Spanners Humor nicht an Studienanfängern orientierte, sondern sich strikt auf Doktorandenniveau bewegte. Esoterische Fußnoten, zum Lesen zu klein gedruckt.
Passarini? Milano zerrte das Telefonbuch von Manhattan unter dem Nachttisch hervor und ließ seinen Finger wandern. Passaretti. Passarge. Passaro. Zwischen Passarge und Passaro nichts. Scheiß drauf.
Er wählte Chris' Nummer, und als sie sich meldete, sagte er: «Hab ich dir schon gesagt, daß du dumm und dickschädlig bist?»
«Du solltest mich so früh am Tag noch nicht nerven, mein Schatz. Ich hab noch keinen Kaffee getrunken.»
«Hast du gut geschlafen?»
«Sicher.»
«Ich nicht», sagte Milano. «Aber ich rufe geschäftlich an. Ich hatte gerade einen Anruf vom Hauswirt deiner Mama. Er will, daß ich heut nachmittag um vier zu ihm komme, und ich hab zugesagt.»
«Warum will er sich mit dir treffen?»
«Wahrscheinlich, um mir sein Mietshaus zu verkaufen. Aber ich bin mir da keineswegs sicher. Er hat sich angehört, als sei er gar nicht da, als schwebe er bereits hoch über den Wolken und bewege sich immer noch weiter weg. Und da er bei meinen Bemühungen, hinter Lorenas Probleme zu kommen, die Schlüsselfigur für mich ist –»
«Weißt du auch, Schatz, warum er für dich die Schlüsselfigur ist? Macht's dir was aus, wenn ich dich aufkläre?»
«Schon möglich.»
«Gut möglich. Weil ich glaube, daß du schon sauer auf ihn bist, seit dich der Gedanke verfolgt, er könnte mich nackt am Fenster gesehen haben. Der Standpunkt des heißblütigen Italieners, du verstehst schon. Und ich verzichte gern darauf. Warum läßt du den Mann nicht einfach in Ruhe?»
«Hör bloß auf», spottete Milano, «das ist keine Analyse, das ist ein Ego-Trip.»

«Ist aber zufällig wahr, mein Schatz.»
Und was seine Motive anging, dachte Milano, so hatte sie recht. Aber damit war Kirwan noch nicht aus dem Schneider.
«Na gut», sagte er, «das Privileg, dich nackt zu sehen, ist für mich reserviert. Aber ich will mich trotzdem mit ihm treffen. Kann ich dich um drei statt um fünf abholen?»
«Ich wollte, es wäre möglich. Aber es geht nicht.»
Er hatte damit gerechnet. «Dann fährst du einfach mit dem Toyota raus. Wir treffen uns dann bei deiner Mama, und wenn du soweit bist, kannst du mich nach Hause fahren.»
«Nein, du kannst mich zurück ins Village fahren. Ich hab immer noch meine Tage. Dafür wird's dann am Wochenende richtig schön für uns.»
«Herrgott», sagte Milano, «ich red doch gar nicht von Sex.»
«Ich weiß.»
«Also?»
«Ich trink jetzt meinen Kaffee, Schatz. Wir sehn uns dann bei Mama.»
Milano legte auf. Sie konnte natürlich gelogen haben, als sie sagte, sie habe gut geschlafen. Das Problem war nur, daß sie allem Anschein nach vom Lügen keine Ahnung hatte. Und dann dieser Quatsch vom eifersüchtigen Südländer. Warum mußte sie ihm bloß mit diesem idiotischen Klischee kommen? Und wenn er sich recht erinnerte, hatte sie das nicht zum erstenmal getan.
Kirwan in Ruhe lassen? Weil er, nachdem er ihren Anblick in diesem Fenster heimlich genossen hatte, ihren Kopf getätschelt und ihr einen Empfehlungsbrief für eine Schule geschrieben hatte? Was für ein Ratschlag. Genau genommen ein Beweis dafür, daß diese Dame, mochte sie noch so hart und illusionslos sein, durchaus auch ihre weichen Stellen hatte.
Die von Heywood & Smith zusammengetragenen Daten über Kirwan mußten irgendwo in der Wohnung sein. Milano fand die Mappe schließlich auf dem Kühlschrank und setzte sich damit an seinen Schreibtisch. Die Mappe enthielt eine Menge Papier, aber nachdem er sich mit den Abschnitten begnügte, die Gracella Smith mit dem Filzstift

hervorgehoben hatte, brauchte er für die Durchsicht nicht allzu lange. Von ein paar Ausnahmen abgesehen, präsentierte sich ihm ein amerikanischer Mister Chips auf Universitätsebene. Porträt von Wyeth, das Haus im Hintergrund von Hopper. Die Ausnahmen hatten mit einer von Tapferkeit geprägten militärischen Laufbahn zu tun; es war zwar schwer, Professor Dr. Spanner in dieser Rolle zu sehen, aber da stand es nun mal, schwarz auf weiß. Kommandeur einer Spezialeinheit für Sprengungen, ausgezeichnet für die Zerstörung feindlicher Stützpunkte.
Geschichte des Altertums, nichts anderes.
Was natürlich in der Mappe fehlte, waren einige Punkte der neueren Geschichte. Dieses Porno-Fernglas, stets einsatzbereit. Grandpas sterbliche Überreste auf dem Kaminsims. Diese endlosen Reparaturarbeiten im Kesselraum, die auf den Kleidern Staub zurückließen statt Öl und Wasser. Mr. Passarini.
Mr. Passarini?
War es möglich, daß der Professor mittlerweile so schizo war, daß er im Grunde gar nicht wußte, mit wem oder worüber er am Telefon redete? Oder machte es ihm einfach Spaß, einen mit unbekannten Namen zu traktieren und so aus dem Gleichgewicht zu bringen? Mr. Passarini. Wie Guy Fawkes. Vergesse keiner den fünften November, holt ihn her und hängt ihn auf.
Milano klappte irritiert die Mappe zu und nahm aus einer Schublade im Schreibtisch den Umschlag, der Pacifica Inlands Vorauszahlung enthielt, jedenfalls noch dreitausend Dollar davon. Er steckte den Umschlag in die Tasche und spazierte am einladenden Central Park vorbei zum Büro. Sein Raum dort war leer, der Schreibtisch wieder normal aufgeräumt, mit einem Stapel Post, der auf seine Bearbeitung wartete. Von Hy Greenwald nichts zu sehen.
Auf seinen Anruf hin kam Shirley und brachte noch mehr Post für den Stapel. «Da sind Sie ja wieder. Willkommen, Fremder», sagte sie.
«Mmm. Wo ist Hy?»
«Er dachte, Sie brauchen ab heute wieder Ihren Schreibtisch, da ist er zurück in sein altes Büro. Im Moment sind er und

Willie und dieser Mann von Pacifica und sein Kunstsachverständiger alle unten und feiern mit einem Brunch. Wenn Sie ganz schnell machen –»
«Nein. Ich kann also annehmen, die Bilder haben die Prüfung bestanden.»
«Mit fliegenden Fahnen. Willie hat mir bereits den Pacifica-Scheck zum Einzahlen gegeben. Ein reicher Fischzug, was?»
«Allerdings.» Milano reichte ihr den dicken Umschlag über den Schreibtisch. «Das kommt noch dazu. Dreitausend Spesen. Sind nicht gebraucht worden.»
«Ich seh's.» In Shirleys Blick lag eine gewisse Mißbilligung. «Sie wissen doch, Johnny, dafür gibt's hier keine Verdienstmedaillen oder so was. Sie könnten ohne weiteres –»
«Machen Sie sich wegen der Verdienstmedaillen keine Sorgen», sagte Milano. «Sehen Sie nur zu, daß ich eine Quittung bekomme.» Aber es war überhaupt das erstemal, daß sie so auf seine Gewohnheit reagierte, unverbrauchte Spesengelder wieder abzuliefern. Und sie hatte einen sonderbaren Ausdruck auf ihrem Gesicht, das einer jüdischen Mutter hätte gehören können. Starke Besorgnis. «Sie haben doch was auf dem Herzen, Shirl. Was ist es denn?»
«Nun ja», sie wurde feuerrot im Gesicht, «als Willie mir diesen Scheck zum Einzahlen gab, gab er mir auch ein Papier zum Ablegen. Ihren Schuldschein. Über vierzigtausend. Vierzigtausend, Johnny? Mein Gott, schlimm genug, daß Sie ihm so viel schulden, aber wissen Sie überhaupt, wieviel Geld durch Ihre Hände geht? Ich meine –»
«Ich weiß, was Sie meinen», sagte Milano.
Shirley war nicht mehr zu bremsen. «Das glaube ich nicht. Und regen Sie sich nicht auf, wenn ich Ihnen in dieser Sache gleich einen Vorschlag machen möchte. Aber Sie verstehen es einfach nicht, mit Ihrem Geld umzugehen, Johnny. Wie wär's also, wenn Sie das, ganz privat, einem dieser Finanzberater überließen? Das wäre jemand, der Ihr Einkommen verwaltet, die Kosten berechnet und dafür sorgt, daß Sie für Ihre Arbeit auch etwas vorzuweisen haben. Erscheint Ihnen das nicht sinnvoll?»
Milano lehnte sich weit auf seinem Stuhl zurück und kippte ihn zu einem spitzen Winkel. «Sie können's glauben oder

nicht, Shirl, aber seit ein paar Wochen spiele ich nun schon mit dem Gedanken, genau so jemanden zu finden.»
«Na also, dann ist ja gut.»
«Es ist noch nicht endgültig, aber ich sag Ihnen Bescheid, wenn's soweit ist. Im Augenblick hätte ich gern gewußt, ob wir hier irgendwelche Nachschlagwerke rumstehen haben, in Geschichte.»
«In Geschichte? Wozu denn das?»
«Damit ist meine Frage wohl schon beantwortet», sagte Milano.

Die nahegelegene Donnell-Bibliothek in der 53. Straße, direkt gegenüber dem Museum of Modern Art – dem guten alten MOMA –, besaß das erforderliche Buch. Eine ausführliche Darstellung der frühen Stuart-Epoche in England.
Guy Fawkes. Die Pulververschwörung von 1605. Der Versuch der enteigneten und verfolgten römischen Katholiken Englands, den protestantischen Jakob I. und sein Parlament in die Luft zu sprengen. Fässer mit Schießpulver in die Keller der Parlamentsgebäude geschmuggelt, bereit, am Tag der Parlamentseröffnung gezündet zu werden. Doch einer sang, und ein paar der Verschwörer, darunter der Rädelsführer Guy Fawkes, wurden ergriffen. Ende des Komplotts.
Doch für Guy Fawkes war es noch nicht das Ende, so lange nicht, bis er dazu gebracht werden konnte, ein volles Geständnis abzulegen und Namen zu nennen.
An dieser Stelle kam Milano zu einer Reihe von alten Holzschnitten, die anschaulich zeigten, mit welchen Mitteln der dickköpfige Verschwörer zum Reden gebracht wurde, und Milano hatte das Gefühl, daß er, wenn ihm auch weiterhin an angenehmen Träumen lag, das Buch augenblicklich zumachen und sich mit dem, was er gelesen hatte, zufriedengeben sollte. Doch er erlag, wie er geahnt hatte, der morbiden Versuchung und las interessiert weiter.
Fawkes wurde in den Tower von London geschleppt und dort kniend in einen Käfig gekettet, dessen Seiten kaum mehr als einen Meter maßen. Er wurde regelmäßig zwangsernährt – mit Senf und Essig. Er hielt das unglaubliche, qualvolle sechsundfünfzig Tage durch, ehe seine Inquisitoren die

Geduld verloren und ihn auf die Folterbank legten. Das erste knochenbrechende Anziehen der Seile brach schließlich seinen Willen; er gestand ausführlich, nannte Namen.
Noch immer nicht das Ende für Guy Fawkes. Er wurde zusammen mit seinen Männern gehängt, noch bei Bewußtsein vom Galgen geholt und sorgfältig ausgeweidet; erst als seine eigenen Gedärme vor ihm ausgebreitet wurden, kam das Ende. Eine Lektion für alle, die versucht sein könnten, mit Schießpulver zu spielen.
Schießpulver.
Zurück in der Wohnung, schlug Milano die Seiten der Kirwan-Akte auf, auf denen die militärischen Heldentaten Captain Kirwans, des Experten für Sprengungen, geschildert wurden. Zwei Seiten. Auf der einen ein Interview, auf der anderen ein Bericht vom Italienfeldzug, in dem die Heldentaten des Captains ein paar flüchtig hingeworfene Zeilen ergaben. In dem Interview äußerte er sich über seine Auszeichnungen so, daß man einen bescheidenen, sich selbst herabsetzenden, ironischen Mann vor sich sah. Er jagte bestimmt nicht hinter dem Ruhm her. Und er war kein wild dreinblickender Abenteurer. Einfach ein farbloser Experte auf Zeit für einen sehr kleinen Bereich: er verstand es, unter Beschuß feindliche Stützpunkte zu sprengen.
Und, wie der Ex-Captain und Professor selber bemerkt hatte, neuerdings an Guy Fawkes interessiert, der als Experte in dieser Branche nicht ganz so gut war.
Natürlich war das alte Schießpulver eine Sache, das Dynamit von heute eine ganz andere.
Professor Charles Witter Kirwan.
Bei der ersten Begegnung wollte er über den Verkauf seines lästigen, weil unrentablen Mietshauses nicht mal nachdenken. Er präpariert es für ein kleines Feuerchen, sagte das zynische Monster, und das war, wenn man alles berücksichtigte, durchaus eine, wenn auch schwache, Möglichkeit.
Aber was wurde jetzt aus dieser schwachen Möglichkeit, wo der Professor plötzlich seine Meinung geändert hatte und bereit war, über den Verkauf zu reden?
Milano ging in die Küche, öffnete den Kühlschrank und nahm den Martinikrug heraus, der dort seit jenem denkwür-

digen Abend wartete, an dem er Christine Bailey oder, andersherum gesehen, an dem sie ihn verführt hatte. Im Grunde war es ja ein Gemeinschaftsunternehmen gewesen. Er versuchte einen Mundvoll von dem Martini, rührte den Inhalt des Kruges mit einem Eßlöffel, nahm noch mal einen Mundvoll und schüttete dann alles in den Ausguß. Ein Zeichen des Himmels, so wie das Zeug schmeckte, nachdem es gealtert war.

Er ging zurück an den Schreibtisch, studierte noch einmal Captain Kirwans militärische Vergangenheit und ging dann weiter zu dem Zivilisten Professor Kirwan, der sich immer für die individuelle Freiheit einsetzte. Wenn man diese Aufzeichnungen sah, dachte Milano, war leicht zu begreifen, warum die von ihm besonders bevorzugte Minderheitenvertreterin, aber auch Leute wie Gracella Smith und DeLong Heywood und Faktotum Al Bunting, eine kleine Schwäche für den Professor hatten. Wohlwollen und Toleranz standen beim Professor offenbar sehr hoch im Kurs.

Und Ferngläser.

Milano zog die unterste Schreibtischschublade heraus. Sie enthielt nichts als eine unangetastete Packung Zigaretten und eine Schachtel Streichhölzer. Er hatte das Rauchen vor fast einem Jahr aufgegeben – vor elf Monaten, zwei Wochen und drei Tagen, wie er blitzschnell ausrechnete –, und die Zigaretten in der unverschlossenen Schublade waren die einzige echte Herausforderung an seine Willenskraft. Eine wahre Kraftprobe.

Dieses Fernglas.

Zuerst, als sich die Gelegenheit ergab, auf Christine gerichtet, nackt und verführerisch. Dann war sie weggezogen, und Lorena kam an die Reihe. Und die Kleine hatte Kirwans Spielchen entdeckt. Und angefangen, ihn zu erpressen. Dieser Bürojob für fünf Dollar die Stunde war natürlich nur Tarnung.

Wenn Lorena darauf angesprochen wurde, wenn Kirwan darauf angesprochen wurde – was passierte dann?

Nichts, wo doch das Duo allen Grund hatte, den Mund zu halten. Berichtigung. Eins konnte passieren: wenn Kirwan in

der entsprechenden Stimmung war, konnte Milano wegen Verleumdung belangt werden.
Milano nahm die Packung Zigaretten in die Hand, machte sie sorgfältig auf und zündete sich eine an. Er inhalierte tief und entdeckte dabei empfindliche Bereiche bis in die Tiefen seiner Lunge und blies den Rauch schwelgerisch wieder hinaus. Gewiß, damit hatte er vorübergehend den Pfad der Tugend verlassen, aber das ließ sich ohne weiteres Christine Bailey in die Schuhe schieben, die eine solche Schwester haben mußte. Ein Teenage-Katastrophengebiet.
Er hatte die Aschenbecher in ein Küchenregal geräumt. Er holte sich einen und nahm auf dem Rückweg die noch ungelesene Morgenausgabe der *Times* mit, die auf dem Tisch in der Diele lag. Er legte sie über die Kirwan-Akte auf den Schreibtisch und schlug den Immobilienmarkt auf. Verkäufe und Vermietungen. Greenwich Village. Früher hatten Vermietungen den Löwenanteil dieser Seiten ausgemacht; doch jetzt, wo die Wohnhotels in waren, wollten offenbar alle verkaufen. Was durchaus sinnvoll war, wenn du damit rechnen konntest, daß deine Mietwohnung nächste Woche zum Wohnhotel wurde.
Sheridan Square. Abingdon Square. Bleecker Street. Zehnte Straße West. Zehnte Straße West? Die Gegend hatte Pfiff. Aber würde Chris diese Ecke als einen echten Teil des Village gelten lassen, obwohl sie absolut nichts vom leicht verrückten, alten Village hatte? Er machte einen Kringel um die Anschrift in der Zehnten Straße und kreuzte ein paar andere Möglichkeiten an. Im Gegensatz zur Wohnungssuche hatte die Haussuche den Vorteil, daß man nicht sofort mit einer Anzahlung hinrennen mußte, um sich das Haus reservieren zu lassen. Es würde auch am nächsten Tag, an dem man vielleicht mehr Zeit hatte, zur Besichtigung bereitstehen.
Um drei Uhr ging er, die halbleere Packung Zigaretten in der Tasche, hinunter und bat den Pförtner, ihm für die Fahrt nach Brooklyn ein Taxi zu hijacken.

Es mochte an der Witter Street selbst gelegen haben, daß er sorglos wurde. Links und rechts Bäume, überall Kinder, die kurz vorher von der Schule nach Hause gekommen waren

und nun mehr oder weniger friedlich lärmten und spielten, hier und da eine Mama oder Grandma, die einen Kinderwagen hütete, die ganze Szene so häuslich-friedlich, daß sie jeden Gedanken an das, was hinter der Tür dieses Hauses auf ihn warten mochte, so lange von ihm fernhielt, bis es dann zu spät war, und sei es auch nur um den Bruchteil einer Sekunde.
Milano hatte geläutet, die Tür war von Kirwan geöffnet worden, Kirwan war zur Seite getreten, um seinen Besucher ins Haus kommen zu lassen, die Tür war zugegangen, und diesen Sekundenbruchteil später spürte Milano, wie ihm ein harter Gegenstand ins Kreuz gestoßen wurde.
Er erstarrte, denn er wußte genau, was es war, noch bevor Kirwan direkt hinter ihm in einem rauhen Flüsterton erklärte: «Eine Schrotflinte, Mr. Milano. Doppelläufig. Zehnerkaliber. Beide Läufe geladen.» Er flüsterte und keuchte, flüsterte und keuchte. «Rühren Sie sich nicht. Reden Sie nicht. Tun Sie genau, was ich Ihnen sage.»
«He, Augenblick mal», protestierte Milano, und der Druck gegen sein Rückgrat wurde sofort stärker.
«Reden Sie nicht. Tun Sie genau, was ich Ihnen sage. Falten Sie die Hände über dem Kopf.»
Milano faltete die Hände über dem Kopf. Das Schlimmste – wie er sich wütend eingestehen mußte – war, daß er keinem einen Vorwurf machen konnte, nur sich selbst. Trotz all der freundlichen Berichte über den Mann hatte er gewußt, daß er es hier mit einem Typ zu tun hatte, der völlig danebenlag. Vielleicht sogar auf gefährliche Art danebenlag. Doch im entscheidenden Augenblick hatte Johnny-Boy eine geladene Schrotflinte im Rücken, und der Finger am Abzug gehörte möglicherweise einem mörderischen Irren.
Himmel Herrgott.
Es war natürlich eine Verwechslung.
Dieses ganze Theater galt einem gewissen Passarini, und Johnny-Boy wurde als Passarinis Komplize oder so angesehen.
Reden Sie nicht? Zum Teufel damit.
«Damit Sie's wissen», sagte Milano, «ich bin nicht –»
«Ruhe!» Die Flinte grub sich in seinen Rücken, und dann

wurde Kirwan von einem Hustenanfall geschüttelt, der diesen Doppellauf mit unvermindertem Druck gegen seine Wirbelsäule trommeln ließ. Milano biß die Zähne zusammen. Einmal zuviel gehustet, dachte er, und er war mit einem Knall erledigt. Der Anfall ließ nach. Kirwan sagte: «Ich habe Ihnen gesagt, Sie sollen nicht reden. Sie tun nur, was ich Ihnen sage. Wir gehen jetzt diese Treppe rauf. Sehr langsam.»

Die ins Hausinnere führende Dielentür war offen. Milano, die Hände auf dem Kopf, ging über die Schwelle in den zur Treppe hin führenden Gang, ständig mit diesem drohenden, festen Druck gegen sein Rückgrat. An der Wand war ein mannshoher Spiegel, zu beiden Seiten eine Hutablage aus Holz. Aus dem Augenwinkel sah Milano im Spiegel kurz das Bild, das er und Kirwan abgaben. Milano und ein großer, hagerer Quasimodo. Der alte Mann war weit vornübergebeugt, sein Körper verdreht, die eine Schulter vorgeschoben. Die Flinte wurde tief gehalten, mit einem Ellbogen an die Hüfte geklemmt, der Finger lag im Abzugsbügel.

Sollte er plötzlich herumfahren? Seine Schulter in diese vorgeschobene Schulter rammen, damit der Mann vielleicht das Gleichgewicht verlor, und dann würde man ja weitersehen? Du bist lebensmüde, dachte Milano. Er mußte sich im Moment besonders davor hüten, irgendeine schnelle Bewegung zu machen. Er konnte gar nicht so schnell sein wie die krampfhafte Bewegung dieses am Abzug liegenden knochigen Fingers. Kirwan war schließlich nicht nur ein galoppierender Fall von Paranoia, er war seinerzeit auch ein im Kampfeinsatz erprobter und bewährter Soldat gewesen. Und er handhabte diese alte Waffe im Stil eines Experten.

«Vorwärts», sagte Kirwan. «Ganz langsam.»

Sie gingen ganz langsam die Treppe hoch. Ein von einer Messingstange festgehaltener Teppichstreifen lag auf den Stufen, und Milano hielt sich behutsam in der Mitte davon. Den linken Fuß anheben und auf die nächste Stufe setzen. Den rechten Fuß anheben und neben den linken setzen. Eine Stufe. Zwei Stufen. Drei Stufen –»

«Warten», befahl Kirwan.

Milano wartete. So deutlich, als horche er diese eingesunkene Brust mit einem Stethoskop ab, hörte er das pfeifende Atmen und Keuchen dieser gequälten Lungen. Er erinnerte sich, daß dem alten Mann, auch als er nichts zu tragen gehabt hatte, schon das bloße Treppensteigen schwergefallen war. Nun, da er die Flinte zu schleppen hatte, wurde er bis an die Grenzen seiner Kraft gefordert.

Und dann – ewig grünt die Hoffnung – vielleicht über die Grenzen hinaus?

Vielleicht. Aber es war eher anzunehmen, daß diese Grenzen, wenn einer nur paranoid genug war, höchst flexibel waren.

Captain Kirwan. Das war's. Heute paranoid. Durchlebte irgendeinen glorreichen Einsatz aus dem Krieg, wo er –

«Vorwärts», sagte Kirwan. «Langsam. Und dann wieder warten.»

Milano setzte seinen linken Fuß auf die nächste Stufe. Setzte den rechten Fuß daneben. Wartete.

Ein ruhmreicher Einsatz. Captain Kirwans verworrene Gedanken waren zurückgewandert, er war wieder auf dem Weg nach Rom. Der Feind allgegenwärtig. Er hatte einen Gefangenen gemacht.

Das mußte es sein.

Und was wird dann oben geschehen? Sollte er sich auf die Genfer Konvention berufen? Das eine erlaubte Telefongespräch mit der nächstgelegenen Polizeiwache der Alliierten führen?

«Vorwärts», sagte Kirwan.

Auf die Weise – eine Stufe rauf und warten, eine Stufe rauf und warten – brachten sie die Treppe hinter sich. Dann den Gang entlang und ins Turmzimmer. Dort eine Verzögerung am Schreibtisch. Milano hatte diese Schreibtischplatte als fast leer in Erinnerung; die paar Gegenstände waren säuberlich aufgeräumt gewesen. Nun herrschte dort eine surrealistische Unordnung. Kirwan griff sich aus dem wirren Durcheinander einen schmalen Lederriemen. Die Gewehrmündung stieß wieder gegen Milanos Rückgrat. «Dort hinüber», sagte Kirwan. «Zu dem Heizkörper.»

Sollte er nun ausgepeitscht werden? Nein, er wurde gefesselt.

Ein eisernes Steigrohr vom Boden zur Decke, in Bodennähe mit dem Heizkörper verbunden. Auf Anweisung ging Milano rückwärts auf das Steigrohr zu. Der Gewehrlauf bewegte sich von seinem Kreuz zu seinem Nacken und stieß dabei klirrend gegen das Rohr. Doppelläufig, keine Frage: Milano spürte die Umrisse beider Läufe unmittelbar unter seinem Haaransatz.

«Und jetzt», sagte Kirwan, «die Hände nach hinten, hinter dieses Leitungsrohr. Langsam. Gut so. Jetzt die Handgelenke übereinanderlegen.» Mit einer Hand – die Gewehrmündung kratzte bei jeder Bewegung an Milanos Schädel – legte Kirwan den Lederriemen um die gekreuzten Handgelenke, schob das Ende durch eine vorbereitete Schleife, fuhr damit um das Rohr und noch einmal und noch einmal und steckte zum Schluß das lose Ende dort, wo sich die Handgelenke kreuzten, unter die Fessel.

Fest und hart, stellte Milano fest, als er sich gegen den Druck stemmte und den Riemen zum Rohr hin zog. Von einem Nachlassen der Körperkräfte konnte also kaum die Rede sein. Der alte Mann hatte noch eine ganze Menge davon. Und wozu? Sollte der Gefangene nun verhört werden?

Wenigstens bohrte sich, als Kirwan zurücktrat, um sein Werk zu betrachten, der Gewehrlauf nicht mehr schmerzhaft in seinen Nacken. Offensichtlich zufrieden mit dem, was er sah, stellte Kirwan die Waffe an die Wand und ging zum Schreibtisch hinüber. Aus dem Durcheinander dort zog er ein längliches Tuch. Eine arg zerknitterte, farbenprächtige Krawatte.

Eine Krawattenparty?

Ein Lynchmord?

«Herrgott noch mal», brach es aus Milano, «Sie machen einen Fehler. Ich weiß überhaupt nicht, was das alles soll. Ich kenne keinen Passarini –»

«Bitte!» Kirwan sah gequält aus. «Der Teil des Spiels ist beendet, Mr. Milano.»

«Von was für einem Spiel reden Sie eigentlich?»

«Von Ihrem Spiel, Ihrem Anteil daran.» Kirwan machte eine ungeduldige Handbewegung. «Sehen Sie ein, daß Sie

geschlagen sind. Aber Sie können mir helfen. Oh ja. Zu meinen Bedingungen natürlich.» Er ging auf Milano zu, zwischen seinen Händen die stramm gezogene Krawatte. «Bedaure, aber ich fürchte, man könnte Sie draußen hören.»
«Hören Sie mich doch an, Kirwan –»
Sinnlos; und was anderes war auch nicht zu erwarten gewesen. Er wurde geknebelt, die Krawatte zwischen seinen Zähnen durchgezogen und hinten im Genick fest verknotet, genau über der durch die Gewehrläufe verursachten wunden Stelle. Er versuchte, laut gegen den Druck zu protestieren, aber es blieb bei einem gurgelnden Geräusch in der Kehle. Er hatte bereits einen sauren Geschmack im Mund, denn der stark fließende Speichel durchdrang den Stoff der Krawatte. Total ausgeschaltet. Ein Gefangener, Sir, zu Ihrer Verfügung.
Auch Kirwan machte unverständliche Laute in der Kehle, während er seinen Geschäften nachging. Die Worte waren unmöglich zu identifizieren, aber dem Rhythmus nach konnten es irgendwelche Regeln sein, die er sich vorsagte. Oder Anweisungen. Oder die Zehn Gebote.
Milano sah keine Chance, auf die Weise Kirwan auf die Spur zu kommen, aber vielleicht gaben seine gezielten Handlungen etwas her, irgendwas, irgendeinen Anhaltspunkt. Kirwan machte auf dem Schreibtisch die vertraute Plastiktüte auf. Darin verstaut wurde die vertraute Thermosflasche. Diese stabile große Schere. Die Taschenlampe. Dieses wie eine Rundzange aussehende Werkzeug, an dem vorne das Siegel eines öffentlichen Notars klebte. Das letztemal war dieses Werkzeug noch in zwei Hälften auseinandergebrochen gewesen. Nun war es wieder zusammengenietet; die neue Niete glänzte noch und hob sich deutlich von der stumpfen metallenen Oberfläche des Werkzeugs ab.
Und das war die Antwort. Dasselbe Zeug, das er bei Milanos erstem Besuch aus dem Kellergeschoß nebenan geschleppt hatte. Das konnte nichts anderes bedeuten, als daß er sich jetzt wieder anschickte, in dieses Kellergeschoß zu gehen. Aber nicht, um irgendwelche Kessel zu reparieren. Es war ja wohl nicht üblich, mit vorgehaltener Waffe jemanden zu kidnappen und dann irgendwo einen Kessel zu flicken. Auch

wenn Kirwan übergeschnappt war, so hatten seine Handgriffe etwas sehr Zielgerichtetes. Er marschierte zwar hinter einem anderen Trommler her, gewiß, aber auf ein genau umrissenes Ziel zu.

Als alles zusammengepackt war, nahm Kirwan seinen Gefangenen in Augenschein.

«Sehen Sie, Mr. Milano? Alles für diese Handvoll von Mr. Passarinis Feuerwerkskörpern.» Es lag kein Triumph in diesem Krächzen, nur ein verdrossener Tadel. «Und Sie wissen immer noch nicht, was ich vorhabe, oder?»

Milano schüttelte heftig den Kopf, um wahrheitsgemäß deutlich zu machen, daß er wirklich keine Ahnung hatte.

«Das glaube ich Ihnen sofort», sagte Kirwan. Er blinzelte zu der Schiffsuhr hinauf, die über dem Eingang hing. «Fast vier Uhr dreißig, Mr. Milano. Sie werden es also bald wissen. Exakt um sieben Uhr. Es lohnt sich, darauf zu warten. Oh ja.»

Milano schätzte die Entfernung zum Schreibtisch ab. Das Telefon auf dem Schreibtisch stand dicht an der Kante. Mit einem gestreckten Bein war es vielleicht möglich, dieses massige Möbelstück so zu erschüttern, daß das Telefon herunterfiel. Und dann –

Einen lähmenden Moment lang sah es, als sich Kirwan über den Schreibtisch beugte, so aus, als habe das Telefon auch sein Interesse geweckt. Irrtum, Gott sei Dank. Ein Teil des Durcheinanders dort machten Tonbandkassetten aus, eine ganze Menge davon. Kirwan schob sie zu einem unordentlichen Haufen zusammen. Er hob eine hoch, um sie Milano zu zeigen. «Der Rest der Erklärung», sagte er, «findet sich hier. Auf diesen Bändern. Oh ja. Ordentlich durchnumeriert.» Das war jetzt nicht mehr Captain Kirwan, sondern Professor Kirwan, der feierlich ein Seminar einleitete. «Nach dem Ereignis – das sollte dann kurz nach sieben Uhr sein – werden Sie das den maßgeblichen Leuten klarmachen. Haben Sie verstanden?»

Milano signalisierte sein Nein wieder mit einem heftigen Kopfschütteln, und Kirwan wurde sofort wütend. «Sie sind nicht so beschränkt, Mr. Milano. Ich sagte, alles findet sich hier. Die komplette Schilderung. Komplett. Alles durchnu-

meriert. Für die maßgeblichen Leute. Unbezahlbar.» Er stieß die Worte einzeln hervor, kaum noch in der Lage, sie verständlich auszusprechen. «Unbezahlbar.»
Um Gottes willen, dachte Milano voll düsterer Ahnungen, wenn es ihm der alte Mann wirklich schwermachen wollte, aus dieser Lage freizukommen, brauchte er nur auf der Stelle mit einem Herzkrampf tot umzufallen. Er entschied sich also für das geringere der beiden Übel und nickte zur Bestätigung wie ein Besessener und registrierte dankbar, daß sich Kirwan anscheinend so rasch – und unvorhersehbar – wieder beruhigte, wie er sich vorher erregt hatte.
«Gut», sagte er. «Das wäre dann alles. Bis sieben Uhr. Sie werden sehen.»
Ein verschlissener Regenmantel war über die Lehne des Drehstuhls am Schreibtisch drapiert. Kirwan schlüpfte mit einiger Mühe in diesen Mantel, füllte die Taschen mit Patronen, die er einer Schachtel auf dem Schreibtisch entnahm, und stapfte dann hinüber zu der an der Wand lehnenden Flinte und klemmte sich, wie um Maß zu nehmen, den Kolben in die Achselhöhle, während der nach unten gerichtete und an seinem Bein anliegende Lauf vom Mantel verdeckt wurde. Er war mit der Anprobe augenscheinlich zufrieden, denn nun nahm er die Flinte in die eine, die Einkaufstüte in die andere Hand und ging auf die Tür zu.
Unter der Tür blieb er noch einmal stehen und drehte sich nach Milano um, der blitzschnell den Fuß zurückziehen mußte, mit dem er sich schon zum Schreibtisch vorgetastet hatte.
«In Ihrer Muttersprache, Mr. Milano», sagte Kirwan, «*nos morituri.*»
Er wandte sich zum Gehen, und Milano konnte dieser vornübergebeugten Gestalt mit den Blicken folgen, den Gang entlang bis zur Treppe, wo sie aus dem Blickfeld verschwand. Doch im Haus war es totenstill, und der beschwerliche Weg nach unten war deutlich zu hören, die gequälten Schritte, Stufe um Stufe. Eine kurze Stille. Dann das Geräusch der zuschlagenden Haustür.
Es war sechsunddreißig Minuten nach vier.

Zehn Minuten später begriff Milano, daß er ausweglos festsaß. Und er begriff auch, daß die zehn Minuten sinnlos vertan waren, weil er sich körperlich angestrengt hatte, wo er seinen Kopf hätte anstrengen müssen. Er hatte in dieser Zeit genau so viel Vernunft bewiesen wie eine Maus, die in einen Schuhkarton gesperrt ist. Er hatte rein instinktiv und körperlich gehandelt. War in eine sitzende Position geglitten, um dann seine Ferse immer und immer wieder gegen das Bein des Schreibtisches zu rammen, doch er hätte sie ebensogut gegen einen Granitblock rammen können, denn er hatte sich – davon abgesehen, daß ein paar Kassetten zu Boden fielen – nur körperliche Schmerzen eingehandelt. Eine geprellte Ferse. Die gefesselten Handgelenke, die dadurch, daß er sich dem Schreibtisch möglichst weit engegenstreckte, an das Steigrohr gedrückt wurden, schienen von dem Lederriemen bis auf die Knochen durchgescheuert. Die Schultergelenke brannten. Der Mund, von der Krawatte wundgerieben, wie rohes Fleisch, das mit Sandpapier abgeschmirgelt worden ist. Zeit, den Kopf anzustrengen.

Milano stemmte sich hoch, bis er wieder stand, und lehnte sich mit geschlossenen Augen an das Steigrohr. Wenn einem Fesseln angelegt waren, stellte Milano fest, war es nicht leicht, das wilde Durcheinander der Gedanken zu ordnen, da sich einer von ihnen beharrlich durchsetzte: das rasende Bedürfnis, von diesen Fesseln frei zu werden.

Vergiß jetzt mal den Kampf gegen diese Fesseln. Dein unmittelbares Ziel ist es jetzt, dahinterzukommen, was das alles zu bedeuten hat. Wenn du das Problem gelöst hast, kannst du neu ansetzen.

Also gut, dann erst mal die trüben Aussichten. Ein wild dreinschauender Irrer mit einer Schrotflinte und einer Menge Extrapatronen in der Tasche lief dort draußen frei herum.

Die günstigen Aussichten. Der wild dreinschauende Irre lief eigentlich doch nicht frei herum. Er und seine Flinte waren nebenan im Kellergeschoß eingeschlossen, wo er an irgendeinem Projekt arbeitete. Das um sieben Uhr abgeschlossen sein würde. Wonach –

Ein Projekt.

Milano sah sich suchend im Zimmer um. Auf dem Schreibtisch: das Telefon, ein Ständer für Federhalter, eine Lampe mit einer Delle im Messingschirm, ein Haufen Kassetten und, wenn er es richtig sah, ein paar altmodische, aus schwarzem Karton gefertigte Fotoalben. An der Wand dieser antike Tresor. Aber dessen Tür mit der vergoldeten Aufschrift *Witter & Sons* war nun weit geöffnet und gab den Blick auf einen einzigen Gegenstand frei, einen Kassettenrecorder.

Sollte das der Familienschatz sein? Wohl kaum. Man hätte also annehmen können – man mußte es einfach annehmen, verdammt noch mal –, daß diese durchnumerierten Kassetten Kirwans mit der Erklärung des kommenden Ereignisses der Familienschatz waren, den er in den Tresor gelegt hatte. Zur Aushändigung – so gut eben einer, der gefesselt und geknebelt war, etwas aushändigen konnte – an –

Wie hatte Kirwan sich ausgedrückt?

Die maßgeblichen Leute.

Die von den Behörden. Die kurz nach sieben Uhr auftauchen würden.

Im Gegensatz zu Kirwan. Der alte Mann würde nicht kommen. Denn für sich selbst hatte er nach dem mysteriösen Ereignis andere Pläne.

Er würde irgendwo hinfahren. Verschwinden. Das Gepäck hatte er wahrscheinlich schon in seinem Wagen verstaut. Alles, was er jetzt noch in diesem Keller zu tun hatte, war – ja was? Und womit?

In Ihrer Muttersprache, Mr. Milano. *Nos morituri.*

Damit wollte er bestimmt nicht nur seine Bildung herausstreichen, dachte Milano, mit diesem Gladiatorengruß. Wir Todgeweihten –

Nos morituri te salutamus. Wir Todgeweihten grüßen dich.

Nicht anzunehmen, daß Sie die Botschaft verstehen, Mr. Milano, Sie blöder Itaker, wollte Kirwan damit sagen, und wenn Sie's durch irgendein Wunder doch verstehen, dann wissen Sie, daß ich mich endgültig verabschiede. Ich geh mit meinem Ereignis hops, Baby. Und das Warum und Wie erfahren Sie aus diesen Bändern direkt vor Ihrer Nase.

Nos morituri, Mr. Milano, und Sie können mich mal. Jedenfalls sind Sie mir sauber in die Falle gegangen, nicht wahr?
Dieses vornübergebeugte halbtote Wrack war entschlossen, das selbstgesteckte Ziel zu erreichen. Eine Schrotflinte und genügend Extrapatronen, um unerwünschte Besucher eine Zeitlang von diesem Keller fernzuhalten.
Eine Plastiktüte. Darin eine Thermosflasche. Eine stabile Schere. Eine Taschenlampe. Ein grotesk aussehendes Werkzeug, frisch zusammengenietet.
Und das war die Antwort.
Wenn du lange genug an der Jalousienschnur rumfummelst, springt die Jalousie plötzlich auf und Licht flutet herein und blendet dich. Vor einer langen Reihe von Jahren – es war sogar noch vor der Zeit mit Willie – gab es eine Bande aus pseudopolitischen Helden, die einige Hotels am Rande Manhattans erpressen wollten. Ein Monat voller Bombendrohungen, dann eine Explosion. Weitere waren angekündigt, bis der junge Johnny Milano ihre Numero Uno festgenagelt hatte und dabeisein durfte, als die Bullen seine kleine Bombenfabrik aushoben. Hinweise auf Dynamit, sagten die Bullen glücklich, als sie sich ein wenig umgesehen hatten. Und einer von ihnen schob mit dem stumpfen Ende eines Bleistifts behutsam ein merkwürdiges Werkzeug in eine Plastiktüte. Eine Preßzange, ließ er Johnny Milano auf dessen Frage wissen. Man befestigte die Sprengkapsel und die Zündschnur am Ende der Stange Dynamit und preßte sie dann mit diesem Instrument fest.
Stange Dynamit. Sprengkapsel. Zündschnur.
Milano wurde bewußt, daß er unter dem Knebel ein wildes «Kirwan!» gebrüllt hatte, als ihm die Erkenntnis den Hals zuschnürte. Dann erfaßte ihn eine Panik von der Art, bei der einem am ganzen Leib der kalte Schweiß ausbricht; Schweißtropfen liefen ihm übers Gesicht, über Brust und Bauch und fielen wie kleine Perlen von den Fingerspitzen.
Nicht Brandstiftung. Dynamit. Irgendwie hatte sich Captain Kirwan, Experte für Sprengungen, als Spielzeug eine Portion Sprengstoff besorgt.
Und nun betätigte er sich als emsiger Gärtner und pflanzte das Zeug in die verstaubten Winkel dieser Kellerfestung.

Um sieben Uhr heute abend –
Überlagert war dies vom Bild Christine Baileys, die ungeduldig auf die Wanduhr in der Galerie Rammaert blickte, so wie Captain Kirwans verschnürter, unnützer Gefangener nun auf diese Uhr über der Tür blickte. Zehn Minuten bis fünf. In etwa zehn Minuten würde sie die Galerie verlassen und hinüber zu seinem Wohnhotel gehen, um den Toyota aus der Garage zu holen. Auch bei starkem Verkehr würde sie spätestens um sechs hier in der Witter Street sein. Dann nach oben in die Wohnung. Und unten im Keller traf Kirwan seine Vorbereitungen für das Feuerwerk um sieben.
Werde Soldat. Erlern ein Handwerk. Wie Guy Fawkes.
Deshalb also sein nur von ihm selbst zu verstehender kleiner Witz über Guy Fawkes.
Und das Lachen über Mr. Passarinis Feuerwerkskörper. Die allerdings mit denen von Coney Island nichts zu tun hatten.
Was also jetzt her mußte, aber schnell, schneller, am schnellsten, war etwas Scharfes. Etwas mit einer Kante, mit der dieser Ledergurt zu durchtrennen war. In diesem Punkt war er mit Leder besser bedient als mit einem Seil. Wenn Leder erst mal angeritzt war, hielt es nicht mehr lange, ließ sich auseinanderreißen.
Theoretisch korrekt, aber das einzige Glas in Sicht waren die Fensterscheiben, und die waren unerreichbar weit entfernt.
Metall. Dieser Lampenschirm aus Messing. Aber selbst wenn er ihn vom Schreibtisch schütteln und zu sich herziehen konnte, hatte er immer noch keine Kanten. Und er hatte ja bereits auf schmerzhafte Weise erfahren müssen, daß er sich nicht von der Schreibtischplatte schütteln ließ.
Metall. Das Steigrohr selbst war aus Eisen, und wenn er das Leder daran scheuerte, konnte er – genügend Zeit vorausgesetzt – vielleicht die gleiche Wirkung erzielen wie mit einem Schnitt.
Vielleicht. Genügend Zeit vorausgesetzt.
Milano lehnte sich vor, spannte den Riemen hinter seinem Rücken, so straff es ging, und fing an, ihn am Steigrohr auf und ab zu bewegen. Mit etwas Glück, dachte er, stieß er auf eine kleine Unebenheit, irgendeinen Metallsplitter, der den Schneidevorgang einleitete. An der Stelle hatte er jedoch

kein Glück. Er ging auf die Knie und fing erneut an, die gefesselten Handgelenke auf und ab zu bewegen. Auch hier kein Glück. Dort oben, hier unten – wahrscheinlich war das ganze verdammte Steigrohr so gut wie reibungsfrei. Auf die Weise würde sich das Leder weder durchschneiden noch durchscheuern lassen; es mußte erst erodieren, bevor er freikam.

Aber was blieb ihm anderes übrig, als verzweifelt mit den Mitteln zu arbeiten, die er nun mal hatte.

Und er behielt natürlich diese Uhr im Auge, so daß ihm zum erstenmal in seinem Leben bewußt wurde, daß man sehen kann, wie sich der Minutenzeiger einer Uhr bewegt. Er bewegte sich wirklich, während sich die Schultergelenke – gegen das Reißen der gefesselten Handgelenke an dem Rohr unnatürlich zurückgebogen – immer mehr anfühlten, als habe jemand eine Menge Messer in sie gestoßen und schraube sie nun langsam in jeden Nerv. Wenn er eine Pause einlegte, um den Schmerz zu lindern, bewegte sich der Minutenzeiger an dieser Uhr noch schneller. Es war nun offenkundig, warum der zähe alte Guy Fawkes, nachdem er die sechsundfünfzig Tage mit Senf und Essig lächelnd weggesteckt hatte, sofort aufgab, als die Folterbank seinen Schultergelenken zuzusetzen begann.

Eine halbe Stunde Auf und Ab an diesem Steigrohr – dreißig Minuten, die dafür sorgten, daß die Schmerzen von den beiden Schultern zur Mitte hin krochen, um sich an der Schädelbasis zu treffen und von dort in die Arme und in die Fingerspitzen zu kriechen –, und Milano wußte, daß aus der Erosion nichts werden würde. Er hatte das schon vermutet, als die halbe Stunde noch lange nicht abgelaufen war, konnte sich aber nicht dazu durchringen, das als Tatsache zu akzeptieren.

Zwanzig Minuten nach fünf zwang er sich dann dazu, die Tatsache zu akzeptieren. Und als er an das Rohr gelehnt dastand und die Schmerzen ein wenig nachließen, gelang es ihm auch, an verschiedene positive Möglichkeiten zu denken.

Nun gut, ein Verrückter schickte sich an, im Haus nebenan eine Explosion auszulösen. Und – du darfst bei dem Gedan-

ken nicht gleich die Nerven verlieren – Christine Bailey schickte sich an, rechtzeitig zu dem Ereignis dort zu sein. Aber was sprach eigentlich dafür, daß Kirwan bei dem Durcheinander in seinem Gehirn sein Ziel tatsächlich erreichen würde? Solange es noch nicht geschehen war, konnte man immer noch davon ausgehen, daß es nicht geschehen würde. Dutzend Dinge konnten bei so einer Aktion schiefgehen. Hundert Dinge. Sieben Uhr würde kommen und gehen, ohne daß es knallte.
Na klar, dachte Milano. Wie freitags immer die Klassenarbeiten im Rechnen, damals in der guten alten Grundschule 128. Zuerst hoffte man, der Freitag würde nie kommen, aber er kam immer. Dann hoffte man, die Klassenarbeit würde nicht kommen, aber sie kam immer.
Und wenn ein perfekt ausgeführter Überfall der Maßstab war, dann verbarg sich hinter der Verrücktheit des Captains und Professors Charles Witter Kirwan, dieses wandelnden Atomkraftwerks mit lecken Ventilen, eine bösartige Begabung.
Mit. Lecken. Ventilen.
Zwanzig Minuten nach fünf wurde Milano plötzlich klar, daß er ein Stück scharfkantiges Metall in Reichweite hatte. Unglaublich, daß ihm das so lange entgangen war. Er sah darin den Beweis, daß er seinen Kopf wohl angestrengt haben mochte, aber daß es, weiß Gott, einfach zu wenig gewesen war. Und es hatte keinen Sinn, jetzt den Kopf gegen das Steigrohr zu hämmern, um sich für so viel Dummheit selbst zu bestrafen. Dieses Vergnügen würde er sich für eine verheißungsvollere Zeit aufsparen.
Ein kurzes Leitungsstück verband das Steigrohr mit dem Heizkörper. Aus der ihm zugewandten Seite des Heizkörpers ragte das Ventil. Spiegelglatt und blank poliert – jedes sichtbare Stück Metall in diesem verdammten Haus sah aus, als sei es gerade gestern installiert worden –, aber dort, wo es mit dem Heizkörper verbunden war, mußte es ein Gewinde haben, und so ein Gewinde hatte scharfe Kanten, von denen schon eine einzige in der Lage war, Leder durchzuschneiden.
Genügend Zeit vorausgesetzt.

Stell dir lieber nicht vor, was los wäre, wenn heißer Dampf durch diese Rohre liefe. Sei einfach dankbar, daß sie kalt sind.

Als Milano wieder auf die Knie ging, hatte er das Gefühl, als seien dort die Nervenenden bloßgelegt. Er drückte den Rücken fest gegen das Steigrohr und fummelte hinter sich blind nach dem Ventil, lockerte es mit einem leichten Fausthieb, bekam es zu fassen und fing behutsam an, es herauszudrehen. Eine Drehung zuviel, und es konnte zu Boden fallen und unerreichbar weit von ihm wegrollen. Und dann würde er wissen, was es mit Tantalus und seinen Qualen auf sich hatte.

Langsam, eine Drehung nach der anderen, bis sich das Ventil schließlich löste und in seiner Hand lag. Er schob sich wieder nach oben, bis er aufrecht stand, und stellte mit einem tastenden Daumen fest, daß er gut zwei Zentimeter eines scharfkantigen, griffigen Gewindes zur Verfügung hatte und daß ihm das Ventil selbst, das er gleichsam als Stiel brauchte, genügend Grifffläche bot. Er schob es mit seinen langen Fingern so lange hin und her, bis er den Gewindeteil zwischen die zwei obersten Lagen des Lederriemens gezwängt hatte, und begann dann mit einer Stoß- und Ziehbewegung, fuhr mit den zwei Zentimetern Gewinde, die er hatte, vor und zurück. Mit dem fast euphorischen Gefühl, endlich auf dem richtigen Weg zu sein, spürte er das Kratzen von Messing auf Leder.

Die Schmerzen in Händen und Fingern setzten nun erst richtig ein. Schon seine Haltung war unnatürlich, und dazu kam, daß er das Ventil jederzeit fest und rigoros im Griff behalten mußte, da schon bei einem kurzen Nachlassen die Gefahr bestand, daß es zu Boden fiel; und er konnte auch mit den Händen nicht abwechseln, wenn er nicht die eine kleine Stelle, an der er arbeitete, verlieren und wieder von vorn anfangen wollte. Er mußte genau so weitermachen. Vor und zurück, und bei jeder kleinen Bewegung fuhr ihm ein Elektroschock in den Ellbogen.

Geduld. Konzentration. Ein rhythmisches Sägen, immer an der exakt gleichen Stelle. Ein ungehemmtes Grunzen – in seinen eigenen Ohren hörte er sich an wie ein glücklich im

Dreck wühlendes Schwein –, sobald ihn einer dieser elektrischen Schläge härter traf als erwartet. Er hatte schon viel eingesteckt, und es würde noch eine ganze Menge dazukommen. Denn er hatte, wie er für sich selber zusammenfaßte, nicht die Absicht, sich mit verdammten Fetzen dieser Frau zufriedenzugeben, nun, da er sie endlich gefunden hatte. So einfach war das.

Wenn er gerade nicht stöhnte, drangen ihm die Straßengeräusche scharf ins Bewußtsein. Die Kinder. Der Verkehr. Die Busse. Vor allem diese Busse. Die ganze Stadt meckerte über Lücken im Busservice, aber hier in der Nähe kam anscheinend alle zwei Minuten eine dieser verdammten Kisten quietschend zum Stehen, wartete kurz und fuhr dann lärmend weiter. Nur daß es, als er die Zeit auf der Uhr kontrollierte, nicht alle zwei, sondern eher alle fünf Minuten war. Eine böse Erkenntnis. Noch schlimmer und geradezu ein Alptraum war allerdings das Tempo, mit dem sich die beiden Zeiger an der Schiffsuhr dort oben auf die senkrechte Linie zubewegten, die sechs Uhr markierte.

Der Kinderlärm ließ nach. Alle mußten zum Essen nach Hause. Der Autolärm nahm zu. Alles kam von der Arbeit nach Hause. Und eines dieser Autos war vielleicht der Toyota mit Chris am Steuer. Oder war es nicht möglich, daß der Toyota in der Garage von Maxie Rovinsky für einen Unfall präpariert worden war? Gracie, dieses verdammte Luder – mit Sicherheit die schlimmste Fehleinschätzung seines Lebens, diese Gracie MacFadden –, hatte überall die Neuigkeit von Milanos *melanzana* verbreitet, und Maxie hatte den Wagen präpariert, um seinem alten Pokerpartner und Junggesellen ein Schicksal zu ersparen, das schlimmer war als der Tod. In diesem Augenblick stand der kaputte Wagen mitten auf der Brücke. Stunden würden vergehen, ehe der Verkehr wieder ins Fließen kam.

Und das, ermahnte sich Milano, war die Art zu denken, die verriet, daß mit ihm allmählich das gleiche passierte wie mit Kirwan: sein Gehirn machte sich selbständig, driftete ab ins Reich der Phantasie.

Geduld, Konzentration, und zwanzig Minuten nach sechs spürte Milano, daß das Ventilgewinde auf Widerstand stieß.

Zustoßen, schaben, zustoßen. Noch einmal zustoßen. Kräftig schaben. Ein Gefühl, wie wenn du mit dem Messer auf das Kerngehäuse eines Apfels stößt.
Gegen jede Enttäuschung gewappnet, zog er seine Handgelenke nach vorn gegen das Steigrohr, und tatsächlich lockerten sich die Fesseln. Er zog stärker, und der durchtrennte Lederriemen, plötzlich vom Druck befreit, schwirrte ein paarmal um die Handgelenke, blieb dann aber an seiner ersten Schleife hängen. Milano, der immer noch das Ventil umklammerte – man konnte nie wissen –, rüttelte an seinen Handgelenken, verdrehte sie und zerrte sie auseinander. Der Lederriemen fiel endgültig ab. Erst als er ihn auf dem Boden liegen sah, ließ er das Ventil los.
Er mußte feststellen, daß er keine Hände mehr hatte. Keine Arme. Als er sie anheben wollte, um an die Krawatte zwischen seinen Zähnen heranzukommen, stellte er fest, daß sie nicht mehr angewachsen waren. Er mußte ihnen seinen Willen aufzwingen, sie anheben wie Bleigewichte, an dem Knoten in dem Knebel mit Fingern fummeln, die nicht ihm gehörten. Doch endlich konnte er den Knoten lösen und die durchweichte Krawatte wegziehen.
Er taumelte zum Schreibtisch, packte den Telefonhörer und ließ ihn, da ihm seine Hand nicht gehorchte, prompt fallen. Er raffte ihn an sich, hielt ihn mit der toten Hand, die das Ventil gehandhabt hatte und die sich nicht mehr öffnen wollte, und wählte mit der anderen Hand. In Notfällen wählte man die 911. Wie jede andere Dienstleistung in der zauberhaften Stadt hatte sie einen schlechten Ruf, sie funktionierte nicht richtig, aber man nutzte eben, was sie einem anboten, und verlegte sich aufs Beten.
Das Beten half diesmal nicht. Milano hörte sich ungläubig das Besetztzeichen an und rammte dann den Hörer wieder auf die Gabel. Irgendein Schwachkopf hatte vermutlich einen Niednagel und wollte einen Krankenwagen. Oder in irgendeinem Backofen verschmorte ein Braten, und sie holten die Feuerwehr. Er zählte langsam auf drei, nahm den Hörer ab und wählte noch einmal. Diesmal half das Beten.
Die amtliche Stimme klang mäßig neugierig, weiblich, spanisch gefärbt. Milano ging wütend dazwischen. «Hören Sie.

Demnächst geht eine Bombe hoch, um sieben Uhr in der Witter Street 409 in Brooklyn.» Die spanisch gefärbte Stimme versuchte immer noch die amtliche Masche abzuziehen. «Still jetzt!» brüllte Milano, und sie war still. «Sie hören mir jetzt zu. Um sieben Uhr geht in der Witter Street 409 in Brooklyn eine Bombe hoch. Ein Mietshaus, mit einer Menge Leute drin. Um sieben Uhr, haben Sie das begriffen? Und jetzt tun Sie was, aber schnell! Himmel Herrgott noch mal!»
Er knallte den Hörer wieder auf die Gabel und setzte sich auf wackligen Beinen selber in Bewegung, nichts wie die Treppe runter und raus aus dem Haus.

Als er auf die Straße trat, war die Sonne schon untergegangen; die Straßenbeleuchtung war an, aber auch ohne sie war das Tageslicht noch hell genug. Und weit und breit war kein Toyota geparkt.
Trotz seiner steifen und schmerzenden Beine legte er den Weg zum Haus Nr. 409 in einem Sprint zurück, und einige Leute, die im Eingang standen, machten ihm bereitwillig Platz. Er ließ den Daumen auf der Türklingel und trat gleichzeitig wild gegen die Wohnungstür. Plötzlich flog sie auf, und vor ihm stand ein Fremder und blickte ihn feindselig an. Es mußte der ältere Bruder sein. Odell. Nicht so groß wie die Bohnenstange Vern, aber wesentlich breiter. Und er sah gefährlich aus. «Mann, was zum Teufel soll –»
Chris war direkt hinter ihrem Bruder und schob ihn weg. «Johnny, wo warst du denn? Ich wollte schon in der Nachbarwohnung anrufen, aber ich war mir nicht sicher, wie du das –»
Milano fuhr mit der Hand durch die Luft. «Jetzt nicht wichtig. Kirwan ist übergeschnappt. Er ist in diesem Augenblick im Keller hier, um einen Haufen Dynamit scharf zu machen. Zündung um sieben Uhr. Eine Riesenexplosion im Keller unten, verstehst du?»
Odell machte ein Gesicht, als sei Kirwan nicht der einzige in der Gegend, der übergeschnappt war. Christine fragte Milano bestürzt: «Wovon redest du eigentlich?» Aber hinter ihr in der Küche nahm ihn jemand ernst, denn Mrs. Baileys

Stimme erhob sich in leidenschaftlichem Flehen: «Oh Herr, mein Gott!»
Es mochten schlechte Manieren sein, aber Milano drängte sich einfach in die Wohnung. Sie hatten alle beim Abendessen in der Küche gesessen. Mrs. Bailey war nun von ihrem Stuhl aufgestanden; in ihrem Gesicht spiegelte sich die Angst. Vern sperrte nur den Mund auf. Von Lorena keine Spur.
«Wo ist Lorena?» wollte Milano wissen.
Chris machte eine Handbewegung. «Im Bett. Aber Johnny –»
«Nein, hol sie da schnell raus. Ihr alle, raus aus dem Haus. Nichts mitnehmen. Einfach raus auf die Straße.»
Odell stand reglos da. «Mann, wissen Sie eigentlich, was Sie da sagen? Kirwan? Der und Dynamit?»
«Kirwan», sagte Milano. «Ich hab's direkt von ihm selber.» Ein Jammer, daß er es mit der Wahrheit jetzt nicht genauer nehmen konnte, aber mit etwas Glück würde er später einmal Gelegenheit haben, sich zu entschuldigen. «Er hat mich in seinem Haus da drüben mit dem Gewehr bedroht, mich gefesselt und mir von seinem Vorhaben erzählt, bevor er loszog.» Er hielt ihnen zur Verdeutlichung seine Handgelenke hin und sah wie sie auch, daß die Gelenke grotesk angeschwollen und mit feuerroten Striemen überzogen waren. «Ich konnte mich eben erst befreien. Ich hab schon die Bullen angerufen.»
Damit waren sie fast schon überzeugt. Endgültig überzeugte sie dann das immer lauter werdende Heulen einer Sirene, das plötzlich in eine Art Knurren überging und schließlich in unmittelbarer Nähe ganz abstarb. Nichts gegen die 911, dachte Milano, manchmal schien sie ja tatsächlich zu funktionieren.
Vern stand hastig vom Küchentisch auf. «Ich hol Lorena.»
«Warte», befahl Christine. Zu Milano sagte sie: «Wieviel Zeit bleibt uns?»
«Verdammt wenig. Kirwan sagte sieben Uhr, jetzt haben wir sechs Uhr dreißig. Hör zu, ich muß jetzt runter zu den Bullen. Du brauchst nichts anderes zu tun als –»
Sie unterbrach ihn mit einem ungeduldigen Kopfschütteln. «Odell, du gehst rüber zu der Hintertreppe. Du fängst oben

an und machst diesen Leuten Beine. Vern, du übernimmst die Vordertreppe. Vergeudet keine Zeit mit Reden. Poltert einfach an die Türen und brüllt sie heraus.»

«Womit denn?» sagte Odell. «Wenn wir Dynamit brüllen, wissen sie, daß wir sie nur anschmieren. Wenn wir Feuer brüllen, warten sie erst mal ab, um sicherzugehen. Du kennst das doch.»

«Na gut», sagte Chris, «dann brüllt eben Gas, okay? Gas. Und laut. An die Tür poltern und brüllen, das ist alles. Und seht zu, daß ihr selber rasch rauskommt. Ich kümmere mich um Lorena.»

Als er die Treppe runterging, hörte Milano, wie oben das Poltern und Brüllen losging. Der Streifenwagen parkte vor der Haustür. Zwei Bullen standen daneben und blickten am Haus hoch. Die Straßenbeleuchtung wurde nun gebraucht, denn es wurde langsam dunkel. In den gegenüberliegenden Häusern lehnten sich Mieter aus den Fenstern und verfolgten die Show.

Milano ging auf die Bullen zu. «Ich bin der Mann, der die 911 angerufen hat», klärte er sie auf.

Sie präsentierten beide das gleiche jugendliche, schlanke Erscheinungsbild, doch der eine mit dem verrückten üppigen Wikingerschnauzbart schien der Ranghöhere. «Irgendwas mit einer Bombendrohung?» sagte er skeptisch.

Es ist nur ein böser Traum, dachte Milano. Die Sorte, wo du vor einem scheußlichen, eine Axt schwingenden Monster davonlaufen willst und plötzlich knietief im Schlamm steckst und dich nicht mehr rühren kannst.

Zwischen zusammengebissenen Zähnen sagte er: «Der Typ, dem dieses Haus gehört, hat durchgedreht. Er hat sich in dem Keller dort eingeschlossen und richtet eine Ladung Dynamit zur Zündung um sieben Uhr. Er hat es mir selber gesagt.»

«Das hat er Ihnen selber gesagt?»

«Er hat mir das Zeug sogar gezeigt, Herrgott. Aber er ist abgehauen, bevor ich ihn aufhalten konnte. Und bis sieben bleibt verdammt wenig Zeit.»

Oben in der Wohnung hatte das Auftauchen der Polizei die Kunden überzeugt. Hier unten nun schien das Auftauchen einiger Kunden die Polizei zu überzeugen. Sie kamen aus dem Gebäude geströmt, vorneweg Kinder, die lärmend ein Spiel daraus machten, die ältere Generation direkt dahinter – darunter auch ein weißes Ehepaar, in dem Milano die zwei Alten erkannte, die Kirwan wegen ihres kaputten Kühlschranks verflucht hatten –, und obwohl höchste Eile geboten war, schleppten einige einen Teil ihres Hausrats mit, einer trug einen Fernsehapparat von stattlicher Größe, und auch etliche Hunde und Katzen wurden aus dem Haus gebracht.

Der Anblick der auf den Gehweg drängenden Menschen ließ Schnauzbart aktiv werden. «Ist das hier der Weg zum Keller?» fragte er Milano und deutete auf die Steintreppe.

«Das schon, aber Sie werden die Kellertür nicht so ohne weiteres aufbekommen. Und wenn Sie's doch schaffen, wartet er mit einer Schrotflinte auf Sie.»

«Wir sehn uns das mal an», sagte Schnauzbart. Mit der Hand an seiner Pistole ging er vor seinem Partner her die Stufen hinunter, dicht gefolgt von Milano. Dann nahm Schnauzbart die Pistole aus der Halfter, schlug mit der anderen Faust gegen die Tür und rief: «Polizei! Öffnen Sie die Tür!» Nach ein paar Versuchen in dieser Richtung und einigen Fußtritten gegen die Tür wandte er sich an seinen Partner. «Scheiße. Stahlverkleidung. Und wahrscheinlich ein stabiler Riegel.»

«Die werden mit dem Schneidbrenner ran müssen», sagte der Partner.

«Er hat sieben Uhr gesagt», drängte sie Milano. «Das sind nur noch zehn Minuten. Sie müssen dafür sorgen, daß das Haus geräumt wird, nur darum geht's jetzt noch.»

«Ach ja?» sagte Schnauzbart sarkastisch, um klarzumachen, wer hier der Experte war, aber er bewegte sich mit bemerkenswerter Geschwindigkeit, als sie wieder hinaus auf die Straße gingen.

Dort herrschte inzwischen ein wildes Durcheinander. Für Milano war es erfreulich zu sehen, daß die Baileys alle zusammen in der Nähe des Eingangs standen, Lorena war im Bademantel, und der Ringergriff, mit dem Chris sie festhielt – einen Arm hatte sie ihr von hinten um den Hals gelegt, mit dem anderen drückte sie Lorenas Arm in einem Halbnelson nach oben –, machte deutlich, daß die kleine Schwester nicht freiwillig mitgekommen war und sich immer noch heftig wehrte.

Mehrere Streifenwagen hatten sich inzwischen zu dem ersten gesellt, und ein weiterer kam eben angefahren. Der Verkehr geriet immer mehr ins Stocken, nicht nur durch Autofahrer, die auf Höhe des Hauses 409 aus Neugier plötzlich langsam fuhren, sondern weil sich anscheinend sämtliche Anwohner der Straße – sofern sie nicht in den Fenstern lagen – auf der Straße drängten, um das Geschehen – ganz gleich, was es war – verfolgen zu können.

Ein unscheinbarer Wagen, aber mit einem Blinklicht auf dem Dach und mit einer schnarrenden Sirene, gab den Versuch auf, mitten durch das immer dichter werdende Gedränge aus Fußgängern und Autos zu fahren, fand neben einem Feuerhydranten eine Lücke und fuhr geradewegs auf den Gehweg. Mehrere Männer stiegen aus – sie trugen keine Uniformen –, und es war nicht zu übersehen, daß ihr Chef der kleinste und schmächtigste von allen war, ein schlitzäugiger Typ mit einem abgehärmten Gesicht und schmalen Lippen, der zielstrebig auf Schnauzbart zuging und dabei rücksichtslos jeden, der ihm im Weg stand, ob Mann, Frau oder Kind, zur Seite schob.

«Inspektor Price von der Kripo», sagte er. «Was ist hier los?»

Schnauzbart, der Milano eine Hand auf die Schulter gelegt hatte, um ihn als Informanten kenntlich zu machen, berichtete rasch, und Price musterte Milano. «Ausweis?» sagte er. Milano fummelte nach seiner Brieftasche, zog den Führerschein heraus und zeigte ihn her. Price streifte ihn nur mit einem flüchtigen Blick. «Dynamit?» sagte er. «Stammt die Geschichte von Ihnen?»

Gott im Himmel, dachte Milano, jetzt geht das von vorne los. Je verzweifelter du ein warnendes Trompetensignal ausstoßen willst, desto sicherer kannst du sein, daß sie dich für einen ausgeflippten Mundharmonika-Spieler halten. «Mann», sagte er zu Price, «wenn's ein Flop wird, können Sie mich später immer noch in die Mangel nehmen, oder vielleicht nicht?»

«Worauf Sie sich verlassen können», meinte Price. Mit einer Kopfbewegung in Milanos Richtung ermahnte er Schnauzbart: «Lassen Sie den nicht aus den Augen, bis Sie was anderes von mir hören.» Dann richtete er den Zeigefinger auf einen seiner Assistenten und sagte mit klangloser Stimme – niemand, dachte Milano, würde dieser Stimme jemals widersprechen –: «Sie räumen die Straße hier. Wie Sie's machen, ist mir gleich, aber in fünf Minuten will ich hier keinen mehr sehen.» Der Finger ging zum nächsten Typ: «Und Sie riegeln die Straße ab. Die Leute nur noch rauslassen, keiner kommt mehr rein, Ausnahme Polizei und Presse. Sie haben fünf Minuten.» Nächster Typ: «Und Sie evakuieren das Gebäude, verstanden? Und zwar restlos. Nehmen Sie sich dazu ein paar Uniformierte. Und setzen Sie Lautsprecher ein, vor dem Haus und auf der Rückseite.» Letzter Typ: «Und Sie – diese bescheuerten Leute hier müssen alle weg, verdammt noch mal, stellen Sie ein Kommando zusammen.» Price blickte an der Fassade hoch. «Wenn hier tatsächlich was losgeht, könnte dieser Mauerputz wie Granatsplitter durch die Luft fliegen.»

Er versuchte gar nicht erst, den Lärm mit seiner Stimme zu übertönen, das ohrenbetäubende Getöse der Autohupen, die lauter werdenden Stimmen der Menschenmenge, das unaufhörliche mechanische Krächzen aus den Funkgeräten der Streifenwagen, aber irgendwie ging von seinen Anweisungen kein Wort verloren, und seine Leute reagierten schnell. Milano wollte auf die Baileys zugehen und wurde von Schnauzbart zurückgehalten. «Sie haben doch den Mann gehört», sagte Schnauzbart. «Wir gehen auf die andere Straßenseite, und Sie bleiben dicht bei mir.» Er gab Milano einen kleinen Schubs in die Richtung, und als Milano sah, daß die Baileys mit all den anderen vor dem Haus Nr. 409 in die gleiche Richtung abgedrängt wurden, ließ er sich von diesen muskelstarken Argumenten überzeugen.

Nicht daß ihnen Schnauzbart auf dem Gehweg über der Straße ein Plätzchen hätte erkämpfen können, obwohl er sich heldenhaft bemühte; die dichtgepackte Menschenmenge dort bildete eine undurchdringliche Barriere. Er gab sich schließlich mit einem Platz zwischen zwei geparkten Autos

zufrieden, ein bißchen eng zwar, aber mit ungestörter Aussicht.
Von seinem Platz aus sah Milano, daß Prices Anweisungen auf wundersame Weise Wirkung zeigten. Die Autos auf der Straße wurden rasch weniger, die Leute vor dem Haus Nr. 409 wurden ein gutes Stück zurückgedrängt, bis sie einen weiten Halbkreis bildeten, ein paar Nachzügler wurden aus dem Gebäude geholt, ein dröhnender Lautsprecher warnte dringend davor, noch länger im Gebäude zu bleiben, und immer wieder fuhren amtlich aussehende Autos an den Rand der Menge heran und spuckten amtlich aussehende Typen aus, die sich zu Besprechungen um einen gestikulierenden Price scharten.
Dann traf das erste Fernsehteam mit seinem Übertragungswagen ein, ein zweites folgte und ein drittes, und sie alle fanden bei den lärmenden Zuschauern mindestens ebensoviel Interesse wie dieses verlassene Gebäude, das Milano an einen verlassenen Ozeandampfer erinnerte, dem ein Eisberg oder sonst was den Kiel weggerissen hatte und das demnächst untergehen würde.
Und dieser Irre, Captain Witter Kirwan, dort unten im Kesselraum, mit dem Streichholz an der Zündschnur.
So mußte es sein. Die Logik ließ keinen anderen Schluß zu.
Es stellte sich heraus, daß Inspektor Price seine Zweifel daran hatte. Er riß sich von den hohen Tieren los, sah sich um, bis er Milano und seinen Begleiter entdeckte, und kam über die Straße auf sie zu. Kühl sagte er zu Milano: «Sie sagten doch Dynamit. Aber hier reden alle nur von Gas. Was zum Teufel hat das zu bedeuten?»
«So waren sie am schnellsten aus ihren Wohnungen rauszubekommen. Es ist aber trotzdem Dynamit.»
«Vielleicht», sagte Price. «Aber Ihnen ist ja wohl klar: für uns beide gibt's hinterher eine Menge zu klären, so oder so.» Er blickte auf die Uhr. «Sieben Uhr. Vielleicht sollten Sie wissen, daß es unmöglich war, jemanden rechtzeitig aus diesem Keller rauszuholen. Und das ‹rechtzeitig› bezieht sich auf Ihre Behauptungen. Sind Sie überhaupt sicher, daß der Hausmeister da drin ist?»

«Nicht der Hausmeister. Der Hausbesitzer. Er wohnt da drüben im Nachbarhaus.»
«Der Besitzer?» Es war offenkundig, daß Price dazu noch mehr zu sagen hatte, aber er hatte keine Chance. Denn Christine Bailey, die sich leichtfüßig zwischen geparkten Autos bewegt und einen Polizisten abgewehrt hatte, ehe sie sich in die kleine, von dem Trio besetzte Lücke zwängte, trat vor Milano. Price brachte noch ein empörtes «He, Sie da –!» heraus, aber sie schenkte ihm keine Beachtung.
Atemlos sagte sie zu Milano: «Die Jungs kümmern sich jetzt um Lorena», und vermittelte ihm das angenehme Gefühl, daß sie in dem Fall wohl hier war, um sich um ihn zu kümmern. «Johnny, glaubst du, daß es wirklich passieren wird?»
«Yeah», mischte sich Price ein, der geflissentlich übersah, daß es für vier Leute fast unanständig eng herging. «Das ist eine gute Frage, Johnny.» Er hielt demonstrativ seine Armbanduhr hoch. «Es ist nach sieben, Johnny. Oder meinten Sie vielleicht nächstes Jahr um sieben?»
Es war in der Tat nach sieben, das sah auch Milano. Ein blinder Alarm der Spitzenklasse. Kein Dynamit. Es hatte nie existiert. Kirwan spielte nur eine Rolle aus seinen Alpträumen nach, und irgendwie hatte er John Milano mit hineingezogen. Wenn der alte Mann tatsächlich in diesem Keller war, dann nur, um –
Der Donnerschlag krachte mit betäubender Wucht gegen Milanos Ohren und drückte ihn gegen den Kühler des Wagens, an dem er lehnte. Chris schrie auf, als sie gegen ihn geschleudert wurde; sie vergrub ihr Gesicht an seiner Brust, und ihre Arme schlossen sich krampfhaft zupackend um seine Hüfte. Price und Schnauzbart klammerten sich in einer unsicheren Umarmung aneinander. Zu seinem Erstaunen sah Milano, daß hoch oben Zigtausende Diamantsplitter in einem weiten absteigenden Bogen glitzerten, bevor sie abrupt verschwanden. Glas, begriff er plötzlich, als ihn ein Teilchen an der Wange traf.
Alles im kleinen Bruchteil eines Augenblicks. Im nächsten Bruchteil dieses Augenblicks wogte vom Gehweg gegenüber, über die ganze Breite des Hauses Nr. 409, eine schwarze Flutwelle über die Straße herüber. Eine warme, stinkende

Sturzwelle aus Staub rollte heran und legte sich wie ein Teppich auf die Welt.
Und im letzten Bruchteil dieses einen Augenblicks glaubte Milano die Konturen des Gebäudes schwanken zu sehen. Und dann schwankten sie wirklich. Die Fernsehantennen gleich hinter der Dachblende neigten sich einander zu. Die Feuerleitern zu beiden Seiten des Eingangs verschoben sich in seltsamen Winkeln.
Die Menge schrie auf. Ein einziger wilder Aufschrei, und das war auch schon alles, denn die Backsteinmauern kippten nach innen, aufeinander zu. Es gab ein Reißen und Mahlen – riesenhafte Kiefer zerkauten Brocken aus Ziegelwänden, Mauerwerk und gußeisernen Leitungsrohren –, als das Dach einstürzte und Boden um Boden, Stockwerk um Stockwerk unter sich begrub. Dann lösten sich in Zeitlupe auch die Außenmauern auf, das ganze Gebäude sank in sich zusammen, und danach war die Luft wieder voll vom Gestank dieses warmen Staubes. Die Straßenbeleuchtung wurde von diesem Staub verdüstert, doch in dem düsteren Licht sah Milano – und versuchte zu glauben, was er sah –, daß Witter Street 409 nun ein gewaltiger Schutthaufen war.
Mehr war da nicht mehr. Nur ein gewaltiger Haufen Schutt. Und das Unglaubliche war, daß außer ein paar Backsteinen und dem verbogenen Stück einer Fernsehantenne nichts, absolut nichts auf der staubbedeckten Straße vor dem Haus herumlag. Nichts. Als habe ein Riese das Gebäude mit seiner Hand zermalmt und sorgfältig darauf geachtet, daß ihm nichts durch die Finger glitt.
Chris, die Milano immer noch in ihrem Klammergriff hatte, wollte oder konnte noch nicht hinsehen. Im Gegensatz zu Price und seinem Assistenten und Schnauzbart. Die betrachteten die Szene mit offenem Mund, und Price fand zuerst seine Stimme wieder. «Mann Gottes», sagte er ehrfürchtig. «Wer immer das war, er wußte jedenfalls, was zu tun war. Hundertprozentig.»
Und das, dachte Milano, war das schönste Kompliment, das Captain Kirwan, Experte für Sprengungen, je bekommen würde. Vor allem, wenn erst mal die Kosten seiner Sachkenntnis addiert waren.

Wußte, was zu tun war.
Und hatte diesen Haufen Kassetten hinterlassen, damit es auch andere erfuhren.
Die Menge sah in stummer Bestürzung zu, bis der Trümmerhaufen endgültig zur Ruhe kam. Dann ließ jemand auf dem Gehweg hinter Milano ein lautes «Huu-ii» los, und das war das Zeichen. Wie wenn in einem Orchester die Instrumente gestimmt werden, wurden hier und da Stimmen laut, immer mehr, bis das Ganze zu einem symphonischen Fortissimo anschwoll, das von der Fagott-Tragik bis zur Pikkolo-Komik reichte. Auf der Straße bemühte sich ein ganzer Zirkus auf Rädern – die Explosionen in all den Brennkammern machten ihren eigenen Krach –, möglichst nahe an den Schutthaufen heranzukommen: Feuerwehrfahrzeuge, eine Ambulanz, ein Lieferwagen von der Brooklyner Gasversorgung, ein Lastwagen des Katastrophenschutzes. Jeder, so schien es, mußte sein Teil zur größten Show in der Stadt beitragen.
Und so wie das Drehbuch angelegt war, mußte Milano damit rechnen, daß sein Gesicht ausgiebig in Zeitungen und auf Fernsehschirmen zu sehen sein würde. Wo es von so interessierten Zeitgenossen wie Wim Rammaert und Willie Watrous entdeckt werden würde, und die konnten zwei und zwei zusammenzählen. Besonders Rammaert, wenn er den Namen Milano und den Namen Bailey in ein und demselben Artikel las.
Großer Gott.
Mister Toupet würde sein Mädchen für alles mit dem krummen Zeigefinger herbeiwinken. Miss Bailey, ich möchte Sie sofort im Büro sehen.
Milano befreite sich aus Chris' Klammergriff. Sie blickte über die Straße und schüttelte staunend den Kopf. Milano sagte ihr ins Ohr: «Wo ist der Wagen?»
«Der Wagen?» Sie dachte angestrengt nach. «An der Nostrand Avenue. Hier in der Nähe war kein Parkplatz zu finden.»
Price puffte Milano in den Arm. «He, Sie. Romano.»
«Milano.»
«Sicher. Sie bleiben hier, klar?»

«Ich bleib bei Ihnen, klar», sagte Milano. Er drückte hastig seine Schlüssel in Chris' schlaffe Hand. «Die sind für die Wohnung. Bring die Familie rasch dorthin. Keiner von euch erwähnt irgendwo meinen Namen. Laßt mich völlig raus. Ich sitz hier noch eine Weile fest. Ihr bleibt einfach dort, bis ich zurück bin. Und wie gesagt, laßt mich aus allem raus, hast du das verstanden?»
«Ja. Aber alles ist weg», sagte Chris benommen. «Alle ihre Kleider –»
«Mach dir darüber keine Gedanken.»
«Und die Frau von der Fürsorge. Sie sollte doch –»
«Gott im Himmel», sagte Milano. «Wach endlich auf, Baby, ja? Mach dich jetzt auf den Weg. Und denk an das, was ich gesagt habe.»
Er schob sie fort, während Price mit diesem zustoßenden Zeigefinger seinem Assistenten gegenüber auftrumpfte. «Der Katastrophenschutz kann jetzt ran, zusammen mit der Scheißfeuerwehr. Schicken Sie ein paar von unseren Uniformleuten zum Helfen rüber, aber am Anfang wird ausschließlich mit den Händen gearbeitet. Und den Ohren. Sie sollen langsam und vorsichtig auf diesem Scheißhaufen rumklettern und die Ohren aufmachen, falls sich da drunter noch was Lebendes rührt. Also los, hopp hopp hopp.» Price warf einen Blick auf Schnauzbart, als sehe er ihn zum erstenmal. «Sie auch.»
Schnauzbart wandte sich – verwundert über den Umgangston der Oberen – kopfschüttelnd zum Gehen. Price konzentrierte sich auf Milano. «Also dann, raus damit. Wie kommt's, daß Sie schon vor dem Anpfiff wußten, wie das Spiel ausgehen würde? Wer sind Sie überhaupt?»
«Privatdetektiv. Watrous Associates. Ist Ihnen Willie Watrous ein Begriff?»
Price zog eine Augenbraue hoch. «Ich glaube, ich hab da ein paar Stories über ihn gehört. Wenn er's ist.»
«Wenn Sie ein paar Stories über ihn gehört haben», sagte Milano, «dann ist er's. Und jetzt möchte ich Ihnen einen Vorschlag machen. Daß ich den Spielausgang kannte, hat mit einem Fall zu tun, an dem ich gerade arbeite. Ein sehr einträglicher Fall. Aber wenn die mir mit Kameras und Inter-

views kommen, ist meine Tarnung im Eimer und damit der ganze Fall.»

«So ein Jammer», sagte Price kühl.

«Das wäre es wirklich. Wenn Sie mich also aus der ganzen Geschichte raushalten, überreiche ich Ihnen ein kleines Geschenk von Willie und mir.»

«So so, ein Geschenk?» sagte Price verächtlich. «Ihr Privatschnüffler seid doch alle die gleichen Clowns.»

«Ich red nicht von so einem Geschenk. Ich rede davon, daß dieser verrückte Bombenleger in seinem Haus eine Erklärung hinterlassen hat. Für den ersten Bullen, der clever genug ist, sie zu finden. Und das könnte beispielsweise einer sein, der gerne in seiner Personalakte stehen hätte, wie clever er wirklich ist.»

«Eine Erklärung?»

«So hat er's mir gegenüber jedenfalls genannt. Ich weiß nicht, was drinsteht, aber ich weiß, wo's zu finden ist. Und bei meiner Flucht hab ich die Haustür offengelassen. Wenn ich Sie jetzt also – ausschließlich der Öffentlichkeit wegen – darauf aufmerksam machte, daß er mit seiner geladenen Schrotflinte immer noch da drin sein könnte, dann könnten Sie doch, ohne sich erst um eine Vollmacht bemühen zu müssen, einfach dort reinspazieren, nicht wahr?»

«Das könnte ich wohl», sagte Price. «Mit Ihnen im Schlepptau.»

«Genau das ist mein Vorschlag», sagte Milano. «Ich besorge Ihnen diese Erklärung oder dieses Geständnis oder was immer es sein mag, und dann verdrücke ich mich. Wenn Sie mich später noch einmal für eine private Unterhaltung haben wollen, dann wissen Sie ja, wo Sie mich finden können. Milano heiß ich übrigens, nicht Romano. Nur damit Sie nicht glauben, ich will Sie irgendwie reinlegen.»

«Milano. Sagen Sie mal, Milano, hat Ihr Fall eigentlich etwas mit dieser großen, dunklen Dame von vorhin zu tun?»

Milano lächelte. «Lassen Sie das mal auf sich beruhen, Inspektor. Was ist nun mit meinem Vorschlag?»

Es sah fast aus, als könne auch Price lächeln. Viel fehlte nicht. «Mal sehen, was dabei rauskommt, Milano. Ich bin jedenfalls einverstanden.»

Na also, dachte Milano, während sie über den Teppich aus Dreck an all den Kameras vorbei auf den immer noch makellosen viktorianischen Prachtbau zugingen; seine privaten Angelegenheiten würden auch weiterhin streng privat bleiben. Im übrigen galt das auch für Lorenas Belange – daß sie sich am offenen Fenster einem verrückten, mörderischen Voyeur zeigte und zur Aufbesserung des Taschengeldes mit einem Hauch von Erpressung arbeitete –, und auch die privaten Angelegenheiten der Familie würden privat bleiben. Johnny Milano und sein Mädchen und deren Familie – John Anthony Milano, 40, Familienoberhaupt – waren alle aus dem Gröbsten heraus.
Unbelastet und frei.

Aus dem Fenster des Turmzimmers bot sich ein seltsamer neuer Anblick. Ein riesiger Trümmerhaufen. Auf der anderen Seite des Trümmerhaufens beleuchtete eine Straßenlaterne die neu freigelegte seitliche Wand eines braunen Sandsteinhauses.
Price hatte für den Anblick nichts übrig. Er untersuchte jede Kassette, las ihr mit Namen versehenes, numeriertes und datiertes Etikett und ordnete die Sammlung in zwei sauberen Stapeln. «Dreizehn, die Unglückszahl», bemerkte er. Er sah sich um. «Er muß für diese Dinger einen Recorder gehabt haben.»
«Direkt hinter Ihnen», sagte Milano. «Im Tresor. Und da Sie mich jetzt nicht mehr benötigen –»
«Immer mit der Ruhe», sagte Price. «Erst will ich wissen, was ich mir da einhandle.»
Er steckte die Kassette mit der Nummer Eins in das Gerät und drückte auf die Taste. Das Band zischte. Ein schlimmer Hustenanfall kam aus dem Gerät, und Milano sagte: «Das ist er.»
«Da wird ja noch was anderes kommen», sagte Price.
Und es kam auch.
«Abwarten und Tee trinken, der Text wird schon noch kommen», keuchte die Stimme mit rhetorischem Ehrgeiz.
«Eine komische Nummer?» fragte sich Price.
Wieder die Stimme. Price hörte stirnrunzelnd zu. Dann zog

er den Drehstuhl an den Schreibtisch heran und setzte sich, um mit schräggestelltem Kopf weiterzulauschen. Die Stimme redete und redete, nur von den Hustenanfällen unterbrochen. Als es schließlich verstummte, schaltete Price das Gerät ab und blickte zu Milano hinauf, der sich unbehaglich fühlte, nachdem der keuchende Erzähler ein Sexabenteuer erwähnt hatte.
Ein perverses Sexabenteuer.
Lorena?
Nein, entschied Milano. Kirwan bediente sich einer schulmäßigen, exakten Sprache. Von einer pedantischen Präzision. Heimliche Blicke ins Fenster eines jungen Mädchens konnten niemals mit seiner Definition eines Sexabenteuers übereinstimmen. Ganz unmöglich.
«Nun?» sagte Price.
«Es ist eindeutig Kirwan. Keine Frage.»
«Geschwätzig, der Mistkerl», sagte Price gereizt. «Und trotzdem ergibt das alles nicht viel Sinn.»
«Es ist ja auch nur eins von dreizehn», erinnerte ihn Milano. Er wußte selbst nicht, warum er das Gefühl hatte, sich verteidigen zu müssen.
«Sieht so aus.» Price deutete mit einer Kopfbewegung auf die Kassetten. «Das könnte der längste Abschiedsbrief aller Zeiten sein, reif fürs Guinness-Buch. Und ganz gleich, wie lang sie sind, die letzte Zeile ist immer die gleiche: Keiner liebt mich, also bring ich mich um, dann tut's euch bestimmt leid.»
«Aber nicht alle versuchen, ein Haus voller Menschen mit sich zu nehmen.»
«Das stimmt schon. Aber das hier könnte einen Haufen Verrückter zur Nachahmung reizen. Einen ganzen Haufen. Denn was wir hier erleben, mein Freund, ist ein gewaltiges Medienereignis. Herrliche Zeiten für die Zeitungen und Fernsehstationen zwischen hier und Hongkong. Und diese Scheißkassetten werden dem Ganzen die Krone aufsetzen.» Price schüttelte den Kopf. «Verrücktes Volk. Verrückte Welt.»
«Weiß Gott», sagte Milano. Er las die Teile des Lederriemens und die Krawatte vom Boden auf. «Damit hat er mich

gefesselt. Stört es Sie, wenn ich ein paar Beweismittel verschwinden lasse?»

«Blödsinn. Wie sollte mich etwas stören, von dem ich gar nichts weiß?»

Milano stopfte Riemen und Krawatte in seine Taschen und ließ dadurch, daß er das Heizkörperventil wieder anschraubte, auch noch das letzte Beweismittel verschwinden. «Also dann –», sagte er.

«Yeah», meinte Price, «dann können Sie jetzt gehen. Nur noch eins. Zwei meiner Leute stehen ja noch draußen am Gartentor. Sagen Sie ihnen, ich will sie sofort hier oben sehen.»

Milano kam der Bitte nach, kämpfte sich dann durch die dichtgedrängte Menschenmenge auf der Straße und ging weiter zur Flatbush Avenue, wo er ein Taxi zu finden hoffte, das nach Manhattan fuhr. Nach einer Weile begriff er, daß man, wenn man ein Taxi wollte, an der Ecke Flatbush Avenue und Witter Street am falschen Ort war. Schließlich gab er sich damit zufrieden, von der Church Avenue aus mit der Linie D der U-Bahn zu fahren, und hatte das Glück, daß sein Zug die ganze Strecke ohne Panne schaffte, so daß es nicht allzu lange dauerte, bis er am Columbus Circle und in seinem Wohnhotel war.

Keine Schlüssel. Er klingelte an der Wohnungstür und malte sich dabei aus, wie die Baileys in der Wohnung verteilt waren. Lorena beanspruchte wohl das Bett – und wenn schon, man mußte der Kleinen im Augenblick manches nachsehen –, während Mama ihr die Hand hielt, die Jungs saßen vor dem Fernseher und bekamen in Sondersendungen vorgeführt, was aus ihrem früheren Zuhause geworden war. Christine? Sie saß bestimmt auf der vordersten Kante eines Stuhls und wartete auf seine Ankunft.

Die Türklingel brachte keine Reaktionen. Das energische Klopfen brachte keine Reaktionen. Plötzlich sah er ein anderes Bild von den Baileys. Schuld war diese verfluchte, viel zu leichte Blechkiste von einem Auto. Chris' Gesicht, das er ja aus nächster Nähe gesehen hatte, hätte ihn warnen müssen, daß sie gar nicht in der Lage war, Auto zu fahren. Fünf Leute in diesen winzigen Toyota gepfercht, darunter Lorena in einer explosiven Stimmung. Und wahrscheinlich hatten sie sich auch noch für die Schnellstraße entschieden, um dem Stoßverkehr in der Innenstadt zu entgehen. Und jetzt hingen sie irgendwo – das, was von ihnen noch übrig war, in dem, was von dem Wagen noch übrig war.

Immer noch keine Reaktion.

Milano ging hinunter, um sich im Büro der Verwaltung die Ersatzschlüssel geben zu lassen, und schloß seine Wohnungstür auf. Da war niemand, der sich dumm stellte, niemand war dagewesen und wieder weggegangen. Er rief in der Wohnung im Village an, aber auch dort meldete sich niemand. Natürlich nicht. Pearl und Lenardo waren von dem Autounfall benachrichtigt worden und waren hingefahren, um die Überreste zu identifizieren.

Was natürlich purer Blödsinn war, wie sich Milano selber sagte, als er den Hörer auflegte. Diesen Hang zum Morbiden hatte er von seiner Mutter, die ständig nur Beerdigungen im Kopf hatte.

Er hatte immer noch die angebrochene Packung Zigaretten in der Tasche. Er steckte sich eine an und inhalierte tief, zum Teufel mit dem mahnenden Beispiel dieser verkrebsten, röchelnden Stimme auf dem Tonband. Verrücktes Volk, verrückte Welt. Tatsache war, daß einer, der verrückt genug war, eine bedeutungsvolle Beziehung mit Christine Bailey einzugehen, gut und gern seine vier Packungen am Tag brauchte.

Und obendrein zum Alkoholiker wurde. Er schenkte sich an seiner Bar eine große Dosis Jack Daniels ein, genehmigte sich aber beim ersten Schluck nur die Hälfte davon. Nachdem er eine Weile dagestanden und die Wand über der Couch betrachtet hatte, entfernte er Seurats *Grande Jatte* und ersetzte es durch ein Triptychon von Max Beckmann. Beckmann, der Expressionist, kannte das Leben. Diese überwältigenden Gestalten, so passiv in ihrem Schmerz.

Und obwohl Goya mit passiven Gestalten nichts am Hut hatte, war auch er –

Ein Schlüssel wurde ins Türschloß gesteckt.

Milano ertränkte die Zigarette in seinem Drink und kam in

dem Moment in die Diele, als die Tür aufging. Chris stand wie eingerahmt da, eine schwere Einkaufstasche in der einen, die Schlüssel in der anderen Hand. Sein Anblick schien sie zu erleichtern. «Na also», sagte sie.
«Wo zum Teufel hast du gesteckt?» wollte Milano wissen.
«Wie bitte?»
Er warf einen Blick über ihre Schulter. «Und wo hast du deine Familie? Hab ich dir nicht gesagt, du sollst sie mitbringen?»
«Sie wollten nicht mitkommen. Ich hab sie bei meiner Großmutter abgesetzt.»
«Wieso Großmutter? Du hast mir nie was von einer Großmutter erzählt.»
«Du hast mich nie nach ihr gefragt.» Ihre Stimme wurde spröde. «Und ich habe zwei Großmütter. Eine von ihnen besitzt ein Haus in Crown Heights draußen. Nicht weit vom Eastern Parkway. Es ist nichts Besonderes, aber für die erste Zeit geht's schon. Darf ich dann jetzt vielleicht reinkommen? Und sei's nur, um ein Paket abzuliefern?»
Milano machte einen Schritt zur Seite, und sie stakte mit steifem Rücken an ihm vorbei. Sie ging direkt in die Küche, knallte die Schlüssel auf den Tisch, wuchtete die Einkaufstasche daneben und entnahm ihr einige große, gut gefüllte Gläser mit Schraubverschluß.
Milano, der sie von der Küchentür her beobachtete, spürte, wie sich seine ganzen Spannungen in Nichts auflösten. Aber ihren Bewegungen, ihrer ganzen Erscheinung war leicht anzusehen, daß sie unter starkem Druck stand. Idiotisch von ihm, nicht zu berücksichtigen, was sie gerade durchgemacht hatte.
«Es tut mir leid, Baby», sagte er. «Ich dachte, ich würde dich bei meiner Rückkehr hier antreffen. Du hast mir einen fürchterlichen Schrecken eingejagt.»
«Nein.» Sie blickte über die Schulter nach hinten, noch nicht ganz bereit, ihm zu verzeihen. «Du hast dir selber einen Schrecken eingejagt. Das ist etwas anderes.»
«Da hast du wohl recht.» Er wich zurück, um ihr Platz zu machen, als sie die Gläser in den Kühlschrank stellte. «Was ist das für'n Zeug?»

«Was denkst du denn? Schweinemagen. Kutteln. Saubohnen.»
«Ist das dein Ernst?»
«Oh Mann», sagte Chris mitleidsvoll. «Es ist ein Eintopf mit Rindfleisch. Soße extra. Piccalilli. Von meiner Großmutter. Du hast hier nie irgendwas zu essen. Da dachte ich mir, irgendwann kommt uns das hier gerade recht.»
«Bestimmt. Hast du deiner Familie eingeschärft, daß sie nirgends meinen Namen nennen sollen? Auch nicht deiner Großmutter gegenüber?»
«Ja. Keiner von uns versteht es zwar, aber sie sagen, sie spielen mit, wenn dir so viel daran liegt. Warum liegt dir eigentlich so viel daran?»
«Weil du in meinem Job den größten Wert drauf legst, nur einer von vielen zu sein. Reicht das?»
«Nicht nach dem, was du heute abend getan hast. Johnny, weißt du eigentlich, wieviel sie dir schuldig sind? Wieviel ich dir schuldig bin?»
«Rein gar nichts.»
Sie versuchte zu lächeln. «So werde ich also von dir eingeschätzt?» fragte sie, und er sah, daß alles vergeben und vergessen war.
«Also gut», sagte er, «du bist mir wirklich etwas schuldig. Deine Leute haben jetzt nichts mehr anzuziehen, sie haben überhaupt nichts. Du gehst jetzt also ans Telefon und sagst ihnen, daß sie morgen –»
«Fang nicht schon wieder damit an.»
«Ich denke nur praktisch.»
«Du sollst nicht praktisch denken.» Dann brach es aus ihr heraus. «Johnny, warum hat er das getan?»
«Kirwan? Versuch, ihn zu vergessen. Es ist alles vorbei.»
«In meinem Kopf nicht. Es ist alles blockiert da oben, so daß ich an nichts anderes denken kann. Und die Nachrichten im Radio waren ganz schön konfus.»
«Das war er auch. Ein echter Psychopath. Und außerdem halb tot. Du hast nicht gewußt, daß er Krebs im Endstadium hatte, oder?»
«Nein. Woher weißt du das?»
«Er hat sich alles von der Seele gesprochen und eine Reihe

von Kassetten damit gefüllt. Dieser Bulle – Price – hat mich die erste mit anhören lassen. Da war auch das mit dem Krebs drauf.»

«Und sonst? Was war sonst noch drauf?»

«Nun», sagte Milano, «nicht gerade viel, was die Bullen weiterbringen wird. Aber es ist komisch. Das auf dem Band – und all das andere, was ich inzwischen über ihn weiß – sieht mir ganz danach aus, als habe er geglaubt, er könne mit dem Geld, das der Verkauf dieser Bänder nach seinem Tod einbringen soll, sein eigenes Haus erhalten. Eine Art Museum daraus machen.»

«Nur dafür wollte er ein ganzes Haus voller Menschen in die Luft sprengen?»

«Nicht nur dafür», sagte Milano. «Da muß noch mehr dahinterstecken, bei so vielen Bändern. Aber schon dieses bißchen ist ziemlich sinnlos.»

«Und warum?»

«Weil dich ein Gesetz im Staat New York daran hindert, von einem solchen Verbrechen, das du selbst begehst, auch noch zu profitieren. Du kannst deine Schilderung dieses Verbrechens zwar verkaufen, aber du kannst das Geld nicht behalten. Und das muß ja wohl heißen, daß es auch deinem Nachlaß nicht zugute kommen kann. Meines Wissens haben sogar die Opfer den ersten Anspruch auf dieses Geld.»

«Mama zum Beispiel? Für die ganzen Möbel und Kleider?»

«Schon möglich», sagte Milano. «Aber rechne lieber nicht damit, Baby. Vergiß nicht, das sind nur theoretische Überlegungen, die ich anstelle. Aber was die Beschaffung neuer Möbel und Kleider angeht –»

«Stop.» Chris hielt eine Hand hoch. Die Ampel stand auf Rot. «Über dieses Thema, mein Schatz, werden wir beide uns jetzt gleich einmal gründlich unterhalten.»

«Einverstanden», sagte Milano, «dann fang mal an.»